Knaur

Von Harold Robbins sind außerdem erschienen:

Die Bosse (Band 60840)
Der Clan (Band 60841)
Die Manager (Band 60854)
Die Profis (Band 60879)
Der Pirat (Band 60856)
Die Playboys (Band 60857)
Die Moralisten (Band 60855)
Sehnsucht (Band 60882)
Träume (Band 60881)
Die Traumfabrik (Band 60877)
Die Unersättlichen (Band 60883)

Über den Autor:

Harold Robbins wurde 1916 in New York City geboren und wuchs als Waisenkind in verschiedenen Heimen und Familien auf. 1940 nahm er eine Stelle bei den Universal Film Studios an; acht Jahre später schrieb er seinen ersten Roman. Heute gehört er zu den meistgelesenen Autoren der Welt: Seine Bücher erschienen in einer Gesamtauflage von über 200 Millionen Exemplaren. Harold Robbins starb 1997.

Harold Robbins

DIE WILDEN

Roman

Aus dem Amerikanischen
von Maria Meinert

Knaur

Die Originalausgabe erschien unter dem Titel
»Never Love a Stranger«.

Besuchen Sie uns im Internet:
www.droemer-knaur.de

Vollständige Taschenbuchausgabe April 1999
Droemersche Verlagsanstalt Th. Knaur Nachf., München

Umschlaggestaltung: Agentur Zero, München
Satz: Ventura Publisher im Verlag
Druck und Bindung: Ebner Ulm
Printed in Germany
ISBN 3-426-60884-7

2 4 5 3 1

Der Verfasser möchte hiermit
Mr. Robert L. Scottino danken für seine freundlichen Worte und
bedachten Ratschläge während all der Jahre,
in denen dieses Buch geschrieben wurde.

Vorspiel

Mrs. Cozzolina probierte die Suppe – eine kräftige, sämige Tomatensuppe, gerade mit der richtigen Prise Knoblauch. Sie schmatzte – die Suppe war gut. Mit einem erleichterten Seufzer ging sie an den Tisch zurück, um Ravioli mit gehacktem Hühnerfleisch zu füllen. Es war ein langer und heißer Junitag gewesen, aber jetzt lag Regen in der Luft. Der Himmel hatte sich verdunkelt, und Mrs. Cozzolina knipste das Licht an.

»Diese Amerikanerinnen«, dachte sie, während ihre dicken Finger geschickt den Teig formten und der Schweiß ihr von Stirn und Oberlippe perlte, gerade da, wo der Anflug eines Schnurrbarts sichtbar war. »Planen ihre Babys so, daß sie nicht im Sommer schwanger sind. Wo gibt's denn so was? Meine Güte, in der alten Heimat« – lächelnd dachte sie an ihre Jugend – »bekam man sie einfach. Damals wurden Kinder nicht geplant.« Sie hatte ein gewisses Recht, die Amerikanerinnen für verrückt zu halten, denn sie war Hebamme, und ihr Geschäft war den ganzen Sommer hindurch schlecht gegangen. Dabei hatte sie sieben eigene Kinder allein zu ernähren, seit ihr Mann gestorben war.

Irgendwo in der Dunkelheit des Hauses läutete die Türglocke. Mrs. Cozzolina hob horchend den Kopf und überlegte, wer das sein könnte. Keine ihrer Kundinnen war vor dem nächsten Monat fällig. »Maria«, rief sie mit ihrer kräftigen Stimme, die durch die dunklen Korridore hallte, »geh an die Tür und sieh nach, wer da ist!«

Keine Antwort. Wieder läutete die Türglocke, diesmal in einem schrillen, befehlenden Ton. Zögernd wischte sich Mrs. Cozzolina die Hände an der Schürze ab und ging durch den langen, engen Korridor zur Haustür. Durch die bunte Scheibe sah sie einen dunklen Schatten.

Auf der Schwelle stand ein junges Mädchen, einen kleinen Koffer neben sich. Ihr Gesicht war dünn, und ihre Augen leuchteten angstvoll aus der Dunkelheit. Sie war offensichtlich schwanger, und zwar, wie Mrs. Cozzolina mit erfahrenem Blick feststellte, im letzten Monat. »Sind Sie die Hebamme?« Die Stimme klang weich und verängstigt.

»Ja, Madam«, sagte Mrs. Cozzolina, die genau wußte, wann sie eine Dame vor sich hatte.

»Entschuldigen Sie die Störung, aber ich bin fremd in New York, und ich –« Ein Zittern durchlief ihren Körper. »Es ist soweit«, sagte sie, »und ich weiß nicht, wo ich bleiben soll.«

Mrs. Cozzolina schwieg eine Weile. Wenn sie das Mädchen aufnahm, so bedeutete es, daß Maria ihr Zimmer hergeben mußte, und Maria würde das nicht passen. Sie schlief nicht gern bei ihren Schwestern. Und vielleicht hatte das Mädchen kein Geld; vielleicht war sie auch gar nicht verheiratet. Automatisch fiel ihr Blick auf die Hand des Mädchens: ein kleiner Goldreif steckte an ihrem Finger.

»Ich ... ich habe etwas Geld«, stammelte das Mädchen. Sie hatte Mrs. Cozzolinas Gedanken erraten.

»Aber ich habe kein Zimmer«, sagte Mrs. Cozzolina.

»Sie haben sicher Platz«, beharrte das Mädchen. »Ich habe keine Zeit mehr, woanders hinzugehen, und Sie sind doch Hebamme.«

Mrs. Cozzolina gab nach. Maria mußte eben bei ihren Schwestern schlafen, ob es ihr paßte oder nicht. »Kommen Sie rein«, sagte sie und nahm den Koffer.

Das Mädchen folgte Mrs. Cozzolina durch den dunklen Korridor und dann eine Treppe hinauf zu Marias Zimmer.

»Legen Sie Ihr Jackett ab«, sagte Mrs. Cozzolina, »und machen Sie es sich bequem.« Sie half dem Mädchen beim Ausziehen und sorgte dafür, daß es sich hinlegte. »Wann haben die Wehen eingesetzt?« fragte sie.

»Ungefähr vor einer Stunde. Ich wußte, ich konnte nicht weiter, ich mußte einfach irgendwo bleiben.«

Mrs. Cozzolina untersuchte sie.
Das Mädchen hatte ein wenig Angst.
Dies hier war so anders, als sie es sich gedacht hatte. Sie hatte sich immer vorgestellt, George sei ganz in der Nähe, irgendwo im Hintergrund. Er würde sie trösten und ihr sagen, daß alles gutgehen würde.
Sie war zierlich – sehr eng gebaut. Es würde schwer für sie werden. Das Becken war zu eng, so daß das Baby nicht leicht kommen würde. Immerhin würde es noch sechs oder sieben Stunden dauern, und vielleicht würde sich alles doch mehr dehnen, als zu erwarten war. Das war immer etwas Wunderbares: zu sehen, wie ein Mädchen sich in eine Frau verwandelte, die fähig war, ein Kind zur Welt zu bringen. Aber hier schien es schwierig zu werden. Mrs. Cozzolina hatte das im Gefühl, aber ihr Gesicht verriet keinen ihrer Gedanken. »Sie müssen sich noch etwas gedulden«, sagte sie lächelnd. »Aber machen Sie sich keine Sorgen. Es wird schon alles gutgehen. Ich weiß, wie es ist, ich habe selbst sieben Kinder.«
Das Mädchen lächelte ängstlich zurück. »Ich danke Ihnen, ich danke Ihnen sehr.«
»Versuchen Sie jetzt etwas zu schlafen«, sagte Mrs. Cozzolina und ging zur Tür. »Ich komme in einigen Stunden wieder, um zu sehen, wie Sie sich fühlen.«
Die junge Frau hatte die Augen geschlossen und versuchte zu schlafen, aber es gelang ihr nicht. Gedanken huschten durch ihren Kopf wie ferne Bilder, die man vom Zugfenster aus sah – ihr Elternhaus und George. Dorthin gingen sie immer wieder zurück: zu ihrem Elternhaus und zu George. »Was mögen sie jetzt von mir denken? Und George, wo kann er sein?« Sie hatten sich verabredet an jenem Tage. So lange lag das nun schon zurück. Es hatte geregnet damals. Fröstelnd hatte sie zwei Stunden im Restaurant an der Ecke gewartet, ehe sie wieder nach Hause ging. Am nächsten Morgen hatte sie sein Büro angerufen. Man sagte ihr, daß er am Abend vorher um die übliche Zeit fortgegan-

gen sei, daß er aber bis jetzt noch nicht wiedergekommen wäre. Und dann blieb er verschwunden. Sie hatte nie wieder etwas von ihm gesehen oder gehört. Und das war es, was sie nicht verstand. Er war nicht der Mann, der sich einfach davonmachte. Es mußte ihm irgend etwas zugestoßen sein.

Erst als es schon dunkel war, betrat Mrs. Cozzolina wieder das Zimmer des Mädchens. »Wie fühlen Sie sich?« fragte sie.

»Ganz leidlich«, sagte das Mädchen.

»Wie oft kommen die Wehen?« fragte Mrs. Cozzolina und beugte sich über das Mädchen, um es erneut zu untersuchen.

»Ungefähr alle halbe Stunde.«

»Das ist gut«, sagte Mrs. Cozzolina und richtete sich auf. Aber das war es ganz und gar nicht – es war keinerlei Erweiterung eingetreten. Sie ging nach unten und befahl ihren Töchtern, heißes Wasser und saubere Tücher bereitzuhalten.

Um Mitternacht entlud sich ein schweres Gewitter über der Stadt. Und um Mitternacht begann das Baby zu kommen. Das Mädchen lag sehr ruhig da, die Lippen fest zusammengepreßt, und gab keinen Laut von sich. Ihre angsterfüllten Augen lagen in ihrem bleichen Gesicht wie zwei große schwarze Seen.

Gegen zwei Uhr morgens schickte Mrs. Cozzolina ihren ältesten Sohn, um Doktor Buonaventa, der an der nächsten Straßenecke wohnte, zu holen. Und es würde auch nichts schaden, fügte sie hinzu, wenn er auf dem Rückweg den Priester mitbrächte.

Mrs. Cozzolina sah zu, wie der Doktor in fliegender Hast einen Kaiserschnitt vornahm und das blaue, zappelnde Kind zutage förderte. Mit ein paar kräftigen Klapsen brachte sie Leben in das kleine Geschöpf, das mit zornigem Aufschrei gegen das Verlassen seines warmen, behaglichen Schlupfwinkels protestierte. Sie sah, wie der Doktor sich verzweifelte Mühe gab, das Leben des Mädchens zu retten. Und sie wußte, daß er den Kampf verloren hatte, als er dem Priester Platz machte. Während der Priester sich über das Mädchen beugte, kniete sie neben dem Bett nieder und betete. Sie betete, weil das Mädchen so jung und so

tapfer war. Und auch, weil Mrs. Cozzolina ihren Mann verloren hatte.
Das Mädchen blickte sie angstvoll fragend an. Da hielt Mrs. Cozzolina ihr das schreiende Baby entgegen und legte es neben sie auf das Bett. Die junge Frau sah es an und legte ihre Wange an das kleine Köpfchen. Dann schloß sie langsam die Augen.
Mrs. Cozzolina erinnerte sich plötzlich daran, daß sie den Namen des Mädchens nicht wußte. Sie beugte sich über sie. »Ihr Name?« fragte sie, und aus ihrer Stimme sprach die Angst, daß das Kind vielleicht ohne Namen durchs Leben gehen müsse.
Das Mädchen öffnete die Augen. Ihr Blick schien aus weiter Ferne zurückzukehren. »Frances Cain«, hauchte sie, und ihre Stimme drang kaum an das Ohr von Mrs. Cozzolina. Ihre Augen schlossen sich. öffneten sich plötzlich wieder und waren leer. Ihr Kinn sank schlaff auf das Kissen.
Mrs. Cozzolina nahm das Kind an sich und stand auf. Sie sah, wie der Doktor das Mädchen mit dem Leintuch zudeckte. Dann nahm er ein Papier aus der Tasche. Auf italienisch sagte er: »Nun wollen wir den Geburtsschein ausfüllen, nicht wahr?«
Mrs. Cozzolina nickte. Zuerst kamen die Lebenden.
»Auf welchen Namen?«
»Francis Kane«, sagte Mrs. Cozzolina.

ERSTER TEIL

1

So weit ich mich zurückerinnern konnte, hatte ich im Waisenhaus gelebt. Es war kein so schlechtes Leben, wie die meisten Menschen glauben. Ich bekam gut zu essen, war anständig angezogen und hatte einen ordentlichen Unterricht. Und wenn ich nicht meinen Anteil an Nestwärme mitbekam, so regte mich das nicht weiter auf. Ich besaß dafür eine gewisse Portion Selbstgenügsamkeit und Unabhängigkeit, die andere gewöhnlich erst bekommen, wenn sie bedeutend älter sind.
Ich hatte mir von früh auf die eine oder andere Gelegenheitsarbeit verschafft und oft anderen Kindern in der Schule, die angeblich besser dran waren als ich, kleine Geldbeträge geliehen. Ich wußte, an welchem Tag jeder sein Taschengeld bekam, und wehe, wenn sie mir das Geld nicht zurückzahlten! Vor etwa zwei Wochen hatte ich Peter Sanpero zwanzig Cents geliehen. In der nächsten Woche war er entwischt, ehe ich ihn schnappen konnte, und als ich ihn später traf, war er pleite, aber in dieser Woche wollte ich mir meinen Zaster sichern.
Am Nachmittag sprach ich ihn nach der Schule an, als er mit einigen seiner Kumpane über den Hof schlenderte.
»He, Pete!« rief ich. »Wie steht's mit meinen zwanzig Cents?«
Peter spielte sich gern auf und war mit allen Wassern gewaschen. Er war etwas kleiner als ich, aber breiter und schwerer. »Was ist damit?« fragte er.
»Ich will sie zurückhaben«, sagte ich. »Ich habe dir die Moneten geliehen, aber nicht geschenkt.«
»Zum Teufel mit dir und deinen zwanzig Cents!« näselte er. Dann wandte er sich an seine Gefährten. »Das ist das Üble mit diesen Bastarden aus dem Waisenhaus: Wir bezahlen ihren Unterricht und stiften für ihren Unterhalt, und sie tun so, als ob ihnen das

alles gehörte. Du wirst das Geld bekommen, wenn es mir Spaß macht.«

Das reichte mir. Es machte mir nichts aus, Bastard genannt zu werden. Das war mir oft genug passiert und berührte mich nicht weiter. Aber niemand durfte mich betrügen und ungestraft davonkommen.

Ich stürzte mich auf meinen Widersacher. Der trat zur Seite und gab mir einen Kinnhaken. Ich sackte zu Boden. »Du lausiger Itaker!« schrie ich. Er warf sich auf mich und trommelte mir mit den Fäusten ins Gesicht. Da zog ich mein Knie an und trat ihn zwischen die Beine. Er wurde blaß und rollte von mir ab. Er stöhnte, aber aus seiner Kehle kam nur ein dünnes Quieken.

Ich stand auf und beugte mich über ihn. Aus meiner Nase floß Blut auf seinen Anzug. Ich griff in seine Tasche und holte mir eine handvoll Kleingeld heraus. Sorgfältig zählte ich zwanzig Cents ab. Ich zeigte sie seinen Freunden. »Hier«, sagte ich, »meine zwanzig Cents – das ist alles, was ich wollte. Und versucht bloß nicht, irgendwelchen Ärger zu machen. Sonst passiert euch dasselbe.«

Ich ging in Jimmy Keoughs Billardhalle. Jimmy Keough, für den ich nach der Schule arbeitete, saß mit einem grünen Schirm über den Augen hinter dem Zigarrenstand. »Was ist denn mit dir passiert, mein Junge?«

»Nichts Besonderes, Mr. Keough«, sagte ich. »Irgend so ein Bursche glaubte, er könnte mich beschummeln. Aber da hat er sich geirrt.«

»Gut gemacht, Frankie«, sagte Mr. Keough. »Laß dich nie von jemandem behumpsen. Sobald du dir so was gefallen läßt, bist du erledigt. Geh jetzt nach hinten, wasch ab und feg das Lokal aus.«

Als ich weiterging, hörte ich, wie er zu einem der Männer sagte: »Der Junge bringt es eines Tages noch zu was. Er ist erst dreizehn, aber er kann meine Wettgewinne besser austüfteln als ich selber.«

Die Nachmittage bei Keough waren für mich die Höhepunkte der

Tage. Als erstes fegte ich den Raum aus, in dem acht Billardtische standen. Dann bürstete ich ganz vorsichtig die Tische ab, um den Filzbelag nicht zu verderben, und dann staubte ich den Holzrahmen der Tische ab. Als nächstes waren Sodawasser und Bier kaltzustellen. Da Prohibition herrschte, wurde das Bier unten im Keller aufbewahrt. Jedesmal, wenn jemand ein Bier oder einen Whisky wollte, wandte er sich an Jimmy Keough, und wenn Jimmy Keough zu beschäftigt war, schickte er mich nach unten, um das Verlangte zu holen.

Gegen vier Uhr begann das Telefon zu läuten, und die Rennergebnisse liefen ein. Ich schrieb sie auf eine Tafel, die hinten im Raum in einem versteckten Winkel hing. Außerdem legte ich die Billardkugeln auf ein Gestell und machte Besorgungen für die Spieler. Auch meinen Schuhputzkasten hatte ich bei Keough, und wenn sich jemand die Schuhe putzen lassen wollte, war ich sofort zur Stelle.

Für meine Arbeit bekam ich drei Dollar die Woche und was sonst noch für mich abfiel. Alles in allem kam ich meist mit sechs bis acht Dollar die Woche nach Hause. Um halb sieben gab mir Mr. Keough dann alle seine Zettel, auf denen die Tageswetten notiert waren, und ich mußte sie für ihn ausrechnen. Um sieben Uhr war meine Arbeit beendet, und ich ging zum Abendessen ins Waisenhaus zurück. Nach dem Essen ging ich noch ein paar Stunden nach draußen, denn abends durfte ich den Billardsaal nicht betreten. Mr. Keough hatte es mir streng verboten. Warum, wußte ich nicht.

2

An einem solchen Tage lernte ich Silk Fennelli kennen.

Silk Fennelli war der große Mann in unserer Gegend. Er hatte alles unter sich: Alkoholschmuggel, Spielhöllen und Lotterien. Er war der angesehenste und gefürchtetste Mann in diesem Bezirk.

Ich sah hin und wieder, wenn er geschäftlich bei Keough vorsprach. Er war stets von einer Leibwache umgeben. Fennelli war zäh, hart und gerissen. Er fürchtete sich vor nichts und niemanden. Er war mein Held.

Wenn ich bei Keough früh fertig war, nahm ich manchmal meinen Schuhputzkasten und zog noch eine Weile durch die Gegend, um etwas Extrageld zu verdienen. An diesem Nachmittag ging ich in die Flüsterkneipe an der Ecke vom Broadway und der 65. Straße.

Ich ging von einem Gast zum anderen: »Schuhputzen gefällig, Mister?«

Der fette Barmixer, dessen Glatze mit Schweißperlen bedeckt war, raunzte mich an. »Los! Mach, daß du rauskommst! Zum Teufel noch mal, wie oft muß ich euch Lümmels noch sagen, daß ihr die Gäste nicht belästigen sollt? Raus mit dir, ehe ich dir in den Hintern trete!«

Auf dem Weg zur Tür stellte mir irgend so ein Bursche an der Theke ein Bein. Ich stolperte und stürzte, wobei mir der Schuhputzkasten von der Schulter fiel. Die Flaschen mit flüssiger Schuhcreme zerbrachen, und ich lag ganz verwirrt da, während die Creme nach allen Richtungen über die sauberen Fliesen floß. Plötzlich wurde ich von einer fetten Pranke hochgerissen. Es war der Barmixer. Er platzte beinah vor Wut. »Los! Nix wie raus, bevor ich ...« Er war so in Rage, daß er stotterte, als er mich hinauszerrte. Ich war schon fast an der Tür, als ich wieder zu mir kam. Ich riß mich von seiner Pranke los. »Geben Sie mir meinen Schuhputzkasten«, schrie ich. »Ich will meinen Schuhputzkasten.«

»Marsch, raus! Ich werd's dir schon beibringen, daß du hier nie wieder erscheinst. Los, hau ab!«

»Ich geh nicht ohne meinen Schuhputzkasten«, rief ich. Dann schoß ich um ihn herum, rannte in die Kneipe zurück und begann in aller Hast Bürsten, Lappen und Flaschen wieder in den Kasten zu stopfen.

Der Barmixer schnappte mich gerade, als ich aufstehen wollte. Er haute mir eine runter, daß mir die Ohren dröhnten. »Ich werde euch kleinen Bastarden schon die Flötentöne beibringen«, fauchte er. Er schlug wieder zu und packte mich beim Genick, daß ich mich nicht rühren konnte.

»Laß ihn los, Tony, ich möchte mir die Schuhe putzen lassen«, tönte eine ruhige, angenehme Stimme aus einer der Nischen an der Wand.

Der Barmixer und ich drehten uns beide um. Ich weiß nicht, wer von uns überraschter war. Ich sah einen schlanken, gutaussehenden Mann von etwa fünfunddreißig oder vierzig Jahren in einer der Nischen. Er trug einen dunkelgrauen Anzug, einen eleganten schwarzen Hut und glänzende schwarze Schuhe. Seine grauen Augen waren halb geschlossen, und ein dünner Schnurrbart zierte seine Oberlippe. Weiße, glänzende Zähne leuchteten aus einem dunklen, scharfgeschnittenen Gesicht. Es war Silk Fennelli.

Der Barmixer räusperte sich. »Wie Sie wünschen Mr. Fennelli.« Er ließ mich los und ging wieder hinter die Theke.

Ich wischte mir das Gesicht am Ärmel ab und ging mit meinem Kasten auf die Nische zu. Es saßen noch zwei andere Leute dort: ein junger, gutgekleideter Mann und eine gutaussehende Frau.

»Ich kann Ihre Schuhe nicht putzen, Mister«, sagte ich.

»Warum nicht?« fragte Fennelli.

»Die schwarze Politur ist ausgelaufen und liegt am Boden«, sagte ich.

Er griff in seine Tasche, holte eine Brieftasche hervor, nahm einen Fünf-Dollar-Schein heraus und hielt ihn mir hin. »Da, besorg dir neue«, sagte er.

Ich betrachtete erst den Schein, dann Fennelli und marschierte wortlos zur Tür. Beim Hinausgehen hörte ich, wie Fennellis Begleiter sagte: »Fünfzig zu hundert, daß der Bengel nicht zurückkommt, Silk.«

Silk Fennelli lachte. »Gemacht!«

»Ich glaube nicht, daß er je in seinem Leben soviel Geld gehabt hat«, meinte die Frau.

»Da hast du wahrscheinlich recht«, sagte Silk. »Mir ging's genauso, als ich so alt war wie er.«

Als ich zurückkam, waren sie beim Essen. Ich legte das Wechselgeld auf den Tisch und sagte: »Entschuldigen Sie daß ich Sie warten ließ, aber der Kaufmann konnte den Fünfer nicht wechseln, und da mußte ich um den ganzen Häuserblock laufen, um Kleingeld zu bekommen.«

Ich kniete mich auf den Boden und begann seine Schuhe zu putzen.

Der andere Mann zog seine Brieftasche, nahm einige Scheine heraus und gab sie Fennelli. Silk steckte sie, ohne zu zählen, in die Tasche. »Das sollte dir eine Lehre sein. Der Fachmann irrt sich nicht. – Wie heißt du, mein Sohn?« fragte er.

»Francis Kane«, sagte ich. »Aber Sie können mich Frankie nennen. Alle meine Freunde nennen mich Frankie.«

»Oh, ich bin also dein Freund, wie? Vorsicht, junger Mann. Freundschaft ist nichts, was man so leicht verschenkt. Geh nicht zu großzügig damit um«, sagte er.

»Ich versteh nicht ganz, was Sie meinen«, sagte ich etwas unsicher, »ich finde Sie jedenfalls o. k.« Ich war mit dem Putzen fertig und stand auf.

Der andere Mann und die Frau erhoben sich ebenfalls. »Wir müssen gehen, Silk. Bis später.«

Silk stand auf. »Auf Wiedersehen«, sagte er zu ihnen.

Als sie gegangen waren, fragte ich ihn: »Haben Sie kassiert, Mr. Fennelli?«

»Was meinst du?«

»Ich meine die Wette. Ich hab's nämlich gehört. Hat er Sie ausbezahlt?«

Fennelli lachte. »Du hast es also gehört.«

»Ja«, sagte ich. »Ich bin ja nicht blöd. Ich weiß, was gespielt wird.«

Wieder mußte Fennelli lachen. »Setz dich«, sagte er, »und iß ein Sandwich. Woher kommst du?«

»St.-Theresien-Waisenhaus.«

»O. k. Du weißt also, was gespielt wird«, sagte er. Er sprach, als ob ich seinesgleichen wäre. »Du kommst mir so bekannt vor. Wo habe ich dich schon mal gesehen? In einem der Spielräume?«

Er meinte damit die Lagerräume, die er in unserem Bezirk in Spielräume für Kinder umgewandelt hatte. Alle sagten, er habe ein gutes Werk für die Kinder in der Gegend getan, weil er sie von der Straße holte. Aber von Keough hatte ich mal gehört, daß mehr dahinterstecke. Fennelli wollte sich damit die späteren Kunden für seine Spielhallen heranziehen. In diesen Spielräumen gab es alle möglichen Spiele, die die Kinder kostenlos spielten – Spiele, bei denen es auf Geschicklichkeit ankam, und Glücksspiele, für die man anderswo fünf bis fünfundzwanzig Cents pro Spiel bezahlte. Von einem bestimmten Alter ab durften die Kinder die Spielräume nicht mehr betreten und gingen dann in andere Hallen, um dort gegen Bezahlung zu spielen. O ja, Fennelli war ein großes Tier; er schickte sogar seine Kunden zur Schule.

»Nee«, sagte ich. »Ich arbeite drüben bei Jimmy Keough.«

Fennelli winkte einen Kellner herbei. Ich bestellte ein Roastbeef-Sandwich und ein Glas Bier.

»Du bist zu jung, um Bier zu trinken«, sagte Fennelli. Er verwandelte die Bestellung in Limonade.

Ich aß rasch und war in ein paar Minuten fertig. Dann stand ich auf. »Vielen Dank, Mr. Fennelli.«

Er lächelte mir zu. »Schon gut, Junge. Ich habe auch mal Schuhe geputzt, genau wie du.« Er langte in seine Tasche und brachte einige zusammengefaltete Banknoten zum Vorschein. »Hier«, sagte er, »nimm das und hau ab.«

»Ja, Sir«, sagte ich, und als ich sah, daß es fünf Scheine waren, setzte ich hinzu: »Nochmals vielen Dank.«

Draußen an der Ecke stand Ray Callahan mit seinem Schuhputzkasten. Ich ging auf ihn zu. Ray war ein netter Junge. Sein Alter war ein Säufer, und sie lebten von der Wohlfahrt. Ray händigte seine paar Piepen gewöhnlich seiner alten Dame aus, die sich ebensooft Schnaps dafür kaufte wie der Alte.

»He, Frankie«, rief er.

»Hallo«, sagte ich. »Was macht das Geschäft?«

»Flau«, murmelte er. »Bloß vierzig Cents den ganzen Nachmittag.«

Ich hielt ihm meine fünf Dollar unter die Nase. Ihm traten fast die Augen aus dem Kopf. »Herrjemine!« stieß er hervor, und flüsternd fügte er hinzu: »Wo hast du die ergaunert?«

Ich lachte. »Man muß eben die richtigen Leute kennen.« Dann erzählte ich ihm die Geschichte.

»Junge, Junge«, meinte er, »da hast du aber Schwein gehabt!«

Wir gingen zusammen die Straße entlang. Es fing schon an, dunkel zu werden.

»Willst du nicht mit raufkommen?« fragte Ray. »Wenn du nichts anderes vorhast?«

Ich wußte, warum ich mitkommen sollte: damit er keine Dresche bekam, weil er so wenig eingenommen hatte. »O. k.«

Als wir in den Hausflur traten, hörten wir, wie sein Vater und seine Mutter sich anschrien.

»Du lieber Himmel!«, sagte Ray. »Die hören auch nie damit auf. Na, ich kann mich ja auf was gefaßt machen.«

Im ersten Stock kam ein Mann aus einer Tür und flitzte an uns vorbei die Treppe hinunter. Er hatte die Tür hinter sich ein wenig offengelassen, und eine Frauenstimme ertönte: »Bist du's, Ray?«

Ray blieb stehen. »Ja.« Er flüsterte mir zu: »Das ist Mary Cassidy – ich mache Besorgungen für sie.«

Sie erschien an der Tür. »Könntest du mir ein paar Flaschen Bier holen?«

»Klar, Mary«, sagte Ray. Er stellte seinen Schuhputzkasten auf den Boden und bat mich, auf ihn zu warten.

Miss Cassidy sagte zu mir: »Du brauchst nicht hier im Flur zu stehen. Bring die Kästen herein und warte drinnen.«

Schweigend nahm ich die Kästen und trug sie ins Zimmer. Sie schloß die Tür und deutete auf einen Stuhl. »Du kannst dich hinsetzen, bis Ray zurückkommt.«
Ich setzte mich. Sie ging ins Zimmer nebenan und kam mit einem Ding wieder, das wie ein Irrigator aussah. Sie füllte ihn am Ausguß mit Wasser, verschwand damit nach nebenan und kam ein paar Minuten später wieder heraus.
»Ist er noch nicht zurück?« fragte sie.
»Nein, Ma'am«, sagte ich. Diesmal sah ich sie mir genau an. Sie sah nicht übel aus, wie sie so dastand, mit ihrem geschminkten Gesicht, dem bemalten Mund und den hellblonden, leicht gekräuselten Haaren. Ich starrte sie so scharf an, daß sie rot wurde. Ich fragte mich, ob Ray wohl wußte, daß sie eine Hure war. Sie war sicher gut im Bett, dachte ich. Ich überlegte, wie ich sie fragen könnte, ob sie es mit mir machen wollte. Ich hatte es noch nie gemacht. Aber ich hatte fünf ganze Dollar in der Tasche, und das machte mir Mut.
»Ich hab' ein paar Dollar«, sagte ich.
»Na und?« Sie beäugte mich neugierig. Ich wußte nicht recht, was ich darauf sagen sollte, aber ich blickte ihr fest in die Augen. Eine Weile blieben wir so, ohne einen Ton zu sagen. Dann meinte sie: »Du bist reichlich jung, nicht wahr?«
»Ich bin fünfzehn«, log ich.
»Hast du überhaupt schon mal?« fragte sie. Ihre Brüste kamen mir furchtbar groß und interessant vor.
»Klar«, sagte ich, »schon oft!« Ich wurde allmählich nervös.
»O. k.«, sagte sie, »komm mit.« Sie ging mir voran ins Schlafzimmer. Am Bettrand drehte sie sich um und sah mich an. »Gib mir das Geld.«
Ich nahm zwei Dollar aus meiner Tasche und gab sie ihr. Meine Hand zitterte. Sie nahm das Geld und schob es unters Kopfkissen. Dann zog sie sich das Kleid über den Kopf und legte sich aufs Bett. »Nun komm schon«, sagte sie.
Ich machte meine Hose auf und ließ sie zu Boden fallen.

Mit schlotternden Knien stieg ich ins Bett und legte mich neben sie. Ich versuchte es, aber die Sache klappte nicht – ich war zu ängstlich, zu nervös.
Sie verlor die Geduld. »Beeil dich. Ich hab' nicht den ganzen Tag Zeit. Ray kann jeden Augenblick zurückkommen.«
Es hatte keinen Zweck – ich war zu verstört. Es wollte einfach nicht klappen. Sie versuchte mir zu helfen – aber es ging trotzdem nicht. Schließlich stieg sie aus dem Bett. Ich blieb noch eine Weile liegen und beobachtete sie. Als sie mir den Rücken zudrehte, fuhr ich mit der Hand unter das Kissen und nahm meine zwei Dollar wieder an mich. Ich hatte nicht die Absicht, für nichts und wieder nichts zu bezahlen!
Kurz darauf kam sie wieder ans Bett und warf mir, ohne einen Ton zu sagen, ein Handtuch zu. Dann zog sie ihr Kleid an. Ich stieg aus dem Bett und zog mir die Hose an. Zusammen gingen wir zurück ins vordere Zimmer.
»Du kommst am besten wieder, wenn du erwachsen bist, Kleiner«, meinte sie lachend. »Ich sage immer: ›Kinder können keine Männerarbeit tun.‹«
Ich spürte, wie mir das Blut aus dem Gesicht wich, wie immer, wenn ich wütend war. Ich hätte sie am liebsten mit meinem Schuhputzkasten geschlagen. Das mußte sie gespürt haben, denn ihre Augen weiteten sich, und sie trat einen Schritt zurück. Ich fühlte, wie mein Magen sich verkrampfte, und warf ihr einen finsteren Blick zu.
»Du brauchst doch nicht gleich –«, begann sie, als sich plötzlich die Tür öffnete.
Es war Ray. »Hier ist das Bier, Mary«, sagte er.
Ich hob meinen Schuhputzkasten auf und ging auf den Flur.
Ich hörte, wie Ray sie etwas fragte, und ich hörte sie lachen. Dann erschien sie in der Tür. Sie gab Ray einen Dime für die Besorgung. Dann, als sei es ihr gerade eingefallen, sagte sie: »Hier ist auch noch ein Dime für deinen Freund, weil er auf dich gewartet hat.« Damit warf sie mir die Münze zu und schloß die Tür.

Ich fing den Dime auf und schleuderte ihn gegen die geschlossene Tür. »Du gemeine, gottverfluchte Hure!« schrie ich, und ohne Ray anzusehen, rannte ich die Stufen hinab und zum Haus hinaus.

3

Fünfzehn Tage noch, dann gab es Ferien. Ich konnte es kaum abwarten. Denn dann konnte ich den ganzen Tag für Keough arbeiten und richtig Geld verdienen.
Ich verließ an diesem Nachmittag die Schule zusammen mit Jerry Cowan. »Hast du heute nachmittag was Besonderes vor?« fragte er.
»Warum?«
»Och, nichts. Ich meine nur.«
Wir schlenderten eine Weile dahin, ohne etwas zu sagen. Dann fragte Jerry plötzlich: »Frankie, hättest du Lust, diesen Sommer mit mir aufs Land zu fahren?«
»Mach keine Witze«, sagte ich.
»Das ist kein Witz. Ich meine es wirklich. Ich habe Papa gefragt, und er sagt, ich sollte dich in dieser Woche mal zum Essen einladen, und dann würden wir darüber reden.«
»Quatsch!« sagte ich. »Sie würden mich wahrscheinlich sowieso nicht gehen lassen.«
»Das würden sie bestimmt, wenn mein Vater sie darum bittet. Du weißt doch, wer er ist?«
Ja, ich kannte seinen Vater. Jeder kannte ihn – den großen Jerry Cowan, den lächelnden Bürgermeister von New York. Bilder von ihm waren jeden Tag in der Zeitung – wie er, eine Nelke im Knopfloch, mit blitzenden Zähnen die Vertreter irgendeines Kaninchenzüchtervereins händeschüttelnd begrüßte. Kein Zweifel, Jerrys alter Herr konnte fast alles haben, was er wollte.
Wir waren inzwischen bis zur Tür des Billardsaales gekommen.

Ich blieb stehen und blickte hinein. Aber es war so dämmrig im Raum, daß ich kaum etwas sehen konnte. Ich dachte an den Sommer, den ich hier verbringen würde in dem Gestank von Alkohol und Toilettengeruch. Dann dachte ich an den Sommer mit Jerry auf dem Lande. Wahrscheinlich wohnte er in einem eleganten Haus mit Dienstboten und allem Drum und Dran. Man würde fischen und schwimmen können und alles mögliche. So ein Sommer mußte toll sein. Ich wandte mich zu Jerry: »Nee, Jerry, aber trotzdem vielen Dank. Sie – ich meine – ich habe hier einen Job. Diesen Sommer muß ich arbeiten. Ich kann nicht immer mit leerem Portemonnaie rumlaufen. Ich muß ein bißchen Kies machen. Und außerdem hasse ich das Land, verdammt noch mal! Da krieg ich immer das heulende Elend.«

Jerry sah mich an, und dann lachte er. Jerry war nicht von gestern. Er wußte, was in mir vorging. Jerry war ein merkwürdiger Freund. Es war nicht leicht, mit ihm Freundschaft zu schließen, aber er war auch nicht hochnäsig. Er war eben – eigen.

»Na, schön«, sagte er, »wenn dir das lieber ist. Aber du kannst doch wenigstens an einem Abend mal zum Essen zu uns kommen.«

»Mach' ich. Aber jetzt muß ich reingehen und arbeiten.« Ich sah ihm nach, wie er die Straße entlangging und dann um die Ecke bog.

Dann drehte ich mich um und schaute in den Saal. Die Uhr an der Rückwand zeigte Viertel nach drei. Es war noch früh. Ich brauchte erst um vier Uhr anzutreten, und im Moment hatte ich keine besondere Lust zum Arbeiten. Keough sprach mit irgendeinem alten Knacker und sah mich nicht. Ich duckte mich, wetzte die Straße hinauf und setzte mich auf die Treppe eines alten Mietshauses in die Sonne, um die Zeit bis vier totzuschlagen. Ich dachte über Jerrys Vorschlag nach.

Plötzlich hörte ich Geschrei auf der anderen Straßenseite. Ein paar Jungen, die ich kannte, hatten einen Judenjungen in die Mangel genommen. Ich sah mit mäßigem Interesse zu, aber ich

war zu faul, hinüberzugehen und mich an dem Spaß zu beteiligen. Sie standen im Halbkreis um ihn herum und piesackten ihn.
»Wie fühlt man sich so als halber Mann?«
»Christusmörder!«
»Schlapper Hund!«
Der Junge stand mit bleichem, aber ruhigem Gesicht starr da. Seine Augen blitzten in stolzem Haß. Die anderen rückten ihm drohend näher. Er ließ sein Buch fallen, preßte den Rücken dichter an die Wand und hob die Fäuste. Er war blond, blauäugig, hager und schien etwas kleiner zu sein als ich. Schließlich sagte er: »In einem fairen Kampf kann ich jeden von euch schlagen.« Seine Stimme verriet keine Furcht.
Sie antworteten mit wieherndem Gelächter und rückten näher an ihn heran.
Ich sprang auf und überquerte die Straße. Das versprach gut zu werden.
»He, Frankie!« rief einer der Jungen.
»Hallo, Willie«, erwiderte ich.
»Wir wollen uns den kleinen Itzig mal vorknöpfen!« schrie ein anderer aus der Bande.
»Nix«, sagte ich. »Ihr habt gehört, was er gesagt hat. Er könnte jeden von uns schlagen. Das laßt ihr doch wohl nicht auf euch sitzen. Einer von uns muß mit ihm kämpfen.«
Die Bande sah mich zweifelnd an.
»Nun«, fragte ich, »wer will?«
Keiner antwortete.
»O. k.«, sagte ich, »dann tue ich es.«
Der Kreis teilte sich, und ich marschierte hindurch. Der Judenjunge sah mich abschätzend an. Ich hob meine Fäuste. Er machte einen Schritt vorwärts und schlug wild nach mir. Er hatte keine Ahnung vom Boxen. Er versuchte es mit weiteren Schlägen, aber ich konnte sie alle ohne Schwierigkeit abblocken.
Die Bande begann zu johlen.
»Gib ihm Saures, Frankie!«

»Tritt ihm in die Eier!«
»Mein Gott«, dachte ich, »er weiß, daß ich ihn zu Mus schlagen kann. Warum, zum Teufel, haut er nicht ab?« Ich trat auf ihn zu, versetzte ihm einen Mordsschlag in den Bauch und gleich darauf einen rechten Kinnhaken. Er sackte zusammen und fiel auf den Rücken. Die Jungen hüpften erregt auf und ab. »Mach ihn fertig«, johlten sie. Der Judenjunge versuchte aufzustehen, schaffte es aber nicht ganz. Schließlich blieb er einfach liegen und beobachtete mich. Ich ließ meine Fäuste sinken.
Willie schrie: »Rollt ihn in den Rinnstein!« Die Jungen drängten sich näher an ihn heran. Ich trat über ihn hinweg und baute mich vor ihm auf.
»Ich habe ihn k. o. geschlagen«, sagte ich. »Laßt ihn jetzt in Ruhe!«
Sie sahen mich einen Moment erstaunt an, bis sie merkten, daß es mir ernst war. Dann wußten sie nicht, was sie tun sollten, und blickten sich ratlos an.
»O. k.«, sagte ich. »Ihr habt euren Spaß gehabt. Jetzt haut ab.«
Sie verkrümelten sich allmählich. Als sie um die Ecke verschwunden waren, setzte ich mich auf den Bordstein, dicht neben den Judenjungen. Ich nahm eine Packung Zigaretten aus der Tasche und bot ihm eine an. Er schüttelte den Kopf. Ich nahm mir selbst eine und zündete sie an. Wir sagten eine Weile nichts. Dann richtete er sich langsam auf.
»Besten Dank«, sagte er.
»Für einen Schlag in die Fresse?« fragte ich und lachte.
»Für schonende Behandlung«, sagte er. »Diese Bande –«
»Ach, die sind gar nicht so schlimm. Sie wollten nur ein bißchen Spaß haben. Sie haben sich nichts dabei gedacht.«
»Schöner Spaß«, sagte er, stand auf und nahm sein Buch an sich. Er schien etwas schwach auf den Beinen zu sein.
»Du solltest boxen lernen, Judenjunge, wenn du dich in dieser Gegend herumtreiben willst«, sagte ich.
Er antwortete nicht, aber ich sah ihm an, daß er die feste Absicht hatte, es zu lernen.

Gerade in diesem Augenblick kam Pater Quinn vom Waisenhaus vorbei und ich sprang rasch auf.
»Guten Tag, Francis«, sagte er.
»Guten Tag, Pater«, erwiderte ich und legte salutierend die Hand an die Stirn.
»Du hast doch nicht etwa mit diesem Jungen gerauft, Francis?« fragte er argwöhnisch mit einem Blick auf den Judenjungen.
Bevor ich antworten konnte, sagte der Judenjunge: »O nein, Sir, wir haben uns nicht geschlagen. Francis hat mir nur Boxunterricht gegeben.«
Pater Quinn sah sich den Jungen näher an. »Nun«, sagte er, »paß auf, daß er bei dem Unterricht nicht in allzu große Begeisterung gerät. Er vergißt sich manchmal dabei.« Dann wechselte er auf den Ton über, den er gebrauchte, wenn sich einer nicht bei der Messe sehen ließ: »Wie heißt du, mein Sohn? Ich kann mich nicht entsinnen, dich in der Kirche gesehen zu haben.«
»Ich bin Jude«, sagte der Junge. »Mein Name ist Martin Cabell.«
»Oh«, sagte Pater Quinn, »dann bist du sicher Joe Cabells Sohn.«
»Ja, Sir.«
»Ich kenne deinen Vater. Ein guter Mann. Willst du ihm Grüße von mir ausrichten?«
»Gern, Sir.«
»Also, Jungs, ich muß weiter. Denkt dran: keine Schlägerei!« Er wandte sich zum Gehen, blieb aber noch einmal stehen. »Francis«, rief er, »nimm lieber die Zigarette aus der Tasche, bevor du dir ein Loch in die Hose brennst.«
Der Judenjunge und ich sahen uns an und lachten.
»Das scheint ein anständiger Kerl zu sein«, sagte Martin.
»Der ist in Ordnung«, erwiderte ich.
Wir gingen zusammen die Straße hinunter.
»Wohnst du in dieser Gegend?« fragte ich.
»Meinem Vater gehört der Drugstore an der Ecke von der 59. Straße und dem Broadway. Wir wohnen am Central Park West.«

Wir waren an der Ecke von Ninth Avenue angelangt. Ich blickte in das Schaufenster eines Uhrmachers und sah, daß es schon nach vier war.
»Ich muß rennen«, sagte ich, »ich hab' zu arbeiten.«
»Komm doch in unseren Drugstore, wenn du fertig bist. Ich spendiere dir dann eine Limonade«, sagte Martin.
»O. k.«, sagte ich. »Bis später.«

4

Keoughs Billardsaal war leer, als ich hinkam. An diesem Nachmittag schien das Geschäft nicht recht zu laufen. Ich säuberte rasch das Lokal und schnappte mir die Bücher, um die Wettbeträge auszurechnen.
Gegen halb sechs erschienen einige Kunden, um ihre Schulden zu bezahlen, und ich wurde in den Keller geschickt, um eine paar Flaschen kaltes Bier zu holen. Als ich wieder raufkam, war Silk Fennelli da und unterhielt sich mit Keough. Er sah mich an. Dann sagte er: »Hallo, Frankie.«
»Hallo, Mr. Fennelli«, erwiderte ich, stolz, daß er mich erkannte.
Nach seinem Gespräch mit Keough kam er zu mir. »Na, wie wär's, willst du meinen Schuhen mal wieder deine Spezialbehandlung geben?«
»Sofort, Sir«, sagte ich und lief zum Schrank, um meinen Schuhputzkasten herauszuholen.«
Ich gab mir große Mühe. Ich rieb, bis sich mein Gesicht im Leder spiegelte.
Er war zufrieden, das konnte ich sehen. Er gab mir einen halben Dollar und fragte, ob ich mal wieder aus einer Kneipe hinausgeschmissen worden sei.
Ich lachte. Keough kam herbei, und Fennelli erzählte ihm, was sich zugetragen hatte.
Ich stellte den Schuhputzkasten fort und wandte mich wieder

meinen Zahlen zu. Keough und Fennelli blickten mir über die Schulter.
»Macht er die Abrechnungen für dich?«, fragte Fennelli.
»Ja«, sagte Jimmy, »und er macht es verdammt gut. Er versteht seinen Kram.«
Fennelli lächelte mir zu. »Mach weiter so, Junge. Dann wirst du eines Tages ein großer Mann in der Branche sein.«
Er winkte zum Abschied, stieg in sein Auto und fuhr davon.
›Eines Tages ein großer Mann in der Branche‹, dachte ich. Die Worte klangen in meinen Ohren nach. ›Ganz recht, der größte Spieler in der Stadt – das werde ich sein. Nur werde ich nicht spielen. Ich werde das Geschäft von oben leiten wie Silk Fennelli. Die kleinen Gauner werden die schmutzige Arbeit verrichten, und ich werde die Gewinne einstreichen. Und dann werde ich einen größeren Wagen fahren als Fennelli –‹
Den ganzen Nachmittag hing ich diesen Träumen nach, und ehe ich mich's versah, war es Zeit, nach Hause zu gehen.
Es hatte zu regnen begonnen. Als ich Cabells Drugstore erreichte, war ich ziemlich naß. Martin kam mir entgegen.
»Freut mich, daß du gekommen bist«, sagte er. »Willst du eine Limonade?«
Martin war ein Jahr jünger als ich, aber im selben Schuljahr. Nach einer Weile kam ein Mädchen zu uns herüber und wandte sich an Martin.
»Wir müssen uns beeilen, Marty, sonst kommen wir zu spät zum Abendessen.« Ich dachte mir, daß es seine Schwester sei, und ich hatte recht.
Er machte uns miteinander bekannt: »Frankie, das ist meine Schwester Ruth.«
»Guten Abend«, sagte ich.
Sie lächelte mich an. »Freut mich, dich kennenzulernen«, sagte sie. Sie war etwa fünfzehn und wirklich bezaubernd – eine auffallend gute Figur, blondes Haar, zu einem krausen Bubikopf geschnitten, und blaue Augen wie Martin. Und wie Martin hatte sie

eine besondere Art, den Menschen beim Sprechen gerade in die Augen zu sehen. Sie ging in die sechste Klasse der höheren Schule. Ich war einen halben Kopf größer als sie, und als Marty mich fragte, wie alt ich sei, sagte ich, ich wäre fast sechzehn. Ich hoffte, daß das Eindruck auf das Mädchen machte.

Martin erzählte ihr, wie wir uns kennengelernt hatten. Darauf sah sie mich merkwürdig an und ging. Ich überlegte, was sie verstimmt haben konnte.

Marty meinte achselzuckend: »Frauen sind komisch. – Um noch einmal auf das zu kommen, was du heute nachmittag vom Boxen sagtest – ich habe ein Paar Boxhandschuhe zu Hause. Hast du Lust, zu mir zu kommen und mir Unterricht zu geben?«

»Heute abend?« fragte ich.

»Warum nicht?« sagte er. »Nach dem Essen. Am besten gehst du jetzt auch nach Hause und kommst dann zu uns.«

»Ich fürchte, das geht nicht«, sagte ich. »Ich lebe im Waisenhaus. Wenn ich zum Abendessen hingehe, glaube ich kaum, daß ich noch einmal raus kann.«

»Oh«, sagte er stirnrunzelnd. Dann erhellte sich seine Miene. »Augenblick.« Er lief in den hinteren Teil des Ladens, und ich konnte sehen, wie er mit seinem Vater sprach.

»Ich habe die Sache geregelt«, sagte er, als er zurückkam. »Du kommst mit und ißt bei uns. Hinterher kannst du mir dann Boxen beibringen.«

Erst wollte ich nicht, aber dann gab ich nach.

Seine Eltern waren ausgegangen. Wir drei – Marty, Ruth und ich – wurden vom Hausmädchen versorgt, einem jungen Geschöpf namens Julie. Sie war frankokanadischer Herkunft und sprach mit einem lustigen Akzent. Sie saß beim Essen mit uns am Tisch. Es war ein einfaches Essen, und wir waren schnell fertig. Später schlug Martin vor, ins Arbeitszimmer zu gehen und zu boxen.

Mir war's recht. Ruth blieb im Wohnzimmer und wollte lesen.

Das Zimmer war ein hübscher Raum mit vielen Büchergestellen

an den Wänden, einer Couch und mehreren Sesseln. Wir schoben die Sessel zur Seite und zogen die Handschuhe an.
»Heb die Pranken hoch«, sagte ich. »Greif mit der Linken an. Halt die Rechte in der Nähe des Kinns – so wie ich.« Ich nahm Kampfstellung ein, und er machte es nach. Ich trat zurück, betrachtete ihn prüfend und korrigierte ihn. »O. k.«, sagte ich dann, »jetzt brauchst du nur noch loszuschlagen.«
»Ich möchte dir nicht weh tun«, meinte er.
»Keine Angst. Das wirst du schon nicht.«
Völlig ungedeckt schlug er mit der Rechten zu. »Vergiß nicht, die Linke hochzunehmen«, sagte ich. Aber er vergaß es immer wieder.
Wir waren gerade im schönsten Zuge, als sich die Tür öffnete. Unwillkürlich blickte ich über Martins Schulter. Ruth trat ins Zimmer. Während ich sie beobachtete, versetzte er mir einen Schlag gegen die Schulter. Ohne zu überlegen, knallte ich ihm mit der rechten eine aufs Auge. Er stürzte zu Boden.
Ruth rannte zu ihm. Mit einem bösen Blick auf mich sagte sie: »Du gemeines Biest. Warum kannst du dir nicht jemanden suchen, der so groß ist wie du?«
Ich war so verdattert, daß mir die Sprache wegblieb.
»Es ist nicht seine Schuld, Ruth«, sagte Martin, »ich habe ihn gebeten, mir Boxen beizubringen.«
»Aber dein Auge«, jammerte sie. »Es schillert in allen Regenbogenfarben.«
Sie hatte recht. Morgen würde er ein prachtvolles blaues Auge haben. Ich fand die Sprache wieder. »Herrje, Marty, das tut mir leid. Ich wollte wirklich nicht so hart zuschlagen.« Ich half ihm auf die Beine.
»Das ist nun nicht zu ändern«, sagte er und lachte.
Julie, die den Lärm gehört hatte, kam ins Zimmer. »Du legst am besten ein nassen Handtuch drauf«, sagte sie, »sonst schwillt es zu.«
Martin streifte seine Handschuhe ab. »O. k.«, sagte er, »bis zur

nächsten Runde. Warte hier. Ich bin in ein paar Minuten wieder da.«
Ruth verließ mit ihrem Bruder das Zimmer.
Ich hatte immer noch meine Handschuhe an. Julie hob die Handschuhe auf, die Marty zu Boden geworfen hatte. »Darf ich sie mal anprobieren?«, fragte sie.
»Bitte. Mir gehören sie nicht«, sagte ich.
Sie zog sie an. »Die sind aber klobig«, meinte sie.
»Man gewöhnt sich daran.«
»Mein Vater hat gesagt, an mir sei ein Junge verloren gegangen. Ich war immer sehr wild.«
Ich sagte nichts.
»Zeig mir, wie man boxt, Frankie«, bat sie. »Nicht richtig – so ungefähr.«
»Na, schön.«
»Aber schlag mich nicht«, sagte sie rasch. »Ich hab' Angst, daß du mir weh tust – besonders hier.« Sie legte die Hände unter ihre Brüste und drückte sie nach oben.
»Na, schön«, stammelte ich verwirrt. »Versuchen Sie ein paar Schläge, und dann hören wir auf.«
Sie hielt die Arme merkwürdig steif von sich und zielte ein paar Schläge nach mir, die mich aber nicht trafen. Dann kam sie dicht an mich heran und holte aus. Ich blockte ab, ging auf sie zu und chlinchte. Sie hielt meine Arme mit ihren Ellbogen fest und preßte sie gegen ihre Seite. Ich spürte ihren Körper ganz nahe. Dieses Boxen mit einem Mädchen war keine gute Sache. Es war mir zu aufregend.
»Du bist sehr stark«, sagte sie und preßte sich gegen mich.
Sie war etwas größer als ich und hatte schwarzes Haar und einen vollen, üppigen Mund. In ihren Augen lag ein merkwürdiger Ausdruck. Plötzlich merkten wir, daß Ruth in der Tür stand und uns beobachtete. Sofort stoben wir auseinander.
Ich wurde rot. »Sie wollte auch boxen lernen«, stammelte ich ziemlich lahm. Ich fühlte, wie meine Ohrläppchen brannten.

»Ein richtiger Gene Tunney, wie mir scheint«, sagte Ruth sarkastisch. »Martin möchte mir dir sprachen.«
Ich streifte die Handschuhe ab und reichte sie Julie. Dann folgte ich Ruth in Martins Zimmer. Mit einem nassen Handtuch über dem Auge lag er auf seinem Bett.
»Schade, daß das passiert ist, Frankie. Aber komm doch morgen beim Geschäft meines Vaters vorbei. Dann können wir uns wieder verabreden.«
»O. k., Marty. Tut mir leid, daß ich so hart zugeschlagen habe. Bis morgen dann.« Ich drehte mich um und verließ das Zimmer. Ruth folgte mir bis an die Wohnungstür. »Gute Nacht, Ruth.«
»Gute Nacht«, sagte sie. Als sie die Tür schon halb geschlossen hatte, setzte sie hinzu: »Würdest du mir wohl einen Gefallen tun?«
»Gewiß«, sagte ich.
»Dann halte dich von meinem Bruder fern. Du bist gemein und verdorben, und du wirst ihn auch bloß verderben.« Wütend stieß sie die Worte hervor und knallte die Tür hinter mir zu.
Langsam ging ich den Korridor entlang.
»Pst!« hörte ich jemanden zischen. Ich drehte mich um. Julie stand vor einer anderen Tür.
»Komm her«, flüsterte sie heftig gestikulierend. Die Tür führte in die Küche, und hinter der Küche lag ein kleines Zimmer, das von der übrigen Wohnung völlig getrennt war. Julie schloß die Tür hinter uns.
»Das ist mein Zimmer«, flüsterte sie. Sie knipste das Licht aus, schloß mich in die Arme und küßte mich. Sie bewegte ihre Zunge in meinem Mund, ihre Hände hatte sie gegen meinen Körper gepreßt. Ich ließ meine Finger über ihren Leib gleiten. Plötzlich sank sie auf das schmale Bett.
»Du bist so stark«, flüsterte sie. »Du darfst mir nicht weh tun. Bitte, tu mir nicht weh.« Und nach einer Weile: »Tu mir weh, bitte, tu mir weh ...«
Es war gegen Mitternacht, als ich sie verließ. Ich wanderte durch

die nassen, muffigen Straßen und fühlte mich wie ein Mann. Aber ich war ein Dummkopf. Ich war noch nicht vierzehn, zu groß für mein Alter und zu groß für meine Kniehosen.

5

Keoughs Lokal war sonntags geschlossen. Als Meßdiener mußte ich während sämtlicher Messen in der Kirche sein. Nach der letzten Messe, gegen zwölf Uhr, ging ich dann meist zum Mittagessen ins Waisenhaus zurück. Für den Rest des Tages verdrückte ich mich. Manchmal sah ich mir einen Film an, und manchmal schlich ich mich auf den Sportplatz und sah den Basketballspielern zu. An diesem Sonntag aber würde ich zu Jerry gehen und seinen Vater kennenlernen. Ich hatte es ihm versprochen.

Als ich Jerry zum erstenmal begegnete, wurde sein Vater gerade zum Bürgermeister gewählt. Ich wußte nicht recht, wie ich mich ihm gegenüber verhalten sollte. Er war ein liebenswerter, freundlicher Junge, der nie dahinterkam, daß der wirkliche Grund für seine Versetzung aus einer Privatschule in die Waisenhausschule politischer Natur war. Ich mochte ihn gut leiden.

Um die aufkommende Sympathie zu erproben, schlug ich ihm einen Boxkampf vor. Mitten in diesem Kampf – der zu nichts führte, da wir gleichwertig waren – ließ ich die Fäuste sinken und sagte: »Zum Teufel – du gefällst mir.«

Er gab mir die Hand und sagte: »Das freut mich. Du gefällst mir nämlich auch.«

So wurden wir enge Freunde. Das war im vergangenen Jahr. Und jetzt wollte er mich seinem alten Herrn vorführen, damit ich mit aufs Land gehen konnte. Er hatte vor der Kirche auf mich gewartet.

»Fertig, Frankie?« fragte er lächelnd.

»Ja«, grunzte ich.

»O. k. Worauf warten wir dann noch? Los, komm!«

Ein Butler öffnete uns. »Guten Tag, Master Jerry«, sagte er.
»Robert«, fragte Jerry, »wo ist Vater?«
»In der Bibliothek. Er erwartet Sie«, sagte der Butler.
Ich folgte Jerry in die Bibliothek. Sein Vater lächelte uns freundlich zu. Mir fiel auf, daß Jerry ihm sehr ähnlich sah, wenn er lächelte. Aber Jerry hatte den sensiblen Mund seiner Mutter und ihre sanfte Art.
»So, da bist du ja, mein Sohn«, rief sein Vater. »Wir haben mit dem Essen auf euch gewartet.«
»Vielen Dank, Vater«, sagte Jerry und stellte mich vor. »Das ist mein Freund Frankie. Ich hab' dir ja von ihm erzählt.«
Plötzlich wurde ich mir meines geflickten Hemdes und meiner alten Hose bewußt.
»Freut mich, dich kennenzulernen», sagte Jerrys Vater und schüttelte mir die Hand.
Dann kam der Butler und bat zum Essen, und wir gingen alle ins Eßzimmer.
Der Eßtisch war riesig, und die Fülle von Messern, Gabeln und Löffeln verwirrte mich, aber ich beobachtete Jerry und wurde recht gut mit allem fertig. Als Dessert gab es Eiscreme. Dann gingen wir wieder in die Bibliothek zurück.
»Jerry sagte mir, daß er dich gern mit aufs Land nehmen möchte«, sagte Mr. Cowan.
»Ja, Sir, ich bin Ihnen sehr dankbar für die Einladung, aber ich kann leider nicht mitkommen.«
»Nanu«, sagte Mr. Cowan. »Verstößt es etwa gegen die Vorschriften des – hm – Waisenhauses?«
»O nein, Sir, aber ich habe einen Job für den Sommer angenommen, und den kann ich nicht aufgeben.«
»Aber die Landluft wäre viel besser für dich als die Arbeit in der heißen Stadt«, sagte Mrs. Cowan.
»Ja, Ma'am, ich weiß, Ma'am.« Ich wollte ihre Gefühle nicht verletzen, denn ich mochte sie gern. »Aber ich brauche einiges. Im September komme ich auf die Oberschule, und etwas Zaster –

ich meine – Geld ist dafür schon nötig. Sie verstehen sicher, was ich meine: Ich möchte gern … ein wenig wie die anderen sein – nicht immer auf Barmherzigkeit angewiesen. Entschuldigen Sie bitte, wenn ich unhöflich erscheine.«

Sie nahm mich bei der Hand. »Du bist ein feiner Kerl«, sagte sie.

Etwas später verließen uns Mr. und Mrs. Cowan, weil sie irgendwo eine Verabredung hatten, und wir gingen nach oben in Jerrys Zimmer.

6

Dieser Sommer war der erste, in dem ich viel mit anderen Menschen zusammen war. Ich lernte, mit ihnen auszukommen, mit ihnen zu spaßen und zu lachen und nicht jede Beleidigung tragisch zu nehmen. Ich lernte vieles in diesem Sommer, und Julie lehrte mich das meiste.

Am Tage nach meiner Schulentlassung aus der Volksschule hatte Marty mich wieder zum Abendessen eingeladen. Seine Eltern waren an diesem Abend nicht zu Hause.

Ich kam zeitig. Marty empfing mich an der Tür. »Na, wie wär's, wenn wir jetzt ein wenig boxen?« sagte er. »Dann können wir nach dem Essen faulenzen.«

»O. k.«, erwiderte ich.

Wir hatten fast eine Stunde geboxt, als Julie den Kopf zur Tür hereinsteckte. »Das Essen ist fertig«, sagte sie.

Wir streiften die Handschuhe ab, ich wusch mir die Hände. Marty wollte duschen. Ich ging in die Küche, um auf ihn zu warten.

»Wo ist Marty?« fragte Julie.

»Er duscht«, sagte ich, »er wird gleich kommen.«

Sie trug einen enganliegenden Kittel, der an der Seite gebunden war. Wenn man von ihrem Gang absah, wirkte sie darin fast wie ein Kind. »Was macht der Boxunterricht?« fragte sie und nahm meine Hände.

»Sehr gut, Marty macht sich.«
»Und deine anderen Lektionen?« fragte sie lächelnd.
»Was für andere Lektionen?« fragte ich dumm.
»Diese«, sagte sie und zog langsam meine Arme um ihren Körper.
Ich preßte sie fest an mich. Ihr warmer Leib gab mir ein wohliges Gefühl. Ihre lebendige Wärme weckte mein Verlangen. Ich küßte sie auf den Mund. Sie schloß die Augen. Als sie sie wieder öffnete, war ihr Blick weich und verschwommen.
Sie legte den Kopf auf die Seite. »Küß mich hier.« Sie deutete auf ihre Kehle.
»Warum?« fragte ich.
»Weil ich es gern hab', du Dummkopf. Du wirst es auch gern haben. Liebst du mich nicht?«
»Das ist ja Kinderei«, sagte ich verlegen.
»Kinderei?« Sie blickte mich mit geheucheltem Erstaunen an. »Und wie alt bist du, wenn ich fragen darf, Mr. Methusalem?«
»Ich bin fast sechzehn.«
»Nun, ich bin fast vier Jahre älter als du, und ich halte es nicht für Kinderei. Küß mich.« Ich küßte sic auf die Kehle. Zuerst schien es seltsam, dann aber war es herrlich. Sic führte meine Hand auf ihre Brust. Die war weich und warm, und ich spürte, wie sich ihre Brustwarze unter meiner Hand aufrichtete. »Sag, daß du mich liebst«, flüsterte sie.
Ich schüttelte den Kopf. Immer noch küßte ich ihre Kehle. Ich drängte sie fester an mich.
»Sag es!« befahl sie. »Sag: ›Julie, ich liebe dich‹!«
Ich brachte meine Lippen näher an die ihren und sagte nichts. Wir hörten Martin pfeifen, als er aus dem Badezimmer kam, und rissen uns voneinander los. Ich blickte sie an. Sie war schön. Ihre Augen blitzten, und ihr Mund war noch gespitzt von unseren Küssen.
»Ich werde dich zwingen, es zu sagen – später«, flüsterte sie leidenschaftlich.

Ich lachte glücklich. In diesem Augenblick kam Martin herein. »Was gibt es Lustiges?« fragte er.
»Nichts«, sagte ich und kam mir vor wie ein Idiot.
Wir setzten uns zu Tisch. Etwa zehn Minuten später erschien Ruth. »Tut mir leid, daß ich mich verspätet habe, Julie, aber ich bin im Club hängengeblieben. Wir wählen eine neue Präsidentin.« Sie setzte sich zu uns an den Tisch und sah mich an. »Du hier?« fragte sie.
»Ja«, sagte ich und hatte das Gefühl, daß mich jetzt nichts erschüttern konnte. »Hast du was dagegen?«
Julie brachte Ruths Teller und setzte sich ebenfalls. Sie blickte von Ruth zu mir, als spürte sie die Feindschaft zwischen uns. Ich sah Julie an. In ihren Augen war ein Lachen, aber ich wußte nicht, worüber.
Nach dem Abendessen saßen wir noch eine Weile im Wohnzimmer. Um halb neun sagte ich gute Nacht. Ruth begleitete mich wieder zur Tür. »Wie ich sehe, hast du meinen Rat nicht befolgt«, sagte sie.
»Warum kümmerst du dich nicht um deinen eigenen Dreck?« erwiderte ich gehässig. Meine Ausdrucksweise schockierte sie wohl ein wenig, denn ich hörte, wie sie nach Luft schnappte. Als ich mich an der Tür nach ihr umwandte, sah ich Tränen in ihren Augen. Instinktiv ergriff ich ihre Hand. »Es tut mir leid«, sagte ich.
Sie schüttelte meine Hand ab. »Faß mich nicht an«, sagte sie. »Ich hasse alles an dir. Du bist nicht wie andere Jungen deines Alters. Du hast etwas Altes und Gemeines und Hartes an dir, etwas Verdorbenes, womit du alles ansteckst – auch meinen Bruder.«
Ich wollte etwas sagen, aber ich brachte kein Wort hervor. Ich ging und schloß die Tür hinter mir.
Julie wartete bereits an der anderen Tür. »Was hast du solange getrieben? Ich dachte, du kämst überhaupt nicht mehr.«
»Nichts«, sagte ich und folgte ihr in ihr Zimmer. Ich küßte sie –

zuerst auf die Lippen und dann auf die Kehle. Ich band ihren Kittel auf und ließ meine Hände hineingleiten. Ihre Haut war kühl und glatt. Ich drängte sie zum Bett.

Sie wehrte sich. »Sag zuerst: ›Ich liebe dich‹.«

Ich hielt sie fest an mich gepreßt und strich mit der Hand über ihre Schenkel – auf und ab. Ihre Knie schienen nachzugeben. Sie hing mit ihrem ganzen Gewicht in meinen Armen. Ich schob sie zum Bett.

Ihr Körper versteifte sich. »Nein«, sagte sie. »Sag: ›Ich liebe dich‹.«

Ich umschlang sie fester, aber ihr Körper war steif. Ich blickte auf ihren Mund; er war nicht weich, sondern fest und entschlossen.

»Ich liebe dich, Julie«, sagte ich heiser und zog sie noch enger an mich.

7

»Es ist ganz leicht«, sagte Jimmy Keough. »Du hast den ganzen Bezirk von hier bis zur 64. Straße. Ich habe schon allen deinen Besuch angekündigt. Du brauchst nur die Wetten anzunehmen, sie einzutragen und mir zu bringen, bevor die Rennen gelaufen sind. Wenn du nicht pünktlich hier sein kannst, ruf mich an und sag mir, wieviel du hast. Der Profit deines Wettbuchs wird geteilt. Solange du ein Plus aufzuweisen hast, machen wir halbpart bei der Einnahme. Wenn du in der Klemme sitzt, mußt du erst das Defizit ausgleichen, bevor wir den Profit wieder teilen.«

Ich nickte. Wir hatten das schon oft besprochen, und ich war wild darauf, anzufangen. Ich hatte ein Notizbuch, ein paar Bleistifte und zwei Rennformulare in der Tasche und trabte los.

Jimmy rief mir nach: »Denk daran, nimm nur solche Scheine, die in Ordnung sind, und vergiß nicht zu telefonieren, wenn du nicht rechtzeitig zurück sein kannst.«

»Geht klar, Jimmy«, sagte ich von der Tür her. Die Straße war von hellem, heißem Sonnenlicht durchflutet. Es war erst elf, und es würde noch viel heißer werden. Ich warf einen Blick auf das Adressenverzeichnis, das Jimmy mir gegeben hatte. Meinen ersten Besuch machte ich in einer Garage an der Ecke der Tenth Avenue und 63. Straße.

Ein Drugstore etwas weiter unten an der Straße war mein nächstes Ziel, dann ein Schönheitssalon, ein Süßwarengeschäft, noch ein paar Garagen und Werkstätten, ein Schuhladen, ein Restaurant und schließlich ein Logierhaus. Ein farbiges Dienstmädchen öffnete. Ich warf einen Blick auf meine Adressenliste. »Ist Miss Neal zu Hause?« fragte ich.

»Gewiß«, sagte sie. »Aber du bist noch reichlich jung für einen Besuch bei ihr.« Sie führte mich in den zweiten Stock. »Miss Neal?« fragte sie durch eine geschlossene Tür hindurch.

»Herein«, antwortete eine Stimme.

Ich trat ein. Im Zimmer saßen einige Frauen in Kimonos und Hauskleidern.

»Ich bin Miss Neal«, sagte eine große, dunkelhaarige Frau und erhob sich. »Was möchtest du?«

»Keough schickt mich«, sagte ich und sah mich im Zimmer um. Meine Vermutung war richtig – ich war in einem Bordell.

»Ach so«, sagte sie. »Hast du das Blatt?«

Ich gab es ihr, und eine der anderen Frauen nahm das zweite. Während sie die Blätter studierten, stand ich unruhig herum und trat von einem Fuß auf den anderen, bis mich schließlich eine der Frauen aufforderte, Platz zu nehmen. Ich setzte mich auf einen Stuhl und blickte durch das Fenster auf die Straße. Dann bekam ich neunzehn Dollar in Wetten. Ich sah auf die Armbanduhr, die Bruder Bernhard mir zur Abschlußprüfung geschenkt hatte. Es war fast zwei. Ich mußte mich beeilen, sonst würde ich zu spät kommen. Ich rannte den Weg zurück zum Lokal.

»Na, wie ist es gegangen, Junge?« begrüßte mich Keough.

»Ganz gut«, sagte ich. Ich holte die Wettscheine heraus und legte sie auf die Theke. Wir zählten die Scheine zusammen – ich hatte

Wetten in Höhe von einundfünfzig Dollar fünfzig kassiert. Ich gab Keough das Geld und fing an, das Lokal zu säubern. Der Nachmittag verging rasch. Sobald ich Keoughs Scheine ausgerechnet hatte, begann ich mit meinen. Ich hatte einen Profit von zweiundzwanzig Dollar fünfzig in meinem Buch zu verzeichnen. Nachdem ich mit Keough abgerechnet hatte, belief sich mein Anteil auf elf Dollar fünfundzwanzig.

»Elf Dollar und fünfundzwanzig Cents für einen Tag Arbeit«, überlegte ich, als ich für die Nacht wieder ins Waisenhaus ging. Es war mehr, als ich je zuvor in einer ganzen Woche verdient hatte. Es war mehr, als ich je auf einmal besessen hatte. Diese Sache war doch was anderes als ein Sommeraufenthalt auf dem Land.

8

Am Ende der ersten Woche hatte ich mit meiner neuen Tätigkeit einundfünfzig Dollar verdient. Dieses Geld und die sechs Dollar, die ich von Keough für die Reinigung des Lokals erhielt, brachten mein Einkommen auf die Summe von siebenundfünfzig Dollar, und das war mehr, als die meisten Familien in meiner Nachbarschaft verdienten. Ich glaube nicht, daß ich den Wert des Geldes wirklich erkannte. Ich verzehrte ungeheure Mengen von Würstchen und Hamburgers und schwelgte in Coca Cola. Zum erstenmal hatte ich Geld in der Tasche. Alle Kinder in der Nachbarschaft hielt ich frei. Ich konnte der Versuchung nicht widerstehen, meine Rolle mit Geldscheinen vorzuzeigen. Ich war für sie ein großes Tier.

Am Sonntag nach der Kirche wollte ich mit Julie schwimmen gehen. Als wir uns trafen, trug sie einen kleinen Koffer. »Wo ist dein Badeanzug?« fragte sie, als wir in den Zug stiegen.

»Den habe ich schon an«, sagte ich.

Sie lachte. »Wie willst du ihn denn mit zurücknehmen?« fragte sie. »Dann ist er doch naß.«

Ich sah sie erschrocken an. »Daran habe ich nicht gedacht.«
»Na gut, du kluges Kind, ich werde dir erlauben, ihn in meinen Koffer zu tun.«
Wir mieteten Schließfächer in einem kleinen Badehaus bei Steeplechase. Beinahe hätte ich mein Geld vergessen. Auf dem Weg zum Strand kaufte ich mir einen weißen Gürtel, den man um den Badeanzug trug und der mit einer Geldtasche versehen war. Ich war vor Julie fertig und mußte einige Minuten warten, bis sie herauskam. Sie trug einen roten Badeanzug, der ihr vorzüglich stand. Ohne die Schuhe mit den hohen Absätzen war sie kleiner als ich. Sie sah aus wie ein Mädchen in meinem Alter. Das gefiel mir sehr.
Das Wasser war prima. Wir schwammen ein wenig, und dann lagen wir auf dem Sand. Die Sonne brannte, und Julie bekam allmählich einen leichten Sonnenbrand. Ich war schon braun, weil ich immer bei uns am Pier schwamm.
»Was macht deine Arbeit?« fragte sie.
Ich drehte mich auf dem Bauch, so daß ich unmittelbar neben ihr lag. »Ich kann nicht klagen«, sagte ich. »Letzte Woche habe ich einundfünfzig Dollar verdient.«
»Einundfünfzig Dollar?« wiederholte sie ungläubig.
»Ja. Willst du sie sehen?« Ich nahm meine Geldrolle aus der Gürteltasche.
»Steck es weg«, sagte sie. »Ich glaub' es dir ja.«
Ich verstaute das Geld wieder.
»Was willst du damit machen?« fragte sie.
»Ich weiß nicht recht«, erwiderte ich. »Wahrscheinlich Anzüge kaufen und sonst noch einiges, was ich mir immer gewünscht habe. Ich habe es satt, dauernd abgelegte Sachen oder Wohlfahrtskleidung zu tragen. Ich möcht' mir gern selber mal was aussuchen – etwas, was mir wirklich gefällt und mir wirklich gehört.« Ich nahm eine Packung Zigaretten aus der Tasche und bot sie ihr an.
Sie tat einen tiefen Zug. »Du solltest dir ein Sparkonto einrich-

ten«, sagte sie. »Das Geld wirst du eines Tages gut gebrauchen können – wenn du zur Universität gehst, meine ich.«
»Zum Teufel mit der Universität!« entgegnete ich. »Ich werde Buchmacher und mache einen Haufen Geld. Und du wirst mein Mädchen sein.«
»Möchtest du wirklich, daß ich dein Mädchen sein soll?« fragte sie leise.
»Klar!« sagte ich. Sie sah so hübsch aus, daß ich sie gern geküßt hätte. Aber es waren zu viele Menschen da.

Am Tag, bevor Jerry aufs Land fuhr, schaute er bei Keough herein. »Ich wollte, du kämst mit, Frankie«, sagte er.
»Es geht nicht«, sagte ich. »Meine Arbeit hier ...«
»Ich weiß. Aber wenn du es dir doch noch anders überlegst, schreib mir. Ich werde dann meinen Vater bitten, alles Nötige zu veranlassen.«
»Das tu' ich. Ich wünsch' dir einen schönen Sommer, Jerry.«
»Ich dir auch«, sagte er und blickte sich zweifelnd um.
»Auf Wiedersehen im September.«
Wir gaben uns befangen die Hand, und dann ging er. Ich sah ihm nach. Ich beneidete ihn in diesem Augenblick mehr als je. Es mußte herrlich sein, wenn man nur den Mund aufzumachen brauchte und alles bekam, was man sich wünschte. Dann machte ich mich wieder daran, die Toiletten zu säubern. Wenn ich damit fertig war, würde ich meine Kunden besuchen. Ich hatte Julies Rat befolgt und mir bei der Corn Exchange am Broadway in Höhe der 63. Straße ein Bankkonto eingerichtet.
Nach zwei Wochen als Wettensammler hatte ich siebzig Dollar auf der Bank. Allerdings hatte mein Buch gestern einen Verlust von achtzig Dollar aufzuweisen gehabt, und ich mußte erst das Defizit aufholen, bevor ich wieder am Gewinn beteiligt war. Aber ich machte mir keine Sorgen darüber. Ich hatte rasch gelernt, daß ein gelegentlicher Rückschlag für den Buchmacher ebenso günstig war wie für die Spieler. Sie hatten dann das Ge-

fühl, sie hätten eine Glückssträhne erwischt, und schlossen höhere Wetten ab. Und im Handumdrehen saßen sie wieder in der Patsche.

Auf meinem Weg zu den Kunden traf ich Marty und Ray, die schwimmen gehen wollten. Sie fragten, ob ich mitkäme, aber ich sagte, ich hätte noch zu arbeiten. Marty lud mich zu sich nach Hause ein, und ich versprach, am Abend vorbeizuschauen, falls ich nicht zuviel zu tun hätte. Bei meinen Besuchen an diesem Tag bekam ich die größte Tageseinnahme zusammen, die ich bisher gehabt hatte.

Auf dem Rückweg kam ich am Pier bei der 54. Straße vorbei, wo die Jungen schwammen. Ich lehnte mich an einen Pfahl und sah zu, wie sie sprangen und schwammen, planschten und schrien. Ich hätte mich schrecklich gern in das Getümmel gemischt, aber ich mußte unbedingt die Wetten zu Keough bringen.

Eine Stimme hinter mir sagte: »Ich wette, Frankie, daß du da gern mitmachen würdest.«

Ich drehte mich um. Es war Silk Fennelli. »Aber nein, Sir ... ich meine ... ich ...«

Er lächelte. »Schon gut, Junge, ich verstehe. Ich weiß, wie dir zumute ist. Du würdest gern dabeisein. Aber es geht nicht. Du hast eine Verpflichtung – dir selbst gegenüber. Diese Jungen da denken nicht weiter als bis zur nächsten Minute, aber du bist anders. Du willst vorwärtskommen. Du willst es zu was bringen. Du willst ein großes Tier werden. Und du lernst jetzt, daß du für alles, was du bekommst, irgend etwas aufgeben mußt – etwas, was du gern haben oder tun möchtest. Du mußt dich entscheiden, welchen Weg du gehen willst. Ich war früher genauso wie du.«

»Das stimmt, Mr. Fennelli«, sagte ich. »Ich denke anders als die Jungen da.«

»Das ist recht«, sagte cr und legte mir die Hand auf die Schulter. »Wohin gehst du jetzt?«

»Zuerst zu Keough«, sagte ich.

»Steig in meinen Wagen. Ich bin gerade auf dem Wege dahin.

Außerdem kannst du meinen Schuhen eine von deinen Spezialbehandlungen geben.«
Als wir vor Keoughs Billardsaal hielten und ich mit dem großen Mann aus dem Wagen stieg, war ich sehr stolz. Auf der Fahrt hatte Fennelli mich gefragt, wie ich zurechtkäme, und ich erzählte ihm von meinen Erfolgen. Er fand es großartig.
Im Lokal gab ich Jimmy die Wettscheine und das Geld, holte meinen Schuhputzkasten und bearbeitete Mr. Fennellis Schuhe.
»Der Junge ist auf Draht«, sagte Fennelli zu Jimmy.
»Heller Junge!« sagte Jimmy und sah so stolz aus, als ob er mein leiblicher Vater sei.
Als Fennelli mich für das Schuhputzen bezahlen wollte, weigerte ich mich, das Geld zu nehmen. Es war ein halber Dollar.
»Los, Junge, nimm's« sagte er.
Ich merkte, daß er nicht lockerlassen würde. »Spielen wir Kopf oder Schrift«, sagte ich. »Doppelt oder nichts.«
»O. k.«, sagte er und warf die Münze in die Luft. »Du rufst aus.«
Ich beobachtete die Münze, wie sie kreisend herunterkam. Als sie fast am Boden war, rief ich: »Schrift.«
Es war Schrift. Fennelli steckte die Münze ein und gab mir einen Dollar. »Du wirst's schon schaffen, Frankie.« Er lächelte.
»Ja, Sir«, sagte ich. Vielen Dank.«
Keough lachte. »Hol uns ein paar Flaschen Bier, Frankie.«
Als die beiden Männer getrunken hatten, sagte Fennelli: »Bist du mit der Abrechnung von letzter Woche fertig?«
»Klar, Silk!« sagte Keough. »Du kennst mich doch – immer prompte Bezahlung.« Er nahm eine Rolle Geldscheine aus der Tasche, zählte sechshundert Dollar ab und gab sie Fennelli. Der steckte das Geld in die Tasche, ohne nachzuzählen.
Ich machte mich wieder an die Arbeit. Als Fennelli den Laden verließ, winkte er mir zu.

9

Der Sommer schleppte sich dahin. Er war wie jeder Sommer in New York: heiß, dumpfig-schwül und ermüdend; Menschen, die erschöpft von der Arbeit zurückkehrten, ihr Gesicht eine Maske von Müdigkeit; johlende Kinder auf der Straße; Parks und Strände überlaufen; schreiende Schlagzeilen über das Wetter; keine Schule; Lärm, der durch geöffnete Fenster drang.
Ein Sommer wie viele Sommer in New York. Aber nicht für mich. Mir gefiel er. Zum erstenmal in meinem Leben fühlte ich mich frei und keinem verpflichtet. Es war Ende August. Ich hatte siebenhundert Dollar auf der Bank. Ich hatte ein Mädchen. Ich hatte zwei neue Anzüge. Ich aß in Restaurants. Ich hatte immer Geld in der Tasche. Ich konnte gehen, wohin ich wollte, und tun und lassen, was ich wollte. Ich war jemand, und ich lebte ein gutes Leben. Der Gedanke, bald wieder in die Schule zu müssen, behagte mir allerdings gar nicht. Ich verdiente zuviel Geld. Aber es würde mir gar nichts anderes übrigbleiben. Ich war noch nicht alt genug, um die Schule zu verlassen. Ich machte Pläne, wie ich meine Tätigkeit als ›Buchmacher‹ auch während der Schulzeit fortsetzen könnte. Ich konnte mich für den Morgenunterricht in der Oberschule eintragen lassen. Dann würde ich Zeit haben, die Wetten einzusammeln. Damit sah die Zukunft schon rosiger aus. Ich dachte gönnerhaft an die anderen Kinder im Waisenhaus und in der Nachbarschaft. Ich war tatsächlich auf dem Weg nach oben.
Es war an einem Spätnachmittag, am Samstag, dem 22. August. Ich hatte gerade meine wöchentliche Abrechnung mit Keough hinter mir und trug wieder vierundachtzig Dollar in der Tasche. Der Billardsaal war voller Kunden, die fluchten, lästerten und lärmten. In wenigen Minuten würden die meisten nach Hause gehen und sich für ihre samstagabendlichen Rendezvous, Partys und Tanzvergnügen in Schale werfen. Wir hatten kein Bier und keine kalten Getränke mehr. Keough blickte mich über den Tre-

sen hinweg an und sagte: »Ich bin müde. Ich glaube, ich werde früh dichtmachen.«

»Soll ich schon Feierabend ankündigen?« fragte ich.

Er nickte.

Ich ging zu den Tischen und rief: »Feierabend, Feierabend!«

In wenigen Minuten war der Raum leer. Keough zählte das Bargeld und steckte es in die Tasche. »Gehen wir!« sagte er.

Während Keough die Tür abschloß, fuhr Fennellis Wagen vor. Silk stieg aus und gesellte sich zu uns. »Du machst heute aber früh Schluß, Jimmy.« Er lächelte.

»Ja«, sagte Keough. »Ich fahre aufs Land und besuche meine Frau.«

»Fein«, sagte Fennelli. »Hast du was für mich?«

»Klar, Silk. Du kennst mich doch – immer parat!« Er griff in die Tasche und holte seine Geldscheinrolle hervor, die mit einem dicken Gummiband zusammengehalten war. Sie standen am Türeingang, und ich schlüpfte zur Seite, um ihnen Platz zu machen. Dabei kehrte ich der Straße den Rücken.

Das Surren eines Motors kam näher. Plötzlich blickten Silk und Keough auf und starrten auf etwas, was hinter mir war. Keough wurde blaß, und das Geld fiel aus seinen Händen auf die Stufen.

Ich bückte mich, um es aufzuheben, und sagte: »Sie sollten nicht so sorglos mit Ihren ...« Da hörte ich die Revolverschüsse. Keough hielt sich die Hände vor den Bauch und glitt langsam zu Boden. Ich starrte Fennelli an. Er hatte die Hände gegen die Brust gepreßt und sank nach vorn. Blut spritze mir entgegen. In diesem Augenblick setzte ich mich in Bewegung. Ohne zu überlegen. Ich rannte einfach, erst mühsam auf allen vieren, dann wie wahnsinnig, ohne mich umzusehen. Ich raste einen Häuserblock hinunter, einen anderen wieder hinauf, bis ich nicht mehr wußte, wo ich eigentlich war. Ich wußte nur, daß ich rannte.

Auf einmal befand ich mich vor Martys Etagenhaus. Ich stürmte in den Eingang und lief zu seiner Wohnung hinauf. Ich ging zur

Hintertür, die immer nur von Julie geöffnet wurde, und läutete. Dann erst wurde mir bewußt, wie verängstigt ich war. Mein Herz klopfte wie rasend, und ich konnte kaum atmen.
Julie öffnete. Ich schoß an ihr vorbei und knallte die Tür zu.
»Aber Frankie!« sagte sie. Dann sah sie mein blutbeflecktes Hemd. »Was ist los? Was ist passiert?«
Ich antwortete nicht. Ich ging schnurstracks in ihr kleines Zimmer neben der Küche und warf mich aufs Bett, wo ich keuchend liegenblieb.
Sie kam ins Zimmer und schloß die Tür hinter sich. »Was ist passiert, Frankie? Bist du verletzt?« Ihre Augen weiteten sich vor Angst.
Ich richtete mich auf. »Nein«, sagte ich. »Sie haben gerade meinen Boß und Fennelli erschossen.«
»Sie?« fragte sie. »Wer?«
»Ich weiß es nicht. Ich bin gerannt.« Ich stand auf. Plötzlich merkte ich, daß ich etwas in der Hand hielt. Es war Keoughs Geldrolle. Ich hatte sie die ganze Zeit krampfhaft festgehalten. Ich steckte sie in die Tasche, trat ans Fenster und blickte hinaus. »Ob sie mir wohl hierher gefolgt sind?«
Julie stand neben mir. »Du armer Junge, du bist ja zu Tode erschrocken.« Sie zog mich eng an sich.
»Ich habe keine Angst«, log ich. Ich vergrub meinen Kopf an ihrer Brust. Es schien so warm und sicher dort. Ein Schauer durchrieselte mich; erst einer, dann wieder einer. Ich versuchte dagegen anzukämpfen, aber es war zwecklos. In wenigen Sekunden zitterte ich am ganzen Leib, und mein Hemd war schweißnaß. Ich stand, von ihren Armen gehalten, zitternd und zähneklappernd da wie ein kleines Kind …
Etwas später saß ich in dem kleinen Sessel, der in der Ecke ihres Zimmers stand, und begann zu überlegen: ›Niemand hat mich herkommen sehen. Ich nehme an, sie hatten es auf Fennelli abgesehen. An mir waren sie nicht interessiert. Keough mußten sie umlegen, weil er sie gesehen hatte. Aber ich hatte sie nicht ge-

sehen. Deshalb ließen sie mich laufen. Die Polizei wird mich vielleicht verhören. Aber ich habe nichts gesehen. Solange ich meinen Mund halte, bin ich sicher. Keiner wird sich um mich kümmern.‹ Julie ging in die Küche, um mir etwas zu trinken zu holen. ›Was soll ich bloß mit den Moneten anfangen?‹ Ich nahm die Scheine heraus und zählte sie. Es waren 653 Dollar. Ich steckte sie wieder in die Tasche. Julie kam mit einer Tasse Kaffee zurück.

»Hier, trink das«, sagte sie. »Dann wird dir gleich besser.«

Ich lächelte sie an. »Ich fühle mich schon sehr viel besser«, sagte ich und trank dankbar den Kaffee. »Aber in diesem Hemd kann ich nicht hier weg. Es ist voll Blut.« Ich zog es aus und gab es ihr. »Hier, wirf es in den Müllschlucker und gib mir eines von Marty.«

Sie nahm schweigend das Hemd und verließ das Zimmer. Nach einer Weile kam sie wieder und hatte ein Hemd von Marty über dem Arm.

Ich zog es an. Es war etwas zu eng, aber es ging.

»Tausend Dank, Julie«, sagte ich. »Ich verschwinde am besten, bevor die Familie zurückkommt.«

»Du brauchst dich nicht zu beeilen«, sagte Julie. »Sie sind alle zum Wochenende aufs Land gefahren, außer Mr. Cabell, und der kommt erst um eins, wenn Ladenschluß ist.«

Ich aß mit ihr zu Abend. Gegen neun Uhr brach ich auf und ging ins Waisenhaus. Durch den Lieferanteneingang schlich ich mich in den Schlafsaal. Die Kinder schliefen schon alle. Ich zog mich rasch aus und war froh, als ich mich ins Bett fallen ließ. Hundemüde schlief ich sofort ein.

Am nächsten Morgen rannte ich vor allen anderen nach unten, um hastig einen Blick in die Zeitungen zu werfen. Die *Daily News* verkündete mit einer dicken Schlagzeile: ›Schüsse auf Fennelli‹. Unter einem Bild von Fennelli stand:

WIEDER BANDENKRIEG IN NEW YORK

Silk Fennelli, der berühmte Spieler und Schieber, wurde von einem unbekannten Gangster angeschossen und schwer verletzt. James (Jimmy) Keough wurde dabei ebenfalls angeschossen und getötet. Keough wurde von zwei Schüssen ins Herz getroffen, Fennelli erhielt eine Kugel in die Brust und eine in die Leistengegend. Die Schießerei fand gestern nachmittag vor Keoughs Billardsaal statt. Die Polizei fahndet nach einem Jungen, der für Keough gearbeitet haben soll und möglicherweise Zeuge des Verbrechens war. Fennellis Zustand – so sagen heute die Ärzte im Roosevelt-Krankenhaus – ist ernst, aber nicht kritisch. Dem Kodex des Bandenwesens treu, weigert sich Fennelli, eine Aussage zu machen. »Ich habe keine Ahnung, wer den Wunsch hat, mich zu erschießen«, erklärte er. »Ich gehöre zu den Leuten, die sich um ihre eigenen Angelegenheiten kümmern.« Die Polizei befaßt sich eingehend mit dem Fall und erwartet in Kürze neue Entwicklungen.

Ich legte die Zeitung aus der Hand. In dem Ausspruch Fennellis glaubte ich eine Warnung an mich zu erkennen – die Warnung, mich ebenfalls um meine eigenen Angelegenheiten zu kümmern. Ich frühstückte und ging dann in die Kirche, um meinen Ministrantendienst zu tun.

10

Nachdem eine Woche verstrichen war, ohne daß in dieser Sache etwas passierte, fühlte ich mich wieder sicher. In der Zeitung hatte ich gelesen, daß es Fennelli besser ging und daß er in drei Wochen aus dem Krankenhaus entlassen würde. Keoughs Billardsaal war geschlossen und meine Arbeit damit zu Ende, aber ir-

gendwie machte ich mir nichts daraus. Das gefundene Geld legte ich auf einem neuen Konto an. Ich hatte Julie ein paarmal in dieser Woche gesehen, aber wir redeten nicht über das, was passiert war.
Eines Morgens steckte Bruder Bernhard den Kopf zur Tür des Schlafsaals herein und sagte: »Francis, willst du bitte nach dem Frühstück in mein Büro kommen?«
»Ja, Sir«, sagte ich.
In seinem Büro waren die Schwester Oberin, Pater Quinn und ein Fremder, der wie ein Polyp aussah.
Ich war beunruhigt, aber ich bemühte mich, es nicht zu zeigen. Ich wandte mich an Bruder Bernhard: »Sie wollten mich sprechen, Sir?«
»Ja, Francis«, sagte er. »Das ist Prüfer Buchalter von der Kinderfürsorge.« Dann wandte er sich an Mr. Buchalter: »Das ist der Junge.«
Ich wartete darauf, daß einer etwas sagte. Aber eine Weile herrschte gespanntes Schweigen im Raum.
Schließlich sagte die Schwester Oberin: »Francis, kannst du dich gar nicht mehr an deine Eltern erinnern?«
Diese Frage erschien mir töricht. Sie wußte genausogut wie ich, daß ich hier war, solange ich zurückdenken konnte. Aber ich antwortete höflich: »Nein, Ma'am.«
»Nun«, sagte sie, »Mr. Buchalter stellt Nachforschungen über die Eltern aller Kinder hier an. Von Zeit zu Zeit überprüft er ihre Geschichte, weil er mehr über sie erfahren und ihnen helfen möchte. Und er hat dir etwas zu sagen.« Bei diesen Worten sah sie ihn an.
Mr. Buchalter war es anscheinend unbehaglich zumute. »Siehst du, Francis, als du die Waisenhausschule absolviertest, wurde dein Fall erneut überprüft.« Seine Stimme klang, als ob er sich entschuldigen wollte. »Wenn ein Kind auf die Oberschule kommt, überprüfen wir seine Geschichte noch einmal, um zu sehen, ob nicht doch irgendwelche Verwandte existieren. Nun, um

es kurz zu machen: Wir haben einen Verwandten von dir entdeckt, einen Onkel, einen Bruder deiner Mutter. Vor einiger Zeit schrieb er uns von seiner Schwester, die um die Zeit, als du geboren wurdest, nach New York gekommen sein muß. Sie starb zu der Zeit, als wir dich fanden. Er erkannte auch einen Ring, den sie getragen hatte und den wir bei unseren Akten aufbewahren, um ihn dir bei deiner Volljährigkeit zu geben. Es ist kein wertvoller, aber ein ungewöhnlicher Ring, und die Beschreibung, die uns dein Onkel gab, paßte genau auf ihn. Jetzt möchte dein Onkel dich adoptieren. Wir haben festgestellt, daß er ein guter, verantwortungsbewußter Mann ist und zwei eigene Kinder hat. Er wird dir ein schönes Zuhause bieten und für dich sorgen.« Mr. Buchalter hielt inne.

Pater Quinn sagte: »Aber er ist anders als wir, Francis. Er hat nicht dieselbe Religion wie wir.« Seine Stimme war ganz ruhig und ernst. »Er ist nicht vom Glauben.«

Fragend blickte ich Pater Quinn an. »Nicht vom Glauben?« wiederholte ich und überlegte, was das bedeuten könnte.

»Ja, Francis«, sagte er bedrückt. »Er ist nicht katholisch.«

Ich wußte gar nicht, wovon er eigentlich redete.

»Es ist sehr wahrscheinlich, Farncis«, sagte Bruder Bernhard, »daß du in Kürze bei ihm wohnen wirst, sobald gewisse Formalitäten erledigt sind. Aber vergiß nicht alles, was du hier bei uns gelernt hast, Francis. Vergiß niemals die Kirche, die dir ein Obdach gewährt und dich aufgezogen hat. Bleib immer ein guter Katholik, ganz gleich, was die Leute sagen.«

»Ja, Bruder Bernhard«, sagte ich, noch verwirrter als vorher.

»Dein Onkel wartet draußen, Francis. Möchtest du ihn sehen?« fragte die Schwester Oberin sanft.

»Ja, Ma'am«, antwortete ich mechanisch. Die Gedanken wirbelten durch meinen Schädel. Ich hatte eine Familie. Ich war kein Bastard. Ich hatte eine richtige Familie.

Mr. Buchalter öffnete die Tür. »Wollen Sie bitte hereinkommen, Mr. Kane?«

Ein Mann erschien im Türrahmen. Er war groß, etwa eins zweiundachtzig, und fast kahlköpfig, mit breiten Schultern und roten Backen. Er hatte sanfte Augen, die ein wenig verschleiert schienen. Ich erinnerte mich vage, daß ich irgendwo gehört hatte, alle Nichtkatholiken kämen in die Hölle. Aber das war mir jetzt gleichgültig. Es machte mir nichts aus, in die Hölle zu fahren, wenn mich nur jemand so ansah wie er – mit soviel Liebe und Freundlichkeit und ein paar Sorgenfalten um die Augen, als wenn er Angst hätte, daß ich ihn nicht gernhaben könnte. Er lächelte, und der ganze Raum wurde auf einmal hell. Dann streckte er mir seine Hand entgegen. Ich nahm sie. Sie war warm und freundlich und voll geheimen Verstehens, das wie ein elektrischer Strom zwischen uns zu fließen schien.

»Du bist also Frankie!« sagte er. Seine Stimme war tief, voll und warm und zitterte jetzt ein wenig.

»Ja, Sir«, sagte ich, und auch meine Stimme zitterte. In meinen Augen standen Tränen. In meinem Herzen spürte ich Liebe. Denn ich wußte mit tödlicher Sicherheit, daß ich mit diesem Mann verwandt war. Ich war von seinem Blut, gehörte zu seiner Familie. Das wußte ich. Das fühlte ich.

Und erst eine Weile später erfuhr ich, daß er seinen Namen ›Cain‹ schrieb.

Und noch ein paar Tage später wußte ich, daß ich Jude war.

11

Ich war kaum wieder ein paar Stunden im Schlafsaal, da war es schon allgemein bekannt, daß ich adoptiert sei. Die Jungen überschütteten mich mit Fragen, und ich antwortete, so gut ich konnte. Ich konnte kaum erwarten, daß der Nachmittag vorüber war, um Julie die Neuigkeit mitzuteilen.

Ich rief sie zuerst an, um zu erfahren, ob die Luft rein sei, und ging dann zu ihr hinauf.

Sie öffnete die Küchentür und ließ mich herein. Sie schien etwas abgespannt, aber ich beachtete das nicht weiter und begann sofort, ihr von den Ereignissen des Tages zu berichten. Sie saß in ihrem Sessel und ich auf der Bettkante.
Als ich fertig war, sagte sie: »Ich bin sehr glücklich, daß alles so gekommen ist. Du hast das verdient.« Aber sie sprach ohne Begeisterung. Ihre Stimme hatte einen müden, flachen Klang.
»Du scheinst dich nicht sehr darüber zu freuen«, sagte ich.
Sie stand auf und trat ans Fenster. Sie wandte mir den Rücken zu. Eine Weile stand sie schweigend da. Als sie endlich sprach, klang ihre Stimme spröde und hart, wie ich sie nie zuvor gehört hatte. »Ich gehe nach Hause, Frankie.«
»Warum?« fragte ich. Noch ehe sie antworten konnte, fügte ich hinzu: »Das brauchst du nicht. Was kommen mag, ich bin immer noch hier und werde dich immer besuchen.«
Sie drehte sich um und sah mich an. »Für ein kostenloses Schäferstündchen?«
Ich schüttelte den Kopf. »Nein, weil ich dich gern habe. Das solltest du eigentlich wissen. Du hast es oft genug von mir hören wollen.«
»Du hast nicht mehr für mich übrig«, sagte sie kühl, »als für jedes andere Mädchen, das dich mit ins Bett nimmt.« Sie schaute wieder zum Fenster hinaus. »Wir werden uns nicht mehr wiedersehen.«
Ich starrte eine Weile auf ihren Rücken, ehe ich sprach. »Ich möchte immer noch wissen, weshalb, Julie.«
Wieder drehte sie sich nach mir um. »Wenn du es absolut wissen willst, werde ich es dir sagen. Es kommt für mich nichts dabei heraus, wenn ich mich mit kleinen Jungen einlasse. Du kannst nichts für mich tun. Du könntest mich nicht heiraten, wenn du mir ein Kind verpassen solltest. Was habe ich also davon? Außer daß ich dir auf diesem Gebiet noch ein bißchen beibringen kann.
Nein, Frankie, der Sommerunterricht ist vorbei. Also sei ein

guter Junge und hau ab! Du hast dich bei mir ausgetobt – jetzt verschwinde!«
Ich ging zu ihr und wollte sie in den Arm nehmen. Aber sie riß sich los.
»Aber Julie –«
»Verschwinde, Frankie!«
Ich hatte auf einmal einen merkwürdigen Kloß im Hals. Ich ging zur Tür. »Leb wohl, Julie.«
Sie sagte nichts. Ich öffnete die Tür und ging hinaus.
Draußen nahm ich eine Zigarette aus der Tasche und zündete sie an. Ich vernahm das schwache Knarren ihres Bettes, und dann hörte ich sie weinen.
Ich wanderte in den Park und warf mich ins Gras. Mit leerem Blick starrte ich in den Himmel. Alle meine Gedanken mündeten in einem Wort – Julie, Julie, Julie.

Ich schrieb Jerry, daß ich adoptiert sei, und er schrieb, daß ihn das sehr freue. Die Woche verstrich, und endlich kam der Tag, an dem ich das Waisenhaus verlassen sollte. Am Nachmittag sollte mein Onkel kommen, um mich abzuholen. Ich hatte meine Sachen in Pappkartons gepackt und in das Büro des Verwalters gebracht.
Jetzt stand ich auf den Treppenstufen der Turnhalle und blickte mich um. Ein paar Kinder spielten auf der anderen Seite der Halle Basketball, unter ihnen auch Peter Sanpero. Ich beschloß, mich von ihm zu verabschieden und ihm zu sagen, wir wollten unsere Auseinandersetzungen vergessen. Die Gruppe wurde auf einmal still, als ich näher kam. Ich spürte, daß irgend etwas nicht stimmte. Ein prickelndes Gefühl lief mir den Rücken hinab. Ich blieb vor Pete stehen und streckte ihm die Hand entgegen.
»Willst du nicht vergessen, was vorgefallen ist, Pete?« fragte ich.
Er schaute mich an, ohne meine Hand zu beachten. Dann kam er einen Schritt auf mich zu. »Sicher werde ich's vergessen«, sagte er und versetzte mir einen Kinnhaken, daß ich Hals über Kopf zu

Boden flog. Mehrere Hände hielten mich fest. Ich konnte mich nicht rühren. Anfangs war ich auch zu überrascht, um es zu versuchen. Pete stand über mir.

»Du jüdischer Hurensohn«, fauchte er, »was fällt dir ein, dich in unsere Schule einzuschleichen und niemanden etwas davon zu sagen!« Er trat mich in die Seite. Ich spürte einen stechenden Schmerz. Dann beugte er sich herunter und schlug mich ins Gesicht. Es gelang mir, eine Hand freizubekommen und mich in seinem Hemd festzukrallen. Er richtete sich auf, und da ich sein Hemd nicht losließ, rieß er mich mit in die Höhe. Dadurch bekam ich auch meine andere Hand frei, und jetzt umklammerte ich seinen Hals mit beiden Händen. Er stand mit dem Rücken an der Wand. Zum erstenmal in meinem Leben kämpfte ich ohne Überlegung. Der Haß gegen Pete machte mich fast wahnsinnig. Ich preßte seinen Hals zusammen. Dann begann ich, systematisch seinen Kopf gegen die Wand zu rammen. Seine Fäuste bearbeiteten meine Magengegend. Das Blut strömte mir aus Nase und Mund. Die anderen Jungen sprangen mir auf den Rücken, und im nächsten Augenblick wälzten wir uns alle auf dem Boden. Ich spürte, wie meine Jacke zerriß, aber es war mir gleichgültig. Ich hatte nur einen Gedanken: ich wollte Pete töten. Ich stieß seinen Kopf auf den Zementboden. Plötzlich ergriffen mich starke Hände bei den Schultern und rissen mich von Pete los. Auf einmal herrschte Totenstille. Bruder Bernhard hielt mich fest, so daß ich mich nicht rühren konnte. Pete lag immer noch am Boden.

Bruder Bernhard stand da mit strenger Miene und zornig blitzenden Augen. »Wer hat angefangen?« fragte er.

Einer der Jüngeren meldete sich mit piepsender Stimme: »Peter sagte, es sei Zeit, daß einer diesem schmutzigen Juden einen Denkzettel gebe.«

Ohne den Griff an meiner Schulter zu lockern, sagte Bruder Bernhard: »Geht in eure Schlafsäle.« Und zu Peter: »Geh nach Hause und laß dich nie wieder in dieser Turnhalle blicken. Sie ist nur für solche, die hier wohnen.«

Erst als der letzte die Halle verlassen hatte, ließ Bruder Bernhard meine Schulter los. Er sah mich an, und sein Gesicht wurde wieder weicher. »Trag es ihnen nicht nach«, sagte er. »Sie müssen noch viel lernen.«
Ich keuchte, das Blut lief mir aus der Nase, und meine Seite schmerzte heftig.
»Wasch dich erst mal«, sagte er. »Dein Onkel wartet, und du kannst dich nicht mehr umzuziehen, denn es ist schon alles gepackt.«
Ich ging in den Waschraum und wusch mir das Gesicht. Bruder Bernhard stand schweigend hinter mir und reichte mir Papierhandtücher. Schweigend gingen wir nach oben in das Büro des Verwalters.
Mein Onkel wartete dort. Eine Frau war bei ihm, die wohl meine Tante war. Ich muß einen ziemlich erschreckenden Eindruck gemacht haben, als ich mit meinen zerfetzten und blutbespritzten Kleidern zur Tür hereinkam. Die Frau wurde blaß. Heftige Schmerzen schossen mir durch Brust und Seite. Es rauschte in meinen Ohren.
Ich versuchte, die Augen zu öffnen, aber es gelang mir nicht. Sie schienen in Tränen zu schwimmen. Nach stundenlangen Versuchen brachte ich es endlich fertig. Ich lag in einem weißen Zimmer. Meine Tante, mein Onkel und Bruder Bernhard beugten sich über mich. Mit einem flüchtigen Blick sah ich, wie eine Schwester das Zimmer verließ. Ich überlegte, was eine Krankenschwester hier zu suchen habe. Ich versuchte zu sprechen.
Doch Bruder Bernhard legte mir den Finger auf die Lippen. »Still, Junge, nicht reden. Du bist im Roosevelt-Krankenhaus. Mit drei gebrochenen Rippen. Du mußt ganz still liegen.«
Ich ließ meinen Kopf in die Kissen zurückfallen. Auf einem Kalender an der Wand stand in großen Buchstaben: ›1. September 1925.‹
Es war mein letzter Tag im Waisenhaus von St. Therese.

ZWEITER TEIL

1

Während der nächsten Tage im Krankenhaus erfuhr ich eine ganze Menge über meinen Onkel und seine Familie. Er war Vertreter für ein Bekleidungsgeschäft im unteren Teil von Manhattan, und sie wohnten schon seit zehn Jahren in New York. Sie hatten eine recht komfortable Fünf-Zimmer-Wohnung in Washington Heights.

Meine Tante war eine ruhige, sanfte Frau, die ich vom ersten Augenblick an geradezu verehrte. Sie kam jeden Tag ins Krankenhaus und brachte immer irgend etwas mit: Obst oder Kekse oder ein Buch, damit ich mir die Zeit vertreiben konnte. Sie blieb immer so lange, wie sie konnte. Manchmal kam sie auch mit meinen Kusinen – zwei kleinen Mädchen im Alter von acht und zehn Jahren.

Im Anfang betrachteten sie mich ein wenig ängstlich mit einer Mischung aus Freundlichkeit und Schüchternheit. Später, als sie sich an mich gewöhnt hatten, drückten sie mir jedesmal einen Kuß auf die Wange, wenn sie kamen und gingen.

Morris und Bertha Cain und ihre Kinder Esther und Irene waren für mich die erste Familie, zu der ich gehörte. Familienbeziehungen, die den meisten Leuten ganz normal erscheinen, waren für mich ungewohnt kompliziert. Ich konnte nie herausfinden, wer wessen Vetter oder Kusine war, und Vettern ersten und zweiten Grades waren für mich böhmische Dörfer. Aber wir kamen ganz gut zurecht.

Ende September verließ ich das Krankenhaus und trat in eine neue Welt ein. Onkel Morris hatte einen kleinen Buick, mit dem er mich nach Hause fuhr. Er hatte mich allein abgeholt. Als wir in der Wohnung ankamen, stellte ich fest, daß man ein kleines Fest für mich arrangiert hatte. Tante Bertha hatte Kuchen gebacken, und ich lernte viele andere Verwandte von uns kennen. Als sie gegangen waren, zeigte man mir das Zimmer, das ich haben sollte. Es war Irenes Zimmer gewesen (sie war die ältere der beiden), aber sie teilte jetzt ein Zimmer mit Esther, oder Essie, wie sie genannt wurde. Meine Sachen hingen bereits im Schrank, und der Raum erschien mir sehr warm und freundlich.

Das erste, was ich bemerkte, war das kleine, gerahmte Bild einer jungen Frau auf der Kommode.

»Das ist deine Mutter«, sagte Tante Bertha. »Es ist das einzige Bild, das wir von ihr besitzen, und ich habe mir gedacht, daß du es vielleicht gern haben möchtest.«

Auf dem Bild war meine Mutter etwa neunzehn Jahre alt. Sie trug das Haar zu einem Knoten, wie es damals modern war. Ein leichtes Lächeln lag um ihre Lippen, und der Widerschein eines heimlichen Lachens schien in ihren Augen zu tanzen. Ihr Kinn war fest und rund, aber energisch – zu energisch vielleicht im Verhältnis zu ihren Augen und Lippen. Ich betrachtete das Bild eine ganze Weile.

Onkel Morris meinte: »Du siehst ihr sehr ähnlich, Frankie.« Er trat an die Kommode, nahm das Bild in die Hand, betrachtete es und stellte es dann wieder hin. »Möchtest du gern etwas über sie hören?« fragte er.

Ich nickte.

»Du kannst dich ja schon ausziehen«, sagte er, »und wir unterhalten uns dabei.«

Tante Bertha öffnete eine Schublade der Kommode und nahm einen neuen Pyjama heraus. »Wir haben uns gedacht, daß du ein paar neue Sachen gut gebrauchen kannst«, sagte sie lächelnd.

»Vielen Dank«, sagte ich und hatte ein seltsames Gefühl. Ich mußte erst noch lernen, ein Geschenk anzunehmen.

»Du brauchst dich deiner Mutter nie zu schämen, Frankie«, sagte mein Onkel. »Sie war ein ungewöhnliches Mädchen. Vor langer Zeit lebten wir alle in Chicago. Das ist unsere Heimat. Deine Mutter war der Stolz der Familie. Mit zwanzig Jahren hatte sie

bereits die Universität absolviert und eine Stellung angenommen. Ungefähr um diese Zeit wurde die Aufnahme gemacht, ein paar Monate nach ihrem Examen. Fran war ein sehr sensibles, aber auch sehr aktives Mädchen. Sie war Frauenrechtlerin und sprach dauernd von Gleichberechtigung. Damals hatten die Frauen noch kein Stimmrecht wie heutzutage, und sie hielt ständig Reden über dieses Thema. Sie war aber auch eine ausgezeichnete Buchhalterin. Um diese Zeit kam ich nach New York. Ein wenig später verliebte sie sich in einen Mann, der in derselben Firma wie sie arbeitete. Sie wollte ihn heiraten, aber meine Eltern waren dagegen. Er war nämlich kein Jude, und unsere Familie war sehr strenggläubig. Na, kurz und gut, sie lief mit ihm davon. Ich bekam einen Brief von ihr mit der Nachricht, daß sie mich sofort nach ihrem Eintreffen in New York aufsuchen würde. Das war das letzte, was wir je von ihr gehört haben. Wir haben versucht, sie zu finden, aber es war vergeblich. Wir haben nicht die geringste Spur von ihr entdeckt. Bald darauf starb meine Mutter, und mein Vater kam nach New York und wohnte bei uns. Er hat oft zu mir gesagt: ›Wenn wir nicht so dumm gewesen wären, und wenn wir Faigele ihren Willen gelassen hätten, wären wir jetzt alle noch zusammen.‹ Er ist kurz nach meiner Mutter gestorben. Seit ihrem Tod ist er nie mehr recht glücklich geworden.«
Er nahm das Bild wieder von der Kommode und hielt es in der Hand.
»Aber das ist alles vorbei«, sagte Tante Bertha. »Jetzt ist die Gegenwart wichtig. Ich habe das Gefühl, sie wissen alle, daß du bei uns bist, und sind darüber glücklich – genauso glücklich wie wir, daß wir dich bei uns haben. Wir haben dich lieb und möchten, daß du uns auch liebhast, Frankie.« Sie nahm meinem Onkel das Bild aus der Hand und stellte es wieder auf die Kommode.
»Ja, Ma'am«, sagte ich und schlüpfte ins Bett.
»Gute Nacht«, sagten sie beide. Tante Bertha beugte sich über mich und küßte mich auf die Wange.

»Gute Nacht« sagte ich.
Sie gingen zur Tür. Tante Bertha blieb mit der Hand am Lichtschalter stehen. »Frankie«, sagte sie.
»Ja, Ma'am?«
»Sag nicht ›Ja, Ma'am‹ zu mir. Nenn mich Tante Bertha.« Sie knipste das Licht aus und verließ das Zimmer.
»Ja – Tante Bertha«, flüsterte ich vor mich hin und befühlte meine Wange. Sie war noch warm, wo sie mich geküßt hatte. Das Mondlicht fiel auf das Bild meiner Mutter, als ich einschlief, und es war, als ob sie in der Dunkelheit lächelte.

2

Am nächsten Morgen erwachte ich früh. In der Wohnung war es still. Alle schienen noch zu schlafen. Ich stieg aus dem Bett und ging zur Kommode, um auf meine Uhr zu sehen. Es war erst halb sieben. Ich trat ans Fenster und blickte hinaus.
Es war alles noch in grauen Dunst gehüllt. Mein Zimmer ging auf den Hof, der von zwei anderen Häusern umschlossen war. Aus den offenen Fenstern drangen das Schrillen von Weckern und der Duft des Morgenkaffees. Leise ging ich ins Bad, um mich zu waschen.
Dann ging ich wieder in mein Zimmer und setzte mich. Ich mußte mich erst daran gewöhnen, daß ich nicht mit einer Schar anderer Jungen in einem Raum schlief, und ich vermißte die morgendliche Balgerei und die Witze. Als ich Schritte im Flur hörte, öffnete ich die Tür. Es war meine Tante.
»Guten Morgen, Frankie. Du bist ja schon früh auf den Beinen.« Sie lächelte.
»Ja, Ma'am«, sagte ich. »Ich bin es so gewohnt.«
»Hast du dich schon gewaschen?« fragte sie.
»Ja«, sagte ich. »Ich habe mich auch schon angezogen.«
»Würdest du dann wohl eben zum Bäcker laufen und ein paar

Brötchen holen?« fragte sie. »Dann könnte ich mir den Weg sparen.«
»Aber gern, Tante Bertha«, sagte ich.
Sie gab mir Geld und beschrieb mir den Laden, wo ich die Brötchen holen sollte.
Es war fast sieben Uhr, und die Leute gingen zur Arbeit. Ich machte die Besorgung für meine Tante und kaufte mir auf dem Heimweg die *News*.
Zu Hause legte ich meine Einkäufe auf den Kuchentisch, dann setzte ich mich hin und las die Zeitung. Ein paar Minuten später erschien meine Tante, um Kaffee zu kochen. Kurz darauf kam auch mein Onkel und setzte sich ebenfalls an den Tisch.
Als wir mit dem Frühstück fertig waren, kamen die Kinder herein.
»Guten Morgen«, sagten sie einstimmig, traten von beiden Seiten an ihren Vater heran und küßten ihn auf die Wange. Dann gingen sie zu Tante Bertha und küßten sie, und schließlich kamen sie zu mir und küßten mich ebenfalls. Ich mußte lachen. Sie zogen sich Stühle an den Tisch und setzten sich.
Onkel Morris warf einen Blick auf seine Uhr. »Zeit, daß ich gehe«, sagte er. »Gehst du heute zur Schule, Frankie?« fragte er.
»Ich denke, ja«, erwiderte ich.
»Na, dann kannst du mir ja heute abend berichten, wie es war.«
Er küßte seine Frau und ging hinaus.
»In was für eine Schule gehst du, Frankie?« erkundigte sich Essie, die Jüngere.
»George-Washington-Oberschule.«
»Ich gehe in die Volksschule 181«, sagte sie.
»Fein«, sagte ich. Dann herrschte wieder Stille. Ich wußte nicht, worüber wir reden sollten.
Tante Bertha gab den Kindern ihr Frühstück und setzte sich dann zu uns. Lächelnd fragte sie: »Hat dir das Frühstück geschmeckt, Frankie?«
»Großartig, Tante Bertha.«

»Das freut mich. Aber jetzt ist es Zeit, daß du dich auf den Weg machst. Du willst doch sicher nicht gleich am ersten Tag zu spät kommen.«

»Nein, bestimmt nicht.« Ich ging auf mein Zimmer, band mir die Krawatte um und zog meine Jacke an. »Auf Wiedersehen!« rief ich.

Tante Bertha ging mit mir zur Tür. Im Flur steckte sie mir Geld zu. »Hier ist dein Taschengeld für die Woche«, sagte sie. »Für das Mittagessen und Kleinigkeiten. Wenn du mehr brauchst, kannst du es ruhig sagen.«

Es waren drei Dollar. »Ich glaube nicht, daß ich mehr brauche. Vielen Dank.«

»Alles Gute«, sagte sie. Ich zog die Tür hinter mir ins Schloß. Mir war ganz komisch zumute. Alles war so anders.

Die George-Washington-Oberschule war ein neues, rotes Backsteingebäude, von einer Kuppel gekrönt.

Ich wurde zur Schulverwaltung geschickt. Dort nannte ich einer Angestellten meinen Namen und wartete, bis sie meine Karte gefunden hatte. Sie sagte mir, ich solle beim Läuten der Neun-Uhr-Glocke ins Klassenzimmer 608 gehen.

Als die Glocke läutete, waren die Gänge voll von Kindern, die zu ihren Klassenzimmern eilten. Ich fand meins ohne große Schwierigkeiten und gab meine Karte dem Klassenlehrer. Er wies mir einen Platz hinten im Raum an. Ich sah mich um. Die Klasse schien gemischt – etwa zwanzig farbige Jungen und Mädchen und zwanzig weiße. Der Junge neben mir war farbig.

»Neu hier?« fragte er und grinste übers ganze Gesicht. »Mein Name ist Sam Cornell.«

»Ich heiße Kane«, sagte ich. »Francis Kane.«

Als ich eine Woche in die neue Schule gegangen war, sprachen wir zu Hause auch über Religion.

Meine Tante und mein Onkel waren sehr tolerant und zwangen mich zu nichts. Einmal begleitete ich sie zur Synagoge. Sie überließen es mir dann, wie ich mich entscheiden wollte. Ich befaßte mich nie sehr eingehend mit dieser Frage. Ich besuchte nie einen hebräischen Religionsunterricht und ging nie mehr in eine Kirche oder Synagoge. Allerdings dachte ich auch nicht viel an Gott. Ich war der festen Überzeugung, daß ich mit diesem Problem fertig werden würde, wenn mich die Umstände dazu zwangen – wie ich auch alles andere in meinem Leben erst in Angriff nahm, wenn die Zeit dafür reif war, und nicht vorher.

Vergangene Zeiten kann man nie wieder zurückbringen das war etwas, was ich sehr bald lernte. Obwohl Jerry, Marty und ich immer noch kameradschaftlich miteinander verkehrten, konnten wir das enge Verhältnis, das vor meinem Umzug in die obere Stadt zwischen uns bestanden hatte, nicht wiederherstellen. Unsere Beziehungen waren nicht weniger freundschaftlich, aber es lag wohl daran, daß ich gewissermaßen einen Normalisierungsprozeß durchmachte. Ich stand nicht mehr draußen und blickte hinein; ich hatte jetzt eine eigene Familie. Ich lernte jetzt manches, wovon ich bisher keine Ahnung gehabt hatte: Rücksichtnahme auf andere und Sorge um meine Mitmenschen. Aber diese Gefühle hatte ich einzig und allein meiner Familie gegenüber. Gegen andere, außerhalb meines Familienkreises, bewahrte ich noch meine alte Einstellung. Es war fast, als steckten zwei verschiedene Frankies in mir. Aber dieser Zwiespalt war mir nicht bewußt, und ich machte mir daher auch keine Gedanken darüber.

Ich hatte gehört, daß man mich als Kandidaten für die Wahl eines Klassenältesten vorschlagen wollte, und ich wußte genau, daß es zum großen Teil von meinem Abschneiden in dem heutigen Spiel abhing, ob man mir die Kandidatur antragen würde.

So spielte ich ein teuflisches Spiel – an der Grenze des Erlaubten, wie ich es auf der Tenth Avenue gelernt hatte. Als die Endergebnisse verkündet wurden, hatten wir gewonnen, und ich war der Star des Tages.

Ich duschte und ging wieder in die Turnhalle. In einer Ecke musizierte eine Kapelle von sechs Mann, und eine Gruppe von Schülern und Schülerinnen tanzte. Auch war ein Tisch mit Punsch und Limonaden aufgestellt. Marty kam auf mich zu. Er hatte ein Mädchen bei sich. Ich erkannte sie – ein nettes Mädel aus meiner Biologieklasse. Aber ich konnte nicht auf ihren Namen kommen.

»Ihr kennt euch doch«, sagte Marty zu mir. »Sie wird bei der Wahl als deine Stellvertreterin aufgestellt.« Mit diesen Worten eilte er davon und ließ uns allein.

Wir sahen uns an. Dann lächelte sie. Es war ein sehr hübsches Lächeln, das ihrem Gesicht eine lebendige Heiterkeit verlieh.

»Willst du nicht tanzen, Frankie?« fragte sie.

»Doch, natürlich«, sagte ich verlegen. »Aber ich bin kein guter Tänzer.«

»Das macht nichts«, meinte sie. »Ich helfe dir.« Sie kam in meine Arme. Anfangs war ich recht hölzern, und einmal trat ich ihr sogar auf den Fuß. Sie lächelte aber nur und sagte: »Immer mit der Ruhe! Du mußt ganz locker tanzen.«

Als der Tanz zu Ende war, fragte ich sie: »Möchtest du gern etwas Punsch trinken?«

Wir gingen hinüber zum Tisch mit den Erfrischungen. Dann tanzten wir noch oft miteinander. Und als um elf Uhr das Fest vorüber war, gingen wir zusammen nach Hause. Sie wohnte in einem Etagenhaus nicht weit von uns, und ich begleitete sie bis an die Tür.

»Ich muß jetzt ins Haus gehen«, sagte sie. »Es ist spät.«

»Ja«, wiederholte ich, »es ist schon spät.«

»Gute Nacht, Frankie.« Sie lächelte zu mir empor.

»Gute Nacht.« Einem plötzlichen Impuls folgend, küßte ich sie, und sie schlang mir die Arme um den Hals. Ich konnte den reinen, frischen Duft ihres Haares riechen. Ich begann sie zu küssen, wie ich Julie geküßt hatte. Aber plötzlich hemmte mich etwas. Ihr Mund war so weich, so süß und sanft – gewissermaßen unschuldig. Sie preßte sich gegen mich, und ihre Lippen waren nicht so wild und leidenschaftlich wie Julies. Ich beruhigte mich und legte ihr die Arme um den Rücken. Instinktiv hatte ich versucht, ihre Brüste abzutasten, mich aber noch rechtzeitig beherrscht. Ich genoß die Süße ihrer Lippen und zog sie eng an mich. Im Kontakt unserer Körper war nichts von geschlechtlicher Begierde. Es war ein reines, jugendfrisches Gefühl, ein Gefühl, das sagte: ›Es ist schön zu leben.‹

»Ich weiß nicht, was du von mir denkst, Frankie«, sagte sie, »aber ich tue so etwas nicht mit jedem Jungen, der mir begegnet.«

»Ich weiß«, sagte ich, und ihr Parfum stieg mir betörend zu Kopf. Sie trat zurück. »Gute Nacht, Frankie.« Damit ging sie in ihre Wohnung und schloß die Tür.

Ich ging ein paar Schritte den Flur hinab, als mir plötzlich einfiel, daß ich ihren Namen noch nicht wußte. Ich kehrte um und blickte auf das Schild neben der Türglocke. »Lindell«, stand darauf. Nun kannte ich ihren vollen Namen: Janet Lindell.

Ich fühlte mich äußerst unbehaglich, als ich mit den anderen Kandidaten, die sich um den Posten des Klassenältesten bewarben, auf dem Podium Platz nahm. Es kam mir vor, als ob die ganze Versammlung mich anstarrte. Janet saß neben mir und lächelte mir ermunternd zu.

Der Direktor hielt seine Ansprache, in der er hervorhob, daß die Schüler gute Bürger und tatkräftige Demokraten werden müßten. Aber ich war viel zu nervös, um ihm richtig zuzuhören. Dann erhob sich der erste Kandidat. Er versprach den neuen Schülern die beste Vertretung, die die Klasse je gehabt habe. Dazu brauchte er zehn Minuten. Der zweite Kandidat versprach dieselben Dinge wie der erste, und er brauchte ungefähr die gleiche Zeit. Ich konnte sehen, daß die Schüler unruhig wurden und sich zu langweilen begannen.

Und dann war ich an der Reihe. Das Herz klopfte mir zum Zerspringen, und die Kehle war mir wie zugeschnürt. Janet hob die Hände, um mir zu zeigen, daß sie mir beide Daumen halte. Ich schlenderte langsam zur Mitte des Podiums. Die Gesichter vor mir erschienen mir seltsam verschwommen. Dann gab ich mir einen Stoß und begann zu reden.

»Herr Direktor, Lehrer und Mitschüler.« Meine Stimme schien von den Wänden des Auditoriums widerzuhallen. ›Zu laut‹, dachte ich.

Die Schüler blickten alle halb verstört auf, als hätte ich sie aus dem Schlaf geschreckt.

»Ich habe Angst«, sagte ich ein wenig ruhiger und natürlicher. Alle lachten – sogar die Lehrer. Ich spürte, wie ich meine Hemmungen allmählich verlor, und fuhr fort:

»Sie mögen es glauben oder nicht. Aber ich weiß tatsächlich nicht, warum ich hier stehe.«

Wieder schallendes Gelächter. Jetzt wich meine Nervosität.

»Neulich«, begann ich wieder, »traten ein paar Schüler, Freunde von mir, an mich heran und fragten: ›Wie wär's, möchtest du wohl Klassenältester sein?‹ Und ich sagte dummerweise: ›Ja, gern.‹ Jetzt aber frage ich mich: waren es wirklich meine Freunde?«

Die Zuhörerschaft lachte, und manche klatschten Beifall. ›Mein Gott!‹ dachte ich. ›Sie schlucken wirklich alles!‹ Dann fuhr ich fort.

»Ich habe soeben die Reden meiner Gegner gehört und frage mich allmählich, ob ich wohl für mich selbst stimmen werde.«

Lautes Gelächter ertönte. Die Schüler beugten sich vor und schienen voller Spannung auf meine nächsten Bemerkungen zu warten.

»Ich weiß nicht, was ich euch versprechen soll, wenn ich zum Klassenältesten ernannt werde«, sagte ich. »Meine Gegner haben euch bereits alles versprochen, was ich mir nur denken kann.«

Sie lachten und applaudierten, und ich hob die Hände, um sie zu beruhigen.

»Glaubt nicht, daß ich das für falsch halte – sie haben durchaus

recht. Ich stimme in jeder Beziehung mit ihnen überein. Ich würde euch auch gern weniger Hausarbeit, mehr Lesezeiten und kürzere Unterrichtsstunden versprechen, aber das kann ich leider nicht. Ich fürchte, das Unterrichtsministerium würde Einspruch erheben.«
Gelächter und Beifall begrüßten diese Bemerkung. Ich warf rasch einen verstohlenen Blick auf Marty und Jerry, die in der ersten Reihe saßen. Sie lächelten mir zu. Jerry hob die Hand und schloß die Finger zu einem Kreis, ein Zeichen, daß alles in bester Ordnung war. Ich fuhr fort: »Ich möchte nun nicht mehr allzuviel von eurer Zeit in Anspruch nehmen, da ich weiß, wie ängstlich ihr alle darauf bedacht seid, wieder in eure Klassen zu kommen (Gelächter). Aber ich möchte euch versichern – sowohl im Namen meiner Gegner als auch in meinem eigenen –, daß derjenige, den ihr wählt, ganz gleich, wer das sein wird, alles für euch tun wird, was in seiner Kraft steht. Und mehr kann einer beim besten Willen nicht tun.«
Ich kehrte an meinen Platz zurück und setzte mich hin. Die Schüler sprangen johlend und applaudierend auf.
Janet flüsterte mir ins Ohr: »Steh auf und mach 'ne Verbeugung.«
»Nur, wenn du mitkommst«, sagte ich. Sie nickte. Ich nahm sie bei der Hand, und zusammen gingen wir zur Mitte des Podiums. Wir lächelten der Menge zu. Janet sah in ihrem rosa Kleid sehr hübsch aus. Ich hob die Hand, und es wurde still.
»Auch wenn ihr mir eure Stimme nicht gebt«, sagte ich, »so denkt jedenfalls daran, Janet zur Stellvertreterin des Klassenältesten zu wählen. Sie wird die hübscheste und gescheiteste Vizepräsidentin sein, die die George-Washington-Oberschule je gehabt hat.«
Sie lachten und applaudierten, bis der Gong ertönte und die Versammlung vorüber war.
Sie machten mich mit überwältigender Mehrheit zum Klassenältesten.

3

Janet und ich wurden gute Freunde, und in den Augen der anderen Schüler ›gingen wir miteinander‹. Ich mochte sie gern, aber irgendwie war es ein ganz anderes Verhältnis als mit Julie, und das würde sich wohl auch nicht ändern. Aber wir gingen weiterhin zusammen aus, gaben uns weiterhin unseren Gutenachtkuß nach unseren samstagabendlichen Verabredungen und setzten den langweiligen Prozeß des Heranwachsens fort.

Die Schule ging weiter. Bald war es Ostern, und dann kamen die Sommerferien. Ich bestand die Prüfung in allen meinen Fächern und fuhr mit meinen Verwandten nach Rockaway.

Es war der schönste Sommer, den ich je erlebt hatte. Es gab eine ganze Masse Jungen am Strand, und wir hatten eine prima Zeit miteinander. Ich schwamm sehr viel, faulenzte den ganzen Tag am Strand herum und wurde ganz dunkelbraun. Ich glaube nicht, daß ich mich irgendwie von den anderen Jungen am Strand unterschied. Wir beobachteten die Mädchen in ihren Badeanzügen, unterhielten uns über ihre körperlichen Reize und überlegten, ob sie es taten oder nicht. Ich entdeckte eine, die es tat, und glaubte, etwas Besonderes zu haben, bis ich herauskriegte, daß auch fast alle anderen Jungen sich das eingebildet hatten. Da ließ ich sie abblitzen.

Ich nahm fast sieben Pfund zu im Laufe dieses Sommers, der so schnell vorbeiging. Bald war es Zeit, den Bungalow zu schließen und wieder in die Stadt und zur Schule zurückzukehren.

Ich war jetzt im zweiten Schuljahr, und es gelang mir, in die reguläre Schwimm- und Basketballmannschaft zu kommen. Ehe das Jahr zu Ende war, trug ich das große schwarzorangenfarbige ›W‹ auf meinem Sweater. Ich war nun so etwas wie ein Star in der Schule und hatte immer eine ganze Gefolgschaft von Jungen.

Alle miteinander waren wir in dem Sommer ein Stück erwachsener geworden; Jerry, Marty und ich – und auch Janet. Aber ich wußte nicht, wie sehr, bis ich sie eines Tages nach dem Fußballspiel am Thanksgiving Day nach Hause brachte. Sie wollte zu ihrer Großmutter zum Festessen. Ihre Eltern waren schon vorgegangen, und sie sollte nachkommen, sobald sie sich umgezogen hatte. Ich wartete in der Wohnung auf sie, während sie sich fertigmachte, denn ich wollte sie noch zum Hause ihrer Großmutter bringen, ehe ich nach Hause ging. Im Wohnzimmer warf ich meinen Mantel auf die Couch, setzte mich und las die Zeitung.

Ein paar Minuten später kam sie im Bademantel ins Zimmer und trug ein Unterkleid über dem Arm. »Ich muß das noch bügeln«, sagte sie. »Es war heute morgen noch nicht trocken.« Sie ging damit in die Küche. Ich schlenderte zur Tür und beobachtete sie, wie sie das Bügelbrett aus seiner Nische in der Wand herunterließ und das Bügeleisen anschaltete. Dann kam sie wieder zu mir ins Wohnzimmer. »Es braucht ein paar Minuten, um warm zu werden«, sagte sie. »Aber dann bin ich bald fertig.«

»Du brauchst dich nicht zu beeilen«, sagte ich. »Ich habe viel Zeit.«

Sie trat ans Fenster. »Oh, sieh mal«, rief sie. »Es schneit!«

Ich stellte mich neben sie. »Tatsächlich!« sagte ich.

»Der erste Schnee in diesem Jahr.«

»Stimmt.« Ich legte meine Arme um sie und küßte sie. »Der erste in diesem Jahr.«

Einen Augenblick lang hielt sie mich umschlungen. Dann ließ sie die Arme fallen. »Das Eisen muß jetzt warm sein«, sagte sie und ging in die Küche.

»Genau wie ich!« rief ich ihr nach.

Sie lachte und prüfte das Eisen. »Nicht warm genug.«

»Wer sagt das?« fragte ich und tat, als wenn ich nicht wüßte, was sie meinte. »Ich koche schon über.«

»Du nicht, Dummkopf, das Eisen!« Dann sah sie das Lächeln auf meinem Gesicht und kam auf mich zu.

Ich küßte sie wieder und drückte sie fest an mich. Sie hatte sehr wenig an unter ihrem Bademantel. Ich drängte sie zur Couch, und wir ließen uns darauffallen. Ich zog ihren Kopf auf meinen

Schoß und küßte sie. Ich ließ meine Hände unter ihren Bademantel gleiten. Ihre Haut war weich und glatt und wirkte sehr erregend. Sie hielt plötzlich den Atem an, als sie meine Hände auf ihrem Körper fühlte. Ich küßte sie wieder, während ich ihren Rücken mit kreisförmigen Bewegungen streichelte. Ihre Arme legten sich um meinen Hals, und sie zog mich eng an sich. Ich ließ meine Hände in ihren Büstenhalter gleiten. Ich strich über ihre nackten Brüste und dann über ihren Bauch. Ich küßte ihre Kehle und ihre Schultern, von denen der Bademantel gerutscht war.

»Frankie, hör auf!« bat sie. Sie atmete heftig und stöhnte erregt, als ich sie berührte.

»Nein, Liebling!« murmelte ich und küßte ihre Brust. Sie hielt meinen Kopf fest an sich gepreßt.

»Oh, Frankie, Frankie!« stieß sie immer wieder hervor, während ich sie küßte.

Ich versuchte, den Gürtel ihres Bademantels zu lösen. Plötzlich wehrte sie sich und hielt meine Hände fest.

»Frankie, wir dürfen es nicht! Es ist nicht recht!«

Ich versuchte sie zu küssen, doch sie wandte den Kopf ab.

»Wir müssen aufhören, Frankie. Es ist so gemein«, keuchte sie atemlos.

Ich hielt sie eng an mich gepreßt. Aber plötzlich stieß sie mich fort, stand auf und zog sich den Bademantel zurecht. »Wir sind keine Kinder mehr, Frankie. Wir dürfen uns nicht gegenseitig so auf Touren bringen.«

Ich nahm ihre Hand und küßte sie. Dann rieb ich sie an meiner Wange. »Nein, wir sind keine Kinder mehr. Da hast du recht.«

Sie beugte sich impulsiv vor und küßte mich. »Frankie, du bist lieb!« Dann ging sie in die Küche.

Ich stellte mich an die Tür und sah ihr zu. »Janet«, sagte ich halt lächelnd, »du bist eine böse Frau, weil du mich so quälst.«

Sie blickte von Ihrem Bügelbrett auf; in ihren Augen lag ein verletzter Ausdruck. »Ich möchte dich nie quälen, Frankie«, sagte sie ernst. »Ich glaube, ich liebe dich.«

»Ich weiß, daß du es nicht möchtest, Liebling«, erwiderte ich ebenso ernst.
Als sie fertig war, räumte sie alles fort und ging in ihr Zimmer, um sich anzuziehen.
Als sie wieder erschien, küßte ich sie nochmals, dann verließen wir die Wohnung und gingen zum Hause ihrer Großmutter. Wir wünschten uns alles Gute für den Feiertag und trennten uns. Ich ging nachdenklich die Straße entlang. Auch Janet war in diesem Sommer erwachsen geworden.

4

Eines Morgens wanderte ich den Korridor hinab und stieß vor dem Biologiezimmer mit Ruth zusammen.
»Oh«, rief sie. »Du natürlich! Das hätte ich mir ja denken können.«
Ich wurde ärgerlich. Ich hatte ihre ewigen Sticheleien satt, und gerade in diesem Augenblick war ich ganz und gar nicht geneigt, mich von irgend jemandem anpflaumen zu lassen. »Wenn ich geahnt hätte, daß ich dich hier treffen würde, hätte ich einen großen Umweg gemacht. Du bist der allerletzte Mensch auf der Welt, dem ich begegnen wollte.«
»Was ist denn los, Kleiner? Kannst du keinen Spaß verstehen?«
»Das schon. Aber allmählich hängt's mir zum Hals heraus. Was hast du eigentlich gegen mich?«
»Gar nichts, mein Kleiner«, sagte sie lächelnd. Das Lächeln war mir vertraut, Marty lächelte genauso. »Ich halte dich nur für einen ziemlich schrägen Burschen. Im Grunde bist du verdorben und hart, und ich mag solche Leute nicht.«
Jetzt reichte es mir. »Du bist auch gerade kein Prachtexemplar«, höhnte ich. »Du bist nichts weiter als eine gemeine, eigensüchtige Hexe, die sich das Maul zerreißt über andere Leute, die sie nicht einmal kennt.«
Sie hob die Hand, um mich ins Gesicht zu schlagen. Sie war

schnell, aber ich war schneller. Ich ergriff ihr Handgelenk und hielt es fest. Wir starrten uns an. Ihre Augen funkelten. Eine Weile standen wir so, dann ließ ich ihren Arm los. Ich sah die weißen Stellen, wo ich sie am Handgelenk gepackt hatte.

»Das würde ich an deiner Stelle nicht tun«, sagte ich. »Es ist nicht damenhaft.«

Die lodernde Flamme in ihren Augen erlosch, ihre Züge lösten sich, und sie versuchte zu lächeln. Das Mädchen hatte Mumm.

»Du hast recht, Frankie. Ich glaube, ich habe dir nie eine Chance gegeben, seitdem ...«

»Seitdem ich Marty bei euch im Wohnzimmer verdroschen habe?« unterbrach ich sie.

»Nein«, sagte sie. »Das war es nicht. Ich dachte an Julie.«

»Julie?« fragte ich überrascht. »Du hast davon gewußt?«

»Ich wußte, daß Julie in dich verknallt war, und das ärgerte mich. Wir waren wie Schwestern, bis du auftauchtest. Da war dann plötzlich alles anders. Sie tat immer sehr geheimnisvoll, und ... ich glaube, ich war etwas eifersüchtig. Und nachdem sie fortgegangen war, fragte sie in ihren Briefen nach dir und ließ dich grüßen. Aber ich habe dir das nie erzählt.«

Der Gong rief zum Unterricht, aber ich ging nicht in die Klasse. Ich wollte erfahren, wieviel sie über mich und Julie wußte. Deshalb nahm ich ihren Arm und führte sie den Flur entlang. Sie ging bereitwillig mit.

»Warum?« fragte ich.

»Ich habe schon gesagt, warum. Es war kindisch. Aber das ist jetzt vorbei. Ich weiß es. Julie ist übrigens verheiratet.«

Ich empfand ein unerklärliches Gefühl der Erleichterung. »Wann hast du eigentlich gemerkt, was zwischen mir und Julie los war?«

»Oh, an einem Sonntag, als ihr beide vom Strand kamt und vor ihrer Tür standet. Ich hörte Stimmen draußen im Flur. Da habe ich die Etagentür aufgemacht und gesehen, wie du sie geküßt hast. Und von da an warst du für mich erledigt, wo ich dich sowieso schon nicht besonders leiden konnte wegen Marty.«

»Oh!« sagte ich. »Ist das alles?«
»Genügt das nicht?« fragte sie.
In diesem Augenblick wurde mir klar, daß ich mir ihretwegen keine Gedanken mehr zu machen brauchte. Ich kam mir bedeutend älter vor als sie. Mir war froh und leicht zumute. Wir standen in einer Ecke des Flurs, und es waren keine Schüler zu sehen, da der Unterricht bereits begonnen hatte.
»Ein Kuß hat nicht viel zu sagen«, erklärte ich. »Das kann ich dir zeigen!« Ich nahm sie rasch bei den Schultern und küßte sie auf die Lippen. Dann ließ ich sie los. »Siehst du, was ich meine?«
Sie hob wieder die Hand, und ich hielt mir spaßeshalber den Arm zum Schutz vors Gesicht. »Doch nicht schon wieder!« sagte ich lächelnd.
Sie schüttelte den Kopf. »Nein, nicht schon wieder!«
»Freundschaft?« fragte ich und streckte die Hand aus.
»Freundschaft!« sagte sie und nahm meine Hand.
Wir bekräftigten diese neue Freundschaft mit feierlichem Händedruck.
»Muß jetzt gehen«, sagte ich. »Hab' so was wie Unterricht.«
Ich hatte schon fast die halbe Entfernung zum Klassenraum zurückgelegt, als ein Geräusch mich veranlaßte, mich umzudrehen und zurückzugehen. Ruth weinte.
»Was ist denn los, Ruth?« fragte ich. »Verzeih mir! Ich wollte nicht aufdringlich sein.«
»Ach nichts!« schluchzte sie. »Warum gehst du nicht weg und läßt ein Mädchen allein, wenn es allein sein will, du Doofmann.«
Damit drehte sie sich um und rannte die Treppe am Ende des Korridors hinunter.
›Frauen sind total verrückt!‹ dachte ich, als ich das Klassenzimmer betrat und mich wegen der Verspätung bei meinem Lehrer entschuldigte.
Mr. Weisbard war ein anständiger Kerl. Er lächelte, als ich sagte, daß mich Klassenangelegenheiten aufgehalten hätten.
»Na!« erwiderte er in einem Bühnengeflüster, das in der letzten

Reihe gehört werden konnte. »Ganz im Vertrauen, Francis, an deiner Stelle würde ich mir die Spuren dieser wichtigen Klassenangelegenheiten von den Lippen wischen, bevor ich mich hinsetzte.«

5

Der Zeitpunkt für die Neuwahl eines Klassenältesten rückte wieder heran. Ich wollte mich nicht wieder aufstellen lassen, da ich zuviel um die Ohren hatte. In der Schule nahmen Sport und andere gesellige Veranstaltungen meine Zeit in Anspruch, und außerhalb der Schule hatte ich meine Familie und meine Freunde.

An einem Nachmittag versammelten wir uns alle in Janets Haus, um die Sache zu besprechen – Janet, Jerry, Marty und ich. Ich hatte mir meinen Lieblingssessel geschnappt, den Stuhl ihres Vaters, und legte meine Füße auf den kleinen Fußschemel, der davor stand. Diesen Stuhl liebte ich geradezu, nicht nur, weil er bequem war, sondern auch, weil er den Raum beherrschte. Er stand so, daß fast alle im Raum mir gegenübersaßen. Jerry und Janet saßen auf der Couch unmittelbar mir gegenüber und Marty auf einem kleinen Sofa zu meiner Rechten. Ich sprach als erster.

»Hört zu, ihr wißt alle, daß ich mich nicht wieder aufstellen lassen will. Ich hab' zuviel mit anderen Dingen zu tun.«

»Du hast aber doch den Sieg in der Tasche«, protestierte Jerry. »Sie kennen dich alle, und du bist beliebt. Es ist eine ganz glatte Geschichte.«

»Quatsch!« erwiderte ich. »Der Posten macht viel Arbeit, und das will ich nicht mehr.«

»Ich habe festgestellt«, sagte Marty, »daß du nicht allzuviel Zeit darauf verschwendet hast. Janet hat den ganzen üblen Kleinkram erledigt.«

»Wenn Janet irgendwelche Klagen hat«, sagte ich rasch, »kann

sie sie wohl selber vorbringen.« Ich wandte mich an sie. »Was sagst du dazu?«
Sie schüttelte lächelnd den Kopf. »Keine Klagen.«
»Das wäre erledigt«, sagte ich zu Marty. »Wenn ihr glaubt, daß das ein so hübscher Posten sei, warum bewirbt sich nicht einer von euch darum?«
»Ich kann nicht. Das weißt du doch«, sagte Marty. »Ich bin sehr durch die Arbeit in der Schülerbetreuung in Anspruch genommen, und die ist sehr wichtig für mich, wenn ich zur Universität gehe.«
»Also gut«, sagte ich schnippisch, »dann hör aber mit deiner Meckerei auf. Und wie steht's mit euch beiden?« Ich blickte zu Janet und Jerry.
»Janet?« rief Marty. »Lieber Himmel, ein Mädchen ist noch nie Klassenälteste gewesen.«
»Das heißt nicht, daß sie es nicht werden kann«, sagte ich. »Wie ist es mit dir, Janet?«
»Kommt nicht in Frage«, erklärte sie. »Ich hätte auch gar keine Chance. Aber wie wär's mit Jerry?« Sie blickte ihn an.
Er saß eine Weile schweigend da. Dann lächelte er. Er hatte ein sehr sympathisches Lächeln. »Wenn ihr es wollt, mach' ich es, aber unter einer Bedingung.«
Ich wußte, was kam, aber Marty stellte ahnungslos die Frage. »Und die wäre?«
»Janet läßt sich als meine Stellvertreterin aufstellen.« Jerry blickte sie lächelnd an.
»Natürlich wird sich Janet mit dir aufstellen lassen«, sagte ich und war froh, die Sache ins reine zu bringen, ehe sie Zeit hatte zu antworten.
Im ersten Augenblick hatte ich den Eindruck, daß Janet über meine bereitwillige Zustimmung etwas enttäuscht war. Aber ich konnte mich irren.
So wurde es denn auch. Jerry und Janet wurden gewählt und hatten diesen Posten bis zu ihrem letzten Schuljahr.

Aber das hatte zur Folge, daß ich immer weniger mit meinen alten Klassenkameraden zusammenkam. Meine sportlichen Interessen brachten mich mehr mit den Schülern der oberen Klassen in Verbindung. Ich fühlte mich bei ihnen mehr zu Hause, da ich in vieler Beziehung älter war als meine eigenen Klassengenossen.

Meine Besuche bei Janet schränkte ich ein. Ich verabredete mich nur noch einmal in der Woche mit ihr. Dafür ging ich mit älteren Mädchen aus. Sie waren erfahrener, und ich erreichte mehr bei ihnen.

Eines Tages, als ich aus der Schule kam, gesellte sich Jerry zu mir.

»Hallo!« sagte ich.

»Hallo!« erwiderte er. »Was treibst du eigentlich? Wir haben in letzter Zeit nicht viel von dir zu sehen bekommen.«

»Ich hab' mich mal hier, mal da ein bißchen umgetan«, sagte ich.

»Ich weiß. Davon habe ich gehört. Und Janet hat auch davon gehört. Ich glaube nicht, daß sie besonders glücklich darüber ist.«

»Aus den Windeln bin ich heraus«, erklärte ich. »Ich weiß, was ich zu tun und zu lassen habe – und Janet ebenfalls.«

»Aber Janet ...?« Es war ihm unbehaglich zumute.

»Janet und ich sind nicht aneinandergewachsen«, bemerkte ich spöttisch.

Er ergriff meinen Arm und sah mich ernst an. »Weißt du, Frank, ich habe darauf gewartet, daß du das sagst.«

»Nun hast du's gehört. Und was willst du jetzt tun, großer Bruder?«

»Nichts. Aber ich würde an deiner Stelle die Idee vom ›großen Bruder‹ aufgeben.« Er ließ meinen Arm los und ging pfeifend die Straße entlang.

Ich sah ihm nach und überlegte mir, was wohl in seinem Kopf vorging. »Egal«, dachte ich. Aber am selben Abend ging ich zu Janet.

Gegen sieben Uhr läutete ich an ihrer Wohnung. Sie öffnete die Tür. Als sie mich sah, lächelte sie. »Komm herein, Frankie.«
»Hallo«, sagte ich und trat ein.
Wir gingen ins Wohnzimmer. Jerry und Marty waren da. Aber ich verbarg meine Überraschung und tat so, als ob ihre Anwesenheit bei meinen Besuchen gang und gäbe sei.
»Na, Kumpels!« sagte ich.
»Nun sieh mal an«, sagte Marty zu Jerry, »die Götter steigen vom Olymp herab!« Und dann mit einer übertriebenen Verbeugung zu mir: »Wir begrüßen deine Rückkehr, o lang' verschollener Bruder!«
»Brich dir keine Verzierung ab!« sagte ich. »Du brauchst nicht drauf zu hören, Jerry. Die spitze Zunge ist ein Familienerbteil.«
»Was führt dich her?« erkundigte sich Marty.
»Ich wollte Janet besuchen«, sagte ich mit freimütigem Lächeln. »Und ihr?« Damit hatte ich sie. Keiner von beiden würde zugeben, daß sein Besuch Janet galt, auch wenn es so war.
Marty murmelte die uralte Entschuldigung von Klassenangelegenheiten.
»Na«, sagte ich, »dann will ich euch auch nicht stören. Ich warte so lange, bis ihr fertig seid.« Ich setzte mich in den Sessel ihres Vaters und begann, in einer Illustrierten zu blättern. »Wo sind deine Eltern, Janet?«
»Bei meiner Großmutter«, sagte sie. »Sie fühlt sich nicht gut.«
»Das tut mir leid«, sagte ich voller Mitgefühl. »Es ist doch wohl nichts Ernstes?«
»Nein, nur eine Erkältung.«
Die beiden gaben das Rennen auf. »Ich glaube, wir können jetzt gehen. Wir waren ja schon so ziemlich fertig«, meinte Jerry und erhob sich.
»Um Gottes willen, ich möchte euch aber wirklich nicht vertreiben«, sagte ich mit falschem Bedauern.
»Ja«, sagte Janet, die meinen Wink verstand, »bleibt doch noch. Ich stell' das Radio an. Vielleicht kriegen wir gute Musik.«

Marty murmelte etwas, daß er versprochen habe, pünktlich zu Hause zu sein, und Jerry erklärte dasselbe. Trotz unseres Einspruchs gingen sie.
Als sich die Tür hinter ihnen schloß, blickten Janet und ich uns an und lachten. »Komm her, Baby, und gib mir einen Kuß«, sagte ich und breitete die Arme aus.
Sie kam, und ich küßte sie langsam und gründlich. Als wir die erste Atempause einlegten, sagte ich: »Donnerwetter!«
Sie lächelte. »Wir haben uns lange nicht gesehen.«
»Ich hatte viel zu tun«, sagte ich. »Aber wenn ich geahnt hätte, was ich verpaßte, wäre ich sehr viel öfter erschienen.«
»Lüg nicht, Frankie. Du darfst mich nie belügen. Das hast du nicht nötig.«
»Ich weiß, Baby.«
»Ich liebe dich, Frankie.«
Ich küßte sie noch einmal, aber eine innere Stimme verriet mir, daß sie und Jerry …
Das ärgerte mich, und darum versuchte ich jetzt, aufs Ganze zu gehen. Wir setzten uns auf das Sofa, und ich umfaßte sie so, daß ich mit meiner linken Hand ihre Brust streicheln konnte, während meine Rechte über ihren Oberschenkel glitt, bis sie in die feuchte Wärme ihres Schoßes gelangte.
Janet wand sich unter der Berührung. Ihr Schoß hob sich mir zuckend entgegen. »Nein, nein«, stöhnte sie. »Bitte nicht, Frankie.« Aber ich war meines Sieges gewiß. Die Spannung in meinen Lenden schien unerträglich zu werden.
Plötzlich jedoch ging Janets Stöhnen in das hohe Wimmern der Lust über. Ihr Leib wand sich wie unter Schlägen. Und in diesem Augenblick brach auch aus mir die gestaute Kraft.
Janet aber war ruhiger geworden. Sie schob meine Hände weg und sagte, noch atemlos: »Nein, Frankie, ich will das nicht. Wir wollen das nie, nie wieder tun, hörst du?«
Ich stand schweigend auf, verlegen und verärgert.
Mir kam das Ganze so kindisch vor.

6

Mehrere Wochen später saß ich in der Schule beim Lunch, als Marty sich plötzlich neben mich setzte. »Hallo, Frankie!« sagte er. »Was gibt's Neues?«
»Nichts. Vielleicht kannst du mir was erzählen.«
»Ich habe auch nichts auf Lager. Du bist es doch, über den man redet.«
»Allerdings.«
»Die ganze Schule redet davon, daß du dich nicht wieder für das Klassenamt beworben hast. Sie sagen, du hieltest dich für zu gut dafür.«
Ich lachte. »Laß sie doch reden.«
»Was ist eigentlich in dich gefahren?« fragte er.
»Nichts«, sagte ich. Ich spießte mit der Gabel den Pappdeckel aus der Milchflasche und trank einen Schluck. »Ich hab' den Kram allmählich satt, diesen Blödsinn, den sie da verzapfen, daß wir den Schülern helfen sollen.«
Marty langte nach meiner Milchflasche und trank. Ich beobachtete ihn. »Vielleicht auch noch etwas Kuchen?« fragte ich.
Er grinste. »Nein, danke. Ich bin nicht hungrig.«
»Was tust du denn eigentlich hier unten, zum Kuckuck noch mal?«
»Wenn du's ganz genau wissen willst: ich wollte mit dir reden. Ich meine, daß du wieder mit uns zusammenarbeiten solltest.«
»Das habe ich mir gedacht«, sagte ich und stand auf. »Aber ich habe den Laden zugemacht.«
»Na schön!« sagte er und stand ebenfalls auf. »Wenn das deine Einstellung ist. Aber ich glaube, du machst einen großen Fehler.«
»Ich weiß. Aber schlag dir die Sache aus dem Kopf. Fehler mache ich am laufenden Band.«
Als ich die Cafeteria verließ, schlenderte ich über den Schulhof auf die andere Seite der Straße. Dort stand eine Reihe von Bän-

ken. Ich setzte mich hin und zündete mir eine Zigarette an. Die Bänke standen auf einem kleinen Hügel, und man konnte von dort über den Fluß bis zum Stadtteil Bronx sehen. Es war Mitte April, und der Tag war warm und dunstig. Ich hörte den Schulgong, der den Beginn einer neuen Unterrichtsstunde ankündigte, und dachte: ›Zum Teufel damit!‹ Ich hatte im Augenblick überhaupt kein Verlangen nach Mathematik. Ich konnte sehen, wie die Schüler ein- und ausgingen, und lehnte mich behaglich zurück. Meine Zigarette war fast zu Ende. Ich zündete mir an dem Rest eine neue an und warf die Kippe fort.

Ein paar Mädchen kamen den Weg entlang auf mich zu. Janet war auch dabei. Ich wandte den Kopf ab in der Hoffnung, daß sie mich nicht sehen würde. Seit jenem Abend vor drei Wochen hatte ich sie nicht mehr besucht. Aber sie hatte mich bereits entdeckt und kam zu mir. Die Sonne schien auf ihr Haar, und sie sah sehr hübsch aus. Aber ich wollte nicht mit ihr reden und wünschte, sie hätte mich nicht gesehen.

»Hallo, Frankie!« sagte sie lächelnd. Etwas an diesem Lächeln packte mich. Es war, als hätte sie gesagt: ›Sei nicht böse. Wenn ich etwas falsch gemacht habe, so war es nicht absichtlich.‹

Ich erwiderte ihr Lächeln. »Hallo, Janet.«

»Hast du keinen Unterricht?« fragte sie.

»Doch, aber ich bin faul. Frühjahrsmüdigkeit wahrscheinlich.«

»Es ist schön heute. Findest du nicht?«

»Ja.«

»Hast du etwas dagegen, wenn ich mich hinsetze?«

»Nein. Dafür sind die Bänke ja da.«

Sie setzte sich etwas abseits von mir. Eine Zeitlang sprachen wir nichts, sondern sahen nur auf den Fluß hinab. Aber unser Schweigen war wie ein Gespräch. Ich konnte mir vorstellen, wie sie mich fragte: ›Warum hast du mich nicht mehr besucht?‹ und wie ich darauf antwortete: ›Ich wollte es, aber ich hatte zuviel zu tun!‹ Und dann würde sie fragen: ›Wie kommst du in der Schule voran?‹ Und ich würde sagen: ›Ganz gut. Habe durchschnittlich achtzig Punkte bekommen.‹ Sie: ›Gehst du in diesem Jahr wieder in die Schwimmmannschaft?‹ Ich: ›Vielleicht. Ich habe mich noch nicht entschieden‹, obgleich ich wußte, daß ich es tun würde, weil der Trainer mich darum gebeten hatte. Sie: ›Wie geht's deinem Onkel und deiner Tante?‹ Ich: ›Ganz gut. Aber mein Onkel hat eine Erkältung, die er den ganzen Winter hindurch nicht losgeworden ist. Der Husten geht einfach nicht weg. Und wie geht's deinen Eltern und deiner Großmutter?‹ Sie: ›O. k. Aber meine Großmutter wird auch älter.‹ Und während der ganzen Zeit würde ich an etwas anderes denken: wie sie mich zuerst geküßt hatte und wie sie mir beim Bügeln des Unterkleides in der Küche sagte, daß sie mich liebte, und wie das Parfum in ihrem Haar mir immer in der Nase kitzelte. Wir würden über unsere Mitschüler reden, während wir in Wirklichkeit nur wissen wollten, ob sie Jerry liebte und ob ich sie liebte – aber wir saßen bloß stumm auf der Bank und sahen über den Fluß hinweg nach Bronx.

Meine zweite Zigarette war fast aufgeraucht. Ich zündete mir eine neue daran an und warf die Kippe über das Geländer. Schließlich sprach sie.

»Du hast dich verändert, Frankie – im letzten Jahr bist du ganz anders geworden.«

»Wir verändern uns alle. Wir werden nicht jünger.«

»Das meine ich nicht, Frankie«, sagte sie langsam. »Irgendwie habe ich das Gefühl, daß du jemand bist, den ich nie vorher gekannt habe. Du hast dich sehr verändert. Ich weiß, wir sind alle anders geworden – Jerry und Marty und ich –, aber du bist offenbar kalt und hart und selbstsüchtig geworden. Das bist du vorher nie gewesen.«

Mir fiel ein, daß auch Ruth mir das schon gesagt hatte. Ich blickte Janet ins Gesicht und sagte offen heraus: »So war ich immer.«

Wir versanken wieder in Schweigen und starrten auf den Fluß, auf dem ein kleines Schiff stromaufwärts fuhr. Ich warf meine Zigarette fort. Ich zündete mir keine neue an, denn ich hatte einen gräßlichen Geschmack im Mund. Ein leichter Wind war hinter

uns aufgekommen. Ich spürte, wie er über meinen Kopf wehte, und sah Janet an. Der Wind zauste an ihren Haaren, und kleine Locken umrahmten ihr Gesicht. Ich hätte gern ihr Haar berührt, es war immer so weich und wellig.
Sie schaute zu mir herüber. »Du siehst aus wie ein kleiner Junge, der gerade eine unverdiente Tracht Prügel bekommen hat«, sagte sie und versuchte tapfer zu lächeln. Es gelang ihr nicht ganz.
Ich sagte nichts.
»Frankie, warum besuchst du mich eigentlich nicht mehr?« Da war sie, die erste Frage. Ich konnte nicht ahnen, wieviel Mut sie aufbringen mußte, um sie zu stellen.
Ich wußte nicht, was ich darauf antworten sollte, und murmelte, daß ich zu sehr in Anspruch genommen sei.
»Das warst du früher auch und fandest doch Zeit dafür.«
Ich wandte ein, daß sie ja mit Jerry ginge.
»Mit Jerry bin ich erst zusammen, seit du zu der anderen Clique übergegangen bist. Was hast du denn eigentlich von mir erwartet? Sollte ich trübsinnig zu Hause sitzen und warten, bis du gnädig geruhen würdest, zu mir zurückzukehren?« Ihr Gesicht war blaß und angespannt.
»Aber, Janet, wir waren doch Kinder, und wir wußten wahrscheinlich gar nicht genau, was wir sagten ...«
»Das mag vielleicht bei dir so gewesen sein.« Sie weinte jetzt. Die Tränen in ihren Augen funkelten wie kleine Diamanten, wenn die Sonne darauf schien. »Aber mir war es ernst. Ich dachte, du liebtest mich.« Sie bedeckte ihr Gesicht mit den Händen und beugte sich, lautlos weinend, vor.
Ich spürte einen Kloß im Hals und konnte kaum sprechen. Nervös blickte ich mich um. Gott sei Dank war niemand in der Nähe!
»Aber, Janet –«, sagte ich und berührte sanft ihre Schulter. Wie konnte ich ihr sagen, daß es mir leid tat, sie verletzt zu haben, oder daß ich mir wie ein Idiot vorkam? Ich dachte an Eve, das Mädchen in der Oberklasse, mit der ich in den letzten Wochen gegangen war, an ihre feuchtwarmen Küsse und ihre verheißen-

den Tricks, mit denen sie viel versprach und nur wenig gab – mit denen sie einen aufreizte, ständig aufreizte. Wie konnte ich Janet sagen, daß ich ihre Frische liebte, ihren einfachen, geraden, ehrlichen Blick, die Wärme in ihren Augen? Wie konnte ich ihr sagen, daß ich sie begehrte – und noch mehr als das?
Zornig schüttelte sie meine Hand von ihrer Schulter. »Geh weg!« rief sie. »Ich fühle mich so erniedrigt – ich hasse dich, ich hasse dich!«
Sie sprang auf und rannte auf die Schule zu, während sie ihr Gesicht mit einem kleinen, unzureichenden Taschentuch abzuwischen versuchte. Ich stand auf und wollte ihr nachlaufen. Dann fiel mir ein, daß man uns von den Fenstern der Schule sehen konnte. So setzte ich mich wieder hin und sah ihr nach, wie sie in die Schule lief.
Ich blickte über den Fluß. Es wurde allmählich kühler. Ich fröstelte. Wieder ertönte der Gong zum Unterrichtswechsel. Darüber war ich beinah froh. Ich stand auf und schlenderte in das Schulgebäude. Ich hatte jetzt Spanisch. Im zweiten Stock sah ich Janet aus dem Waschraum der Mädchen kommen. Ich ging zu ihr und sagte: »Janet.«
Sie wandte das Gesicht ab. »Sprich nicht mehr mit mir – nie wieder.« Sie sagte es mit leiser, kalter Stimme.
»Wie du willst«, erwiderte ich ebenso kalt.
Sie ging den Korridor hinunter, und ich sah ihr nach, bis sie um die Ecke verschwand.
»Verdammt und zugenäht!« sagte ich vor mich hin. »Der Teufel hole die ganze Schule! Nichts als Kinderkram!«

7

Die Familie setzte sich gerade zu Tisch, als ich kam. Die Kinder glänzten vor Sauberkeit. Irene saß schon an ihrem Platz, während Essie ihrer Mutter am Herd half.

»Guten Abend, die Herrschaften!« begrüßte ich sie.
»Wo hast du bloß solange gesteckt, Frankie?« sagte meine Tante. »Wasch dich noch schnell. Wir hätten beinahe ohne dich angefangen.«
Betroffen starrte ich sie an. Diesen fast strengen Ton waren wir nicht bei ihr gewohnt. Ihr Gesicht schien von lauter kleinen Sorgenfalten durchzogen zu sein. »Du kennst mich doch, Tante Bertha«, sagte ich und versuchte, sie zum Lachen zu bringen. »Wenn es ums Essen geht, bin ich immer pünktlich zur Stelle.«
Die Kinder lachten. »Das stimmt, Mama«, sagte Essie, »zum Essen kommt er nie zu spät.«
Ich ging ins Wohnzimmer. Mein Onkel saß in einem Sessel am Fenster und schien, die Hände nervös um die Lehnen verkrampft, vor sich ins Leere zu starren. »Onkel Morris, *du* hier? Da bin ich aber überrascht. Ich dachte nicht, daß du schon zu Hause seist.«
»Hallo, Frankie. Ich bin etwas früher heimgekommen.« Er versuchte zu lächeln, aber es wurde nur eine Grimasse daraus. »Ich war ein wenig abgespannt.«
Ich ging ins Bad, um mir die Hände zu waschen. Ich rief ihm zu: »Geh lieber schon zum Essen. Sie wollen jetzt anfangen.«
»Ich bin nicht hungrig.« Die Antwort kam so leise, daß ich sie kaum hören konnte.
Irgend etwas stimmt da nicht, dachte ich. Ich fühlte die Spannung, die in der Luft lag. Mir war unbehaglich, und ich überlegte, ob ich mir etwas hatte zuschulden kommen lassen. Aber es fiel mir nichts ein. Ich trocknete mir die Hände und ging in die Küche. Wir aßen schweigend. Onkel Morris ließ sich gar nicht blicken. Nach dem Essen half ich Essie beim Geschirrspülen. Dann gingen wir ins Zimmer und hörten noch eine Weile Radio. Um acht Uhr gingen die Kinder zu Bett, und gegen halb zehn suchte ich ebenfalls mein Zimmer auf. Ich hatte das Gefühl, daß meine Tante und mein Onkel etwas zu besprechen hatten und daß ich ihnen dabei im Weg war. Es war ein ruhiger, etwas trüb-

sinniger Abend gewesen. Gewöhnlich lachte und scherzte Onkel Morris und spielte mit den Kindern. Aber heute abend war er sehr ruhig. Als die Kinder ihn küßten, ließ er sich einen Kuß auf die Wange geben und küßte sie selber nicht. Ich ging in mein Zimmer, schloß die Tür und begann mich auszuziehen. Durch die geschlossene Tür konnte ich hören, wie meine Tante und mein Onkel sich leise unterhielten. Hin und wieder drangen auch einige verständliche Worte an mein Ohr. Ich stieg ins Bett und streckte mich aus. Die Arme hinter dem Kopf verschränkt, blickte ich zum Fenster hinaus. Es war ein langer, anstrengender Tag für mich gewesen. Ich versank in einen leichten Schlummer, gequält von einer seltsamen Niedergeschlagenheit. Plötzlich war ich wieder hellwach. Ich hörte die Stimmen meiner Tante und meines Onkels draußen im Flur, unmittelbar vor meiner Tür. Ich sah auf die Uhr, die auf meiner Kommode stand, es war fast zwei. Ich lauschte mit angehaltenem Atem.

Meine Tante schluchzte leise, und mein Onkel redete ihr gut zu. »Es ist kein Grund zur Besorgnis. Du hast ja gehört, was der Arzt gesagt hat. Ein paar Jahre in Arizona, und ich bin wieder in Ordnung. Ich habe Glück gehabt, daß man sie in einem so frühen Stadium entdeckt hat. Sie ist vollständig heilbar.«

Meine Tante sagte etwas von den Kindern. Mein Name fiel auch, aber ich konnte nicht verstehen, worum es ging. Ich hörte nur eine Bemerkung, daß ich noch nicht sechzehn sei.

»Auch darüber brauchst du dir keine Sorgen zu machen«, beruhigte sie mein Onkel. »Da draußen haben sie genauso gute Schulen wie hier. Und Frankie nehmen wir mit. Wir brauchen den Behörden nur die Sache auseinanderzusetzen, und ich bin überzeugt, daß sie darauf eingehen. Sie werden schon ein Auge zudrücken.«

Meine Tante erwiderte etwas darauf, und dann hörte ich, wie sich die Tür ihres Schlafzimmers schloß. Ich fragte mich, weshalb wir wohl nach Arizona gingen und was mein Alter damit zu tun habe. Ich war schon fast wieder eingeschlafen, als mir ein Gedanke durchs Gehirn schoß. Mit einem Ruck fuhr ich in die Höhe. Arizona – Tb – das war's! Dadurch erklärte sich auch der Husten, den er den ganzen Winter gehabt hatte. Es war keine Erkältung, sondern Tb!

Ich sprang aus dem Bett, zog meinen Bademantel über und trat auf den Flur. Ich stand eine Weile vor ihrer Tür, ehe ich anklopfte. »Ich bin's«, flüsterte ich. »Darf ich hereinkommen?«

»Ja«, sagte mein Onkel. Ich öffnete die Tür und trat ins Zimmer.

»Was machst du denn noch so spät?« fragte er.

»Ich hörte euch reden«, stieß ich hervor, »und wachte auf. Irgend etwas stimmt nicht. Das fühle ich. Was ist eigentlich los?«

Meine Tante und mein Onkel tauschten Blicke. »Nichts«, sagte mein Onkel. »Wir haben einen Umzug geplant – weiter nichts.«

»Ja, ich weiß«, sagte ich. »Nach Arizona. Warum?«

Sie antworteten nicht.

»Weil du krank bist? Ist das der Grund?« fragte ich.

Er blickte mich an. »Du hast es also gehört?«

»Ja, ich kann's mir zusammenreimen. Ich bin kein Kind mehr.«

»Nun«, sagte er, »dann weißt du ja Bescheid.«

»Hör zu«, sagte ich und setzte mich auf die Bettkante, »ich habe etwas Geld auf einer Bank am Broadway, falls ihr was braucht.«

Er lächelte. »Nein, vielen Dank. Wir sind ganz gut situiert. Behalte es nur.«

»Wenn es eine Hilfe für euch ist, könnt ihr es gern haben. Es sind über fünfzehnhundert Dollar.«

Das erstaunte ihn. »Fünfzehnhundert Dollar. Das ist eine Menge Geld. Wo hast du das her?«

»Ich hatte einen Job«, sagte ich und stand auf. »Davon erzähle ich euch später einmal. Aber wenn ihr das Geld jemals benötigt, braucht ihr es nur zu sagen.«

»Nein, mein Junge, wir brauchen es nicht. Aber vielen Dank für das Angebot.«

Als ich hinausgehen wollte, rief meine Tante mich zurück. »Komm her und gib mir einen Gutenachtkuß.«

Ich beugte mich zu ihr hinab und küßte sie. »Du bist ein lieber Junge«, sagte sie lächelnd. »Nun geh wieder ins Bett und mach dir keine Gedanken darüber. Es wird schon alles gut werden.«
Ich ging wieder in mein Zimmer zurück und stieg ins Bett. Dann fiel mir ein, daß sie darüber geredet hatten, daß ich noch nicht sechzehn sei. Ich hatte vergessen zu fragen, was das eigentlich zu bedeuten habe. Erst wollte ich noch mal hingehen, aber dann beschloß ich, bis zum Morgen zu warten. Vielleicht, dachte ich, handelt es sich dabei um Geld. Darum war ich froh, daß ich ihnen gesagt hatte, ich könnte auch für mich allein aufkommen. Dann schlief ich ein.

8

Am nächsten Morgen verschlief ich die Zeit und mußte aus dem Haus rennen, ohne mit jemandem zu sprechen. Ich konnte ihnen nur zurufen: »Auf Wiedersehen! Bis nach der Schule!« Ich kam gerade noch rechtzeitig. Beim Essen traf ich Ruth. Ich setzte mich neben sie.
»Wie ist es dir inzwischen ergangen?« erkundigte ich mich.
»O. k. Ich bin eifrig am Büffeln. Du weißt ja, ich mache nach diesem Semester mein Abschlußexamen.«
»Ja, ich weiß.«
»Und wo hast du in der letzten Zeit gesteckt? Marty hast du schon seit einer Ewigkeit nicht mehr besucht. Ihr habt doch wohl keinen Streit gehabt, wie?«
»Nicht im geringsten. Aber wir sind eben mit ganz verschiedenen Dingen beschäftigt.«
»Na ja, komm doch mal wieder zu uns. Meine Eltern würden sich freuen, dich mal wiederzusehen.« Dann ging sie.
Ich blickte mich in der Cafeteria um. Irgendwie sah ich die Schule jetzt in einem anderen Licht. Vielleicht lag es daran, daß

meine Tage hier gezählt waren, wenn die Familie nach Arizona zog.
Sofort nach dem Basketballtraining machte ich mich auf den Heimweg und kam gerade an, als die Kinder zum Spielen nach draußen gingen. Meine Tante saß im Wohnzimmer und las die Zeitung. Sie blickte auf, als ich mich zu ihr setzte. »Das ist heute die erste Gelegenheit für mich, mich mal hinzusetzen und die Zeitung zu lesen«, sagte sie.
»Ja«, sagte ich, und dann fragte ich, ohne weiter über ihre Worte nachzudenken: »Wann ziehen wir fort?«
»Ich weiß es nicht«, sagte sie. »Da ist erst noch verschiedenes zu erledigen. Dein Onkel muß seinen Vertreterbezirk verkaufen. Dann müssen wir uns überlegen, wo wir hinziehen und wo du und die Kinder zur Schule gehen. Wir werden uns sehr einschränken müssen.«
»Ich kann arbeiten«, sagte ich.
»Ich hoffe, das ist nicht notwendig. Ich möchte, daß du die Schule fertigmachst und dann aufs College gehst. Hast du dir schon mal überlegt, was du werden möchtest?«
»Nein, das weiß ich nicht.«
»Wenn du Lust hättest, könntest du ja Arzt oder Rechtsanwalt werden. Das würde uns sehr freuen, und es wäre für dich das richtige.«
»Ich weiß es nicht. Es ist ja noch Zeit genug, darüber nachzudenken. Aber ehrlich, wie schlimm ist es mit ihm? Was hat der Arzt gesagt?«
»In gewisser Beziehung haben wir ja noch Glück. Dein Onkel hat zwar Tuberkulose, aber sie ist noch im Anfangsstadium. Der Arzt meinte, er könne in absehbarer Zeit wieder auskuriert sein.«
»Das ist gut – wenn er nur wieder gesund wird. Ich hatte mir schon Sorgen gemacht.«
Sie lächelte. »Ich auch. Aber heute fühle ich mich schon besser. Gestern abend war ich in trostloser Verfassung.«
»Ich weiß. Ich habe es gehört.«

Sie lächelte mich wieder an. »Es gibt nicht viel, was du nicht merkst.«
Ich schmunzelte.
»Du bist ein seltsamer Junge. Etwas reif für dein Alter und auch ein wenig weich, aber mir gefällt es.«
Ich trat an ihren Stuhl und legte ihr den Arm um die Schulter. »Ich mag dich auch sehr gern.«
In diesem Augenblick kam mein Onkel nach Haus. Meine Tante stand auf und küßte ihn. »Wie ist alles gegangen, Morris?«
»Ziemlich gut«, sagte er, nachdem er mich begrüßt hatte. »Sie wollen mir fünfzehntausend Dollar für den Bezirk geben, und das ist ein guter Preis. Davon werden wir eine Weile leben können. Aber die ganze Geschichte hat einen Haken. Ich sprach beim Kinderfürsorgeamt vor, um den Leuten mitzuteilen, daß ich diesen Staat verlasse, und sie fragten nach dem Grund. Als ich ihnen die Situation geschildert hatte, erklärten sie, wir könnten Frankie nicht mitnehmen.«
Ich sprang von meinem Stuhl hoch, als ich das hörte. »Warum denn nicht?« fragte ich.
»Anscheinend besteht eine Bestimmung des Waisenhauses, wonach das Sorgerecht für ein adoptiertes Kind automatisch wieder an das Waisenhaus zurückfällt, wenn in der Familie der Adoptiveltern eine ansteckende Krankheit ausbricht. Vielleicht mußt du also für eine Zeit wieder ins Waisenhaus zurück, Frankie. Aber ich weiß es noch nicht. Ich werde morgen früh mal mit meinem Rechtsanwalt sprechen, und vielleicht haben wir gar keine Schwierigkeiten.«
»Was auch passiert, ins Waisenhaus gehe ich auf keinen Fall wieder«, erklärte ich.
»Das brauchst du auch nicht, Frankie«, versicherte mein Onkel. »Dafür werden wir schon sorgen.«
Eine Woche verstrich – eine Woche emsiger Tätigkeit zu Hause. Wir hatten uns eine Wohnung in der Nähe von Tucson beschafft, und meine Tante traf die ersten Vorbereitungen für den Umzug.

In zwei Wochen sollte es soweit sein. Es war Samstagnachmittag, ein herrlicher Maitag. Ich half meiner Tante beim Packen. Wir hatten alle schon Reisefieber. Die Kinder konnten von nichts anderem reden.
Gegen zwei kam mein Onkel. Er war müde und setzte sich ins Wohnzimmer. Tante Bertha machte ihm eine Tasse heißen Tee, den er langsam trank. Ich war in der Küche damit beschäftigt, Geschirr in Papier einzuwickeln und in Kisten zu packen, als mein Onkel mich zu sich ins Zimmer rief.
Tante Bertha kam mit, als ich ins Zimmer ging. »Setz dich«, sagte mein Onkel zu mir. Ich setzte mich auf die Couch, und meine Tante setzte sich neben mich. Sie nahm meine Hand und hielt sie leicht in der ihren.
»Ich weiß nicht, wie ich es dir sagen soll, Frankie«, begann mein Onkel langsam. »Aber früher oder später mußt du es doch wissen, und da ist es schon besser, wenn du es jetzt erfährst. Du kannst leider nicht mit uns fahren.«
Ich wollte etwas sagen, aber Tante Bertha drückte mir die Hand und flüsterte: »Laß deinen Onkel ausreden.« Da schwieg ich.
»Du weißt ja«, fuhr er fort, »daß ich mit meinem Anwalt gesprochen habe. Ich hoffte, daß er etwas ausrichten könnte. Aber es war völlig zwecklos. Das Gesetz besteht nun einmal, und wir müssen uns – ob wir wollen oder nicht – ihm beugen. Ich bin bei verschiedenen Beamten vorstellig geworden, aber es hat alles nichts genutzt. Man hat mir erklärt, daß du bis zu deinem achtzehnten Lebensjahr im Waisenhaus bleiben mußt. Dann kannst du wieder zu uns kommen.«
Ich hatte ein merkwürdiges Gefühl im Hals, als sei ich dem Weinen nahe. Ich hoffte, daß ich es unterdrücken konnte. Von Anfang an hatte ich damit gerechnet, daß ich mitfahren könnte. Ich sagte kein Wort.
Meine Tante blickte mich an und sprach mit sanfter, teilnahmsvoller Stimme: »In mancher Beziehung, Frankie, hat es auch sein Gutes. Du kannst die Schule hier zu Ende machen, wo du alle dei-

ne Freunde hast. Onkel Morris hat auch mit Bruder Bernhard gesprochen, der dich gern mag und versprochen hat, gut für dich zu sorgen. In ganz kurzer Zeit hast du die Schule hinter dir, und dann kannst du zu uns kommen. Bei uns kannst du dann aufs College gehen. Es gibt da draußen sehr schöne Universitäten. Und während du hier die Schule besuchst, stellen wir uns vor, daß du nur vorübergehend fort bist, genauso, wie wenn du aufs College gehst.«

»Das ist mir alles egal«, sagte ich verzweifelt. »Mir sind solche Vorstellungen egal, und auch meine Freunde sind mir egal. Die werde ich nicht vermissen, aber ihr werdet mir fehlen. Ich will mit euch zusammensein.«

»Und wir möchten dich auch gern bei uns haben«, sagte meine Tante ernst. »Du glaubst gar nicht, wie gern. Wir haben dich sehr in unser Herz geschlossen, und wir lieben dich. Aber wir können nichts an der Sache ändern. Wir müssen tun, was das Gesetz vorschreibt. Wir haben keine andere Wahl.«

Ich blickte die beiden an und spürte, wie mir die Tränen in die Augen stiegen. Ich versuchte zu sprechen, aber die Worte blieben mir im Halse stecken. Ich konnte sie nur stumm anblicken, während mir dicke Tränen über die Wangen rollten. Ohne zu schluchzen, saß ich da und weinte lautlos vor mich hin. Meine Tante und mein Onkel sahen mich wortlos an, und die Augen meiner Tante füllten sich ebenfalls mit Tränen. Plötzlich sprang ich auf, rannte in mein Zimmer und warf mich aufs Bett.

Ich hörte, wie die beiden an meine Tür kamen. Meine Tante sagte: »Morris, ich gehe am besten hinein und rede mit ihm. Hast du den Blick in seinen Augen gesehen? Wie ein kleiner Junge, der aus seinem Heim verstoßen ist.«

»Nein«, sagte mein Onkel. »Laß ihn allein. Er kommt bald darüber hinweg. Er ist schon ein richtiger Mann.«

Ich dachte über das nach, was er gesagt hatte. Ich war ein richtiger Mann. Ja, das stimmte. Aber ich benahm mich wie ein kleiner Junge, der aus dem Haus verstoßen war. Ich war ein Mann. Ich

versuchte, mich zu beherrschen, hörte auf zu weinen und erhob mich von meinem Bett. Ich schlich ins Bad und wusch mir das Gesicht. Dann ging ich in die Küche.
Meine Tante und mein Onkel, die am Tisch saßen, blickten auf, als ich eintrat. »Na, fühlst du dich besser?« fragte mein Onkel.
Ich nickte zustimmend. Zu sprechen wagte ich nicht – ich traute meiner Stimme noch nicht.
»Setz dich hin und trink 'ne Tasse Tee«, sagte meine Tante.
Erst Jahre später wurde mir klar, daß mein Onkel im Flur vor meiner Tür absichtlich laut gesprochen hatte, um mir zu helfen. Aber damals wußte ich es nicht. Und mir war wirklich elend zumute. Ich wollte nicht wieder ins Waisenhaus zurück.
Ich war froh, daß ich niemandem etwas von den Umzugsplänen erzählt hatte, denn ich würde keinem verraten, daß ich wieder ins Waisenhaus zurückging. Ich wollte nicht, daß jemand Mitleid mit mir hatte.

9

Es war Freitag, der 13. Mai 1927. Alles war fix und fertig gepackt. Auch meine Sachen. Mein Onkel und ich wollten mein Gepäck zum Waisenhaus bringen. Am nächsten Tag fuhren sie. Bis dahin sollte ich noch bei ihnen bleiben und erst nach ihrer Abfahrt ins Waisenhaus gehen. Jetzt wollten wir nur die Sachen hinschaffen.
»Fertig?« rief mein Onkel.
»Ja«, sagte ich. Ich nahm meinen Koffer und trug ihn nach unten in den Wagen. Schweigend fuhren wir in die untere Stadt.
»Ich habe ja nie daran gedacht, daß gerade so etwas passieren würde«, sagte mein Onkel, als ob er sich für das Geschehene entschuldigen wollte.
Ich antwortete nicht. Ich wußte nicht, was ich darauf hätte sagen

sollen. Als wir beim Waisenhaus ankamen, nahm ich meinen Koffer, und wir stiegen die Treppe hinauf zu Bruder Bernhards Büro. Er schüttelte erst meinem Onkel, dann mir die Hand.

Er bemühte sich, freundlich zu sein. »Du kannst wieder in deinem alten Bett schlafen, Frankie«, sagte er. »Am besten bringst du deine Sachen gleich hinauf und räumst sie ein.«

Wir gingen nach oben. Ich legte meinen Koffer auf mein altes Bett und öffnete ihn. Ein paar Kinder kamen herein, betrachteten uns neugierig und gingen dann wieder hinaus. Ich kannte sie nicht. Es waren wahrscheinlich Neulinge. Dann tauchte ein Junge auf, den ich kannte – Johnny Egan. Er war inzwischen auch sehr groß geworden, fast so groß wie ich. Er kam zu mir ans Bett und begrüßte mich.

»Hallo, Frankie! Kommst du wieder zu uns?«

»Ja«, sagte ich.

Er schwieg, sah mir eine Weile beim Auspacken zu und verschwand dann wieder.

Ich legte meine Wäsche in die Kommodenschubladen, hängte meine Anzüge in den Schrank und verstaute meine Schuhe. In wenigen Minuten war der Koffer leer. Ich klappte ihn zu und sagte zu meinem Onkel: »So, jetzt können wir ihn wieder mit nach Hause nehmen.«

»Nein«, sagte er. »Behalte ihn. Du wirst ihn brauchen, wenn du später mal zu uns herausfährst.«

Wir gingen wieder nach unten in Bruder Bernhards Büro. Mein Onkel mußte einige Papiere unterschreiben. Dann verabschiedeten wir uns von Bruder Bernhard.

»Machen Sie sich um Frankie keine Sorgen, Mr. Cain«, sagte er zu meinem Onkel. »Wir werden schon gut auf ihn aufpassen.«

»Davon bin ich überzeugt«, sagte mein Onkel. »Frankie wird morgen nachmittag hier sein. Erst bringt er uns zum Bahnhof, und dann kommt er hierher.«

»Um welche Zeit?« fragte Bruder Bernhard.

»So gegen drei. Wir fahren um ein Uhr ab.«

»Gut, dann erwarte ich ihn. Nun, Sir, ich wünsche Ihnen vor allen Dingen eine recht gute Erholung.

Sie schüttelten sich nochmals die Hände.

»Also bis morgen nachmittag, Francis«, sagte Bruder Bernhard zu mir.

»Ja, Sir«, sagte ich.

Wir stiegen die Treppe hinab und gingen durch die Turnhalle auf die Straße. Ein paar Kinder spielten in der Turnhalle Basketball. In dem alten Kasten hatte sich kein bißchen verändert.

Wir fuhren so schweigend heim, wie wir gekommen waren. Es war der trübste Abend, den wir je miteinander verbracht hatten. Wir gingen früh zu Bett, da wir zeitig aufstehen mußten.

Am frühen Morgen kamen die Spediteure, und gegen halb elf war die Wohnung leer. Meine Verwandten nahmen nur zwei Handkoffer mit den notwendigsten Dingen mit. Ich brachte sie zum Grand-Central-Bahnhof. Der Zug wurde kurz vor zwölf eingesetzt, und ich stieg mit ihnen ins Abteil.

Ich gab den kleinen Mädchen zum Abschied einen Kuß und eine Schachtel Pralinen, die ich für sie gekauft hatte.

»Ich werde dich sehr vermissen, Frankie«, sagte die ältere und schlang die Arme um meinen Hals.

»Du wirst mir auch fehlen«, sagte ich und fuhr ihr mit der Hand durchs Haar. Dann wandte ich mich an meinen Onkel und reichte ihm die Hand, die er kräftig schüttelte. »Leb wohl, Onkel. Alles Gute und baldige Genesung.«

Er lächelte. »Auf Wiedersehen, Frankie. Mach keine Dummheiten. Die Zeit wird schnell vergehen.«

Dann kam meine Tante an die Reihe. Weinend schloß sie mich in die Arme und küßte mich. »Wenn du doch bloß mit uns fahren könntest, Frankie!« schluchzte sie.

»Das wünschte ich mir auch!« sagte ich, selbst dem Weinen nahe. Aber ich beherrschte mich, da ich sie nicht noch trauriger machen wollte. »Dank für alles.«

»Oh, Frankie! Frankie!« rief sie und küßte mich wieder. »Du

brauchst uns nicht zu danken. Wir lieben dich und möchten dich bei uns haben. Du wirst mir schrecklich fehlen.«
Ich wußte nicht, was ich sagen sollte. In diesem Augenblick klopfte mir der Schaffner auf die Schulter. »Steigen Sie lieber aus. Der Zug fährt jeden Moment ab.«
Meine Tante ließ mich los, und ich sah alle noch einmal an. »Also, dann auf Wiedersehen!« stieß ich hervor und spürte, wie mir die Tränen in die Augen stiegen. Ich wandte mich rasch um und stieg aus dem Zug.
Ich hörte ihre Abschiedsrufe, als ich auf dem Bahnsteig zu ihrem Fenster ging, und winkte ihnen zu. Die Kinder preßten ihre Gesichter gegen die Scheibe. Mein Onkel wollte mir noch etwas sagen, aber ich konnte es durch das geschlossene Fenster nicht verstehen. Der Zug setzte sich in Bewegung. Mein Onkel öffnete das Fenster. Ich lief neben dem Zug her.
»Sei nicht traurig, Frankie«, rief er. »Wir sehen uns bald wieder!«
Ich rannte aus Leibeskräften neben dem schneller werdenden Zug her. »Ja, hoffentlich bald!« schrie ich. »Bald! Bald!«
Ich war am Ende des Bahnsteigs angelangt. Der Zug fuhr in den Tunnel ein. Sie winkten noch einmal und riefen: »Leb wohl! Leb wohl!« Es war das letzte, was ich von ihnen sah. Ich war völlig außer Atem und blieb einen Augenblick stehen, um mich zu verschnaufen. Dann drehte ich mich um und ging langsam zurück. Ich hatte mich in meinem ganzen Leben noch nie so einsam und verlassen gefühlt.
Ich trat aus der Bahnhofshalle auf die vom hellen Sonnenlicht durchflutete Straße und wanderte langsam durch die Stadt bis zum Waisenhaus. Ich blieb davor stehen und sah es mir von außen an. Ich schloß die Augen und dachte an den Gutenachtkuß meiner Tante, an die freundlichen kleinen Geräusche und Gerüche, die es zu Hause gab, an die anheimelnden, irgendwie wunderbaren Abende, die wir gemeinsam verbrachten – ich mit meinen Schulaufgaben, Onkel Morris mit seiner Zeitung und Tante Bertha, die die Kinder ins Bett brachte.

Und wieder sah ich mir das Waisenhaus an – dieses öde, graue, schäbige Gebäude, daneben die alte Schule mit den braunen Backsteinwänden, die Kirche an der Ecke, das Krankenhaus auf der anderen Seite der Straße. Ich erinnerte mich an den Gong, der uns zu den Mahlzeiten rief, an die sorgfältig geplante Regelmäßigkeit unserer kleinsten Tätigkeiten, an die ewigen Strafpredigten, an die zahllosen Anordnungen und Vorschriften. Ich haßte dieses Haus. Ich wollte nicht wieder dahin zurück. Ich würde es einfach nicht tun.
Ich schaute auf meine Uhr. Es war gerade zwei. Ich ging zur Bank und hob zweihundert Dollar von meinem Konto ab.
Dann nahm ich die Untergrundbahn zum Grand-Central-Bahnhof. Ich hatte vor, den nächsten Zug nach Tucson zu nehmen. Aber dann fiel mir ein, daß sie dort zuallererst nach mir suchen würden. Ich wollte weg, aber ich wußte nicht, wohin. Mein Blick fiel auf ein Plakat ›Baltimore und Ohio Eisenbahn‹. Es zeigte das Bild eines großen, über sein ganzes Mondgesicht grinsenden farbigen Gepäckträgers. Auf der Abfahrtstafel der Züge stellte ich fest, daß um drei Uhr zehn ein Zug nach Baltimore ging.
»Eine Fahrkarte nach Baltimore, bitte«, sagte ich zu dem Schalterbeamten.

DRITTER TEIL

1

Am nächsten Morgen erwachte ich in einem fremden Zimmer. Noch halb im Schlaf, starrte ich träge zur Decke. Langsam wanderte mein Blick durch den Raum, bis mir allmählich klarwurde, wo ich war: in Baltimore. Eigentlich hatte ich gar nicht weglaufen wollen, und ich überlegte, ob ich nicht wieder umkehren sollte. Als ich völlig wach war, stieg ich aus dem Bett und begann mich anzuziehen. Während ich mich in dem kleinen Becken in der Ecke des Zimmers wusch, überlegte ich, was sie wohl in New York machten. Als ich nicht im Waisenhaus erschien, hatte Bruder Bernhard wahrscheinlich an meine Verwandten telegrafiert. Sobald er ihre Antwort in Händen hatte, würde er es der Polizei melden. Die Polizei würde dann auf den Bahnhöfen Erkundigungen einziehen und früher oder später entdecken, daß ich eine Fahrkarte nach Baltimore gekauft hatte. Ich wußte, daß ich mich nicht lange verborgen halten konnte. Das beste war vielleicht, dieses Hotel so rasch wie möglich zu verlassen und in der Stadt unterzutauchen.

Ich beendete meine Toilette und ging nach unten, gab meinen Schlüssel ab und verließ das Hotel. An einem Zigarrenkiosk kaufte ich mir eine Zeitung und betrat ein kleines Restaurant. Ich bestellte mir ein Frühstück, schlug die Zeitung auf und studierte die Stellenangebote. Eifrig durchflog ich die Spalten. Es wurde eine Reihe von Jungen gesucht: Bürojungen, Botenjungen, Ladenjungen und dergleichen. Ich strich die Anzeigen mit einem Bleistift an und beendete mein Frühstück.

Bis zum Mittagessen war ich überall gewesen, ohne jedoch Arbeit zu bekommen.

Ich hielt es für richtiger, mir erst mal eine Unterkunft zu besorgen, ehe ich weiter in der Gegend herumlief. Ich schlug meine

Zeitung wieder auf und studierte die Rubrik Zimmervermietungen. Die Zimmer schienen alle im selben Stadtteil zu liegen. Im Restaurant, wo ich mein Mittagessen einnahm, erklärte man mir, wie ich dorthin gelangen konnte. Nach dem Essen erwischte ich einen Bus vor der Tür und stieg in der Stafford Street aus. Es war ein alter, schäbiger Stadtteil, etwas abseits vom Zentrum der Stadt. Graue und braune Steinhäuser säumten die Straßen, und in fast jedem Fenster steckten kleine Schilder ›Zimmer frei‹ oder ›Zimmer zu vermieten‹. Ich ging an der Häuserreihe entlang, bis ich eins fand, das mir sauberer erschien als die meisten anderen. Ich lief die Stufen hinauf und läutete. Niemand kam. Ich wartete einige Minuten und klingelte dann noch mal. Wieder rührte sich nichts. Ich wollte schon wieder gehen, aber als ich auf halber Treppe war, hörte ich, wie sich die Tür hinter mir öffnete. Ich kehrte wieder um, und vor mir auf der Schwelle stand eine alte Frau, deren Haar auf komische Bänder gewickelt war.

»Was fällt Ihnen ein, einen Menschen mitten am Nachmittag aufzuwecken?« herrschte sie mich an. Sie hatte eine helle, krächzende und etwas zittrige Stimme.

»Sie haben ein Schild im Fenster, Ma'am«, sagte ich und deutete mit dem Finger darauf. »›Zimmer zu vermieten‹.«

»Nennen Sie mich nicht Ma'am«, sagte sie scharf. Dann folgte ihr Blick meinem Finger. »Ach, das!« fügte sie etwas ruhiger hinzu.

»Ja«, sagte ich, »ist es noch frei?«

»Nein«, erwiderte sie rasch. »Es ist seit gestern vermietet. Ich habe nur vergessen, das Schild aus dem Fenster zu nehmen.«

»Schade. Entschuldigen Sie bitte die Störung.« Ich wandte mich zum Gehen. Als ich ein paar Stufen hinabgestiegen war, rief sie mir nach: »Junger Mann, kommen Sie zurück, junger Mann!«

Ich stieg die Stufen wieder hinauf. »Sie wünschen, Ma'am?«

»Hören Sie endlich auf, mich Ma'am zu nennen. Ich mag es nicht.«

»Verzeihung«, sagte ich.

Sie sah mich forschend an. »Sie sind fremd in dieser Stadt, nicht wahr?« sagte sie.
Ich war verärgert. Wenn sie mir das schon an der Nasenspitze ansehen konnte, was hatte ich denn dann für eine Chance, unbemerkt zu bleiben? »Ja«, sagte ich. »Und was geht Sie das an?«
»Nichts. Woher kommen Sie? Aus New York?«
»Das geht Sie 'nen Dreck an!« Ich wurde immer wütender. »Ich habe Sie nach einem Zimmer gefragt. Aber ich wußte nicht, daß ich quasi in eine Polizeiwache geraten bin. Schluß damit!« Ich wandte mich um.
»Einen Augenblick!« rief sie. »Nichts für ungut. Ich möchte Ihnen helfen. Vielleicht habe ich ein Zimmer für Sie, kommen Sie mal herein.«
Ich folgte ihr in den Flur. Zur Rechten befand sich eine doppelte Schiebetür, die sie auseinanderschob. Wir betraten einen großen Raum, der mit Sofas und Sesseln vollgestellt war. In einer Ecke war ein großer Flügel, auf dem Deckel standen mehrere leere Whiskyflaschen. Zigarren- und Zigarettenstummel lagen überall in den Aschenbechern und am Boden vor einem riesigen, altmodischen Kamin hinten an der Wand. Ein schaler Geruch von Tabak und Whisky hing in der Luft, und auch etwas von dem Geruch, den der Wind herübertrug, wenn er vom Krankenhaus zum Waisenhaus herüberwehte.
»Mein Gott, stinkt das hier!« rief sie schnüffelnd und riß das Fenster auf. Ich bemerkte, daß hohe Paravents vor den Fenstern standen, die nach der Straße gingen. Etwas frische Luft strömte herein.
»Nehmen Sie Platz, nehmen Sie Platz«, sagte sie und deutete mit der Hand auf eine Couch. Sie ging an einen kleinen Schrank und holte eine Flasche Gin hervor. Dann goß sie sich etwas in eins der herumstehenden Gläser und kippte es hinunter. Sie schluckte das scharfe Getränk, ohne mit der Wimper zu zucken, und atmete dann in tiefen Zügen die frische Luft ein. »Ah«, sagte sie, »jetzt geht's mir besser.« Es war ein merkwürdiger Anblick, wie

sie da in einer Art Kimono mitten im Zimmer stand, die grauen Haare auf Bänder in straffe kleine Locken gewickelt, und die Wangen durch den Alkohol gerötet. Ich sagte keinen Ton. Mir kam das alles höchst lächerlich und verschroben vor.
Sie setzte sich auf eine Couch und betrachtete mich. Eine Zeitlang saßen wir schweigend da. Unter ihrem forschenden Blick wurde ich allmählich unruhig. Schließlich fing sie an zu sprechen.
»Wie alt sind Sie?« Ihre Stimme klang jetzt ruhiger, beherrschter.
Ich zögerte einen Moment, und sie merkte es. »Neunzehn«, log ich.
»Hmm!« meinte sie. »Warum sind Sie aus New York weggegangen?«
»Das geht Sie gar nichts an! Ich habe Ihnen schon einmal gesagt, ich möchte nur wissen, ob Sie mir ein Zimmer vermieten wollen oder nicht.« Ich erhob mich langsam von der Couch.
»Einen Moment. Einen Moment«, sagte sie und bedeutete mir, wieder Platz zu nehmen. »Nicht gleich beleidigt sein!«
»Na schön«, sagte ich und fragte mich, was die Alte eigentlich von mir wollte. Um keinen Preis der Welt hätte ich hier wohnen mögen.
»Haben Sie ein Mädchen angebumst?« fragte sie und zwinkerte mir dabei listig zu.
Ich schüttelte den Kopf.
»Oder Ärger mit der Polente?« Wieder dieser verschlagene Blick.
›Das wäre durchaus möglich‹, dachte ich. ›Sobald Bruder Bernhard mein Verschwinden meldete, war es soweit.‹ Ich zuckte gelassen die Schultern und schwieg.
»Aha«, sagte sie und lächelte jetzt. Es gefiel ihr, daß sie es erraten hatte. Das konnte ich deutlich sehen. »Das habe ich mir schon gedacht. Was wollen Sie hier in Baltimore anfangen?«
»Mir Arbeit suchen«, sagte ich, »und ein Zimmer, wenn ich, zum Teufel noch mal, endlich hier rauskomme.«
Sie lachte aus vollem Hals. »Wieder einen ordentlichen Lebens-

wandel beginnen, wie?« Sie kicherte, hielt aber plötzlich inne und blickte mich grimmig an. »Erzählen Sie mir nicht solche Märchen! Wissen Sie auch, wie weit Sie damit kommen würden? Einen Knilch wie Sie würde man sofort aufgabeln. Und dann ab nach New York und ins Kittchen! So rasch, daß Ihnen Hören und Sehen vergeht.«

Ich beobachtete sie schweigend. In ihrer Erregung stand sie auf und ging vor mir auf und ab.

»Sie reden auch nicht gerade besonders viel, wie?« meinte sie dann.

»Nur wenn ich etwas zu sagen habe. Im Augenblick reden Sie genug für uns beide.«

Sie blieb vor mir stehen, beugte sich herab und befühlte meine Armmuskeln. Ich dachte, sie wollte irgend etwas mit mir anstellen, und spannte meine Muskeln an. »Ziemlich kräftig«, sagte sie und richtete sich wieder auf. Dann ging sie zum Schrank, goß sich abermals einen Drink ein und schluckte ihn, ohne mit der Wimper zu zucken. »Sie gefallen mir«, sagte sie. »Ich mag Ihren harten, gemeinen Blick. Ich habe einen Job für Sie.«

»Was für einen?« fragte ich. Zuhälterei war nicht mein Fall.

»Sie wissen natürlich, was für ein Etablissement ich hier habe, nicht wahr?« sagte sie und deutete auf den Raum.

»Ja.«

»Nun«, meinte sie, »ich brauche unbedingt einen Mann, jemanden, der die Kunden gewissermaßen an der Kandare hält, der dafür sorgt, daß sie keinen Ärger machen. Sie haben dabei nicht allzuviel zu tun. Kein eigentliches Rausschmeißen – nur gelegentlich – und dann sind es meistens Besoffene, und mit denen kann man leicht fertigwerden. Sie brauchen nur wie ein Schlägertyp herumzustehen, so daß die Burschen Sie sehen. Das genügt schon. Und dann müssen Sie mit mir in die Läden gehen, damit die Leute denken, ich hätte nur ein gewöhnliches Logierhaus. Das bringt böse Zungen zum Schweigen. Dreißig Dollar die Woche. Außerdem Kost und Logis. Was halten Sie davon?«

»Klingt nicht schlecht. Weicht allerdings etwas ab von dem, was ich bisher getan habe.«
»Was haben Sie denn schon getan – einen kleinen Raubüberfall hie und da? Und was bringt das ein? Eine Kugel in den Arsch. Das hier ist besser und lohnender.« Sie beugte sich über mich, und ich konnte ihre Fahne riechen.
»Keine Zuhälterei«, sagte ich.
»Keine Zuhälterei«, erklärte sie. »Wofür halten Sie dieses Haus denn eigentlich? Krethi und Plethi kommen hier nicht herein. Ich habe einen netten, ruhigen Kleinbetrieb.«
»O. k.«, sagte ich und stand auf. »Wann soll ich anfangen?«
»Jetzt gleich«, erwiderte sie lächelnd. »Aber eins will ich Ihnen noch sagen. Lassen Sie die Mädchen in Ruhe. Das soll nicht heißen, daß Sie nicht gelegentlich mal etwas Unsinn mit ihnen treiben dürfen, wenn Ihnen danach ist. Aber ziehen Sie keine vor. Ich will keinen Streit unter meinen Mädchen.«
»Ja, ich verstehe.«
Sie trat dicht an mich heran. »Tun Sie Ihre Arbeit und kümmern Sie sich um nichts anderes. Dann wird man Sie hier nie finden.«
»Das habe ich mir auch gedacht«, sagte ich.
Sie ging zum Schrank und goß sich einen neuen Drink ein. Nachdem sie ihn hinuntergekippt hatte, sah sie mich wieder an. »Wie heißen Sie?« fragte sie.
»Frankie«, erwiderte ich. »Frank Kane. Und wie ist Ihr Name?«
»Sag einfach Großmutter zu mir, Frankie«, sagte sie und nahm wieder einen Schluck.

2

Sie ging zur Tür. »Mary, Mary!« kreischte sie mit lauter Stimme.
»Wo ist dein Gepäck?« fragte sie mich über die Schulter.
»Was für Gepäck?«
»Du hast es aber eilig gehabt«, lachte sie. »Die jungen Leute von

heute. Einfach abhauen, ohne Überlegung! Pleite bist du wahrscheinlich auch.«
Ich sagte nichts.
»Das habe ich mir gedacht«, kakelte sie triumphierend. »Das hab' ich dir angesehen. Ich wette, daß du nicht einmal ein Zimmer bezahlen könntest, selbst wenn du eins gefunden hättest.«
Lächelnd dachte ich an die hundertfünfundachtzig Dollar in meiner Tasche.
»O. k.«, meinte sie. »O. k. Wenn wir heute nachmittag einkaufen gehen, kaufen wir etwas Zeug für dich: einen Anzug mit Schulterpolstern – das macht dich etwas stattlicher – und ein paar bunte Hemden.« Sie rief wieder nach Mary. Ein großes farbiges Mädchen kam ins Zimmer. »Was wünschen Sie?« fragte sie.
»Mein Enkel aus New York ist gerade angekommen«, sagte die Alte. »Zeig ihm das leere Zimmer im dritten Stock.«
Das Mädchen sah mich skeptisch an. Die Alte, die offenbar ihre Gedanken erriet, schrie sie an: »Was ist los? Hast du mich nicht verstanden? Mein Enkel! Ich kann ja wohl einen Enkel haben, oder nicht? Ich bin genauso wie die anderen Frauen hier in der Gegend. Die haben auch Kinder.«
Das farbige Mädchen rümpfte die Nase. »Ich bin schon sechs Jahre bei Ihnen, Miz Mander. Ich habe noch nie gehört, daß Sie Verwandte haben.«
»Oh, diese Nigger!« rief die Alte und wandte sich an mich. »Wenn man sie anständig behandelt, dann spielen sie sich gleich als Herren auf.« Sie brüllte das Mädchen an: »Verdammtes schwarzes Luder! Ich habe dir gesagt, es ist mein Enkel. Schau doch, er sieht genauso aus wie ich..«
Das farbige Mädchen blickte mich an. »Wenn Sie es sagen, Miz Mander, dann muß es ja wohl so sein.«
Die Alte schnaubte triumphierend. »Also gut, es ist nicht mein Enkel. Ich habe ihn heute zum erstenmal gesehen. Aber er wird hier arbeiten, und für alle anderen ist er mein Enkel.« Dann wandte sie sich an mich: »Man kann Mary nichts vormachen. Sie

ist schon zu lange bei mir. Wir können dir nichts weismachen, nicht wahr, Mary?«

»Nein, Miz Mander«, erwiderte Mary und lächelte.

»Zeig ihm sein Zimmer«, sagte Mrs. Mander. »Und dann bring mir um Himmels willen mein Frühstück! Und mach dieses verdammte Zimmer sauber! Es stinkt!« Sie ging zur Tür und drehte sich wieder nach mir um. »Hast du was gegessen, Frankie?«

»Ja, Großmutter«, sagte ich.

»Gut. Dann geh auf dein Zimmer. In einer Stunde rufe ich dich, und dann gehen wir einkaufen.« Sie stolzierte davon und verschwand in einer Tür hinter der Treppe.

Ich folgte Mary die Treppe hinauf. Das Haus war ruhig. Die Korridore waren matt erleuchtet und wirkten schmutzig. Im dritten Stock öffnete Mary eine Tür. Wir betraten ein kleines Zimmer. Neben dem Fenster, das nach der Straße ging, hingen schwere schwarze Vorhänge. An der Wand stand ein schmales Einzelbett und in einer Ecke ein Waschtisch.

»Die Toilette ist am Ende des Korridors«, sagte Mary, »und da drüben liegt Mrs. Manders Zimmer. Ich schlafe eine Treppe höher. Die Mädchen sind alle im zweiten Stock.«

»Vielen Dank«, sagte ich.

Sie sah mich eine Weile an. »Kommen Sie wirklich aus New York?« sagte sie.

»Ja.«

»Aber Sie sind nicht mir ihr verwandt, nicht?«

»Nein.«

Sie verließ das Zimmer. Ich machte die Tür hinter ihr zu. Ich zog meine Jacke aus, hängte sie über einen Stuhl und streckte mich auf dem Bett aus. Ich war müde und gleichzeitig unruhig. Ich hatte nicht geahnt, wie schwierig es war, einen Job zu finden.

In einem Punkt hatte die Alte recht. Die Polypen würden mich hier nicht finden. Wenn die Sache etwas abgeflaut war, konnte ich mich auf die Socken machen und zu meiner Familie fahren. Wie es ihr wohl ging? Ich konnte mir vorstellen, wie aufgeregt meine Tante war, als sie das Telegramm von Bruder Bernhard bekam und wie mein Onkel sie zu beruhigen suchte. Mrs. Mander hielt mich für einen kleinen Gangster, der mit der Polizei in Konflikt geraten war ... komisch ... Baltimore ... Großmutter ... Bordell ... keines von den Mädchen vorziehen ...

Ich war gerade am Einschlafen, da öffnete sich die Tür. Mrs. Mander kam herein. Sie hatte sich in Schale geworfen und sah so nett aus wie jede andere alte Dame. Ich war wieder völlig wach und richtete mich auf.

»Komm, Frankie«, sagte sie, »wir gehen jetzt einkaufen.«

Ich sprang aus dem Bett und zog meinen Rock an. »O. k.«, sagte ich. »Ich bin fertig.«

Zuerst gingen wir zum Metzger, dann in ein Lebensmittelgeschäft. Mrs. Mander bezahlte alle ihre Einkäufe bar und ließ sie sich ins Haus schicken. Zuletzt gingen wir zu einem Schneider. Ein kleiner Jude eilte herbei. »Ja, Ma'am, womit kann ich dienen?«

»Haben Sie gute gebrauchte Anzüge?« erkundigte sich Mrs. Mander.

»Hab' ich gebrauchte Anzüge, fragt sie mich?« rief er händeringend. Er deutete auf eine Reihe von Kleiderständern. »Hab' ich das Beste vom Besten. Wie neu sind sie – kaum angehabt.«

»Ich hätte gern einen Anzug für meinen Enkel hier«, sagte sie.

Wir wühlten eine Zeitlang in den Sachen herum. Schließlich entdeckte sie etwas, das ihr gefiel. »Probier mal diesen an«, sagte sie.

»Aber, meine Dame«, protestierte der Mann, »von allen Anzügen, die ich in meinem Laden habe, suchen Sie sich den besten aus. Den wollte ich eigentlich für mich selbst behalten.« Er nahm den Anzug vom Ständer und strich glättend mit der Hand darüber. Es war ein schmal gestreifter grauer Cheviotanzug. Ich zog das Jackett an. Um Schultern und Hüften saß es reichlich locker, aber die Ärmel paßten in der Länge.

»Er sitzt wie angegossen«, sagte der Mann und klopfte mir auf

die Schultern. »An den Schultern werde ich vielleicht ein wenig abnehmen. Aber im übrigen – perfekt.«
»Wie teuer?« fragte sie.
»Zwölf fünfzig. Aber nur für Sie.«
Sie einigten sich auf neun Dollar.
»Na schön«, meinte er. »Ich wollte den Anzug ja nicht verkaufen, aber da haben Sie ihn. Jetzt werde ich die kleine Änderung vornehmen und die Schultern ein wenig enger machen.«
»Nein«, sagte sie. »Nähen Sie Polster ein. Breite Schultern finde ich schön.«
»O. k., Lady. Ganz wie Sie wünschen. Es ist Ihr Anzug.«
Wir warteten, und nach etwa einer Viertelstunde war der Anzug fertig. »Zieh ihn an, Frank«, sagte Mrs. Mander.
»O. k., Großmutter.« Ich zog ihn an und stellte mich vor einen Spiegel. Die Alte hatte recht. Die Schultern waren breit, und ich sah älter aus. Ich gab mir Mühe, meine Begeisterung zu verbergen.
Der Schneider packte den alten Anzug ein, und wir gingen nach Hause. Es war fast sechs. Ich war gespannt auf die übrigen Insassen des Hauses. Mary öffnete uns die Tür.
»Wir essen um halb sieben«, sagte Mrs. Mander. »Komm bitte pünktlich.«
»Ja, Großmutter«, sagte ich und ging die Treppe zu meinem Zimmer hinauf.

3

Etwas später hörte ich das Läuten einer Glocke.
Das war wohl das Zeichen zum Essen. Ich ging hinunter zur Küche. Durch die geschlossene Tür drang der Klang vieler Stimmen. Ich hörte die schrillen, krächzenden Laute von Mrs. Mander heraus. Im Dunkeln zog ich mir noch rasch meine Krawatte zurecht. Dann öffnete ich die Küchentür und trat ein.

Das Geschnatter brach ab, und alle Gesichter wandten sich mir zu. Die meisten starrten mich mit einem Ausdruck unverhohlener Neugier an. Wahrscheinlich hatten sie über mich geredet, ehe ich hereinkam. Ich stand einen Augenblick ruhig da und besah mir die Tafelrunde. Am Ende des Tisches, gerade gegenüber von Mrs. Mander, entdeckte ich einen leeren Platz. Ich marschierte darauflos und setzte mich hin.

»Recht so, Frank«, sagte Mrs. Mander. »Sieh nur zu, daß du auch deinen Teil kriegst.«

Ohne zu antworten, zog ich mir die Schüssel, die mitten auf dem Tisch stand, heran und legte mir einige Stücke Fleisch auf den Teller.

Mrs. Mander wandte sich an die Mädchen. »Das ist Frank Kane. Er wird hier arbeiten – dafür sorgen, daß Ordnung herrscht.« Sie langte unter den Tisch und holte eine Flasche Gin vom Boden. Dann füllte sie ein Wasserglas und trank es halb leer, als sei es Wasser. Sie sprach wieder zu mir. »Das Mädchen, das neben dir sitzt, Frank, ist Mary; dann kommt Belle.« Sie leierte alle Namen herunter, und ich nickte jedem Mädchen zu. Es gab Mädchen in jedem Alter – von etwa fünfundzwanzig bis beinahe vierzig –, in allen Größen und Typen, von der üppigen Mary, die neben mir saß und offenbar in den Dreißigern war, bis zu der kleinen, fast sittsam wirkenden Jenny neben Mrs. Mander. Sie trugen die verschiedensten Hausmäntel und Kimonos. Manche waren schon vollständig geschminkt, mit hochrot gemalten Wangen und schwarzgetuschten Wimpern. Einige trugen überhaupt kein Make-up und sahen so müde aus, als seien sie eben erst aufgewacht. Aber etwas war ihnen allen gemeinsam: die glänzenden, scharfen Augen und die launenhaft selbstsüchtigen Mundwinkel, die sogar, wenn sie lächelten, ein wenig nach unten gezogen waren.

Mary schien die Anführerin zu sein. Sie war eine große, deftige Frau in einem schmutzigen grauen Morgenrock, eine Wasserstoffsuperoxydblondine mit massigen Brüsten, dicken Armen und einem Doppelkinn. Sie betrachtete mich mit sorgfältig abschätzenden Blicken, aber ich aß unbeirrt weiter, als ob ich nichts davon merkte. Schließlich wandte sie sich an Mrs. Mander. »Wie sind Sie denn auf die Idee gekommen, so ein Kind als Rausschmeißer zu engagieren? Wir brauchen jemanden, der auftrumpfen kann – einen Mann.« Sie blickte mich über ihren Teller hinweg an, um zu sehen, was ich wohl dazu sagte. Ich schwieg und aß weiter.

Mrs. Mander kippte kichernd noch einen Schluck Gin hinunter und äußerte sich auch nicht weiter dazu.

Mary erhob sich. Ich konnte sehen, daß sie sich ihrer Sache sicher fühlte, weil wir nichts erwidert hatten. »Er ist ein jämmerlicher Knirps«, begann sie von neuem. »Schaffen Sie ihn um Himmels willen aus dem Haus, bevor er in Tränen ausbricht! Guckt ihn doch an! Gleich heult er los.«

Ich legte Messer und Gabel aus der Hand und blickte zu ihr auf. Sie war etwa einen Meter fünfundsiebzig groß und wog gut hundertfünfzig Pfund. Ich sagte keinen Ton und spürte, wie die anderen Mädchen uns beobachteten. Wenn Mary hier solche Reden führen durfte, dann würden sie alle in dasselbe Horn blasen, das wußte ich. Ich starrte sie an.

Sie setzte sich wieder auf ihren Platz. Dann beugte sie sich über die Ecke des Tisches und kniff mich in die Backe. »Seht mal, ein richtiges Baby!« Als sie meine Backe losließ, fühlte ich, wie die Stelle, wo sie mich gekniffen hatte, brannte.

Abermals beugte sie sich zu mir herüber. »Warum läufst du nicht nach Hause, Bubi?« fragte sie. Ich konnte eine tierische Brutalität in ihren Zügen erkennen. Ihre Stimme klang widerlich und beleidigend.

Ich hob die Hände und legte sie wieder auf den Tisch.

»Hast du deine Sprache verloren?« fragte sie.

Ohne mich zu erheben, versetzte ich ihr mit Handrücken und Gelenk einen Schlag ins Gesicht, in den ich die ganze Wucht meiner hundertvierzig Pfund legte. Sie kippte mitsamt dem Stuhl um.

Blut floß aus ihrem Mundwinkel und sickerte aus ihrer Nase. Sie lag der Länge nach auf dem Boden, eine Hand zum Gesicht erhoben, und sah mich ganz blöde an. Die anderen Mädchen blickten erst mich, dann Mary an.
Ich warf ihr einen vernichtenden Blick zu. »Sie reden zuviel«, sagte ich und aß weiter. Ich sah, wie sie langsam aufstand und mich anstarrte. Ihr Morgenrock war offen und zeigte eine Brust wie eine überreife Melone, dick und schwer. Mit einer Hand stützte sie sich auf ihren Stuhl, und mit der anderen wischte sie sich das Blut vom Gesicht und von ihrem Morgenrock. Sie schien ein wenig zu zögern, als wisse sie nicht, ob sie sich wieder setzen sollte. Ich fühlte, daß sie Angst vor mir hatte.
»Setzen Sie sich und essen Sie weiter«, sagte ich. »Und dann machen Sie um Himmels willen, daß Sie nach oben kommen, und waschen Sie Ihr Gesicht! Sie haben schließlich noch zu arbeiten.«
Ich sprach mit einer flachen, ausdruckslosen Stimme, wie ich es oft bei Fennelli gehört hatte. Es klang hart und grausam, selbst in meinen Ohren.
Sie zog ihren Morgenrock zu und setzte sich wieder.
»Ich hab's dir ja gesagt!« kakelte Mrs. Mander. »Ich habe euch gesagt, ihr sollt ihn in Ruhe lassen.« Sie kicherte wieder.
Ein Mädchen nach dem anderen beendete seine Mahlzeit und verzog sich. Nach dem Zwischenfall hatten sie nicht mehr viel geredet. Schließlich saßen Mrs. Mander und ich allein am Tisch. Die Alte war halb betrunken. ›Sie muß das Fassungsvermögen eines Kamels besitzen‹, dachte ich, ›oder sie schüttet es in ein hohles Holzbein.‹
»Frankie, mein Junge«, krächzte sie. »Ich habe ja immer gewußt, daß wir die Hand eines Mannes brauchen, um hier eine häusliche Atmosphäre zu schaffen.«

Gegen halb acht kamen die Mädchen aus ihren Zimmern und gingen in den Empfangsraum. Sie hatten sich sorgfältig geschminkt und trugen Kleider aus glänzender schwarzer Seide.

Ich merkte, daß sie unter den Kleidern nichts anhatten. Ich merkte es daran, wie ihre Brüste beim Gehen wackelten und ihre Kleider sich eng an Hüften und Gesäß schmiegten, und überhaupt an der Art ihres Ganges. In dem trübe erleuchteten Empfangszimmer nahmen sie in kleinen Gruppen Platz, plauderten und warteten auf das Erscheinen ihrer nächtlichen Kundschaft. Die dicke Mary, wie sie genannt wurde, kam ebenfalls nach unten. Als wir uns im Flur begegneten, nickte sie mir gelassen zu, als ob nichts geschehen sei. Sie wurde dicke Mary genannt zum Unterschied zu dem farbigen Dienstmädchen Mary. Ein paar Minuten später erschien Mary, die Magd. Sie trug ein geblümtes Kleid in schreiend bunten Farben, das sich von ihrer dunklen Haut und den Kleidern der anderen Mädchen scharf abhob. Sie setzte sich an den Flügel und begann leise zu spielen und mit sanfter, klagender Stimme zu singen. Das war ihre Tätigkeit für den Abend.
Von irgendwoher aus der Tiefe des Hauses erschien Mrs. Mander, und zwar völlig nüchtern. Wie sie das erreicht hatte, war mir absolut unklar. Als wir vom Tisch aufgestanden waren, war sie so betrunken, daß sie kaum gehen konnte. Und jetzt war sie stocknüchtern! Sie war schlicht, beinahe züchtig gekleidet, ihr Haar sorgfältig gekämmt, das Gesicht leicht gepudert. Eine Brille thronte auf ihrer Nase.
Sie sagte zu mir: »Denk daran: im voraus kassieren; fünf Dollar von jedem Kunden – fünfundzwanzig, wenn er die ganze Nacht bleiben will. Sieh ja zu, daß du die Moneten bekommst, ehe du ihn nach oben läßt. Bleib hier draußen im Flur. Ich pass' drinnen auf. Wenn einer so aussieht, als ob man ihm mehr abknöpfen könnte, gebe ich dir einen Tip und sage dir, wieviel.« Dann ging sie hinein.
Ich konnte sehen, wie sie den Likörschrank öffnete und einige Flaschen herausnahm. Sie stellte sie auf den Flügel und daneben einige leere Gläser. Dann kam sie wieder in den Flur. »Laß keine Betrunkenen herein«, warnte sie. »Mit denen hat man nur Sche-

rereien.« Die Türglocke schrillte. »Mach auf«, sagte sie und ging ins Zimmer zurück.
Ich blickte durch das Guckloch in der Tür. Draußen stand ein Mann, der wie ein Bankangestellter oder ein kleiner Ladeninhaber aussah. »Mrs. Mander?« fragte er. Ich öffnete die Tür und ließ ihn herein. Er war ein alter Kunde und ging gleich ins Empfangszimmer. Ich konnte hören, wie er einige der Mädchen begrüßte. Ein paar Minuten später kam er mit der dicken Mary wieder in den Flur. Sie machte ein triumphierendes Gesicht – sie hatte sich den ersten Kunden des Abends geangelt. Er nahm etwas Geld aus der Tasche und gab es mir. Es waren drei Dollar. Ich blickte durch die Tür zu Mrs. Mander hinüber und hielt drei Finger in die Höhe. Sie nickte zustimmend.
»O. k.«, brummte ich – ein ständiger Kunde.
Es läutete abermals – wieder ein Kunde. Ich ließ ihn herein. Auch er ging gleich ins Zimmer. Immer mehr Kunden erschienen. Ich konnte das Klirren der Gläser, Lachen und leise Musik aus dem Zimmer hören. Einige Mädchen gingen mit ihren Kunden nach oben. Mary kam mit dem kleinen Mann wieder herunter. Sie half ihm in den Mantel.
»Bis nächste Woche«, sagte sie.
»Ganz bestimmt«, erwiderte er. Ich ließ ihn aus der Tür.
Mary ging wieder ins Zimmer.

Die Nacht zog sich ohne unliebsame Zwischenfälle hin. Sie wurde durch merkwürdige Geräusche unterbrochen: Gläserklirren, schwermütige Melodien, das Rauschen von Toiletten, das Quietschen der Tür, Mrs. Manders krächzende Stimme, Schritte auf den Treppen, Kommen, Gehen, Hallo, Auf Wiedersehen, Kleiderrascheln, das Knarren von Betten, nächtliche Laute, schmutzige Laute. Die Nacht schlich weiter.
Gegen drei kam Mrs. Mander aus dem Zimmer. »Noch Kurzfristige da oben?« fragte sie.
»Nein.«

»Dann mach dicht«, sagte sie. Ich schloß die Tür ab. Wir gingen in die Küche. Dort befand sich ein kleiner Safe, der neben dem Kühlschrank in die Wand gebaut war. »Du müßtest dreihundertfünfzehn Dollar haben«, sagte sie und legte einen Zettel vor sich auf den Tisch. Ich warf einen Blick darauf. Die Namen der Mädchen standen da und hinter den Namen ein Zeichen für jeden Kunden, den sie gehabt hatte, und was er bezahlen mußte. Ich zählte mein Geld auf den Tisch. Sie hatte richtig gerechnet – ganz genau richtig. Ich schlug mir den Gedanken, bei solcher Gelegenheit etwas auf die Seite zu bringen, aus dem Kopf – vorläufig wenigstens.
Sie zählte das Geld nach und schloß es in den Safe. Dann öffnete sie einen Schrank und holte eine Flasche Gin heraus. »Möchtest du etwas trinken?« fragte sie und reichte mir die Flasche.
»Nein, danke, Großmutter«, sagte ich.
Sie goß sich einen Schluck ein und kippte ihn herunter. »Das ist auch richtig«, erklärte sie, »rühr das Zeug nicht an. Es ist Gift.«
Ich beobachtete sie.
»Mein erster Drink heute abend«, versicherte sie. »Ich trinke nie während der Arbeitszeit.«
Sie goß sich noch einen ein.
»Geh jetzt zu Bett, Frank«, sagte sie und blickte mich über ihre Brillengläser hinweg an. »Du wirst den Laden schon schmeißen.«
Ich drehte mich um und ging nach oben auf mein Zimmer. Im Dunkeln zog ich mich aus, warf meine Sachen über den Stuhl und fiel ins Bett.
Ich lag auf dem Bett und starrte durch die Dunkelheit zur Decke. Dann wälzte ich mich hin und her. Meine Augen schmerzten vor Müdigkeit, aber ich konnte nicht einschlafen. Ich zündete mir im Dunkeln eine Zigarette an und zog den Rauch tief in die Lunge. Irgend etwas stimmte bei mir nicht – stimmte ganz und gar nicht. Es war das erste Mal in meinem Leben, daß ich nicht einschlafen konnte, wenn ich schlafen wollte. Plötzlich hatte ich Angst: Angst vor Dingen, die ich nicht verstehen konnte, Angst, allein zu sein,

ohne meine Angehörigen, ohne Bruder Bernhard, Angst vor der Zukunft, weil das Leben, das vor mir lag, mir wie ein Morast erschien. Ich begann, leise in mein Kissen zu weinen.
Ich kam mir schmutzig vor, unglaublich schmutzig, bis tief unter die Haut, bis auf die Knochen – so schmutzig und besudelt, daß ich es nie würde wegwaschen können.
Warum war ich nur davongelaufen?

4

In dieser Nacht konnte ich überhaupt nicht schlafen. Ich beobachtete, wie sich die Dämmerung ins Zimmer schlich. Als es hell wurde, trat ich ans Fenster und zündete mir eine Zigarette an. Die Straße war leer bis auf einen Milchwagen und einen gelegentlichen Frühaufsteher, der auf dem Weg zur Arbeit war. Die Straßenlaternen erloschen nach und nach. Ich füllte mein Waschbecken mit kaltem Wasser und spritzte es mir über Kopf und Gesicht. Dann zog ich mich an. Ich nahm frische Unterwäsche und ein sauberes Hemd. Die Unterwäsche, in der ich geschlafen hatte, warf ich aufs Bett und ging dann leise durch den stillen Korridor und die Treppe hinunter. Aus den Zimmern drang nicht das leiseste Geräusch. Ich schloß vorsichtig die Haustür auf, stieg die Stufen hinab und ging bis zur nächsten Ecke. Auf der anderen Seite der Straße war ein kleiner Park. Dort setzte ich mich auf eine Bank. In meiner Nähe schleuderte ein Springbrunnen seine Fontäne hoch in die Morgenluft. Die Sonne spiegelte sich in den glitzernden Tropfen. Eine Schar Spatzen ließ sich auf dem Rand nieder. Ihr schrilles Gezwitscher lärmte durch die morgendliche Stille.
Jenseits der Fontäne auf der anderen Seite des Parks lag ein Matrose auf einer Bank und schlief. Einen Arm hatte er sich über die Augen gelegt, um sich vor dem Licht zu schützen. Seine weiße Mütze lag am Boden. Ein Polizist kam durch einen Ein-

gang in der Nähe der Bank in den Park und weckte den Matrosen, indem er ihn sanft an der Schulter rüttelte. Er sagte ein paar Worte zu ihm, die ich nicht verstehen konnte. Der Matrose erwiderte etwas, nahm dann seine Mütze vom Boden, stand auf und verließ den Park. Der Polizist setzte seine Runde durch den Park fort. Erst dachte ich daran, ebenfalls zu verschwinden, aber dann sagte ich mir: zum Teufel, wenn ich geschnappt werde, werde ich eben geschnappt. Vielleicht hoffte ich auch halb und halb, daß ich aufgegriffen und zurückgeschickt würde. Selbst konnte ich nicht zurückkehren – nicht, nachdem ich weggelaufen war. Ich konnte unmöglich zugeben, daß ich falsch gehandelt hatte – jetzt nicht. Aber wenn ich zurückgeschickt würde ...

»Schönen guten Morgen, mein Junge«, sagte der Polizist zu mir. Ich zündete mir eine Zigarette an. »Guten Morgen«, erwiderte ich und überlegte, ob er wohl das Zittern in meiner Stimme bemerkte.

»Ein prachtvoller Morgen«, sagte er, während er seine Lungen mit Luft füllte und seinen Blick durch den Park wandern ließ. »Reichlich früh auf den Beinen, wie?«

»Ich konnte nicht schlafen«, sagte ich wahrheitsgemäß.

»Sehr warm für Mai«, meinte er lächelnd. Er hatte rötliches Haar und blaue Augen – ein richtiger Ire. »Wohnst du hier in der Gegend?« fragte er.

»Ja«, sagte ich und lächelte ebenfalls. »Ich bin hierhergekommen, um bei meiner Großmutter zu leben. Sie wohnt da in der Straße.« Mit einer vagen Handbewegung deutete ich die ungefähre Richtung des Hauses an. »Ich stamme aus New York.«

»Eine schöne Stadt«, sagte er. »Mein Bruder wohnt dort. Er ist bei der Polizei. Sergeant Flaherty ist sein Name. Kennst du ihn vielleicht?«

Ich schüttelte den Kopf. »Es ist eine ziemlich große Stadt.«

»Ja«, gab er zu, »das stimmt. Jetzt muß ich aber meine Runde machen.« Er warf noch einen letzten Blick auf mich. »Auf Wiedersehen.«

»Auf Wiedersehen«, sagte ich und beobachtete ihn, wie er, seinen Knüppel schwingend, davonschlenderte. Polizisten, dachte ich verächtlich. Ich lehnte meinen Kopf zurück und ließ mir die Sonne ins Gesicht scheinen. Es war ein gutes sauberes Gefühl. Ich spürte, wie die Strahlen warm in meine Haut drangen. Allmählich döste ich ein.

Plötzlich fuhr ich hoch. Ein Hund, der bellend durch den Park lief, hatte mich aufgeschreckt. Ich sah auf meine Uhr. Es war kurz nach acht. Ich war hungrig. Ich stand auf und verließ den Park durch einen anderen Ausgang. In der Ferne sah ich einige Läden und ging darauf zu.

Ich betrat ein Restaurant, wo ich mir ein Frühstück bestellte. Gegen zehn kehrte ich zum Haus zurück. Mary öffnete mir die Tür.

»Schon auf?« fragte sie.

»Ja.«

»Haben Sie schon gefrühstückt?«

»Ja, in einem Restaurant.« Ich trat ins Zimmer. Sie hatte es anscheinend soeben gesäubert und aufgeräumt. Die Fenster standen offen, und eine angenehme Brise wehte herein. Ich setzte mich auf die Couch und begann die Zeitung zu lesen, die ich unterwegs gekauft hatte. Durch die offene Tür konnte ich jeden sehen, der die Treppe herabkam. Eine Stunde verging. Ich konnte den Speck riechen, der in der Küche gebraten wurde. Die anderen rochen ihn offenbar auch – denn sie kamen der Reihe nach herunter.

Die dicke Mary war die erste. Sie warf einen Blick ins Zimmer, sah mich und ging weiter in die Küche. Nach kurzer Zeit erschien sie wieder an der Tür. »Kann ich hereinkommen?« fragte sie fast unterwürfig.

»Ja«, sagte ich, immer noch in meine Zeitung vertieft.

»Du bist doch nicht etwa noch sauer wegen gestern?« fragte sie weinerlich. Sie setzte sich mir gegenüber und spreizte ihre Beine so, daß ich eine gute Portion ihrer Oberschenkel sehen konnte.

»Nein«, sagte ich. »Das war nur ein Mißverständnis.« Ich blätterte die Seite der Zeitung um.
»Das war es tatsächlich«, sagte sie rasch. Sie stürzte sich förmlich auf das Wort. »Ein Mißverständnis.«
»Ja«, sagte ich.
»Ich möchte nicht, daß du sauer bist. Du weißt, was ich meine, ja?« Sie spreizte ihre Beine noch weiter auseinander.
Ich wußte, was sie meinte.
»Wenn du irgendeinen Wunsch hättest –«, sagte sie zögernd, während sie mir einen gründlichen Blick gestattete.
»Nein«, sagte ich, »reden wir nicht mehr davon. Wir werden jetzt keinen Ärger mehr miteinander haben.«
Sie stand auf. »Also, denk dran – jederzeit.« Dann ging sie in die Küche, um zu frühstücken.
Ein paar Minuten später kam Mrs. Mander nach unten. Sie stürzte sich gleich auf den Likörschrank und goß sich einen ein. Dann wandte sie sich an mich.
»Guten Morgen. Bist ja früh auf. Konntest du nicht schlafen?«
»Ich stehe immer früh auf«, sagte ich.
»Gefrühstückt?«
»Ja.«
Sie ging in die Küche.
Jenny war die letzte, die erschien. Sie war als einzige vollständig angezogen. Die anderen trugen alle Morgenmäntel oder Kimonos, aber sie hatte ein Kleid an, ein graugeblümtes Kleid. An ihrem Hals glänzte ein kleines goldenes Kreuz.
Sie kam direkt ins Zimmer marschiert. »Guten Morgen«, sagte sie.
»Hallo.«
»Schon gefrühstückt?« fragte sie.
»Ja.«
Sie kam unbekümmert auf mich zu, wobei sie sich ein wenig in den Hüften wiegte. »Heute morgen fühle ich mich wohl. Ich glaube, ich gehe zur Messe. Kommst du mit?«

»Nein«, sagte ich kurz angebunden. Wie konnte jemand aus einem solchen Haus in die Kirche gehen?
»Warum nicht?« sagte sie. »Es würde dir guttun.«
Ich brauste auf. »Laß mich in Ruhe. Es ist mir schnuppe, ob du zur Messe gehst oder zur Hölle fährst, aber mach, daß du hier rauskommst!«
Sie lachte glücklich, wandte sich um und ging zur Tür. »Ich werde in die Hölle kommen«, sagte sie, immer noch lächelnd. »Du auch. Wir alle. Wart's nur ab.« Damit verließ sie das Zimmer.
»Worüber habt ihr denn gesprochen?« erkundigte sich Mrs. Mander, die inzwischen wieder ins Zimmer gekommen war. Ich hörte, wie die Haustür zugeschlagen wurde.
»Über die Hölle, Großmutter«, sagte ich.
»Aha«, meinte sie und goß sich wieder einen Schluck Gin ein. »Jenny redet dauernd davon. Sie gehört zu jenen Katholiken, die glauben, daß sie für ihre Sünden büßen müssen – hier und im Jenseits. Du bist doch nicht katholisch, wie?«
»Nein«, sagte ich.
Sie wollte ihr Glas zum Mund heben, hielt aber inne, als sei ihr plötzlich etwas eingefallen. »Hör mal«, sagte sie, »mir ist so, als hätte ich in der Nacht jemanden stöhnen hören. Sie hat dich doch nicht etwa dazu gebracht, sie zu schlagen, wie?«
»Du liebe Zeit, nein!« sagte ich.
Mrs. Mander sah mich prüfend an. Ich sah wohl etwas überrascht aus. »Natürlich, das konnte sie ja auch gar nicht. Sie hatte ja einen Kunden für die ganze Nacht.« Sie trank ihr Glas aus. »Nun, wenn sie dich jemals darum bittet«, sagte sie langsam und haßerfüllt, »dann hoffe ich, daß du sie nach Strich und Faden verprügelst – diese perverse Nutte!«
Ich blickte Mrs. Mander mit undurchdringlicher Miene an. Dieses Haus wurde mir von Minute zu Minute verhaßter.

5

Es war Donnerstagabend, als ich eine Entscheidung über meine Zukunft traf. Die wenigen Tage, die inzwischen vergangen waren, waren verhältnismäßig ruhig verlaufen. Ich war von den anderen im Haus akzeptiert worden: Sie hatten ihren Platz, ich meinen. Mehr oder weniger respektierte jeder das Privatleben des anderen. Ich war ruhelos und unzufrieden, und ich wurde den Gedanken nicht los, daß dies nur eine andere Form von Zuhälterei war.

Donnerstagnachmittag saß ich im Wohnzimmer, las die Zeitung und rauchte eine Zigarette. Draußen fiel ein verdrießlicher, trostloser Regen. Mrs. Mander war mit einem der Mädchen ins Kino gegangen. Ich hatte mir gestern den Film angesehen. Auf dem Rückweg vom Kino kam ich an einem Werbebüro für die Marine vorbei. Ich blieb vor dem Fenster stehen und sah hinein. Ein großer, sonnengebräunter Offizier wies einen Rekruten auf verschiedene Plakate hin. Ich sah mich im Geist an den fernen Plätzen, die auf den Plakaten zu sehen waren. Einen Moment war ich in Versuchung, hineinzugehen und mich zu erkundigen, aber dann ging ich langsam weiter.

Ich legte die Zeitung aus der Hand. Heute hatte ich einen regelrechten Katzenjammer. Mary kam herein, setzte sich an den Flügel und begann zu spielen. Aber das brachte mich auch nicht auf andere Gedanken. Ihr Spiel hatte etwas Melancholisches, was nicht gerade aufmunternd wirkte. Meine Gedanken wanderten zu meiner Familie, und ich fragte mich, was seit meiner Flucht wohl alles geschehen sein mochte.

Das traurige Klavierspiel ging mir auf die Nerven.

»Um Himmels willen«, sagte ich, »mach den verdammten Kasten zu!«

Ohne etwas zu sagen, schloß Mary das Klavier und verließ den Raum.

»Was ist denn mit dir, Frank?« fragte Jenny, die gerade durch

den Flur kam. Sie trug ihre Arbeitstracht: schwarzes Seidenkleid und nichts darunter, dazu das kleine Goldkreuz an ihrem weißen Hals. Es war ein trügerisches Kreuz, das eine Unschuld vortäuschte, die nicht bestand.
»Nichts«, erwiderte ich schroff.
Sie kam ins Zimmer und setzte sich auf die Lehne meines Sessels, sie beugte sich über meine Schulter und blickte in die Zeitung, die ich las.
Ich faltete die Zeitung zusammen und legte sie fort: »Warum gehst du nicht weg von hier?« fragte ich.
Sie sah mich einen Augenblick lang ruhig an. Ich hatte ein komisches Gefühl – eine Übelkeit, als müßte ich mich übergeben. Es war eine ekelhafte, kalte Leere in der Magengrube, so, als steckten zwei Personen in mir: eine oberhalb des Magens und eine unterhalb des Magens. Und der einen wurde übel von dem heißen Begehren der anderen.
»Warum bleibst du hier?« fragte sie.
Ich schwieg, denn es gab keine Antwort darauf.
Sie nahm meine Hand und rieb damit über ihren Leib – ganz tief. Ich fühlte ihren Körper unter dem dünnen Kleid – ihre Wärme. »Warum gehst du nicht fort?« wiederholte sie. »Du bist ein guter Junge. Willst du so tief sinken wie wir? Willst du auch auf ewig verdammt sein?« Und während der ganzen Zeit führte sie meine Hand über ihren Körper.
Ich zog meine Hand zurück und schlug sie ins Gesicht. Sie taumelte von der Sessellehne und fiel zu Boden. Sie sah mit einer Art von Triumph zu mir auf, als hätte ich ihr einen Wunsch erfüllt. Ich machte keine Anstalten, mich aus dem Sessel zu erheben.
»Du bist stark«, flüsterte sie.
Ich antwortete nicht. Ich stand auf und schritt über sie hinweg. Sie richtete sich halb auf, griff nach meinem Bein und hinderte mich, weiterzugehen. Ich schüttelte sie ab. Sie versuchte, nach meiner Hand zu greifen, aber ich versetzte ihr einen Schlag ins

Gesicht. Ich stand da und blickte auf sie herunter. Ihre Augen waren halb geschlossen. Sie bewegte sich leicht hin und her. Ich wollte weitergehen, aber sie packte mein Bein mit einer Hand. Mit der anderen hob sie ihren Rock.
Sie stöhnte und wand sich in den Hüften.
»Jetzt«, ächzte sie, »jetzt, Frank, jetzt!«
Ich stieß mit dem Fuß gegen ihre Hüfte. Da ließ sie mein Bein los. Ich verließ das Zimmer und trat aus der Haustür. Ich lehnte mich gegen den Türrahmen und blickte in den Regen. Dann zündete ich mir eine Zigarette an. Einen Augenblick später stand sie neben mir im Türrahmen.
»Du kannst gar nicht fortgehen«, stieß sie wütend hervor. »Du hast Angst!«
Plötzlich war mir wohler. Jetzt war es herausgekommen, dieses unbestimmte Etwas in meinem Unterbewußtsein. Ich lächelte.
Ihre Augen weiteten sich. Sie hob die Hände, als wenn sie sich gegen einen Schlag schützen wollte. Eine Sekunde blickte sie mich stumm an. »Du bist verrückt«, flüsterte sie dann, »total verrückt!«
Sie machte kehrt und flüchtete ins Haus.
Ich lachte laut in den Regen hinein. Ich zog noch einmal an der Zigarette und warf sie in weitem Bogen in die Gosse.
Der Rest des Tages verging wie im Fluge. Ich sagte mir immer wieder: »Ich hatte Angst.« Das war es und nichts anderes. Ich begann zu begreifen, warum ich diese Arbeit angenommen hatte. Ich war nicht so schlau, wie ich mir eingebildet hatte; die Alte hatte mich hereingelegt. Erst hatte sie mir Angst gemacht mit ihrem Gerede von der Polizei. Dann bot sie mir diese Tätigkeit an; dabei wußte sie genau, daß sie mich, wenn ich anbiß, beim Wickel hatte. Und ich biß an. Ich mußte lachen. Nun, von jetzt an würde ich keine Angst mehr haben.
An diesem Abend stand ich mit anderen Gefühlen an der Tür. Mir gingen die Augen auf. Ich begann, alles im wahren Licht zu sehen: die Schäbigkeit und den falschen Glanz dieses Hauses;

das verstohlene, im Grunde schmutzige Verhalten der Kunden; den schäbigen Hauch von Sinnlichkeit, den die Mädchen ausstrahlten; das gemeine Knarren der Stufen, wenn die Kunden nach oben und nach unten gingen; den trägen Blick der Mädchen, wenn sie ihre Kunden entließen.
Gegen Mitternacht erschien ein Matrose. Er war offenbar schon häufiger hiergewesen. Er ging mit Jenny nach oben und kam eine halbe Stunde später wieder herunter.
»'ne richtige Luxusfrau«, sagte er lachend, als er hinausging.
Ich lachte auch. »Tolle Sache, Kumpel.«
»Du sagst es, mein Junge!« Dann sah er mich genauer an. »Scheinst mir reichlich jung als Rausschmeißer für diesen Saftladen.«
»Hat auch die längste Zeit gedauert«, sagte ich. »Ich hau ab.«
»Das ist gut«, sagte er und ging.
Einer plötzlichen Eingebung folgend, stürzte ich ihm nach. »Heda!« rief ich, während ich die Stufen hinabrannte.
Er drehte sich auf der Straße nach mir um. »Was willst du?« fragte er streitlustig.
»Stimmt das, was man über die Marine sagt?« fragte ich.
»Was sagt man denn?«
»Daß man die Welt kennenlernt – eine Ausbildung bekommt – und –« Ich war ganz aufgeregt.
Er unterbrach mich. »Sicher. Willst du eintreten?«
»Wenn sie mich haben wollen«, sagte ich.
Er lachte kurz auf. »Und ob sie dich haben wollen. Du wirst es schon merken.«
»Was meinen Sie damit?«
Wieder lachte er. »Laß dich nur anwerben, Junge. Sonst wirst du's nie erfahren.«
Mir entging der Sarkasmus in seiner Stimme. »Morgen geh' ich hin«, sagte ich.
»Tu das«, sagte er. »Dann wirst du die Welt schon kennenlernen – vom Bullauge aus.« Er wollte weitergehen.

Ich hielt ihn am Arm fest. »Sie machen Spaß, nicht wahr?« sagte ich.
Er sah erst mich an und dann das Haus. Plötzlich lächelte er. »Ganz recht, Junge. Ich habe nur Spaß gemacht. Sieh mich an. Ich bin in der ganzen Welt herumgekommen – Europa, China, Südsee. Es ist ein tolles Leben.« Wieder wanderte sein Blick zum Haus. »Und verdammt besser als das, was dir hier blüht.« Damit drehte er sich um und ging davon.
Ich blickte ihm noch eine Weile nach. Dann ging ich langsam wieder ins Haus. Mein Entschluß stand fest.
Wie üblich schloß Mrs. Mander um drei Uhr. Während sie das Geld zählte, fragte sie plötzlich: »Worüber hast du denn mit dem Matrosen gequasselt?«
Im ersten Augenblick dachte ich, sie habe alles gehört – dann machte ich mir klar, daß das nicht möglich war – nicht vom Empfangszimmer aus, während das Klavier spielte.
»Nichts Besonderes«, sagte ich. »Er hatte seine Brieftasche fallen lassen, und ich gab sie ihm zurück.«
Sie sah mich einen Moment scharf an, dann griff sie nach ihrer Flasche und schenkte sich ein Glas Gin ein. »Das gefällt mir an dir, Frank. Du bist ehrlich.« Sie leerte ihr Glas. »Nichts bringt ein gutes Haus so rasch in schlechten Ruf wie kleine Diebereien.«

6

Um zehn Uhr am nächsten Morgen schlenderte ich durch die Tür des Werbebüros der Marine im unteren Baltimore. »Ich möchte in die Marine eintreten«, sagte ich zu dem Sergeant hinter dem Schreibtisch.
»Handels- oder Kriegsmarine?« fragte er.
»Kriegsmarine«, sagte ich.
Er deutete auf einen Stuhl an der Wand. »Setzen Sie sich. Leutnant Ford wird gleich hier sein.«

Während ich dasaß und wartete, sah ich mir die Plakate an. Dann blätterte ich in einem Heft, in dem das Leben eines Marinesoldaten auf See, an der Küste und an verschiedenen Plätzen geschildert wurde. Endlich erschien der Offizier.
Der Sergeant grüßte ihn. »Ein Rekrut wartet auf Sie, Sir«, meldete er.
Der Leutnant, ein junger Mann, blickte zu mir herüber und bat mich, an seinen Tisch zu kommen.
Er begann, in rascher Folge Fragen zu stellen, die ich so schnell beantwortete, wie er sie vorbrachte.
»Name?«
»Frank Kane.«
»Irgendein Mittelname?«
»Mander.« Ich dachte, man müsse vielleicht einen Mittelnamen haben, um in die Marine zu kommen, und nannte den ersten besten, der mir einfiel.
»Adresse?«
Ich gab ihm meine gegenwärtige Adresse.
»Wann sind Sie geboren?«
»Am 10. Mai 1909.«
»Dann sind Sie jetzt also achtzehn«, sagte er. »Da brauchen Sie die Einwilligung Ihrer Eltern.«
»Meine Eltern sind tot.«
»Und Ihr Vormund?«
»Meine Großmutter. Ich wohne bei ihr.«
»Gut«, sagte er. »Dann können wir ihr die Zustimmungserklärung zusenden.«
Daran hatte ich nicht gedacht, aber ich zweifelte nicht daran, daß ich die Papiere abfangen und unterzeichnen konnte. Ich war in dem Haus immer der erste, der auf den Beinen war.
»Wenn Ihre Großmutter die Papiere unterzeichnet hat«, sagte der Leutnant, »bringen Sie sie hierher ins Büro. Außerdem Kleidung für drei Tage. Sie werden sich einer ärztlichen Untersuchung unterziehen müssen, und wenn Sie die bestanden

haben, werden Sie sofort vereidigt und in ein Rekrutenlager geschickt.«
»Besten Dank«, sagte ich.
Lächelnd streckte er mir die Hand hin. »Alles Gute.«
Ich schüttelte ihm die Hand und ging erhobenen Hauptes zum Haus zurück.

Montag morgen kam der Brief. Ich sah ihn auf dem Flurtisch, auf den Mary ihn mit anderen Briefen gelegt hatte. »U.S. Marine, Dienstsache« stand in der linken oberen Ecke des Umschlags. Ich nahm ihn mit auf mein Zimmer und öffnete ihn. Der Werbeoffizier hatte die Stelle für die Unterschrift mit einem ›x‹ gekennzeichnet. Ich unterzeichnete den Bogen mit verstellter Handschrift und steckte ihn in die Tasche meines alten blauen Anzugs.
Meine letzte Nacht im Haus verlief ohne besondere Zwischenfälle. Als wir fertig waren und abgeschlossen hatten, ging ich wie immer in die Küche, um mit Mrs. Mander abzurechnen. Als wir das erledigt hatten, lehnte ich mich zurück und sah Mrs. Mander an.
Wie üblich hatte sie sich einen Drink eingeschenkt. Als sie sah, daß ich sitzen blieb, anstatt wie sonst nach oben ins Bett zu gehen, warf sie mir einen erstaunten Blick zu.
»Was hast du auf dem Herzen, Frank?« fragte sie.
»Ich zieh weiter«, sagte ich, »und zwar morgen.«
»Was willst du tun?«
Ich schwieg.
»Na schön, es geht mich also nichts an!« sagte sie schroff und goß sich ihr Glas wieder voll. »Und wie steht's mit den Anzügen, die ich dir gekauft habe?«
»Die kannst du behalten«, sagte ich. »Ich habe genug.«
»Was du hast, ist mir völlig schnuppe. Aber ich habe gutes Geld dafür auf den Tisch gelegt.«
»Na und?« sagte ich.

Einen Augenblick schwieg sie. Dann sagte sie: »Ich gebe dir zehn Dollar mehr.«
»Nichts zu machen. Die Tätigkeit gefällt mir nicht.«
»Hör mal zu. Bleib doch. Dann kannst du wirklich Geld machen. Vielleicht beteilige ich dich nach einer Weile am Geschäft. Ich mag dich leiden, wir werden schon miteinander zurechtkommen.«
»Nein, ich gehe.« Ich stand auf.
Sie blickte zu mir auf. »Ich habe keine Verwandten, und ich habe mir ein ganz nettes Sümmchen auf die hohe Kante gelegt. Ich werde zu alt für diese Arbeit, und ich brauche jemanden, auf den ich mich verlassen kann. Du bist ehrlich zu mir. Bleib hier – eines Tages bist du reich.«
Die Alte tat mir leid; sie hatte auch kein leichtes Leben. »Tut mir leid«, sagte ich, »aber ich kann nicht bleiben.«
Sie brauste auf. »Dann scher dich zum Teufel!« rief sie mit zitternder Stimme.
Ich drehte mich um und ging schweigend zur Tür hinaus.
Sie rief mich zurück. »Frank!«
»Ja«, sagte ich und kam wieder in die Küche.
»Brauchst du Geld?« Ihre Stimme klang jetzt weicher.
Ich schüttelte den Kopf.
Sie nahm einige Geldscheine aus einem Bündel von Scheinen und hielt sie mir hin. »Hier, nimm. Ich hab' mehr, als ich brauche.«
Ich nahm das Geld und steckte es in die Tasche. »Vielen Dank.«
»Komm mal her«, sagte sie.
Sie nahm meine Hand. »Du bist ein feiner Kerl, Frank. Es steckt etwas Wildes und Hartes in dir, das gezähmt werden muß, aber auch Schönes und Strahlendes. Was du auch tun magst, verliere nie dieses gewisse Etwas, was dich davor bewahrt, hart und gemein zu werden.« Sie lachte. »Ich werde doch wohl alt«, sagte sie, »daß ich so rede.« Sie schenkte sich noch ein Glas ein.
Ich schwieg. Die Alte schien mich tatsächlich gern zu haben.

»Nun?« fragte sie.
»Leb wohl«, sagte ich. Impulsiv beugte ich mich zu ihr hinab und küßte sie auf die Wange. Sie fühlte sich kalt und trocken an wie ein Stück altes Papier.
Staunend berührte Mrs. Mander die Stelle mit der Hand. »Es ist schon lange her, seit –« Ihre Worte verloren sich.
Ich schloß die Tür hinter mir und ging auf mein Zimmer.
Am nächsten Morgen wurde ich bei der Marine der Vereinigten Staaten vereidigt.

VIERTER TEIL

1

Ich stand auf den Stufen des Verwaltungsgebäudes und blickte über die Marinestation. Es war der 30. Dezember 1931, und die Brise, die über die Bucht von San Diego wehte, war kühl. Ich schlug den Kragen meiner Jacke hoch und zündete mir eine Zigarette an. Meine Entlassungspapiere steckten in meiner Tasche, und der Seesack mit meinen paar Habseligkeiten lag zu meinen Füßen.

Ich war froh, daß ich aus der Marine raus war. Nicht, daß ich die Marine für eine schlechte Sache hielt, aber für mich war es nur ein besserer Aufenthalt gewesen als das Waisenhaus, um die Rückkehr zu meinen Verwandten abzuwarten. Vielleicht hatte ich auch nur ein Gefängnis mit einem anderen vertauscht. Aber jetzt war es vorbei, und darüber war ich froh.

Das Leben bei der Marine war im allgemeinen stumpfsinnig. Die Beschränkungen, die Routine und der bis ins einzelne festgelegte Tagesplan dämpften jede eigene Initiative. Aber möglicherweise hatte es auch sein Gutes für mich. Ich las sehr viel und lernte allerlei. Ich beschäftigte mich mit Mathematik für die Geschützlehre, Buchhaltung für den Dienst als Magazinverwalter, außerdem mit Englisch, Geschichte und Geographie.

Für mich war das alles jetzt vorbei.

Ich zog noch einmal an meiner Zigarette und warf sie fort. Dann warf ich mir den Seesack über die Schulter und ging zum Haupttor.

Am Tor reichte ich dem diensthabenden Unteroffizier meine Entlassungspapiere. Er prüfte sie und gab sie mir zurück.

»O. k., Matrose«, sagte er grinsend. »Auf Wiedersehen.«

»Auf Wiedersehen? Denkste!« sagte ich. »Adieu! Ich bin jetzt raus.«

»Das sagen sie alle«, meinte er, immer noch grinsend. »Du kommst schon wieder. Sie kommen alle wieder.«

»Nicht dieses Küken!« entgegnete ich. »Ich geh' nach Hause.«

Ich ging durch das Tor zur Bushaltestelle und setzte mich in den nächsten Bus.

Meine Angehörigen würden sich freuen, von mir zu hören. Ich erinnerte mich an meinen letzten Brief, den ich von New York geschrieben hatte. Ich hatte damals einen vierundzwanzigstündigen Landurlaub gehabt und war den ganzen Vormittag in der Stadt umhergewandert, weil ich nicht recht wußte, was ich mit meiner Zeit anfangen sollte. Plötzlich befand ich mich vor Jerrys Haus. Ohne zu überlegen, rannte ich die Stufen hinauf und läutete.

Ein Butler öffnete.

»Ist Jerry zu Hause?« fragte ich.

»Nein«, sagte er. »Master Jerry ist auf der Universität. Kann ich etwas ausrichten?«

Ich zögerte einen Augenblick. »Nein«, sagte ich dann und ging die Stufen wieder hinunter, während sich die Tür hinter mir schloß.

In diesem Augenblick hatte mich das Heimweh richtig gepackt. Da war ich nun in einer Stadt, in der ich mein ganzes Leben verbracht hatte, und nirgendwo gab es eine Menschenseele, mit der ich reden konnte. Mir war hundeelend zumute. Ich wanderte durch die Straßen, bis ich zu einem Hotel kam. Ich ging hinein, setzte mich ins Schreibzimmer und begann einen Brief.

> *Lieber Onkel Morris, liebe Tante Bertha, Irene und Essie, ich möchte Euch rasch ein paar Zeilen schreiben, damit Ihr wißt, daß es mir gutgeht, und ich hoffe dasselbe von Euch. Besonders wünsche ich, daß es Onkel Morris wieder besser geht. Es tut mir leid, wenn ich Euch durch mein Weglaufen Sorgen gemacht habe, aber ich konnte nicht mehr im Waisenhaus bleiben, nicht, nachdem ich bei Euch gelebt hatte.*

Ich bin während der ganzen Zeit bei guter Gesundheit gewesen und habe gearbeitet. Ich hoffe, daß ich eines Tages wieder bei Euch wohnen kann, wenn ich alt genug bin, um nicht mehr ins Waisenhaus zurück zu müssen. Bis dahin macht Euch bitte keine Sorgen um mich, da ich von allem genug habe, einschließlich Geld.
Ich grüße Euch herzlichst und hoffe, daß es Euch allen gutgeht.

Frankie

Als ich den Brief noch einmal durchlas, kam mir eine gute Idee. Ich nahm den Brief, ging zu meiner Bank und ließ mir einen Scheck auf mein ganzes Guthaben ausstellen. Den Scheck legte ich in den Brief und schickte ihn an ihre Adresse ab. Dann ging ich auf mein Schiff zurück und fühlte mich bedeutend besser.
Aber das alles lag fast zwei Jahre zurück. Nun war ich aus der Marine heraus und wollte zu ihnen nach Arizona fahren. Im unteren Stadtteil von San Diego verließ ich den Bus und ging sofort in ein Hotel. Doch bevor ich mein Zimmer aufsuchte, trat ich an den Tisch, wo man Telegramme aufgeben konnte.
Ein Mädchen kam mit einem Telegrammformular und einem Bleistift herbei. Ich beugte mich über den Tisch und begann, vor mich hinlächelnd, zu schreiben. Von jetzt an würde alles wieder in bester Ordnung sein. Ich war im Begriff, nach Hause zu fahren, und ich hatte zweihundert Dollar in der Tasche.
Mr. Morris Caine, 221 Lincoln Drive, Tucson, Arizona.

Lieber Onkel Morris –
Bin heute aus der Marine entlassen. Möchte Euch sofort aufsuchen. Werde Ende der Woche abfahren. Genaue Ankunft teile ich noch mit. Bin gespannt, Euch alle zu sehen.
Herzlichst

Frank

Ich folgte dem Hotelpagen, der mir mein Zimmer zeigte. Rasch packte ich den Inhalt meines Seesacks in die Kommodenschubladen. Dann ging ich wieder nach unten und erkundigte mich bei dem Mann am Empfang nach einem guten Bekleidungsgeschäft. Er schickte mich in einen Laden auf der Grand Avenue. Ich erstand drei gute Anzüge zu je neunzehn Dollar. Der Mann versprach, sie in einigen Tagen fertig zu haben. Ich bat ihn, sich zu beeilen, und er sagte sie mir für Samstag, einen Tag nach Neujahr, zu. Dann ging ich in ein Kurzwarengeschäft und kaufte mir sechs Hemden für einen Dollar und fünfundzwanzig Cent das Stück, etwas Unterwäsche, Socken und Krawatten, um meine Garderobe zu vervollständigen, außerdem für sechs Dollar einen kleinen Koffer. Dann kehrte ich ins Hotel zurück und überlegte, daß ich losfahren könnte, sobald die Anzüge kamen.
Die Tage schlichen dahin. Ich verbrachte Silvester und fast den ganzen Neujahrstag in meinem Zimmer. Im Hotel fanden mehrere Neujahrsveranstaltungen statt. Ich konnte den Lärm durch die geschlossene Zimmertür hören. Seltsamerweise fühlte ich mich nicht als Außenseiter. Mich beschäftigte zu vieles. Ich stellte mir vor, wie glücklich sie alle waren, wenn sie mein Telegramm bekamen, wie gespannt sie mein Kommen erwarteten. Ich war überzeugt, daß ich die Kinder nicht wiedererkennen würde. Sie mußten inzwischen junge Damen sein.
Am nächsten Tag ging ich ins Geschäft, um meine Anzüge abzuholen. Ich legte meine Uniform ab und zog den brauen Tweedanzug an. Ich erkannte mich im Spiegel kaum wieder. Es war schon so lange her, seitdem ich Zivil getragen hatte. Ich fühlte mich sehr wohl darin. Ich beschloß, mir meine Fahrkarte zu besorgen. Ich löste eine Karte nach Tucson für den Zug, der am nächsten Morgen abfuhr. Dann ging ich ins Hotel zurück, um meine Rechnung zu bezahlen.
Am Empfang gab man mir ein Telegramm aus Tucson. Ich war viel zu aufgeregt, um es sofort zu öffnen. Sie haben geantwortet, dachte ich. Ich war so nervös, daß ich in mein Zimmer rannte,

um es zu lesen. Sobald ich die Tür hinter mir zugemacht hatte, öffnete ich den Umschlag.
Er enthielt eine Kopie meines Telegramms mit der amtlichen Mitteilung: »Ihr beigefügtes Telegramm vom 30. Dezember 1931 konnte aus folgendem Grunde dem Empfänger nicht ausgehändigt werden.« Es folgte eine Liste von Gründen, von denen einer mit Bleistift angekreuzt war: »Empfänger verzogen, ohne Adresse zu hinterlassen.«
Im ersten Augenblick verstand ich es nicht. Ich sank in einen Sessel. Alle meine Hoffnungen hatten sich in Rauch aufgelöst. Ich saß wie gelähmt. Ich wußte nicht, was ich tun sollte. Ich hatte nie damit gerechnet, daß sie fortziehen würden, ohne mich zu benachrichtigen. Aber dann wurde mir klar, daß sie mich gar nicht benachrichtigen konnten. Sie hatten nie gewußt, wo ich steckte. Wieder überkam mich das Gefühl grenzenloser Einsamkeit – das Gefühl, hoffnungslos verlassen zu sein. Die Geräusche der Straße drangen zu mir herauf. Ich hörte das Lachen einer Frau im Korridor. Die Wände schienen mich erdrücken zu wollen. Ich zündete mir eine Zigarette nach der anderen an, bis die Luft ganz verqualmt war.
Ich weiß nicht, wie lange ich da im Sessel saß, aber als ich aufblickte, war es draußen dunkel. Langsam stand ich auf und sah aus dem Fenster. Überall in der Stadt brannten die Lichter. Ich wanderte planlos im Zimmer umher. Ich konnte keinen Gedanken fassen.
Dann ging ich nach unten in den Speisesaal. Ich bestellte etwas zu essen – und aß es nicht. Ich verließ den Speisesaal und ging in die Hotelhalle. Da saß ich eine Weile und starrte die Menschen an, ohne sie zu sehen. Ich dachte an nichts, ich schwebte gleichsam in einer dumpfen Leere. Mein Blick fiel auf den Telegrammtisch. Ich stand auf und ging hin. Das Mädchen, das dort saß, blickte auf.
Ich nahm das Telegramm aus der Tasche. »Wissen Sie etwas darüber?«

Sie sah es sich an. »Nein, Mr. Kane. Als es kam, habe ich es gleich zum Empfang geschickt.«
»Glauben Sie, daß es ein Irrtum sein kann?«
»Das glaube ich nicht«, sagte sie. »So etwas wird immer sehr sorgfältig geprüft.«
»Danke«, sagte ich und ging, während das Mädchen mir nachdenklich nachsah.
Neben dem Telegrammtisch führte eine Treppe zur Telefonhalle. Dort war es nicht so voll wie unten in der Halle. Deshalb ging ich hinauf. Ich wollte nicht ganz allein sein, aber auch nicht unter so vielen Menschen. Ich setzte mich auf einen Stuhl neben einer der Telefonzellen. Etwa eine halbe Stunde hatte ich dort gesessen, als das Mädchen vom Telegrammtisch heraufkam und in die Telefonzelle neben mir ging. Die Tür schloß sich. Ich hörte aber weder das Fallen einer Münze noch Sprechen. Ein paar Minuten später kam sie wieder heraus. Sie blieb in der Tür stehen und tat sehr überrascht, als sie mich da sitzen sah. Sie lächelte mir zu, und ich nickte höflich; mir war nicht nach Lächeln zumute.
Sie nahm eine Zigarette aus ihrer Handtasche. »Können Sie mir vielleicht Feuer geben, Mr. Kane?« fragte sie lächelnd.
Das war ziemlich durchsichtig. Aber mir war's egal. Ich holte ein Streichholz aus der Tasche, riß es an und hielt es an ihre Zigarette. »Danke«, sagte sie und setzte sich neben mich.
»Gern geschehen«, sagte ich.
»Neuer Anzug?« fragte sie.
»Wie bitte?« Im ersten Augenblick wußte ich nicht, was sie meinte. Dann nickte ich. »Hab' ihn heute erst bekommen.«
»Wie fühlen Sie sich denn nun, wo Sie nicht mehr bei der Marine sind?«
»Es ist ganz erfreulich.«
»Sie wissen wahrscheinlich nicht recht, was Sie anfangen sollen.«
»Genau«, sagte ich. »Ich muß mich an diesen Zustand erst gewöhnen.«
»Zu schade, das mit dem Telegramm«, sagte sie teilnahmsvoll.

»Damit hätte ich rechnen sollen.« Ich fühlte mich allmählich etwas besser. Sie war der erste Mensch in diesem verfluchten Nest, der sich für mich zu interessieren schien. Ich betrachtete sie eingehender. Sie sah gut aus: schwarzes Haar, blaue Augen, eine hübsche, schlanke Figur. Ich lächelte ihr zu. »Ich möchte Sie nicht mit meinem Kummer belästigen«, sagte ich. »Es ist nett von Ihnen, daß Sie überhaupt Interesse zeigen.«
»Oh, das ist doch ganz klar. Ich habe einen nahen Verwandten bei der Marine, und ich habe mich oft gefragt, was er machen will, wenn er entlassen ist.«
»Es ist alles nicht so schlimm«, sagte ich, »wenn man sich nur zu irgend etwas entschließen könnte.«
»Was wollen Sie unternehmen?« fragte sie.
Bei dieser Frage zündete ich mir erst mal eine Zigarette an. Was wollte ich anfangen? Ich wußte es nicht – ich hatte noch nicht darüber nachgedacht. »Offen gestanden, ich weiß es nicht«, sagte ich. »Werde mir einen Job suchen müssen.«
»Haben Sie bestimmte Vorstellungen?«
»Nein, das, was mir über'n Weg läuft.«
»Im Augenblick ist es nicht leicht, etwas zu finden«, meinte sie.
»Das weiß ich nicht«, sagte ich zuversichtlich. »Ich habe nie Schwierigkeiten dabei gehabt.«
Eine Weile saßen wir schweigend. Dann sprang sie auf. »Ich muß jetzt gehen«, sagte sie. »Es ist schon ziemlich spät, und ich muß zum Abendessen zu Hause sein.«
Ich sah sie an. »Können Sie nicht telefonieren und sagen, Sie gingen heute abend aus? Ich meine, würden Sie mit mir ausgehen? Ich möchte nicht aufdringlich sein, aber vielleicht könnten Sie mir die Stadt zeigen. Ich bin völlig fremd hier.«
Sie lächelte. »Sehr freundlich, Mr. Kane, daß Sie mich einladen. Aber ich muß wirklich nach Hause.«
Natürlich mußte sie nicht. Sie war ebenso unabhängig wie ich. Aber ich ging darauf ein. »Ach, kommen Sie doch bitte mit«, bat ich. »Ich wäre Ihnen sehr verbunden. Sie können sich gar nicht

vorstellen, wie einsam man sich in einer fremden Stadt fühlen kann.«
Sie tat, als überlege sie einen Augenblick. »Na schön«, sagte sie, »ich komme mit, Mr. Kane. Aber erst muß ich zu Hause anrufen, Mr. Kane.«
Ich verstand den Wink mit dem Zaunpfahl. »Sie können mich Frank nennen.«
»Also gut, Frank.« Sie lächelte. »Ich heiße Helen.«
Helen ging in die Telefonzelle. Ich blieb sitzen und wartete. Auch dieses Mal telefonierte sie nicht. Ich mußte innerlich lachen.
Wir gingen in irgendeinen Nachtklub, wo es ein recht gutes Programm gab. Wir aßen zu Abend und nahmen dazu ein paar Drinks. Sonst trank ich nicht sehr viel, aber jetzt war mir alles egal. Ich kam in Stimmung. Wir tanzten und tranken und tranken und tanzten, und sehr bald ging es auf zwei Uhr zu. Wir verließen das Lokal, und ich winkte ein Taxi herbei.
»Ich bringe dich nach Hause«, sagte ich.
»So kann ich nicht nach Hause gehen«, sagte sie kichernd. »Mein Vater würde ein schönes Theater machen.«
»Wo willst du denn schlafen?«
»Im Hotel. Das tue ich oft, wenn ich Spätdienst habe.«
Wir stiegen in das Taxi. »Zum Berkeley«, sagte ich zu dem Chauffeur. Ich sank in meinen Sitz zurück und betrachtete Helen. Sie saß in ihrer Ecke und kicherte.
»Was findest du so komisch?« fragte ich.
»Ich komm' mir so blöd vor.«
»So?« sagte ich, legte den Arm um sie und zog sie näher zu mir heran.
Sie preßte sich an mich und leistete meinen tastenden Händen keinen Widerstand. Ich küßte sie.
»Kommst du dir immer noch so blöd vor?« fragte ich und küßte sie noch mal. Diesmal erwiderte sie den Kuß. Ihre Lippen waren wie brennende Flammen.

»Jetzt nicht mehr«, sagte sie und lehnte sich zurück. »Das Küssen verstehst du aber.«
»Das ist nicht alles, was ich kann«, sagte ich. Ich küßte sie wieder, erst auf den Mund, dann auf die Kehle. Sie hielt mich eng umschlungen. Plötzlich stieß sie mich fort.
»Das Hotel«, flüsterte sie heiser. Das Taxi hielt vor dem Hotel. Ich ließ sie los. Sie zog sich ihre Kleider zurecht. Wir stiegen aus, und ich bezahlte den Fahrer.
»Laß uns hineingehen«, sagte ich und nahm ihren Arm.
Sie wehrte sich. »Ich kann unmöglich mit dir hineingehen. Man würde mich rausschmeißen. Wir dürfen nämlich nicht irgendwas mit den Gästen anfangen. Es ist besser, wenn ich dir hier gute Nacht sage.«
Ich sah sie an. Gute Nacht hier draußen? War sie verrückt geworden? Ich hatte sie doch nicht ausgeführt und mein sauer verdientes Geld ausgegeben, damit wir uns hier auf dem Gehsteig gute Nacht sagten. Aber vielleicht hatte ich mich geirrt. Vielleicht war sie wirklich nur mitgegangen, weil sie nett zu mir sein wollte. Ich zuckte die Achseln. »Bist du sicher, daß du ein Zimmer bekommst?« fragte ich.
Sie nickte.
»Na schön, dann gute Nacht.« Ich drehte mich um und ging ins Hotel. Ich war verärgert. Dieses kleine Biest hatte mich schön rangekriegt! Aber als ich in mein Zimmer kam, konnte ich schon wieder lachen. Schließlich hatte sie mir immerhin über meinen Kummer hinweggeholfen.
Ich legte Rock und Krawatte ab und nahm meine Brieftasche raus, um mein Geld zu zählen. Ich hatte noch etwa hundertundzehn Dollar. Ich nahm mir vor, morgen hier auszuziehen und mich nach einem billigen Zimmer umzusehen. Am Montag würde ich mir dann eine Beschäftigung suchen. Ich zog mein Hemd aus und wusch mich. Dann setzte ich mich aufs Bett und rauchte eine Zigarette.
Plötzlich klopfte es an der Tür – ein ganz leises Klopfen. Ich hör-

te es kaum. Rasch legte ich die Scheine in eine Kommodenschublade. Dann ging ich zur Tür und öffnete.
Es war Helen. Ich ließ mir meine Überraschung nicht anmerken.
»Nun«, sagte sie, »willst du mich nicht hineinbitten?«
»Oh, natürlich«, murmelte ich und trat zurück. »Komm rein.«
Sie kam ins Zimmer. Ich schloß die Tür. »Ich hab' dir noch gar nicht für den schönen Abend gedankt.«
»Ich habe dir zu danken«, sagte ich höflich. Zum Teufel, sie war bestimmt nicht bloß gekommen, um mir zu danken. Ich langte nach dem Schalter und knipste die Deckenbeleuchtung aus. Nur die Bettlampe brannte noch.
Wir standen uns im Halbdunkel gegenüber. Ich ging plötzlich einen Schritt auf sie zu. Instinktiv wich sie zurück. Ich nahm ihre Hand und hielt sie fest. »Was ist denn, Baby«, sagte ich. Ich zog sie dicht an mich heran und küßte sie.
»Ich hab' Angst«, flüsterte sie. »Ich hab' so was noch nie getan.«
Ich ließ meine Hand in den Ausschnitt ihres Kleides gleiten. Ihre Brust war weich und warm. Helen hielt den Atem an. Ich zog sie aufs Bett und küßte sie von neuem. Sie legte sich zurück und zog meinen Kopf zu sich herunter. »Einmal ist es immer das erste Mal, Baby«, sagte ich. »Und ich tu dir nicht weh.« Ich ließ meine Hand unter ihrem Kleid an ihrem Schenkel hinaufgleiten dieses weiche, warme Fleisch eines jungen Frauenschenkels, gleichsam knisternd von Feuer und Elektrizität – die warme Verheißung ihres Schoßes.
»Ich habe Angst, Frank«, flüsterte sie und hielt meine Hand fest. »Aber ...«
Ich unterbrach sie, indem ich sie auf die Brust küßte. Als ich aufhörte, flüsterte sie: »Aber du brauchst mich. Du brauchst jemanden. Unten in der Halle sahst du so einsam aus – so verlassen.«
Ich griff nach oben und drehte die Lampe aus. »Ich brauche dich, Baby!«

2

In der Nacht wachte ich plötzlich auf. Irgend etwas hatte sich im Zimmer bewegt. Ich streckte die Hand aus. Helen war verschwunden. Ich sprang aus dem Bett. Ich ging an die Kommode und öffnete die Schublade, in die ich mein Geld gelegt hatte. Sie war leer. Ich fluchte leise vor mich hin, während ich mich anzog. Alles, was ich noch hatte, waren die zehn Dollar in meiner Hosentasche. Als ich den Korridor entlanglief, sah ich rasch auf die Uhr. Es war beinahe fünf. Ich fuhr mit dem Fahrstuhl hinunter und ging zum Telegrammtisch.

»Ist die Telegrafistin irgendwo?« fragte ich.

»Welche?« fragte der Angestellte, der den Nachtdienst versah.

»Die vom Tagesdienst. Sie heißt Helen.«

»Ach, die! Die war nur zur Vertretung da. Für einen Tag. Die reguläre Telegrafistin war krank. Wieso, stimmt etwas nicht?«

Stimmt etwas nicht? Du meine Güte! Ich war total ausgeplündert. Ich schuldete dem Hotel zwanzig Dollar, und der Mann fragte mich, ob etwas nicht stimmte! »Nein«, sagte ich, »es war nur wegen eines Telegramms, das ich aufgegeben hatte.«

Ich ging wieder auf mein Zimmer. Es hatte jedenfalls nicht sehr lange gedauert, bis ich mein Geld los war. Ich hatte schon von Matrosen gehört, die sich wenige Tage nach ihrer Entlassung wieder anheuern ließen, weil sie um ihr Geld geprellt und pleite waren – oft waren es die Ersparnisse ihrer ganzen Dienstzeit –, und ich hatte es nie verstehen können. Und jetzt war es mir auch passiert. Ich rauchte eine Zigarette, während ich über meine nächsten Schritte nachdachte.

Gegen zehn ging ich nach unten zum Telegrammtisch. Jetzt saß dort eine andere Telegrafistin. »Wissen Sie zufällig, wo Helen ist?«

Sie zuckte die Achseln. »Wie soll ich das wissen? Das Büro hat sie als Ersatz geschickt, als ich nicht da war. Soll ich mich nach ihr erkundigen?«

»Das wäre sehr freundlich von Ihnen. Es ist nämlich sehr wichtig.«
Sie rief das Zentralbüro der Telegrafengesellschaft an. Die Auskunft von dort lautete: »Die war nur für den einen Tag engagiert. Sie hat ihren Dienst bezahlt bekommen und hat keine Adresse hinterlassen.«
So war das also.
Ich ging zum Empfang und bat um eine Unterredung mit dem Hoteldirektor. Man führte mich in sein Büro. Er war ein mittelgroßer, ruhiger, grauhaariger Mann.
»Was kann ich für Sie tun, Mr. Kane?« fragte er höflich.
Ich erzählte ihm die ganze Geschichte. Er hörte mir mit auf der Brust gefalteten Händen zu. Als ich fertig war, fragte er, was er denn nun für mich tun solle.
»Ich weiß nicht, wie Sie mir helfen können«, sagte ich ihm offen.
»Ich auch nicht«, sagte er und erhob sich. »Wir stellen unseren Gästen einen Safe für Geld und Wertsachen zur Verfügung. Es sind überall deutlich sichtbare Schilder angebracht: ›Für Geld und Wertsachen, die uns nicht zur Aufbewahrung übergeben sind, wird keine Haftung übernommen.‹ Wenn wir auf jede Jammergeschichte, die uns vorgesetzt wird, eingehen wollten, wo kämen wir da hin? Ich habe schon viele solcher Geschichten gehört. Die Leute kommen zu mir, wenn sie ihr Geld verloren, verspielt oder sonstwie verjubelt haben, und erwarten, daß ich ihnen helfen soll. Dies hier ist ein Geschäft wie jedes andere, und wir müssen es ordnungsgemäß führen, sonst verlieren wir unseren Posten. Haben Sie noch so viel, um Ihre Hotelrechnung zu bezahlen?« fragte er.
»Nein. Ich habe Ihnen ja gesagt, daß dieses Weibsstück mich völlig ausgenommen hat.«
Kopfschüttelnd schnalzte er mit der Zunge. »Das ist sehr bedauerlich.«
»Ich weiß. Aber könnten Sie mir nicht ein paar Tage Zeit geben?

Ich suche mir eine Arbeit und zahle Ihnen den Betrag auf Heller und Pfennig.«
Er lachte. »Haben Sie überhaupt eine Vorstellung davon, Mr. Kane, wie schwer es ist, Arbeit zu bekommen? Und Ihr Zimmer ist ziemlich teuer – drei Dollar fünfzig pro Tag, wie ich annehme. Nein, ich fürchte, die Besitzer würden so etwas nicht gestatten.«
»Kann ich den Betrag denn nicht abarbeiten?«
»Tut mir leid«, sagte er, »aber das geht nicht. Wir haben sowieso schon zuviel Personal, und ich bin gezwungen, in der kommenden Woche einige Leute zu entlassen.«
»Da wäre ich also wieder genauso weit wie am Anfang. Was soll ich nun machen?«
»Ich weiß es auch nicht. Aber unter Umständen müssen Sie das Zimmer sofort räumen. Außerdem erwarten wir, daß Sie uns Ihre Kleidung – hm, das heißt natürlich, was Sie nicht am Leibe tragen – als Sicherheit zurücklassen.«
Diese Zumutung machte mich wütend. Ich stand auf. »Sie lausiger Bastard«, sagte ich. »Das ist eine gemeine Art und Weise, jemanden zu behandeln, der Ihnen reinen Wein einschenkt und versucht, den Schaden wieder gutzumachen! Wenn ich Sie betrügen wollte, hätte ich ja bloß meinen Mund zu halten brauchen, bis Sie selbst dahintergekommen wären. Aber nein! Ich muß ausgerechnet der Sündenbock für alle üblen Hochstapler sein, die für Sie zu gerieben sind.«
Er versuchte mich zu unterbrechen, aber ich brüllte ihn nieder. »Ich nehme mein Zeug und mache, daß ich hier rauskomme. Versuchen Sie nur, mich daran zu hindern! Wenn Sie das tun, werde ich in der ganzen Stadt erzählen, wie Sie zulassen, daß Ihre Telegrafistinnen den Gästen das Fell über die Ohren ziehen. Dann können Sie ja sehen, wie Ihnen das gefällt!« Damit wollte ich das Zimmer verlassen. Aber an der Tür hielt er mich an. »Also gut, Mr. Kane«, sagte er, »regen Sie sich nicht auf. Sie können gehen und Ihre Sachen mitnehmen. Wir wollen die ganze Geschichte vergessen.«

»Und ob ich gehe«, sagte ich, immer noch wütend. »Sie können die Geschichte vielleicht vergessen, aber ich nicht!« Ich knallte die Tür hinter mir zu, ging auf mein Zimmer und packte meine Siebensachen. Dann fuhr ich mit dem Fahrstuhl nach unten und verließ das Hotel.

An einem Zeitungsstand an der Ecke blieb ich stehen und kaufte eine Zeitung. »Kennen Sie ein gutes, preiswertes Logierhaus?« fragte ich den Verkäufer.

»Aber, gewiß«, sagte er. Er schrieb eine Adresse auf ein Stück Papier. Da das Haus nur ein paar Blocks entfernt lag, ging ich zu Fuß dorthin. Ich nahm mir ein Zimmer für drei Dollar fünfzig die Woche und mußte zwei Wochen im voraus bezahlen. Danach blieben mir noch drei Dollar und etwa achtzig Cent Kleingeld. Ich packte meine Sachen aus und verstaute sie. Verglichen mit meinem Hotelzimmer war dies eine regelrechte Bude, aber ich war wenigstens für die kommende Woche untergebracht.

Am nächsten Tag ging ich auf Arbeitssuche. Ich hatte Glück. Ich fand eine Beschäftigung, die mir vierzehn Dollar die Woche einbrachte. Ich mußte Lebensmittel und Fleisch für ein großes Selbstbedienungsgeschäft austragen. Ich kam müde nach Haus und legte mich aufs Bett. Es war anstrengend, den ganzen Tag mit Lebensmittelkörben herumzurennen, zumal ich mich in den letzten Monaten nicht gerade sehr überanstrengt hatte. Nach einer Weile stand ich wieder auf und setzte mich an den Tisch, um auszurechnen, wie weit ich mit dem Geld reichen würde. Ich nahm Bleistift und Papier und schrieb ein paar Zahlen auf:

Miete	*$ 3*
Essen	*$ 7*
	$ 10
Gehalt	*$ 14*
Überschuß	*$ 4*

Ich nahm an, daß ein Dollar pro Tag fürs Essen genügen würde. Mein Frühstück bestand nur aus Kaffee und einem Brötchen, mein Lunch aus Kaffee und einem Sandwich oder Kaffee und einem Teller Suppe. Abends würde ich ein Tellergericht in einer Imbißstube nehmen. Ich legte mich wieder aufs Bett und schlug mir die Sorgen aus dem Kopf. Es würde schon irgendwie gehen. Aber etwas hatte ich bei der Rechnung übersehen.

3

Meine Arbeit begann gewöhnlich um sieben Uhr morgens. Als erstes hatte ich die frühen Bestellungen auszutragen. Die Angestellten hatten sie am Abend vorher fertig gepackt, und ich lud sie draußen auf die Handkarre und brachte sie in die Häuser. Diese Arbeit gefiel mir nicht besonders, aber wenn ich jede Woche meine vier Dollar zurücklegte, würde ich bald in den Osten zurückgehen können. Ich nahm an, daß ich dort meine Verwandten finden würde.

Aber zwei Tage später platzten diese Pläne. Ich trug gerade eine Bestellung nach draußen zum Karren, als mir plötzlich übel und schwindlig wurde. Daran war wohl das kümmerliche Essen schuld. Der Gehsteig schien sich nach oben zu neigen. Ich versuchte mühsam, das Gleichgewicht zu behalten. Schließlich ließ ich die Bestellungen zu Boden fallen und lehnte mich an die Hauswand. Eier und Milchflaschen waren zerbrochen, und ich sah stumpfsinnig zu, wie Milch und Eier auf dem Gehsteig zu einem Brei zusammenflossen. Mir brach der Schweiß aus. Nur mit äußerster Anstrengung vermochte ich mich aufrechtzuhalten. Ich durfte nicht fallen. Aber Gebäude und Gehsteig schienen sich immer mehr in die Höhe zu heben.

Mein Chef kam heraus und warf erst einen Blick auf den Gehsteig, dann auf mich, wie ich da an der Hauswand lehnte. Ich war kreideweiß, Schweißperlen waren mir in die Augen gelaufen, so daß ich kaum sehen konnte. Er machte keine Anstalten, mir zu helfen. Ich versuchte, etwas zu sagen, aber die Worte waren unverständlich.

»Kommen Sie herein und lassen Sie sich Ihren Lohn auszahlen, wenn Sie wieder nüchtern sind«, sagte er, drehte sich um und ging ins Haus zurück.

Ich blickte ihm hilflos nach. Ich versuchte wieder, etwas zu sagen – aber vergeblich. Ich lehnte an der Hauswand und konnte nur hoffen, daß ich nicht ohnmächtig würde. Wut, Scham und die Demütigung brannten in mir. Dieser Bursche glaubte, ich wäre betrunken! Ich hätte heulen mögen, aber dafür hatte ich keine Zeit. Ich mußte mit dem schwankenden Gehsteig fertig werden. Es war wie ein Seiltanz. Jede Sekunde glaubte ich zu fallen. Ich sank in die Hocke und stützte den Kopf auf die Arme. Ich schloß die Augen, um die fürchterliche Schräge des Gehsteigs nicht zu sehen. Ich hatte Angst davor. Ich versuchte, nicht daran zu denken. Ich versuchte, an gar nichts zu denken.

Schließlich ging auch das vorüber. Ich fühlte mich allmählich besser. Ich hob den Kopf und öffnete die Augen. Sie waren feucht von unterdrückten Tränen. Dumpfe Kopfschmerzen quälten mich. Aber der Gehsteig war wieder normal. Ich stand langsam auf. Immer noch fühlte ich mich zitterig auf den Beinen. Ich tastete mich an der Hauswand entlang bis zur Tür. Als ich hineinging, stürzte ein Angestellter an mir vorbei, um den Milch- und Eierbrei zu entfernen. Ich ging zu dem kleinen Glaskäfig, den der Chef als sein Büro bezeichnete.

»Mr. Rogers«, begann ich.

»Hier ist Ihr Lohn, Kane«, sagte er. Er hielt mir fünf Dollar hin. Vorsichtig nahm ich das Geld in Empfang. Hastige Bewegungen mußte ich noch vermeiden. Ich zählte nach.

»Aber, Mr. Rogers«, sagte ich, »das sind nur fünf Dollar. Ich habe drei Tage gearbeitet. Es müßten also sieben Dollar sein.«

»Ich habe das abgezogen, was Sie zerbrochen haben.« Damit drehte er mir den Rücken zu.

Verdattert steckte ich das Geld in die Tasche. Ich wollte gehen, kehrte aber wieder um. »Mr. Rogers«, erklärte ich, »ich war nicht betrunken. Ich war krank.«

Er sagte nichts. Ich konnte sehen, daß er mir nicht glaubte.

»Sie müssen mir glauben, Mr. Rogers!« Meine Stimme zitterte. »Es ist wahr. Mir wurde schwindlig und ...«

»Wenn Sie krank sind, sollten Sie nicht arbeiten«, sagte er. »Hauen Sie ab. Ich habe keine Zeit.«

Ich wußte, daß es keinen Zweck hatte. Er glaubte mir nicht. Ich ging an den Angestellten vorbei, legte meine Schürze ab und zog meine Jacke an. Sie beobachteten mich verstohlen. Ich hatte hier noch nicht lange genug gearbeitet, um jemanden zu kennen. Ich spürte, daß sie genauso dachten wie Mr. Rogers.

Ich ging sofort nach Hause. Ich fühlte mich zu elend, um mir noch am selben Tag eine neue Arbeit zu suchen. Außerdem hatte ich ein merkwürdiges Gefühl von Scham. Ich bildete mir ein, daß mich jeder auf der Straße sonderbar anschaute. Ich ging auf mein Zimmer und legte mich hin. So verbrachte ich den Rest des Tages. Ich hatte keinen Hunger und kein Verlangen, irgend etwas zu essen.

Am nächsten Morgen ging ich wieder los. Aber der Tag verging, ohne daß ich Arbeit fand. An den folgenden Tagen erging es mir nicht anders. In meiner Kasse herrschte Ebbe. Ich begnügte mich mit einer billigen Mahlzeit am Tag. Mitte der nächsten Woche war ich pleite. Ich sah keine Chance, Arbeit zu bekommen, und am Sonntag mußte ich dreieinhalb Dollar für die Miete auf den Tisch legen.

Ich war gerade auf der Straße, als mir die Idee kam: Ich würde nach New York zurückkehren. Dort kannte ich mich aus. Dort hatte ich Freunde. Sie würden mir helfen, meine Verwandten zu finden. Ich kehrte in mein Zimmer zurück und packte alle meine Sachen – die neuen Anzüge und Hemden, die ich vor ein paar Wochen gekauft hatte – in meinen Koffer. Als ich das Haus ver-

ließ, sagte ich meiner Wirtin, daß ich mein Zimmer Ende der Woche aufgeben würde.
Ich entdeckte an der Main Street ein Pfandhaus, ging hinein und leerte den Inhalt meines Koffers auf den Ladentisch. Ein alter, bebrillter Mann kam herbei, um mich zu bedienen. »Was können Sie mir dafür geben, Onkel?« fragte ich.
Er prüfte die neuen Anzüge sorgfältig. Dann legte er sie beiseite. »Nichts zu machen«, sagte er. »Ich befasse mich nicht mit heißer Ware.«
»Onkel«, sagte ich, »das ist keine heiße Ware. Ich habe die Sachen letzte Woche gekauft. Aber ich bin all mein Geld losgeworden und möchte aus diesem Nest hier heraus.
»Haben Sie vielleicht noch den Kassenzettel?« fragte er mit einem listigen Blick.
Ich fischte in meiner Brieftasche und fand den Kassenzettel für die Anzüge. Er sah ihn sich an. »Fünf Dollar für jeden Anzug – fünfzig Cent für jedes Hemd. Mehr kann ich Ihnen nicht geben.«
»Heiliger Strohsack! Ich habe zwanzig Dollar für jeden Anzug bezahlt, und Sie bieten mir fünf.«
»Die Zeiten sind schlecht«, sagte er mit einer ausdrucksvollen Geste, »und Anzüge sind Ladenhüter.«
Ich begann die Sachen wieder in den Koffer zu stopfen.
»Moment«, sagte er. »Wollen Sie die Sachen verkaufen oder verpfänden?«
»Ich will sie verkaufen«, sagte ich und packte weiter ein. »Auch den Koffer. Ich habe ja gesagt, daß ich die Stadt verlassen will.«
»In diesem Falle biete ich Ihnen sieben fünfzig für die Anzüge und zwei fünfzig für den Koffer.«
Wir einigten uns auf dreißig Dollar, ein Paar blaue Drillichhosen und ein Arbeitshemd. Im Hinterzimmer zog ich mich um. Ich gab ihm auch den Anzug, den ich anhatte. Dann ging ich in das nächste Restaurant und leistete mir eine gute Mahlzeit. Nach dem Essen kaufte ich mir eine Packung Zigaretten und zündete mir eine

an. Als ich in mein Logierhaus zurückkehrte, fühlte ich mich wohler. Ich ging nach oben, legte mich hin und schlief.
Zeitig am nächsten Morgen war ich am Güterbahnhof. Ich war auf dem Weg nach Hause, auf dem Weg nach New York.

4

Die Fahrt war gar nicht so schlimm. Es gab noch eine ganze Reihe anderer Schwarzfahrer, die aus dem einen oder anderen Grunde auf dem Zuggestänge reisten. Einige fuhren ins Blaue hinein – Menschen ohne Halt, die sich einfach treiben ließen. Andere hatten ein bestimmtes Ziel: Entweder wollten sie nach Hause oder irgendwohin, wo Aussicht auf Arbeit bestand.
Wie überall, waren auch hier manche hilfreich und nett, andere ekelhaft und gemein. Aber im großen und ganzen kam ich mit allen gut aus. Ich kümmerte mich um meine eigenen Angelegenheiten, blieb nie zu lange auf demselben Zug, sondern sprang hin und wieder bei einer Stadt ab, um einen Tag und eine Nacht in einem billigen Zimmer zu verbringen und ein paar anständige Mahlzeiten zu essen, und setzte dann meine Reise fort.
Ich hatte nicht mehr viel Geld in der Tasche, als ich in Hoboken, gegenüber von New York auf der anderen Seite des Flusses, von den Gleisen taumelte. Aber das machte mir nichts. Ich wußte, daß ich mir mein Brot verdienen konnte, sobald ich drüben war. Vom Güterbahnhof bis zur Fähre waren es vier Häuserblocks, und als ich sie erreichte, hatte sich der Regen in dichten Schnee verwandelt.
Es war spät am Abend, und die Massen kehrten von der Arbeit heim. Die Fähre beförderte meistens Lastwagen, die nach New York zurückkehrten. Ich sprang auf einen auf und kletterte hinein. Sobald der Lastwagen an Bord der Fähre war, sprang ich wieder runter und ging in den geschlossenen Passagierraum. Dort setzte ich mich hin und versuchte, durch das Fenster das vor mir

liegende New York zu erkennen. Aber es war nicht möglich. Der Schnee wirbelte in dicken Flocken herab – eine weiße Decke zwischen Wasser und Himmel.
Als sich die Fähre dem Pier näherte und die hohen Gebäude und Lichter New Yorks plötzlich vor mir auftauchten, hatte ich das Gefühl, als käme ich nach Hause – wirklich nach Hause. Dies war eine Stadt, und dies waren Menschen, die ich verstehen konnte. Ich hörte das Rasseln der Ketten, als das Gitter geöffnet wurde, und ging an Land. Die Lastwagen begannen von der Fähre zu rollen, und ich mischte mich unter die Menge, die über den Pier strömte. Es war kalt, aber ich war zu aufgeregt, um darauf zu achten. Die blauen Drillichhosen und das schwere Arbeitshemd schützten nicht gegen solches Wetter, aber im Augenblick war mir alles gleich.
Die Fähre hielt an der 42. Straße. Ich ging durch die Stadt zum Times Square, stellte mich an die Ecke wie jeder andere Provinzler, der zum erstenmal in New York ist, und glotzte zu der großen Leuchtschrift auf dem Times-Gebäude hinauf.
›Sieben Uhr abends. 10. Februar 1932.‹
Plötzlich hatte ich Hunger. Ich ging in eine Imbißstube und bestellte mir eine anständige Mahlzeit. Erst als ich bezahlte, merkte ich, daß mir nur noch etwa vierzig Cents blieben. Aber ich machte mir darüber keine Gedanken. Ich schlief in dieser Nacht für fünfundzwanzig Cents in einem billigen Hotel an der Bowery. So hatte ich noch fünfzehn Cents für den nächsten Tag. Lächelnd schlief ich ein. Dies war meine Stadt, und hier brauchte ich kein Geld, um klarzukommen.
Es schneite immer noch, als ich aufwachte. Ich machte mich gleich auf den Weg zu den Arbeitsvermittlungen an der Sixth Avenue. An jeder Ecke sah ich einen Mann mit hochgeschlagenem Mantelkragen und tief ins Gesicht gezogener Mütze, der sich über einem kleinen, in einem Blechkanister brennenden Holzfeuer die Hände wärmte und vor sich eine Kiste Äpfel stehen hatte mit dem Schild: ›Kauf einen Apfel von einem Veteranen.‹

In der nächsten Nacht schlief ich in einem Hausflur, und als ich am Morgen aufwachte, hatte es aufgehört zu schneien. Überall waren Männer und Frauen dabei, den Schnee von der Straße in die Gosse zu schieben und zu schaufeln.
Ich blieb vor einem Zeitungsstand stehen und las die Schlagzeilen. ›Man erwartet 30 000 Mann – Einsatz gegen den Schnee.‹ Das gab mir eine Idee.
Nachdem ich in einem Restaurant für fünf Cents gefrühstückt hatte, ging ich zu einem Büro des Straßenreinigungsamtes an der 8. Straße, um mir Arbeit als Schneeschaufler geben zu lassen. Aber die Schlange der Arbeitslosen, die hier anstanden, war einen ganzen Häuserblock lang und wurde ständig länger. Ich zündete mir eine Zigarette an und ging zur Hochbahn auf der Third Avenue. Meine letzten fünf Cents gab ich für eine Fahrt in die obere Stadt aus.
An der 125. Straße stieg ich aus. Bei einem Büro auf der West 126th Street bekam ich Arbeit und wurde mit einer Kolonne losgeschickt. Der Mann, der die Kolonne von fünfzehn Mann unter sich hatte, war ein wohlgenährter italienischer Straßenreiniger. Wir alle betrachteten ihn mit neidischen Blicken und dachten, wie glücklich er sein müsse, daß er eine gutbezahlte, ständige Arbeit in städtischen Diensten hatte.
»Also, Leute«, sagte er, »ihr kommt jetzt mit.«
Eine große Schneeschaufel auf der Schulter, folgte ich den anderen. An der Ecke der 135. Straße und der Amsterdam Avenue machten wir halt.
Große Schneepflüge schoben den Schnee zu gewaltigen Haufen zusammen. Eine Gruppe von Männern schaufelte den Schnee in einen Straßenschacht. Andere warfen den Schnee auf einen Lastwagen.
Der Italiener, der unsere Gruppe beaufsichtigte, führte uns an den Schacht.
Meine Aufgabe war es, den Schnee bis zum Schacht zu schieben, wo er dann von anderen hinuntergeschaufelt wurde. Sobald un-

ser Aufseher sich überzeugt hatte, daß wir zu seiner Zufriedenheit arbeiteten, gesellte er sich zu den anderen Aufsehern, die sich an einem großen Feuer den Hintern wärmten und von dort ihren Kolonnen Anweisungen zuriefen.

Einer der beiden Männer, die direkt neben mir arbeiteten, war ein Ire mit einem Teiggesicht und dünnen Lippen, der andere war ein gedrungener, kräftig gebauter Schwarzer. Die meisten Männer trugen Holzfällerkleidung, Pullover oder Jacken und Handschuhe. Ich spürte die Kälte nicht sehr, aber meine Hände wurden langsam steif, und bald waren meine Schuhe völlig durchnäßt. Als meine Finger so kalt waren, daß sie schmerzten, legte ich meine Schaufel nieder und ging zum Feuer, wo die Aufseher standen. Sie verstummten, als ich mich näherte, und mein Aufseher, der eine italienische Zigarre rauchte, nahm mich scharf aufs Korn.

»Was ist denn los, Junge?« fragte er. »Bist du etwa ein müdes Bürschchen?«

»Meine Finger sind halb erfroren«, sagte ich und zeigte ihm meine Hände.

Ich hielt meine Hände über das Feuer. Der Aufseher holte aus seiner Tasche ein Paar alte Arbeitshandschuhe und gab sie mir.

»Vielen Dank«, sagte ich und zog sie an.

Es waren mehrere Löcher darin, aber sie waren wenigstens warm.

Etwa eine Stunde später sagte der Ire zu mir: »Noch ein paar Minuten, dann ist Mittagspause.« Neiderfüllt blickte er zu den Männern, die um das Feuer standen, und setzte hinzu: »Paß mal auf, wie diese Schlappschwänze verduften, wenn der Oberbonze erscheint.«

Und so war's. Ein paar Minuten später hielt ein kleines Auto, und ein Mann stieg aus, der so etwas wie ein Boß zu sein schien. Sobald er die Nase zum Wagen hinaussteckte, rasten alle Aufseher zu ihren Gruppen und erteilten eifrig Befehle und Anweisungen. Dann wurde zur Mittagspause gepfiffen.

Einige Männer zogen Butterbrote aus der Rocktasche und verzogen sich damit in Hausflure, um sie dort zu verzehren. Andere eilten in umliegende Restaurants oder Imbißstuben.

Es war etwa zwei Uhr. Ich ging ein ganzes Stück am Häuserblock entlang, ehe ich einen leeren Flur fand, wo ich vor der Kälte geschützt war.

Ich ging bis hinten zur Treppe und setzte mich auf eine Stufe. Ich nahm eine Zigarette aus der Tasche und zündete sie an. Sobald ich mich entspannte, begann ich zu zittern. Es war, als ob mein Körper jetzt, da ich nichts mehr zu tun hatte, die Kälte viel stärker spürte.

Ein paar Minuten später öffnete sich die Tür, und der Schwarze, der neben mir gearbeitet hatte, kam herein. Ein farbiger Junge etwa von meiner Größe folgte ihm. Da der Flur ziemlich dunkel war, sahen sie mich zunächst nicht.

Der Ältere sagte: »Was hat Mutter mir denn zum Essen geschickt, Sam?«

»Heiße Suppe, Wurstbrote und Kaffee«, erwiderte der Junge.

»Mensch, hab' ich einen Hunger!« sagte der ältere Schwarze. »Komm, wir setzen uns da auf die Stufen.«

Sie kamen auf mich zu und blieben stehen, als sie mich auf der Treppe entdeckten.

»Was machst du denn hier?« fragte der ältere Schwarze.

»Ich rauche«, erwiderte ich.

»Willst du nichts essen?«

»Ich hab' keinen Hunger«, sagte ich.

Sie setzten sich neben mich auf die Stufe. Der Mann riß eine Papiertüte auf. Er nahm zwei Milchflaschen – eine halb mit Suppe und die andere halb mit Kaffee gefüllt – und mehrere belegte Brote heraus. Der Geruch der heißen Suppe machte mir den Mund wäßrig.

»Mußt du schwer arbeiten?« fragte der Junge.

»Nein, Sam«, sagte der ältere Schwarze. Dann wandte er sich an mich: »Das ist mein Bruder. Er hat mir mein Essen gebracht.«

»Prima«, sagte ich.
Er begann die Suppe aus der Flasche zu trinken. Er hielt die Flasche an die Lippen, lehnte den Kopf zurück, und die Suppe schien ihm in großen Zügen die Kehle hinunterzurinnen. Ich setzte mich einige Stufen höher, um ihm mehr Platz zu machen, und schaute zu ihm runter. Sein Bruder beobachtete mich, und ich versuchte, in eine andere Richtung zu blicken, um ihn nicht essen zu sehen. Die Zigarette verbrannte mir die Finger, und ich warf sie über das Geländer, ohne sie auszudrücken.
Als habe sich der jüngere mit dem älteren Mann heimlich verständigt, drehte sich der ältere auf einmal um und sah mich an. »Mann, ich bin gar nicht so hungrig, wie ich dachte«, sagte er zu mir, und dann zu dem jüngeren: »Mutter hat mir zuviel Suppe geschickt. Ich schaff' das gar nicht.« Dann wandte er sich wieder zu mir: »Willst du sie nicht essen? Es wäre schade, wenn sie umkäme.«
Ich blickte ihn an, ohne etwas zu sagen. Dann nahm ich ihm die Flasche aus der Hand. »Danke«, murmelte ich und begann die Suppe zu trinken. Ich weiß nicht, was für eine Suppe es war, aber sie schmeckte gut. Eine Weile später reichte er mir ein Sandwich nach hinten, ohne sich umzusehen. Als ich ihm das Brot aus der Hand nahm, war es, als hätten wir ein heimliches Abkommen getroffen. Er schien instinktiv zu erraten, in was für einer Lage ich war, und mit dem Takt der einfachen Leute bot er mir Hilfe an, ohne daß es mir peinlich wurde. Ich äußerte keinen weiteren Dank. Es war unnötig. Er erwartete keinen.
Als wir den Kaffee ausgetrunken hatten, griff ich in meine Tasche und nahm drei Zigaretten heraus. Nachdem ich mir selbst eine in den Mund gesteckt hatte, bot ich den andern beiden eine an. Der Junge schüttelte ablehnend den Kopf. Sein Bruder erklärte mir: »Er geht zur Oberschule und gehört zur Leichtathletikmannschaft.« Er selbst nahm die angebotene Zigarette.
Ich zündete erst seine, dann meine Zigarette an, und dann lehnten wir uns zurück und rauchten.

»Schon lange in New York?« fragte der Schwarze.
»Nein, bin erst gestern angekommen.«
»Verdammt kalt heute!«
»Ja«, grunzte ich.
»Ich bin Tom Harris.«
Ich nannte ihm meinen Namen, und wir saßen eine Weile schweigend da. Dann hörten wir das Schrillen einer Pfeife.
»Das gilt für uns«, sagte Tom. »Also auf!« Als ich aufstand, sagte er zu Sam: »Gib ihm deine Jacke. Du bist heute den ganzen Tag im Haus und brauchst sie nicht. Ich bring' sie dir heute abend wieder mit.«
Wortlos zog Sam seine Jacke aus und reichte sie mir. Ich zog sie an und war so gerührt, daß ich kein Wort des Dankes hervorbringen konnte. Ich ging einfach vor ihm zur Tür hinaus und dann zu unserer Gruppe, die sich schon in der Mitte des Blocks versammelte.
Der Nachmittag verging etwas rascher als der Morgen. Am Abend, gerade ehe wir die Arbeit niederlegten, fragte mich der Farbige: »Wo wohnst du?«
»Ich hab' noch keine Unterkunft.«
»Willst du nicht für ein paar Nächte mit zu mir kommen – wenigstens bis du deinen Lohn kriegst?«
»Du hast doch sicher keinen Platz«, wandte ich schwach ein.
»O doch! Wir haben 'ne große Wohnung.«
Und dann war plötzlich dieser Tag herum. Wir folgten dem Aufseher zum Büro und gaben unsere Schaufeln ab. Der Farbige klopfte mir auf die Schulter, und ich ging mit ihm bis zur 126. Straße. Zwischen Convent und St. Nicholas Avenue betraten wir ein Mietshaus, und ich sah ihre ›große Wohnung‹. Als wir durch den Flur gingen, merkte ich schon – vielleicht an den Schatten oder an dem Geruch von Schweinefleisch oder auch an den schwachen Birnen, die hoch oben unter der Decke hingen –, daß hier Schwarze wohnten. Wir stiegen drei Stockwerke hoch, und ich folgte Tom in eine der Wohnungen.

Die Tür führte gleich in die Küche. In einer Ecke stand eine grauhaarige Schwarze von etwa fünfzig Jahren.
Tom ging zu ihr und sagte: »Mutter, das ist Francis Kane. Er hat keine Unterkunft und bleibt darum heute nacht bei uns.«
Die Nacht dauerte fast einen Monat, aber das wußte ich in diesem Augenblick noch nicht. Die Frau trat auf mich zu und blickte mir ins Gesicht. Mir war klar: wenn sie nicht einverstanden war, konnte ich nicht bleiben.
Sie betrachtete mich eine Weile, und dann sagte sie:
»Komm, setz dich, Francis, wir essen gleich.«
Ich bedankte mich bei ihr. Dann aßen wir zu Abend und blieben noch eine Weile am Tisch sitzen. Die Hitze, die vom Ofen ausströmte, machte mich schläfrig. Kopf und Augenlider wurden mir so schwer, daß ich dauernd meinen Kopf schütteln mußte, um wach zu bleiben.
Gegen sieben Uhr sagte Mrs. Harris: »Tom, du und dein Freund, ihr solltet jetzt lieber schlafen gehen, weil du um halb elf wieder an der anderen Arbeitsstelle sein mußt.«
Ich blickte Tom fragend an. Er erklärte mir: »Ich kann an der 129. Straße und Third Avenue Nachtarbeit beim Schneeschaufeln bekommen. Dort wissen sie nicht, daß ich tagsüber hier arbeite. Willst du mitkommen?«
»Ja, vielen Dank«, sagte ich.
Da ich den jüngeren Bruder nirgendwo sah, erkundigte ich mich bei Tom nach ihm und erfuhr, daß er nachmittags in einem Laden in der Nähe arbeitete.
Wir legten uns in einem großen Doppelbett schlafen. In demselben Raum stand noch ein Einzelbett. Tom erklärte mir, daß es seiner Schwester gehörte.
Ich hatte meinen Arbeitsanzug und meine Schuhe ausgezogen und streckte mich lang. Es kam mir vor, als sei ich kaum eingeschlafen, da rüttelte mich schon wieder jemand an der Schulter und sagte: »Steh auf, Junge, steh auf! Zeit, zur Arbeit zu gehen.«

Ich schlug die Augen auf und setzte mich auf. Im Zimmer konnte ich kaum etwas erkennen, da keine Lampe brannte. Der einzige Lichtschein drang durch einen Spalt in der Wand aus dem nächsten Zimmer. Noch halb im Schlaf begann ich mich anzuziehen. Als meine Augen sich allmählich an die Dunkelheit gewöhnten, sah ich, daß das andere Bett besetzt war. Der Kopf eines Mädchens schaute aus den Decken hervor, und ich sah das Weiße ihrer Augen, als sie mich beim Anziehen beobachtete. Ich empfand keine Scheu, und als ich aus dem Zimmer ging, wünschte ich ihr gute Nacht. Sie sagte nichts. Tom und ich arbeiteten bis morgens um halb sechs. Die Arbeit war diesselbe wie am vorhergehenden Tag. Als wir um halb sechs aufhörten, gingen wir in Toms Wohnung zurück und legten uns sogleich wieder schlafen. Um halb neun mußten wir wieder raus und arbeiteten den ganzen Tag hindurch.

5

Die Arbeit dauerte zweieinhalb Tage, dann wurden wir entlassen. Bei der Entlohnung erhielt ich das Geld für fünf Tage, da ich in zwei Schichten gearbeitet hatte. Ich besaß nun siebzehn Dollar fünfzig und hatte das Gefühl, New York sei eine Goldgrube für mich. Es war gar nicht so schwer, Geld zu verdienen oder Arbeit zu finden. Seit Wochen nahm ich zum erstenmal Notiz von anderen Leuten und betrachtete sie nicht mehr als eine Klasse für sich, mit der ich nichts zu tun hatte, sondern fühlte mich ihnen zugehörig. Ich hatte Schulter an Schulter mit ihnen gearbeitet.

In einem Pfandhaus kaufte ich mir gebrauchte Sachen: einen Anzug, zwei Hemden, einen Mantel und ein Paar Schuhe – alles für elf Dollar. Meine alten Sachen ließ ich dort.

In Toms Wohnung bot ich Mrs. Harris die Hälfte meines restlichen Geldes an, weil sie mich dort hatte wohnen lassen. Aber sie wollte es nicht und meinte, ich würde es noch brauchen können.

Gegen zwei Uhr nachmittags legten Tom und ich uns aufs Ohr und wachten erst gegen neun Uhr abends wieder auf. Wir aßen zu Abend, und während des Essens kam seine Schwester herein. Zum erstenmal konnte ich sie mir genauer ansehen. Sie war etwa vierzehn Jahre alt und hatte hartes, gerades schwarzes Haar, das sie hinter die Ohren gekämmt trug, ein längliches Gesicht und dunkelbraune Haut. Sie benutzte purpurroten Lippenstift. Ihre Schultern waren breit, ihre Arme und Beine dünn und ein wenig muskulös. Sie setzte sich an den Tisch und wandte sich an Tom:
»Bist du entlassen?«
»Ja«, erwiderte Tom, »alle beide.«
»Was willst du jetzt anfangen?« fragte sie. Aber sie meinte nicht ihn, sondern mich.
Tom gab keine Antwort.
»Ich weiß noch nicht«, sagte ich. »Wahrscheinlich werde ich mir eine neue Arbeit suchen.«
Sie warf den Kopf in den Nacken. »Das hast du dir so gedacht. Es gibt einfach keine Arbeit.«
»Das möchte ich nicht sagen. Diese ist mir geradezu in den Schoß gefallen.«
»Da hast du Glück gehabt. Aber das hält meist nicht an.«
»Wo ist Mutter?« fragte Tom und wechselte taktvoll das Thema.
»Sie ist mit Sam zur Versammlung gegangen. Sie hat mich zurückgeschickt, um dich zu holen, wenn du aufgewacht wärst.«
»Na, schön«, meinte Tom. »Dann wollen wir jetzt lieber gehen.«
Er zog seinen Mantel an, und die beiden gingen zusammen aus der Tür.
Wir alle wußten, daß ich mich ihnen nicht anschließen konnte, und daher wurde ich auch gar nicht erst gefragt. Es verging ungefähr eine Stunde. Ich las die Zeitung, rauchte und wurde allmählich müde, als sich die Tür öffnete und Elly hereinkam.
Sie setzte sich an den Tisch. »Immer noch auf?«
»Wie du siehst.«
»Die anderen werden noch ein paar Stunden in der Versamm-

lung sein. Ich wurde müde. Darum bin ich früher nach Hause gekommen.«
Ich saß am Fenster und blickte schweigend in den Hof. Sie ließen meist das Fenster ein ganz klein wenig offen, weil einer der Nachbarn ein Radio besaß, und sie dann auch Musik hören konnten. Aber an diesem Abend spielte das Radio nicht.
»Na, gute Nacht«, sagte Elly.
»Gute Nacht«, erwiderte ich.
Sie ging ins Nebenzimmer, und ich konnte hören, wie sie dort umherging.
Sie rief durch die offene Tür: »Bist du nicht müde? Warum gehst du nicht zu Bett?«
»Nein«, sagte ich, »ich bin nicht müde. Mit dem Schlafengehen warte ich, bis Tom zurückkommt.«
»Der kommt erst spät. Du weißt ja, wie solche Versammlungen sind.«
»Das macht nichts. Ich bin nicht müde.«
Eine Viertelstunde lang herrschte Schweigen. Dann kam sie, einen Mantel über ihrem Nachthemd, durch die Küche, um zur Toilette im Flur zu gehen. Kurz darauf kam sie zurück und ging wieder ins Schlafzimmer. Dabei warf sie mir einen Blick zu, aber ich wandte den Kopf zur Seite. In den nächsten paar Minuten war nichts zu hören. Dann rief sie: »Frankie, würdest du mir wohl bitte ein Glas Wasser bringen?«
»Natürlich«, sagte ich. Ich nahm ein Glas, füllte es am Ausguß mit Wasser und brachte es ihr ins Schlafzimmer. Sie nahm es mir aus der Hand und trank, wobei sie aufrecht im Bett saß und sich die Decke umhielt. Als sie mir das Glas zurückgab, glitt die Decke hinab, und ich sah, daß ihr Oberkörper entblößt war. Ihre Schultern und Brüste hoben sich dunkel von dem grauweißen Laken ab. Sie blickte mich vielsagend an.
Ich wollte gehen, aber sie legte mir die Hand auf den Arm. »Was ist los mit dir, Junge? Hast du Angst?«
»Nein«, sagte ich. Dann: »Vielleicht doch.«

»Keiner wird es erfahren«, sagte sie.
»Das ist nicht der Grund«, sagte ich und wollte das Zimmer verlassen. Ich dachte an Tom und an ihre Mutter und was für eine Gemeinheit es wäre nach allem, was sie für mich getan hatten.
Sie sprang aus dem Bett, packte mich bei den Schultern und preßte sich an mich. Sie war völlig nackt. Ich versuchte sie abzuschütteln, aber sie ließ nicht locker. Dieser Kampf löste einen merkwürdigen Zwiespalt in mir aus. Es war weniger das Bestreben, von ihr loszukommen, als gegen das Verlangen nach ihrem Körper anzukämpfen. Schließlich versetzte ich ihr einen heftigen Schlag ins Gesicht.
Sie wich, völlig erstarrt, zurück und fauchte: »Wenn du's nicht tust, schreie ich. Ich tobe, daß das ganze Haus zusammenrennt. Und dann erzähl ich allen, daß du versucht hast, mich zu vergewaltigen.«
Ich stand eine Weile wie angewurzelt da. Dann ging ich zur Tür. Elly öffnete ihren Mund und fing an zu schreien. Ich kehrte um, legte ihr die Hand auf den Mund und befahl ihr, ruhig zu sein, sonst würde ich sie umbringen. Sie biß mich in die Hand. Ich hob sie auf, warf sie aufs Bett und wollte wieder gehen.
Sie sagte: »Ich werde schreien.«
Ich ging wieder zu ihr. »Schon gut«, sagte ich. »Schon gut.«
Es war gegen halb eins, als die anderen aus der Versammlung kamen. Elly war im Nebenzimmer eingeschlafen, und ich saß am Küchentisch und versuchte, bei dem trüben Licht die Zeitung zu lesen. Sam und Tom gesellten sich zu mir.
Sam fragte seine Mutter: »Möchtest du etwas Heißes trinken?«
»Nein«, sagte sie. »Aber vielleicht möchten Tom und Frankie etwas Kaffee. Es steht noch welcher auf dem Ofen.«
Aber wir wollten keinen mehr, sondern legten uns sofort schlafen.
Am nächsten Morgen ging ich frühzeitig auf Arbeitsuche, aber ohne Erfolg. Selbst die Arbeiten, die neun und zehn Dollar die Woche einbrachten, waren nicht zu haben. Gegen sieben Uhr

kehrte ich in Toms Wohnung zurück und berichtete, wie es mir ergangen war.
»Du wirst schon noch was kriegen«, sagte Mrs. Harris. »Mach dir keine Gedanken, Junge, der Herr wird schon für dich sorgen.«
Ich lächelte und sagte: »Vielen Dank, Mutter Harris, aber der Herr kann kaum genug für euch beschaffen, und noch einer extra wird doch wohl etwas zuviel für euch werden.«
»Rede nicht so, Junge«, sagte sie. »Noch haben wir genug für alle.«

6

Drei Tage lang lebten wir von Maisgrütze. Maisgrütze ist ein gutes, aber ein verdammt langweiliges Essen. Am Ende der Woche hatte ich immer noch keine Arbeit und nur noch drei Dollar in der Tasche.
Samstag abend fragte Tom: »Möchtest du mit zu einer Party kommen?«
»Sicher«, sagte ich. »Aber vielleicht –«
»Komm mit«, unterbrach er mich. »Für fünfundzwanzig Cents kann man zu dieser öffentlichen Party gehen, und dafür gibt es nicht nur Musik, sondern auch etwas zu essen und zu trinken.«
Er packte mich am Arm. »Und, Mann«, sagte er, »da gibt's Mädchen – prima, sag' ich dir.«
Ich lächelte. »Ja, aber –«
»Kein Aber«, sagte er. »Da kommen auch Weiße hin. Wahrscheinlich hält man dich für einen Playboy, der Harlem kennenlernen will.«
Eine Stunde später zogen wir unsere Mäntel an und gingen. Sam saß am Tisch und las.
»Das ist ein heller Junge, mein Bruder«, sagte Tom. »Er ist der Beste in seiner Klasse. Er geht in die Haaren-Oberschule unten in der Stadt.«

»Ja«, sagte ich, »ich habe den Eindruck, daß er immer am Lernen ist.«
Wer kennt die Mischung von Gin und Bier? Ein Glas Bier mit zwei Schuß Gin – das war's, was sie auf der Party tranken. Ich glaube, ich war schon nach dem ersten Glas betrunken und kann kaum sagen, was eigentlich passierte. Es waren ungefähr dreißig Leute in dem Raum auf der St. Nicholas Avenue. Ein Mann zupfte an den Saiten einer Gitarre. Mehrere weiße Männer und Mädchen waren da. Sie schienen sich gegenseitig zu meiden und sprachen nur mit den Farbigen. Ich redete eins der weißen Mädchen an, aber sie wandte sich ab und sprach mit einem gutaussehenden Schwarzen.
Gegen drei Uhr war die Party zu Ende. Tom hatte so schwer geladen, daß er kaum gehen konnte. Ich legte seinen Arm um meine Schulter und half ihm die Treppe hinunter und dann nach Hause. Die kalte Luft machte meinen Kopf etwas klarer, und als wir endlich zu Hause anlangten, war ich wieder nüchtern.
Tom sang und gluckste voller Seligkeit, als wir die Stufen zur Haustür hochstiegen und das Haus betraten. Doch auf der Treppe sackte er bewußtlos zusammen. Das Licht im Flur brannte nicht. Ich riß ein Streichholz an, und dann hörte ich, wie sich in der Nähe des Treppengeländers etwas bewegte.
Elly stand dort mit einem Weißen von etwa vierzig. Beide sahen mich an. Der Weiße sah nervös und ängstlich aus. Sein Mantel und sein Jackett waren offen. Er ging auf die Haustür zu.
Elly krallte sich in seine Schultern. »Gib mir die anderen fünfundzwanzig Cents!« sagte sie.
Er faßte in die Tasche, gab ihr eine Münze und eilte aus der Tür. Sie kam ganz ruhig die Treppe herauf und beguckte sich Tom.
»Ist er fertig?« fragte sie.
»Ja, hilf mir, ihn nach oben zu kriegen. Ich kann ihn nicht heben.«
Zusammen schleppten wir ihn in die Wohnung und warfen ihn aufs Bett. Es war beinahe halb vier. Sam schlief, und aus dem Ne-

benzimmer drang das Schnarchen der Mutter. Ich ging wieder in die Küche.

Elly kam hinter mir her. Ich blickte sie an. »Du wirst mich doch nicht verraten?« fragte sie.

»Nein, ich werde dich nicht verraten.«

»Irgendwie müssen wir zu etwas Geld kommen«, sagte sie verzweifelt. »Sam verdient nur einsfünfzig die Woche im Laden und die Trinkgelder, und der Lebensmittelgutschein von der Wohlfahrt lautet auf dreizehnfünfzig für zwei Wochen. Das ist einfach nicht genug. Wir müssen mehr Geld herbeischaffen.«

»Wie erklärst du es ihnen?«

»Ich sage, daß ich noch drei Abende in der Woche in einer Bandfabrik arbeite. Aber in Wirklichkeit bin ich schon vor einigen Wochen entlassen worden.«

»Wie lange treibst du das schon?« fragte ich.

»Kümmere dich um deinen eigenen Kram!« sagte sie schroff.

»Gut, das werde ich tun.« Ich blickte zum Fenster hinaus, und ein Gefühl des Ekels stieg in mir hoch.

Sie trat auch ans Fenster und stellte sich neben mich. »Hast du Geld?« fragte sie.

»Nein«, log ich, ohne zu wissen, warum.

Sie hielt mir ein Fünfundzwanzig-Cent-Stück hin. »Vielleicht brauchst du es morgen, wenn du in den Sonntagsgottesdienst gehst.«

»Nein, danke«, sagte ich. »Danke.«

Ihre Augen waren voll Tränen. Wir sahen uns stillschweigend an. Ich legte ihr beruhigend die Hand auf die Schulter.

»Mach dir keine Sorgen«, sagte ich. »Es wird schon alles gut werden.«

Sie verschwand im Nebenzimmer. Als ich eine Weile später ebenfalls zu Bett gehen wollte, entdeckte ich, daß ihr Bett leer war. Ich warf einen Blick in den Nebenraum und sah, daß sie neben ihrer Mutter schief. Ich zog mich aus und legte mich in ihr Bett.

Am Dienstag fanden Tom und ich für einen Tag Arbeit: Wir

mußten Kohlen von einem Lastwagen abladen. Jeder von uns erhielt drei Dollar. Aber das war alles, was sich uns in dieser Woche bot.

Die Tage flogen dahin. Bald war es März, und das Wetter wurde etwas milder. Ich merkte, daß alles im Hause knapper wurde, und begann an meinen Aufbruch zu denken.

Eines Nachmittags, als Elly und ich allein zu Hause waren, sagte ich: »Ich glaube, ich muß hier bald meine Zelte abbrechen.«

Sie blickte mich überrascht an.

»Ich kann ja nicht ewig hierbleiben«, fügte ich hinzu.

Sie kam zu mir und nahm meine Hand. Ich legte die Arme um sie. Der Gedanke an jene Nacht und unser Zusammensein erregte mich. Sie spürte es sofort und führte mich ins Nebenzimmer. An der Art, wie sie sich mir hingab, an den leidenschaftlichen Bewegungen ihres dünnen Körpers konnte ich spüren, daß sie mich nicht fortlassen wollte. Es war keine Liebe, nicht einmal Leidenschaft. Es war Wärme und Freundlichkeit und Verstehen.

Keuchend erhoben wir uns vom Bett. Ihre Hände umklammerten meine Hüften. Ich umschloß mit meinen Händen ihre Brüste mit den harten, prallen Warzen. Plötzlich schleuderte ich sie aufs Bett zurück und fiel über sie her.

»Ich muß gehen, verstehst du, ich muß unbedingt gehen! Ich kann hier nicht bleiben und alles nehmen und nichts geben.« Und ich nahm sie rücksichtslos.

Sie stöhnte, als ich ihr weh tat. Sie konnte kaum sprechen, ihr Atem kam in langen, bebenden Stößen. »Du ... mußt ... gehen ... wirklich ... du ... mußt ... gehen ...«

Abends beim Essen erklärte ich den anderen, daß ich fortgehen würde. Sie baten mich zu bleiben. »Ich muß sehen, daß ich irgendwie Arbeit bekomme«, sagte ich, »und hier finde ich nichts. Morgen muß ich gehen.«

Am nächsten Morgen verabschiedete ich mich mit Handschlag von Tom und Sam und mit einem Kuß von Mrs. Harris und Elly. Ich dankte ihnen für all ihre Freundlichkeit.

Mrs. Harris sagte: »Halt dich wacker, Frankie. Vergiß uns nicht, wenn du Hilfe brauchst.

»Ich vergesse euch nicht«, sagte ich und ging. Irgendwie war ich überzeugt, daß für die Familie Harris bessere Tage kommen würden.

Auf der Straße blickte ich mich unschlüssig um und wußte nicht recht, wohin ich gehen sollte. Meine paar Hemden trug ich in einer Papiertüte unter dem Arm. Schließlich marschierte ich auf die Eighth Avenue zu.

Mrs. Harris' sanfte Stimme klang mir noch im Ohr: »Vergiß uns nicht, wenn du Hilfe brauchst.« Sie brauchten selbst soviel Hilfe. Aber sie hatten mir so vieles zu geben. Ich blieb einen Augenblick stehen. Mir saß ein dicker Kloß im Hals. »Du wirst sentimental«, sagte ich mir tadelnd. Dann lachte ich und ging weiter.

7

Auf der Eighth Avenne erkundigte ich mich in jedem Geschäft, ob sie Hilfe brauchten. In einer Imbißstube an der Ecke der 72. Straße und der Columbus Avenue fand ich dann eine Beschäftigung für den Nachmittag als Geschirrwäscher. Nach vier Stunden wurde ich mit einem Dollar und einem freien Abendessen entlohnt. Ich steckte den Doller in die Tasche, und als ich fertiggegessen hatte, ging ich zum Manager und fragte ihn, ob er jemanden für den nächsten Nachmittag brauche.

Er war ein gedrungener, fetter kleiner Mann mit freundlichen Augen und einem wohlwollenden Lächeln. »Leider nicht«, sagte er, »es war nur für diesen Nachmittag. Ich brauchte Sie eigentlich nicht, aber ich wollte ...«

»Ich weiß«, unterbrach ich ihn lächelnd. »Vielen Dank jedenfalls.«

Es wurde dunkel. Ich mußte mir eine Unterkunft suchen, wenn ich nicht die ganze Nacht auf der Straße zubringen wollte. So ging ich in das Hotel Mills und nahm mir ein kleines Einzelzim-

mer für fünfzig Cents. Im Bett überlegte ich, was ich tun konnte, um meine Verwandten zu finden. Ich wollte nicht, daß sie mich in dieser armseligen, schäbigen Verfassung sehen sollten. Ich hatte sowieso schon Angst, daß ich auf einen Bekannten stoßen könnte, dem ich meine Lage erklären müßte.
Am nächsten Morgen war ich schon um halb acht bei den Arbeitsvermittlungsstellen, aber es schien sich nichts zu bieten. Ich wurde zu verschiedenen Stellen geschickt, aber wenn ich hinkam, waren die Stellen entweder besetzt, oder der Boß wollte nicht gerade jemanden wie mich.
Am nächsten Tag versuchte ich mein Heil im Bezirk des Großmarkts. Ich hatte Glück. Im Lagerhaus einer kleinen Lebensmittelfiliale wurde ich zum Leiter geschickt.
»Was wollen Sie?« fragte er unfreundlich.
»Arbeit«, sagte ich.
»Ich habe keine«, erklärte er. In diesem Augenblick klingelte das Telefon auf seinem Schreibtisch. Er nahm den Hörer ab und bellte hinein. »Rayzeus am Apparat.« Eine aufgeregte Stimme ertönte aus dem Hörer. Ich stand dabei und wartete.
Ich kann nicht sagen, woher ich wußte, daß es sich hier um eine Arbeit handelte, aber ich wußte es. Plötzlich brach mir der Schweiß an den Handflächen aus, und mein Herz begann aufgeregt zu hämmern. Ich wußte nur, hier gab es Arbeit, und ich mußte sie haben.
Der Leiter legte den Hörer auf und sah mich an. »Worauf warten Sie noch?« fragte er barsch.
»Auf Arbeit«, wiederholte ich.
»Ich habe Ihnen doch gesagt, daß ich keine habe.«
»Sie haben gerade deswegen telefoniert.«
Er blickte mich forschend an.
»Haben Sie überhaupt Erfahrung in dieser Branche?« fragte er.
»Etwas schon«, sagte ich. »Ich habe in einem großen Selbstbedienungsgeschäft in San Diego gearbeitet.« Daß das nur für zwei Tage gewesen war, erwähnte ich nicht.

»Wie alt sind Sie?«
»Zwanzig.«
»Dann ist es nichts für Sie.« Er wandte sich wieder seinen Papieren zu. »Es handelt sich um eine Arbeit als Botenjunge acht Dollar die Woche.
»Ich nehme sie.«
Er sah mich wieder an. »Sie kriegen nur acht Dollar die Woche«, wiederholte er.
Ich steckte die Hände in die Taschen, damit er nicht sah, wie sie zitterten. »Ich nehme die Arbeit an«, sagte ich noch einmal.
»Sie würden sich nicht mit acht Dollar in der Woche begnügen«, sagte er. »Sie sind kein Kind mehr. Sie brauchen mehr zum Leben.«
Ich hatte immer noch die Hände in den Taschen. »Hören Sie, Mister«, sagte ich. Vor Nervosität kippte meine Stimme ein wenig. »Ich brauche dringend Arbeit. Ich bin völlig pleite. Vor etwa sechs Wochen habe ich Schnee geschaufelt, und das war meine letzte Arbeit. Acht Dollar die Woche ist ein kleines Vermögen für mich.«
Er lehnte sich auf seinem Stuhl zurück und wandte sich ein wenig von mir ab. »Leben Sie bei Ihren Angehörigen?«
»Nein, ich habe keine Familie. Augenblicklich wohne ich im Hotel Mills.«
»Warum wollen Sie für acht Dollar die Woche arbeiten? Ein großer, starker junger Mann wie Sie müßte doch einen besser bezahlten Posten bekommen können.«
»Ich habe alles versucht, Mister«, sagte ich verzweifelt. »Das können Sie mir glauben. Aber es ist nichts zu machen. Man muß doch irgend etwas zum Leben haben.«
Er schwieg eine Weile. Ich wurde nervös. Dieses Katze-und-Maus-Spiel machte mich ganz verrückt. Plötzlich wandte er sich wieder zu mir. »O. k.«, sagte er mürrisch. »Sie können den Posten haben.«
Mir wurde schwach. Ich sank auf einen Stuhl neben dem

Schreibtisch und zog eine Zigarette aus der Tasche. Ich steckte sie in den Mund und versuchte sie anzuzünden, aber meine Hände zitterten so, daß ich das Streichholz nicht anreißen konnte. Er bot mir Feuer an, und ich tat einen tiefen Zug. »Danke, Mister, vielen Dank.«

Plötzlich wurde mir schwindelig. Ich dachte, ich müßte mich übergeben. Mein Magen machte einen Kopfstand, und bittere Galle kam mir in den Mund. Ich schluckte verzweifelt. Nicht jetzt, lieber Gott, bloß jetzt nicht. Ich vergrub mein Gesicht in den Händen. Der Leiter kam hinter dem Schreibtisch hervor. Er legte mir die Hand auf die Schulter. »Muß Ihnen ja ziemlich dreckig gegangen sein, Junge«, sagte er. Sein Ton war nicht mehr so aggressiv.

Ich nickte, während ich mir immer noch den Kopf hielt. Aber ich fühlte mich besser. Die plötzliche Übelkeit war verschwunden.

»Geht es besser?« fragte er.

»Ja, Sir. Alles wieder in Ordnung. Es war die … na, Sie wissen ja, was ich meine.« Er nickte, und ich fuhr fort: »Wann soll ich anfangen und wo?«

Er schrieb mir die Adresse auf einen Zettel.

»Sie können gleich anfangen, wenn Sie wollen.«

»Aber gern, Sir, wenn es Ihnen recht ist.«

Er zog sich einen Bogen Papier heran. »Wie ist Ihr Name?«

»Frank Kane, Sir.«

Er schrieb ein paar Worte auf den Bogen und gab ihn mir. »Hiermit sind Sie in Amt und Würden«, sagte er lächelnd. »Geben Sie das dem Manager des Ladens, und wenn er irgendwelche Fragen hat, soll er Rayzeus im Büro anrufen.«

»Ich danke Ihnen, Mr. Rayzeus, ich danke Ihnen sehr.«

»Alles Gute, Frank!« Er stand auf und hielt mir die Hand hin.

Ich schütteltc sic und ging hinaus. Es war ein wunderbarer Tag. Ich blickte auf den Brief in meiner Hand. Es war der schönste Brief, den ich je gesehen hatte.

Dort stand:

Harry –
hiermit stelle ich dir Frank Kane vor. Gib ihm Arbeit. Er bekommt $ 10 die Woche.

J. Rayzeus

Diesen Mann durfte ich nicht enttäuschen! Zwei Dollar die Woche extra! Ich würde mir meinen rechten Arm für ihn abhacken lassen. Pfeifend ging ich zur Untergrundbahn in der Franklin Street.

8

An der 66. Straße verließ ich die Untergrundbahn und ging zu dem Laden. Es war um die Mittagszeit, und die Sonne warf merkwürdige, unregelmäßige Schatten auf die Straße. Ich sah mir den Laden eine Weile von außen an. Er war klein und hatte nur ein Schaufenster. Darüber hing ein graues Schild mit schwarzen Buchstaben: ›Die Tee- und Kaffeewunderläden‹. Im Fenster waren Lebensmittel ausgestellt, und die Leute gingen daran vorbei, ohne überhaupt einen Blick darauf zu werfen. Der Laden befand sich in einem renovierten Gebäude. An der Ecke daneben war ein Drugstore und auf der anderen Seite ein Malz- und Hopfen-Geschäft. Etwas weiter den Block hinunter sah ich eine Eisdiele, ein Gemüsegeschäft und einen Metzgerladen. Alle diese Geschäfte bildeten ein kleines Einkaufszentrum. Über dem Laden war ein Klub. ›Arbeiterbund‹, stand in großen Buchstaben auf den Fenstern.

Ich ging in den Laden. Eine Kundin stand vor einem kleinen Ständer und suchte sich Konserven aus. Ein Mann in weißer Schürze bediente sie. Ich wartete, bis sie fertig war und den Laden verlassen hatte. Dann sagte ich: »Mr. Rayzeus hat mich hergeschickt.«

»Schön!« sagte er. Er schien damit gerechnet zu haben.

Ich gab ihm den Brief. Er las ihn und steckte ihn dann in die Ta-

sche. »O. k.«, sagte er lächelnd. »Ich bin Harry Kronstein.« Er reichte mir die Hand.
Ich schüttelte sie. »Freut mich, Sir.«
Er griff unter den Ladentisch und gab mir eine Schürze. »Hier, binden Sie sich das um. Als erstes können Sie den Laden auskehren.« So begann die ersehnte Arbeit.
Unseren Lunch aßen wir in der Eisdiele.
Ich lebte mich ganz gut ein und durfte auch schon bald Kunden bedienen. Zum Schlafen ging ich wieder ins Hotel Mills, wo ich mir ein besseres Einzelzimmer nahm.

9

Am Sonntag schlief ich aus. Als ich aufwachte, zündete ich mir eine Zigarette an, legte mich behaglich in die Kissen zurück und blickte den zur Decke steigenden Rauchwolken nach. Völlig entspannt schob ich einen Arm unter den Kopf und dachte über den vergangenen Tag nach.
Die vergangenen Wochen schienen in weiter Ferne zu liegen. Es war mir, als sei ich nie verfroren und hungrig gewesen, als hätte ich nie im Schnee gearbeitet. Ich fühlte mich wohl.
Ich dachte an den gestrigen Abend.
Als ich nach Geschäftsschluß den Laden gekehrt hatte, rief Harry mich an die Kasse, um mir meinen Lohn auszuzahlen. Er gab mir sieben Dollar und fragte mich, ob das so in Ordnung sei.
Für einen Augenblick war ich verwirrt. Dann sagte ich: »Sie haben mir zuviel gegeben. Ich habe nur drei Tage gearbeitet. Das ist eine halbe Woche. Fünf Dollar.«
Harry lächelte. »Das hat schon seine Richtigkeit. Ich lasse die Jungen sonnabends abends immer ein Paket Lebensmittel mit nach Hause nehmen. Aber Sie haben ja keine Verwendung dafür. Statt dessen gebe ich Ihnen etwas Bargeld. Wenn Sie mir gegenüber anständig sind, dann behandle ich Sie auch anständig.«

»Vielen Dank«, sagte ich. »Ich will mein Bestes tun.«
»Davon bin ich überzeugt«, sagte Harry und lachte.
»Wenn es Ihnen recht ist«, sagte ich, »möchte ich ein paar Lebensmittel zusammenpacken für Leute, die sehr nett zu mir gewesen sind. Ich werde sie natürlich bezahlen.«
»Suchen Sie sich nur aus, was Sie brauchen«, sagte Harry und ging wieder zur Kasse, um seine Abrechnung zu machen.
Ich nahm ein Dutzend der besten Eier, ein Pfund gute Butter, mageren Speck, Käse, Zucker, Mehl, ein paar teure Gemüsekonserven und einige Pakete Frühstückskost. Ich rechnete den Betrag aus und fügte dann noch zwei Weißbrote und einen großen Kuchen für fünfundzwanzig Cents hinzu. Die Summe betrug drei Dollar und zehn Cent. Ich legte den Betrag auf die Kasse und verpackte die Sachen.
Harry kam mit dem Geld in der Hand zu mir und fragte: »Für wen sind die Lebensmittel?«
»Für meine Freunde«, sagte ich. »Als ich im Februar nach New York kam, war ich pleite, und sie haben mich aufgenommen. Sie sind ziemlich arm, und ich konnte nicht allzulange bei ihnen bleiben. Aber ohne sie wäre ich erledigt gewesen.«
Er schwieg eine Weile, während ich das Paket verschnürte und einen Holzgriff daran befestigte. Dann gab er mir das Geld zurück. »Hier, behalten Sie es.«
Ich wollte es nicht annehmen. »Ich möchte die Sachen bezahlen«, sagte ich. »Ich habe genug Geld. Heute habe ich über zwei Dollar an Trinkgeld bekommen.«
»Nehmen Sie es nur«, drängte er. »Wir machen es später bei den Verkäufen wieder gut.«
Ich nahm das Geld und steckte es in die Tasche. »Nochmals vielen Dank«, sagte ich. »Das rechne ich Ihnen hoch an.«
»Schon gut!« Er lächelte. »Kommen Sie mit ins Restaurant. Da trinken wir noch eine Tasse Kaffee, ehe wir nach Hause gehen.«

Die Zigarette hatte ich aufgeraucht. Ich stand auf, rasierte mich und ging dann durch den Korridor zu den Duschen. Als ich mich angezogen hatte, nahm ich die Untergrundbahn und fuhr in die obere Stadt zu den Harris'.

Tom strahlte übers ganze Gesicht, als er mich sah. »Mann!« sagte er grinsend. »Wir haben gerade von dir geredet. Komm rein!« Er rief ins andere Zimmer: »Mutter, rate mal, wer hier ist.« Er nahm meine Hand und schüttelte sie begeistert. »Wie geht's dir, Junge?«

Ich grinste und befreite meine Hand, ehe er sie zerquetschte. »Gut!« sagte ich. »Blendend!«

Sam und Elly kamen in die Küche gelaufen. Dann kam die Mutter. Sie begrüßten mich, als wären Jahre und nicht fünf Tage seit unserem letzten Wiedersehen vergangen. Als sich die Aufregung ein wenig legte, legte ich das Paket auf den Tisch.

»Ich habe Arbeit«, verkündete ich stolz, »eine richtige Stelle in einem Lebensmittelgeschäft wie Sam. Da habe ich euch etwas mitgebracht.« Ich schnürte das Paket auf und nahm die Sachen heraus. »Die besten Eier«, sagte ich, »gute Butter, Käse, Kuchen und ...« Ich brach ab. Mrs. Harris hatte sich auf einen Stuhl gesetzt und weinte.

Ich ging zu ihr und legte ihr den Arm um die Schultern. »Aber, Mutter Harris«, sagte ich leise, »was ist denn?«

Sie sah mich an und lächelte unter Tränen. »Nichts, Frankie«, sagte sie. »Nichts – es ist wohl nur die Freude. Ich habe jeden Tag für dich gebetet – habe gebetet, daß du etwas finden möchtest, damit du wieder lächeln kannst, und damit die traurigen Linien aus deinem Gesicht verschwinden.«

Ich schwieg – ich wußte nicht, was ich sagen sollte. Tom nickte. »Das stimmt, Frankie. Sie hat uns jeden Tag ermahnt, für dich zu beten. Und das haben wir auch getan – alle zusammen.«

Sie nickten schweigend. Ich wurde ganz verlegen. »Ich weiß gar nicht, was ich dazu sagen soll.«

Mutter Harris lächelte mich an. »Das ist auch nicht nötig. Ich bin so froh, daß der Herr uns erhört hat, und wir können nur sagen: ›Wir danken Dir, Herr. Danken Dir für alle Deine Güte.‹«

Später, als wir gegessen hatten und ich ihnen die ganze Geschichte erzählt hatte – wie ich zu der Arbeit gekommen war, was ich verdiente und was ich zu tun hatte – und mich rauchend zurücklehnte, sagte Mrs. Harris: »Es war auch für uns eine gute Woche.«

Sie blickte stolz auf Elly. »Elly hat auch eine gute Arbeit bekommen. Sie arbeitet jetzt in einer anderen Bandfabrik und verdient fast fünfzehn Dollar die Woche.«

»Das ist ja wunderbar!« Es freute mich für sie, aber unwillkürlich sah ich zu Elly hinüber, die mit steinernem Gesicht dasaß und meinen Blick fast trotzig erwiderte. Ich wußte natürlich, was Elly in Wirklichkeit tat. Aber ich sagte nichts.

»Sie muß zwar an manchen Abenden bis spät in die Nacht arbeiten«, fuhr die alte Frau fort. »Aber Elly ist ein gutes Mädchen. Sie tut das gern.« Sie blickte auf die alte Wanduhr und sprang auf. »Du meine Güte!« rief sie. »Der Tag fliegt nur so dahin. Es ist gleich vier Uhr, und ich muß zur Gebetstunde. Komm, Tom, und du auch, Sam. Ihr müßt beide mitgehen. Elly war heute morgen schon. Sie kann hierbleiben und Frankie Gesellschaft leisten, bis wir zurückkommen. Jetzt aber schnell!«

Sie gingen fort, die beiden Männer mit ihrer Mutter. Behutsam stützten sie sich, als sie die Treppe hinuntergingen. Die Königin von England hätte nicht mit größerer Fürsorge, mit mehr Respekt und Liebe behandelt werden können als diese Frau von ihren Söhnen.

Elly saß auf der Fensterbank und starrte in den schmutzigen braunen Hof hinaus. Ich setzte mich auf einen Stuhl in ihrer Nähe und beobachtete sie. Keiner sagte etwas. Ich zündete mir eine Zigarette an. »Du hast jetzt also Arbeit, Elly«, sagte ich schließlich.

Sie sah mich nicht an. Ihre Stimme war leise und bitter. »Du weißt ganz gut, daß ich keine habe.«

»Ich weiß gar nichts. Vielleicht erzählst du's mir.«

Sie erwiderte zunächst nichts. Dann sprach sie mit nervöser, aber beherrschter Stimme: »Ich arbeite mit einigen anderen Frauen in einem Apartment.« Ihr Akzent war deutlicher als je. »Wir teilen den Erlös mit der Besitzerin.«
»Es muß doch wohl noch irgend etwas anderes für dich geben«, sagte ich.
»Meinst du?«
Ich wußte darauf keine Antwort.
Nach einer Weile fuhr sie fort, wobei sie meine Stimme absichtlich nachahmte. »Es muß doch wohl noch irgend etwas anderes für dich geben. Aber natürlich! Ich kann in den Woolworth-Laden oder das Warenhaus an der 125. Straße gehen und sagen: ›Ich bin weiß, und Sie können mich anstellen, um Ihre Waren an die armen Nigger zu verkaufen, die keine Arbeit bekommen können, weil sie schwarz sind und weil nur Weiße in diesem Geschäft angestellt werden können.‹
Dann brauchte Tom nicht den ganzen Tag zu Hause zu sitzen und auf seine Hände zu starren – seine großen, starken, tüchtigen Hände, die sich öffnen und schließen wie über einer Arbeit, die er nicht hat, bis schließlich Gefühle in ihm wachsen, von denen er nie gewußt hat. Und man fühlt einen Stich im Herzen, wenn man dabeisitzt und sieht, wie er sich immer tiefer in seinen Gedanken verliert, bis er zuletzt die Antwort findet. Und dann geht er fort und trinkt – billigen, schlechten Gin, von einem Weißen hergestellt, der so freundlich ist und armen Niggern einen Drink für fünf Cents verkauft, damit sie ihr Blut erhitzen können, bis das Feuer sie innen verzehrt und sie nicht mehr daran denken, daß sie schwarz sind. Für eine Zeit sind sie weiß, und die Welt steht ihnen offen; sie lachen und sind glücklich, bis sie umfallen. Und wenn sie am nächsten Morgen mit schmerzendem Schädel, brennender Kehle und Übelkeit im Magen aufwachen, fassen sie sich mit den Händen an den Kopf, damit er nicht zerspringt. Und dann sehen sie, daß ihre Hände schwarz und schmutzig sind und keine Arbeit haben. Und dann weinen sie vor

sich hin, nicht mit Tränen, nicht mit den Augen, sondern mit dem Herzen, und sie fragen sich: ›Wo sind die schönen, tüchtigen weißen Hände, die ich gestern hatte?‹

Und dann ist da Sam, der jeden Morgen vor der Schule im Laden arbeitet. Er kennt alles in dem Laden – alle Preise, alle Vorräte. Aber er darf nur Bestellungen austragen. Er kann keine Kunden bedienen, er darf weder Butter noch Käse schneiden. Seine Hände könnten ja abfärben auf den schönen weißen Sahnekäse, der auf das schöne weiße Brot gestrichen wird, das durch irgendeine schöne weiße Kehle gleitet. Sicher, es muß doch wohl noch irgend etwas anderes für mich geben.«

Ihr Gesicht war finster und hart, ihre Augen waren von einer uralten Weisheit erfüllt. »Ich kann mich nackt auf ein schönes weißes Bett legen und mich begehrlich winden, damit der Kunde denkt, ich bin wild auf ihn und kann es gar nicht abwarten, bis er zu mir kommt. Er kann sich dann auf mich legen, als wenn ich sein Schicksal wäre. Er macht sich nie Gedanken darüber, ob das Schwarze abfärbt. Und wenn er dann aufsteht und sich die Hose anzieht, wobei ihm die Knie ein wenig zittern, sieht er mich an und sagt: ›Bist du ganz sicher, daß alles bei dir in Ordnung ist, Mädchen? Wenn nicht, dann sag es mir ruhig. Ich bin nicht böse. Ich will es nur wissen, damit ich gleich zu einem Arzt gehen kann, ehe es zu spät ist!‹ Und ich schaue ihm ins Gesicht und sage: ›Es ist alles in Ordnung, Mister. Machen Sie sich keine Sorgen. Äußerlich bin ich vielleicht schwarz, aber innerlich bin ich so rein und weiß wie alle weißen Frauen, die Sie je gekannt haben.‹ Das möchte ich ihm sagen, aber in Wirklichkeit klingt es ganz anders. Da sage ich mit leiser, heiserer, tränenerstickter Stimme: ›Es ist alles bei mir in Ordnung, Mister.‹«

Sie stand hochaufgerichtet vor mir und blickte mir in die Augen. »Es ist alles bei mir in Ordnung, Mister«, wiederholte sie.

Der Ton, in dem sie diese Worte sprach, packte mich im tiefsten Innern. Ich drückte meine Zigarette aus, stand auf und öffnete ihr meine Arme. »Für mich bist du in Ordnung, Mädchen.«

Sie flüchtete sich in meine Arme, legte ihren Kopf an meine Brust und weinte zum Steinerweichen. Ich ließ sie sich ausweinen. Nach einer Weile hörte sie auf. Wir standen eine Zeitlang in schweigender Umarmung.
»Verzeih mir, was ich gesagt habe«, bat ich.
Sie löste sich aus meinen Armen und nahm eine Zigarette aus der Packung, die ich auf den Tisch gelegt hatte. Sie zündete sie an und setzte sich. »Ich weiß nicht, warum ich dir das alles erzähle«, sagte sie so leise, daß ich sie kaum verstehen konnte. »Du bist ja nicht schuld an diesen Dingen. Aber mit irgend jemandem muß ich darüber sprechen, und den anderen kann ich es nicht sagen.«
»Ich weiß, wie das ist, wenn man etwas auf der Seele hat und mit niemandem darüber reden kann. Das habe ich selber oft genug erlebt.«
Sie trat an den Ausguß, wusch sich das Gesicht und kämmte ihr Haar. Ihr Haar war von Natur aus kraus und wollig, aber sie hatte es mit einer Creme weich gemacht, so daß es ihr Gesicht locker umrahmte. Ihre dunkle Haut war dünn und zart und hatte einen bläulichen Schimmer, der ihr einen weißen Unterton zu verleihen schien. Sie hatte einen mageren Körper, spitze Brüste, einen etwas vorspringenden Magen, ein hohes Hinterteil und dürre Beine, die durch die Schuhe mit den hohen Absätzen noch dürrer erschienen. Sie setzte sich wieder hin und zog an ihrer Zigarette. »Jetzt ist mir wohler«, sagte sie, und es klang wieder ganz normal.
Mir war hundeelend zumute. Wir saßen schweigend und warteten, daß die anderen zurückkamen. Wir hörten Toms dröhnende Stimme unten im Flur. Sie drückte ihre Zigarette aus und ging zum Ausguß, um ihren Mund auszuspülen.
»Mutter hat es nicht gern, wenn ich rauche«, erklärte sie.
Gegen sieben Uhr ging ich fort, noch vor dem Abendessen. Ich wollte nichts von ihnen annehmen. Ihre Portionen waren schon so mager genug. Ich versprach, sie in der nächsten Woche wieder zu besuchen.

10

Am Ende der nächsten Woche hatte sich das neue Leben für mich in gewisser Weise eingespielt. Als ich am Freitagabend von der Arbeit kam, sprach ich mit dem Hotelportier über ein Dauerlogis. Für drei Dollar die Woche bekam ich ein Zimmer mit Bad. Es war größer als mein bisheriges Zimmer und hatte zwei Fenster zur Straße hin und einen großen Schrank. Zwei Sessel, ein einfacher Stuhl, ein kleiner Tisch neben dem Bett, ein Ankleidetisch und eine Kommode vervollständigten die Einrichtung.

Samstag war ein anstrengender Tag. Ich mußte den ganzen Tag herumrennen. Während der Woche hatte ich allerlei an Trinkgeldern einkassiert. Ich stellte fest, daß ich recht gut verkaufen konnte. Ich arbeitete hart, aber es machte mir Spaß.

Der Sonntag bei der Familie Harris verlief sehr ruhig. Tom las die Zeitung, als ich eintrat und mein Paket auf den Tisch legte.

»Wo sind die anderen?« fragte ich.

»Sie machen einen Spaziergang«, sagte er.

»Gibt's was Neues?«

Er schüttelte den Kopf. »Nein. Ich habe einen Tag beim Kohlenabladen geholfen, aber das war auch alles.«

»Das ist schlimm.«

»Und ob!«

Ich gab ihm einen Dollar. »Kauf dir ein paar Zigaretten, alter Freund«, sagte ich, »oder geh mal ins Kino. Eine kleine Abwechslung tut dir gut. Den ganzen Tag zu grübeln hat keinen Zweck.«

»Wer grübelt hier?« fragte er, und sein glänzendes schwarzes Gesicht verfinsterte sich. »Ich nicht; ich mache mir keine Sorgen.«

Wir warteten, bis die anderen von ihrem Spaziergang heimkehrten. Dann saßen wir herum und schwatzten von diesem und jenem. Gegen sechs Uhr verließ ich sie, aß in der Stadt, kaufte mir eine Zeitung und kehrte in mein Hotelzimmer zurück.

Die Wochen verstrichen gleichförmig und ohne Aufregungen. Ich verdiente ausreichend Geld für einen bescheidenen Lebensunterhalt, und das einzige, was ich mir leistete, war das Sonntagspaket für die Familie Harris. Ich besuchte sie jeden Sonntag, und jedesmal verließ ich sie leicht deprimiert.

Aus März wurde April. Dann kamen der Mai und der Juni. Ich kaufte mir ein paar Kleidungsstücke, die ich unbedingt brauchte. Aber in der Woche trug ich fast nur mein Arbeitszeug. Ich erstand einen neuen Sonntagsanzug, aber ich zog ihn nur an, wenn ich die Harris' besuchte.

Eines Morgens, als ich half, den Lastwagen vom Lagerhaus zu entladen, erzählte mir der Fahrer, daß sie noch einen Lastwagen anschaffen würden.

»Wer soll ihn fahren?« fragte ich.

»Tony«, sagte er. Tony war sein Gehilfe.

»Dann brauchen Sie ja einen neuen Gehilfen«, sagte ich.

»Zwei sogar – einen für mich und einen für ihn.«

Nachdenklich ging ich in den Laden zurück. Das war eine Arbeit für Tom. Ich beschloß, mit Mr. Rayzeus zu sprechen, wenn er am nächsten Morgen kam.

Als Mr. Rayzeus erschien, fragte ich ihn, ob ich ihn einen Augenblick sprechen könne. Ich erzählte ihm von Tom, und er fragte, ob er zuverlässig sei.

»Ganz bestimmt«, sagte ich, »und er will auch gern arbeiten. Er braucht dringend eine Tätigkeit.«

Er schüttelte den Kopf. »Mit Schwarzen habe ich schon sehr viel Pech gehabt«, meinte er. »Die ersten paar Wochen sind sie o. k. Aber sobald sie ein paar Dollar in der Tasche haben, besaufen sie sich und kommen erst wieder, wenn sie pleite sind.«

»Über die anderen kann ich nicht urteilen«, sagte ich, »aber diesen Burschen kenne ich. Er ist ein guter Arbeiter, kein Faulpelz.«

Mr. Rayzeus warf mir einen merkwürdigen Blick zu. »Sie kennen also den Mann ziemlich gut?«

Ich nickte. »Ich habe schon mal mit ihm gearbeitet. Ich weiß, daß er in Ordnung ist.«
Mr. Rayzeus zuckte die Achseln. »O. k. Schicken Sie ihn nächste Woche zu mir. Da werde ich mit ihm reden.«
»Vielen Dank, Mr. Rayzeus.« Jetzt sah die Zukunft für die Harris' schon etwas rosiger aus. Ich konnte den Sonntag kaum erwarten, um ihnen die gute Nachricht zu bringen.
Der Sonntag war ein klarer, heller, warmer Tag. Ich zog meinen neuen Anzug an und fuhr in die obere Stadt. Während der ganzen Fahrt malte ich mir aus, wie glücklich sie wohl sein würden – besonders Mrs. Harris. Ich betrat den Hausflor und stieg die Treppe hinauf. Diese alte Höhle änderte sich nie. Es war immer derselbe Geruch, dieselben knarrenden Stufen der wackeligen Holztreppe, dieselbe trübe Beleuchtung und dieselben abblätternden Wände.
Ich öffnete die Tür der Wohnung und betrat die Küche. Elly saß am Tisch und las die *Sunday News.* Die bunte Seite der Comics lag vor ihr ausgebreitet. Durch das offene Fenster hinter ihr drangen zahlreiche Geräusche aus dem Hof – Kindergeschrei, die keifenden Stimmen eines Ehepaares, das sich zankte, Jazz aus dem Radio.
Elly blickte zu mir auf. »Guten Tag, Frankie.«
»Guten Tag, Elly. Wo sind denn die anderen?«
Langsam und müde kam die Antwort. »Mutter und Sam sind in der Kirche. Tom ist schon früh fortgegangen und wird erst am späten Nachmittag zurückkommen.«
Ich legte mein Paket auf den Tisch und öffnete es. »Du legst das am besten weg, damit nichts verdirbt.«
Sie stand auf und legte die Butter in den Eisschrank. Sie sagte kein Wort. Es war heiß in der Küche. Ich zog meinen Rock aus und hängte ihn sorgfältig über die Lehne eines Stuhls, während ich sie heimlich beobachtete. Sie trug ein neues Kleid aus glänzender schwarzer Seide. Es schmiegte sich von oben bis unten eng an ihren Körper. Als sie die Sachen verstaute, sah ich, wie

sich beim Gehen die Seide straff um ihre Schenkel legte. Sie konnte nicht viel darunter anhaben.
Die Zeit schlich dahin. Der Schweiß rann mir den Hals hinunter, weichte meinen Kragen auf und lief mir unterm Hemd über den Rücken.
Sie stützte den Kopf auf den Arm. So saß sie wieder schweigend am Tisch. Als sie sich vorbeugte, konnte ich in ihrem Ausschnitt das hellere Braun ihrer Brüste sehen.
»Was ist los mit dir, Elly?« fragte ich. »Fühlst du dich nicht gut?«
»Nein, ich bin krank.«
Ich stand auf und ging zu ihr. »Was fehlt dir denn?«
Ohne zu antworten, stand sie auf. »Hast du eine Zigarette?« fragte sie. Ich zog ein Päckchen aus der Tasche und bot ihr eine an. Als ich ihr Feuer gab, blickte ich tief in ihren Ausschnitt. Impulsiv zog ich sie an mich. Ich spürte ihren Körper dicht an meinem. Sie wehrte sich nicht, aber sie blieb steif und hölzern in meinen Armen. Ich griff ihr in den Ausschnitt und streichelte ihre Brust, um sie zu erregen. Aber sie blieb, die brennende Zigarette in der Hand, teilnahmslos. Ich ließ sie los und setzte mich wieder auf meinen Platz. Ich zündete mir eine Zigarette an und vermied es, Elly anzusehen. Ich fühlte mich geschlagen.
Sie ging zum Fenster, setzte sich auf die Fensterbank und starrte hinaus. Nach einer Weile stand sie auf und kam zu mir. Ich sah nicht auf.
»Es ist nicht, daß ich dich nicht gern hab' Frankie«, sagte sie leise. »Ich möchte lieber mit dir zusammensein als mit irgendeinem anderen. Aber ich bin krank.«
»Wenn du krank bist, warum gehst du dann nicht zum Arzt?«
»Ich war beim Arzt«, sagte sie. Angst schwang in ihrer Stimme mit.
Ich sah sie an. Ihr Gesicht glich einer Maske. »Was hat er gesagt?« fragte ich.
Es vergingen ein paar Minuten, bevor sie antwortete. »Mich hat's erwischt.«

»Tripper?« fragte ich.

Wieder verging eine Zeit, ehe sie antworten konnte. »Syphilis«, sagte sie. Sie sank auf einen Stuhl und starrte mich verzweifelt an.

Ich öffnete den Mund wie ein Fisch, ohne einen Laut hervorzubringen. Wir starrten uns an. In Ihrem Blick lag Trotz. Ich kannte mich in diesen Dingen zwar nicht aus, aber ich wußte, daß es ziemlich schlimm war. »Was willst du jetzt machen?« brachte ich schließlich heraus.

»Ich weiß nicht«, sagte sie. »Der Doktor sagt, ich muß mich im Krankenhaus behandeln lassen.«

»Du gehst doch wohl nicht zurück zu ...« Ich brach ab.

Sie stand auf. »Warum nicht?« fauchte sie mit finsterer Miene. »Warum soll ich nicht dahin zurückgehen? Da habe ich's mir ja auch geholt.«

»Aber dann steckst du andere an.«

»Was stört mich das?« Sie ging erregt auf und ab. »Denen war's ja auch egal, ob sie mich anstecken. Dann hat eben ein anderer Pech. Deswegen will ich nicht am Hungertuch nagen.«

»Das brauchst du auch nicht«, sagte ich. »Mein Boß will mit Tom über eine Arbeit auf einem der Lastwagen reden.«

Sie starrte mich ungläubig an. »Da sagst du bloß so.«

»Nein, es ist mein Ernst. Tom soll sich bei ihm vorstellen. Das hat er mir gesagt.«

Jetzt war sie überzeugt.

»Du kannst also ruhig zum Arzt gehen und dich auskurieren lassen«, sagte ich. »Du brauchst dir um deine Familie keine Sorgen zu machen.«

Sie schien den Tränen nahe, aber sie beherrschte sich. Statt dessen kam sie zu mir und ergriff meine Hand. »Es ist so wunderbar, Frankie«, sagte sie, halb lächelnd, halb weinend. »Ich kann es gar nicht fassen.«

Mutter Harris kam nach Hause. Elly rannte auf sie zu. »Mutter, Frankie hat mir gesagt, daß sein Boß vielleicht eine Arbeit für Tom hat.«

Die alte Frau strahlte übers ganze Gesicht. »Ist das wahr, Frankie?«
Ich nickte. »Ja, Mutter Harris, es stimmt. Tom soll sich sofort bei ihm vorstellen.«
»Der Herr hat es mit uns allen gut gemeint, als Tom dich hierher gebracht hat«, sagte sie.
Dann erschien Sam, und sie erzählte ihm die gute Neuigkeit. Wir waren alle in froher Stimmung. Nach einer Weile bat ich Sam, Zigaretten und eine große Flasche Limonade heraufzuholen. Es war heiß, und ein kühler Schluck tat uns allen gut. Elly ging mit Sam nach unten. Tom war noch nicht erschienen.
Mrs. Harris saß in ihrem alten Schaukelstuhl. Der Stuhl quietschte auf dem Holzfußboden, als sie sanft darin hin- und herschaukelte. Sie wartete, bis die Schritte im Flur verhallt waren. »Du bist uns ein wirklicher Freund gewesen, Frankie«, sagte sie dann. »Wir sind unendlich dankbar für alles, was du für uns getan hast.«
Ich wurde verlegen. »Das war doch nicht viel. Sie haben mehr für mich getan, als ich je für Sie tun könnte.«
Ein paar Minuten vergingen, dann sagte sie: »Ich habe dich noch nie danach gefragt, Frankie – und vielleicht geht es mich auch gar nichts an –, aber hast du außer uns denn überhaupt keine Freunde? Ich meine: Weiße, die du kennst?«
Ich dachte an Jerry und Marty und meine Verwandten. »Nein«, sagte ich, »und wenn ich früher welche gekannt habe, so hat das für mich keinen Sinn mehr. Es ist schon so lange her.«
»Hast du nie versucht, sie wiederzusehen und herauszufinden, ob es nicht doch Zweck hat?«
Ich schüttelte den Kopf. »Sie haben mich wahrscheinlich längst vergessen.«
»Wahre Freunde vergessen einen nie, ganz gleich, wie lange man sich nicht gesehen hat. Außerdem solltest du wirklich ein paar weiße Freunde haben.« Sie zögerte. »Du solltest Leute kennen, mit denen du ausgehen und dich amüsieren kannst – Jungen und Mädchen in deinem Alter.«

»Ihr seid schon ganz in Ordnung«, sagte ich. »Ihr seid so nett zu mir gewesen wie kaum sonst jemand.«
»Aber du kannst nicht mit uns ausgehen«, sagte sie, »du kannst nicht mit uns zum Tanzen gehen. Wir sind Farbige. Das gehört sich nicht.«
»Es ist mir egal, ob es sich gehört oder nicht, und außerdem mache ich mir nichts aus Tanzen.«
Darüber mußte sie lächeln. »Es gibt da noch etwas, worüber ich mit dir reden möchte. Nämlich Elly. Ich glaube, sie mag dich sehr gern, und es gibt nur Kummer für uns, wenn sie sich so was in den Kopf setzt. Ich möchte deine Gefühle nicht verletzen, aber es kommt nichts Gutes dabei heraus.«
Während mir das durch den Kopf ging, fuhr die alte Frau fort: »Sie wartet die ganze Woche auf dein Kommen, und sonntags zieht sie sich ihre besten Sachen an, weil du kommst.«
Ich wußte mehr über Elly als die alte Frau, und doch hatte mir Elly nie etwas über ihre Gefühle und Gedanken angedeutet. Ich wußte, daß ich sie nicht liebte, und ich hatte auch nicht eine Minute angenommen, daß sie in mich verliebt sein könnte. Uns verband ein gewisses Gefühl – eine Mischung aus Kameradschaft und Sex. »Ich weiß«, sagte ich schließlich, »was Sie mir sagen wollen, Mutter Harris. Ich will tun, was Sie für richtig halten. Ich möchte keinen von euch unglücklich machen.«
Sie lächelte wieder. »Ich wußte, daß du das sagen würdest, Frankie. Du bist ein guter Junge. Wir werden darüber nachdenken und überlegen, was geschehen soll.«
Sam kam mit der Limonade. Wir öffneten die Flasche und tranken jeder ein Glas. Dann fragte mich Sam, ob ich mit ihm zu einem Baseballspiel gehen wolle.
Ich wußte nicht recht, was ich tun sollte. Eigentlich wollte ich lieber auf Tom warten und ihm die gute Nachricht selbst bringen, aber Mrs. Harris drängte uns zum Gehen. Sie sagte, sie sei müde und wolle sich ein wenig hinlegen, und sie würde Tom noch nichts von der Arbeit erzählen. Ich zog mit Sam los. Auf der Trep-

pe erzählte er mir, daß Elly zu einer Freundin gegangen sei und bald wieder nach Hause kommen werde.

11

Es war heiß in dem Park, wo das Baseballspiel stattfand. Die Sonne brannte erbarmungslos auf uns herunter. Aber es war ein gutes Spiel, und es machte Spaß, zuzusehen.

Als wir wieder nach Hause kamen, war es fast sechs Uhr. Tom war immer noch nicht erschienen. Elly drängte mich, zum Abendessen zu bleiben. Aber ich entschuldigte mich und ging in eine Imbißstube und dann in ein Kino. Ein paar Minuten nach zehn kam ich wieder heraus und beschloß, noch einmal zu den Harris' zu gehen und zu sehen, ob Tom inzwischen gekommen war. Ich schlenderte die St. Nicholas Avenue hinauf und von da aus zu der Wohnung.

Als ich um die Ecke bog, raste ein Feuerwehrauto mit schrillen Glockensignalen an mir vorbei. Irgendwo weiter unten im Block brannte es. Dichter Qualm drang aus einem Gebäude. Ich stand an der Ecke und starrte eine Weile verwirrt dorthin, ehe mir klar wurde, daß es Toms Haus war. Dann rannte ich wie besessen den Häuserblock entlang.

Eine Menge Menschen war bereits zusammengelaufen und wurde von der Polizei zurückgedrängt. Die Feuerwehrleute schoben eine lange Leiter bis zum sechsten Stock, und gewaltige Wassermassen ergossen sich in das brennende Gebäude. Ich drängte mich durch die Menge nach vorn und versuchte, jemanden von der Familie Harris zu entdecken. Es war dunkel, und ich konnte in der allgemeinen Aufregung nicht viel sehen. Eine Hand packte mich an der Schulter.

Ich wirbelte herum. Es war Tom. »Frankie!« rief er. »Wo sind sie?«

»Ich weiß es nicht«, rief ich zurück. »Ich komme gerade aus dem Kino. Warst du noch gar nicht zu Hause?«

»Nein, ich bin gerade erst angekommen.«
In diesem Augenblick kamen Sam und Elly angerannt. Sie waren völlig außer Atem. »Wo ist Mutter?« riefen sie Tom zu.
»Ich bin gerade erst gekommen. Ist sie nicht bei euch?«
»Nein«, sagte Sam. »Sie war ziemlich müde und ist früh zu Bett gegangen.«
Wir wandten uns an einen der Polizisten, einen kräftigen Farbigen. »Hat man meine Mutter herausgeholt?« fragte Tom.
»Wie sieht sie aus?«
»Eine alte Frau – Mrs. Harris, zweiundsechzig Jahre – graues Haar.«
Der Polizist schüttelte den Kopf. »So jemanden habe ich nicht herauskommen sehen. Da fragen Sie am besten den Feuerwehrhauptmann.«
Wir liefen zu dem Feuerwehrhauptmann und wiederholten unsere Frage. »So jemand ist nicht herausgekommen«, sagte er. »Aber keine Angst, wenn sie drin ist, holen wir sie schon heraus.«
Tom drehte sich um. »Mutter ist noch drin!« rief er. »Ich hole sie.«
»Sie können nicht hinein«, sagte einer.
»Meine Mutter ist drinnen«, schrie Tom und versuchte sich loszureißen, »hinten im dritten Stock. Ich muß sie rausholen!«
»Das geht nicht, verdammt noch mal!« brüllte einer der Polizisten.
Tom riß seine Hand los und wollte dem Polizisten, der ihn festhielt, einen Schlag versetzen. Der Polizist wich aus und knallte Tom seine Faust ins Gesicht. Tom verlor das Bewußtsein. Die Polizisten legten ihn sanft auf den Boden. »Wir können ihn nicht hineinlassen«, sagte einer entschuldigend zu den Umstehenden. »Er würde selbst dabei draufgehen. Das Gebäude brennt wie Zunder.«
Irgend jemand in der Menge schrie auf. Ich blickte zum Gebäude hinüber. Elly war aus der Menge herausgestürzt und rannte auf die offene Haustür zu. Ich warf einen Blick über meine Schulter. Sam kniete mit tränenüberströmtem Gesicht neben seinem Bruder am Boden. Ich drehte mich um und lief hinter Elly her.

»Komm zurück! Komm zurück!« schrie ich.
Sie verschwand in der Tür. Ich sprang die Steinstufen hoch, die zur Haustür führten. Gerade als ich die Tür erreichte, traf mich ein Wasserstrahl im Rücken. Einer der Feuerwehrleute hatte seinen Schlauch auf mich gerichtet. Ich stolperte durch den Türrahmen ins Haus. In dem raucherfüllten Flur war es dunkel. Das Wasser spritzte über meinen Kopf hinweg. Ich kroch unter dem Strahl zur Treppe und rannte die Stufen hinauf.
»Elly!« brüllte ich. »Elly! Komm zurück!«
Keine Antwort. Elly verschwand gerade in der Küche. Ich rannte ihr nach und versuchte, sie zurückzuziehen. Im hinteren Teil der Wohnung loderten die Flammen. Der Rauch war so dick, daß wir uns kaum sehen konnten. Elly hustete. »Du mußt zurück!« krächzte ich heiser und zog sie mit mir.
Ihr Husten hatte aufgehört. Sie setzte sich energisch zur Wehr. »Mutter ist drinnen!« schrie sie. »Mutter, Mutter, hörst du mich? Ich komm' und hol' dich!« Sie hob die Hände und kratzte mir durchs Gesicht. Ich versuchte, ihr einen Schlag zu versetzen, aber er ging daneben. Dann gab sie mir einen Tritt, riß sich los und rannte ins Schlafzimmer.
Hinter ihr sprangen die Flammen auf und griffen mit ihren heißen, gierigen Fingern nach meinem Gesicht. Ich hörte, wie Elly irgendwo schrie: »Mutter! Wo bist du, Mutter?«
Dann hörte ich ein Krachen und einen langen Schrei, der plötzlich abbrach. Für einen Moment ließ das Feuer vor mir etwas nach, und ich sah, daß die Wand zwischen den Räumen eingestürzt war und ein Teil der Decke den Zugang blockierte. Dann sprangen die Flammen wieder hoch, und ich wandte mich dem Flur zu, den Schrei noch in meinen Ohren. Der Flur brannte lichterloh. Ich lief auf die Treppe zu, stolperte auf der obersten Stufe und rollte bis zum ersten Stock hinunter. Brennende Holzstücke prasselten um mich herum nieder. Ich sprang auf und rannte die letzte Treppe hinab. Die Haustür vor mir stand in hellen Flammen, aber es gab keinen anderen Weg nach draußen. Ein Was-

serstrahl schoß klatschend in den Flur. Unter seinem Schutz krabbelte ich auf allen vieren auf die Straße. Dort sprang ich auf die Füße und rannte zu den Feuerwehrleuten.
Einer packte mich am Arm. »Sind Sie unverletzt?«
»Ja«, keuchte ich hustend.
Er stützte mich, als ich auf die Absperrung zuging. Die Menge wurde noch weiter zurückgedrängt. »Zurück!« schrien die Polizisten. »Das Haus stürzt ein. Zurück!«
Ich stand bei Tom und Sam. Tom lag noch ausgestreckt am Boden, aber er kam allmählich wieder zu sich. Er drehte den Kopf hin und her und versuchte, sich aufzurichten. In diesem Augenblick stürzte das Gebäude mit einem gewaltigen Krach zusammen.
Eine Staubwolke schwebte über dem Trümmerhaufen, und gelegentlich züngelten Flammen in den schwarzen Nachthimmel.
Tom stand auf. Er wußte nicht, daß Elly in das Gebäude gelaufen war. Er machte einen Schritt auf das Haus zu, warf den Kopf in den Nacken und brüllte zum nächtlichen Himmel hinauf: »Dafür sollen sie büßen, Mutter! Hörst du mich? Büßen sollen sie, jeder einzelne von diesen verdammten Schweinen. Diese Schweine in den Banken, diese Schufte, die uns nicht in besseren Häusern leben lassen wollen! Ich werde es ihnen heimzahlen, Mutter. Das verspreche ich. Hörst du, Mutter. Es ist ein Versprechen.«
Ein Polizist rannte herbei und versuchte, ihn zurückzuhalten.
Tom packte den Polizisten am Hals und begann, ihn zu würgen.
Das Gesicht des Polizisten war kreidebleich im Schein des Feuers. »Du bist der erste!« schrie Tom wie ein Besessener. »Du bist der erste, aber du wirst nicht der letzte sein! Jeder einzelne von euch gottverdammten Schweinen soll es büßen!«
Der farbige Polizist, mit dem wir zuerst gesprochen hatten, eilte herbei und bemühte sich, Tom von dem anderen Polizisten loszureißen. Schließlich trat er zurück, nahm seinen Gummiknüppel und ließ ihn auf Tom niedersausen. Tom sackte zu Boden wie ein gefällter Ochse. Der andere Polizist schnappte erleichtert nach Luft.

Zwei Männer in weißen Kitteln kamen herbei, rollten Tom auf eine Tragbahre und schafften ihn zu einer Ambulanz. Sam und ich liefen zum Fahrer. »Es ist mein Bruder«, sagte Sam. »Kann ich mitfahren?«
Der Fahrer nickte. »Spring hinten rein.«
Wir kletterten hinten in die Ambulanz. Der Assistenzarzt, der dort saß, betrachtete mich neugierig. »Sie sehen ja ziemlich verdreckt aus«, meinte er.
Ich blickte an meinem neuen Anzug hinunter: er war schmutzig, zerrissen und klatschnaß. Ich konnte ihn nie wieder tragen, aber das wurde mir im Augenblick gar nicht klar. Verdattert starrte ich den Arzt an.
»Sind Sie der junge Mann, der dem Mädchen in das brennende Haus nachgelaufen ist?« fragte der Arzt.
Ich nickte.
»Ich glaube, ich sollte Sie mir mal etwas näher ansehen.« Mit diesen Worten zog er sein Stethoskop aus der Tasche. »Ziehen Sie mal Ihren Rock aus.«
Mechanisch zog ich ihn aus. Ich beobachtete Sam, der neben seinem Bruder saß. Sein Gesicht war wie eingefroren. Die ganze Tragweite des Geschehens war ihm noch nicht zum Bewußtsein gekommen. Er vergoß keine Träne, sondern starrte nur unbeweglich auf Tom herab. Ich glaube, er wußte nicht einmal, daß wir auch in der Ambulanz waren.
Ich war bis auf die Haut durchnäßt. Die Haut in meinem Gesicht war trocken und brannte, das Haar auf den Handrücken war versengt, und meine Hände fühlten sich heiß an.
»Sie haben verdammten Dusel gehabt«, sagte der Arzt. »Keine einzige ernsthafte Verbrennung am ganzen Körper.«

Zwei Stunden später saß ich mit Sam im Korridor des Krankenhauses und wartete, daß der Arzt kam und uns über Tom berichtete. Tom hatte einen tüchtigen Schlag auf den Kopf bekommen, und eine Zeitlang sah es so aus, als ob er nicht durch-

kommen würde. Wie sich später herausstellte, wäre das besser gewesen.
Als wir schließlich ins Krankenzimmer geführt wurden, saß Tom aufrecht im Bett und weinte. Dicke Tränen rollten ihm über die Wangen. Sam, der bis zu diesem Augenblick kaum gesprochen hatte, lief zu ihm. »Tom, Tom«, rief er und legte dem älteren Bruder den Arm um die Schulter.
Tom blickte ihn ohne ein Zeichen des Erkennens in seinen trüben Augen an. Er weinte nur und murmelte undeutliche, unzusammenhängende Worte vor sich hin. Dann stieß er Sam von sich. »Geh weg«, murmelte er. »Ich will meine Mami haben. Wo ist sie?«
Ich wandte mich fragend dem Arzt zu.
Er antwortete, ehe ich etwas sagen konnte. »Ich fürchte, er wird nie wieder der alte sein. Er hat zu viele Schocks erlitten. Die haben ihn durcheinandergebracht. Jetzt braucht er vor allen Dingen Ruhe und abermals Ruhe.«
Sam stand direkt hinter mir, als der Arzt sprach. Obwohl er uns den Rücken kehrte und Tom anblickte, hörte er jedes Wort. Und da war es um seine Fassung geschehen. Mit Tränen in den Augen und mit Lippen, die vor unterdrücktem Schluchzen zuckten, wandte er sich zu mir.
»Wein dich aus, Junge«, sagte ich sanft. »Es gibt Zeiten, wo auch Männer weinen.«
Er setzte sich auf einen Stuhl und legte den Kopf in die Hände. Heftiges Schluchzen schüttelte seinen ganzen Körper. Ich konnte ihm nichts sagen. So legte ich ihm nur verlegen die Hand auf die Schulter. Nach einer Weile beruhigte er sich, und wir gingen auf den Korridor. Wir setzten uns und wußten nicht recht, was wir tun sollten.
Es mochte eine halbe Stunde vergangen sein, bevor er zu sprechen begann. »Frank«, sagte er, und seine Stimme klang plötzlich älter und reifer, »kannst du mir den Posten verschaffen, den du Tom besorgen wolltest?«

Ich überlegte einen Augenblick. Dann sagte ich: »Und wie steht's mit der Schule?«
»Ich werde mir Arbeitspapiere besorgen. Ich bin alt genug, und ich muß etwas unternehmen. Kannst du mir die Arbeit beschaffen?«
»Ich glaube schon.«
»Es ist merkwürdig«, sagte er, als spräche er mit sich selber, »vor ein paar Stunden hatte ich noch ein Heim – eine Familie, einen Platz, wo ich zu Hause war. Und jetzt weiß ich nicht, wo ich bleiben soll.«
»Willst du nicht zu mir kommen, bis wir ein bißchen Ordnung in die Dinge kriegen?« schlug ich vor.
Er warf mir einen dankbaren Blick zu. In diesem Augenblick erschien ein großer Farbiger aufgeregt im Korridor und ging auf Sam zu. Ich erkannte in ihm den Prediger, dessen Bekanntschaft ich einmal bei einem Gottesdienst gemacht hatte.
Sam stand auf und begrüßte ihn gemessen. »Guten Abend, Herr Pfarrer.«
»Sam«, sagte der Pfarrer und legte ihm den Arm um die Schulter. »Ich habe von dem Unglück gehört und bin sofort gekommen. Du bleibst natürlich bei mir in meinem Haus. Du bist nicht allein. Der Herr ist immer bei dir.«
»Sie kennen meinen Freund«, sagte Sam und deutete auf mich.
Der Prediger sah mich an und nickte. »Ja, wir kennen uns«, sagte er und reichte mir die Hand. »Sie sind sehr tapfer gewesen«, fügte er hinzu.
Ich sagte nichts.
Zusammen gingen wir den Korridor hinunter. Am Ausgang trennten wir uns. Der Prediger nahm für sich und Sam ein Taxi und fragte mich, ob er mich irgendwo absetzen könne. Ich versicherte ihm dankend, daß ich allein nach Hause gehen könne. Ich sah dem Wagen nach, wie er in der Dunkelheit verschwand. Dann machte ich mich auf den Heimweg.

FÜNFTER TEIL

1

Sam ging von der Schule ab und übernahm die Arbeit auf dem Lastwagen. Er bekam ungefähr zwölf Dollar die Woche und wohnte bei Verwandten im oberen Harlem.

Ich versuchte, den Aufenthaltsort meines Onkels durch seine frühere Firma ausfindig zu machen, aber die ganze Familie schien spurlos verschwunden zu sein.

Im Juli fragte mich Otto, der Inhaber der Eisdiele in unserem Häuserblock, ob ich Sonntag nachmittags für ihn arbeiten wollte. Er versprach mir zwei Dollar für den Nachmittag – von ein Uhr mittags bis acht Uhr abends. Da ich nichts anderes zu tun hatte, nahm ich sein Angebot an. Nach ein paar Wochen war ich ein ganz guter Eisbarmixer geworden, und es machte mir Spaß, mit den jungen Leuten zu reden, die die Bar besuchten. Einige von ihnen kamen aus dem Klub, der über unserem Lebensmittelgeschäft war.

Ich hatte mir schon immer über diesen Klub Gedanken gemacht. An den Fenstern stand ›Arbeitsbund‹ – aber das schien mir nicht ganz zutreffend, denn die Mitglieder arbeiteten nicht, sondern lebten von der Wohlfahrt. Jeden Samstagabend, wenn wir spät im Laden zu tun hatten, hörten wir über uns den Krach.

An einem Samstagabend, als wir gegen Mitternacht zumachten, beschloß ich, hinaufzugehen und mir einmal eine solche Veranstaltung anzusehen. Ich war schon einige Male von Mitgliedern eingeladen worden, aber ich hatte bisher keine Lust gehabt, hinzugehen. An diesem Abend war ich ein bißchen ruhelos und suchte menschliche Gesellschaft.

Es war ein großer, untapezierter Raum. In einer Ecke saß eine Vier-Mann-Band, und auf der anderen Seite stand ein Tisch mit Brot und Aufschnitt. Neben dem Tisch sah ich ein Faß Bier, eine

Punschbowle und einige Vierliterflaschen mit rotem italienischem Wein. Einige jüngere Leute tanzten, während die älteren mit einem Sandwich in der Hand in kleinen Gruppen herumstanden und sich unterhielten.
Ich suchte nach einem mir bekannten Gesicht. Ein Bursche namens Joey, der oft bei uns im Laden kaufte, sah mich und kam auf mich zu.
»Sie habe ich hier nicht erwartet«, begrüßte er mich überrascht.
Ich schüttelte seine ausgestreckte Hand und lachte. »Ich wollte mir doch mal ansehen, was hier so los ist.«
»Kommen Sie«, sagte er und nahm mich beim Arm. »Ich führe Sie herum.« Er stellte mich mehreren jungen Männern und Mädchen vor, und ich nickte einigen Leuten zu, die ich vom Laden her kannte. Dann führte er mich an den Tisch und drückte mir ein Sandwich in die Hand. »Viel Spaß!« sagte er und stürzte wieder an die Tür, um jemanden zu begrüßen, der gerade hereinkam. Er schien jeden zu kennen.
Nach einer Weile sah ich ein Mädchen, das ich auch vom Laden her kannte, im Gespräch mit einem jungen Mann. Sie kam immer zu uns und verlangte eine Flasche Ketchup. Da sie sehr rasch sprach, klang das Wort sehr komisch. Ich ging zu ihr, nahm einen Bissen von meinem Sandwich und murmelte mit vollem Mund: »Haben Sie Ihren Katship heute schon geholt?«
Sie drehte sich um und sah mich. »Donnerwetter! Was machen Sie denn hier?« fragte sie.
Ich schluckte erst mal runter. »Ich bin Parteimitglied«, entgegnete ich.
»So sehen Sie gerade aus!« sagte sie im Brustton der Überzeugung.
»Na, schön, dann bin ich eben gekommen, um mir kostenlos den Bauch vollzuschlagen.«
»Was Sie nicht sagen!« rief sie höhnisch. »Tun wir das nicht alle?«
»Möchten Sie gern tanzen?« fragte ich.

»O. k. Ich will's riskieren.«
Ich legte mein Sandwich auf einen Stuhl, und wir begannen zu tanzen. »Ein ganz netter Rummel hier«, bemerkte ich.
»Kostet jedenfalls nichts«, sagte sie.
Während wir tanzten, kamen immer mehr Leute, obwohl es schon spät war. Ich trat meiner Partnerin dauernd auf die Füße. Es war lange her, seitdem ich zuletzt getanzt hatte.
»Sie können vielleicht Käse schneiden«, sagte sie schließlich ärgerlich, »aber vom Tanzen haben Sie keine Ahnung, verdammt noch mal!«
Ich preßte sie fest an mich. »Das ist ja auch nur ein Vorwand«, sagte ich.
Sie schob mich weg. »Oho!«
Die Musik hörte auf. »Jetzt kommen die Reden«, sagte sie.
»Möchten Sie verduften?« fragte ich. Ich hatte nämlich andere Pläne.
Aber sie wollte nicht. Wir gingen zu dem Stuhl, auf dem ich mein Sandwich geparkt hatte. Ich nahm es in die Hand, und wir setzten uns.
»Bleiben Sie ruhig da«, sagte sie. »Vielleicht können Sie noch etwas lernen.«
Ich blickte mich im Raum um. Joey kletterte gerade auf einen großen Tisch, den er in die Mitte gezogen hatte, und hob die Hand. »Ruhe, bitte!« rief er. »Ich möchte um Ihre Aufmerksamkeit bitten. Wie Sie wissen, haben wir heute einen Gastredner bei uns, den Sie alle kennen und bereits gehört haben. Ich brauche ihn nicht einzuführen. Seine Arbeit in diesem Stadtbezirk kennen Sie alle. Seine Bemühungen für Sie und die Partei sind weithin bekannt. Hier kommt Gerro Browning.«
Er sprang vom Tisch, und zu meiner Überraschung kletterte jetzt ein junger, großer Schwarzer auf den Tisch. Ich blickte zu den Zuhörern. Es war eine recht gemischte Gesellschaft: Iren, Italiener, Mexikaner, Polen – alles war da. Der Redner war der einzige Schwarze, den ich hier sah. Aber wie er begrüßt wurde! Alle johl-

ten und stampften mit den Füßen, während er sich, ruhig lächelnd, in der Runde umsah.
Dann hob er die Hand, und sofort waren alle still. »Freunde«, begann er – er sprach überraschend akzentfrei –, »ich sehe hier heute abend eine Menge neue Gesichter, die ich nie vorher gesehen habe. Aber es sind warme, menschliche Gesichter, von Leuten wie wir, von Leuten, die dasselbe wie wir vom Leben erwarten, und ich möchte ihnen für ihren Besuch danken.« Alle klatschten. Er wartete, bis der Beifall aufhörte. Dann fuhr er fort. »Heute abend will ich nicht von der Partei oder ihren Grundsätzen sprechen. Ich möchte nicht die Dinge wiederholen, die Sie alle so gut kennen. Ich will Ihnen statt dessen die Geschichte eines Mannes erzählen, der etwas weiter unten in diesem Häuserblock wohnt.
Er ist noch nie hier oben gewesen. Er ist noch nie zu einer unserer Versammlungen gekommen. Obwohl andere und ich ihn eingeladen haben, ist er nicht gekommen. Er hat wie viele von Ihnen eine Zeitlang von der Wohlfahrt gelebt. Aber vor kurzem hat er draußen auf Long Island Arbeit bei einer Elektrizitätsgesellschaft gefunden. Wahrscheinlich ist er nie zu uns gekommen, weil er Angst hatte, daß seine Arbeitgeber ihn entlassen würden, wenn sie erführen, daß er zu unserem Klub gehört.
Als er in der letzten Woche einen Graben aushob, um ein neues Kabel zu legen, stieß er mit seiner Hacke auf einen stromführenden Draht. Der Schlag, den er bekam, schleuderte ihn etwa drei Meter weit. Er erlitt schwere Verletzungen und Verbrennungen und liegt immer noch im Krankenhaus. Wir wissen nicht, ob er durchkommt.
Als ich von dem Unfall hörte, ging ich zu seiner Frau und fragte sie, ob wir in irgendeiner Weise helfen könnten. Von ihr erfuhr ich Einzelheiten. Am selben Abend noch berichtete ich unserem Büro davon. Sie schickten sofort einen Arzt zum Krankenhaus, der sich auf solche Unfälle versteht, und sie schickten einen Kontrolleur zum Unfallort.

Der Arzt versucht jetzt, das Leben des Mannes zu retten.
Der Bericht des Kontrolleurs, den ich hier in der Hand habe, zeigt eindeutig, daß es sich nicht um einen gewöhnlichen Arbeitsunfall handelt, sondern um einen Unfall, der durch die Fahrlässigkeit der Gesellschaft, bei der er tätig war, entstanden ist. Ich zitiere aus dem Bericht: ›Das Gesetz verlangt, daß stromführende Kabel und Drähte in einer bestimmten Tiefe unterhalb der Straßenoberfläche liegen müssen. Diese Drähte lagen jedoch nicht in der vom Gesetz vorgeschriebenen Tiefe, sondern einen Meter höher.‹ Wohlgemerkt, Freunde, einen Meter höher als vorgeschrieben! Dieser eine Meter kann Leben oder Tod für den Mann bedeuten. Dieser eine Meter kann für seine Familie Hunger oder das tägliche Brot bedeuten.
Ich habe schon mit unseren Rechtsanwälten gesprochen. Sie werden einen Prozeß gegen die Arbeitgeber anstrengen und dafür sorgen, daß der Mann zu seinem Recht kommt.«
Die Leute begannen zu klatschen, aber er hob die Hände, um sie zur Ruhe zu bringen. In dieser Haltung, die Hände hoch über seinem Kopf, wirkte er fast wie ein Prophet.
»Freunde«, fuhr er fort, »die Frau dieses Mannes ist heute abend hier bei uns. Die Entschädigung, die sie erhält, wird kaum ausreichen, daß sie ihre Kinder ernähren kann. Sie reicht bestimmt nicht für die Miete, die Gas- und Lichtrechnung. Ich weiß, daß Sie es sich kaum leisten können, ihr mit ein paar Cents aus Ihren mageren Taschen zu helfen. Aber ich möchte, daß Sie es dennoch tun.
Die Partei wird die Rechtskosten für diesen Prozeß übernehmen. Aber Sie sind so anständig, daß weiß ich, daß Sie sich ein wenig einschränken und dafür der Frau und den Kindern dieses Mannes helfen. Denken Sie daran, daß das, was diesem Manne zugestoßen ist, auch Ihnen passieren kann. Und was einem von uns geschieht, das trifft uns alle.
Wir müssen alle an einem Strang ziehen. Wir müssen gemeinsam kämpfen.«

Seine Stimme wurde ruhiger, entschlossener, sicherer. »Wir haben das Recht, zu leben, zu arbeiten und zu essen. Aber wir werden dieses Recht nicht erringen, wenn wir nicht bereit sind, an die Öffentlichkeit zu gehen und es uns zu verschaffen. Denken Sie daran: je stärker die Partei ist, je mehr Mitglieder sie hat, um so mehr wird man die Forderung nach unseren fundamentalen Rechten anerkennen. Ich möchte, daß Sie alles tun, um neue Mitglieder zu werben. Ich möchte, daß Sie unsere Zeitung und unsere Literatur verkaufen oder auch verschenken. Aber vor allen Dingen möchte ich, daß Sie sich voll und ganz hinter diesen Klub stellen, damit auch der Klub sich in seiner ganzen Stärke hinter Sie stellen kann.«

Er stieg vom Tisch und wurde sogleich von einer schwatzenden Menschenmenge umringt.

Ich blickte zu dem Mädchen, das neben mir saß. Ich hatte nie besonders viel von ihr gehalten. Ich hatte überhaupt die Mitglieder dieses Klubs nie besonders hoch eingeschätzt. Harry hatte oft gesagt, daß die meisten von ihnen auch dann nicht arbeiten würden, wenn sie die Möglichkeit hätten. Aber jetzt war ich dessen nicht mehr so sicher.

Die Augen des Mädchens leuchteten. Ihr Gesicht war blaß, so daß Rouge und Lippenstift wie Farbkleckse hervortraten. Sie wandte sich zu mir. »Los«, sagte sie. »Sie haben doch Arbeit. Nun blechen Sie mal!« Sie hielt mir ihre Hand hin.

Ich zog fünfundzwanzig Cents aus der Tasche.

»Sie können mehr geben«, sagte sie. »Ich möchte einen Dollar.«

Lachend gab ich ihr einen Dollar. »Ich denke, Sie haben gesagt, diese Veranstaltung sei frei, und dabei zahle ich hier genausoviel wie woanders.«

»Sie schmutziger Filz«, sagte sie. »Möchten Sie in der Lage des Mannes sein?« Sie nahm den Dollar und gab ihn dem Mann, der gerade die Rede gehalten hatte. Offenbar fragte er sie, woher sie ihn habe, denn sie deutete auf mich.

Er machte sich aus der Menge frei und kam auf mich zu. »Vielen

Dank für Ihre Gabe«, sagte er und reichte mir die Hand. »Es ist mehr, als irgendein anderer gegeben hat.«
»Ich habe Arbeit«, sagte ich und schüttelte ihm die Hand.
»Die anderen hier würden auch gern arbeiten, wenn sie die Möglichkeit hätten«, erwiderte er ernst.
»So habe ich es nicht gemeint. Ich wollte nur sagen: ich kann es mir leisten.«
»Sie sind neu hier, nicht wahr? Ich habe Sie jedenfalls noch nie gesehen.«
»Mein Name ist Frank Kane. Ich arbeite unten im Laden.«
»Freut mich, Sie kennenzulernen«, sagte er lächelnd. »Ich hoffe, Sie öfter hier zu sehen.«
»Bestimmt«, sagte ich höflich.
Er lächelte mir noch einmal zu und ging.
Das Mädchen kam zu mir zurück. »Ich sehe, Sie haben eben mit Gerro geredet.« Sie sagte es in einem Ton, als hätte ich mit dem lieben Gott gesprochen.
»Ja«, sagte ich. »Wenn die Reden nun vorbei sind, können wir ja gehen. Vielleicht erwischen wir noch eine Nachtvorstellung an der 42. Straße. Übrigens weiß ich immer noch nicht, wie Sie heißen.«
»Ich heiße Terry, Ihren Namen kenne ich aus dem Laden – Frank.«
»Das haben Sie also schon spitzgekriegt. Nun aber los, oder wollen Sie die ganze Nacht hier verbringen?«
»O. k., o. k.!« sagte sie. »Einen Augenblick noch. Ich muß eben meine Nase pudern.« Damit ließ sie mich stehen.
Ich sah ihr nach, wie sie auf den Waschraum zusteuerte. Plötzlich hatte ich das Verlangen, mit ihr auszugehen. Ich hatte mich schon lange nicht mehr mit einem Mädchen amüsiert. ›Sie ist nicht übel‹, dachte ich, ›und wer weiß? Vielleicht habe ich heute abend mal Glück.‹

2

Ich traf mich am nächsten Nachmittag mit Terry. Wir gingen schwimmen.
Sie war ein aufregendes Mädchen. Sie redete sehr frei und reizte einen, bis man die Sterne zu sehen glaubte. Aber in dem Augenblick, wo man etwas mehr wollte, kriegte man was auf die Finger.
»Ihr Burschen wollt immer alle dasselbe«, sagte sie. »Warum geht es bei euch nicht mal ohne das?«
»Aber, Baby«, sagte ich, »so kann man es doch auch nicht machen. Du kannst einen Mann nicht einfach zum Narren halten. Komm und sei nicht komisch. Es wird nichts passieren.«
Das stimmte. Es passierte nichts.
Aber durch Terry kam ich in den Klub. Ich merkte immer mehr, daß ich nicht der einzige Mensch auf der Welt war, der sich verdammt anstrengen mußte, um an ein paar Cents zu kommen. Andere Leute hatten dieselben Sorgen – einer wie der andere, ganz gleich, wer oder was sie waren. Alle mußten ein paar lausige Cents verdienen, oder sie mußten hungern. Die Lebensumstände hatten ihre Gesichter geprägt. Weil sie von Wohltätigkeit lebten, hatten sie ihren Stolz verloren. Das zeigte sich auf ganz verschiedene Weise. Ich konnte es im Laden genau beobachten.
Einige kamen mit ihren Lebensmittelgutscheinen lachend und vergnügt an und machten ein großes Theater. »Wir können wieder essen!« riefen sie, gingen fröhlich im Laden herum und kauften, was sie an Lebensmitteln kriegen konnten, bis der Gutschein aufgebraucht war. Manche klatschten den Gutschein auf die Theke und fragten in herausforderndem Ton: »Nehmen Sie so was?«
Andere kamen herein und warteten geduldig, bis jeder Kunde bedient und der Laden leer war. Dann lehnten sie sich mit dem Gutschein in der Hand über den Ladentisch und fragten zögernd und verschämt: »Nehmen Sie den?« Wieder andere wählten sich spontan alles aus, was sie haben wollten. Und wenn alles eingepackt war, holten sie ihren Gutschein hervor und sagten in einem

Ton, der keinen Widerspruch zu dulden schien: »Nehmen Sie den?«

Eines aber war ihnen allen gemeinsam: Nie nannten sie ihren Lebensmittelgutschein bei seinem vollen Namen: ›Soforthilfe-Gutschein‹. Sie sagten immer nur ›den‹ oder ›er‹. Oder: ›Wieviel bekomme ich noch drauf?‹ Und wenn sie sich die Lebensmittel ausgesucht hatten, die nach ihrer Meinung bis zur Ausgabe des nächsten Gutscheins reichten, kauften manche noch ein Stück Kuchen oder ein paar Süßigkeiten für die Kinder. Andere wollten Zigaretten oder auch Bargeld für den Rest ihres Gutscheins. Wir durften weder Bargeld noch Zigaretten geben. Aber wir taten es trotzdem. Gelegentlich kam jemand und bot uns Gutscheine über dreizehn Dollar fünfzig für fünf oder sechs Dollar in bar an. Wir kauften sie ihnen ab. Denn die anderen Läden in der Nachbarschaft taten das auch. Von der Unterstützung zu leben, wirkte sich in vieler Beziehung auf die Menschen aus. Aber vor allen Dingen nahm es ihnen ihren Stolz.

Oben im Klub jedoch war es anders. Der Klub kämpfte dafür, daß die Leute Bargeld statt der Gutscheine bekamen. Er behauptete, daß viele Läden den Leuten, die mit Gutscheinen kamen, höhere Preise berechneten, als den bar zahlenden Kunden, und einige Ladenbesitzer verteidigten das, indem sie erklärten, daß sie neunzig Tage auf ihr Geld warten müßten. Jedenfalls wurden im Klub dauernd Beschwerden darüber laut. Man hörte dort auch manches andere, zum Beispiel, daß die Regierung ein riesiges Arbeitsprogramm plane, um den von der Unterstützung lebenden Leuten zu helfen. Jeden Tag tauchten neue Gerüchte auf. Aber inzwischen lungerten die Leute nur herum und schnallten sich den Gürtel enger.

Mit Terry verabredete ich mich an den Mittwochabenden. Sonntags wollte ich nicht mit ihr ausgehen, weil das zuviel Geld kostete, und es kam für mich nichts dabei heraus. Nicht, daß ich sie nicht mochte. Sie war o. k. Aber wir machten uns nur gegenseitig wild, und ich wälzte mich dann die ganze Nacht schlaflos im Bett und kam von allen möglichen, aufregenden Vorstellungen nicht los. Ich konnte mich nicht dazu bringen, mich bei den Huren auszutoben, nicht nach dem, was ich davon gesehen hatte. So wälzte ich mich im Bett und verwünschte das Weibsstück. Ich schwor, daß ich nicht mehr mit ihr ausgehen würde, und ich wünschte nichts sehnlicher, als mit ihr zu schlafen. Ich verabredete mich also mit ihr nicht mehr am Wochenende, sondern ging mittwochs mit ihr aus. Wir gingen ins Kino, und hinterher brachte ich sie nach Hause. Dort standen wir eine Weile im Flur. Ich küßte sie ein paarmal und faßte sie ein bißchen an, dann ging ich nach Haus. Nach der harten Arbeit des Tages war ich müde und konnte wenigstens einschlafen – und manchmal schlief ich auch die Nacht durch.

Es war an einem Donnerstagnachmittag, als ich in einem Haus eine Bestellung ablieferte. Ich war an diesem Tage ziemlich erregt. Am Abend vorher hatte ich meine Hand in Terrys Kleid gesteckt und ihre warme, weiche Brust befühlt. Sie erlaubte mir das eine Weile. Aber als ich dann versuchte, meine andere Hand zwischen ihren Knien hinaufzuschieben, stieß sie mich weg. Meine Gedanken waren noch bei Terrys Körper, als ich auf die Klingel drückte.

Eine junge Frau machte die Tür auf. Sie hatte verblichenes blondes Haar, ein schmales Gesicht und trug ein altes Kleid. Es war eine neue Kundin. Sie hatte ihren Gutschein aufgebraucht und dann weitere Waren gekauft mit der Bitte, sie später am Tag zu schicken. Sie erwarte bis dahin Geld.

»Lebensmittel«, sagte ich im Flur. »Ein Dollar fünfundzwanzig bar.« Harry hatte gesagt, ich solle auf keinen Fall die Sachen dalassen, wenn ich kein Geld bekäme.

»Bringen Sie sie bitte in die Küche«, sagte sie mit leiser, ruhiger Stimme.

Ich ging in die Wohnung und legte das Paket auf den Küchentisch.

Sie blickte hungrig auf das Paket. »Mein Mann kommt in wenigen Minuten nach Hause. Er bringt etwas Geld mit. Können Sie die Sachen hierlassen, wenn ich Ihnen das Geld später bringe?«

»Tut mir leid, Ma'am«, erwiderte ich. »Ich würde es gern tun, aber ich kann es nicht. Die Vorschrift lautet: ›Nur gegen Barzahlung‹, und mein Boß würde mich rausschmeißen, wenn ich mich nicht danach richte.« Mit diesen Worten wollte ich das Paket wieder an mich nehmen.

»Einen Augenblick«, sagte sie nervös. »Können Sie nicht ein paar Minuten warten? Mein Mann muß gleich kommen.« Ein etwa sechsjähriges Mädchen kam in den Raum. Sie nahm das Kind auf den Arm. »Sie können sich solange setzen, wenn Sie wollen.«

Ich setzte mich auf einen Stuhl in der Nähe meines Kartons und zündete mir eine Zigarette an. Ich bot ihr auch eine an, aber sie dankte. Als die Zigarette zu Ende geraucht war, stand ich auf. »Es wird ziemlich spät, Ma'am. Ich muß jetzt wieder in den Laden, sonst wundert sich der Boß, was mit mir passiert ist.«

»Bitte, warten Sie noch ein paar Minuten«, flehte sie. »Er muß wirklich jeden Augenblick hier sein.« Sie trat ans Fenster und blickte auf die Straße. »Er muß gleich kommen«, wiederholte sie nervös.

Wer's glaubt, wird selig, dachte ich. Und selbst wenn er auftauchte, würde er wahrscheinlich pleite sein. Ich würde also die Ware wieder mitnehmen müssen. Aber ich wartete noch fünf Minuten. Dann stand ich auf.

»Es tut mir leid, Ma'am«, sagte ich, »aber ich muß jetzt wirklich gehen. Wenn Ihr Gatte nach Hause kommt, schicken Sie ihn in den Laden. Dann bekommt er die Sachen.« Ich stemmte den Karton auf meine Schultern.

»Bitte«, sagte sie, »nehmen Sie den Karton nicht mit. Lassen Sie ihn hier. Sobald mein Mann kommt, schicke ich ihn mit dem Geld zu Ihnen – ganz bestimmt!«

»Hören Sie, Lady«, sagte ich. »Ich glaube Ihnen, und ich würde die Sachen gern hierlassen, aber ich kann es nicht. Mein Boß würde mich an die Luft setzen.« Ich ärgerte mich allmählich über ihr Gejammer, vielleicht auch über mich selbst, weil ich die Sachen nicht dalassen wollte.

»Aber wir haben den ganzen Tag noch nichts zu essen gehabt«, sagte sie, »nur das Kind. Mein Mann ist in die Stadt gegangen, um sich Arbeit zu besorgen. Wir werden Ihnen die Sache bestimmt bezahlen.«

»Lady«, sagte ich, »warum erzählen Sie mir das alles? Erzählen Sie es meinem Boß. Wenn er Ihnen vertraut, lasse ich die Sachen hier.«

»Das habe ich bereits getan.« Sie stellte das Kind auf den Boden und setzte sich.

Aus dem Ton ihrer Bemerkung wußte ich, was er ihr geantwortet hatte. »Nun, was kann ich da noch für Sie tun?« sagte ich und wandte mich zur Tür. Dann kam mir eine Idee. Ich kehrte wieder um. »Außer daß ...« Ich sagte nur diese beiden Worte, aber das Schweigen, das ihnen folgte, sagte genug.

Zuerst blickte sie mit einem Hoffnungsschimmer in ihren Augen zu mir auf, der aber schnell dahinschwand, als sie mein Gesicht sah. Sie wurde rot und blickte auf ihre Hände, die sich nervös verkrampften.

Auch ich blickte auf ihre Hände. Sie waren rot und häßlich von der Arbeit. Es waren die Hände einer jungen Frau, die vorzeitig durch jegliche Art von Hausarbeit gealtert waren.

»Nein«, flüsterte sie. Sie sprach so leise, als ob sie mit sich selber redete. »Nein! Nein! Nein!«

»O. k., Lady«, sagte ich hart, »wenn Sie's nicht anders haben wollen. Aber machen Sie sich nichts vor. Wir wissen beide, wie groß die Chance ist, daß er heute Arbeit gefunden hat.« Ich ging zur Tür und legte meine Hand auf die Klinke.

»Einen Augenblick«, rief sie. »Ich muß überlegen.« Sie legte den Kopf in ihre Hände, während das kleine Mädchen uns beide ernsthaft anstarrte.

Ich verlor meine Nervosität. Ich konnte gewissermaßen sehen, wie das Räderwerk in ihrem Kopf arbeitete. Ich wußte, wie die Antwort lauten würde – wie sie lauten mußte.

Endlich blickte die Frau zu mir auf. Es war noch etwas aus ihrem Gesicht verschwunden – ich wußte nicht, was, aber sie sah ganz anders aus. Sie sagte zu dem Kind: »Laura, lauf nach unten und warte auf Papa. Ruf mir durchs Fenster zu, wenn er kommt.«

Das Kind ging bedächtig durch die Tür, die ich ihm offenhielt. Es drehte sich noch einmal um, winkte uns zu und marschierte dann die Treppe hinunter. Ich wartete, bis sie ganz unten war, ehe ich die Tür schloß. Dann stellte ich meinen Karton auf den Boden und ging zu der Frau. Sie sah mich einen Augenblick an und ging dann vor mir her ins Schlafzimmer. Es war ein kleiner Raum mit einem kleinen Fenster. Ein sauber gemachtes Dreiviertelbett stand in der Mitte und ein Kinderbettchen in einer Ecke. Eine kleine Figur der Jungfrau mit dem Kind hing an der Wand zu Füßen des Bettes. Ein Bild der Frau mit ihrem Mann stand auf der Kommode. Sie blieb einen Augenblick davor stehen und sagte dann: »Nicht hier.« Wir gingen weiter in das Wohnzimmer.

Ich folgte ihr. Sie setzte sich auf die Couch, zog die Schuhe aus und streckte sich dann aus.

Ich setzte mich auf den Rand der Couch. Das Herz schlug mir bis zum Hals, und ich fühlte die Hitze in meinen Lenden. Ich legte meine Hand auf ihren Leib, oberhalb der Schenkel. Ihre Haut war eiskalt, und sie zuckte bei der Berührung zusammen. Und dann machte ich einen Fehler. Unwillkürlich sah ich ihr ins Gesicht.

Das war keine Frau mehr, die ich da vor mir hatte. Es war eine leere Hülse. Ich betrachtete sie eine volle Minute. In dieser Minute bewegte sie nicht einen Muskel. Sie lag genauso da, wie ich sie hingeschoben hatte, und starrte mich an.

Ich sprang auf die Füße und zog meine Hose hoch. Zuerst sah sie mich an, als ob sie ihren Augen nicht traute. Dann stand sie auf. »Vielen Dank für die Schlittenfahrt!« sagte ich. »Sie können die Lebensmittel behalten.« Ich wollte in die Küche gehen.

Sie trat einen Schritt vor. »Mister«, sagte sie, und plötzlich fiel sie gegen mich.
Ich fing sie auf, ehe sie zu Boden stürzte. Plötzlich war sie warm. Ich spürte, wie die Kälte ihrer Haut der Hitzewelle wich, die ihren Körper wie Feuer zu durchfluten schien. Ihr Kopf ruhte an meiner Schulter, und sie weinte – diesmal ohne Tränen. Ich preßte sie fest, aber unbeteiligt an mich, denn aus ihren Beinen schien alle Kraft gewichen zu sein.
»Mister«, schluchzte sie, »Mister, Sie haben ja keine Ahnung, was wir durchgemacht haben – wie viele Male Mike gehungert hat, damit das Kind zu essen bekam, auf wie vieles er verzichtet hat.«
Sie war verrückt. Hier lag sie in meinen Armen und jammerte über die Opfer ihres Mannes. Was sie selbst für das Kind getan hatte, daran dachte sie offenbar nicht. Ich schämte mich plötzlich.
»Beruhigen Sie sich«, sagte ich. »Machen Sie sich keine Sorgen.«
Sie blickte zu mir auf. Ihre Augen waren wie tiefe Seen voller Dankbarkeit, in die mein Blick hineintauchte. »Sie sind ein anständiger Mensch«, flüsterte sie.
»Ich weiß, ich weiß.« Ich lachte kurz auf. Grünschnabel Kane, Trottel ersten Ranges!
Wir gingen schweigend in die Küche. An der Tür hielt sie mich an.
»Nochmals vielen Dank, Mister.«
»Nichts zu danken, Lady. Höflichkeit ist unser Motto.«
Ich ging die Treppe hinunter und trat auf die Straße. In einiger Entfernung sah ich das kleine Mädchen. Ein Mann lief auf die Kleine zu, hob sie auf und schwenkte sie hoch in die Luft.
»Papa, Papa!«
Er tanzte mit ihr herum. »Laurey«, rief er, »Papa hat Arbeit!«
Ich ging an ihnen vorüber. »Herzlichen Glückwunsch, Mike!« sagte ich. »Sie haben mehr als das.« Und ging weiter.
Er blickte mir nach und kratzte sich den Kopf. Wahrscheinlich

überlegte er, ob er mich kannte. Dann drehte er sich um und rannte mit seiner Tochter auf dem Arm auf sein Haus zu.
Ich wurde immer wütender und erregter, als ich zum Laden zurückging. Diese aufreizende Hexe Terry sollte mir dafür büßen. Das nächste Mal, wenn ich mit ihr ausging, würde sie mir nicht so davonkommen. Und so geschah's.

3

Am nächsten Morgen kam die Frau, der ich die Lebensmittel überlassen hatte, in den Laden. Sie wandte sich gleich an mich. Das Kind hatte sie bei sich. Sie sah ganz anders aus als am Tag zuvor. In der Art, wie sie den Kopf trug und sich bewegte, war sie viel selbstsicherer. Der mutlose Ausdruck war aus ihren Augen verschwunden.
»Mein Mann hat Arbeit bekommen«, sagte sie ohne Einleitung. »Können Sie mir wohl noch ein paar Sachen auf Kredit geben? Morgen ist Zahltag.«
»Ich weiß«, sagte ich. »Ich habe ihn auf der Straße gesehen. Warten Sie einen Augenblick. Ich will den Boß fragen.« Ich ging zu Harry und erklärte ihm die Situation: daß ihr Mann gerade Arbeit bekommen habe und sie gern ein paar Sachen bis zum morgigen Zahltag auf Kredt hätte. Ich schämte mich für das, was ich gestern getan hatte. Das war mir heute morgen erst so richtig zum Bewußtsein gekommen. Und jetzt ging es mir sehr darum, es wiedergutzumachen. Harry sagte, es sei o. k., wenn ich meinte, daß die Leute ehrlich wären.
Ich gab ihr, was sie wünschte. Während ich die Sachen zusammenpackte, versuchte ich, mich für mein gestriges Betragen zu entschuldigen. Ich sprach sehr leise, so daß es niemand außer ihr hören konnte. »Es freut mich, daß Ihr Mann Arbeit gefunden hat.«
Sie erwiderte nichts.

»Es tut mir leid wegen gestern«, sagte ich. »Ich weiß gar nicht, wie ich dazu gekommen bin. Aber man hört so mancherlei Geschichten. Man weiß überhaupt nicht, wem man noch trauen kann.«

»Warum können Sie nicht allen trauen, bis man Ihnen das Gegenteil beweist?« sagte sie und errötete.

Mir war elender zumute als vorher. Aber auf das, was sie sagte, gab es keine Antwort. Ich überreichte ihr das Paket, und sie verließ den Laden.

Später am Nachmittag kam Terry herein. Sie lächelte mir zu. »Gib mir eine Flasche Katship.«

»Himmel!« sagte ich. »Ißt du eigentlich nie was anderes?« Ich merkte, daß sie nicht verärgert über mich war. Das konnte ich aus ihrem ganzen Verhalten schließen. Ich hätte sie schon längst umlegen sollen, dachte ich, dann wäre ich nie in diesen Schlamassel hineingeraten. Ich nahm eine Flasche Ketchup vom Regal und stellte sie auf die Theke. »Sonst noch was?« fragte ich. Sie schüttelte den Kopf.

Ich steckte die Flasche in eine Tüte. »Zehn Cents, bitte.«

Sie gab mir das Geldstück. »Kommst du morgen zur Versammlung?« fragte sie.

»Ich werde da sein. Warte auf mich.«

Sie verließ den Laden.

Harry kam zu mir herüber. »Wieso gehst du zu diesen Versammlungen?« fragte er. »Das ist doch nur eine Bande von Unterstützungsempfängern. Die meisten von ihnen wollen sowieso nicht arbeiten.«

»Ich weiß nicht recht«, sagte ich. »Sie machen eigentlich einen ganz anständigen Eindruck. Das Glück ist gegen sie – das ist alles. Außerdem macht mir das Spaß da oben.«

Er sah mich prüfend an. »Nun sag bloß noch, du gehst unter die Kommunisten.«

Ich lachte. »Ich weiß gar nicht, was Kommunismus überhaupt ist. Ich würde einen Kommunisten gar nicht erkennen, wenn mir

einer begegnet. Die Leute da oben sehen für mich genauso aus wie andere Leute. Sie wünschen sich offenbar dasselbe wie alle anderen. Sie wünschen sich Arbeit und Essen und etwas Vergnügen. Ich will genau dasselbe, und ich bin kein Kommunist.«
»Sie glauben an freie Liebe«, sagte er. »Sie halten nichts von der Ehe.«
»Davon weiß ich nichts. Die meisten sind verheiratet.«
»Na«, meinte er, »wenn es anständige Leute wären, würden sie ihre Kinder nicht so wild herumlaufen lassen – wie diese Terry zum Beispiel. Ich wette, daß sie die ziemlich oft umlegen, da oben.«
Das brachte mich auf die Palme. Ich wollte ihm gerade hitzig antworten, aber ich beherrschte mich rechtzeitig und grinste. »Sie gehört zu der Sorte, die jeder gern vögeln möchte – wenn er könnte.«
In diesem Augenblick kam eine Kundin herein, und Harry wandte sich ab, um sie zu bedienen. Ich machte mich ans Auspacken von Waren, und wir kamen nicht mehr auf dieses Thema zurück.
Die Monate gingen dahin. Sam gab seine Arbeit bei uns auf und siedelte zu Verwandten nach Hartford über. Ich wurde richtiggehender Verkäufer, und mein Gehalt wurde auf fünfzehn Dollar die Woche erhöht. Die Sonntage bei Otto warfen auch was ab. Ich sparte ein paar Dollar, kaufte mir neues Zeug, nahm ein wenig an Gewicht zu, fühlte mich etwas wohler und war meinen Mitmenschen freundlicher gesonnen.
Eines Abends, etwa eine Woche nach dem Thanksgivingfest, rief Gerro Browning mich auf der Straße an, als ich den Laden verließ. Ich wartete, bis er mich eingeholt hatte, und dann gingen wir zusammen in die Stadt.
»Wo wohnen Sie, Frank?« fragte er.
»Im Hotel Mills«, sagte ich und fragte mich, warum ihn das interessierte.
»Wohin gehen Sie jetzt?«
»Ich gehe essen und dann nach Hause.«

»Haben Sie etwas dagegen, wenn ich mit Ihnen esse?«
»Durchaus nicht«, sagte ich ein wenig überrascht. »Im Gegenteil – dann habe ich mal jemanden, mit dem ich mich unterhalten kann.«
Er betrachtete mich neugierig. »Haben Sie keine Angehörigen?«
Ich schüttelte den Kopf.
»Wie alt sind Sie?«
»Zweiundzwanzig«, sagte ich und sah ihn fragend an. »Hören Sie, ich habe nichts gegen Ihre Fragen, aber vielleicht können Sie mir sagen, woher dieses plötzliche Interesse kommt.«
Er lachte kurz auf. »Ich weiß selbst nicht, woher. Sie interessieren mich einfach.«
»Warum gerade ich? Ich bin keineswegs anders als die anderen.«
»Glauben Sie nicht?«
»Nein.«
Wir betraten eine Imbißstube, gingen mit unserem Tablett an der Theke entlang, suchten unser Essen zusammen und setzten uns an einen Tisch.
Einige Minuten aßen wir schweigend. Dann sagte Gerro plötzlich: »Ihre Haare, zum Beispiel.«
Instinktiv hob ich die Hand an die Schläfe. »Was ist mit meinen Haaren? Sie sind doch gekämmt, oder nicht?«
Er lachte. »Das meine ich nicht. Sie sind anders. Sie haben mich doch vorhin gefragt, nicht wahr?«
»Sie sind eigentlich nicht anders als die Haare anderer Leute.«
»Oh, doch.« Er lächelte. »Sie sind schon etwas grau – nicht sehr, aber man kann es sehen. Und Sie sind etwas zu jung, um graues Haar zu haben.«
»Vielleicht mache ich mir zu viele Gedanken.«
Er schüttelte den Kopf. »Nein, Sie sind nicht der Typ dafür. Aber Sie haben viel durchgemacht.«
»Woran wollen Sie das erkennen?«
»Vor allem an Kleinigkeiten. An der Art, wie Sie sich benehmen. Sie scheinen abseits zu stehen und die anderen mit einem leicht

amüsierten oder überlegenen Ausdruck zu betrachten. An der Art, wie Sie reden – positiv, kurz und bündig, immer bestimmt, niemals vage. An der Art, wie Sie sich bewegen, auf dem Rande Ihrer Füße sozusagen, bereit, nach dieser oder jener Richtung zu springen – wie ein Tier, stets vorsichtig, immer auf der Hut.« Er schob eine Gabel voll Essen in den Mund. »Wie Sie sich zum Beispiel hier im Restaurant hingesetzt haben – mit dem Rücken zur Wand. Wie Sie instinktiv jeden ansehen, der hereinkommt oder an uns vorbeigeht. Nach wem halten Sie Ausschau? Und vor was sind Sie auf der Hut?«
Ich lächelte. »Das ist mir noch nie bewußt geworden«, sagte ich. »Ich bin vor nichts auf der Hut. Wahrscheinlich eine Angewohnheit.«
»Angewohnheiten haben ihre Ursachen«, meinte er. Wir hatten inzwischen unsere Mahlzeit beendet, und ich stand auf, um unseren Kaffee zu holen.
Als ich zurückkam, saß er zurückgelehnt auf seinem Stuhl und rauchte, während er geistesabwesend einen kleinen Anhänger, der an seiner Uhrkette befestigt war, um den Finger drehte.
Ich stellte den Kaffee auf den Tisch. »Was ist das?« fragte ich und deutete auf die Uhrkette.
Er nahm die Uhr aus seiner Tasche und reichte sie mir. »Das ist ein Phi-Beta-Kappa-Schlüssel.«
Ich drehte ihn in der Hand um. Er hatte eine merkwürdige Aufschrift. »Das ist der seltsamste Schlüssel, den ich je gesehen habe«, sagte ich. »Was kann man damit öffnen?«
Er lachte. »Er soll die Welt der Möglichkeiten öffnen. Aber das tut er nicht. Manchmal denke ich, es ist ein Schwindel.« Er sah, daß ich ihn nicht verstand. »Man bekommt ihn auf der Universität. Es ist ein ziemlich snobistischer Club, in den man nur aufgenommen wird, wenn man den höchsten Anforderungen entspricht.«
»Haben Sie die Universität besucht?«
Er nickte.

Ich gab ihm die Uhr mit der Kette zurück und dachte an Marty und Jerry, die ihr Studium auch bald beendet haben mußten.
»Ich habe ein paar Freunde, die auch auf der Universität sind.«
»Wo?« fragte er interessiert.
Ich schnitt eine Grimasse. »Ich weiß es nicht«, bekannte ich. »Ich hab' sie schon lange nicht mehr gesehen.«
»Woher wissen Sie denn, daß sie zur Universität gehen?«
»Ich kenne sie«, sagte ich.
»Merkwürdig, wie die Menschen den Kontakt miteinander verlieren«, meinte er nachdenklich.
Das schien das Eis zwischen uns zu brechen, und dann ging alles ganz einfach. Wir aßen und redeten über eine Stunde miteinander. Ich erzählte ihm von mir. Bisher hatte ich das noch nie getan. Aber er schien wirklich interessiert zu sein. Wir schieden als recht gute Freunde.

4

Der Winter 1932/33 war eine böse Zeit. Die Menschen waren arbeitslos und lebten von Unterstützung. Es wurde immer deutlicher, selbst für einen Menschen wie mich, der eine gewisse Sicherheit genoß, daß etwas getan werden mußte, um den Lebensunterhalt der Massen zu sichern. Jeden Tag schrien die Zeitungen: ›Neue Krise.‹ Die Menschen hungerten, die Menschen froren. Zuschüsse für Veteranen. Arbeit für die Massen. Mach dir nichts vor, Nachbar, der ›Wohlstand‹ wartet nicht hinter der nächsten Ecke.
Mich brauchte das nicht zu berühren. Ich war sicher. Ich hatte keinen Hunger. Ich fror nicht. Ich hatte Arbeit.
Wenn ich nach oben in den Klub ging, erschienen mir die Klagen der Leute dort niemals ganz wirklich. Die Reden, die ich hörte, schienen niemals irgendeinen Erfolg zu haben. Die Forderungen, die man stellte, fanden nie Gehör. Und allmählich verzwei-

felten die Menschen und gaben die Hoffnung auf, jemals wieder Arbeit zu bekommen. Das machte sich auf manche Weise bemerkbar. Männer, die gewissenhaft jeden Morgen losgingen, um sich Arbeit zu suchen, hörten damit auf und sagten sich: Was hat es schon für einen Zweck? Sie kamen mit den immer gleichen Redensarten: »Wissen sie nicht, daß wir eine Flaute haben? Kamerad, hast du ein paar Cents übrig?«

Mehrere Läden in der Straße mußten schließen. Niemanden schien das zu berühren. Die Läden standen leer, und in den Fenstern hingen Riesenschilder: ZU VERMIETEN. Die Parole hieß: billig verkaufen. ›Herabgesetzte Preise‹, ›Halbe Preise‹, ›Ausverkauf brandbeschädigter Sachen‹, ›Jubiläumsverkauf‹. Jeder Vorwand für einen Ausverkauf wurde benutzt. Aber es wurde nichts verkauft.

Die Menschen waren völlig verstört. Sie wußten nicht, wem sie die Schuld in die Schuhe schieben sollten. Kleine Zettel erschienen in den Untergrundbahnen, an Schaufenstern, an Türen: ›Kauft amerikanische Waren.‹ Verschiedene Zeitungen setzten eine Kampagne in Gang, die über das ganze Land ging: ›Bringt den Wohlstand wieder durch den Kauf amerikanischer Waren.‹ Am Columbus Circle hielten Leute Reden gegen die Regierung, gegen den Präsidenten, gegen die Juden, Schwarzen, Katholiken, gegen alles. Wütend schlugen sie nach allen Seiten aus. Sie griffen Gewerkschaften, Streiks, Streikbrecher, Nichtgewerkschaftler, Arbeitgeber, jüdische Arbeitgeber, jüdische Bankiers an. Ohne Sinn und Verstand wetterten sie gegen die ganz Menschheit.

Kauft nicht bei Juden. Kauft amerikanische Waren. Die Leute gingen durch die Straßen und hörten von Rassenunruhen in Harlem – von Krawallen um Lebensmittel im Verbrecherviertel. Die Gemüter erhitzten sich. Die versteckte Grausamkeit der Menschen wurde wachgerüttelt. Die ganze üble Brühe wurde umgerührt, wie von einer Meisterhand, die alle paar Minuten innehielt, um neue Gewürze hinzuzufügen: Haß, Mißtrauen, Verleumdung, Anspielung.

Weist den Nigger auf seinen Platz. Weiße brauchen Arbeit. Soll ein Nigger eure Schwester vergewaltigen?

Seht euch um. Wem gehören alle Geschäfte? Den Juden. Wem gehören die Banken? Den Juden. Wer hat die besten Posten? Die Juden. Was sind die meisten Ärzte und Rechtsanwälte? Juden. Wer sind die Kommunisten? Die Juden. Wer sind die Streikenden? Die Juden. Gehört dieses Land uns oder ihnen?

Die Schwarzen sind wie ein Geschwür. Laßt einen in ein Haus in eurer Nachbarschaft ziehen, und alle schwärmen an wie Fliegen. Sie ruinieren den Wert der Grundstücke. Sie ruinieren euer Wohnviertel. Sie ruinieren euch. Ihr werdet Angst haben, nachts über die Straße zu gehen, wenn ihr die Schwarzen hereinlaßt. Ihr werdet euch um eure kleine Tochter ängstigen, wenn sie von der Schule kommt. Die Schwarzen sind wie ein Krebsgeschwür. Die Schwarzen werden euch töten, wenn ihr euch nicht gegen sie wehrt.

Es war ein böser Winter in mehr als einer Beziehung. Ich erinnere mich an den Abend im Februar – Lincolns Geburtstag –, den Abend, an dem ich erleben mußte, wie Gerro weinte.

Ich stand ganz hinten im Raum. Der Klub war halb leer, und die Mitglieder standen herum und unterhielten sich ruhig. Es war keine Kapelle mehr da, und es wurde nicht getanzt. Man brauchte das Geld für wichtigere Dinge. Zu den Versammlungen erschienen nicht mehr viele Leute. Sie hatten die Hoffnung aufgegeben, oder sie hatten sich von anderen mit Lügen beschwatzen oder von lärmenden Straßenrednern verführen lassen.

Ich unterhielt mich mit Terry. Wie fast immer, jammerte sie. »Meine Periode hat sich wieder verspätet, verdammt noch mal! Bist du auch bestimmt vorsichtig gewesen?«

Ich lachte sie aus. »Natürlich bin ich vorsichtig. Hör bloß auf mit deinem ängstlichen Getue. Wenn's dich erwischt hat, kann ich dir immer noch ein Bein stellen, daß du die Treppe hinunterfliegst. Dann wirst du's auf diese Weise wieder los.«

Sie war wütend. »Ich weiß wirklich nicht, warum, zum Teufel, ich mich mit dir noch abgebe. Ich bin dir völlig piepe. Du willst bloß dein dreckiges Vergnügen.«

»Sonst noch irgendwelche Klagen?«

»Du hältst dich für ganz besonders schlau«, fauchte sie mit funkelnden Augen. »Aber eines Tages wirst du feststellen, daß ich nicht greifbar bin, um's mit dir zu machen. Dann wirst du schon blöd schauen.«

»Es gibt ja noch andere Weiber«, sagte ich.

Sie explodierte. »Gottverdammich! Du kannst bloß blöde Witze machen. Ich werde heiraten!«

»Wer will dich denn heiraten?«

»Es gibt da einen Mann«, erklärte sie, plötzlich sehr selbstsicher. »Einen guten Posten hat er auch. Chauffeur beim Fifth-Avenue-Bus. Ein richtiger Gentleman. Der würde kein Mädchen zu was zwingen, was sie selbst nicht will.«

»Das beweist nur den alten Spruch: ›Jede Minute wird ein Trottel geboren.‹ Warum heiratest du ihn denn nicht?«

»Ich weiß auch nicht, warum ich es nicht tue«, erwiderte sie bissig. Plötzlich änderte sich ihr Ton. Ganz sanft und freundlich sagte sie: »Hast du eigentlich schon mal ans Heiraten gedacht, Frankie?«

Ich hob die Hände in gespieltem Entsetzen. »Glaubst du, ich bin wahnsinnig? Warum eine Frau unglücklich machen, wenn man sie alle kriegen kann?« Ich lachte. »Soll das vielleicht ein Antrag sein? Kommt ein bißchen plötzlich.«

Sie wurde wieder wütend. »Lach nur! Wenn es diesen Monat noch mal klappt, heirate ich ihn, und dann kannst du sehen, wo du bleibst.« Damit drehte sie sich um und ging.

Ich blickte nachdenklich hinter ihr her. Man wußte nie, wann sie es ernst meinte. Aber, zum Teufel, ich hatte nicht die geringste Lust, irgend jemanden zu heiraten!

Gerro war inzwischen auf den Tisch geklettert, um eine Rede zu halten. »Freunde«, begann er, aber weiter kam er nicht.

In diesem Augenblick flog klirrend ein Stein durchs Fenster ins

Zimmer. Dann noch ein Stein und immer mehr Steine. Für einen Moment waren wir still. Wir begriffen nicht, was los war. Gerro stand mit offenem Mund auf dem Tisch.
Da ich dem Fenster am nächsten war, ging ich hin und blickte nach draußen. Zwanzig bis dreißig Männer standen auf der Straße und sahen zu uns hinauf. Ich kannte keinen von ihnen. Jemand griff nach meiner Hand. Es war Terry.
»Was wollen die?« fragte sie ängstlich.
Ich brauchte nicht zu antworten. Schon trat einer aus der Menge da unten. »Wir wollen diesen Hurenbock von einem Nigger. Der kann hier nicht mit weißen Frauen vögeln. Wir werden ihm beibringen, wie er sich Weißen gegenüber zu verhalten hat.«
Ich blickte zu Gerro hinüber. Er stand in der Mitte des Raumes, er schien völlig allein zu sein. Die anderen rückten mit bleichen, erschrockenen Gesichtern an die Wand. Eine Frau rief mit halberstickter Stimme: »Warum holt denn keiner die Polizei?«
»Es ist wohl am besten, wenn ich nach unten gehe und mit ihnen rede«, sagte Gerro und ging zur Tür.
»Laß ihn nicht gehen, Frankie«, flüsterte Terry. »Sie bringen ihn um!«
Ich reagierte automatisch auf ihre Bitte. »Gerro, warte einen Augenblick. Es hat keinen Sinn, daß du runtergehst. Laß uns erst die Frauen fortschaffen.«
Er blieb an der Tür stehen und kam dann zum Fenster.
»Bleib, wo du bist!« sagte ich.
Er blieb wie angewurzelt stehen und blickte mich fragend an.
Ich ging wieder ans Fenster. »Wenn wir ihn euch ausliefern«, rief ich auf die Straße hinunter, »laßt ihr dann die anderen raus?«
Ich sah, wie ein paar Männer die Köpfe zusammensteckten. »O. k.!« rief jemand nach oben.
»Also gut!« brüllte ich. »Zuerst kommen die Frauen, dann die Männer. Wenn alle fort sind, könnt ihr raufkommen und ihn holen.«
»Nein!« schrie jemand. »Du kommst als letzter mit ihm raus.«

»O. k.«, brüllte ich zurück.
»Frankie, das kannst du nicht machen. Du kannst ihn denen nicht einfach ausliefern«, flüsterte Terry.
»Sei still«, sagte ich, ebenfalls flüsternd. »Sie kriegen ihn nicht! Wenn du draußen bist, ruf die Polizei an. Dann geh nach Hause und bleib dort, bis ich mich bei dir melde.« Mit lauter Stimme fuhr ich fort: »Ihr kommt alle raus. Keine Angst! Geht einzeln nach unten. Nehmt die Hüte ab, damit sie sehen können, daß ihr weiß seid. Geht nach Haus und bleibt dort bis morgen früh. Und redet mit niemandem. Geht einfach raus und verschwindet!«
Einer der Männer protestierte: »Wir können Gerro nicht im Stich lassen.«
»Das laß nur meine Sorge sein«, sagte ich. »Jetzt macht, daß ihr rauskommt. Ihr wollt doch nicht, daß den Frauen was passiert, wie?«
Sie bewegten sich auf die Tür zu.
Eine Stimme tönte von unten herauf: »Bringt den Nigger ans Fenster, damit wir sehen können; daß er nicht abhaut.«
Das machte meinen Plan zunichte, denn ich hatte vorgehabt, Gerro übers Dach entkommen zu lassen. Jetzt wollten sie ihn sehen, und das würde uns aufhalten. Gerro wollte zum Fenster.
Ich versperrte ihm den Weg und rief Joey zu, er sollte aufs Dach gehen und die Dachluke öffnen, damit wir sofort raus konnten. Dann sollte er wieder runterkommen und mit den anderen nach draußen gehen. Er nickte und verschwand.
»Los jetzt«, sagte ich zu den anderen, »geht einzeln nacheinander hinaus und beeilt euch nicht. Wir müssen möglichst viel Zeit gewinnen.«
Sie verließen langsam nacheinander das Zimmer. Es gab kein Durcheinander. Ruhig und stumpf gingen sie nach unten und dann auf die Straße. Ich schaute aus dem Fenster und sah, wie die ersten das Gebäude verließen. Sie eilten am Rande der Menge entlang, gingen bis zur Ecke und verschwanden dann.
Jemand in der Menge brüllte: »Wo ist der Nigger?«

Ich winkte Gerro mit der Hand, und er trat ans Fenster. Sein Gesicht war eine harte Maske. Er preßte die Lippen fest aufeinander. Wenn er Angst hatte, so merkte man es ihm jedenfalls nicht an. Ich sah Terry bis zur Ecke gehen. Dort blieb sie stehen, winkte uns noch einmal zu und entschwand unseren Blicken. Ein Stein flog durchs Fenster. Ich duckte mich instinktiv. Der Stein traf Gerro im Gesicht unterhalb des Backenknochens. Aber er rührte sich nicht.

Ich blickte ihn sprachlos an. Seine Backe war durch den Stein aufgerissen und blutete. Er wandte nicht den Kopf und verriet durch nichts, daß der Stein ihn getroffen hatte. Das Blut lief ihm über die Wange und Hals und färbte seinen sauberen weißen Kragen rot. Es war ein stumpfes, nasses Rot. Ich gab ihm mein Taschentuch. Er drückte es so gleichgültig auf sein Gesicht wie ein Friseur ein heißes Handtuch. So stand er am Fenster und blickte auf die Menge hinab.

»Kennst du jemanden?« flüsterte ich.

»Ja«, sagte er, und seine Stimme zitterte ein wenig. »Ich kenne die meisten.«

Einige dieser Halunken waren wahrscheinlich irgendwann mal Mitglieder des Klubs gewesen, dachte ich, aber ich sagte nichts. Ich hoffte nur, daß Joey zurückkäme, bevor die letzten der Gruppe draußen waren.

»Frank!« ertönte seine Stimme von der Tür her.

Ich wandte meinen Kopf nicht vom Fenster ab. »O. k.?« fragte ich.

»O. k.«, flüsterte er.

»Hau ab!« sagte ich, immer noch aus dem Fenster schauend. »Vergiß nicht, als letzter rauszugehen.«

Ich hörte, wie er auf die Treppe zuging. »Mach dich bereit, schleunigst loszurennen«, sagte ich zu Gerro. »Komm mir nach, sobald du Joey herauskommen siehst.«

Er antwortete nicht.

Noch ein paar Steine flogen ins Zimmer. Ich sprang zur Seite, doch Gerro blieb regungslos stehen. Dann sah ich Joey aus dem Gebäude kommen. »Wir kommen jetzt raus!« schrie ich nach unten und trat ins Zimmer zurück. Aus den Augenwinkeln konnte ich sehen, daß sich ein paar aus der Menge zum Eingang drängten. Gerro stand immer noch am Fenster. Ich packte seine Hand und zerrte ihn mit mir. »Los, verdammt noch mal!«

Ich rannte zur Tür und schleifte Gerro mit. Als wir auf den Flur kamen, hörte ich unten auf der Treppe Schritte. Wir rasten die Treppe zum obersten Stockwerk hinauf. Von dort aus führte eine Leiter zum Dach. Ich sah, daß der schwere, viereckige Lukendeckel entfernt war, so daß ich die Sterne am Himmel sehen konnte. ›Gut gemacht, Joey!‹ dachte ich.

Ich schob Gerro vor mir die Leiter hinauf und sah, wie er durch die Öffnung verschwand. Dann kletterte ich ebenfalls hinauf. Unter uns im Klubzimmer herrschte jetzt ein ziemlicher Krach. Ich konnte hören, wie die Möbel zertrümmert wurden. Dann lärmte es auch auf der Treppe, die zu uns heraufführte. Ich war fast an der Luke, als ich spürte, wie eine Hand meinen Fuß umklammerte. Ich blickte hinab. Der Mann, der nach mir gegriffen hatte, stand schon halb auf der Leiter. Ich trat heftig zu. Mein Fuß landete in seinem Gesicht. Er fiel von der Leiter auf den Fußboden, und ich stieg durch die Luke aufs Dach.

Ich sah mich um. Auf den Dächern lagen noch Schneereste. Der Lukendeckel lag in der Nähe der Öffnung und daneben eine modernde Matratze, die ein Mieter wahrscheinlich zurückgelassen hatte, nachdem er in einer heißen Sommernacht auf dem Dach geschlafen hatte. »Hilf mir!« fuhr ich Gerro an.

Sein Gesicht blutete immer noch, aber er bückte sich und half mir, den Deckel wieder über die Luke zu schieben. Dann warf ich die Matratze darüber in der Hoffnung, daß sie unsere Verfolger etwas länger aufhalten würde. Ich richtete mich auf und hielt Umschau. Einige der Dächer hatten regelrechte Eingänge. Der erste war ungefähr zwei Häuser entfernt. Ich rannte hin und versuchte die Tür zu öffnen, aber sie war verschlossen.

Ich blickte zurück zu dem Gebäude, aus dem wir gekommen waren. Der Deckel lag zwar noch auf der Luke, aber ich merkte, daß man versuchte, ihn zu entfernen. Die Matratze bewegte sich auf und ab und rutschte ein wenig zur Seite. Wir rannten zum nächsten Gebäude.

Dort hatten wir mehr Glück: die Tür war offen. Wir traten ein, und ich verriegelte die Tür von innen. Wir liefen nach unten und traten auf die Straße. Wir kamen auf der 68. Straße heraus.

Ich blickte die Straße hinunter, aber es waren keine Verfolger zu sehen. Auf der Central Park West winkten wir ein leeres Taxi herbei und stiegen ein. »Fahren Sie nur los!« sagte ich zu dem Chauffeur. »Ich sage Ihnen gleich, wohin wir wollen.«

Gerro sank auf den Sitz und bedeckte sein Gesicht mit den Händen. Das Taschentuch war blutdurchtränkt. Ich zog ihm die Hände vom Gesicht und besah mir die Wunde.

»Das sieht ja böse aus«, sagte ich. »Wir bringen dich am besten zu einem Arzt.« Ich beugte mich vor und sagte dem Chauffeur, er möchte uns zum Roosevelt-Krankenhaus fahren.

Am Krankenhaus stiegen wir aus, und ich bezahlte den Fahrer. In der Unfallstation untersuchte einer der Ärzte die Wunde. Sie mußte genäht werden. Während der Arzt sich mit Gerro befaßte, beantwortete ich den Fragebogen, den die Schwester ausfüllen mußte. Als der Arzt die Wunde verbunden hatte, riet er Gerro, nach Hause zu gehen und sich hinzulegen. Er gab ihm ein paar Tabletten, und wir verließen das Krankenhaus.

Inzwischen war es elf Uhr geworden. »Du solltest auf dem schnellsten Wege nach Hause gehen«, sagte ich zu Gerro. »Du scheinst mir ziemlich wackelig auf den Beinen zu sein.«

Er versuchte zu lächeln. »Ja, das ist wohl das beste. Ich glaube, ich schaffe es jetzt allein, vielen Dank für alles, Frank. Du warst großartig.«

»Nichts zu danken«, sagte ich. »Glaubst du wirklich, daß du es allein schaffst?«

»Bestimmt. Ganz bestimmt.« Er schien ein wenig zu schwanken.

Ich streckte die Hand aus, um ihn zu stützen. »Ich glaube, es ist doch besser, wenn ich mitgehe.«

Er protestierte nicht.

»Wo wohnst du?« fragte ich.

Er schien nachzudenken. »Vielleicht sollte ich nicht nach Hause gehen. Meine Angehörigen regen sich zu sehr auf, wenn sie mich so sehen. Ich gehe lieber zu Freunden.«

»Wie du meinst. Aber dann los. Du brauchst Ruhe.«

Wir stiegen in ein Taxi, und er gab dem Fahrer eine Adresse in Greenwich Village an. Eine Zeitlang fuhren wir schweigend dahin, während er aus dem Fenster starrte und ich ihn alle paar Minuten verstohlen betrachtete.

Schließlich beugte er sich vor und verbarg das Gesicht in den Händen. Dann begann er zu weinen. Ich wußte: es war nicht der Schmerz der Verletzung. Es war die Kränkung und die Demütigung, die sich in seinem harten, halbunterdrückten Schluchzen Luft machte. »Diese törichten Menschen«, sagte er, »diese armen, irregeführten Narren. Wann werden sie es endlich begreifen?«

5

Das Taxi hielt vor einem kleinen, renovierten mehrstöckigen Haus. Auf einem Schild über der Tür stand ›Atelierwohnungen‹. Ich stieg aus und bezahlte den Fahrer. Dann betraten Gerro und ich das Gebäude. Vor einer Tür im dritten Stock blieben wir stehen, und Gerro drückte auf die Klingel. Seine Wunde schien ihm jetzt heftige Schmerzen zu verursachen. Aus der Art, wie er dastand, merkte ich, daß er sich schlecht fühlte.

Ich läutete noch einmal. Wir warteten etwa eine Minute, aber in der Wohnung rührte sich nichts. »Vielleicht sind deine Freunde nicht zu Hause«, sagte ich.

»Ich habe einen Schlüssel«, erwiderte er, zog ihn aus der Tasche und öffnete die Tür.

Er knipste Licht an, und ich folgte ihm in die Wohnung. In einer Ecke des Raumes stand eine Schreibmaschine, zerrissene Blätter lagen um sie herum. In einer anderen Ecke stand eine Staffelei mit dem halbvollendeten Porträt eines Mannes. Ein Tisch und mehrere Sessel waren über das Zimmer verteilt. In der Nähe des Fensters befand sich eine Kochnische mit einem kleinen Herd, Kühlschrank und Küchenschrank. In der gegenüberliegenden Wand war eine Tür, die Gerro öffnete. Über seine Schulter hinweg konnte ich zwei Einzelbetten und einen Frisiertisch sehen. Er schloß die Tür wieder und kehrte ins Zimmer zurück.
»Es sieht so aus, als sei niemand zu Hause«, meinte er und stand einen Augenblick unschlüssig da, als wisse er nicht, was er noch sagen solle. »Nun«, fuhr er dann fort, »ich kann mir jetzt allein weiterhelfen. Du kannst ruhig nach Hause gehen. Es ist ziemlich spät, und du bist sicher auch ganz erledigt.«
»Ich gehe«, erklärte ich, »wenn ich sehe, daß du im Bett liegst. Aber erst mußt du etwas Heißes trinken und die Tabletten nehmen, die der Arzt dir gegeben hat.«
»Ich kann das schon allein«, protestierte er.
Ich hatte das Gefühl, daß er mich loswerden wollte.
»Nix!« erklärte ich energisch. »Geh rüber und leg dich hin. Ich setze inzwischen Wasser auf. Gibt's hier irgendwo Tee?«
Er nickte. »Im Küchenschrank sind Teebeutel.«
Ich füllte einen kleinen Topf mit Wasser und stellte ihn auf den Herd. Als ich mich umdrehte, sah ich, wie er immer noch dastand und mich beobachtete. »Zieh dich aus und mach, daß du ins Bett kommst«, befahl ich.
Er ging ins andere Zimmer und machte die Tür hinter sich zu.
Nachdem ich ihm Tee gebracht hatte, schlief er ein, und ich setzte mich hin und zündete mir eine Zigarette an. Als ich sie halb aufgeraucht hatte, glaubte ich ihn rufen zu hören. Ich stand auf und warf einen Blick in sein Zimmer. Aber er schlief, und ich setzte mich wieder hin.
Auf dem Tisch neben der Staffelei sah ich ein kleines Porträt von

Gerro. Ich ging hin, um es mir näher anzusehen. Es war ein gutes Porträt. Ich entdeckte etwas, was ich bisher noch nicht bemerkt hatte: Gerro war ein gutaussehender Mann. Er hatte feste, sensible Züge, hohe Backenknochen, große, intelligente Augen und ein langes, gutgeschnittenes Kinn. Ich stellte das kleine Gemälde wieder auf den Tisch und kehrte an meinen Platz zurück. Ich erinnere mich, daß ich auf die Uhr sah und feststellte, daß es nach eins war. Dann muß ich im Sessel eingeschlafen sein.

Ich erwachte, als sich ein Schlüssel im Schloß drehte. Ein Blick auf die Uhr verriet mir, daß es halb vier war. Ich wartete darauf, daß sich die Tür öffnete. Ich hörte, wie das Schloß aufsprang, und dann trat ein Mädchen ins Zimmer. Sie blieb im Türrahmen stehen, als sie mich sah.

Sie war eine Schönheit – klein, dunkelrotes Haar, tiefbraune Augen, ein kleiner, schöngeschwungener Mund. Ihr Mantel war offen, und ich konnte sehen, daß sie eine tolle Figur hatte – sehr sexy. Die richtigen Sachen am richtigen Platz, schöne Beine, eine zarte, cremeweiße Haut. Ich blinzelte. Das war also der Grund, warum Gerro versucht hatte, mich loszuwerden. Ich stand auf.

»Wer sind Sie?« fragte sie mit einer Stimme, die zu ihrer Figur paßte. Es war eine weiche, tiefe Stimme.

»Frank Kane«, sagte ich. »Ich bin ein Freund von Gerro.«

»Wo ist er?« fragte sie.

Ich deutete auf das Schlafzimmer. »Er schläft. Er hatte einen kleinen Unfall, und ich habe ihn hierhergebracht.«

Sie schloß die Tür und kam ins Zimmer, während sie ihren Mantel auszog. Sie warf mir einen kurzen, prüfenden Blick zu und ging dann ins Schlafzimmer.

Als sie zurückkam, sah ich, daß sie blaß war. »Regen Sie sich nicht auf«, sagte ich. »Er ist bald wieder in Ordnung.«

»Was ist denn passiert?« fragte sie.

Ich nahm mir eine Zigarette und bot ihr auch eine an. Sie nahm sie, und ich zündete beide an. Dann erzählte ich ihr den ganzen Hergang. Als ich fertig war, sank sie in einen Sessel.

»Es muß schrecklich gewesen sein«, sagte sie.
»Es hätte schlimmer kommen können«, erwiderte ich.
»Ich meine für ihn. Sie wissen nicht, wie sehr er sich für diesen Klub aufgeopfert hat. Wie stolz er darauf war! Wie stolz, daß er dort angesehen war und akzeptiert wurde! Er sagte immer, das sei nur ein Anfang – der Vorläufer einer besseren Zukunft, in der alle ungeachtet ihrer Hautfarbe und ihres Glaubens miteinander auskommen würden. Es muß ihn furchtbar getroffen haben.«
Ich blickte sie an. »Es ist keine allzu schlimme Verletzung.«
»Die äußere Verletzung wird er schnell vergessen«, meinte er. »Aber es ist noch etwas anderes verletzt – sein Stolz und seine Ideale, und das wird nicht so rasch heilen wie die Wunde an seinem Kopf.«
Ich nahm meinen Mantel vom Stuhl. »Ich muß jetzt gehen«, sagte ich. »Ich habe nur gewartet, bis jemand kam, dem ich die Situation erklären konnte.«
»Nein«, sagte sie rasch, »gehen Sie nicht. Es ist schon spät. Ich weiß nicht, ob Sie noch einen weiten Weg haben, aber warum bleiben Sie diese Nacht nicht hier? Sie können drinnen bei Gerro schlafen. Ich schlafe hier auf der Couch. Sie sehen schrecklich müde aus.«
»Nein«, sagte ich. »Trotzdem vielen Dank. Aber ich glaube, es ist besser, wenn ich gehe.« Ich ging zur Tür.
Sie folgte mir. »Warum wollen Sie nicht hierbleiben?« fragte sie. »Mir macht's nichts aus, wenn ich hier schlafe – ganz bestimmt nicht. Ich werde es sowieso tun müssen.«
Ich sah sie fragend an.
Sie errötete. Die heiße, rote Glut ergoß sich über Hals und Gesicht. Sie blickte zu Boden. »Einen Augenblick. Sie verstehen nicht. Ich bin seine Frau.«
Ich mußte lächeln. »Hören Sie, Lady, ich möchte nicht unhöflich oder engstirnig erscheinen. Das ist Ihre Sache, nicht meine. Es ist mir völlig egal, wer oder was Sie sind. Gerro ist ein prachtvol-

ler Mensch. Vielleicht sogar ein großer Mann. Ich gehöre einfach zu den Leuten, die das Glück haben, ihn zu kennen – weiter nichts.«

Sie setzte sich in einen Sessel und schien wütend auf sich selber zu sein. »Es tut mir leid, daß ich das gesagt habe«, gestand sie. »Ich habe gelogen. Ich bin nicht seine Frau.« Sie hob den Kopf und blickte mich stolz an. »Aber ich wollte, ich wäre es. Ich wollte, ich hätte den Mut, ihn so weit zu bringen, daß er mich heiratet.«

Ich blickte ihr fest in die Augen, bis sie wieder zu erröten begann, aber sie wandte den Blick nicht ab. Ich warf meinen Mantel über einen Stuhl. »Das ist schon eine verteufelte Art, einen Gast zu behandeln!« sagte ich. »Haben Sie in dieser Behausung nichts zu essen? Ich bin am Verhungern, Miss –?«

»Marianne Renoir«, sagte sie.

»Wie wär's, wenn wir was äßen, Marianne?« fragte ich lächelnd.

»Eier?« Sie lächelte ebenfalls. »Sie werden sich damit begnügen müssen. Etwas anderes kann ich Ihnen nicht anbieten.« Sie ging in die Kochnische. »Spiegeleier oder Rühreier?«

Zehn Minuten später saßen wir am Tisch und aßen – das heißt, ich aß, und sie redete.

»Ich traf Gerro auf der Universität. Und Sie wissen ja, wie es so geht. Man redet über Fragen des Studiums, und plötzlich entdeckt man, daß es wichtigere Dinge zu bereden gibt.

Aber ich war die Mutige. Wir werden der Welt die Stirn bieten, erklärte ich. Was kümmern uns Vorurteile? Was kümmert uns, was die Leute sagen oder denken? Wir werden es ihnen schon zeigen. Aber Gerro sagte nie etwas dazu. Er lächelte nur sein wunderbares, ruhiges, aufrichtiges Lächeln, ohne einen Ton zu sagen.

Ich glaube, er wußte damals schon, daß ich so redete, um den Tatsachen nicht ins Auge zu sehen. Meine Familie würde es nicht erlauben. Ich komme von Haiti, und obgleich von meiner Urgroßmutter her auch Blut von Schwarzen in unseren Adern

fließt, ist meine Familie stolzer auf ihre weiße Hautfarbe als die reinblütigen Weißen.
Und Gerros Familie vertrat denselben Standpunkt, nur andersherum.
Gerro wollte immer Schriftsteller werden – Journalist. Er studierte Journalismus auf der Universität. Aber er merkte sehr bald, daß er trotz seiner Ausbildung keine Chance hatte. Da wandte er sich seiner jetzigen Tätigkeit zu. Er glaubte, er könnte durch harte Arbeit auf diesem Gebiet erreichen, daß die Menschen ihn allmählich genauso akzeptierten wie jeden anderen mit denselben Fähigkeiten. Und darum, glaube ich, hat ihn das, was heute abend passiert ist, aufs tiefste verletzt.
Seine Arbeit nimmt ihn so in Anspruch, daß er keine Zeit findet, mich mehr als einmal in der Woche zu besuchen. Und wenn er dann kommt, setzt er sich sofort da drüben an die Schreibmaschine und beginnt zu schreiben. Und was er schreibt, ist so wundervoll und so voller Verständnis und Anteilnahme, daß ich gar nicht begreife, wie jemand es lesen kann, ohne daß ihm die Tränen kommen. Alles, was sein Herz und seine Seele bewegt, strömt durch diese Schreibmaschine, und wenn er fertig ist, blickt er lächelnd zu mir auf und gibt mir das Geschriebene zum Lesen. Und während ich es lese, wandert er nervös auf und ab, raucht eine Zigarette nach der anderen.
Wenn ich dann zu ihm sage, wie wunderbar es ist, nimmt er die Seiten wieder an sich und schwenkt sie vor meinem Gesicht. ›Ist es die Wahrheit, Marianne?‹ fragt er. ›Habe ich die Wahrheit geschrieben?‹
Es ist tatsächlich die Wahrheit – nackt, unverblümt, ehrlich, kompromißlos. Der Jammer der menschlichen Seele, die Empfindlichkeit des Menschen gegenüber den Gefühlen seiner Mitmenschen. Es ist die Wahrheit – eine Fackel, eine hell leuchtende Fackel in der nebligen Nacht einer Welt, deren Licht durch Vorurteile und Dummheit verdunkelt wird.«
Sie stand auf und holte das kleine Porträt von Gerro, das ich mir

vorher schon angesehen hatte. »Eines Tages habe ich ihn bei seiner Arbeit gemalt. Er merkte es erst, als er fertig war und aufblickte. Ich lächelte ihn an und zeigte ihm das Gemälde. Und wissen Sie, was er da sagte?«

Er sagte: ›Mein Gott, Liebling, du machst mich ja schön!‹ Als ob ich ihn schön machen könnte – ihn, der von Natur aus schön und gütig und ehrlich ist.«

Sie stellte das Bild wieder an seinen Platz und betrachtete es eine Weile sinnend. Ich hatte inzwischen die Eier verzehrt und beobachtete sie, ohne daß sie es merkte. »Mein Gott!« stieß sie hervor. »Mein Gott! Ich wollte, wir wären verheiratet!«

Ich wollte etwas sagen, aber eine Stimme unterbrach mich. Es war Gerro, der in der Schlafzimmertür stand und uns anlächelte. »Wie ich sehe, habt ihr beiden euch getroffen«, sagte er. »Aber wie üblich erzählt sie nur von mir. Sie hat dir wahrscheinlich nicht gesagt, daß sie das Ross-Stipendium für Kunst gewonnen hat. Oder daß ihre Familie eine der reichsten in Haiti ist. Oder daß wir, wenn wir heirateten, keinen Pfennig für unseren Lebensunterhalt hätten.«

Sie eilte auf ihn zu. »Gerro, ich hatte solche Angst um dich!«

Er lächelte sie freundlich an. »Angst, Marianne? Du hast keine Angst. Ich vielleicht. Aber du nicht.«

Ich stand vom Tisch auf. »Hör zu«, sagte ich, »ich bin müde. Wie du die Geschichte erzählst, Gerro, das höre ich mir morgen früh an. Wir wollen jetzt schlafen gehen.«

Ich schlief auf der Couch im Atelier. Ich war fast eingeschlafen, als ich jemanden aus dem Schlafzimmer ins Atelier kommen hörte. Ich blickte durch den verdunkelten Raum. Es war Marianne. »Marianne«, flüsterte ich, »schläft er?«

Sie trat an meine Couch und blickte auf mich herab. »Sind Sie immer noch wach?«

»Ja.«

»Er hat mir erzählt, was Sie getan haben, und ich wollte Ihnen danken. Ich hatte ja keine Ahnung davon.«

Dann mußte sie plötzlich lachen.
»Warum lachen Sie?« flüsterte ich.
»Wissen Sie, was ich dachte, als ich in die Wohnung kam und Sie da in dem Stuhl sitzen sah? Ich dachte, Sie wären ein Einbrecher, der eingeschlafen war und gerade wieder aufwachte, als ich hereinkam. Sie hatten so einen Ausdruck im Gesicht, als wenn Sie mich anlachten und sagen wollten: ›Na gut. Jetzt bin ich geschnappt. Was wollen Sie jetzt machen?‹
Ich stand da und wußte nicht, was ich tun sollte. Eines Tages werde ich Sie malen – auch weil ich jetzt weiß, was für ein feiner Kerl Sie sind.«
Sie beugte sich herab und küßte mich auf die Wange. Der Duft eines zarten Parfums ging von ihr aus. Ihre Weiblichkeit versetzte mich sogleich in heftige Erregung. »Das war der Dank dafür, daß Sie so freundlich zu Gerro waren.«
Ich legte meine Hände unter ihre Arme und zog sie zu mir herab. »Das war für Gerro«, flüsterte ich. »Das ist für mich.«
Ich küßte sie auf die Lippen. Zuerst war sie zu überrascht, um mich daran zu hindern. Dann aber erwiderte sie meinen Kuß. Sie legte ihre Arme unter meinen Kopf und hielt mein Gesicht dicht an das ihre. Als wir voneinander ließen, flüsterte ich: »Für wen war die Rede bestimmt, die Sie vorhin vom Stapel gelassen haben – für mich oder für Sie?«
Eine Sekunde noch hielt sie mein Gesicht dicht an das ihre. Wir sahen uns in die Augen. Dann richtete sie sich auf. »Du Hund!« flüsterte sie ganz ruhig. »Du gemeiner Hund! Mein erster Eindruck war doch richtig, du bist ein Einbrecher. Ich will dich nie wiedersehen.«
Ich legte mich auf den Bauch und blickte sie an. »Marianne«, flüsterte ich, »würdest du das auch sagen, wenn ich nicht Gerros Freund wäre?«
Sie ging ohne zu antworten ins Schlafzimmer. Ich legte mich wieder auf den Rücken und blickte, vor mich hinlächelnd, zur Decke. Sie hatte recht. Ich würde sie niemals wiedersehen – jedenfalls

nicht, solange Gerro mein Freund war. Es war zu gefährlich für uns beide. Ich mochte sie gern – lieber als irgend jemanden in meinem bisherigen Leben. Es war etwas an ihr – an uns –, das uns zueinander hinzuziehen schien. Ich hatte es auf den ersten Blick gespürt. Und sie auch, das wußte ich. Ich liebte ihre Stimme, ihr bewegliches, ausdrucksvolles Gesicht, ihre Hände mit den langen, sensiblen Fingern. Ich liebte ihre Lippen beim Küssen, besonders wenn sich ihre Mundwinkel ein wenig bewegten. Aber ich würde sie nie wiedersehen, nicht, solange Gerro mein Freund war.

Ich verließ die Wohnung früh am Morgen, noch ehe einer von ihnen wach war. Es war Montag, und ich mußte zeitig an meinem Arbeitsplatz sein. Ich schlüpfte aus der Wohnung wie ein Dieb – wie ein Einbrecher.

6

Kurz nachdem wir den Laden aufgemacht hatten, erschien Terry. Sie war fuchsteufelswild. »Du wolltest doch gestern abend von dir hören lassen«, sagte sie wütend.

»Das ging nicht«, sagte ich besänftigend. Harry betrachtete uns mit neugierigen Blicken. »Gerro war ziemlich schwer verletzt, und ich bin die Nacht über bei ihm geblieben. Was ist denn noch passiert, nachdem wir fort waren?«

Sie beruhigte sich rasch wieder. »Ich weiß es nicht. Ich habe die Polizei angerufen, wie du gesagt hast, und dann bin ich nach Hause gegangen. Der Klub ist wahrscheinlich zertrümmert. Wie geht es Gerro?«

»Er wird bald wieder o. k. sein. Wir sind über die Dächer entwischt.«

»Was wird mit dem Klub passieren?« fragte sie.

»Ich weiß es nicht«, sagte ich. Wir gingen zusammen auf die Straße und blickten zu den Klubfenstern empor. Die Scheiben

waren alle kaputt. Dann gingen wir nach oben. Die wenigen Möbel, die in dem Raum gestanden hatten, waren restlos zertrümmert. Unflätigkeiten waren mit Kreide an die Wände gekritzelt. Wir gingen wieder nach draußen. Terry hatte einen merkwürdigen Ausdruck im Gesicht.
»Jetzt ist wohl alles vorbei«, sagte sie langsam.
»Vielleicht«, sagte ich. »Aber man kann's nicht wissen. Wenn der Klub den Mitgliedern genug bedeutet, wird er wieder eröffnet werden.«
»Ja, *wenn* er ihnen genug bedeutet.«
Ich war neugierig. »Was bedeutet er dir?« fragte ich. »Was hast du von den Klub gehabt?«
Sie zögerte ein wenig, ehe sie antwortete. »Es war eine Gelegenheit, Menschen kennenzulernen, Freundschaften zu schließen und sich über alles mögliche zu unterhalten. Eine Gelegenheit, Leute zu treffen.«
»War es nicht auch eine Gelegenheit, mit anderen zu teilen, was man hatte. War es nicht etwas mehr als nur ein Ort für nette Zusammenkünfte?«
»Ich glaube schon«, sagte sie unsicher.
Ich hatte recht. Die meisten Leute, die in den Klub kamen, wußten überhaupt nicht, worum es ging. Für sie war es nur ein Treffpunkt. Wenn überhaupt etwas dabei herausschaute, so war das einzig und allein das Werk von Leuten wie Gerro. Die gewöhnlichen Mitglieder wußten gar nicht, wie wichtig der Klub für sie war. Ich verabschiedete mich von Terry und ging wieder an meine Arbeit.
Am Mittwoch nachmittag läutete das Telefon. Harry ging an den Apparat. »Für dich«, sagte er und hielt mir den Hörer hin.
»Hallo«, sagte ich.
Ich erkannte Gerros Stimme. »Hallo, Frank. Hier ist Gerro.«
»Wie geht's dir?« fragte ich.
»Danke, ganz gut. Ich wollte nur fragen, ob du heute mit mir zu Abend essen willst.«

»Gern, vielen Dank. Wo wollen wir essen?«
»Hier bei Marianne.«
Das hatte ich nicht erwartet. Ich wußte nicht, was ich sagen sollte. Ich wollte nicht dorthin gehen. Ich wollte sie nicht sehen. Das heißt, ich wollte sie schon sehen, aber ich wußte, daß es besser war, wenn ich sie nicht sah. In den letzten Tagen hatte ich viel zuviel an sie gedacht. Es war merkwürdig, wie sie sich in meine Gedanken geschlichen hatte. »Wann?« fragte ich.
»Gegen halb acht.«
»Augenblick«, sagte ich. »Da fällt mir gerade was ein. Der Lastwagen kommt ja heute abend, und ich muß auf ihn warten. Ich kann nicht kommen. Tut mir leid.«
»Schade!« Er schien enttäuscht zu sein. »Marianne wollte so gern, daß du kommst. Das ist für uns beide eine Enttäuschung, daß du nicht kannst.«
Seltsam, wie mir beim Klang ihres Namens das Herz hüpfte! »Sag ihr bitte, daß es mir sehr leid tut. Aber du verstehst doch, nicht wahr?«
»Ja, natürlich. Na, vielleicht ein anderes Mal.«
»Ja, ein anderes Mal.« Wir verabschiedeten uns, und ich legte den Hörer auf.
Nach diesem Anruf war ich in guter Laune. Ich wußte, daß auch sie an mich gedacht hatte. Sonst hätte ich diese Einladung nicht bekommen.
In der nächsten Woche rief mich Gerro wieder an, und wir aßen zusammen in einem Restaurant an der 14. Straße.
»Was willst du jetzt machen?« fragte ich, als wir beim Nachtisch angelangt waren.
»Ich werde zu einem Klub in der oberen Stadt versetzt«, erwiderte er, »in Harlem.«
Ich mußte sofort an die Harris' denken. Da oben gab es wirklich viel für ihn zu tun, und er war der richtige Mann dafür.
»Ja«, sagte er. »Die Organisation glaubt, daß ich da oben unter meinen eigenen Leuten bessere Arbeit leisten könne.«

»Du hast auch hier unten verdammt gute Arbeit geleistet!«
»Das habe ich auch gedacht«, meinte er, »aber jetzt bin ich nicht mehr so sicher.«
Danach trafen wir uns einmal in der Woche, und es wurde jedesmal ein interessanter Abend. Ich freute mich immer darauf.
Mit Terry kam ich jetzt weniger zusammen. Der Klub hatte zwar fünf Häuserblocks weiter ein neues Quartier bezogen, aber ich ging nicht mehr zu den Versammlungen. Seitdem ich Marianne kennengelernt hatte, war mit mir eine Veränderung vorgegangen. Ich spürte allmählich, daß ich mehr von einer Frau verlangte als nur ihren Körper. Terry war ein nettes Mädchen, aber sie hatte nicht das, was ich mir wünschte. Unsere Beziehung hatte mit Liebe nichts zu tun. Sie war rein körperlich.

An einem Märzabend, als Terry und ich im Flur ihres Hauses standen, küßte ich sie, und sie stieß mich weg. Diesmal drängte ich mich ihr nicht auf. Sie stand da in der trüben Beleuchtung und schaute mich an. Schließlich redete sie.
»Du hast dich verändert, Frank.«
Ich lachte.
»Nein«, sagte sie ernst. »Du hast dich verändert. Ich meine es wirklich. Irgendwas beschäftigt dich.«
»Nicht, daß ich wüßte«, sagte ich leichthin.
»Möglich, daß du es nicht weißt, aber es ist so.« Sie sah mich an und versuchte, in meinem Gesicht zu lesen. »Und ich habe auch über manches nachgedacht. Das, was wir miteinander getan haben, das muß aufhören.«
Ich gab keine Antwort.
»Ich hatte also recht«, sagte sie, »vor einigen Monaten hättest du dich dagegen aufgelehnt. Jetzt sagst du nichts. Und ich bin froh darüber. Ich hätte Schluß gemacht, auch wenn du es nicht gewollt hättest, denn ich werde heiraten.«
Sie mißverstand meinen Seufzer der Erleichterung. Ich hatte etwas anderes erwartet.

»Und zwar den Mann, von dem ich dir schon erzählt habe. Er ist Busfahrer, hat einen recht guten Posten und verdient ungefähr vierzig Dollar die Woche. Er liebt mich, und wenn ich ihn heirate, kann ich aus dieser Bude ausziehen, und ich habe alles, was ich will. Wir können auf Long Island wohnen, in einer Wohnung mit Zentralheizung und nicht in diesem kalten Stall. Ich brauche mir über Rechnungen und über Essen keine Gedanken mehr zu machen. Wir brauchen nicht jeden Groschen dreimal umzudrehen.«
Ich versuchte, ein unglückliches Gesicht zu machen, aber es fiel mir sehr schwer.
Sie legte mir die Hand auf den Arm. »Sei nicht allzu traurig, Frank. Es läßt sich nicht ändern.« Sie redete wie das Weib in dem Film, den wir letzte Woche gesehen hatten. »Wir haben viel Spaß miteinander gehabt, und wir wollen uns als Freunde trennen.«
Ich schaute sie verwundert an. Sie glaubte diesen Quatsch, den sie da verzapfte, doch wohl selbst nicht. Aber ihr Gesicht war ernst; sie meinte tatsächlich jedes Wort so, wie sie es gesagt hatte. Ich unterdrückte einen Lachreiz. »Wenn du es nicht anders willst, Terry«, sagte ich. Meine Stimme klang erstickt, weil ich krampfhaft bemüht war, mich zu beherrschen.
Sie glaubte, ich wäre tieftraurig. »Dies ist unser Abschied, Frank«, flüsterte sie.
Ich ging darauf ein. »Nein«, sagte ich, »das kann doch nicht dein Ernst sein?«
»Ja«, sagte sie, »es ist mein Ernst. Dies ist das Ende.« Sie war so gerührt von ihren eigenen Worten, daß ihr tatsächlich die Tränen in die Augen traten.
Ich beugte mich zu ihr hinab und küßt sie auf die Wange. »Ich glaube, du hast recht, Baby«, sagte ich. »Ich bin nicht gut genug für dich. Ich hoffe, daß du sehr glücklich wirst. Alles Gute.«
Sie begann zu schluchzen und lief weinend nach oben. Ich blickte ihr eine Weile nach und trat dann grinsend auf die Straße.
Als ich einen Monat später das Restaurant betrat, in dem ich mit Gerro verabredet war, sah ich Marianne mit ihm am Tisch sitzen.

»Marianne wollte mit uns zu Abend essen«, sagte Gerro lächelnd. »Wie geht's Ihnen, Marianne?«
»Danke, gut«, sagte sie und lächelte mich dabei an, daß mir die Pulse hämmerten. »Und wie geht es Ihnen?«
»Ganz gut.« Ich vertiefte mich in die Speisekarte, damit sie nicht merken sollte, wie es um mich stand.
»Entschuldigt mich bitte«, sagte Gerro und stand auf. »Ich bin gleich wieder da. Marianne, bestelle bitte einen Tomatensaft für mich.« Er ging auf die Herrentoilette zu.
Ich blickte verlegen auf die Speisekarte.
»Was ist mit Ihnen, Frank?« fragte Marianne lächelnd. »Wundern Sie sich, daß ich mitgekommen bin?«
Ich nickte. »Ein wenig.«
»Nun ja«, sagte sie. »Ich war neugierig und wollte sehr gern wissen, wie Sie bei Tag aussehen.«
Ich schaute aus dem Fenster. Es war dunkel draußen. Schon seit einer Stunde.
Sie lachte. »Sie glauben mir wohl nicht, wie?«
»Nein«, sagte ich.
Sie lachte wieder. »Frank, ich glaube, Sie fürchten sich vor mir. Sie halten mich für eine böse Frau.«
»Ich habe Ihnen schon einmal gesagt, wer Sie sind, und was Sie sind, interessiert mich nicht. Ich bin Gerros Freund.«
»Touché!« sagte sie. Dann beugte sie sich mit ernster Miene vor. »Frank, es ist durchaus möglich, daß eine Frau zwei Männer gleichzeitig lieben kann. Gerro ist wundervoll – reizend, gütig, alles, was eine Frau sich von einem Mann nur wünschen kann. Ich wollte, wir wären verheiratet, und das ist mein voller Ernst. Aber Sie sind anders. Sie sind böse, selbstsüchtig, unehrlich. Das sehe ich Ihrem Gesicht an. Sie scheinen alles zu begehren, was ein anderer besitzt. Aber Sie faszinieren mich. Ich möchte Ihren Charakter ergründen. Aber Sie sind undefinierbar. Ich wußte, daß Sie mich nicht besuchen würden. Deshalb habe ich Gerro überredet, mich mitzunehmen. Ich mußte Sie wiedersehen, ich

mußte wissen, wie Sie über mich denken. Jetzt weiß ich es. Auch das kann ich aus Ihrem Gesicht lesen, trotz der Maske, die Sie aufgesetzt haben.«

»Na, gut«, sagte ich, »dann können Sie vielleicht auch sehen, daß Sie Gerro gehören. Seine Lebensaufgabe ist schon schwer genug. Ich brauche ihm nicht auch noch in sein Privatleben zu pfuschen. Seit Jahren haben Sie ihm alles bedeutet, und ich will ihm das nicht wegnehmen.«

Sie senkte den Kopf und biß sich auf die Lippen. Ich konnte sehen, wie ihr die Röte ins Gesicht schoß. Sie errötete sehr leicht. Gerade als sie mir antworten wollte, kam jedoch Gerro an unseren Tisch zurück, und wir ließen das Thema fallen.

Als ich nach dem Abendessen den Heimweg antrat, dachte ich: ›Wenn Gerro nicht wäre, dann würde ich ...‹ Ich wüßte sehr genau, was ich dann täte.

7

Der April kam und mit ihm der erste Hauch von Frühling. Frühling in New York. Ich lebte mechanisch von einem Tag zum anderen, und jeder Tag brachte dasselbe. Ich wußte nicht, ob ich glücklich war, aber ich wußte, daß ich auf eine merkwürdige, im Grund ungenügende Art zufrieden war. Ich sehnte mich nach anderen Dingen, aber ich hätte nicht sagen können, wonach.

Eines Abends fragte mich Gerro, ob ich am 1. Mai zum Union Square kommen könne. Er hatte sich verpflichtet, dort eine Rede zu halten, und wollte gern, daß ich sie hörte. Ich hatte den vagen Gedanken, daß Marianne vielleicht auch dort wäre. Wahrscheinlich war das der entscheidende Grund, daß ich mich entschloß, zu der Veranstaltung zu gehen. Denn an sich machte ich mir nichts aus solchen Volksreden.

Eine große Menschenmenge hatte sich auf dem Platz versammelt. Für die Redner war eine Tribüne errichtet. Männer gingen umher und verteilten gedruckte Tagesprogramme. Ich überflog die Liste und sah, daß Gerro der vierte Redner war. Sein Thema hieß: ›Gleichheit – ein Geburtsrecht‹. So stand es auf dem Programm.

Ich drängte mich durch die Menge nach vorn und versuchte Gerro zu finden. Schließlich sah ich ihn. Er saß mit einigen anderen Männern hinten auf der Tribüne, wo sie offenbar warteten, bis sie an die Reihe kamen. Ich winkte ihm zu.

Sein Blick, der ruhelos über die Menge gewandert war, fiel auf mich. Er grinste und nickte zum Zeichen, daß er mich gesehen hatte. Ich winkte noch einmal, dann glitt mein Blick über die Menge. Ich versuchte Marianne zu entdecken. Aber sie war nicht da.

Eine Hand zupfte mich am Ärmel. Ich drehte mich um. Es war Terry. »Hallo«, sagte ich lächelnd. »Dich habe ich hier nicht vermutet.«

»Ich wollte Gerro hören. Ich bin mit meinen Leuten hier.«

»Das ist ja fein«, sagte ich verlegen. Ich wußte nicht, was ich sonst noch sagen sollte. »Wie geht es dir?« Es war eine dumme Frage, denn ich sah sie fast täglich im Laden. Aber wir waren uns ziemlich fremd geworden und redeten nicht viel miteinander.

»Mir geht's gut«, sagte sie. »Ein ganz schöner Haufen Leute, nicht wahr?«

»Ja«, sagte ich, während meine Augen Marianne suchten. »Ziemlich viele Menschen.«

Wir schwiegen eine Weile. Wir wußten nicht, worüber wir reden sollten. Schließlich sagte sie: »Ich muß jetzt wieder zu meinen Leuten gehen.«

»Ja, das mußt du wohl«, sagte ich erleichtert. »Auf Wiedersehen.«

Ich suchte weiter nach Marianne, aber ich konnte sie nicht entdecken. Als ich zur Rednertribüne schaute, sah ich, daß Gerro aufstand und zu der Treppe ging.

Ich ging zu ihm und schüttelte ihm die Hand. »Hallo, alter Junge!«

Er grinste mich an. »Ich bin froh, daß du gekommen bist. Ich war schrecklich nervös, bis ich dich sah. Das ist das erste Mal, daß ich vor einer so großen Menge rede. Aber als ich dich entdeckt hatte, war mir gleich wohler. Ich wußte, daß alles klappen würde. Es ist gut, wenn einer in der Menge ist, den man kennt.«
»Dann bin ich froh, daß ich gekommen bin.« Ich blickte mich um und fragte beiläufig: »Ist Marianne auch hier?«
»Nein«, sagte er. »Sie kann solche Menschenmassen nicht ertragen.«
Ich verbarg meine Enttäuschung. Wir redeten noch eine Weile, und dann ging er an seinen Platz zurück. Ich wartete, bis er an der Reihe war. Es waren noch zwei Redner vor ihm dran.
Alle möglichen Leute waren gekommen. Arme jeder Rasse, jeder Hautfarbe, jedes Glaubens. Und alle waren sonntäglich gekleidet. Armut war nicht exklusiv. Man brauchte nicht hier geboren zu sein, um kein Geld zu haben. Am Rande der Menge standen berittene Polizisten. Sie saßen auf schönen rötlichbraunen Pferden und hielten ihre Gummiknüppel fest in der Hand. Sie wirkten einsatzbereit.
Wieder sah ich zur Rednertribüne. Der erste Redner war fertig, und der nächste stand an seinem Platz. Mir war warm. Daher ging ich zurück an den Rand der Menge, kaufte mir eine Flasche Coca Cola und drängte mich dann wieder bis in die vordere Reihe durch. Gerro saß jetzt weiter vorn, ganz nahe an den Stufen. Als ich meine Flasche ausgetrunken hatte, suchte ich nach einem Platz, wo ich sie abstellen konnte, aber ich fand keinen. So behielt ich sie in der Hand.
Das erste, was ich von dem Tumult sah, war, daß die Menge sich auf die Rednertribüne zu bewegte. Dann hörte ich ein paar Leute schreien: »Los! Auf sie!« Gerro erhob sich von seinem Stuhl und blickte über das Geländer. Ich stellte mich auf einen Platz, wo ich besser sehen konnte, was passierte. Ich sah, wie sich ein paar Männer prügelten. Als ich mich nach Gerro umwandte, stieg er gerade die Stufen hinab, mitten in die Menge hinein. Von der an-

deren Seite her ritt ein Polizist in die Masse. Die Leute wichen vor seinem Pferd zurück.
Dann ging alles sehr schnell. Gerro sprang zwischen die beiden Streitenden und versuchte, sie auseinanderzubringen. Der Polizist ritt herbei. Er schwang seinen Knüppel und rief ihnen etwas zu, aber ich konnte nicht hören, was er sagte, weil die Menge zuviel Lärm machte. Ich sah, wie Gerro hochsprang und nach dem Arm des Polizisten zu greifen versuchte. Ich wußte, daß er den Polizisten nur daran hindern wollte, jemanden zu schlagen. Der Polizist riß sein Pferd herum und befreite seinen Arm aus Gerros Griff. Dann schlug er mit seinem Knüppel zweimal zu. Er traf Gerro am Kopf. Ich sah, wie Gerro mit einer grotesken Bewegung an der Seite des Pferdes hinabglitt und sich an dem Pferd festzuhalten versuchte. Er war nahe am Rumpf des Tieres, als der Polizist sein Pferd wendete. Dabei trat das Pferd Gerro vor die Brust. Gerro sank hinter dem Pferd zu Boden, und die Menge drängte gegen den Polizisten. Das Pferd wich zurück, und ich sah, wie es mit den Hinterläufen auf Gerro trampelte, der sich am Boden wand.
Ich versuchte mich durch die Menge zu drängen, um zu ihm zu gelangen. Aber es waren zu viele Leute vor mir. »Warum ziehen sie ihn nicht weg? Er wird ja zu Tode getrampelt?« hörte ich mich selbst schreien.
Der Polizist schien gar nicht zu wissen, daß Gerro unter seinem Pferd lag. Er schlug mit seinem Knüppel nach jedem, der versuchte, an ihn heranzukommen. Ich hob die Hände in hilfloser Wut und merkte plötzlich, daß ich noch die Flasche in der Hand hatte. Im nächsten Augenblick hatte ich die Flasche geschleudert. Sie drehte sich wie irrsinnig in der Luft und traf den Polizisten ins Gesicht. Er schwankte einen Augenblick im Sattel, während ihm das Blut aus Mund und Nase strömte. Dann rutschte er zu Boden. Ich hörte das schrille Pfeifen der anderen Polizisten, die jetzt herbeiritten.
Verstört blickte ich mich um. Dann wurde mir klar, daß ich mich

so rasch wie möglich aus dem Staube machen mußte. Mein Blick fiel auf Terry, die ihre Hand vor den Mund preßte und mich mit angsterfüllten Augen ansah. Ich drehte mich um und stürzte mich wieder in die Menge. Wenn die Polizisten mich je schnappen und herausfanden, daß ich der Bursche war, der die Flasche geworfen hatte, würde ich halb zu Tode geprügelt werden.

Keuchend erreichte ich den Eingang der Untergrundbahn. Ich sah zurück. Die Menge kochte vor Erregung. Ich konnte Gerro nicht dadurch helfen, daß ich mich hier noch länger aufhielt. So beschloß ich, ins Geschäft zurückzukehren und dort zu warten, bis ich von ihm hörte.

Es war ein paar Minuten vor drei, als ich den Laden betrat. Auf dem Rückweg war ich in eine Bar gegangen und hatte einen Schnaps getrunken. Danach trank ich schwarzen Kaffee und spürte, wie sich meine Nerven wieder beruhigten. Ich ging ganz gelassen in den Laden, band meine Schürze um und begann zu arbeiten. Ich war froh, daß Harry zu beschäftigt war, um Fragen über die Rede zu stellen.

Die nächsten zwei Stunden schleppten sich dahin. Ich wartete auf das Läuten des Telefons. Ich weiß nicht, warum ich einen Anruf von Gerro erwartete, aber ich dachte, er würde mich anrufen, wenn es ihm möglich war. Gegen sechs Uhr läutete das Telefon. Harry nahm den Hörer ab und rief mich.

»Hallo«, sagte ich.

»Frankie«, hörte ich eine erregte Stimme, »hier ist Terry. Mach dich aus dem Staub. Die Polizei ist hinter dir her.«

»Einen Augenblick«, unterbrach ich sie, »woher wissen sie etwas? Du bist die einzige gewesen, die mich gesehen hat.«

»Es waren noch andere da, die dich gesehen haben, Frankie.« Ihre Stimme klang nervös. »Leute aus dem Klub. Die Polizisten haben alle verhört und können jeden Augenblick herauskriegen, wer du bist. Der Polizist ist im Krankenhaus und schwebt in Lebensgefahr. Wenn er stirbt ...« Ihre Stimme erstarb.

Der Gedanke an den verletzten Polizisten war mir nicht sehr

sympathisch. »Weißt du – weißt du, wie es Gerro geht?« stammelte ich.
»Weißt du es nicht?« fragte sie und begann zu weinen. »Er ist tot. Das Pferd hat ihn zu Tode getrampelt.«
Ich stand fassungslos da. Der Laden schien sich zu drehen. Dann nahm ich mich zusammen. »Bist du noch da?« tönte ihre verstörte Stimme aus dem Apparat.
Ich zwang mich zu antworten: »Ja, ich bin hier.«
»Du sollst dich beeilen«, sagte sie. »Du hast nicht mehr viel Zeit.«
»Ja, danke.« Ich legte auf und blieb wie angewurzelt stehen.
Ich weiß nicht, wie lange ich auf demselben Fleck stand. Dann raffte ich mich auf und ging zu Harry. Ich sagte: »Ich muß meine Stelle hier aufgeben.«
Er war gerade dabei, Käse mit der Maschine zu schneiden, und war so überrascht, daß er sich beinahe den Finger abgeschnitten hätte. »Warum?« fragte er. »Was ist los?«
»Ich sitze in der Patsche«, sagte ich. »Bei der Versammlung hat es eine Schlägerei gegeben, und jetzt muß ich verduften.«
»Donnerwetter, steht es so schlimm? Ich hab' dir ja empfohlen, dich von diesen komischen Brüdern fernzuhalten. Ich hab' dir gesagt, daß du nur Scherereien kriegst.«
»Das hilft mir jetzt nicht viel«, sagte ich. »Und außerdem war es nicht ihre Schuld.«
Er schnitt seinen Käse zu Ende, wickelte ihn ein und gab ihn dem Kunden, der vorn im Laden stand und mich nicht hören konnte. Dann kam er zu mir zurück.
»Es tut mir leid, Harry«, sagte ich. »Ich hatte nicht die Absicht, auf diese Weise aufzuhören und dich im Stich zu lassen. Aber ich kann's nicht ändern. Du warst sehr anständig zu mir, und ich bin dir sehr dankbar dafür. Willst du das bitte auch Mr. Rayzeus ausrichten?«
Er nickte, und ich ging ins Hinterzimmer, um meine Schürze abzubinden. Ich hängte sie an einen Nagel an der Wand, ging wie-

der in den Laden und reichte Harry die Hand. »Nochmals vielen Dank für alles, Harry.«
Er schüttelte mir die Hand. »Schade, daß du fortgehst, mein Junge. Du hast gut gearbeitet, und ich hab' dich gern gemocht.«
»Mir tut es auch leid«, sagte ich und wandte mich zum Gehen.
»Augenblick«, rief er. »Du hast was vergessen.«
Ich drehte mich um, und er hielt mir seine Hand entgegen. »Dein Lohn«, sagte er.
»Aber heute ist doch erst Montag«, protestierte ich.
»Nimm es nur. Du hast einen Extrawochenlohn dicke verdient.«
Ich nahm das Geld und schob es in meine Tasche. »Vielen Dank«, sagte ich. »Ich kann es gut gebrauchen.« Das stimmte. Denn ich hatte nur etwas über hundert Dollar in der Kassette in meinem Hotelzimmer. Von den paar Kröten, die ich verdiente, konnte man nicht viel sparen.
»Schon gut, mein Junge«, sagte er und begleitete mich an die Tür. »Hoffentlich kommt alles wieder in Ordnung.« Ich hielt meine gekreuzten Finger in die Höhe. Er grinste und tat dasselbe.
Als ich auf die Straße trat, hielt ich erst nach allen Richtungen Ausschau. Aber die Straße war so ruhig wie immer. Ich sprang in eine Untergrundbahn und fuhr zu meinem Hotel. Dort packte ich meine Siebensachen in einen kleinen Handkoffer, den ich vor einiger Zeit gebraucht gekauft hatte, und bezahlte meine Rechnung. Ich wollte gerade zum Bahnhof gehen, als mir plötzlich ein Gedanke durch den Kopf schoß.
Marianne! Wer würde es ihr sagen? Ich hoffte, kein Fremder, der nicht wußte, wie sie zueinander gestanden hatten. Und ich hoffte, sie würde auch nicht die kalte, nüchterne Notiz lesen, die vielleicht in der Zeitung erschien. Mit jedem Schritt, den ich tat, wurde mir klarer, daß ich es ihr sagen mußte.
Ich hörte ihre raschen Schritte, als sie an die Tür kam. Zunächst sah sie ein wenig verdutzt aus, als sie meinen Koffer bemerkte. Ich trat ein, ohne auf ihre Einladung zu warten.
Sie schloß die Tür und sah mich an. »Gehst du fort, Frank?«

»Ja, aber erst muß ich dir was sagen«, sagte ich ernst.
Sie konnte nicht wissen, wovon ich redete, und sie hatte wohl etwas ganz anderes erwartet. Sie trat mit einem weichen Ausdruck in den Augen dicht an mich heran. Erstaunt sah ich, daß sie grau waren und nicht, wie ich mir eingebildet hatte, braun. Aber es war ein dunkles, wolkiges Grau. »Was willst du mir sagen?« fragte sie sanft. »Was ist so wichtig, daß du nicht fortgehen kannst, ohne es mir zu sagen?«
Ich stellte den Koffer hin und packte sie an den Schultern. Ich war wütend und dachte, sie würde es schon rasch genug begreifen.
»Frank, du tust mir weh«, jammerte sie.
Ich lockerte meinen Griff. Die Wut, die ich für einen Augenblick empfunden hatte, legte sich. »Setz dich lieber erst«, sagte ich in sanfterem Ton.
»Nein, ich setze mich nicht«, sagte sie, und ihre Augen weiteten sich vor Angst. »Was ist los?«
»Gerro ist tot«, sagte ich.
Einen Moment sah sie mich verständnislos an. Dann wurde sie blaß und verdrehte die Augen. Ich fing sie auf, als sie gegen mich sank, trug sie ins Schlafzimmer und legte sie aufs Bett. Aus der Küche holte ich ein Glas Wasser, und als sie sich wieder zu regen begann, hielt ich es ihr an die Lippen. Ich knöpfte ihre Bluse auf und wartete, bis sie wieder zu sich kam.
Zitternd schlug sie die Lider auf. »Ich wollte nicht, daß du es von jemand anders erfährst«, sagte ich. »Ich dachte, es wäre besser, wenn ich es dir sagte, aber ich fürchte, ich habe es vermasselt.«
Sie schüttelte schwach den Kopf. »Wie – wie ist es passiert?«
»Es gab auf dem Platz eine Schlägerei. Ein Polizist schlug auf Gerro ein, und er fiel unter das Pferd des Polizisten. Ich habe eine Coca-Cola-Flasche nach dem Polizisten geworfen, und der Polizist liegt im Krankenhaus, und darum muß ich mich jetzt aus dem Staub machen.«

»Aber Gerro –«, sagte sie mit schwacher Stimme. »Hat er – große Schmerzen gehabt?«
»Nein«, sagte ich sanft. »Es passierte alles zu schnell. Er kann nichts gespürt haben.« Ich wußte nicht, ob es so war oder nicht, aber für ihn machte es keinen Unterschied mehr, und für sie war es besser, wenn sie glaubte, daß es so gewesen sei.
Sie richtete sich halb auf. »Ich bin froh, daß ihm das erspart blieb«, flüsterte sie, »er konnte keine Schmerzen ertragen.« Sie bedeckte ihr Gesicht mit den Händen und begann zu weinen.
Ich überließ sie eine Weile ihrem Schmerz. Dann stand ich auf. Je länger ich hierblieb, desto gefährlicher wurde es für mich. Ich durfte mich nicht mehr lange aufhalten. Allmählich hörte sie auf zu weinen und blickte zu mir hoch.
»Du warst sein Freund«, sagte sie. »Er war so stolz darauf, daß du für ihn gekämpft hast. Das hat er mir oft gesagt. Und auch zuletzt hast du dich noch für ihn eingesetzt.«
Ich wußte nicht, was ich darauf sagen sollte. Man konnte nicht leichthin sagen: ›Es war nichts Besonderes. Ich habe es gern getan.‹ Solche Dinge passierten nun mal, und man konnte nichts daran ändern. »Ich bin sehr traurig«, sagte ich schließlich. »Wie nahe es mir geht, kannst du dir gar nicht vorstellen. Er war ein toller Bursche.«
»Er war einmalig in seiner Art«, sagte sie.
Wir schwiegen eine Weile. Dann wandte ich mich zum Gehen.
»Wenn du meinst, daß ich dich jetzt allein lassen kann, geh' ich.«
»Ich werd' schon allein fertig«, sagte sie dumpf.
»Leb wohl«, rief ich ihr von der Tür her zu.
»Leb wohl«, sagte sie.
Ich drehte mich um und ging zur Tür, die auf den Korridor führte. Auf einmal horte ich rasche Schritte hinter mir, und im nächsten Augenblick lag Marianne in meinen Armen.
Ich hielt sie fest umschlungen, so daß unsere Wangen sich berührten und ihre Tränen mein Gesicht netzten. Ich strich ihr sanft über das Haar. »Marianne.«

Ihre Lippen waren dicht an meinem Ohr: »Bitte, sei vorsichtig. Und komm zurück. Ich brauche dich jetzt ...«
Ich ließ sie nicht aussprechen, was sie sagen wollte. »Ich komme wieder«, flüsterte ich heiser.«Wenn der Sommer vorbei ist und wenn über diese Geschichte Gras gewachsen ist, komme ich wieder.«
»Versprichst du mir das?« fragte sie wie ein kleines Kind.
»Ich verspreche es dir.« Ich blickte ihr tief in die Augen. Tränen schimmerten darin. Ihre Augen waren violett, nicht grau, wie ich gedacht hatte. »Warte auf mich. Ich komm' zurück.« Ich ließ sie gehen, ohne sie zu küssen.
»Sei vorsichtig, Liebster«, rief sie mir nach, als ich die Tür hinter mir schloß.
Draußen war es dunkel, und es schien mir zu gefährlich, zum Bahnhof zu gehen. Wenn die Polizisten inzwischen festgestellt hatten, wer die Flasche geworfen hatte, würden sie mich dort abzufangen versuchen. Die beste Möglichkeit für mich war die Fähre nach New Jersey.
Die Fahrt mit der Fähre ging glatt. Ein Lastwagenfahrer nahm mich in seinem Wagen mit. Im Bahnhof von Newark kaufte ich mir eine Fahrkarte nach Atlantic City. Das war ein Seebadeort und bot die besten Arbeitsgelegenheiten.
Während ich auf meinen Zug wartete, blickte ich mich mit einem bitteren Gefühl im Bahnhof um. Wieder einmal saß ich auf dem alten Karussell. Ob ich wohl je zur Ruhe kommen würde? Dann lächelte ich vor mich hin.
»Liebster«, hatte sie gesagt. Zum erstenmal in meinem Leben war ich richtig verliebt.

8

Zwei Stunden nachdem ich in Atlantic City angekommen war, hatte ich bereits Arbeit. Ich bekam einen Job in einer Eisdiele an der Promenade. Ich hatte die Spätschicht von drei Uhr nachmittags bis ein Uhr morgens. Dafür kriegte ich zwanzig Dollar die Woche und freie Mahlzeiten. Ich mußte sieben Tage in der Woche arbeiten, und das Ganze dauerte nur bis Ende September. Das paßte mir ganz gut. Ich wußte ja, wo ich hingehen würde, wenn der Sommer vorüber war.

Als ich den Job bekommen hatte, nahm ich mir für acht Dollar die Woche ein Zimmer in einem billigen Hotel, das nur einige Häuserblocks von meiner Arbeitsstätte entfernt lag. Nach ein paar Tagen hatte ich mich gut eingearbeitet. Meine Erfahrungen aus Ottos Eisdiele kamen mir dabei zustatten.

Im allgemeinen verbrachte ich meine Tage am Strand. Kurz vor Beginn meiner Arbeitszeit kehrte ich ins Hotel zurück, zog mich an und ging dann in die Diele, wo ich meinen Lunch nahm und dann bis Geschäftsschluß arbeitete. Zum Schlafen ging ich dann wieder ins Hotel.

Der Sommer ging langsam dahin. Ich mußte tüchtig arbeiten, aber ich fühlte mich dabei wohl. Die Tage am Strand hatten mich dunkelbraun gebrannt, und ich hatte auch an Gewicht zugenommen. Freundschaften schloß ich nicht – weder mit Männern noch mit Frauen. Ich hatte kein Verlangen danach. Im Augenblick war ich mit meiner Einsamkeit völlig zufrieden. Es gab viele Mädchen, mit denen ich hätte ausgehen können – Mädchen, die ich am Strand oder in der Eisdiele kennenlernte –, aber mir lag nichts daran.

Ich kaufte mir die Morgen- und die Abendausgaben der New Yorker Zeitungen. Außer der ersten Erwähnung des Krawalls und der Tatsache, daß der Polizist im Krankenhaus lag, war von der ganzen Geschichte nicht mehr die Rede. Aber ich war weiterhin vorsichtig und hütete mich, Marianne zu schreiben oder sie anzurufen, aus Angst, daß sie von der Polizei überwacht werden könnte. Ich verhielt mich ruhig und wartete das Ende der Saison ab. Ich mußte viel an Marianne denken. Keine Frau hatte mich je so fasziniert. Aber wie sie selbst empfand, würde ich erst wissen, wenn ich sie wiedersah.

Der Juli war vorbei, und der August ging bereits dem Ende zu. Ich hatte noch etwa drei Wochen zu arbeiten, und dann würde ich nach New York zurückkehren. Dort schien mir keine Gefahr mehr zu drohen. Der Krawall hatte nicht soviel Staub aufgewirbelt, wie ich angenommen hatte. Ich war bereit, nach New York zu fahren, sobald ich meine Tätigkeit hier beendet hatte.

Es war der letzte Mittwoch im August. Ich lag auf dem heißen Sand und hatte mir einen Arm übers Gesicht gelegt, um meine Augen zu schützen. Die Sonne brannte, und ich duselte schläfrig vor mich hin, als mich plötzlich ein Gedanke aus meinen Träumereien aufscheuchte. Was war, wenn Marianne nicht auf mich wartete? Ich sprang auf, raste in eine Telefonzelle und ließ mich mit ihr verbinden.

Es war gegen elf Uhr morgens. Ich überlegte, ob sie wohl zu Hause sei. Ich kam mir ziemlich verrückt vor und wollte gerade wieder aufhängen, als sich eine klare, warme Stimme meldete.

Ich stotterte beinahe in meinem Redeeifer: »Marianne?«

»Frank!« rief sie überrascht. »Liebster, wo steckst du? Ich dachte schon, du würdest nie mehr zurückkommen.«

Ich war glücklich über die herzliche Zuneigung, die ich aus ihrer Stimme hörte. »Ich bin in Atlantic City. Ich hab' hier Arbeit gefunden. Aber ich mußte dich anrufen und hören, wie's dir geht.«

»Mir geht's gut«, erwiderte sie. »Dir auch?«

»Großartig.«

»Wann kommst du zurück?«

»In etwa drei Wochen. Dann ist meine Arbeit hier zu Ende.«

»Kannst du nicht früher kommen? Ich möchte dich sehen. Es gibt so vieles ...« Sie ließ den Satz unvollendet.

»Ich möchte gern, aber ich kann nicht. Ich habe versprochen, bis

zum Ende der Saison hierzubleiben.« Ich wechselte das Thema. »Ist dort alles in Ordnung?«
Sie wußte, was ich meinte. »Alles ist hier ganz normal. Liebster, kann ich dich nicht besuchen? Wir könnten ein paar Tage zusammensein. Ich kann einfach nicht mehr länger warten.«
»Ich weiß nicht, ob es sich lohnt«, sagte ich zögernd. »Ich arbeite von drei Uhr nachmittags bis ein Uhr morgens. Wir hätten gar nicht viel Zeit.«
»Wir werden schon ein paar Minuten herausschinden können. Außerdem wird mir die Ruhe guttun. Ich habe in den letzten Monaten viel gearbeitet und auch über vieles nachgedacht.«
»Du auch?« Ich lächelte in den Hörer hinein. »Ich hab' mir in den letzten Wochen auch viele Gedanken über uns gemacht.«
»Na, siehst du?« rief sie. »Ich muß dich unbedingt sehen. Ich muß wissen, ob du genauso empfindest wie ich. Ich komme. Wo wohnst du?«
Ich nannte ihr den Namen des Hotels.
»Ich fahre noch heute abend. In ein paar Stunden, wenn ich ein paar Sachen zusammengepackt habe.«
»Ich arbeite bis eins. Vielleicht ist es am besten, wenn du in die Eisdiele kommst. Sie liegt an der Promenade, im Hotel Victoria.«
»Heute abend bin ich da.«
»O. k. Also bis dann.«
»Liebster, ich liebe dich«, sagte sie.
Für einen Augenblick war ich ganz still. Die Worte klangen mir im Ohr. »Marianne«. Mehr konnte ich nicht sagen. »Marianne.«
»Ja«, sagte sie leise. »Liebst du mich, Frank?«
»Das weißt du doch.«
»Ich hab' es gewußt«, flüsterte sie. »Seit dem Augenblick, als ich dich in meinem Zimmer sah, seit dem ersten Kuß habe ich es gewußt. Es war nicht fair. Es war gemein. Aber ich habe es gewußt, und du hast es gewußt, und wir konnten nichts daran ändern. Auf Wiedersehen heute abend, Liebster. Leb wohl.«

»Leb wohl.« Ich hängte auf und ging wieder an den Strand.

Um Mitternacht, als ich bereits angefangen hatte, die Eisbar aufzuräumen, war Marianne immer noch nicht da. Ich erwartete sie auch nicht mehr und dachte, sie würde am nächsten Morgen kommen. Charlie, mein Boß, arbeitete am anderen Ende des Raumes. Ich wusch die Siruppumpen in der Nähe des Eingangs, und wir unterhielten uns, weil gerade keine Kunden da waren. Charlie hatte mich schon manchmal geneckt, weil ich nie mit einem Mädchen ausging, aber ich hielt es nicht für nötig, ihm meine Gründe dafür auseinanderzusetzen. Nach dieser Woche würde das Geschäft allmählich abflauen. Das Labour-Day-Wochenende war der Höhepunkt des Jahres. Charlie hatte noch eine Eisdiele in Miami Beach, wo er hinfahren wollte, wenn er hier zumachte. Sein Partner führte die Eisdiele im Sommer, während Charlie hier war.

Ich war mit den Pumpen fertig und stellte alle Gläser säuberlich auf das Regal. Dann sah ich auf die Uhr. Es war halb eins.

»Möchten Sie etwas früher aufkören, Frank?« fragte Charlie grinsend. »Haben Sie was Nettes an der Strippe?«

Ich schüttelte den Kopf.

Es wurde eins, und wir schlossen. Ich wartete noch ein paar Minuten außerhalb der Halle, aber Marianne kam nicht. Ich ging zur Strandpromenade, setzte mich auf eine der Bänke und zündete mir eine Zigarette an. Ich nahm an, daß sie es nicht geschafft hatte. Die Strandpromenade war fast leer, nur ein paar Leute gingen noch spazieren. Vielleicht hatte sie nur so dahergeredet, dachte ich. Vielleicht kommt sie überhaupt nicht.

Ein Paar Hände legten sich auf meine Augen, und eine weiche Stimme flüsterte mir ins Ohr: »Rate mal, wer da ist.«

Ich wußte, wer es war. Ich konnte es spüren. Aber ich ging auf das Spiel ein. »Jane!« sagte ich.

»Nein«, sagte Marianne.

»Helen? Mary? Edna?« Ich mußte lachen.

»Ich gebe dir noch eine Chance. Wenn du es jetzt nicht rätst, fah-

re ich wieder nach Hause. Vielleicht hätte ich überhaupt nicht kommen sollen. Du scheinst ja ziemlich besetzt zu sein.«
Ich nahm ihre Hände von meinen Augen, küßte die Handflächen und rieb meine Wange daran. Dann drehte ich mich um und zog sie neben mich auf die Bank. »Marianne«, sagte ich, »ich dachte schon, du kämst nicht.«
Sie lächelte. Ihre weißen Zähne waren wunderbar gleichmäßig, und ihr weiches rötliches Haar schimmerte im Mondlicht. »Als ich wußte, wo du warst, Liebster, konnte ich einfach nicht mehr in New York bleiben, selbst wenn ich gewollt hätte.«
Ich küßte sie. Der Kuß war weich, zärtlich, warm und leidenschaftlich zugleich. Ich hatte das Gefühl, als schritt ich auf Wolken und schwebte im siebenten Himmel. Ich war wieder ein kleiner Junge und doch ein Mann. Freude erfüllte mich, und ein Kloß saß mir im Hals, so daß ich nicht sprechen konnte.
Ich sah ihr in die Augen. Sie waren zärtlich. und schwammen in Tränen. Ich preßte Marianne fest an mich und spürte das Klopfen ihres Herzens.
»Siehst du nun, was ich am Telefon gemeint habe?« flüsterte sie. »Wir empfinden beide genau das gleiche. Du kannst deinem Gefühl nicht entrinnen, indem du davonläufst. Gerro hat mir viel von dir erzählt. Du bist aus einem Heim weggelaufen. Ich dachte, du würdest es wieder so machen und auch vor mir weglaufen. Aber jetzt weiß ich: du kannst nicht mehr weglaufen.«
»Marianne, ich liebe dich. Du bist für mich alles, was die Welt überhaupt zu bieten hat. Du bist mein ein und mein alles. Marianne, ich liebe dich.«
Sie legte ihren Kopf an meine Schulter. »Das habe ich hören wollen. Ich liebe dich. Ich liebe dich. Ich liebe dich.«
Wir standen auf und wanderten die Strandpromenade entlang. Dann gingen wir zum Strand hinunter und redeten über tausend Dinge. Und während wir wanderten und redeten, hielten wir uns eng umschlungen. Unsere Hände berührten sich, und wir sahen uns tief in die Augen.

Später, als der Mond tief am westlichen Himmel stand und wir am Fenster meines Zimmers lehnten und aufs Meer blickten, da wurde mir plötzlich klar, daß die Zeit mit mir Schritt gehalten hatte. Ich hatte in dieser Nacht zum erstenmal wirklich geliebt, und der Unterschied lag darin, daß ich diesmal gab, nicht nahm. Und früh in der Dämmerung, als ich plötzlich erwachte und sah, daß sie neben mir schlief, wurde ich überwältigt von dem Wunder, daß all diese Schönheit und Leidenschaft mir gehörte. Sie mußte meinen Blick gespürt haben, denn sie legte noch im Schlaf ihren Arm um mich und flüsterte: »Du darfst mich nie verlassen, Frank. Niemals!«

»Ich werde dich nie verlassen, Marianne«, sagte ich. Ich war dessen für alle Zeiten sicher.

9

Am nächsten Morgen gingen wir zum Schwimmen. Sie trug einen hübschen neuen Badeanzug und sah zum Anbeißen aus. Sie gehörte zu den Mädchen, die nackt oder wenig bekleidet ebenso gut aussehen wie angezogen.

Sie war schlank, aber nicht mager, und ihre Beine waren lang und wohlgeformt. Sie hatte graziöse Bewegungen und wirkte gescheit und lebendig. Ich war stolz, mit ihr zusammenzusein. Ich bemerkte die Blicke der anderen Männer, und ich hatte das wohlige Gefühl, daß sie neidisch waren.

Und sie wußte genau, wie sie aussah. Sie wußte, daß sie Dynamit in einem weißen Badeanzug war. Sie angelte geschickt und schamlos nach Komplimenten und lächelte mich glückstrahlend an, wenn ich sagte, wie schön sie sei.

Nach dem Schwimmen lagen wir faul im Sand, lachten und waren glücklich. Das Gefühl des Eins-Seins, das ich in ihrer Gegenwart hatte, war etwas, was ich nie zuvor gekannt hatte, und ich genoß es aus tiefster Seele.

Um die Mittagszeit kaufte ich ein paar heiße Würstchen die wir am Strand verzehrten. Während wir aßen, fragte ich sie über New York aus. Es sei immer noch derselbe alte Steinhaufen, sagte sie. Und von sich selbst erzählte sie, daß sie gerade zwei Aufträge fertiggestellt habe und sehr erschöpft sei. Ich hatte genau zur richtigen Zeit angerufen, denn sie wußte nicht, was sie als nächstes unternehmen sollte. Sie war so froh, hier zu sein, so froh, bei mir zu sein, sie war einfach froh, zu leben.
Ich nahm ihre Hand, und wir lagen eine Weile schweigend nebeneinander. Nach einer gewissen Zeit fragte ich sie, ob sie zu Gerros Begräbnis gegangen sei.
»Nein«, sagte sie.
»Warum nicht?«
»Weil ich ein Feigling bin«, sagte sie. »Weil ich es nicht mitansehen konnte, was mit ihm geschah. Weil ich nicht daran denken wollte, daß er tot war, während ich noch am Leben bin und das Leben genieße. Auch deinetwegen und der Gefühle wegen, die ich für euch beide hegte. Ich liebte euch beide und wußte nicht, wen von beiden ich am meisten begehrte. Weil ich dich auf die eine Art und ihn auf eine andere Art liebte. Weil ihr beide so weit voneinander entfernt und euch doch so nahe wart. Ich konnte einfach nicht hingehen.«
»Er war ein großartiger Mann«, sagte ich. »Ein Jammer, daß er sterben mußte. Es gibt nicht viele wie ihn auf der Welt.«
»Ist das dein Ernst, Frank?« sagte sie. »Sag mal ganz ehrlich: Bist du nicht im tiefsten Innern ein ganz klein wenig froh über das, was passiert ist? Denn wenn es nicht passiert wäre, dann wären wir jetzt nicht hier zusammen.«
Ich war verwirrt und blickte sie an. Sie lag auf dem Rücken im Sand. Ihr Haar glühte wie Feuer. Ihre festen, runden Brüste wölbten sich unter dem Badeanzug. Ihr kleiner, flacher Leib verschmolz mit den weichen Rundungen ihrer Hüften und Schenkel.
Mich erfaßte ein wildes Verlangen nach ihr.

»Du weißt, daß wir schlecht sind«, sagte sie. »Was wir tun, ist Unrecht. Aber es kümmert dich nicht. Du bist ein Tier, du gehst wie ein Tier, du handelst wie ein Tier und du denkst wie ein Tier. Aber gerade das liebe ich an dir. Das ist ja das Wahnsinnige.«
Sie rollte sich an mich heran, und ich legte meinen Arm um sie und küßte sie.
»Eine hübsche Tätigkeit, wenn man sie bekommen kann«, hörte ich eine Stimme hinter mir. Ich blickte auf und sah meinen Boß Charlie, der gerade aus dem Wasser gekommen war und triefend auf uns hinabblickte. Ich grinste zu ihm hoch.
»Guten Tag, Charlie.«
»Guten Tag, Frank.« Er ließ sich neben uns nieder, und ich mußte die beiden miteinander bekannt machen. Ich war ärgerlich, daß er uns über den Weg gelaufen war, aber daran ließ sich nichts ändern. »Marianne, das ist Charlie«, sagte ich.
Sie begrüßten sich. Marianne fing es schlau an. Als ich ihr erklärt hatte, daß Charlie mein Boß sei, nahm sie ihn gleich in die Zange.
»Ich weiß gar nicht, warum Frank bis zum Ende der Saison aushalten muß, wenn nach dem Feiertag nicht mehr soviel zu tun ist«, sagte sie. »Er sollte sich wirklich ein paar Wochen ausruhen, ehe er nach New York zurückkehrt.«
Charlie sah mich verschmitzt an. »Das bleibt Frank überlassen«, sagte er. »Von Dienstag an kann er tun, was ihm Spaß macht.«
So rasch bin ich noch nie reingelegt worden, dachte ich und blickte Marianne mit neuem Respekt an. Sie weiß genau, was sie will, und sie will nicht, daß ich arbeite, solange sie hier ist.
»Darüber können wir später reden«, sagte ich ausweichend und stand auf. »Komm, Liebling, ich muß mich jetzt anziehen. Es ist bald Zeit, zur Arbeit zu gehen. Der Boß ist ärgerlich, wenn ich zu spät komme.«
Ich zog Marianne in die Höhe, und Charlie erhob sich ebenfalls. Er grinste. Er sah, was zwischen uns gespielt wurde. »Bis später«, sagte er und ging.
Als ich aus der Dusche kam, war sie schon angezogen und

kämmte sich ihr Haar vor dem Ankleidespiegel. Ich ging zu ihr. »Wie kommst du eigentlich dazu, Charlie so zu überrumpeln?« fragte ich, halb lächelnd.
Mit einem spitzbübischen Grinsen wandte sie sich zu mir. »Ich habe dir doch gesagt, daß ich selbstsüchtig bin, nicht wahr? Ich will nicht, daß du den ganzen Tag von mir fort bist und arbeitest, wenn das Wetter so schön ist. Du könntest dich ausruhen und mit mir zusammensein.«
»Du kleines Biest!« Ich lachte. »Aber eins hast du vergessen: Wenn ich nicht arbeite, habe ich nichts zu essen. Nicht alle haben reiche Angehörige, die sie unterstützen.«
»Darüber brauchst du dir keine Gedanken zu machen.« Sie lächelte. »Ich habe so viel Geld, daß ich nicht weiß, was ich damit anfangen soll. Warum hörst du nicht auf? Wir können diesen Saftladen verlassen und ins Hotel Towers ziehen und unser Leben genießen.«
Ich sah sie fragend an. »Einfach so?«
»Einfach so«, wiederholte sie und schmiegte sich eng an mich. »Liebster, ich möchte soviel für dich tun. Ich möchte, daß du richtig angezogen bist. Deine Sachen sind schrecklich. Du hast eine gute Figur, und wenn du richtig angezogen wärst, würdest du Furore machen. Und ich möchte dir gute Tischmanieren beibringen. Du schlingst alles so hastig hinunter, als hättest du Angst, daß es dir jemand wegnehmen könnte. Ich möchte dich etwas aufpolieren und trotzdem kein bißchen ändern.«
»So, du möchtest mich also ummodeln und aushalten!« sagte ich. »Das ist schlimm. Was führen Sie eigentlich im Schilde, Madam?«
Sie grinste mich an und zog mir das Handtuch vom Körper. »Rate mal!« rief sie und warf sich in meine Arme.
Später in der Eisdiele, als der abendliche Andrang abgeflaut war, erkundigte sich Charlie nach Marianne.
»Sie ist mein Mädchen«, sagte ich. »Sie ist extra aus New York gekommen, um ein paar Tage mit mir zusammenzusein.«

Er stieß einen leisen Pfiff aus. »Sie ist in Ordnung. Sie muß ganz toll in dich verknallt sein. Bei einer solchen Puppe braucht man sich nicht zu wundern, daß du nie hinter den Flittchen hier hergesaust bist. Ich hatte mir schon überlegt, ob du vielleicht krank bist oder sonst was.«
Ich sagte nichts.
»Willst du Schluß machen mit der Arbeit? Sie möchte es doch gern«, fragte er.
»Ich weiß es nicht«, sagte ich zögernd. »Ich hab' mich noch nicht entschieden.« Aber das war glatter Unsinn. Ich wußte genau, daß ich bereits nach ihrer Pfeife tanzte und daß ich aufhören würde, wenn sie es wünschte.
Und so geschah's denn auch – Montag nacht.

10

Drei Wochen verbrachten wir in Atlantic City. Wir zogen ins Hotel Towers und mieteten eine Flucht von drei Räumen im dreizehnten Stock mit einer Terrasse, von der man aufs Meer blickte. Wir ließen uns die Mahlzeiten aufs Zimmer bringen. Marianne hatte eine Aversion gegen Hotelrestaurants, das behauptete sie jedenfalls. Sie mußte tüchtig dafür blechen. Ich wußte allerdings nicht im einzelnen, was es kostete, denn sie bezahlte jede Rechnung prompt in bar aus einem anscheinend unerschöpflichen Geldvorrat, den sie mit sich herumschleppte.
Ich kaufte ihr in einem der Souvenirläden an der Strandpromenade ein kleines silbernes Armband. Es kostete elf Dollar, und ich ließ eine Inschrift eingravieren: ›Für Marianne, in Liebe, Frank.‹ Ich gab es ihr eines Morgens gegen drei Uhr. Wir saßen auf der Terrasse und genossen die kühle Brise vom Ozean. Sie trug ein leichtes, hauchdünnes Negligé. Ich hatte Shorts an und rauchte eine Zigarette. Schon die ganze Zeit hatte ich auf eine Gelegenheit gewartet, ihr mein Geschenk zu überreichen, und jetzt

schien es mir der richtige Augenblick zu sein. Ich ging ins Zimmer und holte das Armband.
Ich kam mir etwas komisch vor, als ich es ihr gab. Ich hatte in meinem Leben noch nicht viele Geschenke gemacht, und ich wußte nicht recht, was ich dabei sagen sollte. »Das ist für dich, Marianne«, sagte ich verlegen und gab es ihr.
Sie schien überrascht und nahm es mit einem leisen Ausruf des Entzückens entgegen. »Frank, wie reizend!« sagte sie und las laut die Inschrift: ›Für Marianne, in Liebe, Frank.‹ Sie blickte lächelnd zu mir auf. »Es ist bezaubernd – und so eine originelle Inschrift.«
Ich glaubte einen leicht spöttischen Unterton aus ihrer Stimme zu hören und fühlte mich verletzt. Ich sagte: »Sie ist originell, denn ich habe nie zuvor so etwas gesagt oder gemeint.«
Sie reagierte rasch auf den Klang meiner Stimme. »Oh, Liebster, so habe ich es nicht gemeint. Ich wollte dich nicht kränken. Verzeih mir. Es gefällt mir wirklich, und ich werde es immer tragen. Bitte, leg es mir um.« Sie streckte ihren Arm aus.
Ich nahm das Armband und legte es um ihr Handgelenk. An ihrem kleinen Finger trug sie einen Ring mit einem Diamanten und zwei kleinen Rubinen. Er funkelte im Mondlicht, und ich kam mir reichlich komisch vor, als ich das Armband ungeschickt an ihrem Handgelenk befestigte. Es wirkte so billig im Vergleich mit der schlichten Kostbarkeit des Ringes. Ich verwünschte mich, daß ich es gekauft hatte. Es betonte nur den Unterschied zwischen uns. Wenn ich wieder nach New York ging, das gelobte ich mir, würde ich richtig Geld verdienen und ihr etwas kaufen, was einen Vergleich mit ihren Schmuckstücken aushalten konnte.
Wir kehrten am 20. September zurück. Ich zog mit in ihre Wohnung. Nach ein paar Tagen, als ich mich eingelebt hatte, beschloß ich, mich nach einer Arbeit umzusehen. Die Lage auf dem Arbeitsmarkt war immer noch sehr schlecht, und ich hatte in den ersten Tagen nicht viel Glück.
Marianne war in dieser Zeit sehr beschäftigt. Sie hatte mehrere Aufträge und sprühte vor Arbeitseifer und Energie. Wenn sie ar-

beitete, war sie ein völlig anderer Mensch. Meistens gab sie mir dann Geld und jagte mich aus dem Haus, mit der Bitte, ins Kino zu gehen oder sonstwohin und recht lange wegzubleiben. Anfangs hatte das für mich den Reiz des Neuen. Was die Königin tat, war richtig. Ich sah ihr gern beim Malen zu. Es war dann eine eigentümlich konzentrierte Atmosphäre um sie. Sie schien mit ihrem ganzen Körper auf ihre Arbeit eingestellt zu sein. Wenn ich mit ihr sprach, antwortete sie nur kurz oder überhaupt nicht, und oft ging sie im Atelier umher, als sei ich gar nicht vorhanden. Wenn sie Schwierigkeiten mit einem Bild hatte, pflegte sie wütend die Farbe aufzutragen und leise Flüche auszustoßen. Wenn sie die Hände hob, um sich das Haar aus den Augen zu streichen, hinterließen sie Farbflecke auf ihrem Gesicht.

Wenn sie aber einen guten Tag gehabt hatte und mit ihrer Arbeit zufrieden war, dann zeigte sie sich abends von einer reizenden, liebevollen und fast kindlich heiteren Seite. Sie machte Witze, wir tranken Champagner, und ich kochte ihr etwas Leckeres. Ich kochte überhaupt meistens, denn sie behauptete, sie sei eine schreckliche Köchin, und das, was sie selbst koche, könne sie nicht essen. Gelegentlich besuchten uns einige ihrer Freunde – Künstler wie sie selber, Schriftsteller, mehr oder weniger geistreiche Männer und Frauen, die in ihrer eigenen Welt zu leben schienen. Wenn ich ihnen vorgestellt wurde, blickten sie mich höflich an und erkundigten sich, was ich täte. Wenn sie dann entdeckten, daß ich sozusagen keiner von ihnen war, wandten sie sich ebenso höflich ab, ignorierten mich und schlossen mich aus ihrer Unterhaltung aus. Nur wenn sie noch einen Drink haben wollten, riefen sie mich herbei wie einen Diener.

Aber ich war hoffnungslos, irrsinnig, blind verliebt. Was die Königin tat, war richtig. Die Königin nahm mich mit zum Einkaufen und gab ungefähr dreihundert Dollar aus, um mich neu einzukleiden. Anzüge, Mäntel und Hemden wurden für mich nach Maß angefertigt. Ich trug die allerfeinste Unterwäsche und seidene Pyjamas. Anfangs versuchte ich noch einen Job zu bekommen. Einmal bot sich eine Gelegenheit. Ich kam ganz erregt nach Hause und erzählte Marianne davon. Sie fragte stirnrunzelnd: »Was wollen die zahlen?«

»Neunzehn Dollar die Woche«, erklärte ich stolz.

»Nur neunzehn Dollar!« rief sie und hob mit einer dramatischen Geste die Hände. »Um Himmels willen! Was willst du mit den paar Kröten anfangen. Davon kannst du ja nicht einmal deine Zigaretten bezahlen.«

»Es ist immerhin eine Tätigkeit«, sagte ich dickköpfig »Besser als nichts.«

»Schlimmer als nichts«, entgegnete sie. »Eine Beleidigung für deine Intelligenz, für dein Gehirn, für deine Fähigkeiten. Du bist viel mehr wert. Und warum willst du für eine so lumpige Summe arbeiten, wenn du es nicht nötig hast? Ich kann dir jede Woche das Doppelte geben, wenn du willst.«

Ich verlor allmählich die Geduld. »Aber ich kann nicht dauernd so weiterleben. Das geht einfach nicht. Außerdem ist es mir peinlich, wenn ich dich ewig um Geld bitten muß«, schloß ich ziemlich lahm.

»Das braucht dir wirklich nicht peinlich zu sein, Liebster.« Sie kam zu mir und küßte mich. »Wenn du das Geld hättest und nicht ich, wäre es mir gar nicht peinlich, es von dir anzunehmen.«

»Das ist auch etwas anderes.«

»Das ist gar nichts anderes«, sagte sie. »Wir lieben uns und alles, was wir besitzen, das teilen wir auch.«

Man konnte nicht mit ihr streiten, wenn sie entschlossen war, reizend zu sein. Und so ging es dann eine Weile weiter. Es war ein leichtes Leben, und ich schätzte ein leichtes Leben. Ich hatte zuviel von der anderen Sorte gehabt. Außerdem hatte ich das Gefühl, daß ich früher oder später Glück haben und eine anständige Stelle finden würde. So ließ ich den Dingen ihren Lauf.

Etwa einen Monat später fiel mir plötzlich auf, daß Gerros Porträt verschwunden war. Statt dessen stand eins von mir da. Ich betrachtete es. Es war sicher ganz gut. Ich verstand nicht sehr viel von diesen Dingen. Aber bei näherer Betrachtung kam es mir so vor, als ob ich das gar nicht wäre. Mein Porträt erschien mir zu entspannt, zu phlegmatisch, zu ungezwungen. Ich hatte das unbestimmte Gefühl, daß irgend etwas nicht stimmte.

»Gefällt es dir, Liebster?« horte ich Mariannes Stimme hinter mir.

Ich drehte mich um. »Es ist sehr hübsch«, sagte ich höflich.

»Es ist für dich – ein Geschenk; weil du so wundervoll bist und mich glücklich machst.« Sie küßte mich.

»Vielen Dank.«

»Nichts zu danken«, sagte sie. »Ich wollte dich gern malen. Aber es war schwierig, dich zu malen, ohne daß du es merktest. Ich mußte dich in den seltsamsten Augenblicken malen.«

»Das kann ich mir denken.«

»Du scheinst nicht sehr glücklich darüber zu sein«, sagte sie beunruhigt. »Was ist?«

»Wo ist Gerros Bild?« fragte ich.

»Oh, sein Bild!« sagte sie und setzte sich in einen Sessel.

»Mein Agent hat es gesehen und meinte, er könnte einen guten Preis dafür bekommen. Da habe ich es ihm zum Verkauf überlassen.

»Er soll es dir zurückgeben. Ich möchte es haben.«

Sie sah mich mit großen Augen an. »Wozu um Himmels willen?«

»Ich möchte es einfach haben. Hol es dir wieder.« Ich wußte selbst nicht, warum ich es haben wollte.

Sie wurde allmählich wütend. »Wenn du mir einen guten Grund angeben kannst, werde ich dir den Wunsch erfüllen«, sagte sie hitzig. »Aber es ist mir schleierhaft, warum du das Bild haben willst.«

Ich nahm mein Porträt vom Tisch. »Das hier ist ein sehr hübsches Porträt. Das ist aber auch alles – ein sehr hübsches, schmeichelhaftes Porträt. Völlig nichtssagend. Es zeigt mein Äußeres. Vielleicht steckt auch gar nichts in mir, was man auf der Leinwand festhalten könnte. Aber in Gerro steckte etwas, und das hast du in seinem Bild herausgearbeitet. Und wenn du das nicht ertragen kannst, was du in dem Porträt herausgeholt hast, und wenn du das Bild durch dieses einschläfernde Ding von mir ersetzen willst, dann bist du auf dem falschen Weg. Diese Dinge lassen sich nicht so einfach begraben. Und wenn du das Bild nicht haben willst, *ich* jedenfalls möchte es haben.«

Sie stand plötzlich mit einer heftigen Bewegung auf. Ich merkte, daß ich, obgleich ich kaum etwas von Malerei verstand, den Nagel auf den Kopf getroffen hatte. »Ich werde es nicht zurückholen.« Ihre Stimme war laut. »Was bildest du dir eigentlich ein, daß du glaubst, mir Vorschriften machen zu können? Du bist nicht gerade in der Position, mir Befehle zu erteilen.«

Ich nahm das Porträt aus dem Rahmen. Langsam fing ich an, es in kleine Stücke zu zerreißen. »Schrei nicht wie ein Fischweib«, sagte ich ruhig, obwohl es in mir kochte.

Sie kam auf mich zu, als sie sah, daß ich das Porträt zerrissen hatte. Mit den Fäusten schlug sie mir ins Gesicht. Sie tobte, weinte und schrie. »Du Ignorant! Du Banause! Nur weil ich für dich sorge und nett zu dir bin, glaubst du, daß ich dir gehöre. Verdammt! Ich möchte dich am liebsten wieder in die Gosse werfen, wo ich dich gefunden habe!«

Auf einmal explodierte etwas in mir, und ich versetzte ihr einen heftigen Schlag ins Gesicht. Sie fiel rücklings auf die Couch und rieb sich die Wange. Dann blickte sie hoch zu mir, als könnte sie das Geschehene nicht fassen.

Ich stand über ihr und sagte mit eiskalter Stimme: »Du holst Gerros Porträt zurück, oder ich verprügele dich, daß dir Hören und Sehen vergeht!«

Plötzlich änderte sich ihr Gesichtsausdruck; er wurde weich, und ihre Augen verschleierten sich. »Ich glaube, das brächtest du fertig!« sagte sie in dem mir vertrauten heiseren Ton. »Dann ist es wohl wirklich dein Ernst.«

»Mein voller Ernst«, sagte ich. »Ich will das Porträt haben.«

Sie schlang die Arme um meinen Hals und zog mich neben sich

auf die Couch. »Mein Geliebter, mein starker, böser, dummer Liebster, selbstverständlich sollst du es haben. Ich gebe dir alles, was du willst.«
Sie küßte mich, und ihre Lippen waren glühende Flammen, die mich verzehrten. Am nächsten Morgen stand Gerros Bild wieder auf dem Tisch.

11

Während ich in dem großen Sessel in der Ecke des Zimmers saß und die Pfeife rauchte, die Marianne mir geschenkt hatte, kam ich zu einem Entschluß. Ich nahm die Pfeife aus dem Mund und betrachtete sie mit Abscheu. Etwas von dem bitteren Saft war mir in den Mund gekommen. Ich wußte nicht, warum ich das verdammte Ding überhaupt rauchte. Ich hatte keinen Spaß am Pfeiferauchen, und ich würde mich nie daran gewöhnen. Aber Marianne wollte, daß ich Pfeife rauchte.
Die Pfeife in meiner Hand erschien mir wie ein Symbol – ein Symbol all dessen, was ich geworden war. Hier saß ich, jung, kräftig, gesund, von dem Verlangen erfüllt, etwas zu leisten, und tat nichts. Es war nicht so, als wenn ich mich um Arbeit risse – ich war ebensowenig wild darauf wie jeder andere –, aber plötzlich fühlte ich meine Nutzlosigkeit. Ich war damit zufrieden, den Dingen ihren Lauf zu lassen, in den Tag hineinzuleben, in Marianne Nähe zu sein, sie zu lieben und mich von ihr lieben zu lassen. Ich war damit zufrieden, weil ich zu faul war, mich zu etwas anderem aufzuraffen.
Unbewußt wanderte mein Blick zu dem Tisch, auf dem Gerros Porträt stand. Die Lampe war so geneigt, daß das Licht auf das Bild fiel und den Rest des Tisches im Dunkeln ließ. Sein starker, lebendiger Blick übte einen merkwürdigen Zwang auf mich aus. Ich schloß die Augen und konnte wieder seine Stimme hören: ›Ich habe eine Arbeit zu leisten. Und alle die Dinge, die ich mir

wünsche, werden erst dann für mich erreichbar sein, wenn ich diese Arbeit geleistet habe. Die Welt ist bereit, dir etwas zu geben, aber nicht das, was du ihr entreißen willst, sondern das, was du für sie tust.‹

Mariannes Worte schreckten mich aus meiner Träumerei auf: »Woran denkst du, Frank?«

Ich lächelte und sah immer noch auf Gerros Porträt. »An ihn.«

Sie folgte meinem Blick. »Das habe ich mir gedacht. Auf deinem Gesicht lag ein Ausdruck, als wenn er mit dir spräche.«

»Vielleicht war es so. Vielleicht hat er mir einen guten Rat gegeben.«

Ich legte die Pfeife weg und zündete mir eine Zigarette an.

»Marianne«, sagte ich fest.

Sie erhob sich aus ihrem Sessel und kam zu mir herüber. Zu meinen Füßen ließ sie sich auf den Boden nieder, umschlag meine Beine und preßte sich an mich. »Ja, Liebster?«

»Ich werde mir eine Arbeit besorgen.«

Sie stand auf und sah mich an.

»Jetzt glaube ich, daß er wirklich mit dir gesprochen hat«, sagte sie.

»Wie meinst du das? Hat er dir dasselbe gesagt?«

Sie nickte. »Oft. Wir hätten so glücklich sein können. Wir hatten alles, was wir uns nur wünschen konnten. Aber es befriedigte ihn nicht. Und du siehst ja, was ihm sein Idealismus eingebracht hat. Und jetzt willst du es genauso machen – unser Glück zerstören.«

Sie setzte sich auf ihren Stuhl und fing an zu weinen.

Aber diesmal blieb ich hart. Es war jedoch zu dieser Zeit nicht leichter, eine Arbeit zu finden, als vorher. Es wurde jetzt auch kälter, und ich kehrte durchgefroren und verärgert über meine Mißerfolge von meiner Arbeitssuche zurück.

Marianne hörte dann auf zu malen und kam zu mir. »Glück gehabt?« fragte sie.

Ich schüttelte verneinend den Kopf.

»Warum quälst du dich dann damit herum? Das ist doch Kraft- und Zeitvergeudung! Du kannst es hier so gut haben. Wir können es uns doch leisten.«

Ich sah sie dann schweigend an. Aber nach und nach schwand die Hoffnung. Nach einem Monat hörte ich auf, mich nach Arbeit umzutun, und blieb wieder zu Hause.

Marianne war glücklich darüber, aber ich empfand nur Bitterkeit. Es erbitterte mich, daß ich nicht einmal eine lausige kleine Arbeit ergattern konnte. Ich saß meist in dem großen Sessel und starrte Gerros Bild an, und das Bild schien mich anzustarren. Stundenlang saß ich so da und grübelte über mein Versagen nach.

Eines Tages, als ich wieder in dieser Stimmung vor dem Porträt saß und Marianne an ihrem neuesten Bild arbeitete, begann eine Stimme in mir zu flüstern: ›Du bist erledigt. Aus dir wird nie etwas Gescheites werden. Für den Rest deines Lebens wirst du von Almosen leben.‹

Die Stimme war so wirklich und so stark, daß ich unwillkürlich laut darauf antwortete: »Ich will aber nicht.« Meine Stimme klang rauh und zerbrach die Stille des Raumes.

Wütend warf Marianne Pinsel und Palette auf den Tisch. Ich hatte ihre Konzentration gestört. »Habe ich dir nicht tausendmal gesagt, daß du ruhig sein sollst, wenn ich arbeite?« schrie sie.

Ich blickte überrascht zu ihr hin. Ich hatte ganz vergessen, daß sie im Zimmer war. »Verzeihung«, sagte ich.

»Verzeihung!« Sie ahmte meine Stimme auf häßliche Weise nach. »Verzeihung, sagt er! Du Idiot, weißt du überhaupt, was du getan hast! Du hast mir das Bild ruiniert – das hast du fertiggebracht! Jetzt kriege ich es nicht mehr hin.«

Plötzlich übermannte auch mich der Zorn. Es war, als sei ein Funke auf trockenen Zunder gefallen. Ich flammte auf, ehe ich mich's versah. Die Wut, die sich in mir aufgespeichert hatte, ließ meine Stimme flach und hart klingen. »Nein«, rief ich, »ich bitte dich nicht um Verzeihung – nicht von Herzen. Ich laß mir nicht die Schuld zuschieben, wenn dir etwas mißglückt, weil du es einfach nicht schaffst. Deine Unzulänglichkeit kannst du mir nicht in die Schuhe schieben.«

»Ha, unzulänglich bin ich!« keifte sie. »Wer bist du eigentlich, daß du glaubst, mir Unzulänglichkeit vorwerfen zu können!« Sie drehte sich um, nahm ein Palettenmesser vom Tisch und kam drohend auf mich zu.

Ich lachte verächtlich. »Das wirst du ja wohl nicht wagen!« sagte ich.

Sie blieb abrupt stehen und blickte auf das Messer in ihrer Hand, dann auf mich. Sie warf das Messer zu Boden. Wut und Scham wechselten in rascher Folge auf ihrem Gesicht. »Du mieses Stück!« schrie sie. »Du gemeiner, niederträchtiger Hund!«

Ich spürte, wie mir das Blut aus dem Gesicht wich. Ich war kalt und bleich und starr vor Wut. In diesem Augenblick hätte ich sie umbringen können, aber wir standen nur da und starrten uns an, während die Sekunden verstrichen. Ich fühlte, wie mein Puls heftig an meinen Schläfen pochte. Meine Hände waren zu Fäusten geballt.

Plötzlich öffnete ich sie. Feucht und zitternd hingen sie herab. Dann drehte ich mich um, riß Hut und Mantel von der Garderobe und stampfte zur Tür hinaus. Ich hörte, wie sie mir nachrief: »Frank, Frank, komm zurück!«

Ich wußte, daß ich zurückkommen würde. Aber in diesem Augenblick spürte ich eine wilde Freude, ihr weh zu tun. Sollte sie ruhig denselben Schmerz, dieselbe Demütigung empfinden wie ich!

Es war spät, als ich zurückkam, und zum erstenmal in meinem Leben war ich betrunken. Ich torkelte zum Tisch und nahm Gerros Porträt in die Hand. »Gerro, mein Freund«, flüsterte ich, »ich vermisse dich so sehr.« Dann ließ ich mich in meinen Stuhl fallen und sah das Bild an. »Mein Freund, sag mir doch, was ich tun soll. Ich fühle mich so verloren.«

Die Schlafzimmertür öffnete sich, und Marianne erschien im Negligé. »Marianne«, schluchzte ich und hielt ihr das Bild entgegen, »er will nicht mit mir reden.«

Marianne nahm mir das Bild aus der Hand und half mir auf. Sie führte mich ins Schlafzimmer und zog mich aus.
»Oh, Liebster«, flüsterte sie. »Warum hast du das getan? Es ist alles meine Schuld. Es ist mein verflixtes Temperament.«
Ich sah sie an. »Marianne«, sagte ich feierlich, »du bist eine Hexe, aber ich liebe dich.«
Dann rollte ich mich auf den Bauch und schlief ein.

12

Es war eine Thanksgiving-Party, von einem ihrer Freunde veranstaltet, die unsere Beziehung ernstlich zu trüben begann. Die Zeit schlich langsam dahin, und wenn ich auch nicht sehr zufrieden war, so änderte ich doch nichts am Verlauf der Dinge. Marianne hatte mich ganz mit Beschlag belegt, und ich wehrte mich nicht dagegen. Es gefiel mir sogar ganz gut. Ich liebte sie, liebte ihre Sprechweise, ihren Gang, ihr Benehmen, liebte die Art, wie sie ihre Hände hielt und ihre Füße setzte. Ich liebte die Art, wie sie sich beim Tanzen an mich preßte; es war so intim, so vertraulich, so gewagt.
Aber das hier war wieder einmal eine dieser Partys mit den üblichen Leuten und dem üblichen Drum und Dran. Marianne und ich allein – das war ein inniges und zärtliches Sich-Verstehen. Aber Marianne und ich und eine Gruppe von Leuten, das war etwas ganz anderes. Sie wandte sich dann ausschließlich ihren Kollegen zu, mit denen sie fachsimpeln konnte. Ich war von solchen Unterhaltungen ausgeschlossen – nicht absichtlich, aber es ergab sich zwangsläufig so, da ich zu einer solchen Unterhaltung nichts beitragen konnte. So stand ich herum, mit einem Glas in der Hand, und wartete gelangweilt, müde und verloren, bis die Party sich auflöste und wir nach Hause gehen konnten.
Der Heimweg wurde dann schweigend zurückgelegt. Meist gin-

gen wir über den Washington Square, wo die Doppelstockbusse auf ihre Fahrgäste warteten, und unser Atem hing wie Rauchfahnen in der eisigen Nachtluft. Erst wenn wir zu Hause waren, begannen wir zu reden. Marianne sagte dann meist: »Nette Party, nicht wahr?«

Und ich grunzte: »Oh, ja.«

Dann schwieg sie. Wahrscheinlich wußte sie, daß ich mir nichts daraus machte, daß ich das aber nie zugeben würde.

Diese Party unterschied sich in nichts von den früheren. Marianne war in Gespräche vertieft, und ich spielte ›Mauerblümchen‹. Der Abend schleppte sich dahin. Gegen zehn Uhr erschienen ein paar neue Leute, und es bildeten sich weitere Gruppen. Ich wurde allmählich meiner schweigsamen Rolle überdrüssig und erwog den Gedanken, nach Hause zu gehen. Ich stellte mein Glas ab und ging zu Marianne, um es ihr zu sagen. Auf dem Weg dahin zupfte mich jemand am Ärmel.

Es war ein Modell, das gelegentlich für Marianne arbeitete. »Kennen Sie mich noch?« fragte sie lächelnd.

»Aber ja, natürlich«, sagte ich, hocherfreut, daß ich jemanden gefunden hatte, mit dem ich reden konnte. »Wie geht es Ihnen?«

»Ich mopse mich zu Tode«, erklärte sie unverblümt.

Ich lachte. Es war schön, daß jemand meine Empfindungen teilte. »Aber warum kommen Sie dann?«

»Ich muß«, sagte sie. »Mein Beruf – ich habe etwas zu verkaufen.« Mit einer flüchtigen Geste deutete sie auf ihren Körper.

»Aha, ich verstehe.« Es stimmte. Sie hatte wirklich etwas zu verkaufen.

»Tanzen?« fragte sie.

Ich nickte. Wir gingen in die Ecke, wo das Radio spielte. Sie tanzte gut und gab mir das Gefühl, ein besserer Tänzer zu sein, als ich in Wirklichkeit war. Einige Gäste hörten auf zu reden und sahen uns zu. Mit einem flüchtigen Blick sah ich, daß Marianne und ihre Gruppe ebenfalls schwiegen, als wir an ihnen vorbeitanzten.

»Ein ungewöhnliches Paar«, hörte ich jemanden zu Marianne sagen. »Warum malst du sie nicht?«

Wir gerieten außer Hörweite, und so konnte ich Mariannes Antwort nicht verstehen. »Und wie steht's mit Ihnen?« fragte die Blonde.

»Wieso?« fragte ich.

»Warum kommen Sie zu diesen Partys? Sie müssen sich hier doch vorkommen wie ein Fisch auf dem Trockenen.«

Ich zuckte die Achseln. »Ich habe nichts Besseres zu tun.«

»Ach so«, sagte sie verständnisvoll und blickte über meine Schulter hinweg zu Marianne. Was sie meinte, war deutlich genug – auf höheren Befehl.

Plötzlich hatte ich genug vom Tanzen. »Wie wär's mit einem Drink?« fragte ich.

Wir standen an der Wand und beobachteten die anderen. Ich merkte, daß Marianne uns hin und wieder einen raschen Blick zuwarf.

Nach einer Weile konnte ich das nicht mehr ertragen. »Wollen wir nicht frische Luft schnappen?« schlug ich vor.

Das Mädchen nickte zustimmend. Wir nahmen unsere Mäntel und gingen nach draußen. Schweigend wanderten wir durch den Park und durch die Straßen. Einmal blieben wir stehen und beobachteten die Leute, die in einen Bus stiegen. Wir sprachen kein Wort, sondern gingen stumm und Hand in Hand unseres Weges.

Dann machten wir uns auf den Rückweg. An der Tür des Hauses, in dem die Party stattfand, machte ich halt. »Ich gehe nicht hinein«, erklärte ich. Das waren meine ersten Worte seit Beginn unseres Spaziergangs.

Sie blickte mich an und sagte: »Ich habe auch keine große Lust, aber ich muß wieder hin. Hab' jemandem versprochen, mit ihm was über die morgige Arbeit abzumachen.«

Ich hatte den Eindruck, daß sie nicht wieder hingehen würde, wenn ich sie darum bat. Aber ich schwieg.

Sie stand einen Augenblick da und betrachtete mich. Dann trat sie lächelnd zurück. »Sie sind ein trübsinniger Kauz, nicht wahr?«
Ich erwiderte nichts. Sie drehte sich um und ging ins Haus, und ich machte mich auf den Heimweg.
Ich setzte mich in meinen Sessel und las die Morgenzeitung. Kurz nach eins kam Marianne nach Haus. »Hallo«, sagte ich, »wie war die Party?«
»Warum bist du nicht dageblieben? Dann hättest du selbst feststellen können, wie es war.«
Ich merkte, daß sie wütend war, und hielt daher meinen Mund. Ich war nicht in der Stimmung, mit ihr zu streiten.
Sie ging ins Schlafzimmer und kam kurz darauf wieder heraus. »Wo ist Bess?« fragte sie.
Ich nahm an, daß sie das Modell meinte, und blickte lächelnd zu ihr auf. »Auf der Party, denke ich. Ich habe sie an der Tür verabschiedet und bin nach Hause gegangen.«
»Ich habe sie nicht zurückkommen sehen.«
»Ich weiß nicht, was sie gemacht hat, nachdem wir uns getrennt hatten«, sagte ich und lächelte wieder. »Reg dich nicht auf, Baby! Ich habe allmählich den Eindruck, du bist eifersüchtig.«
Die Bemerkung war natürlich genau falsch. Sie sprang beinah an die Decke. »Eifersüchtig!« brüllte sie. »Auf diese kleine Hure! Das fehlte gerade noch! Es hat mir einfach nicht gepaßt – weiter nichts. Wenn du mit mir zu einer Party gehst, erwarte ich, daß du bei mir bleibst. Wie würdest du es denn finden, wenn die Leute über dich reden?«
Ich begann allmählich auch zu kochen. »Laß sie doch reden. Du kannst sie nicht daran hindern. Was geht es uns denn an, was sie sagen?«
»Das ist mir auch schnuppe«, keifte sie. »Aber kannst du dir nicht vorstellen, wie das für mich ist? Sie wissen über uns Bescheid, und du rennst mit dieser kleinen blonden Hure davon.«
»Und kannst du dir vielleicht vorstellen, wie es für mich ist?« fragte ich. »Bei jeder Party werde ich abgelegt wie ein Mantel und

wieder mitgenommen, wenn du nach Hause gehst. Um Himmels willen, führ dich doch nicht so lächerlich auf!« Ich zündete mir eine Zigarette an. »Hör auf mit dem Unsinn.«
»Diese gemeine Hure wollte dich bezirzen, sobald sie dich nur gesehen hatte.«
»Sie schien ganz nett zu sein«, sagte ich. »Und was ist denn schon dabei? Hast du es nicht auch so gemacht?«
»Nein, so nicht«, erklärte sie und ging zur Schlafzimmertür. »Aber wenn ich sie hier gefunden hätte, dann hätte ich ihr das Herz aus dem Leibe gerissen.«
Ich mußte lachen. Die Sache wurde allmählich komisch. »Hast du darum etwa ins Schlafzimmer geschaut, als du kamst?« fragte ich. »Du hältst mich doch wohl nicht für so dämlich, daß ich sie hierherbringe, wenn ich mit ihr schlafen wollte.«
Sie kam zurück, stellte sich vor meinen Sessel und sah mich wütend an. Ihre Stimme war scharf, aber beherrscht. »Hör mal zu«, sagte sie. »Merk dir eins: Du gehörst mir. Alles, was du hast, alles, was du bist, alles, was du jemals sein wirst, verdankst du mir. Ich habe es dir gegeben. Und weil ich es dir gegeben habe, kann ich es ebenso rasch wieder fortnehmen. Ohne mit der Wimper zu zucken, kann ich dich dahin zurückstoßen, wo du hergekommen bist. Wenn du also mit mir irgendwohin gehst, denk bitte daran. Du bleibst bei mir, ganz egal, ob es dich langweilt, ob es dir gefällt oder nicht. Du gehst, wenn ich es dir sage, nicht vorher.«
Ich kochte innerlich vor Wut, aber ich blieb ruhig sitzen und bemühte mich, mein Temperament zu zügeln. Sie hatte recht. Ich hatte nichts, was mir gehörte. Sogar die Kleidung, die ich trug, und das Geld in meiner Tasche gehörten ihr. »O. k., Baby«, sagte ich, »wenn du es so wünschst.«
Sie warf mir einen seltsam enttäuschten Blick zu, als habe sie erwartet, daß ich aufbrausen würde. »Ich wünsche es so«, wiederholte sie ein wenig unsicher.
Ich erhob mich aus meinem Sessel und ging ins Schlafzimmer.

Ich zog mich rasch aus und ging ins Bett. Ich schlief bald ein. Ich weiß nicht, um welche Zeit ich aufwachte. Sie hatte mich gerufen.
»Frank, bist du wach?«
»Jetzt, ja«, erwiderte ich. Plötzlich fiel es mir wie Schuppen von den Augen. Ich sah mich auf einmal, wie ich in Wirklichkeit war – ausgehalten, ein Gigolo!
»Komm her, Liebster«, flüsterte sie.
»Jawohl, meine Herrin und Gebieterin.« Ich stieg aus den Federn und setzte mich auf die Kante ihres Bettes.
»Nicht dahin, Liebster«, flüsterte sie, und ihre Augen leuchteten in der Dunkelheit. »Leg dich neben mich und gib mir einen Kuß.«
Ich streckte mich neben ihr aus und nahm sie in die Arme. Ihr Körper war warm und weich, und als wir uns berührten, war es, als wenn knisternde Funken übersprangen. Ich war gekauft und bezahlt, und ich sorgte dafür, daß sie in dieser Nacht auf ihre Kosten kam.

13

In der langsam dahinschleichenden Woche zwischen Weihnachten und Neujahr begann die Untätigkeit besonders an meinen Nerven zu zerren. Das Ende war nahe. Das spürte ich. Es mußte bald kommen. Und es kam – eher, als ich erwartet hatte.
Es war Silvester. Jeder war beschwipst – außer mir. Wie das kam, weiß ich auch nicht. Ich gab mir alle erdenkliche Mühe, so blau zu werden wie ein Veilchen, aber je mehr ich trank, desto weniger Wirkung verspürte ich. Wir saßen in einem Nachtklub im Village. Marianne, alle ihre Freunde und ich. Plötzlich sah ich die ganze Szene wie ein Außenstehender, leicht amüsiert über das kindliche Gehaben dieser jungen Leute, die so angestrengt zu zeigen versuchten, daß sie glücklich waren, und die doch Angst hatten. Angst vor morgen! Ich mußte laut lachen! Das war genau das, was ich auch hatte: Angst vor morgen.

Der Abend rückte vor. Die Lichter wurden abgeblendet und erloschen dann ganz. Das Orchester spielte *Auld Lang Syne.* Und plötzlich lag Marianne in meinen Armen, und wir hielten uns eng umschlungen. Wir empfanden wohltuend die gegenseitige Wärme und küßten uns.

»Ich liebe dich, Liebster«, flüsterten ihre Lippen unter den meinen. »Ein glückliches neues Jahr!«

»Ich liebe dich«, hörte ich mich selbst sagen. »Glückliches neues Jahr!« Ich küßte sie auf die Wange, die von Tränen naß war. Ich konnte das Salz ihrer Tränen auf meiner Zunge schmecken. Sie hatte von Anfang an gespürt, daß es zu Ende war.

»Geh nicht fort, Liebster, bitte, geh nicht fort.«

»Ich muß gehen«, flüsterte ich. »Es geht nicht anders. Ich kann es nicht ändern.«

Die Lichter flammten wieder auf, und wir standen da und starrten einander an. Sie war blaß, und ihre Augen waren groß und voller Tränen. Meine Kehle war wie zugeschnürt. Ich konnte nicht sprechen. Nur unsere Hände waren eng verschlungen, als wir uns hinsetzten.

Kurz darauf verließen wir die Party und gingen schweigend nach Haus. Die Nacht war hell und klar und neu. Millionen von Sternen glitzerten am Himmel. Die Luft war neu, alles war neu – es war das Jahr 1934. Schweigend betraten wir die Wohnung.

Ich zog meinen Mantel aus und warf ihn über einen Stuhl. Dann holte ich meinen Koffer aus dem Schrank und legte ihn aufgeklappt aufs Bett.

Wortlos reichte sie mir meine Sachen: Hemden, Schuhe, Strümpfe, Krawatten, Pyjamas und Anzüge. Ich preßte ein Knie auf den Deckel des Koffers und hörte, wie die Schlösser einschnappten.

Ich richtete mich auf und sah ihr ins Gesicht. Meine Stimme zitterte ein wenig, als ich sagte: »Ich glaube, dies ist nun der Abschied.«

Sie warf sich leidenschaftlich in meine Arme. »Nein! Frank, nein! Du darfst nicht gehen! Ich brauche dich!« Sie weinte – es war das erste Mal, daß ich sie richtig weinen sah. »Wir wollen ganz zärtlich voneinander Abschied nehmen«, schluchzte sie. »Auch unser Abschied soll schön sein.« Ihre Hand tastete nach dem Lichtschalter. Die Lampe verlosch. Wir vergaßen Raum und Zeit und erlebten unser ganzes gemeinsames Zusammensein noch einmal. Und dann stand ich, den Koffer in der Hand, verlegen an der Tür, wie ein Fremder, der nach einem langen, unerwarteten Besuch wieder abreist.

»Einen Augenblick«, sagte sie und ging zurück. Dann brachte sie Gerros Porträt und drückte es mir in die freie Hand.

Für den Bruchteil einer Sekunde stand sie da, dann küßte sie mich rasch, leidenschaftlich auf den Mund. Und ich trat aus der Tür, die sie sanft hinter mir schloß. Ich hörte noch ihr leises Schluchzen, als ich langsam den Flur hinunterging und auf die Straße trat.

Ich sah zum Himmel auf. Die Sterne funkelten. Aber im Osten dämmerte es. Ein neuer Tag brach an. Ein strahlender, neuer Tag. Ich ging ihm voller Vertrauen entgegen. Ich hatte keine Pläne für heute oder für morgen.

14

Als ich etwa fünf Häuserblocks weit gegangen war, kam mir zum Bewußtsein, daß ich immer noch Gerros Bild in der Hand hielt. Ich steckte es in die Tasche. Allmählich spürte ich Hunger, und ich war müde, denn ich hatte in der letzten Nacht überhaupt nicht geschlafen. An der nächsten Ecke sah ich das Licht einer Nacht-Imbißstube und ging hinein. Ich bestellte Kaffee und Toast und ließ mir vieles durch den Kopf gehen.

Als ich meine Mahlzeit beendet hatte, beschloß ich, in ein Hotel zu gehen, um erst mal auszuschlafen. Dann wollte ich am nächsten Tag auf Arbeitssuche gehen. Ich war sicher, daß ich diesmal etwas finden würde. Der Morgen war frisch und klar. Ich machte mich auf den Weg zur nächsten U-Bahn-Station. Die Straßen waren fast leer. Es war Neujahrstag, und kaum jemand mußte zur Arbeit. Vor mir eilte ein Mann die Straße entlang. Ich nahm nicht viel Notiz von ihm, da er sich ziemlich dicht an die Hauswände hielt.

Plötzlich verschwand er in einem Türeingang. Ein Wagen fuhr langsam die Straße entlang auf mich zu. Er fiel mir auf, weil er so langsam fuhr. Als er an dem Eingang vorbeikam, in dem gerade der Mann verschwunden war, drang das Staccato mehrerer Schüsse aus dem Wagen. Das Fahrzeug beschleunigte sein Tempo und bog um die Ecke. Eine Sekunde lang blieb ich wie angewurzelt stehen. Dann rannte ich auf den Eingang zu. Der Mann taumelte mir entgegen. Ich ließ meinen Koffer fallen und fing ihn auf. Einen Augenblick lang starrten wir uns an.

Er erkannte mich. »Frankie!« keuchte er, während ihm das Blut aus den Mundwinkeln rann. »Hilf mir!« Dann fiel er schwer gegen mich.

Eine volle Minute lang vermochte ich nicht zu denken. Ich konnte nur verblüfft in sein rasch weißer werdendes Gesicht starren. Die Uhr war um zehn Jahre zurückgedreht, und wieder verspritzte Silk Fennelli Blut über meine Hemdbrust. Wieder war ich wie damals vor Furcht gelähmt. Zehn Jahre – zehn Jahre vergangen und wieder genau dasselbe! Aber diesmal lief ich nicht davon.

Ich schaffte ihn nach Bellevue. Meinen Koffer ließ ich auf dem Gehsteig stehen, wo ich ihn hingestellt hatte, stieg mit Fennelli in ein Taxi und brachte ihn ins Krankenhaus.

Ich hielt mich dort nicht lange auf, sondern machte, daß ich wegkam, nachdem ich ihn eingeliefert hatte. Ich hatte keine Lust, mich von der Polizei vernehmen zu lassen. Als ich wieder auf der Straße war, zündete ich mir eine Zigarette an. Dann fiel mir mein Koffer ein. Ich nahm ein Taxi und fuhr zu der Stelle, wo Fennelli in meine Arme gefallen war. Aber der Koffer war verschwunden. Ich blickte suchend umher, doch er war nirgends zu sehen. Ich lachte bitter. Ich hätte es mir eigentlich denken können!

Auf einmal war ich sehr müde. Ich ging in ein Hotel, nahm mir ein Zimmer und legte mich schlafen. Erst gegen Abend wachte ich auf. Ich saß auf der Bettkante und zählte mein Geld. Meine ganze Barschaft belief sich auf zehn Dollar. Das mußte reichen, bis ich Arbeit bekam.

Ich versuchte zu schlafen. Aber es gelang mir nicht. Ich mußte an Marianne denken. Und daran, wie sie es gespürt hatte, wenn ich nicht schlafen konnte. Und wie sie dann in mein Bett kam und neben mir lag. Und wir redeten miteinander, und ich fühlte ihre Wärme und wurde ganz ruhig und gelöst. Dann schlief sie ein. Sie legte das eine ihrer langen, schlanken Beine über meins. Und dann schlief ich auch ein.

Aber Marianne war nicht hier, und ich konnte nicht einschlafen. Was war überhaupt mit mir? Was erwartete ich? Geld? Liebe? Freunde? Ansehen? Ich suchte vergeblich nach einer Antwort. Ich vermißte Marianne. Und ich hatte das Bedürfnis, den Hörer des Telefons zu nehmen und sie anzurufen. Ich wollte ihre leise, sanfte Stimme hören: »Hallo, Darling.«

Aber ich griff nicht nach dem Hörer. Man kann nie denselben Weg zurückgehen. Das hatte ich schon vor langer Zeit gelernt. Niemals!

Als ich am nächsten Morgen aufwachte, mich geduscht und angezogen und gefrühstückt hatte, kaufte ich mir die *Times* und las die Stellenangebote durch. Ich wußte zwar nicht recht, was für eine Arbeit ich eigentlich suchte, aber es stand sowieso nichts Passendes drin.

Ich fuhr zur Sixth Avenue und klapperte die Arbeitsvermittlungen ab, vergeblich. Das beunruhigte mich nicht weiter. Ich war überzeugt, daß sich mir eine Chance bieten würde. Dies war die Zukunft, und sie gehörte mir.

Zwei Monate später war es immer noch die Zukunft, aber ich begann allmählich zu zweifeln, ob sie mir gehörte. Ich fragte mich, ob die Zukunft, die ich mir versprochen hatte, jemals für mich anbrechen würde. Es war Anfang März und immer noch bitter kalt.

Mein neuer, schwerer, warmer Mantel war längst mit meiner Uhr und allen anderen Dingen, die ich entbehren konnte, ins Pfandhaus gewandert. Seit Wochen hatte ich keine richtige Mahlzeit mehr gegessen. Ich hatte um alles mögliche Schlange gestanden: um Brot, um Suppe, um Arbeit. Aber ich hatte keine Arbeit gefunden, nicht einmal für einen Tag.

Eines Nachts schlief ich in einem Hausflur und wurde frühmorgens, kalt, naß, hungrig und elend, vom Hausverwalter, der saubermachen wollte, hinausgejagt. In einem gutturalen, fremdländisch klingenden Englisch warf er mir mit lauter Stimme Verwünschungen an den Kopf und drohte mir dabei mit dem Besen. »Ihr Gesindel!« schrie er hinter mir her, als ich mich wie ein Dieb hinausschlich. Ich hatte nur ein bißchen Nachtruhe gestohlen – ein wenig Frieden.

Mir war kalt, und ich hatte Hunger. Unwillkürlich suchte ich nach einer Zigarette, aber ich hatte keine mehr. Ich ging am Rinnstein entlang und suchte nach einem Stummel. Schließlich entdeckte ich einen. Ein Mann kam die Straße herab. Er sah aus, als ob er vielleicht etwas herausrücken würde. Ich beobachtete ihn, wie er auf mich zukam und an mir vorbeiging, während ich regungslos, wie angewurzelt, dastand. Hinterher machte ich mir bittere Vorwürfe. Warum hatte ich ihn nicht angesprochen? Es gehörte nicht viel dazu. Man brauchte nur in wehleidigem Ton zu sagen: »Mister?« Mehr brauchte man nicht zu sagen. Sie wußten Bescheid. Aber ich konnte mich nicht dazu überwinden. Geh zurück zu Marianne – Marianne. Sie wird dich wieder aufnehmen. Dann wirst du dich wieder behaglich fühlen. Warm und satt. Und eine Frau hast du auch noch. Mein Gott, wie das wohl wäre, wenn man jetzt eine Frau hätte. Ich mußte lachen. Wonach sehnst du dich mehr, überlegte ich, nach einer Frau oder einem Steak? Ich mußte wieder lachen. Der Gedanke an den Duft eines brutzelnden Steaks machte mir den Mund wässerig.

Ich stand wieder vor ihrer Tür und läutete. Und ich überlegte mir, was ich ihr wohl sagen könnte. »Marianne, ich bin hungrig

und müde, und ich friere. Bitte, laß mich ein. Bitte nimm mich wieder auf. Ich geh' nie wieder weg – nie mehr. Bitte, Marianne, bitte.«
Und wenn sie dann sagen würde: »Nein, verschwinde!«? Aber das konnte sie nicht. Sie gehörte zu mir. Hatte sie das nicht selbst gesagt?
Nach einer Ewigkeit öffnete sich die Tür.
»Nein, Miss Renoir wohnt nicht mehr hier. Sie ist im vergangenen Monat nach Haiti zurückgekehrt. Tut mir leid«
Die Tür schloß sich wieder. Ich starrte eine Weile auf die geschlossene Tür. Dann ging ich. Aber nach wenigen Minuten schon stolperte ich und begann zu fallen. Und dann war Nacht um mich, Neujahrsnacht. Millionen Sterne winkten und blickten zu mir herunter. Das war mein Morgen – meine Zukunft.

15

Sie legten mich in ein Bett in einem langen, grauen Raum, in dem noch etwa vierzig andere Betten standen. Der Arzt machte am Abend seine Runde und untersuchte mich. Eine Schwester begleitete ihn. Er stand neben meinem Bett und sah mich an. »Wie fühlen Sie sich jetzt?« fragte er.
»Besser«, sagte ich. »Hungern ist nicht sehr zu empfehlen«, meinte er.
Das war für mich nichts Neues. Ich sagte darum nichts.
Er wandte sich an die Schwester. »Sie lassen am besten die Dame von der Registratur kommen. Wir wollen ihn ein paar Tage hierbehalten.« Dann wandte er sich wieder an mich. »Ruhen Sie sich mal richtig aus. Haben Sie noch irgendeinen Wunsch?«
»Zigaretten?« fragte ich.
Er fischte aus seiner Tasche ein halbvolles Päckchen Camel und warf es zusammen mit Streichhölzern auf mein Bett. »Sie können sie behalten. Aber lassen Sie sich nicht von der Schwester erwi-

schen. Und stecken Sie möglichst nicht das Haus in Brand.« Er zuckte die Achseln und ließ einen vielsagenden Blick über den Raum gleiten. »Auch wenn es so aussieht, als ob das kein Verlust wäre.«

Er ging weiter, und die Schwester folgte ihm. Er sah wie ein netter Junge aus, und es tat mir leid, daß ich nicht daran gedachte hatte, mich für die Zigaretten zu bedanken. Ich wartete, bis sie die Station verlassen hatten, ehe ich mir eine Zigarette anzündete. Dann lehnte ich mich zurück und paffte sie langsam. Zigaretten aus einem Päckchen schmecken besser als die Kippen, die man auf der Straße sammelt.

Als die Zigarette aufgeraucht war, drückte ich sie auf einem Teller neben meinem Bett aus. Es war erstaunlich, wie wohl man sich fühlte mit einem vollen Magen, einem weichen Bett und einer Zigarette.

Eine Stimme neben meinem Bett sagte leise: »Sind Sie wach?«

Ich schlug die Augen auf. Ein Mädchen mit Bleistift und Notizblock saß neben meinem Bett. »Ja«, sagte ich.

»Ich bin Miss Cabell«, sagte sie. »Ich hätte sie nicht gestört, wenn Sie geschlafen hätten, aber wir müssen ein paar Formulare ausfüllen.«

»O. k. Schießen Sie los.« Sie schien mir irgendwie vertraut. Sie trug ein bräunliches Kostüm von sehr männlichem Schnitt, eine weiße Bluse und eine große Hornbrille.

»Ihr Name, bitte?« fragte sie und fügte entschuldigend hinzu: »In Ihrem Anzug war leider kein Namensschild.«

»Kane«, sagte ich und versuchte, sie in meinem Gedächtnis unterzubringen. »Francis Kane.«

Sie notierte den Namen. »Ihre Adresse, bitte.«

»Keine.«

»Keine Heimatadresse?«

»Nein. Schreiben Sie New York City.« Ich kannte sie. Ihr Vorname lag mir auf der Zunge, aber ich kam einfach nicht darauf. Das irritierte mich.

»Alter?« fragte sie, ohne von ihrem Block aufzusehen.
»Dreiundzwanzig.«
»Verzeihung, ich meinte Ihr Geburtsdatum.«
»21. Juni 1912.«
Sie murmelte vor sich hin: »Geschlecht, männlich; Farbe, weiß; Augen, braun.« Sie sah mich wieder an. »Teint, dunkel; Haar, grauschwarz.« Sie hielt inne. »Sie sind reichlich jung für so graues Haar.«
»Ich mache mir viel Sorgen.«
»Verzeihung«, sagte sie. »Ich wollte nicht aufdringlich sein.«
»Macht nichts.«
Sie fuhr fort: »Ihre Größe?«
»Einsfünfundsiebzig.«
»Gewicht?«
»Hundertfünfundzwanzig Pfund, jedenfalls, als ich mich zum letztenmal gewogen habe.«
Sie sah mich an und lächelte. Das Lächeln brachte die Erleuchtung. Es war ein vertrautes Lächeln – Marty. Jetzt wußte ich, wer sie war – Marty und Ruth – Ruth Cabell. Hoffentlich erkannte sie mich nicht. Ich wollte nicht, daß mich einer von meinen Bekannten in dieser Verfassung sah.
»Das muß schon eine Weile her sein. Da schreiben wir besser: hundertundfünf.«
»Wie Sie wollen.« Ich versuchte, meine Erregung zu verbergen.
»Wo arbeiten Sie?«
»Nirgends. Ich bin arbeitslos.«
»Was für eine Arbeit können Sie verrichten?«
»Jede, die ich bekommen kann.«
»Wo sind Sie geboren?«
»New York.«
»Oberschule oder sonstige Ausbildung?«
Fast hätte ich einen Bock geschossen. Wenn ich gesagt hätte: Washington-Oberschule, hätte sie gewußt, wer ich war.
»Nein«, sagte ich.

»Ganz bestimmt nicht?«
Ich merkte, daß sie das nicht aufschrieb. Ihre Augen funkelten erregt. »Ich bin ziemlich sicher«, sagte ich.
Sie stand auf, trat ans Fußende des Bettes und blickte mir fest ins Gesicht. Ich wich ihrem Blick nicht aus. »Francis Kane«, sagte sie nachdenklich vor sich hin. »Frank Kane. Frankie, Frankie, erinnerst du dich nicht? Ich bin Ruth, Martys Schwester.«
Erinnern? Wie konnte ich es vergessen? Mit undurchdringlicher Miene erwiderte ich: »Tut mir leid, Miss, Sie haben mich wohl mit irgend jemandem verwechselt.«
»Nein, das habe ich nicht«, erklärte sie zornig und stellte sich an die Seite meines Bettes. An diesem Ausbruch ihres Temperaments erkannte ich die alte Ruth. »Der Name ist Francis Kane, nicht wahr?«
Ich nickte.
»Dann habe ich recht. Ich muß recht haben.« Sie nahm ihre Brille ab. »Hören Sie. Sie sind mit meinem Bruder zusammen zur George Washington-Oberschule gegangen. Sie waren im Waisenhaus – St. Therese. Sie müssen sich doch daran erinnern.«
»Tut mir leid«, sagte ich. »Sie irren sich. Ich bin nie dort gewesen, und ich kenne Ihren Bruder nicht.«
»Aber Sie heißen Francis Kane. Sie müssen es doch sein.«
»Miss«, sagte ich und versuchte, eine resignierte Duldermiene aufzusetzen. »Der Name ist nicht ungewöhnlich. Es gibt ihn wahrscheinlich ziemlich oft.« Ich versuchte es anders. »Wie sah dieser Bursche denn aus? Bestimmt nicht so wie ich, darauf möchte ich jede Wette eingehen.«
Sie blickte mich ein paar Sekunden an, ehe sie antwortete. Und dann hatte ihre Stimme einen zweifelnden Ton. »Nein, er sah Ihnen nicht sehr ähnlich. Aber das ist acht Jahre her.«
»Sehen Sie?« sagte ich triumphierend.
»Nein«, erwiderte sie. »Ich sehe gar nichts. Sie müssen es vergessen haben. Sie waren krank. Man kann so etwas nämlich vergessen. Das ist schon öfter vorgekommen.«

»Man vergißt nicht seine Freunde, egal, wie lange man sie nicht gesehen hat.«
Sie setzte sich wieder hin. »Aber vielleicht leiden Sie unter –« Sie zögerte, das Wort auszusprechen.
»Amnesie?« sagte ich und lachte. »Nein, das glaube ich nicht.«
»Ich kann mich nicht täuschen«, erklärte sie beharrlich und versuchte es von neuem: »Können Sie sich nicht an Julie erinnern, die für uns arbeitete? Sie gaben meinem Bruder Boxunterricht. Und Jerry Cowan? Janet Lindell? Ihre Tante und Ihr Onkel, Bertha und Morris Cain? Bedeuten diese Namen nichts für Sie?«
Ich schüttelte den Kopf und schloß die Augen. Diese Namen bedeuteten alles in der Welt für mich – sie bedeuteten für mich eine Welt der Vollkommenheit und der Liebe. Ich schlug die Augen wieder auf. »Nein, ich habe noch nie von ihnen gehört.« Ich ließ meinen Kopf ins Kissen zurücksinken.
Plötzlich beugte sie sich besorgt vor. »Sie sind müde. Ich habe Sie aufgeregt. Ich möchte Sie nicht anstrengen, ich möchte Ihnen nur helfen. Bitte, versuchen Sie doch, sich zu erinnern. Zuerst hat Julie in Ihrem Leben eine große Rolle gespielt und dann Janet, und ich war ein wenig eifersüchtig auf sie, wie auf alle Menschen, die etwas für Sie übrig hatten. Ich weiß nicht, warum. Vielleicht lag es daran, daß ich Sie selbst so gern hatte – mehr, als ich wußte, mehr, als ich mir selber eingestand. Ich habe Sie oft kritisiert und beleidigt. Und eines Tages haben Sie mich im Schulkorridor geküßt. Und Sie haben erklärt, daß wir von nun an Freunde sein wollten. Erinnern Sie sich nicht?«
Sie wandte den Kopf ein wenig zur Seite und fuhr fort: »Als Sie mich küßten, wußte ich plötzlich, was ich für Sie empfand – was ich immer für Sie empfunden hatte, und ich schämte mich all der häßlichen Dinge, die ich zu Ihnen gesagt hatte. Daran müssen Sie sich doch erinnern. Das können Sie doch nicht vergessen haben.«
Ich lachte ein wenig spöttisch. »Wenn ich Sie je geküßt hätte, würde ich das wirklich nicht so leicht vergessen.«
Eine leichte Röte stieg in ihre Wangen. Sie schien sich darüber

zu ärgern. Das sah ich deutlich. Nach einer Weile gewann sie ihre Fassung wieder. »Verzeihung«, sagte sie in unpersönlichem Ton, »ich kann mich natürlich irren. Ich wollte Ihnen nicht nahetreten. Ich versuchte nur zu helfen.«
»Ich weiß, und ich bin Ihnen dankbar dafür. Es tut mir sogar ein wenig leid, daß ich nicht der bin, für den Sie mich halten.«
Sie erhob sich, und ihre Stimme klang immer noch kühl und unpersönlich, als sie sagte: »Aber Sie könnten sich auch irren. Morgen bringe ich meinen Bruder mit, damit er Sie sieht – vielleicht auch Jerry Cowan. Die wissen es genau.«
»Das wird nicht viel Zweck haben«, sagte ich, obwohl ich überzeugt war, daß sie mich sofort erkennen würden.
»Mein Bruder ist Assistent an einem Krankenhaus in der oberen Stadt und wird nicht vor Mittag hier sein können. Dann werden wir ja sehen. Hoffentlich sind Sie es. Wir haben Ihnen nämlich allerlei zu erzählen.« Sie stand da und wartete.
Fast wäre ich in die Falle gegangen. Es gab so vieles, was ich wissen wollte, vor allen Dingen über meine Angehörigen. Zahllose Fragen jagten mir durch den Kopf, aber ich unterdrückte sie.
»Wie Sie wollen, Lady«, sagte ich und tat, als sei ich der ganzen Sache überdrüssig, »aber ich sage Ihnen, es hat keinen Sinn.«
Enttäuschung flog über ihr Gesicht, verschwand aber sofort wieder. »Mag sein«, sagte sie und wandte sich zum Gehen. »Gute Nacht.« Ich sagte nichts und sah ihr nach, wie sie durch den Saal und zur Tür hinausging. Dann griff ich mit zitternden Händen nach einer Zigarette und zündete sie an. Morgen mittag! Das bedeutete, daß ich bis dahin verschwunden sein mußte. Ich wagte nicht zu bleiben. Marty und Jerry hätte ich nicht bluffen können. Ich beschloß, ein gewaltiges Frühstück zu verdrücken und dann zu verschwinden. Man konnte mich nicht mit Gewalt hier festhalten. Ich war ja kein Verbrecher.
Ich hatte einige Schwierigkeiten, den Arzt davon zu überzeugen, daß es mir wieder gutging. Aber was konnte er schon machen, wenn ich erklärte, ich sei o. k.?

Er machte ein besorgtes Gesicht, als ich um meine Entlassung bat. »Sie sollten wirklich noch ein paar Tage hierbleiben«, meinte er. »Sie brauchen dringend Ruhe.« Er drückte es gelinde aus.
»Aber Doktor«, protestierte ich, »ich fühle mich doch besser. Außerdem habe ich Freunde, die für mich sorgen werden. Es wird schon gehen.«
»Na ja«, sagte er, »wenn Sie es absolut wollen. Wir können Sie ja nicht zwingen hierzubleiben. Aber ich rate Ihnen, sich vorerst ganz ruhig zu verhalten. Sie sind erschöpfter, als Sie annehmen. Wenn Sie bei Ihren Freunden sind, bleiben Sie ein paar Tage im Bett.«
»Keine Sorge, Doktor. Das tue ich.«
Er unterzeichnete meinen Entlassungsschein und gab ihn einer Schwester. »Denken Sie bitte daran, was ich Ihnen gesagt habe.«
»Bestimmt, Doktor. Und vielen, vielen Dank für alles.« Ich reichte ihm die Hand.
Für einen Moment blickte er überrascht auf meine Hand. Dann nahm er sie. Die Schwester kam mit meinen Sachen. Ich zog mich an und verließ das Krankenhaus.
Ich sah auf die Uhr auf der anderen Straßenseite – elf Uhr. Jetzt mußte eine Sache erledigt werden. Ich machte mich auf den Weg in die obere Stadt. Heute mußte ich Silk Fennelli finden. Er würde sich daran erinnern, was ich für ihn getan hatte. Wahrscheinlich hatte ich ihm das Leben gerettet, weil ich ihn rechtzeitig ins Krankenhaus geschafft hatte. Heute würde es sich herausstellen. Wenn ich schon den Weg in mein altes Leben zurückgehen mußte, dann auch ganz.
Er konnte mich nicht abweisen.

SECHSTER TEIL

1

Ein paar Männer saßen um den Tisch und spielten Poker, als ich in das verrauchte Zimmer trat. Sie unterbrachen ihr Spiel und starrten mich an.

»Wo ist Fennelli?« fragte ich.

Piggy Laurens, der sich selbst für einen großen Witzbold hielt, erhob sich und kam zu mir herüber. »Hau ab, du Knilch!« sagte er. »Fennelli gibt keine Almosen.«

Ich schloß in aller Ruhe die Tür hinter mir, ging weiter in das Zimmer hinein und stellte mich vor Piggy. Meine Hände hingen lose an der Seite. Mein Gesicht blieb völlig ausdruckslos, meine Stimme war gleichmäßig, flach, beherrscht, hart und ruhig. Ich sah Piggy fest an. »Von billigen Handlangern lasse ich mir nichts sagen«, erklärte ich.

Piggy lief rot und trat einen Schritt vor. Dann sah er meine Augen. Piggy war durchaus kein Feigling, aber was er darin las, behagte ihm nicht. Es war jedoch zu spät für einen Rückzug. Jetzt war er an der Reihe. Er trat noch einen Schritt vor.

Die Männer am Tisch sahen interessiert zu und waren gespannt, wie lange es wohl dauern würde, bis ich verduftete.

Piggys Hände machten eine drohende Bewegung nach seiner Tasche, aber meine Stimme ließ sie zu einer leeren Geste erstarren. »Wenn Sie das tun«, sagte ich kaltblütig, »mache ich Sie hin.«

Plötzlich ertönte Silks Stimme von der Tür des Hinterzimmers. »Setz dich, Piggy.«

Piggy kehrte zu seinem Stuhl zurück und ließ sich mit einem unbehaglichen Gefühl nieder.

Fennelli und ich starrten uns über die ganze Länge des Raumes hinweg an. Einen Augenblick lang herrschte tiefe Stille. Dann ging ich auf ihn zu.

»Ich komme wegen der Arbeit, die Sie mir versprochen haben«, sagte ich und blieb vor Fennelli stehen.
Fennelli warf mir einen abschätzenden Blick zu, trat dann zur Seite und lud mich mit einer Handbewegung ein, in das nächste Zimmer zu treten.
»Du hast dir verdammt lange Zeit gelassen, bis du den Weg zu mir gefunden hast, Frankie«, sagte er, als ich die Tür zumachte.

Fennelli gab mir zunächst einen Posten als Wettensammler. Doch ich blieb nicht lange bei dieser Tätigkeit. Ich konnte mehr als das. Ich konnte organisieren. Schon nach kurzer Zeit hatte ich andere unter mir, die die Wetten für mich einsammelten, und ich teilte die Kommissionen mit ihnen. Dann nahm Silk mich in die Bande auf und übertrug mir die Aufsicht über alle seine Wettensammler.
Für die anderen in diesem Unternehmen blieb ich immer ein Fremder. Fennelli war der einzige, der wußte, wer ich war und woher ich kam, und Fennelli redete nicht.
Ich saß rechts von Fennelli am Tisch. Die Stadt war bei der Versammlung gut vertreten: Madigan und Moscowits von der Bronx, Luigerro von Südbrooklyn, ›Fats‹ Crown von Brownsville, ›Big Black‹ Carvell von Harlem, Schutz von Yorkville, Taylor von Richmond, Jensen von Queens, Riordan von Staten Island, Antone von Creenwich Village, Kelly von Washington Heights.
Wir hatten uns in einem Hotelzimmer getroffen und machten den Eindruck einer Aufsichtsratsversammlung einer großen Gesellschaft. Vor jedem lag ein Notizblock mit Bleistift auf dem Tisch, und überall waren Zigarren, Zigaretten und Aschenbecher verteilt. Es war gegen zwei Uhr nachmittags, und die Sonne flutete durch die offenen Fenster, als Fennelli sich von seinem Platz erhob, um seine Rede zu halten.
»Ihr wißt alle, warum ihr zu dieser Besprechung eingeladen seid. Man spricht davon, daß der Gouverneur einen Sonderermittler ernennen will, um die Stadt zu säubern. Wenn ein Bur-

sche ernannt wird, den wir uns nicht kaufen können, sind wir erledigt, es sei denn, wir machen zuerst einmal bei uns sauber.« Fennellis Stimme war leise und angenehm. Er wirkte wie ein Geschäftsmann, der zu seinen Geschäftsfreunden spricht, in der Hoffnung, daß sie einsichtig sind und die gemeinsamen Interessen wahren. Daß er dabei die Hauptrolle zu spielen gedachte, war nebensächlich. Als ich ihm zuerst mit meiner Idee gekommen war, hatte er gelacht. Aber dann ließ er sich überzeugen. Und als sich die Empörung der öffentlichen Meinung steigerte und zwei seiner Burschen erledigt wurden, beschloß er, die Idee auszuprobieren.
»Nach diesem Plan hier«, fuhr er fort, »können wir alle arbeiten, ohne daß die Polizei sich einmischt. Reibungen unter uns können beigelegt werden, indem wir unsere Streitigkeiten dem Beauftragten vorlegen.« Er liebte den Klang dieses Wortes. »Schießereien, unangenehme Publicity, das Drängen der Bevölkerung auf Säuberung der Stadt – das alles fällt dann weg.
Es springt eine Menge Geld für uns alle dabei heraus – mehr als genug, wenn wir schlau sind. Und es wird höchste Zeit, daß wir schlau werden. Wir sind ein großes Unternehmen – eins der größten im Land. Wenn etwas geschieht, was die Interessen eines Konzerns bedroht, dann müssen Gegenmaßnahmen getroffen werden. Und genau diese Gegenmaßnahmen schlage ich vor – einen Weg, um unsere Investitionen zu schützen.« Nach diesen Worten setzte er sich wieder.
Madigan war der erste, der aufsprang und eine Frage stellte. »Das klingt ja alles sehr schön, aber wer sorgt dafür, daß ein Mann in seinem Bezirk bleibt, wenn er plötzlich Lust hat, sich zu vergrößern?«
»Der Beauftragte«, erwiderte Fennelli.
»Und wie macht er das?« beharrte Madigan.
»Durch Rücksprache bei dem Betreffenden.«
»Und wenn das nicht zieht?«
»Dann ab durch die Mitte!« erwiderte Silk.

»Dann wären wir ja wieder so weit wie am Anfang«, stellte Madigan triumphierend fest.
Fennelli war verdutzt. Daran hatte er nicht gedacht.
Doch ich hatte diesen Gedanken schon erwogen. Ich sprang rasch auf. »Das wollen wir ja gerade vermeiden«, sagte ich, »und durch ein Abkommen können wir es vermeiden. Wenn Sie alle bereit sind, an einem Strang zu ziehen, lassen sich Mittel und Wege finden.
Meine Idee ist folgende«, erklärte ich und entriß damit Fennelli, der die Versammlung einberufen hatte, kühn das Wort. »Sie werden den Beauftragten ernennen, und er wird seine Tätigkeit in einem Büro aufnehmen, das schließlich die Zentrale des ganzen Unternehmens wird. Er wird eine Vermittlungsstelle einrichten, um Ihnen bei der Kontrolle der Preise der gleichmäßigen Verteilung der Verluste und der Festsetzung der Kurse behilflich zu sein. Er wird dafür sorgen, daß Sie Ihren rechtmäßigen Anteil am Geschäft und Ihren rechtmäßigen Anteil an den gemeinsamen Erträgen erhalten. Er wird als Ihr Beauftragter fungieren, und sein einziges Bestreben wird sein, Sie zu schützen.«
»Und wer soll dieser Mann sein?« erkundigte sich Madigan.
Fennelli lehnte sich behaglich in seinen Stuhl zurück. Er wußte, was jetzt kam. Ich würde ihn vorschlagen.
»Ich«, erklärte ich klipp und klar.
Fennelli schoß in die Höhe. »Du!« schrie er. »Wer, zum Teufel, bist du denn überhaupt?«
Ich sah ihn ruhig an.
»Ich bin der richtige Mann für diesen Posten«, sagte ich. »Ich bin der einzige hier, der keine persönlichen Interessen hat. Niemandem von Ihnen schulde ich etwas, und ich habe keinen Nutzen davon, wenn einer von Ihnen mehr oder weniger bekommt. Außerdem wird keiner von Ihnen einen aus den eigenen Reihen gutheißen. Sie können also nur wählen zwischen mir – und dem Sonderermittler.«
Fennellis Spannung ließ nach. Die Sprache verstand er. Er würde

sowieso keinem anderen trauen, und auf mir glaubte er den Daumen zu haben. »O. k.«, sagte er laut. »Ich verstehe, was du meinst.«
Ich wandte mich an die anderen. In mir kochte es vor Erregung. ›Jetzt ist's soweit!‹ sagte ich mir immer wieder. Doch nach außen hin war davon nichts zu merken. »Hat sonst noch jemand etwas einzuwenden?« fragte ich.
»Wieviel wird uns das kosten?« wollte Antone wissen.
»Das hängt von Ihren Erträgen ab«, sagte ich. »Die Anteile belaufen sich zu Anfang auf fünfhundert bis zweitausendfünfhundert Dollar die Woche. Ich habe für jeden von Ihnen einen Umschlag in der Tasche, in dem ein Zettel mit dem jeweiligen Betrag steckt. Sie können sich darüber aussprechen oder auch nicht. Es ist Ihre Sache, ob Sie die Höhe Ihrer Einkünfte für sich behalten oder preisgeben wollen, denn der Betrag ist nach dieser Höhe berechnet.« Ich nahm eine Reihe von Umschlägen aus meiner Rocktasche und warf jedem den zu, der für ihn bestimmt war.
Die Männer rissen die Umschläge rasch auf und blickten mit sehr unterschiedlichem Gesichtsausdruck auf die Beträge, die auf den einzelnen Zetteln standen.
›Fats‹ Crown erhob sich schwerfällig. »Das alles halte ich für Blödsinn. Es gefällt mir nicht. Ich lasse mir von niemandem Vorschriften machen.« Bei diesen Worten blickte er zu Luigerro hinüber. Über die Fehde zwischen den beiden wußte jeder Bescheid.
Ich wandte mich an ihn. »Sie können natürlich Ihre eigene Meinung haben. Vor jedem liegt ein Notizblock mit Bleistift. Schreiben Sie ›ja‹ oder ›nein‹ darauf und zeichnen Sie mit Ihrem Namen. Dann werden wir ja sehen, wie es weitergeht.«
Die Männer schrieben und reichten mir die Zettel. Ich sah sie alle sorgfältig durch. Dann wandte ich mich direkt an Crown. »Sie haben als einziger ›nein‹ geschrieben. Wollen Sie Ihre Meinung ändern?«
Crown schüttelte den Kopf. »Es wird nicht klappen. Keiner wird …«

Ich unterbrach ihn. »Wenn Sie es nicht anders wollen, so läßt sich das nicht ändern. Aber wir haben nicht die Absicht unterzugehen, nur weil Sie oder irgendein anderer Trottel nicht mitmachen will.« Fast sanft setzte ich hinzu: »Sie dürfen sich aus der Versammlung zurückziehen.«
Crown blickte sich im Kreise um. »Ich gehe jetzt. Aber ich warne euch. Bleibt aus meinem Bezirk heraus, das sage ich euch!« Er stapfte zornig zur Tür und ging hinaus.
Die anderen Männer blickten mich an. Es war sehr wichtig für sie, wie ich mit der Situation fertig wurde. Was ich jetzt unternahm, würde ihnen einen Hinweis auf meinen künftigen Kurs geben.
Ich trat an die Wand, nahm den Hörer von einem Telefon und wählte. »›Fats‹ hat die Versammlung verlassen«, sagte ich ruhig in den Apparat und legte den Hörer auf.
Dann kehrte ich an den Tisch zurück und setzte mich wieder. »Wir anderen machen das Geschäft«, sagte ich. »Nun, als erstes müssen wir unser Hauptquartier wählen. Ich kenne da ein Haus in Jersey City ...«

Die Polizei wollte einfach nicht glauben, daß ›Fats‹ Crown durch ein Syndikat sämtlicher großer Spekulanten der Stadt umgelegt worden sei. Sie versuchte, diese Tat Tony Luigerro anzuhängen, aber das gelang nicht.
Nach der Ermordung von ›Fats‹ Crown herrschte Ruhe in der Stadt. Ich hatte genau das erreicht, was ich wollte. Die Bandenfehden hörten auf, und die Öffentlichkeit wandte seine Aufmerksamkeit anderen Dingen zu. Der Druck der öffentlichen Meinung ließ nach, und die Idee, einen Sonderermittler zu ernennen, wurde vorübergehend fallengelassen.
Während dieser Zeit festigte ich mein Reich und baute es aus. Der Anfang war ein aus zwei Räumen bestehendes Büro in Jersey City. An der Tür stand: ›Frank Kane, Unternehmungen.‹ Aber die Organisation wuchs. Von dem kleinen Büro erstreckten sich Fühler über das ganze Land nach Chicago, St. Louis, San

Francisco, New Orleans, nach Nord, Süd, Ost und West. Sie erfaßten alle Spielzentren. Das organisierte Glücksspiel wurde zu einem der größten und mächtigsten Konzerne im Land.
Ende 1940 waren aus den zwei Büroräumen fünfzig geworden, die sich über vier Stockwerke erstreckten. Über zweihundert Leute waren dort beschäftigt: Buchhalter, Sekretäre, Stenotypistinnen. Der von acht Telefonistinnen bediente Klappenschrank hatte eine direkte Leitung zu jedem Spielzentrum im Land. Es war ein Großunternehmen im amerikanischen Sinne.
Es gab Abteilungsleiter, höhere und niedrigere Geschäftsführer, eine kostspielige, vollständige Rechtsabteilung, an deren Spitze einer der ersten Firmenanwälte des Landes stand. Auch eine Presseabteilung gab es, die von einem Mann aus einer der führenden Presseagenturen geleitet wurde. Diese Abteilung hatte die Aufgabe, das öffentliche Interesse an dem Spekulationsunternehmen wachzuhalten. Ich weiß, es klingt merkwürdig, ja fast verrückt, wenn man erklärt, daß ein so illegales Unternehmen sich für Publicity interessierte, aber das war notwendig. Diese Abteilung sorgte dafür, daß in den Zeitungen Geschichten erschienen über Spekulationserfolge, die Persönlichkeiten von öffentlichem Interesse auf Rennplätzen, bei Boxkämpfen und bei allen möglichen Spielen zu verzeichnen hatten. Sie verbreitete rührselige Geschichten über die Tränen, die die Buchmacher vergossen, wenn Soundso seine Wetten abschloß. Sie hatte kompetente Sportberichterstatter, die Artikel über alle Sportfragen schrieben. Es fehlte an nichts.
Unter meiner Leitung dehnte sich der Konzern ›Frank Kane, Unternehmungen‹ immer weiter aus. Eine Abteilung mit kleinen Toto-Brettern für jede wichtige Rennbahn im Lande wurde eingerichtet. Die Wettapparate am Rennplatz wurden in diesem Büro durch elektrische Rechenmaschinen ersetzt, die von fachkundigen Leuten bedient wurden und zu jeder Zeit die von meinem Büro auf jedem Rennplatz des Landes empfangenen Wetten anzeigten. Ganz routinemäßig wurde mein Spiel gegen die Renn-

bahn telefonisch überprüft, und wenn die Preise nicht richtig lagen, schüttete ein Mann auf dem Rennplatz Geld in die Maschinen, um die Preise so zu frisieren, daß ein Profit für die Organisation dabei herauskam.
Ich setzte Höchstgrenzen fest für die Auszahlungen der Buchmacher. Sieg: zwanzig zu eins. Platz: fünfzehn zu eins. Dritter oder besserer Platz: zehn zu eins. Bei erneuten Gewinneinsätzen: fünfzig zu eins. Bei täglichen Doppelwetten: hundert zu eins. Vordem hingen die Preise, die die Buchmacher zahlten, davon ab, wie viele Abschlüsse sie brauchten oder wünschten. Manchmal ging der eine oder andere Buchmacher zu hoch und konnte dann nicht auszahlen. Ich machte diesen Dingen ein Ende. Für die Buchmacher wurde entsprechend ihrer finanziellen Lage eine Grenze festgesetzt. Alles, was diese Grenze überschritt, fiel an die Organisation, die dann die Profite mit den Buchmachern auf Kommissionsbasis teilte. Es gab somit einen Platz, wo die Buchmacher ihre Wetten nicht nur abgeben konnten, sondern abgeben mußten, wenn sie zu hoch für sie waren. Das hatte eine stabilisierende Wirkung aufs Geschäft. Die Buchmacher konnten damit prahlen, daß in zwei Jahren nicht einer von ihnen in Zahlungsschwierigkeiten geraten war. Diese Einrichtung ähnelte sehr der Federal Deposit Insurance Corporation, die die Spareinlagen bei den Banken sicherstellt.
Am erstaunlichsten an der ganzen Organisation aber war vielleicht, daß trotz der Größe des Unternehmens verhältnismäßig wenige Leute außerhalb der Organisation etwas davon wußten. Und noch weniger Leute wußten etwas über mich, bis die Zeitungen eines Tages plötzlich mit der Neuigkeit herausplatzten. Ein Interview mit dem Gouverneur und dem Bürgermeister von New York führte zu folgender Erklärung:

> *Die Stadt und der Staat New York, ja sogar das ganze Land, sind in Gefahr, in die Macht eines einzigen Mannes zu geraten.*

Eines Mannes, der das Glücksspiel so als Geschäft organisiert hat, daß es unser gesamtes wirtschaftliches Wohlergehen wesentlich beeinflußt, ganz gleich, ob wir nun spielen oder nicht. Dieser Mann hat viele unserer Bürger in wirtschaftliche Sklaverei gebracht, indem er sie zwang, bei kleinen und großen Wucherern und Buchmachern Schulden zu machen. Die Höhe dieser Schuldbeträge ist größer, als wir uns vorstellen können.

Sein Geschäft hat ihn zu Korruptionen geführt, wie sie in unserer Geschichte noch nicht vorgekommen sind. Er macht Geschäfte in Millionenhöhe, nicht in Cents. Er hat hohe und mittlere öffentliche Beamte bestochen oder zu bestechen versucht. Seine brutale Organisation braucht denen, die sich ihm widersetzen möchten, nicht mit Mord zu drohen, obwohl man die Zahl der Morde und Selbstmorde, die das Ergebnis seiner Tätigkeit sind, nicht abschätzen kann. Er hat eine andere Waffe: wirtschaftliche Versklavung aller, die sich ihm zu widersetzen wagen.

Dem Treiben dieses Mannes muß Einhalt geboten werden. In wenigen Tagen wird der Gouverneur die Ernennung eines ›besonderen Staatsanwalts‹ verkünden, eines Sonderermittlers, dessen einzige Aufgabe es ist, die Tätigkeit dieses Mannes zu unterbinden und ihn dahin zu bringen, wohin er gehört: hinter schwedische Gardinen.

Der Name des Mannes ist Frank Kane.

Die Arbeit des Sonderermittlers hat nur ein Ziel: Frank Kane das Handwerk zu legen.

Die Zeitungen waren in Aufruhr. Sie hatten seit langem geahnt, daß eine große Sensation bevorstand. Aber diese Erklärung traf sie unvorbereitet. Verzweifelt suchten sie in ihren Archiven nach Bildern von mir. Aber sie konnten keine finden. Ich wurde als groß, klein, fett, dünn und so weiter beschrieben. Für die Öffentlichkeit war ich ein Geist, ein Schatten, ein Name ohne Körper.

Ich war nie verhaftet worden, man hatte keine Fingerabdrücke, keine Beschreibung von mir. Die Frage, die alle beschäftigte, war: ›Wer ist Frank Kane? Wo ist Frank Kane?‹
Ich war in Chicago, als die Geschichte in New York an die Öffentlichkeit kam. In der ›Chicago Tribune‹ fand ich folgende Notiz:

New York, N. Y.
9. September 1940 (AP)
Jerome H. Cowan, der Sohn des früheren Bürgermeisters von New York, A. H. Cowan, ist vom Gouverneur des Staates New York zum Sonderermittler ernannt worden. Es ist Mr. Cowans Aufgabe, Frank Kanes habhaft zu werden, der vom Gouverneur von New York als der Spitzenmann im Wett- und Glücksspielschwindel des Landes bezeichnet wird.

Jerry Cowan, mein alter Freund, sollte mich festnehmen! Doch an dieser Aufgabe mußte er sich die Zähne ausbeißen. Sein erstes Bestreben war, mich zu einem Verhör vorzuladen. Aber ich lebte jenseits des Flusses, außerhalb seines Machtbereichs, in Jersey, und ich machte ihm höflich eine lange Nase.
Nach drei Wochen eingehender Nachforschungen war Jerry noch genauso weit wie am Anfang, und allmählich packte ihn Verzweiflung. Die Zeitungen fielen über ihn her. Sie waren der Meinung, daß man ihm einen Fall übertragen hätte, bei dem alles Beweismaterial fix und fertig vorliege und den er nur noch vor Gericht zu bringen brauche. Aber das war ein Irrtum. Sie hatten nach drei Wochen ebensowenig eine Handhabe gegen mich wie zu Anfang.
Eines Tages läutete in meinem Büro das Telefon.
Ich hörte das Klicken der Weiterverbindung und dann eine Stimme: »Mr. Kanes Büro, bitte.«
»Wer ist am Apparat?« fragte ich.
»Jerome Cowan.«

»Kane am Apparat«, sagte ich mit ausdrucksloser Stimme.
»Hier ist Jerry Cowan«, sagte die Stimme.
»Ich weiß«, antwortete ich. Meine Stimme klang, als ob ich jeden Tag mit ihm spräche. Das verwirrte ihn. Er sprach rasch, aus Angst, daß ich den Hörer auflegen könnte, ehe er zu Ende geredet hatte. Es klang beinahe so, als sei er der Angeklagte und nicht der Ankläger. »Jerry Cowan«, wiederholte er. »Erinnerst du dich noch?«
»Ich erinnere mich«, sagte ich ruhig.
»Ich möchte mit dir reden.«
»Das tun Sie bereits«, erklärte ich kühl.
»Du mußt unbedingt aussteigen«, sagte Jerry. »Du weißt, daß die Leute dich hinter Gittern sehen wollen, und du kannst sie nicht ewig an der Nase herumführen. Wir waren einmal gute Freunde. Hör auf mich und gib die Sache auf, solange es noch möglich ist.«
»Ist das alles, was Sie mir sagen wollten?« fragte ich.
»Frank, um Himmels willen, hör mich an!« sagte Jerry erregt.
»Ich habe Sie angehört.« Meine Stimme wurde jetzt hart. »Mr. Cowan, ich weiß, daß Sie eine Aufgabe zu erfüllen haben. Es ist Ihre Aufgabe. Sie haben sie übernommen, und nun müssen Sie sie durchführen. Aber erwarten Sie nicht, daß ich sie Ihnen abnehme.«
»Aber Frank«, protestierte Jerry, »darum geht es ja gar nicht. Ich möchte dir nur helfen.«
Ich mußte lachen. »Sie können mir helfen, indem Sie sich um Ihre eigenen Angelegenheiten kümmern.«
»Na schön«, sagte Jerry, »wenn du es nicht anders willst.«
»Kann ich sonst noch etwas für Sie tun, Mr. Cowan?« fragte ich.
»Nein«, klang es vom anderen Ende der Leitung plötzlich erschöpft, »nichts. Ich mußte nur gerade an früher denken. Als wir Kinder waren, war alles so einfach, und wir waren Freunde, und du und Marty und ich waren –«
»Ich weiß«, unterbrach ich ihn sanft. »Ich habe auch daran ge-

dacht ...« Ich brach das Gespräch ab und stand da und starrte auf den Hörer in meiner Hand.

2

Als ich vom Lunch zurückkehrte, wartete Fennelli in meinem Büro. Er sprang auf, als ich den Raum betrat. Ich setzte mich hinter meinen Schreibtisch und studierte den Ein-Uhr-Bericht.
Dann erst sah ich ihn an. Er stand vor meinem Schreibtisch und schien nervös zu sein. Jemand, der ihn weniger gut kannte als ich, hätte es vielleicht nicht gemerkt, aber mir fiel es sofort auf. Scheinbare Nebensächlichkeiten wie die bewußt ruhigen Hände, die leicht zusammengekniffenen Lippen verrieten ihn.
Ich lächelte. »Setz dich, Silk.« Ich zündete mir eine Zigarette an und beobachtete ihn, wie er sich setzte. »Was hast du auf dem Herzen?«
Er sprang wieder auf. »Jetzt setzen die aber wirklich Druck dahinter, Frank.«
Das brauchte er mir nicht zu erzählen! In den letzten sechs Wochen hatte ich nicht mehr gewagt, den Fluß zu überqueren und nach New York zu fahren, und da redete er von zunehmendem Druck! Ich schwieg.
Er legte seinen schwarzen Homburg auf den Tisch. »Es ist mein voller Ernst, Frank. Sie schrecken jetzt vor nichts mehr zurück. Cowan hat neulich eine Unterredung mit dem Gouverneur gehabt und die Erlaubnis bekommen, zuerst mal mit uns anzufangen, weil man dich nicht fassen kann.«
Auch das wußte ich. Immerhin zahlte ich einem Burschen direkt im Büro des Gouverneurs zweihundert Dollar die Woche, damit er mich auf dem laufenden hielt. Ich hatte sogar eine Abschrift dieser Unterredung in meinem Schreibtisch. Ich konnte immer noch nichts dazu sagen. Darum hielt ich meinen Mund und rauchte meine Zigarette.

Silk beobachtete mich. Als er sah, daß ich nicht sprechen wollte, fuhr er fort. »Wir müssen etwas unternehmen. Die Burschen werden unruhig.«
»Welche Burschen?« fragte ich.
»Madigan, Moscowits, Kelly, Carvell, die ganze Bande.«
»Du auch?«
Er setzte sich wieder hin und nickte. »Ich auch.«
Ich lachte. Ich hatte mal geglaubt, diese Jungen seien zäh und nichts könne sie aus der Fassung bringen. Jetzt wußte ich es besser. Sobald etwas schiefging, rannten sie zu Papa.
»Und was erwartest du von mir?« fragte ich schroff. »Soll ich dir tröstend das Händchen halten?«
Silk wurde rot. »Kannst du nicht an Cowan herankommen?«
»Ich habe dir schon gesagt, daß ich es versucht habe, aber da ist nichts zu machen.« Ich log. Ich hatte überhaupt keinen Versuch gemacht. Außerdem glaubte ich nicht, daß er anbeißen würde.
»Und wenn man über den Burschen selber irgend etwas herausbringt?« fragte Silk. »Da gibt es doch sicher irgendeinen dunklen Punkt, der nicht an die Öffentlichkeit kommen soll?«
Ich mußte wieder lachen. »Dieser Bursche hat ein so anständiges Leben geführt, daß es einen geradezu anwidert. Da ist nichts zu machen.«
»Und seine Familie?«
»Du kennst ja seinen alten Herrn selber«, bemerkte ich. »Glaubst du, daß du dem wirklich etwas anhängen kannst? New Yorks großer alter Mann!« Wenn sie sich je an den alten Herrn heranmachten, würden sie sich selbst mit in den Abgrund reißen, und das wußten sie auch.
»Wie steht's mit seiner Frau?« fragte Silk.
»Nichts zu wollen. Das habe ich auch überprüft. Sie kennen sich seit einer Ewigkeit – schon seit ihrer Kindheit. Sie waren bereits verlobt, als sie die Oberschule verließen. Da hat niemand sonst dazwischengefunkt.«

»Auf irgendeine Weise muß man den Burschen doch bremsen können«, murmelte Silk.
Ich stand auf und ging langsam um den Tisch herum. »Sicher, es gibt ein sehr einfaches Mittel. Ich brauche nur in sein Büro zu gehen und zu sagen: ›O. k., Burschen, hier bin ich, was kann ich für euch tun?‹« Ich machte eine kleine Pause und drückte meine Zigarette im Aschenbecher aus. »Weiter nichts.«
Silk hob beschwörend die Hand. »So war das nicht gemeint, Frank, das weißt du doch.«
»Wie soll ich wissen, was ihr miese Bande meint?« fauchte ich. »Ich weiß nur, daß ihr jedesmal, wenn etwas schiefgeht, winselnd hier angekrochen kommt, verdammt noch mal!
Seht ihr Idioten denn nicht, daß sie genau das bezwecken – daß sie euch so in die Zange nehmen wollen, bis einer von euch weich ist und auspackt. Dann haben sie uns alle.
Verhaltet euch ruhig und haltet gefälligst eure Schnauze! Überlaßt das Denken nur mir und macht euch nicht gleich in die Hosen, wenn der Wind mal etwas kräftiger bläst.
Ihr Burschen habt mich an diesen Platz gestellt, damit ich für euch eine Arbeit leiste. Und die leiste ich.« Ich blickte ihm fest in die Augen und schlug einen anderen Ton an. »Oder seid ihr nicht zufrieden?«
»O doch, Frank«, protestierte Silk ein wenig zu rasch. »Wir sind durchaus zufrieden.«
Ich wußte, wie die Burschen in New York redeten. Wenn ich ihnen die Gelegenheit gab, würden sie mich ohne Bedenken den Wölfen vorwerfen.
»Dann bestell ihnen, daß sie aufhören sollen, mit den Zähnen zu klappern. Außerdem kannst du ihnen sagen, daß ich über alle Schritte, die sie unternehmen, unterrichtet bin und daß ich unbedingten Gehorsam erwarte.
Ich habe Vorsorge getroffen, daß jeder, der geschnappt wird, fünf Minuten nach seiner Verhaftung wieder freigelassen wird. Sag allen, sie sollen weitermachen, bis sie etwas anderes von mir hö-

ren.« Ich drehte mich um und setzte mich wieder in meinen Schreibtischsessel.

Silk nahm seinen Hut und ging zur Tür. »Ich werde ihnen ausrichten, was du gesagt hast, Frank.« Seine Stimme klang unterwürfig, aber in seinen Augen lagen Gift und Galle.

Ich wechselte das Thema. »Du hast letzte Woche deine Einzahlung von sechstausend Dollar in den gemeinsamen Fonds nicht geleistet. Da du gerade hier bist, gehst du am besten zu Price runter und bringst die Sache in Ordnung.«

»Wird gemacht, Frank«, sagte er, die Hand auf dem Türgriff, während seine Augen unstet im Zimmer umherirrten.

Ich versetzte ihm noch einen Hieb. »Was ich noch sagen wollte, Silk«, bemerkte ich in aller Ruhe, »vergiß nicht, ich weiß, daß du einmal diesen Posten für dich haben wolltest – ich habe ein gutes Gedächtnis.«

Er nahm die Hand von der Türklinke und deutete damit auf mich. »Und vergiß *du* nicht«, entgegnete er in einem für ihn merkwürdigen Tonfall, »daß du niemals so weit gekommen wärst, wenn ich dir nicht die erste Chance gegeben hätte.«

»Das habe ich nicht vergessen«, sagte ich. »Deshalb rede ich ja so höflich mit dir.«

Er zögerte noch eine Weile an der Tür. Es sah so aus, als ob er noch etwas sagen wollte, aber nicht den nötigen Schneid dazu aufbrachte. Er ging hinaus und schloß die Tür hinter sich. Das Ärgerliche an diesen Burschen war: sie hatten andere so lange herumgeschubst, daß sie vergessen hatten, wie es ist, wenn man das am eigenen Leibe spürt.

Ich nahm den Hörer vom Telefon. »Verbinden Sie mich mit Alex Carson.« Carson war der Spitzenanwalt unserer Firma. Ich mußte ihm sagen, daß er die Idee, die ich während meiner Unterredung mit Fennelli hatte, ausführen sollte – nämlich Kaution zu stellen und Haftentlassung zu erwirken, sobald einer der Burschen gefaßt wurde.

Als ich mit Carson fertig war, wandte ich mich den Papieren auf meinem Tisch zu. Es gab sehr viel für mich zu tun: gutes Leben bedeutet harte Arbeit.

Ein Mädchen kam mit dem Fünf-Uhr-Bericht herein und stand wartend da, während ich ihn las. Ich blickte zu ihr auf. »Ist der Bericht von Tanforan schon da?« fragte ich.

»Nein, Mr. Kane.«

Ich nahm den Hörer ab und ließ mich mit Joe Price verbinden. Joe Price war Kontrolleur – ein Mann, der sich ausgezeichnet auf Zahlen verstand. Als ich ihn entdeckte, verdiente er hundert Dollar die Woche als Hauptbuchhalter bei irgendeiner lausigen kleinen Gesellschaft. Er hatte einen Griff in die Portokasse getan, und ich glaubte, daß ich ihn gebrauchen könnte. Daher half ich ihm aus der Klemme, und er war es wert. Ich zahlte ihm die tausend Dollar die Woche nicht seiner schönen Augen wegen.

Er kam an den Apparat.

»Wie haben wir beim ersten Rennen in Tanforan abgeschnitten?« fragte ich. Tanforan lag in Kalifornien, und der Zeitunterschied betrug drei Stunden.

»Wir haben etwa achttausend eingebüßt«, erklärte er mit seiner nüchternen Buchhalterstimme, »und der gemeinsame Fonds ist um etwa dreißigtausend gesunken.«

»Wie sieht's für heute aus?«

»Wir können von Glück sagen, wenn wir nichts zubuttern.«

»O. k.«, sagte ich und legte den Hörer auf. Man konnte nicht jeden Tag das Rennen machen.

Die Sekretärin stand immer noch neben meinem Schreibtisch. Ich blickte fragend zu ihr auf. »Draußen wartet eine Dame, die Sie sprechen möchte – eine Miss Coville.«

Ich blickte verdutzt drein. »Wie ist sie am Empfang vorbeigekommen? Der Name ist mir unbekannt.«

»Ich weiß es nicht, Mr. Kane«, sagte das Mädchen. »Sie ist wohl einfach dran vorbeigegangen.« Sie nahm den Bericht vom Schreibtisch. »Sie behauptet, Sie kennen sie. Sie sei Martys Schwester.«

»O ja!« Und ob ich sie kannte! Was, in aller Welt, wollte sie hier? Ich zögerte einen Augenblick, und um meine Gedanken zu verbergen, fragte ich: »Ist Allison schon da, Miss Walsh?«
»Nein.« Sie wandte sich zum Gehen. »Soll ich der Dame sagen, daß Sie keine Zeit haben?«
Ich zögerte wieder. Dann sagte ich: »Ja.«
Sie ging hinaus, und ich blickte nachdenklich auf meinen Tisch. Ich hatte den Wunsch gespürt, sie wiederzusehen, aber es wäre nichts dabei herausgekommen. Sie würde mich wahrscheinlich als den Burschen aus dem Krankenhaus erkennen – selbst wenn ich an Gewicht zugenommen hatte und einen Zweihundert-Dollar-Anzug trug.
Ein paar Minuten später kam Allison herein. Allison war mein Nachtsekretär. Ich brauchte zwei – einen bei Tag und einen bei Nacht –, und es war sehr schwierig, eine Frau für die Nachtarbeit zu bekommen. Ich war meistens noch ziemlich spät im Büro – bis alle Aufstellungen eingegangen waren. Darum hatte ich Allison engagiert.
»Was wünschen Sie?« fragte ich.
»Eine Dame wartet draußen, die Sie sprechen möchte, eine Miss Coville«, sagte er. Es lag ein merkwürdiger Blick auf seinem ziemlich weibischen Gesicht. Ich hatte ihn eigentlich nie gemocht. Zu einem Mann, der stenografieren konnte, hatte ich einfach kein Zutrauen.
»Ich hatte Miss Walsh doch gebeten, sie fortzuschicken«, sagte ich.
»Sie wartet aber immer noch, Sir.« Er blickte mir nur selten direkt ins Gesicht, aber jetzt tat er es. Überrascht stellte ich fest, was für ein festes Kinn er hatte. »Sie sagte, Sie hätten versprochen, sie vorzulassen.«
Ich gab es auf. Mochte sie nur kommen, dann hatte ich die Sache hinter mir. »Na schön«, brummte ich, »schicken Sie sie herein!«

Ich stand auf, als Allison die Tür für sie offenhielt. Sie blieb einen Augenblick auf der Schwelle stehen und sah mich an. Sie trug ein rauchfarbenes Kostüm, das die Farbe ihrer blauen Augen zu betonen schien. Sie hatte einen offenen, direkten Blick. Ihr Mund war fest und ihr Kinn fast so kantig wie das eines Mannes.

Sie wartete, bis die Tür sich hinter ihr schloß, bevor sie sprach. »Du bist es also doch.« Sie kam auf mich zu und streckte mir die Hand entgegen.

Ich ignorierte es. »Wen hattest du denn erwartet?«

Sie ließ ihre Hand verlegen zur Seite fallen. Zweifel huschten über ihre Augen wie Schatten an der Wand. »Ich weiß es nicht«, erwiderte sie mit einem Anflug von Nervosität in der Stimme. »Jedenfalls warst du damals im Krankenhaus. Ich hatte doch recht.«

»Und was beweist das?«

»Nichts«, sagte sie. »Ich dachte nur –«

Wir waren stehen geblieben und blickten uns über den Tisch hinweg an wie zwei Boxkämpfer im Ring. »Was willst du eigentlich hier?« fragte ich.

Ihre Nervosität war verschwunden. »Ich wollte dich sehen – wollte wissen, ob du der Mann im Krankenhaus warst –, wollte wissen, ob du derselbe bist, der zu uns ins Haus gekommen war.«

»Und jetzt hast du gesehen, wer ich bin. Bist du jetzt zufrieden?«

Sie schob ihr Kinn vor. Sie hatte sich nicht sehr verändert. »Du bist immer noch derselbe wie damals – nur älter und härter.«

Ich schwieg.

Sie fuhr fort: »Ich hätte nicht kommen sollen. Marty und Jerry haben mich gewarnt –«

Mit einem Satz sprang ich zu ihr hinüber und preßte ihr die Hand auf den Mund. »Schweig, du Idiotin!« flüsterte ich barsch. »Machst du dir überhaupt nicht klar, daß ich dauernd beobachtet werde, daß jeder, der hierherkommt, beobachtet wird? Warum du deine Finger im Spiel haben mußt, weiß ich wahrhaftig nicht. Kannst du dir nicht vorstellen, was mit ihnen passiert, wenn ich je mit ihnen in Verbindung gebracht werde?« Ich nannte keine

Namen, aber sie wußte, wen ich meinte. Ich nahm meine Hand von ihrem Mund; sie war von ihrem Lippenstift beschmiert. Ich wischte sie mit meinem Taschentuch ab.
Ruth war den Tränen nahe. Sie ließ sich in den Sessel sinken, der vor meinem Schreibtisch stand.
»Das wußte ich nicht«, sagte sie. »Ich habe nicht daran gedacht.«
»Das ist es ja gerade. Du überlegst nicht!«
»Ich wollte nur helfen.«
»Wem? Mir?« fragte ich spöttisch. »Du kannst mir auch gerade viel nützen! Und wenn man je einen Zusammenhang zwischen dir und ihnen entdeckt, dann sieht's schlimm aus. Das beste, was du tun kannst, ist, zu verschwinden und nie wiederzukommen.«
Sie hatte sich inzwischen wieder gefaßt und stand auf. Ihre Stimme klang jetzt kühl und formell. »Entschuldige bitte. Ich habe mich geirrt. Es war ein Fehler, daß ich auch nur den Versuch machen wollte, dir zu helfen. Du hast dich kein bißchen verändert. Niemand kann dir helfen. Du gehst eigensinnig deinen Weg, bis du am Boden liegst. Es tut mir leid, daß ich gekommen bin.« Sie ging zur Tür.
Ich beobachtete sie. Ich hätte ihr gern gesagt, daß ich mich freute, sie zu sehen. Ich wollte ihr sagen, daß ich meine alten Freunde vermißte. Aber ich wagte es nicht. Vielleicht hatte Jerry sie geschickt, um etwas herauszubekommen. Man konnte es nicht wissen.
»Es tut mir leid, daß ich so grob zu dir war«, sagte ich sanft.
»Macht nichts«, erwiderte sie. »Ich hab's nicht anders verdient. Ich hätte es mir von vornherein sagen sollen.« Sie war an der Tür angelangt. »Leb wohl.«
Ich ging ihr nach und nahm lächelnd ihre Hand. »Jedenfalls danke ich dir, daß du gekommen bist.«
Einen Augenblick lang standen wir Hand in Hand da und sahen uns in die Augen. Sie beugte sich ein wenig vor, und ich spürte einen leichten Kuß auf meinen Lippen. »Denk daran, was du vor langer Zeit zu mir gesagt hast: Jetzt sind wir Freunde.«
»Leb wohl«, sagte ich und sah, wie sie die Tür schloß.

Ich rief Allison an, um den Tanforan-Bericht zu hören, und während ich am Apparat darauf wartete, daß er die Zahlen vorlas, dachte ich über manches nach. Es war verrückt. Es war irrsinnig. Es war wirklich nicht der geeignete Augenblick, um sich in eine Frau zu verlieben, ganz gleich, wer es war.
Oder etwa doch?

3

Lange hatte ich, in Gedanken verloren, am Schreibtisch gesessen. Allison war hereingekommen, hatte das Licht angedreht und war wieder gegangen. Die Zeit verstrich unbemerkt. Ich war in den letzten paar Jahren einen großen Schritt weitergekommen. Alles, was ich mir je gewünscht hatte, hatte ich jetzt. Ich hatte Geld. Ich trug piekfeine Anzüge, aß gut, lebte gut. Was wollte ich mehr?
Eine Frau? Du meine Güte, ich brauchte nur den kleinen Finger zu krümmen, und ich hatte das tollste Weib im ganzen Land! Nein, das war es nicht.
Freunde? Vielleicht. Aber ich hatte schon vor langer Zeit gelernt, daß ich sie mir nicht leisten konnte, wenn ich mein Ziel erreichen wollte. Für alles, was ich erreichte, mußte ich auch etwas aufgeben. Außerdem konnten mir Freunde nicht das geben, was ich nicht schon hatte.
Ich drehte meinen Stuhl zum Fenster und blickte hinaus. Über dem Fluß blinkten die Lichter von New York verlockend zu mir herüber. Es war eigentlich komisch. Denn es gab nichts jenseits des Flusses, wonach ich mich wirklich sehnte.
Warum mußte Ruth mich ausgerechnet jetzt besuchen? Das hätte ich gern gewußt. Hatte Jerry sie wirklich geschickt? Ich hatte längst entdeckt, daß man sich bei einem solchen Unternehmen kein Risiko leisten konnte. Der erste Fehler war gewöhnlich auch der letzte.

Immerhin, wenn Jerry nicht gerade diesen Auftrag gehabt hätte, wäre vielleicht alles anders gewesen.
Das Telefon läutete. Ich nahm den Hörer ab. Es war Allison. »Ich habe den Bericht von Tanforan für Sie.«
Ich sah auf meine Uhr. Es war beinahe zehn. Ich hatte nicht geglaubt, daß es so spät sei. Ich war müde und hungrig. »O. k.«, sagte ich, »wie lautet er?« Ich hörte ihm zu und legte dann den Hörer auf.
Abgespannt blieb ich noch eine Weile sitzen. Eine Sache war noch zu erledigen, bevor ich aufbrechen konnte. Ich nahm Allisons Personalakte aus der obersten Schreibtischschublade, wo sie seit gestern lag, und überflog sie. Dann drückte ich auf den Summer, der Allison herbeirief.
Er stand im Türrahmen. »Ja, Sir?«
»Kommen Sie herein und setzen Sie sich«, sagte ich. »Ich möchte mit Ihnen sprechen.«
Ein erstaunter Ausdruck huschte über sein Gesicht. »Ja, Sir.« Er setzte sich auf den Stuhl vor meinem Schreibtisch.
Ich hielt seine Akte so, daß er sie sehen konnte. »Ich habe soeben Ihre Personalakte studiert«, sagte ich. »Sie ist sehr ungewöhnlich.«
Er straffte sich ein wenig auf seinem Stuhl. »Inwiefern, Sir?« fragte er. Obgleich er seine Stimme zu beherrschen versuchte, verriet sie eine gewisse Bestürzung.
»Sie können die Anrede ›Sir‹ und ›Mister‹ lassen, wenn wir allein sind, Allison. Jeder nennt mich Frank.«
Er nickte. »Mein Name ist Edward. Ed.«
Ich blickte ihn forschend an. Er war kein Dummkopf. Sosehr er sich auch eine Antwort auf seine Frage wünschte, ließ er sie doch fallen, als er sah, daß ich nicht darauf einging. An diesem Nachmittag hatte mich gerade noch sein Kinn beeindruckt. Jetzt entdeckte ich weitere kraftvolle Züge in seinem Gesicht: die Form seines Mundes, seine Augen, blau und entschlossen, die tiefgefurchte Stirn.

»Diese Art Arbeit liegt Ihnen wohl nicht sehr, nicht wahr?« sagte ich. »Mit der Ausbildung, die Sie haben, erscheint es mir seltsam, daß Sie sich dazu herabgelassen haben, in einer solchen Firma und für einen Mann wie mich zu arbeiten.« Ich las laut aus der Akte. »Columbia Handelshochschule 1931, Columbia juristische Fakultät 1934.«

»Der Mensch muß essen.« Er lächelte mich an. »Hunger macht nicht halt vor Rang und Würde und besonders nicht vor akademischen Graden.«

Die Antwort gefiel mir. Ich ertappte mich dabei, daß ich den Mann plötzlich mochte, trotz allem, was ich über ihn wußte. Es war mir sympathisch, daß er gegen meine Behauptung, er sei unter sein Niveau gesunken, nicht heftig protestierte, etwa mit Beteuerungen wie: ›O nein, Mr. Kane, das hier ist gerade, was ich mir gewünscht habe!‹ oder ähnlichem dummen Geschwätz. Ich lächelte ihn ebenfalls an. »Erzählen Sie mir keine Märchen, Ed. Ihre Eltern scheinen doch in sehr guten Verhältnissen zu leben.«

Er machte jetzt einen anderen Versuch, nachdem der erste mißglückt war. Seine Stimme klang ein wenig spöttisch, als er sich bemühte, den Eindruck zu erwecken, ich hätte ihn festgenagelt. »Ich wollte mal was anderes tun«, sagte er. »Ich wollte die langweilige Routine eines gewöhnlichen Anwalts- oder Geschäftsbüros vermeiden.«

»Und da kamen Sie also hierher.«

Er nickte. »Ja.«

»Und war es anders?«

»In gewisser Beziehung, ja«, sagte er. »Aber es war nicht ganz das, was ich erwartet hatte.«

Ich mußte laut lachen. »Was hatten Sie denn erwartet – Blut auf den Teppichen? Seien Sie vernünftig, Mann, das hier ist ein Geschäft wie jedes andere.« Jetzt war es an mir, mich zu mokieren. Eine erste Regung von Gereiztheit wurde bei ihm spürbar. Ich merkte mir das. Er schätzte es nicht, ausgelacht zu werden. Ich wechselte das Thema. »Seit wann arbeiten Sie hier, Ed?«

»Seit etwa acht Monaten«, sagte er. Ich stellte fest, daß er mich nicht Frank nannte, aber ›Sir‹ und ›Mr. Kane‹ hatte er fallengelassen.
»Was für ein Gehalt bekommen Sie?«
»Hundert Dollar die Woche.«
»Was würden Sie dazu sagen, wenn ich Ihnen zweihundert gäbe?«
Er schien ein wenig überrascht. »Nun – nun, ich würde danke sagen.«
Ich mußte wieder lachen. Es war eine gute Antwort. »Was würden Sie dafür tun?«
Er war von neuem verdutzt. »Was wollen Sie damit sagen, Sir?«
Da war es wieder, das ›Sir‹.
»Nehmen wir einmal an, daß die Leute im Justizministerium jemanden in meinem Büro suchten, der so eng mit mir zusammenarbeitet, daß er sie über meine Tätigkeit informieren kann. Nehmen wir ferner an, Sie wären dieser Mann – ich könnte das vielleicht so deichseln. Würden Sie ihnen dann nur Berichte senden, die von mir gebilligt werden?« Bei diesen Worten sah ich ihm fest in die Augen.
Er stand auf und blickte mich über den Schreibtisch hinweg an. »Dann wissen Sie es also?« sagte er. Er lehnte sich ein wenig vor, während seine Hände die Tischkante fest umklammerten.
»Was soll ich wissen?« fragte ich leise.
»Daß ich vom Justizministerium bin«, sagte er, und aus seiner Stimme klang das Bewußtsein, versagt zu haben.
Er tat mir direkt leid. Warum mußte ich immer Mitleid mit den falschen Leuten empfinden? Wenn ich ihm nicht hinter seine Schliche gekommen wäre, hätte er mich vor den Kadi bringen können. »Ach, das!« sagte ich beiläufig, als sei es unwesentlich. »Das wußte ich schon, als ich Sie engagierte.«
»Und trotzdem haben Sie mich eingestellt?« Seine Stimme klang immer noch nervös.
»Natürlich!« Ich lächelte, als ich sein überraschtes Gesicht sah.

»Ich brauchte doch einen Sekretär.« Er versuchte etwas zu sagen, aber ich wollte mich nicht unterbrechen lassen. »Setzen Sie sich doch«, sagte ich. »Dramatische Szenen sind nicht angebracht. Ich werde Sie nicht niederknallen lassen – das sind nicht meine Methoden. Ich habe Ihnen ja eben erklärt, daß das hier ein Geschäft ist.«
Er sank schweigend in den Sessel.
Ich fuhr fort: »Sie sind nun seit acht Monaten hier. In dieser Zeit haben Sie nichts in Erfahrung gebracht, worauf Ihr Ministerium eine Anklage stützen kann. Ich leite ein Geschäftsunternehmen. Wie Sie wissen, hat dieses Unternehmen zahlreiche und vielseitige Interessen. Wir sind an verschiedenen Industrien beteiligt: Spielmaschinen, Musikautomaten, Klubs und Restaurants und kleineren Fabriken. Nebenbei spiele ich gern ein wenig. Wer tut das nicht? All meine Erträge aus allen Gebieten meiner Tätigkeit sind ordnungsgemäß in meiner Steuererklärung angegeben. Ich begehe keine Verbrechen. Damit haben Sie in einfacher Form einen Überblick über meine Gesellschaft.
Genau wie der Name an der Tür sagt: ›Frank Kane, Unternehmungen.‹«
Er schwieg eine Weile. Dann blickte er mir direkt ins Gesicht. Das Hinterhältige, das mein Mißtrauen gegen ihn erregt hatte und das ich in seinem Ausdruck eher gespürt als gesehen hatte, war verschwunden. An seine Stelle war reservierte Offenheit getreten. Er lächelte. »Ich bin eigentlich ganz froh, daß es vorüber ist«, meinte er.
Ich lachte und zündete mir eine Zigarette an. Mir ging es genauso. Wenn er geahnt hätte, wie dicht er mir auf den Fersen war! Aber das war eine andere Geschichte. Erst gestern war ich ihm auf die Spur gekommen, und bei den augenblicklichen Schereien hätte ich ganz schön in der Patsche gesessen. Ich schwieg.
»Ich glaube, ich gehe jetzt wohl lieber.« Er stand auf.
»Wie Sie wollen.« Ich ließ ihn langsam zur Tür gehen, bevor ich

wieder sprach. »Ich könnte immer noch einen guten Sekretär gebrauchen.«
»Was wollen Sie damit sagen?«
Ich blieb absichtlich vage. »Sie könnten Ihre Dienstmarke abgeben und für mich arbeiten. Andererseits könnten Sie aber auch auf der alten Basis weitermachen. Es ist mir nämlich wirklich völlig egal, was Sie Ihren Vorgesetzten über mich erzählen.«
Er sah unglaublich jung aus, als er da an der Tür stand. »Das könnte ich nicht.«
»Warum nicht?« fragte ich. »Niemand braucht von dieser Unterredung etwas zu erfahren.«
»Nein«, erklärte er, »das wäre nicht fair.«
Fair, zum Teufel! Dachte er etwa, sein Herumspionieren in meinen Angelegenheiten sei fair? Ich lachte.
»Das müssen Sie entscheiden«, sagte ich.
Er ging hinaus.
Ich drehte mich auf meinem Stuhl herum und blickte wieder auf den Fluß hinaus.
New York blinzelte immer noch herausfordernd und einladend zu mir herüber.

4

Erst als ich die Brücke nach New York halb überquert hatte, kam mir richtig zum Bewußtsein, was für ein Idiot ich war.
Gegen Viertel vor elf hatte ich das Büro verlassen und war zur Garage gegangen, um meinen Wagen zu holen. Da kam es über mich. »Mike«, sagte ich zu dem alten Garagenwärter, »haben Sie einen Wagen da, den ich für diesen Abend mieten könnte?«
Die Zehn-Dollar-Note, die ich ihm mit meiner Frage in die Hand drückte, bewirkte bereitwillige Zustimmung. »Sicher, Mr. Kane.« Sein Lächeln zeigte zahnlose Kiefer. Er verschwand in der Gara-

ge und kam nach wenigen Minuten in einer kleinen Plymouth-Limousine zurück.

Ich setzte mich hinters Steuer und warf einen Blick auf das Armaturenbrett. Die Benzinuhr zeigte, daß der Tank voll war. »Übrigens, Mike, wem gehört dieser Wagen?« fragte ich, ehe ich abfuhr.

Er kicherte. »Dem Boß. Es ist schon in Ordnung. Ich werde es ihm sagen.«

»Vielen Dank, Mike.« Ich fuhr los, und obwohl die Fähre näher war, zog ich die Brücke vor. Ich wollte nicht an einer Stelle parken, wo ich vielleicht erkannt wurde.

Ich fuhr langsamer, als ich die Strecke erreichte, die zur unteren Stadt führte. Bei der 135. Straße bog ich vom Riverside Drive ab und fuhr zum Broadway. Vor einem Drugstore an der Ecke parkte ich, um Ruths Adresse im Telefonbuch nachzuschlagen. Ich fand sie sehr rasch.

Cabell, Ruth – 100 E. 40th St. – Murray Hill 7-1103. Kurz darauf brachte ich den Wagen vor dem Gebäude zum Stehen. Es war ein großes weißes Mehrfamilienhaus an der Ecke der Park Avenue. Ich ging in die Halle und sah auf die Uhr. Es war ein paar Minuten nach zwölf. Ich drückte auf den Knopf für den Fahrstuhl.

Ein verschlafener Fahrstuhlführer öffnete die Tür, und ich trat ein. »Cabells Wohnung, bitte.«

»Ja, Sir«, sagte er, während er die Türen schloß und den Fahrstuhl in Gang brachte. »Dr. Cabell wohnt im fünften Stock – Wohnung 512.« Er öffnete geschickt die Tür und sah mir nach, bis ich vor der Wohnungstür stehenblieb. Dann schloß er die Tür, und der Fahrstuhl bewegte sich nach unten. Ich drückte auf den Klingelknopf.

Ich schlug meinen Mantelkragen hoch und zog mir den Hut tief ins Gesicht. Wenn sie nun nicht zu Hause war? Fast wäre ich wieder umgekehrt.

Die Tür öffnete sich. Ein fremder Mann stand auf der Schwelle. »Ist Miss Cabell zu sprechen?« fragte ich und konnte gedämpfte

Stimmen aus der Wohnung hören. Es klang, als wären ziemlich viele Menschen anwesend. »Ich komme von ihrem Büro«, fügte ich als Erklärung hinzu. »Mr. Coville.«
»Treten Sie bitte ein.« Er trat zur Seite, um mich einzulassen. »Ich werde ihr sagen, daß Sie hier sind.« Er musterte mich mit einem neugierigen Blick, ehe er ging.
Ich behielt meinen Hut auf und ließ den Mantelkragen hochgeschlagen. Ich befand mich in einer kleinen Halle. An ihrem Ende auf der rechten Seite stand eine Tür zu einem Zimmer offen, aus dem Stimmen drangen. Ich sah, wie der Mann diesen Raum betrat. Ich konnte seine Stimme hören. »Ruth, da ist jemand aus deinem Büro – ein Mr. Coville.«
Eine Sekunde herrschte Schweigen. Dann hörte ich ihre Stimme: »Ich bin sofort wieder da. Ich will nur eben sehen, was er will.« Dann kam sie in die Halle. Ihr Gesicht war blaß. Sie kam direkt auf mich zu.
»Warum bist du gekommen?« flüsterte sie. Ihre Stimme klang ängstlich.
Ich lächelte. »Ich wollte dir einen Gegenbesuch machen.«
»Du mußt gehen. Du kannst nicht bleiben. Jerry ist im Zimmer.« Sie sprach immer noch im Flüsterton.
»Du wolltest mein Büro nicht verlassen, ehe du mit mir gesprochen hattest. Ich habe dasselbe Recht.«
Sie legte mir die Hand auf den Arm. »Aber verstehst du mich denn nicht? Jerry ist drinnen, und wenn er dich sieht, muß er dich verhaften. Du *mußt* gehen.«
»Ich glaube nicht, daß er mich verhaftet«, sagte ich lächelnd. Die Sache begann mir Spaß zu machen. Man spürt eine gewisse Erregung, wenn man über dünnes Eis schlittert.
»Er tut es bestimmt«, sagte sie und trat dichter an mich heran. Ihr Parfum rief schwache Erinnerungen in mir wach. Zuerst konnte ich es nicht unterbringen. Aber dann erinnerte ich mich – Marianne benutzte es auch. »Bestimmt tut er es«, wiederholte sie. »Du kennst ihn nicht.«

»Meinst du?« sagte ich und dachte an die Unterhaltung, die wir vor einigen Wochen geführt hatten. »Ich werde es riskieren.«
Sie stand jetzt beunruhigend nahe bei mir. Das Parfum kribbelte mir in der Nase. »Bitte, bitte, geh.«
Dann küßte ich sie. Eine Sekunde lang stand sie ganz still. Ich konnte den Schock der Überraschung an ihren Lippen spüren. Plötzlich aber waren sie warm und nachgiebig. Sie schlang die Arme um meinen Hals und zog meinen Kopf zu sich herunter. Nach Marianne hatte ich viele Frauen geküßt. Aber ich hatte ihre Küsse nie, wie bei Marianne, tief innen gefühlt. Dies jedoch – dies war anders. Dieser Kuß ähnelte Mariannes Küssen und tat es doch wieder nicht. Ich konnte es mir nicht erklären und versuchte es auch nicht. Er war zärtlich, warm, süß und leidenschaftlich.
Sie löste ihre Lippen von den meinen. Ich hielt sie immer noch umschlungen. Ihre Augen waren wie große dunkelblaue Seen, in denen ich versank. »Jetzt geh bitte«, flüsterte sie, während ihre Fingerspitzen mein Kinn streichelten.
Ich lächelte und fühlte mich meiner selbst sicherer denn je. »So lasse ich mich nicht abspeisen«, flüsterte ich. »Vielleicht, wenn du mit mir kommen willst?« Ich ließ die Frage im Raum stehen.
Sie antwortete nicht.
Ich tat, als wollte ich meinen Mantel ausziehen.
»Na schön«, flüsterte sie, »ich werde mitkommen. Aber warte draußen.«
»Ich warte hier«, erklärte ich.
Sie zögerte. »Meinetwegen, aber sei vorsichtig.« Sie drehte sich um und verschwand in dem Raum, aus dem sie gekommen war. Ich konnte ihre Erklärung durch die Tür hören und sah zwei Schatten, die sich der Tür näherten. Ich kehrte mein Gesicht zur Wand und betrachtete ein kleines Gemälde, das dort hing. Ein verstohlener Seitenblick zeigte mir, daß es Marty war. Er sah nicht zu mir herüber. Ich konnte nicht hören, was er sagte – er

sprach sehr leise. Ich fing nur den letzten Satz auf, mit dem er sie zur Vorsicht mahnte. Sie trug einen Mantel über dem Arm, und ich sah, daß sie rasch zu mir herüberblickte. Sie lachte und schickte ihren Bruder zu der Party zurück. Dann kam sie auf mich zu.

Ich lächelte. »Kann ich dir in den Mantel helfen?«

Sie blickte mich ernst an. »Ich werde ihn draußen anziehen. Je eher du aus dieser Wohnung heraus bist, desto sicherer fühle ich mich.«

Lachend hielt ich ihr die Tür auf.

Der Fahrstuhlführer betrachtete uns mit merkwürdigen Blicken, und wir fuhren schweigend nach unten. Schweigend gingen wir zum Wagen. Ich öffnete den Schlag für sie und schloß ihn wieder. Dann ging ich auf die andere Seite und setzte mich ans Steuer.

Plötzlich lächelte sie. »Der Wagen ist ziemlich zahm, nicht wahr?«

Ich mußte wieder lachen. »Ich verstehe. Du hast einen großen, pompösen Straßenkreuzer erwartet. Tut mir leid, daß ich dich enttäuschen muß. Aber meinen eigenen Wagen konnte ich nicht benutzen. Er ist im Augenblick gefährlicher als eine Handgranate.«

Ihr Lächeln verschwand rasch. »Du bist verrückt, daß du gekommen bist.«

»Nicht verrückter als du!« sagte ich und ließ den Motor an. Als ich in die Park Avenue einbog, fragte ich: »Wohin?«

»Wohin kannst du dich wagen?«

Das war ein Problem. Sie hatte recht: New York war im Augenblick für mich nicht gerade der gesündeste Fleck auf der Welt.

»Ich weiß den richtigen Platz. Dort bin ich sicher«, sagte ich.

Sie wußte nicht, wohin ich sie brachte, bis wir auf der Brücke waren und auf Jersey zusteuerten. Ich fuhr in die Garage, und wir stiegen in meinen Wagen um.

»Gefällt dir diese Kutsche besser?« fragte ich lächelnd.

Sie nickte. »Das ist schon eher das, was ich erwartet hatte.« Und

sie hatte recht. Es war ein großer, schwarzer zwölfzylindriger Cadillac-Sportzweisitzer. Ich fuhr zu meinem eigenen Domizil.
Ich wohnte im Hotel Plaza. Dort hatte ich eine Flucht von drei Zimmern und war sehr zufrieden damit. Der Hoteldienst hielt sie in Ordnung, schickte mir auf Wunsch meine Mahlzeiten herauf und ersparte mir auf diese Weise alle Dienstbotenprobleme. Das gefiel mir außerordentlich, denn auf diese Weise kamen meine Mitmenschen nicht zu dicht an mich heran. Ich schloß die Tür zu meiner Wohnung auf.
»Komm rein«, sagte ich.
Sie sah mich belustigt an, als sie an mir vorbei ins Zimmer trat. Ich folgte ihr und machte die Tür zu.
Dann schloß ich sie in die Arme und küßte sie. Ich hatte mich nicht geirrt. Dies war wirklich anders.
Plötzlich schob sie mich fort und sagte ein wenig atemlos: »Ist das der Grund, warum du in meine Wohnung gekommen bist?«
Ich lächelte in die Dunkelheit hinein. Diese Frage hatte ich mir auch schon gestellt. Ich tastete nach der Wand und drehte das Licht an. Dann warf ich meinen Mantel über einen Stuhl, ging ans Telefon und nahm den Hörer ab. »Zimmerdienst, bitte.«
Während ich auf die Verbindung wartete, sah ich Ruth an. Sie hatte ihren Mantel eng um sich gezogen, als habe sie Angst, ihn abzulegen. »Nein, Liebling«, sagte ich in leichtem Ton, »ich war hungrig und brauchte Gesellschaft, um beim Essen über alte Zeiten zu reden.«
Diese Antwort machte sie wütend. Sie brauste noch genauso leicht auf wie früher. Ihre Unterlippe bebte, als wollte sie im nächsten Augenblick in Tränen ausbrechen. »Du bist immer noch derselbe«, stieß sie bitter hervor. »Nie um eine Antwort verlegen.« Sie ging auf die Tür zu.
Eine Stimme im Apparat meldete sich: »Zimmerdienst.«
»Ich rufe gleich wieder an«, sagte ich hastig, legte den Hörer auf und stürzte Ruth nach. An der Tür holte ich sie ein und packte sie bei den Schultern. »Wenn ich nicht ein solches Verlangen ge-

habt hätte, dich zu sehen, wäre ich wohl nicht zu dir nach New York gefahren.«
Sie ließ sich von mir ins Zimmer zurückführen. Ich sah, daß ihre Augen voll Tränen standen. »Warum sagst du dann nicht, was du fühlst?« fragte sie leise. »Oder bist du so daran gewöhnt, deine Gefühle zu verbergen, daß du sie schon gar nicht mehr ausdrücken kannst?«
Ich küßte ihre Augenwinkel. Vielleicht hatte sie nicht so unrecht. Plötzlich schlang sie die Arme um meinen Hals und küßte mich. »Ich liebe dich – du selbstsüchtige, dumme Bestie!« flüsterte sie, ihre Lippen dicht an meinem Mund. »Ich habe dich mein ganzes Leben lang geliebt. Für mich hat kein anderer Mann existiert.«
Ich preßte sie fest an mich. Der plötzliche, süße Schmerz, den ihre Worte in mir auslösten, sagte mir, daß sie die Wahrheit sprach. Aber es war mir nichts Neues. Ich hatte es gewußt, seit ich sie im Krankenhaus gesehen hatte. Ich küßte sie wieder.
Das Telefon läutete, und sie sah mich erschrocken an. Ich lächelte ihr beruhigend zu und ging an den Apparat.
»Hier ist der Zimmerdienst, Mr. Kane. Hatten Sie angerufen?«
»Ja, schicken Sie mir doch bitte kaltes Huhn für zwei und eine Flasche Piper Heidsick '29 herauf.« Ich legte den Hörer auf und kehrte zu ihr zurück. »Willst du jetzt nicht endlich deinen Mantel ablegen?«
Sie zog ihn aus und gab ihn mir. Ihre Augen strahlten. Ihre Haut hatte von der kalten Novemberluft eine rosige Färbung. Sie trug ein einfach geschnittenes schwarzes Kleid. Ich konnte mich nicht satt sehen an ihr. »Was starrst du mich denn so an?« fragte sie.
»Du bist so schön.« Und bei Gott! Sie war schön.
»Der Hunger spricht aus dem Mann«, sagte sie.
»Zweierlei Hunger!« erwiderte ich. Wir lächelten uns an und fühlten uns plötzlich eng verbunden. Instinktiv streckte sie ihre Hand nach mir aus, und ich nahm sie.
Ich legte ihren Mantel auf einen Stuhl neben dem meinen, und dann setzten wir uns auf die Couch, die mitten im Zimmer stand.

Wir hielten uns bei den Händen, und ihr Kopf ruhte an meiner Schulter. Eine ganze Weile waren wir still. Ich schloß die Augen. Zum erstenmal seit Jahren spurte ich eine tiefe Zufriedenheit. Es war, als sei ich wieder ein Kind und säße mit meiner Tante und meinem Onkel zu Hause im Wohnzimmer. Auch dort wurde oft kein Ton geredet, und doch war jeder glücklich und empfand das Glück des anderen mit. So war es auch mit Ruth und mir.

Ich vergrub mein Gesicht in ihrem Haar. Sie wandte sich mir zu, und wir blickten uns tief in die Augen. In ihren Augen lag eine Frage: Liebst du mich? Sie brauchte sic nicht auszusprechen. Ich konnte sie lesen. Offenbar war sie mit der Antwort zufrieden, die sie in meinen Augen las, denn sie küßte mich.

Dann legte sie ihren Kopf wieder an meine Schulter und sagte leise, fast flüsternd: »Ich bin nicht verrückt, Liebster, nur auf eine wunderbare Weise von Sinnen. Das ist, weil ich so oft davon geträumt habe.« Sie wandte plötzlich den Kopf und sah mich ängstlich an, während ihre Finger meine Wange streichelten. »Vielleicht ist auch dies nur ein Traum. Vielleicht bist du verschwunden, wenn ich aufwache.«

Ich ergriff ihre Hand und küßte sie auf die Handfläche. »Dies ist kein Traum«, sagte ich.

Sie seufzte zufrieden und legte ihren Kopf wieder an meine Schulter. Das Gefühl von Frieden und Zufriedenheit durchströmte mich von neuem. Die Welt rückte in weite Ferne. Ich war wieder zu Hause.

5

Es klopfte leise an die Tür. »Herein«, rief ich, ohne aufzustehen. Ein Kellner kam ins Zimmer und schob einen kleinen Teewagen zu uns hinüber.

»Soll ich servieren, Sir?« fragte er höflich, während er die Servietten zurechtlegte und die Schüsseln aufdeckte.

Ich blickte Ruth an. Sie schüttelte leicht den Kopf. »Nein, danke«, sagte ich, gab ihm ein Trinkgeld und unterzeichnete die Rechnung. »Wir machen das selbst.«
Mit einer Verbeugung verließ er das Zimmer. Ruth legte mir etwas Huhn auf den Teller, während ich den Champagner öffnete und eingoß. Dann begannen wir mit dem Essen. Ich war sehr hungrig und aß rasch.
Ruth beobachtete mich. »Du hast dich wirklich nicht verändert. Immer noch schlingst du dein Essen hinunter. Ich kann mich noch gut erinnern, daß du das schon als Kind getan hast.«
»Ich bin hungrig«, erklärte ich, während ich mir ein Hühnerbein nahm und es abnagte. »Ich habe nicht zu Abend gegessen.«
Kurz darauf hatte ich mein Mahl beendet. Ich lehnte mich zurück, zündete mir eine Zigarette an und sah Ruth beim Essen zu. Als sie fertig war, bot ich ihr auch eine Zigarette an. Ich blickte mich im Zimmer um, und es kam mir plötzlich wie ein richtiges Zuhause vor. Bis dahin war es einfach ein Ort gewesen, wo ich meinen Hut aufhängte.
Ich legte meinen Arm um Ruth und zog sie an mich. Mit der anderen Hand drückte ich meine Zigarette aus und drehte das kleine Radio neben der Couch an. Irgendeine Kapelle spielte gedämpfte Musik.
Auch Ruth drückte ihre Zigarette aus und kuschelte sich bequem in meine Arme. Es klopfte – der Kellner erschien, um abzuräumen. Als er fort war, löschte ich die Deckenbeleuchtung und knipste die kleinen Lampen bei der Couch an. Dann setzte ich mich wieder zu ihr. Ihr Gesicht war bezaubernd in der matten, elfenbeinfarbenen Beleuchtung. Wir küßten uns leidenschaftlich.
»Warum bist du im Krankenhaus vor mir weggelaufen, Frankie?« fragte sie.
»Ich weiß nicht«, sagte ich. »Wenn ich dies geahnt hätte, wäre ich vielleicht nicht ausgerissen.«
»Es muß dir damals ziemlich schlecht gegangen sein«, meinte sie.

Ich antwortete nicht, ich wollte nicht mehr daran denken. Manches vergißt man besser.

»Hast du jemals etwas von deinen Angehörigen gehört?« fragte sie.

»Nein. Ich habe sie nie ausfindig gemacht.«

»Das ist traurig. Ich weiß, wie ihnen zumute sein muß. Ich hatte auch schon fast die Hoffnung aufgegeben, daß ich dich je wiedersehen würde.«

»Wäre das so schlimm gewesen?« fragte ich lächelnd.

Sie wandte den Kopf und blickte mir in die Augen. »Wie schlimm, das kannst du dir nicht vorstellen. Ich hätte vielleicht ewig gewartet und wäre dabei eine alte Jungfer geworden.«

Ich lächelte. »Du nicht! Es muß doch andere Männer in deinem Leben gegeben haben.«

Sie nickte. »Aber sie waren nicht du, und du bist es gewesen, nach dem ich mich sehnte.«

»Ich wette, das sagst du allen Männern.«

Sie lachte, aber ihre Augen blieben ernst. »Natürlich. Das gehört doch dazu.«

»Sag mir noch mehr solche Dinge, mein Herz. Das hör' ich gern.«

»Das ist doch nicht dein Ernst.« Ein bekümmerter Ausdruck erschien in ihrem Gesicht.

»Doch, mein Herz. Das ist mein voller Ernst. Ich liebe Schmeicheleien. Ich kann nie genug davon bekommen.«

Sie lehnte ihren Kopf an meine Schulter, und wir schwiegen eine Weile. Dann blickte sie wieder zu mir auf. »Frankie, ich mache mir Sorgen. Ich habe Angst, dich wieder zu verlieren.«

»Schlag dir den Gedanken aus dem Kopf, Baby«, sagte ich. »Du kannst mich nicht verlieren, und wenn du dir die größte Mühe gäbst.«

»So meine ich es auch nicht.« Wieder hatte sie diesen sorgenvollen Ausdruck. »Ich dachte an etwas ganz anderes. Jerry – und überhaupt alle sind bloß darauf aus, dich zu fassen.«

Ich lachte zuversichtlich. »Sie werden mich schon nicht kriegen. Sie können mir nichts anhaben, auch wenn sie sich noch soviel Mühe geben. Alles läuft bei mir korrekt und im Rahmen der Gesetze.«
Sie rückte ein wenig zur Seite. »Es stimmt aber, was man über dich redet, nicht wahr?«
Ich zuckte die Achseln. »Du kennst doch die Menschen. Sie schwatzen gern, nur um sich reden zu hören.«
»Aber es ist nicht nur leeres Gerede, nicht wahr? Du leitest tatsächlich diese Spielorganisation, ja?« Sie ließ nicht locker.
»Und wenn schon«, erwiderte ich. »Irgendeiner muß es ja machen.«
Sie ergriff meine Hand und blickte mir ernst in die Augen. »Du mußt damit Schluß machen.«
Es war komisch. Ich mußte richtig lachen. Eine ganze Reihe von Leuten schien in letzter Zeit dieselbe Idee zu haben.
»Es ist mein Ernst, Frankie«, sagte sie, während sie immer noch meine Hand hielt. »Wenn du damit nicht Schluß machst, landest du im Gefängnis, oder man findet dich, von Kugeln durchlöchert, in irgendeiner dunklen Straße.«
»Das glaube ich nicht, Baby«, sagte ich. »Die Polizei kann mir nichts anhängen, und die meisten dieser Affen in der Stadt haben nicht den Schneid, etwas gegen mich zu unternehmen, weil sie ganz genau wissen, daß es schiefgehen würde.«
»Mit der Zeit werden sie es doch schaffen.« Ihr Kinn schob sich eigensinnig vor.
Ich lächelte. »Zerbrich dir nicht den Kopf darüber. Ich mache mir keine Sorgen, und ich will nicht, daß du dir welche machst.«
»Ich möchte aber nicht, daß es so weit kommt«, sagte sie ruhig. »Es wäre schrecklich, wenn ich eines Morgens aufwachte und du säßest im Gefängnis.«
»Ich werde morgen früh hier sein«, sagte ich.
»Und alle die anderen Morgen, die noch kommen?« Ihre Augen füllten sich mit Tränen. »Kannst du es nicht verstehen, Frankie?

Wir könnten niemals heiraten, wenn wir nicht sicher wären, daß wir zusammenblieben – wenn ich nicht die Gewißheit hätte, daß dir keine Gefahr droht. Ohne das könnten wir nie glücklich sein.«

Ich hörte ihr erstaunt zu. Wer hatte denn etwas von Heirat gesagt? Aber je länger ich sie anschaute, desto besser gefiel mir die Idee. Es wäre schön, immer zu ihr nach Hause zu kommen. Ich mußte im stillen lachen. Mich hat's ja mächtig erwischt, dachte ich, und so schnell!

»Warum nicht?« fragte ich. »Was hat meine Arbeit mit unserer Heirat zu tun? Ich verdiene einen Haufen Geld. Sonst könnten wir überhaupt nicht heiraten. Das ist eine törichte Einstellung.«

Sie schüttelte den Kopf. »Nein, es ist nicht töricht. Du hast die fixe Idee, daß man mit Geld alles erreichen kann. Aber man kann es nicht! Du kannst dir Stolz und Achtung damit nicht erkaufen. Das ist eine Sache der Persönlichkeit und nicht des Geldes.«

»Ich schäme mich meiner Tätigkeit nicht.« Ich fing an, wütend zu werden. »Lange genug habe ich mich mit lausigen Dingen abgeplagt und bin fast dabei verhungert. Es hat mir gereicht, und ich möchte es nicht noch einmal durchmachen. Und du brauchst dich meiner auch nicht zu schämen. Ich habe schwer arbeiten müssen, um diese Organisation auf die Beine zu stellen, und ich werde sie nicht fallenlassen, nur weil ein paar Moralapostel behaupten, ich verpeste die Luft.«

»Du verstehst überhaupt nicht, was ich dir klarzumachen versuche, wie?« Sie saß sehr still, fast starr.

»Nein, ich verstehe es wirklich nicht.«

Ihre Augen bekamen einen harten Ausdruck, und wie früher schob sie ihr Kinn eigensinnig vor. »Ich hatte es auch kaum erwartet«, sagte sie kühl. »Ich sehe ein, daß es keinen Zweck hat, bei dir Verständnis dafür zu erwarten.« Sie stand auf und holte sich ihren Mantel vom Stuhl.

Ich beobachtete sie. »Was hast du vor?« fragte ich.

»Ich gehe nach Hause.« Ihre Schultern fielen herab, und müde

Linien erschienen um ihren Mund. »Ich bin wohl einem Traum nachgejagt.«
Jetzt wurde ich wütend. »Ach nein«, sagte ich spöttisch. »Und wenn ich nach deiner Pfeife tanzte, was käme für mich dabei heraus?«
Sie hob den Kopf, ihre Schultern strafften sich, und ihre Augen blitzten. »Das will ich dir sagen, falls du es noch nicht wissen solltest.
Du hast jetzt eine Chance, heimzukehren und ein menschliches Wesen zu werden. Eine Chance, dich der Gesellschaft anzuschließen und unter Menschen zu leben. Eine Chance, den Kopf hochzuhalten und der Menschheit anzugehören anstatt sie zu bekämpfen. Eine Chance, aus dem Dschungel herauszukommen und nicht mehr zu fauchen, zu kratzen und dich in einen irrsinnigen Haß gegen alle wirklich wichtigen Dinge um dich herum hineinzusteigern. Eine Chance, zu lieben und geliebt zu werden, zu geben und zu empfangen.
Eine Chance, deine Tage ohne Furcht, ohne Intrigen, ohne die nagenden, schlafraubenden Zweifel zu verbringen. Eine Chance, deiner Einsamkeit zu entrinnen. Eine Chance, wirklich zu leben und Mensch zu sein und Kinder zu haben –« Die Tränen quollen ihr aus den Augen, und sie konnte vor Schluchzen nicht weitersprechen. Sie stand einfach da und blickte mich mit traurigen Augen an.
Ich wagte nicht, mich ihr zu nähern. Wenn ich zu ihr ging, war ich verloren. Ich spürte eine erstickende Beklemmung in der Brust. Ich konnte sie nicht ansehen und wandte den Kopf ab. Zu lange und zu schwer hatte ich gerungen, um für irgend jemanden alles das aufzugeben, was ich erworben hatte. Ich blickte auf den Teppich und sagte mit leiser, harter Stimme: »Ich ziehe dieses alles vor. Ich weiß, was es darstellt.«
Sie erwiderte nichts darauf. Ihre Tränen versiegten. Sie ging einen Schritt auf mich zu. Dann schloß sich ihr Mund zu einer dünnen Linie. Es war, als bisse sie sich auf die Lippen, um nicht zu

sprechen. Sie drehte sich um und ging schweigend zur Tür hinaus.
Ich ließ mich auf die Couch fallen. Ich konnte immer noch ihr Parfum riechen, und wenn ich die Augen schloß, sah ich sie vor mir. Ruth! Plötzlich fiel mir der Name ihres Parfums ein: »Armer Tor!« Wirklich der richtige Name.
Auch für mich!

6

Das Läuten des Telefons riß mich aus dem Schlaf. Ich hatte eine schlechte Nacht gehabt. Zum erstenmal seit Jahren hatte ich nicht gut geschlafen, hatte mich ruhelos hin und her gewälzt und war erst gegen Morgen in einen unruhigen Schlummer verfallen. Ich verwünschte das Telefon, nahm den Hörer ab und brüllte: »Zum Teufel noch mal, was wollen Sie von mir?«
»Frank.« Ich erkannte die Stimme. Es war Alex Carson.
»Na, Alex, was haben Sie auf dem Herzen?«
»Ich habe den ganzen Morgen versucht, Sie im Büro zu erreichen, aber Sie waren noch nicht da.« Ich warf einen raschen Blick auf die Uhr – halb zwölf! Ich kletterte aus dem Bett und setzte mich auf die Kante. »Sie haben Luigerro heute morgen ins Kittchen gesteckt«, fuhr er fort.
»Dann holen Sie ihn wieder heraus. Sie wissen ja, was Sie zu tun haben. Wofür Sie bezahlt werden.«
»Aber, Frank«, protestierte er, »er ist wegen eines Sittlichkeitsvergehens eingelocht. Er hat ein paar Oberschülerinnen mit in sein Haus in Connecticut genommen. Die Bundessicherheitspolizei hat ihn erwischt, und die Zeitungen bauschen die Sache zu einem Riesenskandal auf. Die Eltern der Mädchen machen einen mächtigen Stunk in der ganzen Stadt. Die FBI-Leute haben ihn heute morgen festgenommen und wollen mich nicht zu ihm lassen, bis sie ihre Untersuchung beendet haben!«

Das war ein Schlag ins Kontor! Gestern hatte ich die Unterredung mit Allison, und heute machten sie sich ans Werk – diese Burschen verschwendeten keine Zeit.
»Machen Sie sich an die Eltern heran und bieten Sie ihnen Geld.« Ich wollte verhindern, daß Luigerro aus der Schule plauderte.
»Das wird die Sache nicht aufhalten«, sagte Carson. »Es handelt sich hier um eine Anklage der Bundespolizei. Die Regierung steckt dahinter, nicht die Eltern der Mädchen.«
»Um Himmels willen, gebrauchen Sie Ihren Verstand! Geben Sie den Leuten Geld. Lassen Sie sich von ihnen bescheinigen, daß sie selbst den Kindern erlaubt haben, mit Louis zu gehen. Er wollte mit ihnen Verwandte besuchen oder irgend so was. Wie Sie's machen, ist egal, aber holen Sie den Mann aus der Haft.« Wütend knallte ich den Hörer auf die Gabel und zog mich an.
Diese gottverdammten Schürzenjäger! Es gab anscheinend nicht genug Weiber auf der Welt, die sie haben konnten, ohne mit dem Gesetz in Konflikt zu geraten – nein, sie mußten auch noch die Minderjährigen verführen. Ich beendete meine Toilette und ließ mir telefonisch meinen Wagen kommen.
Gegen zwölf war ich im Büro und klingelte nach Carson. Er erschien sehr rasch. Er schwitzte ein wenig. »Na, wie stehen die Aktien?« fragte ich.
»Lassen Sie mir etwas Zeit, Frank«, sagte er händeringend. »Solche Sachen kann man nicht übers Knie brechen.«
»Na, schön. Aber lassen Sie ihn herbringen, sobald Sie ihn losgeeist haben.«
Er eilte hinaus.
Ich nahm den Hörer vom Telefon und ließ mich durch Miss Walsh mit Allison in seiner Wohnung verbinden.
Eine Stimme sagte: »Hallo.« Es war Allison.
»Allison«, sagte ich, »hier ist Kane. Können Sie sofort zu mir kommen?« Ich wollte versuchen, ihn über Luigerro auszuholen. Er mußte etwas darüber wissen.

»Nein, Mr. Kane, das kann ich nicht«, erwiderte er. »Gestern abend habe ich meinen Dienst bei Ihnen quittiert.«

Ich sagte nichts mehr, sondern legte den Hörer auf die Gabel. Dann drehte ich meinen Stuhl herum und blickte aus dem Fenster, während ich ein wenig nachdachte. Schließlich wandte ich mich wieder meinem Schreibtisch zu. Ich rief Joe Price an und bat ihn, sofort in mein Büro zu kommen.

Price trat ein – ein dünner Mann mit sandfarbenem Haar und einem schmächtigen blonden Schnurrbart, der sich unter einer ziemlich eindrucksvollen Nase zu behaupten versuchte. Ich lud ihn mit einer Handbewegung zum Sitzen ein.

»Was halten Sie von der Idee, eine neue Gesellschaft zu gründen, die sich mit dem legitimen Teil dieses Unternehmens befaßt?« fragte ich ihn ohne Umschweife.

Er war nicht auf den Kopf gefallen und blickte mich über den Tisch hinweg forschend an. Er konnte sehen, was sich in meinem Kopf abspielte, und wußte, was die Uhr geschlagen hatte. Aber er war mir verpflichtet, und das wußte er. »Keine üble Idee«, meinte er, und ein flüchtiges Lächeln huschte über seine Züge.

»Nicht wahr?« Ich lächelte ebenfalls.

»Ja, aber was wollen Sie mit dem Rest der Organisation anfangen?«

»Das wird die Zeit für mich entscheiden.« Ich zuckte die Achseln. »In diesem Geschäft weiß man nie, was im nächsten Moment passiert.« Wenn die Regierung mir zu dicht auf die Pelle rückte, wollte ich in der Lage sein, rasch auszusteigen – aber ich wollte es nicht tun, wenn es nicht unbedingt erforderlich war.

»Aber was ist mit dem Geld, das die anderen in diesen Teil des Unternehmens gesteckt haben?« fragte er.

»Hören Sie«, sagte ich und schlug die Beine übereinander. »Die anderen wissen jetzt nichts davon. Warum sollen sie je etwas davon erfahren?« Ich zündete mir eine Zigarette an. »Die legen wir rein.«

Er schwieg. Ich beobachtete ihn, wie er überlegte. Ich wußte, was er tun würde – nämlich das, was ich ihm vorschlug. Denn er war sich darüber klar, wo für ihn was zu holen war. Schließlich fragte ich: »Können Sie die Sache deichseln?«
»Vielleicht«, sagte er. »Aber es wird unter Umständen eine halbe Million kosten.«
»Kleinigkeit!« Ich grinste über das ganze Gesicht. »Jetzt ist die Zeit, in der man schon ein paar Verluste in Kauf nehmen muß. Man läßt das Unternehmen in New York hochgehen. Brauchen wir noch eine bessere Entschuldigung?«
Er dachte noch eine Weile nach. Dann stand er auf und reichte mir die Hand. »Ich mache es.«
Ich drückte ihm die Hand und sagte: »Das habe ich gewußt. Und es wird nicht Ihr Schaden sein.«
Er ging hinaus.
Die Schwierigkeiten waren damit aber für diesen Tag noch nicht zu Ende. Am Spätnachmittag erhielt ich die Nachricht, daß ›Big Black‹ und ›Slips‹ Madigan auf Veranlassung der Staatsanwaltschaft festgenommen waren, und zwar auf Grund eines Vergehens beim Zahlenlotto. Das Zahlenlotto gehörte zu den Dingen, mit denen ich mich nicht befaßte. Nicht, weil mich ein Geschäft mit kleinen Einsätzen nicht interessierte, sondern weil es zu schwierig war, sich auf dem laufenden zu halten. Es war das einzige Geschäft, das sie selbständig betrieben.
Der Plan zeichnete sich deutlich ab. Wenn man die Finger abschlägt, wird die Hand unbrauchbar. Und das taten sie und zwar einen Finger nach dem anderen, damit es ordentlich weh tat. Inzwischen gab der Bürgermeister der Polizei Anweisung, die Buchmacher von den Straßenecken zu vertreiben. Das Telefon läutete den ganzen Tag bei uns. Unsere Kontaktleute flehten um Unterstützung.
Carson war mehr in Anspruch genommen als ein einarmiger Buchmacher mit zwei Telefonen. Als der Tag schließlich zu Ende ging, war er völlig fertig. Gegen sechs Uhr ließ ich ihn in mein

Büro kommen. Trotz des kalten Wetters standen ihm dicke Schweißtropfen auf der Stirn.

Ich bot ihm einen Stuhl an und gab ihm einen Drink. Wenn je ein Mann einen gebraucht hatte, so war er es jetzt. Ich grinste. »Ich habe gehört, das war für Sie heute ein ziemlich anstrengender Tag.«

Er trank hastig einen Schluck und starrte mich dann an. Schließlich fand er die Sprache wieder. »Was, zum Teufel, ist denn mit Ihnen los? Sind Sie verrückt? Sie sitzen auf einem Vulkan, der jeden Augenblick ausbrechen kann, und grinsen!«

Ich grinste immer noch. »Ruhig Blut, Alex«, sagte ich besänftigend. »Ganz so schlimm ist es noch nicht.«

»Nicht schlimm!« Er sprang auf und brüllte: »Wenn ich noch einen Tag wie heute erlebe, bin ich reif fürs Irrenhaus!«

Ich gab ihm noch einen Drink. Als er ihn hinuntergekippt und sich ein wenig beruhigt hatte, fragte ich, was er im Fall Luigerro erreicht habe. Er sagte, er habe von den Leuten, die er zu den Eltern der Mädchen geschickt habe, noch nichts gehört, aber er erwarte jeden Augenblick Nachricht.

»Wie steht's mit Carvell und Madigan?« fragte ich.

Sie würden, sagte er, am nächsten Morgen gegen Kaution freigelassen.

»Gut«, sagte ich. »Und wenn wir Luigerro loseisen können, sind wir fein heraus.«

Er erhob sich und wandte sich zum Gehen. Ich rief ihn zurück. »Regen Sie sich nicht auf, Alex, und machen Sie sich keine Sorgen. Dies alles ist bald genug vergessen, und ich kann es mir nicht leisten, Sie zu verlieren.«

Er nickte und verließ das Zimmer. Ich blickte nachdenklich hinter ihm her. Er war ein Mann, der schwer zu ersetzen sein würde.

Ich rief Joe Price an und bat ihn heraufzukommen. Er hatte einen Stoß von Papieren unter dem Arm, als er mein Büro betrat.

»Nun«, sagte ich, »haben Sie sich inzwischen mit der Sache beschäftigt, die wir vorhin besprochen haben?«

»Ja«, sagte er. »Ich wollte deswegen gerade zu Ihnen kommen, als Sie anriefen. Ich habe alles schriftlich festgelegt, um einen besseren Überblick zu haben.« Mit diesen Worten reichte er mir einige Seiten.
Ich prüfte sie rasch. Es war eine Aufstellung über meine Kapitalanlagen in verschiedenen Unternehmungen. Sie beliefen sich auf einen Betrag von insgesamt fünfhunderttausend Dollar. »Und was für einen Ertrag können wir davon erwarten?«
»Die letzten Jahreseinkünfte sind auf dem zweiten Blatt.«
Ich legte die erste Seite auf den Schreibtisch und überflog die zweite. Nach Abzug aller Gehälter und Unkosten wies er einen Nettogewinn von etwa fünfundneunzigtausend Dollar aus. Gar nicht übel! Davon konnte man schon leben! Ich blickte Price an.
»Sieht ganz gut aus«, bemerkte ich lächelnd.
»Das meine ich auch«, sagte er.
Ich zündete mir eine Zigarette an. »Und wie steht's heute mit dem gemeinsamen Fonds?« erkundigte ich mich.
»Schlecht«, sagte er. »In der Aufregung des heutigen Tages mußten wir viele Wetten decken. Ich glaube, manche Burschen laden es auf uns ab, solange sie noch die Chance haben. Sie rufen spät an, und wir haben ziemlich viel eingebüßt.«
»Wieviel?«
»Ungefähr einundzwanzigtausend.«
»Gut. Sollen sie es uns ruhig aufladen und sich die Situation zunutze machen. Auf diese Weise werden sie wenigstens einige Verluste erwarten.« Diese Lumpen konnten ruhig nach Herzenslust versuchen, mich zu betrügen. Ich würde ihnen sogar dabei behilflich sein. »Erhöhen Sie den Verlust auf einundsiebzigtausend«, sagte ich lächelnd, »und nehmen Sie während der nächsten zehn Tage jeden Tag fünfzigtausend aus dem Fonds.« Das sollte genug sein, um die Investition zu decken.
Er riß die Augen auf. »Wenn wir in der Zeit ohne Verlust abschneiden, so bedeutet das, daß der Fonds auf etwa eine Million zusammenschrumpfen wird.«

»Und wenn schon!« Ich lachte kurz auf. »Was glauben Sie, was die anderen versuchen zu unternehmen? Es fragt sich nur, wer zuerst bei der Bank ankommt – weiter nichts.«
Er schwieg.
Ich fuhr fort. »Sorgen Sie dafür, daß morgen der juristische Teil der Angelegenheit geregelt wird. Lassen Sie das Unternehmen in Delaware unter dem Namen« – ich überlegte einen Moment, denn ich wollte einen respektablen Namen dafür wählen – »›Standard Unternehmungen AG‹ eintragen.«
»O. k.«, sagte er. »Ich werde mich darum kümmern.« Er stand auf und ging zur Tür. »Morgen früh spreche ich mit Carson darüber.«
»Einen Augenblick«, rief ich. Ich wolle Carson nicht in diese Sache hineinziehen, er stand mit den anderen in zu enger Verbindung. »Es ist mir lieber, wenn Sie einen einwandfreien Rechtsanwalt aufsuchen – eine angesehene Firma. Ich möchte nicht, daß dem neuen Unternehmen ein Geruch der alten Organisation anhaftet. Lassen Sie mich einen Augenblick nachdenken.«
Er kam wieder ins Zimmer zurück und setzte sich auf einen Stuhl. Ich drehte meinen Stuhl um und ließ meine Blicke nach New York wandern. Die Lichter blinkten, und ich konnte sehen, wie die Fähren auf dem Fluß hin- und herglitten. Ich versuchte mich zu erinnern. Als Jerrys alter Herr in den Ruhestand trat, wurde er Teilhaber in einer Anwaltsfirma, die ihn seiner Beziehungen wegen schätzte. Eine Zeitlang war er auf halb aktiver Basis bei ihnen gewesen, aber jetzt war er völlig inaktiv, obwohl sein Name noch an der Tür stand. Wie lautete doch der Name, zum Kuckuck noch mal? Es wäre wirklich ein Witz, wenn es sich so arrangieren ließe. Ich nahm nicht an, daß sie mich mit dieser Sache in Verbindung bringen würden. Ich lachte vor mich hin – Jerry, der danach trachtete, mich hinter schwedische Gardinen zu bringen, und die Firma seines alten Herrn als meine legalen Geschäftsvertreter! Es wäre notfalls auch keine schlechte Waffe. Plötzlich fiel mir der Name ein.

Ich wandte mich wieder Joe Price zu. »Ich kenne eine Firma in der Pine Street. Driscoll, Cowan, Shaunnesy und Cohen.«
Ich blickte ihn an, um zu sehen, ob ihm der Name etwas sagte. Aber das war nicht der Fall. Er notierte sich den Namen und steckte den Zettel in die Tasche. Dann erhob er sich. »Ich werde morgen dort vorsprechen.«
»Gut!« sagte ich. »Sie wissen ja, was Sie zu tun haben. Gebrauchen Sie meinen Namen – aber Francis, nicht Frank – und tragen Sie mich ein als Präsidenten mit achtzig Prozent der Aktien und sich selbst als Vizepräsidenten mit zwanzig Prozent.«
Seine Augen weiteten sich vor Staunen. Kein Wunder. Ich hatte ihm gerade hunderttausend Dollar geschenkt. Aber es lohnte sich. Er würde es jetzt, da er daran beteiligt war, hundertfach zurückzahlen. Als Mitinhaber tut ein Mann mehr fürs Geschäft, als wenn er nur Angestellter ist. »Frank«, stieß er würgend hervor, »soll das ein Witz sein?«
»In meinem ganzen Leben habe ich es nie ernster gemeint.« Ich lächelte ihm zu. »Wir sind Geschäftspartner«, sagte ich und reichte ihm die Hand.

7

Am nächsten Morgen erreichte Carson, daß Madigan und Carvell auf freien Fuß gesetzt wurden. Am Nachmittag erlaubte der Bundesgerichtshof Luigerro, Kaution zu stellen, und ich ließ allen Burschen ausrichten, daß sie um acht Uhr abends in meinem Büro sein möchten. Carson konnte mit meinem Vorschlag bei den Eltern der Mädchen nicht landen. Das heißt, ein Elternpaar verhielt sich ablehnend. Das andere war aus Vernunftgründen zusammen mit zehntausend Dollar durchaus zugänglich. Aber ein Elternpaar allein nützte in diesem Falle nicht viel. Darum riet ich Carson, diesen Plan aufzugeben.
Es war kein schlechter Tag. Der Fonds stieg um dreißigtausend

trotz aller Schwierigkeiten, die sich uns in den Weg stellten. So wurde ein Nettoverlust von nur zwanzigtausend gemeldet. Buchmachergehilfen wurden immer noch auf den Straßen festgenommen, und der Bürgermeister versuchte, die Telefongesellschaft dazu zu bringen, daß sie die Verbindung mit den Büros der Buchmacher abschnitt. Die Gesellschaft versprach dem Bürgermeister ihre Hilfe, aber wie es im Geschäftsleben nun mal so geht, die Anweisung wurde von einer Stelle zur anderen geschoben und ging schließlich irgendwo verloren.

Gegen Abend sprach Carson bei mir vor und gab mir einen ausführlichen Bericht über die Vorgänge des Tages. Luigerro hatte sich einem Verhör unterziehen müssen, und für ihn schien es keine Chance zu geben, daß er ungestraft davonkam. Carvell und Madigan mußten ebenfalls vor Gericht erscheinen, aber sie hatten eine Fifty-fifty-Chance, mit blauem Auge davonzukommen. Und wenn nicht, dann bekamen sie höchstens eine kleine Gefängnisstrafe.

Die Zeitungen hatten einen großen Tag. Sie verbreiteten sich über jeden Schritt, den Cowan unternahm. Sein Bild erschien in Großformat auf den ersten Seiten, und seine politische Zukunft glänzte heller als ein neuer Penny. Sie zeigten ihn mit seinem adretten Schnurrbart über den lächelnden, halbgeöffneten Lippen beim Betreten des Gerichtshofes, wie er den Hut vor der Kamera lüftete. Der Junge machte bestimmt einen feschen Eindruck. Er hatte große Ähnlichkeit mit seinem alten Herrn. Erst jetzt fiel mir auf, daß seine Lippen sich – genau wie die seines Vaters – gut zum Küssen von Babys eigneten.

Ich hatte eine Unterredung mit Price. Er berichtete, daß die Sache mit der Anwaltsfirma in die Wege geleitet sei. Sie hätten die Angelegenheit in Erwägung gezogen und würden ihn in einigen Tagen benachrichtigen, ob sie die Sache übernehmen würden. An diesem Tag schien wirklich alles etwas besser zu laufen.

Gegen sieben Uhr ging ich zum Essen und kehrte ein paar Minuten nach acht ins Büro zurück. Die meisten der Burschen warteten bereits auf mich. Ich drückte einigen von ihnen die Hand und lud sie ein, Platz zu nehmen. Dann bot ich ihnen Zigarren an. Sobald sie es sich bequem gemacht hatten und behaglich pafften, erhob ich mich und begann zu reden.

»Sie haben sicher die Zeitungen gelesen«, sagte ich. »So brauche ich Ihnen nicht zu erklären, was gespielt wird. Sie wissen Bescheid.

Ich habe diese Versammlung zu einem anderen Zweck einberufen. Wir haben ein Unternehmen zu schützen, und man hat uns den Krieg erklärt. Wenn wir durch diesen Schlamassel hindurchkommen wollen, müssen wir enger zusammenarbeiten – enger als je zuvor.

Wir müssen bereit sein, ein paar Verluste auf uns zu nehmen. Was in den letzten Tagen passiert ist, weist darauf hin, daß wir in dieser Beziehung einige Schwierigkeiten haben. Joe Price hat mir berichtet, daß Sie sich sehr spät melden und manchmal sogar erst, wenn das Rennen gelaufen ist. Ich weiß, daß Sie unter gewaltigen Schwierigkeiten arbeiten. Aber ohne ausreichende Vorkehrungen und Kenntnisse vor dem Rennen können wir nichts tun, um die Preise zu kontrollieren. Wie Sie wissen, nehmen wir unter normalen Umständen solche Wettübergaben nicht an, aber dies sind keine normalen Umstände.

Ich möchte späte Wetten und Telefonate ablehnen, doch angesichts der Lage habe ich mich entschlossen, Ihnen die Entscheidung zu überlassen. Der gemeinsame Fonds hat auf diese Weise ein paar schlechte Tage hinter sich, und wenn Sie dabeibleiben wollen, so ist es schließlich Ihr Geld, und ich werde tun, was Sie sagen.«

Ich hielt inne und blickte sie der Reihe nach an.

Moscowits stand schwerfällig auf. »Ich glaube, Frank hat recht, Jungs. Wir dürfen solche Wetten nicht annehmen, sonst sind wir bald bankrott.«

Fennelli sprach von seinem Stuhl aus. Wie üblich redete er ruhig und gewählt. »Ich weiß, es ist schlimm, aber was bleibt uns üb-

rig? Wenn wir unsere Kunden jetzt enttäuschen, werden wir bald überhaupt keine Kundschaft mehr haben. Ich halte es für das Vernünftigste, eine Zeitlang die Verluste hinzunehmen – wir werden sie schnell genug wieder aufholen.«
Die meisten anderen schienen der Meinung von Fennelli zu sein. Ich hatte recht. Das Gesindel war so eifrig am Zusammenraffen, daß es allen völlig gleichgültig war, was mit dem gemeinsamen Fonds passierte, solange sie in ihre eigene Tasche arbeiten konnten. Ich lächelte im stillen. »O. k., meine Herren«, sagte ich, »ganz, wie Sie wollen. Ich richte mich durchaus nach Ihren Wünschen.« Ich hatte sie richtig eingeschätzt. Ich hatte gewußt, daß sie sich so entscheiden würden. Gleichzeitig machte diese Entscheidung es für mich leichter, durchzuführen, was ich vorhatte.
»Nachdem dieser Punkt erledigt ist«, fuhr ich fort, »möchte ich noch auf etwas anderes zu sprechen kommen. Wie Ihnen bekannt ist, wurden Louis, ›Black‹ und ›Slips‹ geschnappt. Ich weiß nicht, was ihnen blüht, aber ich halte es für besser, wenn die anderen nicht auch noch geschnappt werden.« Ich blickte die drei von mir genannten Burschen an. Sie waren so verlegen wie Kinder, die mit der Hand in der Keksdose erwischt worden waren. Ich wandte mich zuerst an Luigerro.
»Carson hat mir gesagt, daß Sie sich gegen eine schwere Anschuldigung zu verteidigen haben und daß Sie kaum eine Chance haben, ungestraft davonzukommen. Sie haben Glück, wenn Sie mit fünf Jahren Gefängnis davonkommen und wenn Ihnen vielleicht bei guter Führung zwei davon geschenkt werden.«
Louis war wütend. Sein Gesicht verfinsterte sich. Er stand auf und stellte sich vor mich hin. »Ihr gottverdammter Anwalt schwatzt lauter Unsinn«, schrie er. »Ich laß mich nicht einsperren. Da finde ich schon Mittel und Wege.«
Ich hatte darauf gewartet, daß er seine Beherrschung verlieren würde. Ich ging um meinen Schreibtisch herum und stand nun dicht vor ihm. »Hören Sie, Louis«, sagte ich mit flacher Stimme, »Ihre Chance, davonzukommen, ist geringer als die eines

Schneeballs in der Hölle, und das wissen Sie ganz gut! Wenn Sie an gewisse andere Mittel und Wege denken, dann sollten Sie sich die lieber aus dem Kopf schlagen.

Wenn Sie glauben, Sie können mit der Bundespolizei ein Geschäft machen und uns verpfeifen, dann werden wir Ihnen nicht einmal die Chance lassen, bis zum Gefängnis zu kommen, um Ihre Zeit abzusitzen. Also seien Sie vorsichtig.« Ich wandte mich den anderen beiden zu. »Und das gilt auch für Sie. Wenn Sie uns gegenüber fair sind, dann werden wir Ihre Interessen wahren. Wenn nicht, werden Sie in der Hölle Kohlen schaufeln.

Wir sitzen alle im selben Boot, denken Sie daran – im selben Boot.«

Sie sagten nichts. Ich setzte mich wieder hinter meinen Schreibtisch und beobachtete sie ein oder zwei Minuten. Dann begann ich von neuem. Ich sprach jetzt ruhiger und ungezwungener. »Was geschehen ist, ist geschehen, und wir können es nicht mehr ändern. Aber ich rate allen, sehr vorsichtig zu sein.

Wenn Sie verheiratet sind, gehen Sie jeden Abend nach Hause zu Ihren Frauen. Bleiben Sie weg vom Würfelspiel, vom Kartenspiel und überhaupt von den Spielhallen. Ich möchte nicht, daß irgendeiner aus irgendeinem Grunde verhaftet wird – nicht einmal wegen Ruhestörung.

Wenn Sie irgendein Dämchen nebenbei haben, lassen Sie es verschwinden. Schicken Sie die Weiber zur Erholung nach Florida. Behalten Sie niemanden um sich, der den Polizisten Auskunft über Sie geben könnte.« Ich blickte zu Schutz hinüber. Er hielt sich zwei Nebenfrauen im selben Gebäude auf der Park Avenue, aber in verschiedenen Wohnungen. Keine wußte etwas von der anderen, und wenn seine Frau von der Existenz der beiden erführe, wäre die Hölle los. Ich wandte mich an Jensen. »Wenn Sie sich im Augenblick für heiße Waren interessieren, so hören Sie auf meinen Rat und lassen Sie die Finger davon.« Jensen wußte, was ich meine. Seine Leidenschaft für Sore – wie Juwelen und Autos – war allgemein bekannt. Wenn jemand ihm etwas andre-

hen wollte, brauchte er nur zu sagen, es sei heiße Ware. Jensen witterte dann einen Gelegenheitskauf und war so lange dahinter her, bis er angeschmiert war. Mein Blick wanderte zu den anderen. »Wenn Sie Geld in Puffs angelegt haben, stoßen Sie es ab. Es kann Sie vielleicht etwas Pinkepinke kosten, aber es ist besser, jetzt ein bißchen zu verlieren als später alles.
Bedenken Sie eins: Mit jedem von Ihnen, der geschnappt wird, wird die Arbeit für die anderen schwieriger. Wenn die Burschen genug von Ihnen in die Hände bekommen, dann können wir anderen den Laden zumachen.«
Ich hielt einen Augenblick inne und zündete mir eine Zigarette an. »Wenn Sie nicht kapieren, was ich meine, sieht es mulmig für Sie aus. Noch nie in Ihrem Leben haben Sie es so gut gehabt wie in der letzten Zeit. Verderben Sie sich das jetzt nicht.«
Ich stand auf. »Irgendwelche Fragen?«
Fennelli erhob sich und trat an den Schreibtisch. Schlank höflich, kühl, den gewohnten schwarzen Homburg elegant auf den Kopf gestülpt, stand er da und fragte: »Was machen wir, wenn man dich einbuchtet?«
Das war eine Frage, auf die ich gewartet hatte. Ich blickte ihm fest ins Gesicht. »Wenn man mich einbuchten sollte – was ich nicht für wahrscheinlich halte –, dann gebe ich allen den guten Rat: Packt eure Sachen und haut ab. Wenn ich nicht mehr hier bin, um mich um euch zu kümmern, dann schnappen sie euch wie die Fliegen.«
Fennelli lächelte. Er glaubte mich in die Enge getrieben zu haben. »Wir sind ganz gut fertig geworden, ehe du auftauchtest.«
»Wirklich?« Jetzt war es an mir, zu lächeln. »Du meinst, Ihr konntet von Glück sagen, daß ihr es einigermaßen schafftet, bevor ich auftauchte. Du hast tatsächlich Glück gehabt, daß du überhaupt noch lebst, mit der Portion Blei, die man in dich hineingepumpt hat. Wenn du dich nach einem solchen Dasein zurücksehnst, bitte sehr.« Ich blickte an ihm vorbei zu den anderen. »Meine Herren, Sie hängen genauso von mir ab wie ich von Ihnen. Wenn ich

untergehe, gehen Sie alle auch unter. Wenn Sie untergehen, bin ich auch erledigt.«
Ich machte eine kleine Pause.
»Und zum Schluß noch eins: Laßt die Finger von euern Kanonen. Wenn Sie anfangen, sich mit den Polizisten herumzuschießen, sind wir erledigt. Wenn wir auf Nummer Sicher gehen und uns ruhig verhalten, zieht die Gefahr vorüber. Andernfalls sind wir die Angeschmierten.
Sonst noch irgendwelche Fragen?« Ich stand da und wartete.
Niemand meldete sich. Die Versammlung war zu Ende. Ich beobachtete sie, wie sie hinausgingen und miteinander redeten. Ich machte mir keine Illusionen. Diese Kindsköpfe würden überhaupt nichts für mich tun. Es mußte ihnen aber klargemacht werden, daß es ihnen selbst an den Kragen ging, wenn sie mich verkaufen wollten.
Ich wußte genau, was in ihnen vorging. Sie würden es tun, ohne mit der Wimper zu zucken, wenn sie glaubten, daß sie dann selbst mit heiler Haut davonkämen.

8

Gegen elf Uhr betrat ich meine Wohnung. Zwei Tage waren vergangen, seitdem Ruth hiergewesen war, aber ich konnte immer noch ihre Gegenwart spüren. Ich fluchte leise vor mich hin. Wenn eine Frau mich so weit brachte, dann war das ein Zeichen, daß ich weich wurde. Nach Marianne hatte ich keine Frau mehr so nahe an mich herankommen lassen. Und ich wollte es auch jetzt nicht.
Ich stellte das Radio an und hörte eine Weile zu. Dann läutete das Telefon. Es war der Portier. »Ein Mr. Allison möchte Sie sprechen.«
»O. k.«, sagte ich, »schicken Sie ihn herauf.« Vielleicht hatte er seinen Entschluß geändert.

Minuten später klopfte es an die Tür, und ich ließ ihn herein.
»Guten Abend, Allison«, sagte ich, »was führt Sie her?«
»Es handelt sich um einen offiziellen Besuch, Mr. Kane«, sagte er und trat ins Zimmer.
Ich deutete auf einen Stuhl und bot ihm einen Drink an. Er lehnte ab. Ich schenkte mir ein Glas ein. »Was möchten Sie wissen?« fragte ich ruhig.
Er blickte mich eine Weile forschend an. Dann wählte er seine Worte sehr sorgfältig. »Ich habe etwa acht Monate lang für Sie gearbeitet«, sagte er langsam.
Ich nickte.
Er fuhr in derselben langsamen Art fort. »Ich weiß so gut wie jeder andere, was Ihr Unternehmen ist, aber es gibt da ein paar Fragen, auf die ich gern für mich selbst eine Antwort haben möchte. Vielleicht ist das, was Sie mir sagen, auch Ihnen von Nutzen.«
»Schießen Sie los!« sagte ich. »Wenn ich kann, werde ich sie beantworten.« Ich trank einen Schluck von meinem Highball und war gespannt auf das, was kam.
Er beugte sich vor, stützte die Ellbogen auf die Knie und schob die Hände übereinander. »Stehen Sie mit den Geldverleihern in New York in irgendeiner Verbindung?«
»Nein«, sagte ich, und das stimmte auch. Die Geldverleiher waren zwar durch unser Unternehmen zur Blüte gekommen, aber ich gab mich nicht mit ihnen ab.
»Die allgemein herrschende Meinung weicht von Ihrer Aussage ab«, bemerkte er.
»Das ist mir bekannt«, sagte ich, »aber ich kann nichts dafür, was die Leute reden. Das Besondere an meinem Unternehmen ist, daß ich niemanden wegen Verleumdung verklagen kann.«
»Und wie ist es mit dem organisierten Laster?« fragte er.
»Wenn Sie darunter Frauen, Rauschgift und dergleichen verstehen, können Sie nicht mit mir rechnen. Ich bin zwar tolerant, aber ich bin kein Zuhälter.«

»Dann interessieren Sie sich also nur für das Glücksspiel?« fuhr er fort.
»In der Hauptsache, ja«, gab ich zu. Er wußte es sowieso. »Vor allen Dingen für die Vermittlung von Rennwetten, aber ich habe auch noch einige andere Interessen.«
Er lehnte sich zurück und dachte einen Augenblick nach. »Ich glaube, jetzt hätte ich ganz gern den Drink, wenn das Angebot noch gilt«, sagte er und lächelte ein wenig.
Ich goß ihm ein Glas ein, ohne eine Bemerkung zu machen. Er hatte mir immer noch nicht gesagt, warum er gekommen war. Wir saßen eine Zeitlang schweigend da und starrten uns an. Dann sah er sich gründlich im Zimmer um, und ich ließ ihn gewähren. Er würde schon wieder anfangen, wenn er soweit war, und ich konnte warten.
»Wie lange kennen Sie Ruth Cabell schon?«
Die Frage überraschte mich. Ich gab eine ausweichende Antwort. »Seit einiger Zeit.«
»Sie scheint viel von Ihnen zu halten«, sagte er.
»Haben Sie mit ihr gesprochen?« fragte ich.
»Gestern. Warum hat sie Sie unter einem anderen Namen besucht?«
»Sie ist Fürsorgerin und hat wohl angenommen, daß ich sie nicht vorlassen würde, wenn sie ihren richtigen Namen nannte. Sie wissen ja, wie diese Frauen sind. Sie wollte mich unbedingt bessern.« Ich lachte ungezwungen.
»Ach so«, sagte er. Er war noch nicht fertig. »Wie haben Sie sie eigentlich kennengelernt?«
Manchmal mußte man etwas riskieren. »Im Bellevue-Krankenhaus – vor etwa sechs Jahren.« Ich zündete mir eine Zigarette an. »Ich war krank. Ich war auf der Straße ohnmächtig geworden, und man hatte mich ins Krankenhaus geschafft – Unterernährung. Ich war damals lange arbeitslos und hatte nichts Richtiges mehr zu essen gehabt. Ich hatte sei mehreren Monaten nur in Hausfluren, Untergrundbahnhöfen und öffentlichen

Toiletten geschlafen, und da hatte sie wahrscheinlich Mitleid mit mir.«

Er nickte. »Das habe ich auch aus ihren Worten entnommen. Sie müssen eine ziemlich schlimme Zeit durchgemacht haben.«

Ich hatte das richtige Empfinden gehabt: sie hatte nichts verraten. »Ja, es war eine schlimme Zeit«, gab ich lächelnd zu.

Er leerte sein Glas, stellte es auf den Tisch und stand auf. »Das war es wohl, was ich fragen wollte.«

Ich erhob mich ebenfalls. »Sie brauchen nicht so rasch davonzustürzen. Warum bleiben Sie nicht noch etwas?«

»Ich muß nach New York zurück«, sagte er und ging zur Tür.

Ich begleitete ihn. An der Tür sagte er plötzlich: »Wissen Sie, Mr. Kane, in fast jeder anderen Branche hätten Sie genausogut vorwärtskommen können.«

Ich lächelte. »Vielleicht. Aber dieses Unternehmen war eine Chance für mich. Die anderen nicht.«

»Sie könnten es immer noch versuchen.«

Ich wußte, was er meinte. Wenn ich jetzt ausstieg, ehe sie mich fassen konnten, würde wahrscheinlich alles noch gutgehen.

»Ich werde die Partie zu Ende spielen«, sagte ich. »Es wäre töricht, wenn ich mit solchen Karten, wie ich sie habe, aufhören würde.«

»Manchmal sind Ihre Karten nicht so gut, wie Sie glauben. Dabei können Sie Ihren letzten Heller verlieren.«

Ich zuckte die Achseln. »Man kann nicht dauernd gewinnen. Das weiß ich auch.«

»O. k.«, sagte er und wandte sich zum Gehen. »Sie müssen es ja wissen.«

Ich schwieg.

»Ich danke Ihnen, daß Sie mich empfangen haben«, sagte er.

Ich mußte lachen. Er war jedenfalls höflich. Das war mehr, als die städtische Polizei zu bieten hatte. Es hatte doch sein Gutes, daß bei der Bundespolizei akademisch gebildete Leute waren.

»Nichts zu danken«, sagte ich. »Schauen Sie mal wieder herein,

wenn Sie Lust haben.« Immer noch lächelnd schloß ich die Tür hinter ihm.
Ich zögerte eine Weile. Dann ging ich zum Telefon und rief Ruth an. Eine Männerstimme meldete sich. »Dr. Cabell.«
»Ist Miss Cabell zu Hause?« fragte ich.
»Im Augenblick nicht«, erwiderte Marty. »Kann ich ihr etwas bestellen?«
Ich überlegte eine Sekunde. Dann sagte ich: »Nein, vielen Dank. Ich rufe später wieder an.«
»Einen Augenblick«, warf Marty rasch ein. »Wer spricht da? Frank?«
Das war die zweite Überraschung dieses Abends. Zum Kuckuck noch mal! Wußte denn die ganze Stadt, daß sie mich besucht hatte? Nach kurzer Überlegung sagte ich mir, daß sie es ihrem Bruder sowieso erzählt haben würde. »Ja«, sagte ich in den Apparat.
»Frank«, rief er aufgeregt. »Hier ist Marty. Wie geht es dir, alter Junge?«
Ich sprach absichtlich gemessen und kühl. »Ich weiß, wer am Apparat ist.«
Er beachtete den Ton meiner Stimme nicht, sondern fuhr immer noch aufgeregt fort: »Mein Gott, Junge, ich würde dich gern wiedersehen?«
Seine Freude wirkte ansteckend, und ich konnte ihr nicht widerstehen. »Das ist nett von dir, alter Knabe«, sagte ich, »aber im Augenblick wäre das nicht ratsam für dich. Es könnte unangenehme Folgen haben.«
»Meinst du etwa Jerry?« fragte er. »Der kann denken, was er will, zum Teufel noch mal! Schließlich waren wir Freunde.«
»Ich meine nicht Jerry«, sagte ich. »Ich meine mich.«
»Oh!« Enttäuschung klang aus seiner Stimme. »Können wir uns nicht irgendwo treffen und in Ruhe miteinander reden? Niemand würde etwas davon erfahren. Ruth hat mir erzählt, daß sie dich besucht hat. Das hat auch keine Folgen gehabt.«
Damit hatte er recht, aber anders, als er dachte. »Deswegen woll-

te ich ja mit Ruth sprechen. Einer von der Bundespolizei war gerade bei mir. Er hat bereits mit Ruth geredet, und ich wollte hören, was sie ihm erzählt hat.«
»Davon weiß ich nichts. Sie hat mir nichts davon gesagt.«
»Vielleicht ist sie noch nicht dazu gekommen«, sagte ich, um sie zu entschuldigen. »Wahrscheinlich hat er erst heute mit ihr gesprochen. Es tut mir leid, Junge, aber ich glaube, wir sollten uns lieber nicht treffen.«
»Ich verstehe«, sagte er ruhig. »Soll ich Ruth ausrichten, daß sie dich anruft, wenn sie nach Hause kommt?«
»Ja, bitte.« Ich gab ihm meine Telefonnummer.
»Ich werde es ihr bestellen. Du kannst dich darauf verlassen.«
»Vielen Dank. Leb wohl.«
»Alles Gute, Junge. Denk an mich, wenn du einen Freund brauchst. Ich bin immer für dich da.«
»Nochmals vielen Dank.« Ich hatte ein merkwürdiges Gefühl. Ich war es nicht gewöhnt, daß Menschen nett zu mir waren, wenn es sich für sie nicht auszahlte.
»Leb wohl«, sagte er und legte den Hörer auf.
Ich setzte mich auf die Couch und vertiefte mich in die Zeitungen. Etwa eine halbe Stunde später läutete das Telefon. Ich nahm den Hörer ab. »Kane am Apparat.«
Es war Ruth. Ihre Stimme klang kühl und abweisend. »Ich habe gehört, daß du mich angerufen hast.«
Meine Stimme war genauso kühl. »Ja«, sagte ich. »Ich habe gehört, daß Allison vom FBI mit dir gesprochen hat. Ich hätte gern gewußt, was er von dir wollte.«
»Mit anderen Worten: du möchtest gern wissen, was ich ihm erzählt habe.«
»So kannst du es auch ausdrücken.«
»Du traust keinem Menschen, nicht wahr?« fragte sie.
»Den Luxus kann ich mir nicht leisten.«
»Zu deiner Beruhigung will ich dir verraten«, sagte sie kühl, »daß ich ihm nichts über uns gesagt habe. Ich habe nur erwähnt, daß

ich dich im Krankenhaus getroffen hätte und daß ich mich für deinen Fall interessierte.«
»Das ist gut. Er hat mich heute abend aufgesucht, und ich habe ihm dasselbe erzählt.«
»Ist das alles, was du wissen wolltest?« Ihre Stimme hatte einen merkwürdigen Ton.
Ich täuschte Gleichgültigkeit vor. »Das ist alles, Baby«, sagte ich. »Ich werde dir eine Orchidee schicken, weil du deinen Mund halten kannst.« Sie konnte ich täuschen, aber mich selbst nicht. Ich hätte sie gar nicht anzurufen brauchen. Alles, was ich wissen wollte, hatte ich bereits von Allison erfahren.
»Behalte sie nur«, sagte sie, und ihre Stimme klang wieder kühl. »Du brauchst mich nicht zu bestechen.« Sie legte den Hörer auf.
Ich lächelte ein wenig, als ich den Hörer auf die Gabel legte. Wenn ich diese ganze Angelegenheit ins reine gebracht hatte, dann würde ich mich um sie kümmern.
Und dann würde sie schon vernünftig werden.

9

Es war ein Tag vor Weihnachten, Dienstag, der 24. Dezember 1940. Ich lehnte mich in meinem Sessel zurück und lauschte auf die Musik, die aus dem unteren Stockwerk heraufklang. Wie in vielen anderen Büros gab es auch bei uns eine Weihnachtsfeier. Bald war es Zeit, daß ich da unten in Erscheinung trat. Man erwartete das von mir. Damit wurde einmal im Jahr gewissermaßen der Beweis erbracht, daß ich wirklich existierte und kein Phantasiegebilde war. Den größten Teil des Jahres bekam mich der Durchschnittsangestellte nicht zu sehen, da ich das Büro durch einen Privateingang betrat und verließ. Die Führung der verschiedenen Abteilungen überließ ich den Abteilungsleitern. Ihre Berichte gingen an die paar Geschäftsführer, die mit mir in per-

sönlicher Verbindung standen und die diese Informationen an mich weiterleiteten.
Miss Walsh kam herein. Sie trug ein neues Kleid. Mir fiel auf, daß die Frauen sich bei diesen kleinen Gelegenheiten immer besonders schön machten: Blumen im Haar, neue Kleider, Schönheitsbehandlungen, strahlendes Lächeln. »Wenn Sie mich nicht mehr brauchen«, sagte sie lächelnd, »dann kann ich wohl jetzt nach unten gehen.«
Ich erwiderte ihr Lächeln. »Sie können gehen, Miss Walsh es gibt für Sie nichts mehr zu tun.« Ich holte das Geschenk hervor, das ich vor ein paar Tagen für sie gekauft hatte. Gewöhnlich gab ich ihr eine Flasche Parfum oder eine Schachtel Pralinen, doch in diesem Jahr hatte ich eine kleine Armbanduhr für sie erstanden. Sie hatte sie redlich verdient. Seit Allisons Fortgang hatte sie schwer gearbeitet, und oft war sie bis spät in die Nacht geblieben, um mir zu helfen. »Fröhliche Weihnachten!« sagte ich.
Sie nahm das kleine Päckchen und hielt es in der Hand. Ich sah ihr an, daß sie es gern geöffnet hätte, daß sie es aber in meiner Gegenwart nicht wagte aus Angst, ich könnte es für unhöflich halten. »Vielen Dank, Mr. Kane«, sagte sie lächelnd, »und auch Ihnen ein fröhliches Weihnachtsfest!« Sie drehte sich um und ging hinaus.
Ich blieb noch eine Weile sitzen und ging dann zu der Feier, die in vollem Gang war. Es gab bereits die übliche Zahl von Angeheiterten, und alle befanden sich in verschiedenen Stadien der Weihnachtsfreude. Wie gewöhnlich hörte die Unterhaltung auf, als ich den Raum betrat. Es folgte ein kurzes Schweigen, nur unterbrochen von dem Geflüster, mit dem man neuen Angestellten erzählte, wer ich sei, und dann kam allmählich die Feier wieder in Gang. Meistens stand ich eine Weile herum, lächelnd und nickend, sprach höflich mit allen, die mich anredeten, und ging dann leise wieder davon.
Gewöhnlich verließ ich diese Veranstaltungen mit einem Gefühl von innerer Kraft und Macht, aber diesmal empfand ich nur Lee-

re und Niedergeschlagenheit. Ich sah zu, wie die Paare tanzten und miteinander flachsten, und fühlte mich als Außenseiter. Ich bezahlte zwar den ganzen Kram, aber es war ihre Party.
Ich hätte mir eigentlich keine Sorgen zu machen brauchen. Seit der Verhaftung Luigerros und der anderen hatte sich die Lage beruhigt. Die Burschen führten sich offenbar anständig auf, und die ganze Angelegenheit schien allmählich eines natürlichen Todes zu sterben. Jeden Tag rückten die Nachrichten über mich weiter auf die Innenseiten der Zeitungen, verdrängt durch neue und sensationelle Berichte. Trotzdem konnte ich das Gefühl drohenden Unheils nicht loswerden. Ich wandte mich zum Gehen.
»Mr. Kane?« Die fragende Stimme klang weich und jung.
Ich drehte mich um. Neben mir stand ein junges Mädchen. Ihr Aussehen paßte zu ihrer Stimme. Die Jugend strahlte ihr aus dem Gesicht, aber in ihren Augen lag ein Ausdruck, als sei sie von ihrer eigenen Kühnheit überwältigt. »Ja?« sagte ich sanft.
Auf ihrem Gesicht zeigte sich Erleichterung. Ich hatte den Eindruck, daß sie davongelaufen wäre, wenn ich in kühlem Ton zu ihr gesprochen hätte. »Hätten Sie Lust zu tanzen?« fragte sie mit gesenktem Kopf.
Ich lächelte ihr beruhigend zu. »Es wäre mir ein Vergnügen.«
Sie blickte zu mir auf, und ihre Züge schienen sich zu erhellen. Ich legte den Arm um sie, und wir begannen zu tanzen. Die anderen starrten uns an. Laß sie nur starren, dachte ich. Ich habe das Recht, hier zu tanzen, wenn ich will. Es ist meine Party. Es war das erste Mal, daß ich auf einem dieser Feste tanzte.
Meine Partnerin tanzte gut – jung und leichtfüßig. Sie schmiegte sich eng in meine Arme, und ich spürte den Druck ihrer jungen Brüste. Sei blickte beim Tanzen zu mir auf; ihre Augen schienen mein Gesicht zu studieren. Als ich sie ansah, schloß sie ihre Augen halb und wandte den Kopf ein wenig zur Seite. »Sie sind ein sehr guter Tänzer, Mr. Kane«, flüsterte sie schüchtern.
Ich lächelte sie an. »Ich nicht, aber Sie. Mit einer anderen Partnerin würde es mir nicht halb so gut gelingen, Miss –?

Sie errötete ein wenig. »Muriel – Muriel Bonham«, sagte sie. Und dann, als ob die Worte aus ihr herausplatzten: »Hoffentlich halten Sie mich nicht für unverschämt – ich meine, weil ich Sie zum Tanzen aufgefordert habe.«
Ich schüttelte leicht den Kopf. »Nein. Eigentlich bin ich sogar ganz froh darüber.«
Diese Bemerkung schien ihr etwas Selbstvertrauen zu geben. »Ich dachte nur, Sie sahen so einsam aus, als Sie da allein standen und mit niemandem redeten.«
»Was hat Sie zu dieser Annahme veranlaßt, Muriel?« fragte ich beiläufig. Es mußte schlimm um mich bestellt sein, wenn ein so junges Ding das erkennen konnte.
»Die Art, wie Sie dort standen und den Tänzern zuschauten – es war, als ob Sie auch gern getanzt hätten.« Sie lächelte jetzt.
»Ich verstehe«, sagte ich. Die Musik hörte auf, und wir standen uns gegenüber und klatschten. Ihr Gesicht strahlte.
Sie erschien mir eigentlich zu jung, um gerade in einem solchen Unternehmen wie dem meinen zu arbeiten. Ich nahm mir vor, durch Miss Walsh feststellen zu lassen, in welcher Abteilung sie arbeitete, und ihr dann zu kündigen. Es war besser für sie, wenn sie nichts mit uns zu tun hatte.
Die Musik begann von neuem. Ich blickte sie fragend an; sie nickte, und wir tanzten noch einen Tanz. Als die Musik aufhörte, dankte ich ihr und ging in mein Büro zurück. Ich mixte mir einen Drink. Das Mädchen hatte recht. Ich war allein. Aber man muß selbst entscheiden, was man will. Ich hatte mich schon vor langer Zeit entschieden.
Mein Blick fiel auf das Telefon. Es wäre ein leichtes, Ruth anzurufen und ihr ein schönes Weihnachtsfest zu wünschen. Es war ein guter Vorwand. Seit unserer letzten Unterredung ließ ich ihr jeden Tag durch ein Blumengeschäft eine Orchidee schicken. Sie hatte den Empfang nie bestätigt, aber sie hatte die Blumen auch nicht zurückgehen lassen. Es wäre schön, mit ihr ein paar Worte zu wechseln. Ich streckte meine Hand nach dem Hörer aus.

Plötzlich hielt ich inne. Ich merkte, daß die Tür sich langsam öffnete. Während ich die Tür im Auge behielt, öffnete ich die linke Schreibtischschublade und berührte mit der Hand das kalte Metall des Revolvers, den ich dort aufbewahrte.
Ein Mädchenkopf erschien in der halbgeöffneten Tür. Das mattgoldene Haar schimmerte in der gedämpften Beleuchtung des Raumes. Als das Mädchen mich am Schreibtisch sitzen sah, öffnete sie die Tür weit und kam ins Zimmer. »Waren Sie die ganze Zeit über hier, Mr. Kane?« fragte Muriel.
Ich schob die Schreibtischschublade zu. »Ja«, sagte ich. »Warum sind Sie gekommen?«
Sie stand jetzt vor meinem Tisch. »Ich weiß es nicht«, sagte sie. »Ich mußte einfach kommen.« In ihren Augen lag ein Ausdruck, als verstünde sie sich selber nicht.
Ich erhob mich und ging schweigend um den Schreibtisch herum auf sie zu. Irgend etwas in mir war völlig durcheinandergeraten. Eine leidenschaftliche Spannung erfüllte mich. Ich wollte dieses Mädchen haben. Ich mußte sie haben.
»Mr. Kane«, sie war erschrocken. »Mr. Kane, was haben Sie vor?« Ihre Stimme wurde dünn. Sie schien bestürzt vor mir zurückzuweichen.
Ich antwortete nicht. Ich legte meine Arme um ihre Schultern und zog sie heftig an mich. Vergeblich stemmte sie ihre Hände gegen meine Brust. Mit einem Arm drückte ich sie fest an meinen Körper. Mit der anderen Hand hob ich ihr Kinn und preßte meinen Mund auf ihren. Es war ein harter, brutaler, leidenschaftlicher Kuß. Ihre Hände, die auf meinem Jackett lagen, öffneten und schlossen sich, bis sie sich in meiner Tasche festkrallten. Als ich sie schließlich losließ, waren ihre Augen halb geschlossen. Sie lehnte sich erschöpft an mich. »Sind Sie deshalb gekommen?« fragte ich schroff.
Sie achtete nicht auf den Ton meiner Stimme. Ihr Kopf lag an meiner Schulter. Ihr Gesicht war von mir abgewandt. Sie flüsterte nur: »Oh, Mr. Kane!«

Ich blickte auf sie herab. Die kleine Hure bettelte geradezu darum, von mir umgelegt zu werden. Sollte sie es haben, wenn sie es so wollte. Warum hatte sie auch immer von meiner Einsamkeit reden müssen.
Dies war eine Möglichkeit, für ganz kurze Zeit zu vergessen, daß ich allein war.
Ich drängte sie sanft zur Couch. Plötzlich erschien sie mir wie ein hilfsbedürftiges Kind, das man zu Bett bringt. Ich strich mit den Fingern über ihre Haut, die sehr jung war und zart. Dann ließ ich die Hand in der Wärme ihres Schoßes ruhen.
Sie hatte die ganze Zeit die Augen geschlossen gehabt. Aber jetzt sah sie mich mit einem verklärten Blick an. Dann begann ihr Körper immer stärker zu beben, und unter kleinen, klagenden Lauten der Lust hob sich mir ihr Leib entgegen.
Wir lagen erschöpft nebeneinander. Es schien mir, daß eine lange Zeit vergangen war. Ich fühlte mich plötzlich elend. Wieder mußte ich daran denken, daß sie erkannt hatte, wie einsam ich war. Jetzt fühlte ich mich einsamer als je zuvor. Eine dunkle Leere war in mir.
Ich stand auf und sah sie an. Ich sah ihren sehr jungen, verführerischen Körper.
»Gehen Sie nach Hause«, sagte ich. »Sie sind ja noch viel zu jung für solche Spiele. Gehen Sie heim zu Ihrer Mutter.«
Sie erhob sich und begann sich anzuziehen. »Ich bin zwanzig, Mr. Kane«, sagte sie. »Alt genug für solche Spiele, wie Sie es nennen.«
Ich sah sie schweigend an.
»Mr. Kane«, sagte sie und blickte züchtig zu Boden, »mit wem gehen Sie zum Weihnachtsessen?«
Ich war sprachlos. Diese Frage hatte ich am allerwenigsten erwartet. »Warum wollen Sie das wissen?«
»Würden Sie mich dazu einladen?« fragte sie, den Blick immer noch gesenkt. »Ich möchte Weihnachten nicht wieder allein verbringen.«

Das Wort ›wieder‹ erstaunte mich. »Warum allein?« fragte ich.
»Ich wohne in einer Pension«, sagte sie leise. »Meine Eltern sind tot, und ich habe niemanden, mit dem ich Weihnachten feiern kann.« Sie blickte zu mir auf, und ihre blauen Augen schwammen in Tränen. »Alle die anderen«, fügte sie mit erstickter Stimme hinzu, »haben einen Platz, wo sie Weihnachten verleben können – nur wir nicht.«
»Wie wollen Sie das von mir wissen?«
»Das sehe ich Ihrem Gesicht an, Mr. Kane«, sagte sie und blickte mich fest an. »Ich weiß, wenn jemand allein ist.«
Ich sah sie einen Augenblick forschend an. Dann lächelte ich. »O. k., Muriel«, sagte ich, »Sie können mit mir zum Essen gehen.«
Wir aßen in der Oyster Bay. Nach dem Essen brachte ich sie nach Hause. Sie wohnte draußen in Teaneck. Ich hielt vor dem Hause, das sie mir angab, und ging mit ihr bis zur Tür.
Im Flur brannte ein trübes Licht.
Ich schloß sie in die Arme und küßte sie. Sie schmiegte sich eng an mich. Ich spürte, wie mich ihr junger, schlanker Körper von neuem erregte. Ihr Mund war warm und süß. Mit ihren Händen, die sie über meine Ohren gelegt hatte, preßte sie mein Gesicht dicht an das ihre.
Die Stimme ertönte unmittelbar hinter mir. Es war eine rauhe, harte Männerstimme. Sie war an das Mädchen gerichtet, nicht an mich. »O. k., Bonnie, du kannst jetzt aufhören.«
Das Mädchen nahm ihre Hände von meinem Gesicht. Sie trat ein paar Schritte zurück. Ihr Gesicht zeigte keinerlei Überraschung. Sie war nicht einmal zusammengefahren. Ich warf ihr einen raschen Blick zu und drehte mich dann langsam um. Feuerräder wirbelten in meinem Kopf. Als ich die beiden Männer sah, von denen einer mit seinem Revolver auf meinen Bauch zielte, war nur noch ein Gedanke in meinem Kopf: Das ist das Ende.

10

Ich sagte kein Wort. Mein Magen schnürte sich zusammen. Für einen Moment glaubte ich, ich müßte mich übergeben. Aber ich schluckte kräftig, und das Gefühl verschwand.

»Taste ihn ab«, sagte der Mann mit dem Revolver zu dem anderen.

»Das ist überflüssig«, sagte Bonnie und entfernte sich aus meiner Nähe. »Er hat nichts bei sich.«

»Trotzdem abtasten«, sagte der erste. »Bei diesem Jungen ist äußerste Vorsicht am Platz.«

Ich hielt meine Ellbogen hoch, während der zweite Mann mich durchsuchte. Dann ließ ich die Arme wieder sinken, als er beiseite trat. Das Mädchen stand jetzt neben dem Mann mit dem Revolver. Ich blickte sie an; sie war die Ruhe selbst. Ich versuchte das Spiel zu durchschauen, aber mir wurden die Zusammenhänge nicht klar. Mein Gehirn schien etwas benebelt zu sein. Bestimmt sogar! Sonst hätte ich mir solche Karten nicht in die Hand drücken lassen.

»Jetzt marsch zu Ihrem Wagen!« befahl der Revolverheld.

Ich gehorchte – gegen einen Revolver argumentiert man nicht. Aber das Ganze ergab keinen Sinn. Wenn ich kaltgemacht werden sollte, so war dies die beste Stelle dafür. Es gab keine Häuser in der Nähe. Blitzartig kam mir die Erleuchtung. Das Mädchen hatte gesagt, ihre Eltern seien tot. Nur zwei Leute konnten auf den Gedanken kommen, daß ich auf diesen Schwindel hereinfallen würde. Nur zwei Leute, die meine Vergangenheit kannten, interessierten sich auch für meine Zukunft.

Jerry und Silk.

Wenn es Jerry war, konnte ich nicht klug daraus werden. War es Silk, wäre ich gleich im Haus umgelegt worden. Ich grübelte immer noch darüber nach, während ich mich hinter das Steuerrad setzte.

»Über die Brücke nach New York«, befahl der Revolverheld, der

hinter mir saß. Das Mädchen hatte sich vorn neben mich gesetzt. »Sie werden dem Staatsanwalt vorgeführt«, fügte der Mann hinzu.
Ich stieß einen leisen Seufzer der Erleichterung aus. Wenigstens wollten Sie mich nicht gleich umlegen. Aber ich konnte immer noch nicht verstehen, warum Jerry solche Methoden anwandte. Das war gar nicht seine Art. Ich sagte zu dem Mädchen neben mir: »Sie haben mich ja schön reingelegt, Kind.«
»Das war nicht schwer«, erwiderte sie wenig schmeichelhaft.
Sie hatte recht. Ich war ganz von selbst in die Falle gegangen. Sie hatte sie nur aufzustellen brauchen.
»Wie lange haben Sie in meinem Unternehmen gearbeitet?« fragte ich.
»Überhaupt nicht. Ich bin einfach in die Party hineinspaziert und habe auf Sie gewartet.«
Ich wollte etwas sagen, aber der Bursche auf dem Rücksitz stocherte mir mit dem Revolver zwischen den Schulterblättern herum. »Halten Sie die Schnauze!« befahl er.
Ich wurde so schweigsam wie eine Auster.
Wir hatten inzwischen die Brücke überquert, und ich schlug die Richtung in die untere Stadt ein. Der Bursche klopfte mir auf die Schulter. »Fahren Sie zum Hotel Dauphin«, sagte er.
Ich kannte das Hotel. Es lag am oberen Broadway in Höhe der 70. Straße. Die Sache begann wieder zu stinken. Irgend etwas war da im Gange. Ich wußte nicht, was. Aber es roch sehr brenzlig. Ich parkte meinen Wagen am Broadway, und wir gingen in die Hotelhalle. Der Mann sah auf die Uhr. »Wir sind zu früh dran. Kommen Sie mit in die Bar. Wir nehmen einen Drink. Aber machen Sie keine Dummheiten!«
Schweigend betraten wir vier die Bar und setzten uns in eine Nische. Der Kellner kam, und wir bestellten. Ich trank Whisky mit Wasser und bezahlte die Zeche. Nach einer Weile stand das Mädchen auf und ging zur Telefonzelle. Als sie zurückkam, sah ich, wie der Revolverkerl ihr zunickte.

Dann stand er auf. »Trinken Sie aus!« befahl er.
Ich schluckte den Rest hinunter.
»O. k.«, sagte er. »Kommen Sie.«
Ich folgte ihm zum Empfang. Dort blieb er stehen und sagte zu dem Hotelangestellten: »Zwei Zimmer mit Bad für meinen Freund hier.« Er deutete auf mich.
Der Angestellte schob mir das Anmeldeformular hin. »Tragen Sie sich ein«, befahl der Bursche mit dem Revolver.
Ich schrieb meinen Namen in das Buch: ›Frank Kane‹. Allmählich begann ich klarer zu sehen. Man wollte mir irgend etwas anhängen. Aber ich wußte nicht, wer dahintersteckte. Und ich konnte mir nicht vorstellen, was man mir anhängen wollte.
Wir wurden zu Zimmern im vierten Stock geführt. Ich gab dem Hotelpagen einen Dollar Trinkgeld, und er verschwand. »Machen Sie es sich gemütlich«, sagte der Revolvermann.
Ich setzte mich in einen Sessel in der Nähe des Fensters. Der erste Gangster ging zum Telefon und wählte eine Nummer, hielt seinen Revolver aber immer auf mich gerichtet. Eine Stimme meldete sich im Apparat. »Mr. Cowan?« fragte der Gangster.
Die Stimme antwortete. Der Gangster wartete ein paar Sekunden und sagte dann: »Mr. Cowan, Kane ist hier in New York, um mit Ihnen zu sprechen.«
Die Stimme sprach wieder ein paar Sekunden. Dann sagte der Gangster: »Er möchte mit Ihnen allein sprechen.« Er hörte einen Augenblick auf das, was Cowan erwiderte, und sagte dann: »Gut. Er erwartet Sie im Hotel Dauphin, Zimmer vierhundertundzwölf.« Cowan antwortete kurz, und der Gangster legte auf.
Die Falle war aufgestellt. Das Bild wurde mir deutlicher. Die Steinchen des Mosaiks ergaben nun einen Sinn.
Der Gangster ging zu dem Mädchen. »Es ist alles in Ordnung, Bonnie. Du kannst dem Boß sagen, daß der Staatsanwalt in einer halben Stunde hier ist.«
Sie erhob sich und ging zur Tür. Ich rief ihr nach: »Viel Glück, Baby!«

Sie drehte sich um und lächelte. »Seien Sie bloß friedlich, Sie Angeber! Sie haben das Glück nötiger als ich.«
»Los, Bonnie«, knurrte der Gangster. »Verdufte!«
Sie verließ den Raum. Der Revolverheld wandte sich an den anderen Burschen. »Geh nach unten ins Foyer und ruf mich an, wenn er auftaucht.«
Der Angeredete verschwand eiligst.
Der Revolvermann brachte mich zu einem Stuhl, der zwischen ihm und der Tür stand, und setzte sich selbst ans Telefon. Wir starrten uns gegenseitig an.
»Detroit?« fragte ich.
Er antwortete nicht.
»Was bekommen Sie für diese Arbeit?« fragte ich.
Er antwortete nicht.
»Ich zahle Ihnen das Doppelte von dem, was Sie bekommen«, sagte ich.
»Halten Sie die Klappe!« befahl er.
Ich schwieg. Die Falle war einfach: Cowan wurde niedergeknallt, wenn er zur Tür hereinkam, ich wurde in einen sanften Schlafzustand versetzt, der Revolver wurde mir in die Hand gedrückt, und der Fall war erledigt.
Keiner würde mir meine Geschichte glauben, und der Mann, der die Sache eingefädelt hatte, schlug zwei Fliegen mit einer Klappe. Er hatte den Sonderermittler aus dem Weg geräumt und mich kaltgestellt, und er konnte dann meinen Posten übernehmen. Es war Fennelli. Davon war ich überzeugt. Fennelli war der einzige, der schlau genug war, um eine solche Falle auszutüfteln. Einfach, aber gut! Erst wurde meine Anwesenheit bestätigt – in der Bar und beim Empfang. Dann erschien der Staatsanwalt auf einen sensationellen Tip hin. Päng! Es knallt, und ich schmore auf dem elektrischen Stuhl! Leichter Schweiß brach mir aus.
Wir saßen da und starrten uns an. Die Minuten verstrichen, und es sah nicht so aus, als ob es noch einen Ausweg gab.
Ich sah auf meine Uhr: es blieb nicht mehr viel Zeit. Ich nahm

mein Taschentuch und wischte mir den Schweiß von der Stirn. Wenn es noch eine Chance für mich geben sollte, dann mußte sie sich ziemlich bald zeigen.
Das Telefon läutete. Der Mann nahm den Hörer ab, hörte einen Augenblick zu und legte dann wieder auf. Er erhob sich von seinem Stuhl und kam auf mich zu. Dann deutete er auf den Stuhl, den er verlassen hatte, und sagte: »Setzen Sie sich dort hin.«
Ich tat es. In meinem Schädel spürte ich ein schwaches Hämmern, und meine Kehle war wie zugeschnürt.
Er stellte sich rechts neben die Tür, so daß er verdeckt wurde, wenn sie sich öffnete. Er richtete seinen Revolver auf mich und sagte: »Verhalten Sie sich ruhig, dann passiert Ihnen nichts.«
Ich versuchte es noch einmal – in letzter Verzweiflung. »Sie schaffen das nicht. Eine solche Falle kann nicht funktionieren. Ich zahle Ihnen, was Sie wollen.«
Er blickte mich an. Verachtung zeigte sich in seinen mürrischen Zügen. »Ihr seid doch alle gleich: erst angeben wie verrückt, aber wenn euch jemand die Faust unters Kinn setzt, fangt ihr an zu heulen.« Er machte eine wütende Bewegung mit seinem Revolver. »Halt's Maul.«
Eine Sekunde später klopfte es an die Tür. Im selben Augenblick läutete das Telefon. Ich wußte nicht, was ich zuerst tun sollte. Unwillkürlich nahm ich den Hörer ab und hielt ihn an mein Ohr. Gleichzeitig rief ich »Herein«.
Die Tür begann sich zu öffnen. Aus dem Hörer drang eine Stimme an mein Ohr.
»Flix«, keuchte die Stimme, »das Hotel wimmelt von Polypen.«
Ohne zu antworten, knallte ich den Hörer auf die Gabel und sprang auf die Füße. Jerry war klug genug gewesen, Polizisten mitzubringen. Er traute mir nicht. Und zum erstenmal in meinem Leben war ich froh, daß mir jemand nicht getraut hatte. Ich sprach rasch mit dem Mann an der Tür, der mich anstarrte.
»Polypen im ganzen Haus«, flüsterte ich. »Stecken Sie die Kanone weg. Ich werde Ihre Anwesenheit erklären.«

Er sah mich unentschlossen an. Die Knöchel seiner Hand, die den Revolver umklammert hielt, traten weiß hervor. Er hob ihn ein wenig höher.
Ich machte einen Schritt auf ihn zu, und der Revolver ging weiter in die Höhe. In diesem Augenblick trat Jerry ins Zimmer. Genau zwischen uns. Er sah den Mann mit dem Revolver hinter sich nicht. Im Korridor standen Männer, die mich neugierig anblickten.
»Es freut mich, daß Sie mich angerufen haben«, sagte Jerry. »Es wird allmählich Zeit, daß Sie Vernunft annehmen.«

11

Ein Blitzlicht flammte auf, und für einen Augenblick war ich geblendet. Als ich wieder sehen konnte, hatte der Bursche hinter der Tür seinen Revolver in die Tasche gesteckt und kam auf mich zu. Mit einem Anflug von Verärgerung dachte ich daran, daß mein Bild am nächsten Tage in allen Zeitungen erscheinen würde. Dann lachte ich. »Kommen Sie nur herein«, sagte ich. »Ich freue mich, Sie zu sehen.«
Einige Männer drängten sich hinter Jerry ins Zimmer. »Soll das etwa eine Verhaftung sein?« fragte ich.
»Noch nicht«, sagte Jerry. »Sie sagten, Sie wünschten mich zu sprechen.«
»Ich nicht. Das war seine Idee.« Ich deutete auf den Revolvermann. »Er hat das Zusammentreffen mittels eines Revolvers arrangiert. Es sollte eine doppelte Falle werden.«
Der Revolvermann fluchte und faßte unwillkürlich nach seiner Tasche. Einer der Detektive versetzte ihm einen Schlag, und der Revolvermann sank zu Boden. Ich redete weiter, als ob nichts geschehen wäre. »Was mich angeht, so wäre ich ebenso gut dran, wenn wir uns nie gesehen hätten.«
Der Detektiv hielt den Revolver des Mannes in der einen Hand,

mit der anderen zerrte er den Mann auf seine Beine. Der Mann, noch ein wenig schwindlig, schüttelte den Kopf und versuchte zu sprechen. »Kane hat es arrangiert. Dieser elende Lump! Als er merkte, daß es schiefging, sollte ich die Suppe auslöffeln.«
Ich lachte höhnisch.
Jerry drehte sich um und sprach mit den Detektiven. »Nehmen Sie ihn mit nach unten und verschwinden Sie.«
»Vielleicht hat Kane auch einen Revolver«, warf einer der Detektive ein. Er wollte offenbar gern dableiben.
Jerry sah mich an. Ich schüttelte den Kopf, ohne etwas zu sagen.
»Nein, er hat keinen«, sagte Jerry ruhig. »Warten Sie unten auf uns.«
Sie verließen den Raum, und wir beide blieben allein zurück. Ich setzte mich in einen Sessel. Jerry zog seinen Mantel aus und nahm ebenfalls Platz. Er blickte mich an: »Stimmt es, was du gesagt hast?«
Ich nickte. »Es war tatsächlich eine Falle. Sie wollten dich umlegen und mir die Sache anhängen. Es konnte gar nicht schiefgehen.«
Ich nahm mir eine Zigarette und bot ihm eine an.
Er lehnte ab, holte aber eine Zigarre aus seiner Manteltasche und zündete sie an. »Hast du irgendeine Idee, wer dahintersteckt?« fragte er beiläufig.
Ich lächelte. Die Frage war recht kindlich. »Wenn ich eine Idee hätte, wäre es nicht so weit gekommen.«
Wir schwiegen wieder, und ich betrachtete ihn mir genauer. Er hatte zugenommen. Sein Gesicht war runder geworden, und der Ansatz zu einem Bauch war deutlich vorhanden. Er hatte weiche, rötlichbraune Haare, einen dünnen Schnurrbart und blühende Wangen. Ein selbstgefälliger, etwas blasierter Ausdruck lag auf seinem Gesicht mit den vollen Lippen.
Auch er musterte mich. Dann beugte er sich vor. »Lieber Himmel! Du bist aber alt geworden!« platzte er heraus.
Ich lächelte, ohne etwas darauf zu erwidern.

»Ich hätte mir nicht träumen lassen, daß wir uns auf diese Weise wiedersehen«, meinte er.
Ich sagte nichts.
Er betrachtete mich eine Weile. Dann wurde seine Stimme nüchtern und sachlich. »Du weißt, wie es zwischen uns steht. Ich würde dir gern helfen, aber ich habe eine Aufgabe zu erfüllen.«
›Die alte Leier!‹ dachte ich. Laut sagte ich: »Ich verstehe.«
»Ich muß dir ein paar Fragen stellen.« Er nahm ein Blatt Papier aus der Tasche, warf einen kurzen Blick darauf und steckte es wieder ein. Dann sah er mich an. »Bist du je einem Mann namens ›Fats‹ Crown begegnet?«
Ich nickte.
»Wo?«
»Irgendwo in der Stadt«, erwiderte ich. »Ich habe ihn nicht sehr gut gekannt und mich nie um ihn gekümmert.«
»Aber als er sich deinem Plan, die Spieler zu einem Kartell zusammenzuschließen, widersetzte, hast du ihn liquidiert.«
Ich lächelte. »Ich hatte nichts mit seinem Tod zu tun. Ich hatte auch nichts zu tun mit der Gründung eines Spielerkartells. Ich bin ein einwandfreier Geschäftsmann.« Ich zog kräftig an meiner Zigarette. »Wenn du mich solche Dinge fragen willst, verschwendest du deine Zeit. Ich könnte dir nichts sagen, selbst wenn ich wüßte, wovon du redest.«
Er wurde frostig. »Das also ist deine Taktik.«
Es war verrückt von ihm zu glauben, daß ich anders reagieren würde. Wenn er dachte, ich würde auspacken, nur weil er ein Jugendfreund von mir war, hatte er sich gründlich geirrt. Ich würde ihm nichts geben, was ich teuer bezahlen mußte.
»Sag nie, wer du wirklich bist«, sagte ich lächelnd.
»O. k.« Zornig stand er auf. »Ich glaube beinahe, der Bursche hat recht gehabt. Du hast die Falle gestellt.«
»Glaub, was du willst«, sagte ich.
»Hör mal zu«, sagte er. »Ich habe versucht, dir eine Chance zu geben, die du nicht verdient hast, bloß weil ich dich kenne. Vor

Monaten, als ich mit dieser Untersuchung anfing, habe ich dir geraten, die Sache aufzugeben, aber du wolltest nicht darauf hören. Jetzt sage ich dir, ich werde dich schnappen. Bisher bin ich gnädig mit dir verfahren, aber von jetzt an gehe ich aufs Ganze.«
Er redete lauter Unsinn. Wenn er mich hätte schnappen können, hätte er mich geschnappt. Ich stand auf. »Tu, was du nicht lassen kannst«, sagte ich und sah ihm voll ins Gesicht.
»Und das wird für dich das Ende sein«, schrie er.
»Etwas leiser«, sagte ich. »Die Nachbarn.«
Er lief dunkelrot an, und die Adern traten wie Stränge an seinem Hals hervor. »Du lausiger Bastard!« brüllte er.
Zwanzig Jahre hatte es gedauert, bis das an die Luft kam. Ich blickte ihn kühl an: »Du bist auch nicht gerade ein Engel mit Flügeln«, sagte ich lächelnd.
Er setzte sich wieder. Zum erstenmal gebrauchte er meinen Vornamen. »Frank«, sagte er reumütig, »so habe ich es nicht gemeint. Verzeih. Ich war erregt. Mir behagt dieser Auftrag ebensowenig wie dir, aber ich muß ihn erledigen.«
»Schon gut, alter Junge!« sagte ich. »Ich weiß, wie dir zumute ist.«
Wir schwiegen eine Weile. Jeder war mit seinen eigenen Gedanken beschäftigt. »Warum steigst du aus dieser Sache nicht aus, Frankie?« fragte er schließlich.
Ich antwortete nicht. Eine Erklärung wäre eine Bestätigung seiner Gedanken gewesen, und ich hatte nicht die Absicht, ihm etwas zu bestätigen, ganz gleich, was er für mich empfand.
Als er sah, daß ich keine Antwort gab, fuhr er fort: »Es wäre leicht, dir ein Attentat auf mich in die Schuhe zu schieben.«
Ich stimmte ihm zu. »Allerdings.« Aber war es das, was er wollte?
»Auf lange Sicht«, fuhr er fort, »wäre es vielleicht sogar eine Chance für dich. Eine Gefängnisstrafe, nicht allzu lang und auch nicht allzu kurz, würde dich aus alledem herausbringen.«
Ich lächelte. »Wen versuchst du eigentlich zu beschützen? Mich oder die Einwohner deiner Stadt?«

Er sah zu mir auf, und ein neuer Ausdruck kam in seine Augen. »Du nimmst kein Blatt vor den Mund.«

»Warum auch? Du hast einen Auftrag bekommen. Führe ihn aus, wenn du kannst. Du schuldest mir nichts.«

Er stand auf. »Wir könnten Freunde sein.« Er reichte mir die Hand.

Ich nahm sie. »Wir sind Freunde. Aber gewissermaßen nur privat. Geschäft ist Geschäft.«

Er hielt noch immer meine Hand. »Ich werde dein Schwindelunternehmen sprengen«, sagte er und lächelte, »und dich bankrott machen.«

Auch ich lächelte. »Das ist dein Job. Du kannst es versuchen.«

Er ließ meine Hand los. »Du glaubst nicht, daß ich das schaffe?«

»Ich glaube nicht, daß du es schaffst«, sagte ich.

»Willst du am Montag in mein Büro kommen, wenn ich dich jetzt laufenlasse?« fragte er.

Ich nickte. Das gab mir die Chance, Carson mitzubringen. Er wandte sich zur Tür. »Sei bitte um zehn Uhr da«, sagte er.

»Ich werde dasein.«

Er drehte sich noch einmal um und blickte mich an. Für einen Augenblick huschte sein altes Lächeln über sein Gesicht. »Fröhliche Weihnachten!«

»Danke, gleichfalls«, sagte ich und sah ihm nach, als er hinausging.

Ich blickte auf meine Uhr. Es war nach zwölf. Ich trat auf den Korridor und ging nach unten in die Halle. Für das Zimmer mußte ich fünfzehn Dollar zahlen, aber ich tat es gern. Ich trat auf die Straße. Mein Wagen stand noch dort, wo ich ihn geparkt hatte. Eine gebührenpflichtige Verwarnung baumelte vom Steuerrad. Ich lachte vor mich hin, als ich mich hinter das Steuerrad setzte.

Ich hatte nur ein paar Häuserblocks zurückgelegt, als eine Stimme aus dem Fond des Wagens ertönte. »Hallo, Frankie!« Ich traute meinen Ohren nicht. Es war Ruths Stimme. Ich fuhr an den

Straßenrand und drehte mich um. »Wo kommst du denn her?« fragte ich.
Sie kletterte aus dem Wagen und setzte sich neben mich auf den Vordersitz, ehe sie antwortete. »Jerry war gerade bei uns, als du ihn anriefst.«
»Ich habe ihn nicht angerufen. Es war eine Falle.« Ich erzählte ihr, was geschehen war, ohne jedoch das Dämchen zu erwähnen.
Sie hörte mir angespannt zu. Dann sagte sie: »Ich hatte so sehr gehofft, daß du endlich vernünftig würdest.« Ihre Stimme klang enttäuscht.
Ich nahm ihre Hand. »Laß mir Zeit«, sagte ich. »Vielleicht eines Tages.«
»Aber nicht heute?«
»Heute habe ich noch einiges zu erledigen«, erwiderte ich. Ich versuchte das Thema zu wechseln. »Wie hast du meinen Wagen überhaupt gefunden?«
»Ich bin Jerry gefolgt«, sagte sie mechanisch. Sie dachte an etwas anderes. »Als ich deinen Wagen sah, bin ich eingestiegen und habe auf dich gewartet. Ich wußte ja, daß du früher oder später herauskommen würdest.«
Sie wußte mehr als ich vor ein paar Stunden. Ich hätte da keinen falschen Penny mehr für meine Chancen gegeben. Vor dem Hause, in dem Fennelli wohnte, brachte ich den Wagen zum Stehen.
»Warte hier«, sagte ich und stieg aus. »Ich habe mit jemandem zu reden. In ein paar Minuten bin ich wieder zurück.«
Ich ging nach oben und läutete. Wenn er es war, der die Falle gestellt hatte, würde er jetzt mit einigen Freunden zu Hause sein.
Ich hatte recht. Laurens öffnete die Tür. Ich ging an ihm vorbei, ohne einen Ton zu sagen.
Fennelli stand mit einem Glas in der Hand im Wohnzimmer und kiebitzte bei einem Kartenspiel. Er blickte mich überrascht an.
»Was machst du denn hier, Frank?« sagte er.
Ich lachte – ein kaltes, höhnisches Lachen.
»Hier in New York, meine ich«, fügte er hastig hinzu.

Damit hatte er sich verraten. Er hätte das nicht hinzuzufügen brauchen, wenn er eine reine Weste hatte. Ohne die anderen Spieler zu beachten, ging ich an ihm vorbei auf sein Schlafzimmer zu. Ich hielt die Tür offen und sagte ruhig: »Komm einen Augenblick hier rein. Ich möchte mit dir reden.«

Er schien mir ein wenig blaß auszusehen, aber das mochte auch an der Beleuchtung liegen. Ich schloß die Tür hinter uns und stellte mich vor ihn.

»Was ist denn los?« fragte er.

»Jemand hat heute abend versucht, den Staatsanwalt umzulegen und mir die Sache in die Schuhe zu schieben.«

»Wer?« fragte er.

»Ich weiß es nicht. Aber vielleicht weißt du es.«

»Das ist das erste, was ich davon höre«, protestierte er. Schweißperlen erschienen auf seiner Oberlippe. »Was ist passiert?«

Ich schilderte ihm die Vorgänge kurz und bündig. Als ich fertig war, fuhr er sich mit der Hand übers Gesicht. »Hu, das war knapp!«

»Etwas zu knapp!« sagte ich.

»Und du hast nur diese drei Leute gesehen?« fragte er.

Ich nickte. »Ich weiß nicht, wo die anderen beiden abgeblieben sind, aber die Detektive haben den Revolverfritzen mit zur Wache genommen.«

»Ich werde mich genau umhören, und wenn ich etwas erfahre, gebe ich dir Bescheid«, sagte er. Er hatte sich rasch wieder gefaßt.

»Paß besonders auf die drei auf«, schlug ich vor. »Ich habe nämlich meine besonderen Pläne mit ihnen.«

»Das tu' ich, Frank. Das verspreche ich.«

Ich verließ die Wohnung und ging nach unten. Fennelli konnte es sich nicht leisten, die drei irgendwo aufkreuzen zu lassen, wo ich mit ihnen reden konnte. Ich hatte soeben ihr Todesurteil unterzeichnet. Darüber vergoß ich keine Träne. Fennelli würde fürs

erste kein Risiko mehr eingehen – wenigstens nicht, bis sich ihm eine bessere Chance bot als dieses Mal.
Ich öffnete den Wagenschlag. »Alles in Ordnung, Baby!« sagte ich lachend. »Es hat doch nicht lange gedauert, nicht wahr?« Es kam keine Antwort. Ich steckte den Kopf in den Wagen.
Ruth war verschwunden.

12

Mein Zusammentreffen mit Jerry in seinem Büro wurde zu einer bloßen Farce. Carson war bei mir, und jedesmal, wenn Cowan eine Frage stellte, riet er mir, nicht zu antworten. Ich verbrachte anderthalb Stunden damit, meinen Mund zu halten, und als ich aufbrach, wußte ich, daß Jerry überhaupt nichts gegen mich in der Hand hatte. Er fischte nur im trüben. Alles, was sie hatten, war mein Bild.
Die Abendzeitungen brachten es auf den ersten Seiten. »Dies ist der Mann«, so hieß der Text unter meinem Foto, »den die Regierung eurer Stadt und eures Staates als Staatsfeind Nummer eins bezeichnet.«
Die Zeitungen brachten auch noch eine andere Nachricht. Ein Mann und eine Frau waren auf einem Felde an der Boston Post Road erschossen aufgefunden worden. Die Beschreibung der Frau paßte genau auf Muriel Bonham. Silk hatte keine Zeit verloren, die löcherigen Stellen seines Unternehmens zu flicken. Der andere Bursche war noch im Kittchen, aber ich war überzeugt, daß Silk sich bei der ersten Gelegenheit um ihn kümmern würde.
Eine Frage hatte sich jedenfalls von selbst geklärt: Ich konnte kommen und gehen, wie es mir gefiel. Ich hatte Jerry versprochen, jederzeit vor ihm zu erscheinen, wenn er es wünschte. An diesem Abend rief ich Ruth an.
»Was hast du Silvester vor?« fragte ich.

Ihre Stimme klang kühl. »Ich habe eine Verabredung.«
»Sag sie ab. Wir beide werden eine Tour durch die Stadt machen, einen richtig hübschen Zug durch die Gemeinde.«
Sie hängte auf. Ich lächelte, als ich den Hörer auf die Gabel legte. Noch war nicht alles ganz in Ordnung, aber bald –

Der Januar ging vorüber, und der Februar hielt seinen Einzug. Nichts Ungewöhnliches hatte sich ereignet. Aber ich wußte, daß die Biber im Dunkeln nagten. Meine neue Organisation war auf die Beine gestellt, und als nächstes sollte Joe Price ein Büro dafür einrichten, aber erst dann, wenn es unbedingt nötig war. Die Burschen hatten sich gut aufgeführt, und die Geschäfte liefen wieder normal.
Ende Februar war es mit dieser Ruhe vorbei. Der erste Schlag kam, als ich einen Anruf von Carson erhielt.
»Frank«, sagte er aufgeregt, »ich bin suspendiert worden.«
»Was soll das heißen?« fragte ich.
»Die Anwaltskammer hat ein Verfahren eingeleitet, um mich aus dem Anwaltsstand auszuschließen«, erwiderte er mit zitternder Stimme.
»Heißt das, daß Sie nicht praktizieren dürfen, bis Ihre Sache verhandelt wird?«
»Ja.«
»Hat man Beweismaterial?«
»Nicht viel. Aber sie werden es so lange hinziehen, wie sie können, in der Hoffnung, daß etwas platzt.« Er lachte bitter.
Das Etwas war ich. »Kommen Sie zu mir«, sagte ich, »dann wollen wir die Sache mal besprechen.«
Ich legte auf. Ich zündete mir eine Zigarette an und blickte über den Fluß. Das war tatsächlich der Anfang vom Ende. Sie wußten genau, daß ich in diesem kritischen Stadium keinen neuen Winkeladvokaten einarbeiten konnte. Als nächstes würden die Burschen eingebuchtet werden. Ich rief Joe Price an und bat ihn heraufzukommen.

Zwei Tage später machten sie Ernst. Jensen wurde als Hehler verhaftet. Ein heißes Diamantenkollier hatte sie auf seine Spur gebracht. Er wurde zwar gegen eine Kaution von fünfundzwanzigtausend Dollar aus der Haft entlassen, aber ich mußte mich darauf einstellen, ihn abzuschreiben. Ich hatte die Burschen davon in Kenntnis zu setzen, daß unsere Rechtsabteilung vorübergehend geschlossen war. Sie waren darüber nicht sehr erbaut. Das hatte ich auch nicht erwartet. Ich war es auch nicht.

Der nächste Sturm brach über uns herein, als jemand der Frau von Schutz einen Tip wegen der zwei Weibsbilder in der Park Avenue gab. Sie ertappte ihn bei einem Kartenspiel mit einer der beiden Nutten. Sie hielt sich nicht mit langen Vorreden auf, sondern knallte gleich los. Sie traf zwar keinen von beiden, aber die Polizisten buchteten sie ein, und sie packte aus über den Bezirk ihres Mannes, was das Zeug halten wollte. Ich konnte mir lebhaft vorstellen, wie die Detektive jedem ihrer Worte lauschten und sich ihren Vers darauf machten.

Am Ende der Woche schickte ich Joe Price aus der Stadt. Ich übergab die Leitung seiner Abteilung seinem Assistenten. So, wie es jetzt aussah, dauerte das Spiel ohnehin nicht mehr lange.

Der letzte Sonntag im Februar brachte den entscheidenden Schlag. Ich wußte, daß die Partie zu Ende war. Ich hatte Schutz' Bezirk unter Carvell, Kelly und Fennelli aufgeteilt. Irgendwo – ich konnte mir gut vorstellen, wo – hatte man etwas gegen diese Anordnung, und ein paar von Fennellis Burschen erschossen Kelly eines Morgens, als er sein Haus verließ.

Fennelli selbst rief mich an. »Frank«, sagte er mit ruhiger Stimme, »›Piggy‹ Laurens hat soeben ›Iron Mike‹ umgelegt.«

Im ersten Augenblick verschlug es mir die Sprache. Wir hätten immer noch eine Chance gehabt, wenn die Burschen mit mir am selben Strang gezogen hätten. Aber nach diesem Vorfall würde sich die Öffentlichkeit nur noch geschlossener auf die Seite der Regierung stellen. Ich fragte: »Wer hat ihm den Auftrag gegeben?«

»Ich hab' nichts damit zu tun, Frank«, sagte er. Seine Stimme hatte einen spöttischen und gleichzeitig herausfordernden Ton.
»Wer war es dann?« brüllte ich. »So ein knallwütiger Armleuchter tut es doch nur auf höheren Befehl.«
»Er sagt, du hättest ihn angerufen«, lautete die ruhige Antwort.
Ich durchschaute das Manöver, aber ich sagte ebenso ruhig: »Seit wann tut er etwas für mich? Er arbeitet doch für dich.«
»Er sagt, du hättest ihn angerufen und ihm aufgetragen, Kelly zu erledigen, und du hättest ihm versprochen, ihn zu decken.«
»Du kannst ihm bestellen, daß er von mir aus in der Hölle schmoren kann«, sagte ich.
»Aber was ist, wenn die Polizei ihn in die Finger kriegt?« fragte Fennelli. »Dann packt er aus und schiebt es dir in die Schuhe.«
Der Name ›Silk‹ paßte für ihn. Er war wirklich glatt wie Seide.
»Du mußt eben dafür sorgen, daß er nicht geschnappt wird«, sagte ich. »Es könnte nämlich jemand darauf hinweisen, daß er für dich arbeitet.«
Ich legte den Hörer auf die Gabel und hob ihn dann wieder, um Jake Rance anzurufen. Rance war der Bursche, der sich um die Publicity, die wir brauchten, kümmerte. Er schmuggelte für mich Informationen über Gewinne von Wetten und dergleichen in die Zeitungen.
»Jake«, sagte ich, »hier ist Frank Kane. Ich habe da etwas, was Sie für mich in Wetzels Spalte schmuggeln müssen.«
»Und was ist das?« fragte er.
»Ein gewisser fescher City-Spekulant weiß mehr über den Mord an ›Iron Mike‹ Kelly, als er zugeben möchte.«
Jake stieß einen leisen Pfiff aus. »Das ist ziemlich brenzlich Frank. Ich weiß nicht, ob ich das unterbringen kann.«
»Für Sie springt ein Tausender dabei heraus, wenn Sie es schaffen.«
»Geht klar«, sagte er. »Was ist los, Frank?«
»Die Ratten verlassen das sinkende Schiff«, sagte ich und legte den Hörer auf. Sollte Fennelli sehen, wie er damit fertig wurde!

Die Notiz erschien Montag. Zwei Stunden, nachdem die erste Ausgabe auf der Straße ausgerufen wurde, war ›Piggy‹ mausetot. Anscheinend war er unter ein Auto geraten.

13

Ich stand vor dem Spiegel und rasierte mich. Ich war in guter Stimmung. In der Aprilluft war bereits ein Hauch von Frühling zu spüren. Die Sonne strömte durchs Fenster, und ich summte vor mich hin. Ich legte den Rasierapparat beiseite und rieb mein Gesicht mit Rasierwasser ab, kämmte mir die Haare, zog das Hemd an und verließ das Badezimmer.

Ich war mordshungrig, und ein schönes Sonntagsfrühstück war gerade das Richtige. Ich nahm den Hörer vom Telefon und sagte zur Telefonistin: »Hier ist Kane. Lassen Sie mir durch den Zimmerdienst etwas zum Frühstück heraufschicken.« Man kannte meine Wünsche.

»Ja, Mr. Kane«, erwiderte das Mädchen. »Übrigens möchte Sie jemand sprechen, Mr. Kane. Dr. Cabell und seine Schwester sind hier.«

»Schicken Sie sie herauf und bestellen Sie Frühstück für drei.« Ich legte den Hörer auf.

Ein paar Minuten später klopfte es an die Tür. Als ich sie öffnete, standen Marty und Ruth im Korridor. Lächelnd streckte ich Marty die Hand entgegen. »Komm rein«, sagte ich. »Freut mich, dich zu sehen.«

Er schüttele mir kräftig die Hand. »Frankie«, sagte er bewegt.

Sie folgten mir ins Zimmer. »Ihr kommt gerade rechtzeitig zum Frühstück«, sagte ich, »keine Widerrede.«

Wir setzten uns, und ich zündete mir eine Zigarette an. Das Zimmer war nicht aufgeräumt, da Sonntag der einzige Tag war, an dem das Zimmermädchen nicht erschien. »Stört euch nicht an der Unordnung«, sagte ich. »Es ist eben eine Junggesellenbude.«

Marty grinste. »Frankie, du siehst blendend aus.«
»Du auch, Junge«, erwiderte ich. »Und nach allem, was ich gehört habe, bist du auf dem besten Wege, berühmt zu werden.«
Er errötete ein wenig. »Das ist weiter nichts«, meinte er bescheiden. »Ich liebe meine Arbeit und tue mein Bestes.«
Das Frühstück kam. Wir setzten uns an den Tisch und aßen. Ruth beugte sich vor und goß mir den Kaffee ein. Da ich ebenfalls nach der Kanne gegriffen hatte, berührten sich unsere Hände zufällig, und wir blickten uns betroffen an. Ihre Augen waren tiefblau. Ich blickte rasch wieder auf meine Tasse.
Marty wollte etwas sagen, schwieg aber. Wir saßen eine Weile da, ohne miteinander zu reden. Dann sagte ich: »Es ist wirklich sehr nett von euch beiden, daß ihr gekommen seid.«
»Es war meine Idee«, sagte Marty. »Ich wollte dich wiedersehen. Es ist so lange her, und ich war neugierig. Und Ruth ...«
»Was ist mit Ruth?« fragte ich.
Ruth antwortete an seiner Stelle. »Ich wollte, daß er mit dir redet. Er ist dein Freund. Er hat nichts zu gewinnen oder zu verlieren mit dem, was er dir sagt.«
Ich stand auf und trat ans Fenster. »Ich möchte Freunde haben«, sagte ich, »aber keinen Rat.«
Ruth folgte mir zum Fenster und ergriff meine Hand. »Freunde sind mehr als Menschen, die dir nur zuhören und zu allem ja und Amen sagen. Manchmal müssen sie dir in deinem eigenen Interesse Dinge sagen, die du nicht hören willst. Bitte, höre dir an, was wir dir zu sagen haben.«
Ich legte meine Arme um sie. Es kümmerte mich nicht, daß Marty im Zimmer war. »Baby«, sagte ich, »wenn du mich liebst, warum läßt du es nicht dabei? Warum rennst du immer wieder mit dem Kopf gegen die Wand und versuchst, mir Dinge einzureden, die ich nicht will?«
Für einen Augenblick schmiegte sie sich an mich. »Das ist es ja gerade, Frankie«, flüsterte sie. »Wenn ich dich nicht liebte, wäre es mir völlig gleichgültig, was mit dir passiert.«

Marty betrachtete uns. »Dann war das also wirklich dein Ernst, was du mir gesagt hast«, sagte er zu Ruth.
Sie blickte ihm fest in die Augen. »Ja«, sagte sie.
Er grinste mich an. »Dann kannst du am besten gleich die Waffen strecken, Frank. Die junge Dame ist schon vor langer Zeit zu diesem Entschluß gekommen, und da kannst du nicht gewinnen.«
Ich blickte von einem zum anderen. Sie lächelten beide, weil sie offenbar an dasselbe dachten. »Zum Kuckuck, wovon redet ihr denn eigentlich?« fragte ich.
»Soll ich's ihm sagen?« fragte Marty immer noch grinsend seine Schwester.
»Nein«, sagte sie und war plötzlich wieder ernst, »das ist etwas, was er selbst herausfinden muß.« Sie zog mich vom Fenster wieder ins Zimmer zurück. Wir setzten uns auf die Couch. Ich legte meinen Arm um ihre Schulter. Sie lehnte ihren Kopf behaglich an mich und blickte zu mir auf.
Marty stellte sich vor mich. »Hör zu, Frankie«, sagte er, »der Mann auf der Straße ist gegen dich. Und wenn er will, daß du verschwinden sollst, dann mußt du verschwinden.«
Ich konnte nur darüber lachen. Überall, wohin ich kam, krochen mir die Leute in den Hintern. Wenn sie so sehr gegen mich waren, warum merkte man es nicht? Und das sagte ich Marty auch.
»Sie haben Angst vor dir«, erwiderte er. »Dein Name ist ein Symbol des Schreckens geworden – ein Symbol für Mord und Gemeinheit. Ob du solche Handlungen begangen hast oder nicht, spielt keine Rolle mehr. Es genügt, daß sie glauben, du hättest sie begangen.«
Ich lachte. »Das leuchtet mir nicht ein. Ich möchte doch nur in Ruhe gelassen werden. Wenn keiner mich belästigt, belästige ich auch keinen.«
Er schüttelte den Kopf. »Die Angst hat sich schon in blinde Panik verwandelt.«
»Das ist nicht meine Schuld«, sagte ich.

Ruth blickte zu mir auf. »Du kannst aber aufhören, ehe es zu spät ist.«
»Ich habe mir eure Argumente angehört«, sagte ich, »nun müßt ihr auch meine hören.« Ich drückte eine Zigarette im Aschenbecher aus und zündete mir eine neue an. »Jahrelang habe ich mich bemüht, mir auf sogenannte ehrliche Art und Weise einen notdürftigen Lebensunterhalt zu verschaffen. Für wenig Geld und für wenig Sicherheit habe ich schwer geschuftet. Und wohin hat mich das geführt? Das brauche ich euch nicht zu schildern. Jedenfalls war es ein Leben, wie ich es nicht mehr wollte. Ich wollte das Leben genießen und schöne Dinge haben: Geld in der Tasche, einen Wagen, eine hübsche Wohnung, die Dinge, die zählen – die Dinge, die man in der Hand halten und fühlen und essen kann.
Und dies war für mich der einzige Weg, um das alles zu bekommen – der einzige Weg, der mir offenstand.«
Ich stand auf und ging ein paar Schritte. Dann drehte ich mich um und stellte mich vor die beiden hin. »Ich verstehe euch ebensowenig wie ihr mich«, sagte ich in aller Ruhe.
Ruth sprang von der Couch auf und trat dicht an mich heran. »Liebster«, sagte sie ernst, während sie mich fest anblickte, »wir verstehen sehr wohl, was du uns sagst, aber es geht einfach nicht so, wie du dir das denkst.«
Ich schwieg.
Marty sah uns beide an. Plötzlich stand er auf und ging zur Tür. »Ich gehe für einen Augenblick nach unten. Dies meine ich, müßt ihr beiden unter euch abmachen«, sagte er, die Hand auf der Türklinke. »Es geht hier nicht mehr darum, wer recht und wer unrecht hat. Es geht darum, wer am meisten liebt und wer bereit ist, das meiste zu geben.« Damit ging er hinaus.
Ruth drehte sich um und starrte mich an. Ich nahm sie in die Arme und küßte sie. Ihre Lippen blieben kalt unter meinem Kuß. Ich küßte ihre Augen, ihr Haar, ihre Wangen, ihren Hals und ihre Lippen. Ich zog sie mit mir auf die Couch und küßte sie immer

wieder, leidenschaftlich, brutal. Meine Küsse hinterließen Male auf ihrer Haut.
Plötzlich drehte sie sich um und küßte mich. Ich blickte auf ihr Gesicht hinab. Ihre Augen waren halb geschlossen, ihr Mund zitterte. Ich hielt sie eng umschlungen und konnte aus der Art, wie sie ihren Körper an mich preßte, das Verlangen in ihr spüren. »Ich liebe dich«, flüsterte ich. Ihre Augen schlossen sich ganz, und sie küßte mich wieder.
»Ich begehre dich«, flüsterte ich, »ich brauche dich. Laß nichts zwischen uns sein.« Ich küßte sie immer wieder, auch während ich sprach.
Ihr Atem kam in schnellen Stößen durch die halbgeöffneten Lippen. Ich spürte, wie sich ihre kleinen weißen Zähne in meine Unterlippe gruben. Ihre Hände zogen mein Gesicht auf ihre Brust und hielten es dort fest.
Meine Arme waren unter ihr und preßten ihren Körper fest an mich. Ich legte meinen Kopf in den Spalt zwischen ihren Brüsten und blickte sie an. Ihre Augen waren feucht und ihre Lippen halb geöffnet. Ich spürte, wie sie in meinen Armen zitterte. »Ruth!«
Aus ihren Augenwinkeln quollen Tränen wie winzige, funkelnde Diamanten. Sie sah mich an, und Liebe sprach aus ihrem Blick, Liebe, Mitleid, Verständnis und Verlangen. Fast unmerklich schüttelte sie den Kopf. »Nein, Liebster«, flüsterte sie mit weicher Stimme, »nicht so.«
Ich vergrub mein Gesicht in dem süßen Duft ihres Körpers. »Ich möchte dich besitzen«, wiederholte ich, meine Lippen dicht an ihrer Haut.
Sie preßte mein Gesicht an ihren Körper. »Ich begehre dich auch«, sagte sie schlicht, »aber nicht nur auf diese Weise. Ich möchte dich für immer haben, nicht nur für Minuten.« Sie nahm mein Gesicht in beide Hände und zog es empor. Ich konnte fühlen, wie sich ihre Lippen unter den meinen bewegten. Wir küßten uns wieder. Dann hielt sie mein Gesicht etwas von sich ab und

blickte mir forschend in die Augen. »Verstehst du mich, Liebster?« fragte sie.
Ich blickte sie eine Weile an. Dann stand ich auf. Meine Hände suchten automatisch in meinen Taschen nach einer Zigarette. Ich verstand sie durchaus.
Es hieß: Das Spiel wurde entweder so gespielt, wie sie es wollte, oder überhaupt nicht.

14

Ihr Blick hing an meinem Gesicht, als ich mir eine Zigarette anzündete. Sie mußte meine Gedanken wohl erraten haben, denn sie erhob sich und kam auf mich zu. »Du verstehst mich nicht, nicht wahr?« fragte sie sanft.
Ich schüttelte den Kopf. »Nein«, sagte ich ein wenig bitter, »ich kann nicht einsehen, was es dir ausmachen würde, wenn deine Liebe groß genug ist. Wäre es etwa besser für uns, wenn ich Straßenkehrer wäre?«
Ihr Blick war unglücklich. »Es wäre schon etwas anderes. Es kommt nicht darauf an, was du bist, Frankie, es kommt darauf an, was du tust. Du bist jetzt gezwungen, harte, gemeine Handlungen zu begehen. Du mußt grausam und erbarmungslos sein. Aber du kannst nicht einfach tagsüber solche Dinge tun und abends plötzlich ein anderer Mensch sein. Schließlich wird beides sich vermischen, und du wirst genauso sein, wie du handelst.«
Ich wollte ihr gerade erklären, daß sie lächerlich falsche Ansichten habe, aber da klopfte es. Marty war zurückgekommen. Ich ließ ihn ein.
Er blickte Ruth an, dann mich. Seine Frage sprach er nicht aus. Er wußte alles, als er uns sah. Er bot mir auch keine weiteren Ratschläge an; er wußte, wann es geraten war, den Mund zu halten. Ein paar Minuten später gingen sie, und ich war wieder allein.

Ich dachte über Ruths Worte und ihre Gefühle mir gegenüber nach. Sie hätte wissen sollen, daß man eine so gute Sache wie mein Geschäft nicht einfach fallenlassen kann, wie man ein Buch beiseite legt. Es hing zuviel davon ab. Ich hatte zu schwer dafür gearbeitet. Und ich wollte das alles nicht aufgeben um einer Frau willen – nicht einmal um Ruths willen.

Aber der Tag war mir verdorben; er hatte seinen frühlingshaften Glanz verloren.

Die nächsten Monate ließen sich überraschend gut für mich an. Die Burschen waren vorsichtig, und Fennelli ließ sich nichts zuschulden kommen. Das Geschäft ging gut, und ich brachte Geld auf die Seite, solange ich es noch konnte. Ich machte mir jedoch nichts vor. Ich wußte, daß das nicht ewig dauern würde. Aber ich wollte soviel wie möglich herausholen.

Es war spät im Mai, als etwas Ungewöhnliches geschah. Und dann kam es in einer Weise, wie ich es nie erwartet hatte. Ich hatte einen ziemlich hektischen Tag hinter mir und war recht abgekämpft. Es war gegen vier Uhr nachmittags, als der Summer der Sprechanlage ertönte. Ich drückte die Taste. »Ja?«

»Mr. Moscowits möchte Sie sprechen«, sagte Miss Walsh

»Schicken Sie ihn herein«, erwiderte ich und legte den Hebel wieder um. Ich überlegte, was er von mir wollte.

Er kam in seiner gewohnten schwerfälligen Art herein. Ich begrüßte ihn lächelnd. Dann setzten wir uns.

»Was haben Sie auf dem Herzen, Moishe?« fragte ich, immer noch lächelnd.

Er kam sofort zur Sache. Das war eine Eigenschaft, die ich an ihm schätzte. Er war noch einer von der alten Sorte von Spielern, auf deren Wort man sich verlassen konnte und die auf ihre Art ehrlich waren. »Frankie«, sagte er mit seiner rauhen, aber ruhigen Stimme, »ich möchte aufhören.«

Ich sagte nichts, sondern lehnte mich zurück und betrachtete ihn eine Weile. Dann zündete ich mir eine Zigarette an und fragte: »Warum?«

Ihm war ein wenig unbehaglich. »Nicht, daß ich Angst habe. Damit hat es nichts zu tun –« Er zögerte einen Moment, ehe er fortfuhr. »Ich werde zu alt für diesen Betrieb. Er ist für mich zu anstrengend. Ich möchte gern mit meiner Frau fortziehen und noch ein paar Jahre ohne Aufregungen genießen.«
Ich saß immer noch in derselben Stellung und überlegte, was ich tun sollte. Dies war nicht der richtige Zeitpunkt, irgendeinen aussteigen zu lassen. Es würde keinen guten Eindruck auf die anderen machen, wenn ich ihn gehen ließ. Sie würden denken, daß ich weich würde. Andererseits war es das gute Recht dieses Mannes, das zu tun, was er wünschte, und ich wußte, er würde anständig sein und seinen Mund halten über uns. Wortlos schob ich ihm eine Kiste mit Zigarren hin.
Er nahm eine, zündete sie an und beobachtete mich. Wir saßen eine Weile schweigend da. Schließlich sagte ich: »Sie wissen, wie die anderen darüber denken werden.« Er nickte.
Ich fuhr fort: »Sie werden vermuten, daß Sie Schiß haben und auspacken wollen.«
Er machte eine sanfte, fast väterliche Handbewegung. »Sie kennen mich besser, Frank. Moses Moscowits hat noch nie in seinem Leben ausgepackt, und er fängt mit zweiundsechzig nicht mehr damit an.«
Ich hatte nicht gewußt, daß er schon so alt war. Wir versanken wieder in Schweigen. Ich drehte meinen Stuhl zum Fenster herum. »Und was soll aus Ihrem Bezirk werden?« fragte ich.
»Den können die anderen Burschen haben«, erwiderte er.
»Und wie steht's mit Ihrem Anteil am Pool?«
»Den können Sie auch behalten, wenn Sie ihn brauchen.« Moishe lehnte offenbar ein bißchen Bestechung nicht ab, um sein Ziel zu erreichen. Ich stellte eine rasche Berechnung an. Sein Anteil belief sich auf hunderttausend Dollar.
»Wohin wollen Sie gehen?« fragte ich. Ich wußte, daß er ein kleines Besitztum in Kalifornien hatte, und wollte mal hören, ob er die Wahrheit sagte.

Er sagte die Wahrheit. »Ich habe eine Farm in Kalifornien. Dort kann ich ein schönes, ruhiges Leben führen, wie meine Frau es sich für mich wünscht.«
Ich drehte meinen Stuhl wieder herum und blickte ihm ins Gesicht. »Wann haben Sie die Absicht zu gehen?«
»Wann es Ihnen paßt.«
Ich überlegte wieder eine Weile.
Er unterbrach mein Schweigen. »Frank, Geld, von dem man nichts hat, nützt einem nichts. Ich habe genug Geld, und hier habe ich nichts davon. Hier gibt's dauernd nur Probleme, Ärger und Kopfschmerzen. Ich sehne mich nach etwas Frieden in meinen Jahren.«
Ich kam zu einem Entschluß. Er hatte Anrecht auf etwas Frieden in seinen Jahren, und er sollte ihn auch haben.
»Einverstanden«, sagte ich. »Sie können Schluß machen, Moishe.«
Ich hätte schwören können, daß ihm die Tränen in die Augen traten, aber er hatte sich großartig in der Gewalt. Nur seine Stimme kippte ein wenig über vor Glück, als er ›danke‹ sagte.
»Verlassen Sie die Stadt Ende der Woche«, sagte ich. »Reden Sie mit niemandem darüber. Die anderen sollen es zuerst von mir erfahren, und ich sage es ihnen, nachdem Sie abgefahren sind.«
Ich wählte Macksons Nummer. Mackson war der Mann, der an die Stelle von Price getreten war. »Wie steht der gemeinsame Fonds im Augenblick?« fragte ich.
»Eine Million, eins zehn, Mr. Kane«, antwortete Mackson.
Das war ja eine leichte Rechnung. »Stellen Sie bitte einen Scheck über hundertzehntausend Dollar aus, zahlbar an Moses Moscowits, und bringen Sie ihn sofort zu mir herauf«, sagte ich und legte den Hörer auf.
Moishes Augen glänzten. »Wenn Sie das Geld brauchen, Frank, kann ich warten«, meinte er. Ich schüttelte den Kopf. »Sie haben stets Ihren Anteil bezahlt. Sie haben einen Anspruch auf diese Summe.«

Mack erschien mit dem Scheck und ging sofort wieder, nachdem er ihn abgeliefert hatte. Ich unterzeichnete ihn und reichte ihn Moishe. Er nahm ihn dankend entgegen und steckte ihn in die Tasche. Ehe er fortging, gab ich ihm noch einen letzten Rat: »Moishe, sagen Sie keinem etwas davon. Lassen Sie Ihre Wohnung so, wie sie ist. Versuchen Sie nicht, etwas zu verkaufen oder zuviel mitzunehmen. Steigen Sie mit ein paar Handkoffern in Ihren Wagen, als wenn Sie zum Wochenende in die Berge führen. Ich möchte, daß Sie einfach verschwinden und mir alles andere überlassen.«

Wir schüttelten uns die Hände und gingen gemeinsam zur Tür. Ehe er hinausging, warf er noch einen letzten Blick ins Büro. »Frankie, mein Junge«, sagte er, »nehmen Sie von einem alten Mann einen Rat an. Steigen Sie aus, solange Sie es noch können. Sie sind ein guter Mensch und haben eine Menge Grips. Ich habe länger gelebt als Sie, und ich weiß Bescheid. Nicht viele von uns bekommen die Chance aufzuhören, wenn sie wollen. Im allgemeinen gehen wir ab, wenn wir noch jung sind – plötzlich.«

Ich unterbrach ihn lachend. »Machen Sie sich keine Sorgen um mich, Moishe. Tun Sie nur, was ich Ihnen gesagt habe.«

»Das tu' ich, Frank«, versprach er und ging.

Ein Mann in seinen Jahren hatte Anspruch auf ein bißchen Ruhe und Frieden.

15

Ein paar Tage später erschien Silk im Büro. Er machte es sich in dem Sessel bequem, der meinem Schreibtisch gegenüberstand. Dann kam er zur Sache. »Es gibt Gerüchte in der Stadt, daß Moscowits aussteigt.«

»Das habe ich auch gehört«, sagte ich, ohne besonderes Interesse zu zeigen.

Aber er ließ nicht locker. »Frank, einige der Burschen behaupten

tatsächlich, daß du dahintersteckst und daß er mit deinem Einverständnis handelt.«
»Ihr alle handelt mit meinem Einverständnis«, sagte ich.
Er fuhr unbeirrt fort: »Es gefällt mir nicht. Sie behaupten, du seist nicht mehr ganz auf der Höhe, Frank.«
Ich lachte. »Und was meinst du dazu, Silk?«
Er mußte es wissen. Er hatte zweimal den Versuch gemacht, mich zu beseitigen, und war immer noch weit vom Ziel. Er sagte nichts.
Wir saßen uns einige Minuten schweigend gegenüber. Ich blätterte in einigen Papieren herum. Schließlich blickte ich zu ihm auf. »Wenn das alles ist, was du auf dem Herzen hast, Silk, kannst du abhauen.«
Ich ließ mich nicht einmal dazu herab, ihm zu sagen, ich sei sehr beschäftigt.
Er stand auf und beugte sich über den Tisch zu mir herüber. »Ich dachte, du solltest wissen, was man redet, Frank. Wenn es stimmt, gibt's Ärger.«
Ich blickte zu ihm auf. »Ich weiß, was sie reden, Silk. Ich weiß es lange, bevor du es hörst. Ich weiß auch, wer es sagt, und wenn ich dir einen Rat geben darf, so bring einen Reißverschluß da an, wo du deinen Mund hast. Sonst wachst du eines Tages auf und entdeckst, daß man dir den Mund zugenäht hat – mit Nadel und Faden.«
Für einen winzigen Augenblick erlaubte er sich, seinen Haß gegen mich in seinen Augen aufflackern zu lassen. Aber nur für den Bruchteil einer Sekunde. Es war ein zu kostspieliges Vergnügen, dem man nicht übermäßig frönen durfte. Seine Lider senkten sich, und es war ihm nichts mehr anzumerken. Er winkte mir sorglos zu und ging zur Tür. »O. k., mein Junge«, sagte er von dort aus, »ich habe dich gewarnt.« Damit verließ er den Raum.
Ich stürzte ans Telefon und bat die Telefonistin, mir Moscowits an den Apparat zu holen. Er war nicht im Klub. Ich beauftragte die Telefonistin, es bei ihm zu Hause zu versuchen.

Eine Frauenstimme mit einem leicht jüdischen Akzent sagte: »Hallo?«
»Ist Mr. Moscowits zu Hause?« fragte ich.
»Nein, er ist nicht da«, lautete die Antwort.
»Hier ist Frank Kane. Wissen Sie, wo ich ihn erreichen kann?«
»Nein, Mr. Kane. Ich bin in großer Sorge. Er ist gestern abend nicht nach Hause gekommen.«
»Spreche ich mit Mrs. Moscowits?«
»Ja, Mr. Kane. Ich bin sehr beunruhigt. Moishe ruft mich immer an, wenn er geschäftlich abgehalten wird.«
»Wohin wollte er gehen, als Sie zum letztenmal von ihm hörten?« fragte ich.
»Er sagte, er wolle in die untere Stadt gehen und sich dort mit einigen der Burschen treffen. Das war gestern nachmittag.«
Ich überlegte einen Augenblick. Silk mußte Moscowits schon in der Hand gehabt haben, sonst wäre er nicht hierhergekommen.
»Mrs. Moscowits«, sagte ich, »machen Sie sich keine Gedanken. Er wird wahrscheinlich durch irgendeine geschäftliche Sache festgehalten und hat keine Gelegenheit gehabt, Sie anzurufen. Ich werde feststellen, wo er ist, und ihn bitten, Sie anzurufen.«
»Vielen Dank, Mr. Kane.«
»Nichts zu danken. Leben Sie wohl.« Ich legte auf und drehte meinen Stuhl zum Fenster herum. Es war ein schöner, klarer Tag, und man konnte die Wagen sehen, die auf der anderen Seite am Hudson entlangfuhren.
Silk hatte mich also wieder in eine Falle gelockt, und ich brauchte jetzt eine große Portion Glück, wenn ich bei guter Gesundheit bleiben wollte. Wenn ich die Jungs nicht daran hindern konnte, Moishe um die Ecke zu bringen, war mein Einfluß bei ihnen zum Teufel. Und Silk wußte das.
Der Summer ertönte. Ich wandte mich wieder zum Schreibtisch.
»Mr. Price ist am Apparat«, sagte Miss Walsh.
»Verbinden Sie mich mit ihm!«
»Hallo, Frank!« kam Joes Stimme durch den Apparat.

»Ja, wie geht es Ihnen, Joe?«
»O. k.«
»Was machen die Geschäfte?«
»Deswegen habe ich ja angerufen«, sagte er. »Die Musikautomatenfabrik hier entwickelt sich zur Goldgrube. Ein Regierungsinspektor und ein paar Leute von der Armee haben das Werk soeben besichtigt, und sie möchten, daß wir einen Regierungsauftrag übernehmen für die Herstellung von Radios und Ausrüstung für die Fernmeldetruppe.«
»Die Umstellung kostet aber eine Menge Geld«, wandte ich ein.
»Nein, das wird sie nicht«, lautete die Antwort. »Die Regierung finanziert die ganze Sache. Es gehört zum nationalen Verteidigungsprogramm. Wir stellen nur das Zeug her und streichen den Gewinn ein.«
Mir gingen andere Dinge im Kopf herum. Ich hatte keine Lust, mir über diesen Quatsch auch noch Gedanken zu machen. »Hören Sie, Joe«, sagte ich, »ich sitze hier verdammt in der Klemme. Tun Sie, was Sie für richtig halten. Ich spreche später noch mit Ihnen darüber.«
»Ich verspreche mir sehr viel davon, Frank«, sagte er. »Ich glaube, daß Amerika in den Krieg eintritt. Und wenn wir diesen Vorschlag annehmen, sind wir den anderen meilenweit voraus.«
»O. k., o. k.«, sagte ich, »machen Sie's nur!« Ich legte auf.
Ich drückte auf den Summer. Miss Walsh kam herein. »Für den Rest des Tages bin ich für niemanden zu sprechen. Verstanden?«
Sie nickte und ging hinaus.
Ich machte mich ans Telefonieren. Ich mußte ausfindig machen, wohin sie Moscowits verschleppt hatten, ehe sie ihn erledigten. Und bevor sie ihn erledigten, mußte ich den Scheck wieder in meine Hände bekommen. Ich nahm nicht an, daß er ihn einlösen würde, ehe er nach Kalifornien fuhr, und ich wollte mir kein Risiko aufhalsen.
Gegen vier Uhr wußte ich, wo sie ihn hatten. Er war in einer Garage an der Twelfth Avenue. Fennelli wollte ihn um zehn Uhr mit

einigen der anderen aufsuchen. Ich mußte ihm unbedingt zuvorkommen.
Ich telefonierte nach unten und ließ meinen Wagen aus der Garage holen. Gegen sechs Uhr verließ ich das Büro, aß irgendwo zu Abend und fuhr dann nach New York. Da ich noch bis halb neun Zeit hatte, fuhr ich zu Ruths Wohnung.
Als ich bei ihr läutete, öffnete sie die Tür. Einen Augenblick stand sie im Türrahmen und blickte mich erstaunt an.
Ich konnte nicht sprechen. Eigentlich hatte ich als Ausflucht irgendeine Frage stellen wollen, wie: ›Ist Marty zu Hause?‹ Aber es war nichts zu machen! Ich brauchte sie nur anzusehen, und sofort waren alle meine alten Gefühle für sie wieder da.
Sie trat von der Schwelle zurück. Sie hatte kein Wort gesagt.
Sobald ich die Tür hinter mir geschlossen hatte, küßte ich sie.
»Hallo, Ruth«, flüsterte ich.
Sie trat ein wenig zurück. »Warum bist du gekommen?«
»Um dich zu sehen«, sagte ich. Ich hatte nicht gewußt, wie sehr es mir damit ernst war, bis ich es sagte; dann wußte ich es.
Sie drehte sich um und ging auf das Wohnzimmer zu. Ich warf Hut und Mantel auf einen Stuhl und folgte ihr. Sie nahm eine Zigarette aus einem Kästchen auf einem der Beistelltische und zündete sie langsam und bedächtig an. Sie wußte, daß sie mich am Bändel hatte.
Ich ging auf sie zu, nahm ihr die Zigarette aus der Hand, drückte sie in einem Aschenbecher aus und umarmte sie. Sie blieb kühl. Ich küßte sie. »Hallo, Ruth.« Ihre Hand stahl sich empor und streichelte meine Wange; ihr Kopf sank an meine Schulter. »Frank«, flüsterte sie.
»Nun komm schon, Liebste«, flüsterte ich. »Wir können doch unmöglich –«
Mit ihren Lippen erstickte sie meine Worte. Ich hielt sie fest umschlungen und konnte das Klopfen ihres Herzens spüren. Sie küßte mich immer wieder. »Nein, Liebling«, flüsterte sie dicht an meinem Mund.

Ich zog sie mit mir auf die Couch. Wir küßten uns wieder und wieder. Ich konnte spüren, wie leidenschaftlich erregt sie war. Unter dem kühlen Samt ihrer Lippen brannte die Glut der Verheißung. Der Raum begann um uns zu kreisen. Plötzlich weinte sie an meiner Schulter. Schluchzend stieß sie hervor: »Frank, Frank, du mußt aufhören. Ich kann es nicht mehr ertragen.«
Der Raum stand wieder still. Ich stand auf und griff mit zitternden Fingern nach einer Zigarette. Ich blickte auf Ruth herab. Sie hatte sich aufgerichtet und sah mich aus großen, tränenerfüllten Augen an. Ich setzte mich zu ihr und legte meinen Arm um sie. Ich zog ihren Kopf an meine Schulter und fragte:
»Ruth, willst du mich heiraten – jetzt – heute abend?« Ich erkannte meine eigene Stimme nicht wieder.
Sie antwortete nicht sofort. Eine Weile bemühte sie sich krampfhaft, ihr Schluchzen zu unterdrücken. Dann sagte sie: »Ich sehne mich so nach dir, Liebster.«
»Willst du mich heiraten?« wiederholte ich.
Sie blickte mir tief in die Augen. »Ich kann nicht.«
»Aber du hast doch gerade gesagt –«
»Frankie, ich möchte dich doch für immer haben.«
Ich blickte sie an. Der Raum war dunkel, und ihr Gesicht wirkte in der Dunkelheit wie eine weiße Kamee. Ich umfaßte es mit beiden Händen und zog es zu mir. Ihre Haut war warm und glatt und weich.
Ich gab ihr ein Versprechen – das erste, das ich je gemacht hatte. »Ich liebe dich«, sagte ich, und meine Stimme zitterte ein wenig. »Du brauchst nicht mehr lange darauf zu warten, daß dein Wunsch in Erfüllung geht. Im Juni sind wir verheiratet.«
Ihre Augen blickten mir forschend ins Gesicht. »Du belügst mich nicht, Frank?«
Ich schüttelte den Kopf. »Dich würde ich nie belügen, Baby!«
Sie schloß für einen Moment die Augen. Ihre Lippen bewegten sich lautlos. Dann schlug sie die Augen wieder auf. »Ich kann es immer noch nicht glauben.«

Ich küßte sie. »Du kannst es glauben, Baby!«
Genau um halb neun verließ ich sie.

16

Ich parkte meinen Wagen etwa zwei Häuserblocks von der Garage entfernt und ging den Rest des Weges zu Fuß. Dies war eine Gegend, die ich gut kannte. Ich war hier aufgewachsen. Es war ein Teil des Bezirks, in dem ich für Keough gearbeitet hatte. Bei Nacht war dieser Stadtteil ziemlich einsam.
Die Garage erstreckte sich nach dem Fluß zu über einen halben Häuserblock hinweg und war an der Avenue etwa halb so lang. In der Mitte des Gebäudes befand sich eine große Tür, fest mit einem Rolladen verschlossen. Ein zweiter Eingang war von einer langen Gasse an der Seite des Gebäudes her zu erreichen.
Ich steckte die Hände in die Taschen. Eine Hand legte ich um den Revolver, den ich aus dem Büro mitgenommen hatte, und die andere um eine kleine Taschenlampe, die ich im Wagen eingesteckt hatte. Ich ging einmal an der Garage vorbei. Nichts deutete darauf hin, daß jemand drin war. Auf dem Rückweg bog ich in die Gasse ein. Sie war dunkel – stockfinster. Ich konnte nicht die Hand vor Augen sehen. Ich tastete mich an der Hauswand entlang. Ich wagte nicht, die Taschenlampe zu gebrauchen aus Angst, daß jemand, der sich möglicherweise im Gebäude aufhielt, auf mich aufmerksam wurde. Ich bemühte mich leise zu gehen, aber meine Schritte dröhnten unnötig laut in meinen Ohren. Mein Herz begann zu hämmern. Ich atmete in kurzen Stößen, und der Schweiß stand mir auf der Stirn, obwohl es nicht sehr warm war.
Meine Hand stieß auf eine Unterbrechung in der Wand. Es war eine Tür. Eine ganz leichte Berührung verriet mir, daß sie verschlossen war. Ich tastete mich weiter am Gebäude entlang, bis ich an eine Holzwand kam. Es war ein bewölkter Abend, und al-

les war düster und trübe. Ich fühlte an der Holzwand so hoch hinauf, wie ich konnte, aber ich konnte den oberen Rand nicht erreichen. Auch entdeckte ich nirgendwo eine Tür. In glatter, ununterbrochener Fläche erstreckte sich die Wand bis zum Gebäude auf der anderen Seite der Gasse. Ich kehrte also um und ging auf der gegenüberliegenden Seite zurück, wobei ich immer noch die Wände abtastete. Als ich die halbe Strecke bis zur Straße zurückgelegt hatte, fand ich eine Tür. Meine Augen hatten sich inzwischen an die Dunkelheit gewöhnt, und ich konnte besser sehen. Ich versuchte die Tür zu öffnen. Sie war verschlossen. Ich sah mir das Schlüsselloch näher an. Es sah aus, als ob ein altmodischer Schlüssel passen würde. Ich hatte einen an meinem Schlüsselring, holte ihn hervor, steckte ihn ins Schloß und drehte. Er quietschte ein wenig, ließ sich aber ganz umdrehen. Die Tür war offen.

Ich betrat das dunkle Gebäude und schloß die Tür hinter mir wieder ab. Dann holte ich meine Taschenlampe hervor und knipste sie an. Ich war in einem Lagerhaus. Große Holzkisten standen rings um mich herum. Ich richtete den Strahl meiner Taschenlampe auf den Boden, damit kein Licht durch ein Fenster nach draußen drang, falls es überhaupt Fenster gab. An der Hinterwand des Gebäudes entdeckte ich eine Tür. Ich öffnete sie und stand auf einer Art Laderampe an einem Nebengleis. Mehrere Güterwagen waren dort abgestellt.

Ich blickte zur Garage hinüber. Das Nebengleis führte auf der anderen Seite eines Zaunes an der Garage vorbei, und die Güterwagen standen unmittelbar neben dem Zaun. Ich kletterte auf den Güterwagen, der der Rampe am nächsten stand, und stieg über das Dach des Wagens hinweg, bis ich direkt hinter der Garage war. Dann kletterte ich auf den Trittsprossen des Güterwagens bis zum Zaun hinunter und sah mir die Rückwand der Garage näher an.

Die Garage hatte zwei schwarz übermalte Fenster, aber etwas Licht drang durch die Kratzer auf den Scheiben. Auch gab es eine Tür. Ich ließ die Sprossen los und glitt vorsichtig über den Zaun zu Boden. Dann sprang ich auf die Füße und ging auf die Tür zu. Ein paar riesige Öltrommeln lagerten draußen an der Garagenwand. Ich ging darum herum, legte eine Hand auf die Klinke und drückte sie leise nieder. Die Tür ging auf.

Unmittelbar an der Tür war es dunkel, aber von der linken Seite her kam aus einem kleinen Büro ein Lichtschimmer. Drei Männer saßen an einem Tisch und spielten Karten. In einem von ihnen erkannte ich Moishe. Wer die anderen waren, konnte ich nicht sehen, weil sie mir den Rücken zukehrten. Ich betrachtete prüfend den freien Platz zwischen mir und dem Büro. Wenn ich ihn überquerte, hörten sie mich vielleicht und drehten sich um, oder Moishe könnte mich sehen und mich durch seinen Blick verraten.

So schlich ich an der Wand entlang und hatte auf diese Weise nur eine kurze offene Strecke zurückzulegen. Das Risiko mußte ich auf mich nehmen.

Moishe sah mich zuerst. Er ließ sich nichts anmerken, sondern warf drei Karten auf den Tisch und sagte: »Ich nehme drei andere.«

Einer der anderen Männer sagte: »Hast du Worte für das unverschämte Glück, das dieser Kerl hat? Jedesmal geht er bis zum Äußersten und gewinnt. Ich bin schon fast pleite.«

»Was macht das schon?« knurrte der andere. »Wo der hingeht, braucht er keine Moneten. Wir kriegen das Geld sowieso.«

Der erste Mann lachte. »Du hast recht, Flix. Daran hatte ich gar nicht gedacht.«

Moishe nahm seine drei Karten vom Tisch und betrachtete sie. Mittlerweile stand ich in der Tür.

Ich sprach leise, die Hände in den Taschen. »Ich spiele für Sie zu Ende, Moishe«, sagte ich.

Moishe blickte auf und lächelte. Die beiden anderen drehten sich plötzlich um. Ich erkannte einen von ihnen: den Mann, der Flix genannt wurde. Es war der Mann, der mich im Auftrag von Silk

vor kurzem in die Stadt gebracht hatte. Rasch streckte er die Hand nach dem Revolver aus, der auf dem Tisch lag.
Aber Moishe war schneller. Er nahm den Revolver an sich.
Ich sah Flix unverwandt an und nahm meine Hände leer aus den Taschen. Meine Stimme war immer noch sanft. »Geben Sie ihm sein Schießeisen wieder, Moishe. Dieses Baby hält sich für einen ganz tollen Burschen.«
Moishe sah mich an, als sei ich verrückt geworden. Dann reichte er Flix, der inzwischen zu einer Statue erstarrt war und mich anglotzte, den Revolver.
»Nehmen Sie ihn nur, Flix«, drängte ich sanft. »Nehmen Sie ihn. Nur keine Schüchternheit.«
Er riß seinen Blick von mir los und zog seine Hände von dem Revolver in Moishes ausgestreckter Hand zurück. Meine Hände waren immer noch leer. Ich ging zu Flix, der halb geduckt auf seinem Stuhl saß, und beugte mich über ihn.
»Na, Sie Dampfwalze«, sagte ich, »ohne Ihr Schießeisen haben Sie nicht viel zu melden, wie?« Er schwieg.
Ich bückte mich, packte ihn bei den Rockaufschlägen und riß ihn vom Stuhl hoch. Immer noch halb vorgebeugt, stand er vor mir. Ich hob mein Knie und versetzte ihm einen Stoß zwischen die Beine. Dann landete ich mit meiner freien Hand einen heftigen Schlag in seinem Gesicht. Er sackte zu Boden und rührte sich nicht mehr.
Ich wandte mich an den anderen Burschen. »Heben Sie ihn auf und setzen Sie ihn auf einen Stuhl.«
Der Mann blickte mich an. Sein Gesicht war ganz weiß geworden. Er schien wie gelähmt.
»Sie haben mich doch verstanden, wie?« fauchte ich plötzlich.
Der Mann sprang auf, wie von der Tarantel gestochen, und tat, was ich gesagt hatte.
Moishe hatte mich die ganze Zeit über beobachtet. Erst jetzt begann er zu reden. »Frank, ich hatte zuerst angenommen, das sei Ihr Werk.«

»Das kann ich mir denken«, sagte ich ruhig, »aber ich hatte Ihnen ja mein Wort gegeben.«
»Aber nun weiß ich Bescheid.«
»O. k., Moishe. Die Geschichte ist nun vorbei, und es spielt nun wirklich keine Rolle mehr. Gehen Sie nach Hause. Ihre Frau ist in großer Sorge um Sie. Sobald Sie zu Hause sind, machen Sie sich auf den Weg.« Ich zog mir einen Stuhl heran und setzte mich hin.
»Was wollen Sie jetzt machen?« fragte er.
»Das Spiel für Sie zu Ende spielen.« Ich nahm die Karten vom Tisch – keine schlechte Hand: ein Flash in Pik.

17

Ich sah Moishe nach, als er zur Tür ging. Er drehte sich um und winkte mir noch einmal zum Abschied zu. Ich nickte, und er ging hinaus.
Jetzt wandte ich mich den beiden Gangstern zu. Bei Flix schienen sich die Lebensgeister wieder ein wenig zu regen. Er hob den Kopf vom Tisch.
»Wie lange arbeitest du schon für Fennelli?« fragte ich.
»Ich kenne den Mann nicht«, lautete die Antwort.
»Wer hat dir denn befohlen, Moscowits hierherzubringen?«
»Ein Bursche hat mir auf der Straße fünfhundert Dollar in die Hand gedrückt und mir den Mann gezeigt.«
Höhnisch erwiderte ich: »Quatsch nicht solchen Blödsinn! Ein Gangster wie du arbeitet nicht ohne Deckung.«
Er sagte nichts dazu.
»Wer hat dich rausgeholt, als man dich wegen des Revolvers eingebuchtet hatte?«
»Mein Anwalt«, sagte er.
Wir saßen eine Weile schweigend da und starrten uns gegenseitig an. Flix wälzte etwas in seinem Kopf herum. Ich sah ihm an,

daß es nicht mehr lange dauern würde, bis er damit herausplatzte. Ich brauchte nur Geduld zu haben.
Es kam eher, als ich dachte.
Eine Flamme schien in seinen Augen zu lodern. »Warum haben Sie meine Schwester umgelegt?« fragte er.
Ich mußte lächeln und sah, daß ihm das nicht gefiel. Ich lächelte trotzdem. »Ich hab' sie nicht umgelegt. Außerdem wußte ich nicht, daß es deine Schwester war. Und wenn es deine Schwester war, warum hast du sie in diese Sache reingezogen?« Er schwieg.
»Ich habe deine Schwester nicht erledigt«, fuhr ich fort, »aber ich weiß, wer dafür verantwortlich ist. Vielleicht können wir einige Informationen austauschen?«
Er wußte, was ich meinte, und überlegte sich den Vorschlag ein paar Minuten. »Vielleicht, ja«, sagte er schließlich.
Ich beugte mich vor. Jetzt sah die Sache ganz vielversprechend aus. »Na, dann leg mal los!« sagte ich.
Er öffnete den Mund, aber ein Knarren der Vordertür hielt ihn vom Reden ab. Er wandte den Kopf zur Seite. Wir lauschten beide angespannt.
Ich hörte Stimmen und trat aus dem Lichtschein. Ich zog meinen Revolver, der mir ein warmes, behagliches Gefühl gab. Ich hielt den Finger an die Lippen. Die Stimmen kamen näher. Ich konnte erkennen, wer es war: Fennelli, Riordan und Taylor. Sie unterhielten sich, während sie näher kamen. Dann betraten sie den Raum.
Flix hatte ihnen sein Gesicht zugewandt. Der andere Bursche saß immer noch auf seinem Stuhl und wußte vor Angst nicht, was er tun sollte.
Fennelli sah mich immer noch nicht; ich stand ganz im Schatten. »Wo ist Moishe?« fragte er.
Den Revolver immer noch in der Hand, trat ich jetzt vor. »Moishe mußte mal eben nach außerhalb«, sagte ich. »Ich vertrete ihn inzwischen.«
Silk ließ sich nicht aus der Fassung bringen. »Mein Gott, Frank,

wie schön, dich zu sehen! Ich habe mich schon den ganzen Nachmittag bemüht, dich zu erreichen. Moishe hat versucht, sich aus dem Staub zu machen.«
Ich grinste. Das war schon beinahe komisch. »Und da wolltest du ihn also meinetwegen daran hindern?«
»Ganz recht, Frank.«
Das war alles blühender Unsinn. Fennelli hatte Moishe schon seit gestern abend, und heute morgen war er noch bei mir.
Wenn er mir hätte reinen Wein einschenken wollen, hätte er Zelt genug gehabt. Ich stand schweigend da.
Er wurde unruhig. Sein Blick wanderte durch den kleinen Raum. Ich sah ihn unverwandt an. Plötzlich tat ich etwas, worauf ich schon seit Wochen Lust hatte. Ich drehte den Revolver in meiner Hand um und schlug ihm mit dem Kolben ins Gesicht. Er sackte in die Knie und tastete nach seinem Revolver.
Ich wartete, bis er ihn in der Hand hatte. Dann schleuderte ich ihn mit einem wohlgezielten Tritt zu Boden. Mit kreidebleichem Gesicht blickte Fennelli zu mir auf. Ich beachtete ihn nicht weiter, hob seinen Revolver auf und steckte ihn in die Tasche.
Dann setzte ich mich an den Tisch und nahm mir Taylor und Riordan vor. »Was spielt ihr beide in dieser Sache für eine Rolle?«
Taylor antwortete. »Wir wissen gar nichts darüber, Frank. Silk hat nur gesagt, er wollte uns etwas zeigen.«
Ich blickte sie prüfend an. Sie schienen die Wahrheit zu sagen. »Setzt euch«, sagte ich und deutete mit dem Revolver auf die Stühle. »Wir haben einiges miteinander zu bereden.«
Sie setzten sich. Ich blickte zu Silk, der immer noch am Boden kauerte. »Du auch!« sagte ich.
Er stand mühsam auf und setzte sich auf einen Stuhl.
Flix stand hinter Fennelli. Ich sah beide scharf an. »Flix wollte mir gerade etwas erzählen, als ihr Burschen hereinkamt.«
Flix sagte keinen Ton.
Ich beugte mich vor und starrte ihn an. »Ich habe dir bereits gesagt, daß ich weiß, wer deine kleine Schwester um die Ecke ge-

bracht hat. Außer dir und mir wußte nur noch ein einziger, was in jener Nacht passierte, als du mich in die Falle gelockt hast. Das war Fennelli. Ich bin noch am selben Abend in seine Wohnung gegangen und habe ihm die Geschichte erzählt. Er versprach, sich nach den Leuten umzusehen.« Ich hielt einen Augenblick inne. »Mehr brauche ich ja wohl nicht zu sagen?«

Flix starrte mich wild an. Seine Augen glühten gelblich in dem gedämpften Licht. Plötzlich legte er Fennelli die Hände um den Hals und begann, ihn zu würgen.

Vergeblich bemühte sich Fennelli, Flix' Finger von seiner Kehle wegzuziehen. Ich saß ruhig dabei und sah zu. Silks Gesicht wurde rot und dann, als sein Widerstand nachließ, allmählich blau.

Ich war der Meinung, daß das reichte. Flix sollte den Burschen ja nicht umbringen, sondern nur ein wenig erziehen. »O. k., Flix«, sagte ich, »nun ist's genug.«

Flix ließ sich jedoch nicht stören.

Ich hob den Revolver und richtete ihn auf Flix' Gesicht. »Ich habe gesagt: genug, Flix«, mahnte ich sanft.

Flix ließ die Hände sinken. Silk sank vornüber auf den Tisch. Er war bewußtlos.

Ich wandte mich an Taylor. »Hol Wasser für Silk.«

Taylor erhob sich und trat an einen Wasserkühler. Dort nahm er einen kleinen Papierbecher vom Ständer, füllte ihn mit Wasser und brachte ihn zu Silk. Dann stand er da und sah mich dämlich an.

Grinsend erwiderte ich seinen Blick. Dann stand ich vom Stuhl auf und ging selbst an den Kühler. Ich stemmte den ganzen Wasserbehälter aus dem Schränkchen, ging damit zu Silk und schüttete ihm die Hälfte des Inhalts über den Kopf.

Der Schock des kalten Wassers brachte ihn wieder zu sich. Er stieß ein paar unverständliche Laute aus. Sein Anzug war triefend naß, aber jetzt saß er wenigstens aufrecht am Tisch.

Ich stellte den Wasserbehälter neben mich auf den Boden.

»Jungs«, sagte ich, »ich möchte, daß ihr mir gut zuhört. Ich habe Moishe die Erlaubnis gegeben aufzuhören. Wenn ihr sein Alter erreicht – was nicht passieren wird, wenn ihr nicht ehrlich mit mir spielt –, dann dürft ihr euch auch zur Ruhe setzen. Das ist dann euer Recht. Aber bis dahin denkt bitte daran, wer hier der Boß ist.«

Ich sah sie der Reihe nach an. Keiner hatte etwas zu sagen. »letzt macht, daß ihr nach Hause kommt. Nehmt Silk mit und schafft ihn zu einem Arzt. Ich möchte nicht, daß er sich einen Schnupfen oder sonst was holt.«

Der jämmerliche Bursche, den Flix bei sich gehabt hatte, war der erste, der verschwand. Die anderen folgten ein paar Sekunden später – das heißt, alle außer Flix.

Er stand da und beobachtete mich.

»Hast du noch was auf dem Herzen?« fragte ich.

Er lächelte plötzlich. Es war kein besonders herzliches, eher ein respektvolles Lächeln.

»Sie sind ein harter Bursche«, meinte er.

»Harte Burschen gibt's in rauhen Mengen«, erwiderte ich.

»Aber nicht solche wie Sie.«

Ich blickte ihn prüfend an. Er wollte auf irgend etwas hinaus, und ich überlegte, auf was. Aber ich gab ihm keine Antwort. Wenn er was wollte, sollte er selbst mit der Sprache herausrücken.

Das tat er auch. »Ich suche nach einer Arbeitsmöglichkeit.«.

Ich warf ihm seinen Revolver über den Tisch hinweg zu. Er fing ihn auf und steckte ihn in die Tasche, ohne mich aus den Augen zu lassen.

Ich überlegte blitzschnell. Es war eigentlich der Zeitpunkt, da ich einen solchen Burschen gut gebrauchen konnte. Es liefen jetzt zu viele Dinge über die Bühne, bei denen man verdammt aufpassen mußte. »Ich brauche jemanden, der in schwierigen Lagen nicht gleich den Kopf verliert, jemanden, der sich in seinem Handeln nicht von persönlichen Empfindungen beeinflussen läßt.«

»Ich tue, was man mir sagt«, erwiderte er, »und ich mache keinen Quatsch. Ich richte mich streng nach den Anweisungen, die ich kriege, das ist mein Betriebskapital.«
Ich lächelte. Das würde Silk einiges zum Nachdenken geben.
»Du hast jetzt einen Job«, sagte ich.
Für zweihundert Dollar die Woche hatte ich einen Leibwächter.

18

Am nächsten Morgen rief ich Joe Price an. »Hören Sie zu, Joe«, sagte ich. »Als Sie gestern telefonierten, war ich ziemlich beschäftigt, ich möchte Sie bitten, mir die Sache noch einmal vorzutragen.«
Er wiederholte den von der Regierung gemachten Vorschlag.
Die Sache schien in Ordnung zu sein. »Müssen Sie noch eine Weile dortbleiben?« fragte ich.
»Eigentlich ja«, erwiderte er. »Warum? Ist irgendwas los?«
»Alles in Ordnung. Aber ich möchte Sie bitten, etwas für mich zu erledigen, und es wäre nett, wenn Sie sofort hierherkommen könnten.«
»Sonntag bin ich da«, sagte er. Guter Kerl! Hielt sich nicht lange mit Fragen auf.
»Einverstanden«, sagte ich. »Kommen Sie gleich nach Ihrer Ankunft ins Hotel.« Ich legte den Hörer auf und drückte auf den Summer des Hausapparates. Miss Walsh meldete sich.
»Schicken Sie Powell zu mir.«
Bald darauf erschien Flix. Es war das erste Mal, daß er das Büro betrat. Er blickte sich um, und ich konnte sehen, daß er von der Aufmachung beeindruckt war. Ich bot ihm einen Stuhl an.
»Na, wie fühlen Sie sich?« fragte ich grinsend.
Sein Gesicht war geschwollen, aber er sagte grinsend. »Es geht so.«
Er hörte in aller Ruhe zu, während ich ihm auseinandersetzte,

was ich von ihm wollte. Von jetzt an sollte jeder, der mich zu sprechen wünschte, sich erst bei Flix vorstellen, im Büro und auch in meinem Hotel. Ich verabredete mit dem Hotel, daß er ein Zimmer neben meinem Apartment bekam und daß jeder Besucher erst zu ihm zu schicken sei. Hier sollte er einen Platz in Miss Walshs Büro bekommen, das direkt vor meiner Tür lag.

Als das erledigt war, schickte ich ihn hinaus. Ich lehnte mich in meinem Sessel zurück, um einen Augenblick nachzudenken. Wie ich Silk kannte, würde er als nächstes versuchen, mich abknallen zu lassen. Und er würde darauf achten, daß es dieses Mal klappte. Wenn ich überleben wollte, gab es für mich nur zwei Möglichkeiten – entweder mußte ich ihm immer einen Schritt voraus sein oder ihn ins Jenseits befördern. Aber das letztere wollte ich nicht. Ich hatte viel Besseres vor mit dieser Kanaille.

Ich zog mein Privattelefon zu mir heran und wählte Ruths Nummer.

Sie kam an den Apparat. »Hallo.«

»Hallo, Liebste«, sagte ich. »Ich mußte dich anrufen«, fügte ich rasch hinzu, »ich wollte deine Stimme hören.«

Ich vernahm ihr leises Lachen. »Ich wollte auch mit dir sprechen. Ich wollte gern noch einmal hören, was du gestern abend gesagt hast. Ich kann es einfach nicht glauben, daß es dein Ernst ist.«

»Es ist mein voller Ernst, Baby. Ich liebe dich. Hast du meine Blumen bekommen?« Ich hatte ihr heute morgen einen kleinen Strauß Orchideen geschickt.

»Ja«, sagte sie. »Sie sind bezaubernd.«

Wir wechselten noch ein paar Worte. Dann legten wir auf. Ich war in prächtiger Laune. Ich summte vor mich hin, während ich mich an die Arbeit machte.

Am Abend besuchte ich sie in ihrer Wohnung. Flix mußte die Zeit recht lang geworden sein, als er bis zwei Uhr morgens unten im Wagen auf mich wartete. Aber er sagte nichts, als ich endlich auftauchte.

Sonntag morgen um elf erschien Joe Price. Er sah mich fragend an, als sein Blick auf Flix fiel. Ich sagte Flix, daß ich ihn im Augenblick nicht brauchte, und als er das Zimmer verlassen hatte, berichtete ich Price über die letzten Ereignisse.

Er pfiff leise durch die Zähne. »Jetzt verstehe ich, was Sie meinten, als Sie sagten, Sie säßen in der Klemme. Und was soll ich nun tun?«

Ich sagte es ihm klipp und klar. »Ich will aus diesem Geschäft aussteigen. Es hat sowieso die längste Zeit gedauert, und ich habe andere Pläne. Glauben Sie, daß Sie die Bücher und Aufzeichnungen so frisieren können, daß mein Name überall verschwindet, außer an der Tür?«

Nach kurzer Überlegung nickte er.

»Wie lange würde das dauern?«

»Ein paar Wochen Tages- und Nachtarbeit. Wir müßten aber einen anderen Namen dafür einsetzen, sonst sieht es nicht koscher aus.«

»Das habe ich mir auch schon überlegt«, sagte ich. »Wir setzen Fennellis Namen ein.«

»Das verstehe ich nicht ganz.« Er war verblüfft. »Warum ausgerechnet Fennelli? Ich dachte, er sei hinter Ihnen her.«

»Ist er auch.« Ich lächelte. »Aber er will auch diesen Betrieb. Nun, er soll ihn haben. Er weiß nur noch nichts von seinem Glück.«

»O. k.«, sagte Price. »Es geht zwar ein wenig über meinen Horizont, aber ich mache das. Wann soll ich damit anfangen?«

»Heute. Gleich nach dem Frühstück.«

Ich setzte Price im Büro ab. Dort konnte er sich gleich eine Übersicht verschaffen. Dann fuhr ich weiter zu Ruth und holte sie ab.

»Wie wäre es, wenn wir mal aufs Land führen?« schlug ich vor.

Sie war einverstanden, und wir verbrachten einen herrlichen Tag.

Wir fuhren nach Bear Mountain und aßen dort im Gasthaus zu Mittag. Wir wanderten ein wenig durch die Gegend und kehrten dann gemächlich nach New York zurück.

Am 10. Juni erschien Joe in meinem Büro und rieb sich zufrieden die Hände. »Na«, fragte ich, »wie stehen die Aktien?«
Er lächelte mich an. »Fertig. Es ist alles erledigt.«
»Großartig!« sagte ich. »Jetzt nehmen Sie das nächste Flugzeug und fahren zum Werk. Da gibt es neue Arbeit für Sie. Ich möchte Sie bitten, mir dort ein Haus zu kaufen und es bis Anfang nächsten Monats möblieren zu lassen. Dann will ich da einziehen.«
»Um Himmels willen, Frankie«, rief er entsetzt, »das erfordert aber mehr Zeit, als ein paar Bücher zu frisieren!«
»Nehmen Sie den besten Innenausstatter dafür. Das Haus soll nicht allzu groß sein; sechs Räume genügen. Zahlen Sie, was Sie für richtig halten. Leiten Sie alles in die Wege und kommen Sie übermorgen zurück. Ich brauche Sie hier.«
»In Ordnung, Frank«, sagte er und wandte sich zur Tür. »Aber wollen Sie sich die Bücher nicht ansehen, bevor ich gehe?«
»Muß ich das?« fragte ich. »Je weniger ich davon weiß, desto besser ist es im Augenblick. Außerdem verstehe ich von dem ganzen Kram nichts. Wenn Sie sagen, die Bücher seien in Ordnung, dann sind sie in Ordnung.«
»Ich habe getan, was Sie wünschten.«
»Das genügt mir«, sagte ich lächelnd.
Er lächelte ebenfalls und ging hinaus.
Ich nahm den Hörer ab und wählte Jerry Cowans Nummer.

19

Nachdem zwei Sekretäre den Anruf weitergeleitet hatten, kam Jerry endlich selbst an den Apparat. »Jerry«, sagte ich, »hier ist Frank Kane. Bist du heute nachmittag frei? Ich möchte dich sprechen.«
»Dann komm doch hierher«, erwiderte er.
»Ich kann nicht in dein Büro kommen, aber die Sache ist sehr wichtig, und ich möchte dich allein sprechen.«

»Wo können wir uns dann treffen?« fragte er.
»Auf der Jersey-Seite der George-Washington-Brücke heute nachmittag um vier. Richte es so ein, daß du mit mir zu Abend essen kannst, denn das, was ich zu sagen habe, wird einige Zeit in Anspruch nehmen.«
Er schwieg eine Weile. Dann sagte er: »O. k., vier Uhr.«
Ich verließ das Büro um drei und schickte Flix in mein Hotel. Dort sollte er auf mich warten. Dann fuhr ich zu meiner Verabredung mit Jerry.
Ein paar Minuten vor vier war ich da und wartete. Pünktlich um vier Uhr sah ich Jerry. Er fuhr eine blaue Buick-Limousine. Ich beobachtete, wie er seinen Wagen parkte und nach mir Ausschau hielt. Er entdeckte mich nicht. Ich hupte, um ihn auf mich aufmerksam zu machen.
Er blickte zu mir herüber und winkte mir lächelnd zu. Ich deutete ihm an, mir zu folgen.
Nachdem wir etwa anderthalb Kilometer gefahren waren, bog ich in eine kleine Nebenstraße ein, die nach Teaneck führte. Ich hielt bei einem Parkplatz, und Jerry brachte seinen Wagen ebenfalls zum Stehen. Ich stieg aus und ging zu ihm.
Wir schüttelten uns die Hand. Ich fragte lächelnd: »Wie geht es dir?«
»Danke gut.«
»Und Janet?« Er hatte Janet Lindell geheiratet, meine alte ›Flamme‹ von der Washington-Oberschule.
»Jetzt geht es ihr wieder gut«, sagte er. »Aber es war schwer für sie, erst das Kind zu verlieren und dann vom Arzt hören zu müssen, daß sie keine Kinder mehr haben kann.«
»Das tut mir sehr leid«, sagte ich. »Davon habe ich nichts gewußt.«
»Na ja, das liegt nun hinter uns. Und was hast du auf dem Herzen?«
Ich lächelte. Er hatte es eilig, aber er mußte sich noch etwas gedulden. Ich würde mit ihm reden, wann und wie es mir paßte.

»Laß deinen Wagen hier und steig bei mir ein. Wir werden irgendwohin fahren, wo wir essen und uns unterhalten können.«
Eine Stunde später saßen wir im Privatzimmer eines kleinen Gasthauses an der Route 9. Vor uns standen Gläser mit Old-fashioned Scotch, und ich hatte mir eine Zigarette angezündet.
Ich blickte ihn an und sagte: »Du hast dich sicher gefragt: Warum diese plötzliche Hast?« Er nickte.
»Liegt dir sehr viel daran, mich zu fassen?«
»Es ist meine Aufgabe, dich zu fassen«, sagte er.
Gut! Das war's, was ich hören wolle. »Genügt es nicht, wenn du das Unternehmen sprengst?« fragte ich lächelnd. »Wenn du mich festnimmst, so würde das die Organisation nicht zerstören, aber vielleicht können wir einen Handel miteinander machen. Ich werde den Betrieb so organisieren, daß du ihn vernichten kannst, wenn ich gehe. Ich gebe dir sogar einen Prügelknaben, einen mit einem Strafregister, hinter dem ihr noch länger her seid als hinter mir.«
Er trank langsam sein Glas aus. Dann sagte er: »Warum willst du aussteigen? Du weißt doch, daß ich kein Material gegen dich habe – noch nicht.«
Ich schenkte ihm reinen Wein ein. »Ich will heiraten, und meine zukünftige Frau ist mit dem, was ich treibe, nicht einverstanden.«
Er mußte lachen. »Nun erzähl mir bloß nicht, daß eine Frau das schafft, was alle Stadt-, Staats- und Bundesregierungen nicht geschafft haben!«
Ich nickte kleinlaut. »Es scheint aber doch so zu sein.«
Er grinste wie ein Honigkuchenpferd. »Na, da wünsche ich ihr guten Erfolg. Ist es eine Jemand, die ich kenne?«
Ich blickte ihm fest in die Augen. »Es ist Ruth«, sagte ich.
Er fiel fast vom Stuhl. »Ruth!« rief er überrascht. »Wie lange geht denn das schon?«
»Oh, schon eine ganze Zeit.«
Der Kellner erschien mit der Vorspeise. Wir schwiegen, bis er den Raum wieder verlassen hatte. Dann sagte Jerry: »Ich würde

gern etwas für dich tun, schon um Ruths willen, aber ich sehe keine Möglichkeit, deinem Vorschlag zuzustimmen. Schließlich habe ich meinen Sonderauftrag zu erfüllen.«

»Wie du willst«, sagte ich, »aber es spielen hier noch andere Dinge mit, die geklärt werden müssen.« Ich spießte eine Muschel auf meine Gabel und winkte ihm damit zu. »Wenn du mich zur Strecke bringst, bringst du nämlich deinen alten Herrn gleichzeitig auch zur Strecke. Seine Firma bearbeitet mehrere wichtige Angelegenheiten für mich.«

Jerry legte seine Gabel auf den Teller und blickte mich an. »Das glaube ich einfach nicht«, erklärte er entschieden.

»Ob du es glaubst oder nicht«, entgegnete ich, »ich weiß schließlich, was ich sage.«

»Mein Vater würde dich niemals in einer Angelegenheit vertreten.«

»Von ›würde‹ ist nicht die Rede. Er hat es bereits getan oder vielmehr seine Firma. Und das würde auf den Titelseiten der Zeitungen nicht sehr gut aussehen, nicht wahr?«

Jerry erwiderte nichts. Er ließ es sich offenbar durch den Kopf gehen.

Ich warf noch ein paar Holzscheite aufs Feuer. »Nun hör mal zu, Jerry, wir wollen uns nicht wie Kinder benehmen. Wir sind jetzt erwachsen, und das hier ist eine ernste Angelegenheit. Nehmen wir einmal an, daß die Zeit kommt, wo du genügend Beweismaterial gegen mich gesammelt hast, um deine Anklage zu begründen. Dann ist es gut möglich, daß jemand den Namen deines alten Herrn in die Geschichte hineinbringt. Er braucht bloß zu sagen: Der Kane hat wohl den alten Herrn bestochen; das ist vielleicht der Grund, warum der Sohn ihn nicht eher angepackt hat. Du hast ja keine Ahnung, was die Leute alles reden – oder denken.«

Jerry erhob sich, ging um den Tisch herum und kam auf mich zu. Er faßte mich beim Kragen und hielt mich fest. »Wenn du die Absicht hast, meinen Vater mit Schmutz zu bewerfen und ihn mit

deinem widerlichen Dreck zu besudeln, dann bringe ich dich mit meinen bloßen Händen um.«
Ich blickte ruhig zu ihm hoch. Dann löste ich langsam seine Hände von meinem Kragen. »Mord verstößt hier in Jersey genauso gegen das Gesetz wie in New York.« Er sah mich einen Moment schweigend an.
»Sieh mal, Jerry«, sagte ich, »ich will deinen Vater nicht gefährden. Ich versuche nur, dir klarzumachen, was die Leute möglicherweise sagen könnten. Und man kann ihnen nicht den Mund verbieten. Das weiß ich aus Erfahrung. Sie reden über mich einen Haufen Unsinn, und ich kann gar nichts dagegen machen.« Ich lächelte ihn an. »Setz dich wieder hin und iß weiter. Wenn du den Rest meines Planes hörst, bist du vielleicht doch einverstanden.«
Mit schweren Schritten ging er wieder zu seinem Stuhl und setzte sich. Während der ganzen Mahlzeit war er schweigsam, kostete nur von den Speisen und hörte mir zu. Als wir dann jedoch wieder zu seinem Wagen fuhren, war er bereit, das zu tun, worum ich ihn gebeten hatte.
Ich stieg aus und begleitete ihn zu seinem Wagen. Dort stellte ich meinen Fuß auf das Trittbrett. Ich gab ihm die Möglichkeit, ein wenig sein Gesicht zu wahren.
»Jerry«, sagte ich leise und ernst, »du führst schließlich den Auftrag aus, den sie dir gegeben haben. Du sprengst das Unternehmen. Wie du das machst, ist doch nicht so wichtig. Die Hauptsache ist, du schaffst es.«
Er lächelte matt. Er war so entmutigt, daß ihm auch diese Aufmunterung nicht half. Seine Stimme klang bedrückt und teilnahmslos, als er sagte: »Hoffen wir's.«
»Das brauchst du nicht zu hoffen«, erklärte ich entschieden, »das weißt du. Du selbst hast mir früher einmal diesen Vorschlag gemacht. Und letzten Endes kommt es auf das Resultat an.«
Er ließ den Motor an. Plötzlich wandte er sich noch einmal zu mir, »Frank«, sagte er.
»Ja, Jerry?«

»Du hast dich seit deiner Kindheit kein bißchen verändert. Aber glaube mir: immer kommst du nicht damit durch. Das Leben sorgt oft auf seltsame Weise für ausgleichende Gerechtigkeit.«
Ich nahm meinen Fuß vom Trittbrett und zuckte die Achseln. Sein Wagen setzte sich langsam in Bewegung. Ich ging ein Stück nebenher. »Wer weiß«, sagte ich, »vielleicht habe ich Glück.«
Er trat auf den Gashebel und fuhr davon. Ich kehrte langsam zu meinem Wagen zurück. Als ich einstieg, lachte ich leise vor mich hin. Vielleicht habe ich Glück, hatte ich gesagt. Aber Glück allein genügte nicht – man mußte auch schlau sein.

20

Am nächsten Morgen gegen elf bekam ich einen Anruf von Carson. Zum erstenmal seit Wochen klang seine Stimme zuversichtlich. »Frank«, sagte er, »die Anwaltskammer hat heute ihre Anschuldigungen gegen mich zurückgezogen.«
Das stimmte. Es war einer der Punkte, die ich mit Jerry abgesprochen hatte. Aber ich tat sehr überrascht. »Das ist ja großartig!« sagte ich. »Kommen Sie her. Darauf wollen wir einen trinken.«
Ich legte den Hörer auf und ließ Flix kommen. Als nächstes wollte ich, daß Fennelli in mein Büro kam. Ich wußte, daß er nicht auf eine bloße Einladung hin erscheinen würde. Daher ließ ich ihn durch Flix holen.
Alex Carson kam eine halbe Stunde nach seinem Anruf zu mir. Ich stand auf und schüttelte ihm die Hand. »Herzlichen Glückwunsch!« sagte ich. »Ich wußte ja, daß Sie sich aus der Affäre ziehen würden.«
Er grinste. »Die Burschen haben mir doch allerlei Kummer gemacht. Ich begreife immer noch nicht, warum sie die Anklage zurückgezogen haben.«
»Setzen Sie sich. Ich will Ihnen sagen, warum.«

Wir setzten uns, und ich erklärte ihm die ganze Sachlage. Als ich fertig war, stieß er einen langen, leisen Pfiff aus. »Glauben Sie, daß Ihnen das gelingt, Frank?« fragte er.
Ich nickte. »Mit Ihrer Hilfe werde ich es schaffen.«
Er stand auf. »Auf mich können Sie rechnen.«
»Ausgezeichnet! Bleiben Sie in der Nähe. Ich möchte, daß Sie dabei sind, wenn Silk auftaucht.«
Flix brachte Silk gegen drei Uhr ins Büro. Silk warf seinen Hut auf meinen Schreibtisch. »Du brauchtest mich nicht durch diesen Lümmel holen zu lassen, Frank«, sagte er ruhig. Es gelang ihm sogar, seiner Stimme einen leicht vorwurfsvollen Ton zu geben. »Ein Anruf hätte genügt.«
Ich lächelte. »Du weißt ja, wie das ist, Silk. Ich wollte dir dieselbe Ehre erweisen wie du mir.«
Über diesen Hieb ging er hinweg und kam direkt zur Sache. »Also, was willst du von mir?«
Einen Augenblick sah ich ihn abwägend an. Diese Sache war ungeheuer wichtig. Wenn er nicht anbiß, war ich erledigt. »Du erinnerst dich ja wohl, warum wir diese Organisation gegründet haben. Wir haben ein Übereinkommen getroffen, um Ordnung in das Ganze zu bringen. In letzter Zeit scheinst du andere, eigene Ideen über die Leitung des Geschäfts zu haben. Es wäre ganz einfach für mich, dich auszuschalten – vielleicht noch einfacher, als dich durch Flix hierherbringen zu lassen. Aber das ist nicht meine Methode. Ich habe dieses Unternehmen als regulären Geschäftsbetrieb aufgezogen, und ich will keine Scherereien haben. Daher habe ich beschlossen, dich auszukaufen.«
Er zog die Lippen ein wenig von den weißen, ebenmäßigen Zähnen zurück. »Kannst du mir das näher erklären?«
»Ich will damit sagen, daß du deinen Bezirk aufgeben und aus diesem Geschäft austreten sollst«, erwiderte ich ruhig.
»Und was bietest du mir?«
»Einhunderttausend.«
Er beugte sich ein wenig über den Schreibtisch. »Das ist nur

mein Anteil am gemeinsamen Fonds«, sagte er kühl. »Aus meinem Bezirk allein beziehe ich jährlich eine Viertelmillion.«
»Das weiß ich«, sagte ich.
»Und der Fonds zahlt jährlich zweihunderttausend«, fuhr er fort.
»Auch das ist mir bekannt.«
Er schwieg ein paar Minuten. »Und was passiert, wenn ich nicht mitmache?« fragte er dann.
Ich zuckte die Achseln.
Er setzte sich bedächtig auf einen Stuhl, und ich beobachtete ihn. Sollte er sich ruhig Zeit nehmen, sollte er nur in Ruhe darüber nachdenken. Dann würde er die richtige Antwort schon finden.
Ein paar Minuten verstrichen. Sein Gesicht blieb ausdruckslos, unergründlich. Nur seine Hände öffneten und schlossen sich.
Schließlich sagte er: »Was meinst du dazu, wenn ich dich auskaufe?«
Der Fisch hing an der Angel! »Nicht interessiert«, sagte ich. Er stand auf und ging um den Schreibtisch herum auf mich zu. »Ich meine, für einen richtigen Preis«, sagte er. »Eine Viertelmillion.«
Ich ließ dieses Angebot an mir abgleiten. »Ich zahle dich aus«, wiederholte ich. »Ich habe kein Interesse daran, zu verkaufen.«
Er kehrte wieder zu seinem Stuhl zurück und setzte sich. Dann nahm er eine Zigarre aus der Tasche und zündete sie nervös an.
»Dreihunderttausend und Anteil an den Profiten«, bot er.
Ich blickte ihn an. »Du fängst an, mich zu interessieren. Wie groß ist dieser Anteil?«
»Ein halber Anteil, monatlich zahlbar.«
Ich änderte meine Taktik. »Ich muß mir das überlegen. Ein verlockendes Angebot, das man eigentlich nicht ausschlagen sollte!«
Jetzt begann er zu drängen. Dies war etwas, worauf er schon lange Zeit scharf war. Nur wußte er nicht, daß er es kriegen würde.
»Frank«, bestürmte er mich, »das wäre genau das Richtige für dich. Keine Arbeit – du könntest tun und lassen, was du willst, sobald du aus diesem Schwindel raus bist. Du könntest leben wie Gott in Frankreich. Reisen – Weiber – alles, was du willst.«

Jetzt war es an mir, aufzustehen und den Mißtrauischen zu spielen. »Das klingt ja alles ganz schön«, sagte ich, »aber wie soll ich wissen, ob du mich nicht reinlegst?«
»Wenn du morgen früh bestätigte Schecks kriegst, so dürfte das wohl überzeugend genug sein.«
Ich zögerte noch eine Weile. Dann gab ich nach. »Einverstanden, Silk, das Unternehmen gehört dir.«
Er stand auf und streckte mir die Hand hin. »Du wirst es nicht bereuen, Junge«, sagte er. »Erinnerst du dich noch, was ich dir sagte, als du zuerst zu mir kamst? Ich sagte, du würdest noch einmal das große Geld machen. Und, hab' ich recht gehabt?«
Ich lächelte: »Du hast recht gehabt.« Wir bekräftigten das Abkommen mit Handschlag.
Am nächsten Morgen erschien Silk um elf im Büro. Carson und ich waren bereits da.
»Hast du die Schecks mitgebracht?« fragte ich.
Er nickte, zog sie aus seiner Brieftasche und legte sie auf den Schreibtisch. »Genauso, wie du es wolltest: zahlbar an Alexander Carson für geleistete Dienste.«
Ich sah sie mir genau an. Sie waren in Ordnung. Dann reichte ich sie Alex. Alex indossierte sie und gab sie mir zurück. Ich drückte auf den Summer, und Miss Walsh erschien mit einem vorbereiteten Umschlag. Ich tat die Schecks in den Umschlag und steckte ihn in meine Rocktasche. Ich sah die beiden an. »Na«, sagte ich, »das müssen wir wohl begießen«, und holte die Flasche hervor.
Als wir unsere Gläser geleert hatten, bat ich Alex, Silk in den Büros herumzuführen und ihm alles zu zeigen. Sie gingen zusammen hinaus.
Ich ließ Mackson kommen. Er brachte mir die Schecks, die er auf meine Anweisung ausgestellt hatte. Ich prüfte sie. Sie waren alle vorhanden: der gemeinsame Fonds war unter die einzelnen Mitglieder aufgeteilt. Ich unterzeichnete sie und ließ sie durch Miss Walsh abschicken. Ich hatte alle ausgezahlt, auch Silk. Dann verließ ich das Büro in meinem Privatlift und ging in mein Hotel.

Joe Price wartete in meiner Wohnung auf mich, und ich gab ihm den Umschlag mit den Schecks, die ich von Silk bekommen hatte. »Sie wissen ja, was damit geschehen soll«, sagte ich.
Er nickte. Alles war geplant und vorbereitet. Bei jeder der Banken, bei denen Silk ein Konto hatte, war ein Konto auf den Namen meiner neuen Gesellschaft eröffnet worden, auf das die Schecks ordnungsgemäß eingezahlt wurden. Dann kehrte ich wieder ins Büro zurück.
Eine Stunde später rief mich Joe an. »Alles in Ordnung, Frank«, sagte er.
Ich legte den Hörer auf. Einen Augenblick zögerte ich. Dann holte ich tief Atem und wählte eine Privatnummer.
Ein paar Sekunden hörte ich das Rufzeichen am anderen Ende. Dann kam Jerrys Stimme: »Cowan.«
»Frank«, erwiderte ich. »Die Bahn ist frei!« Ich legte auf.
Ein paar Minuten später kamen Fennelli und Carson ins Büro zurück. Silk strahlte zufrieden. »Was für eine Organisation, Frank! Ich wußte ja, daß sie groß war, aber so gewaltig hatte ich sie mir nicht vorgestellt.«
Ich stand auf. »Nicht übel, nicht wahr?« sagte ich lächelnd. »Wie wär's mit noch einem Gläschen? Morgen können wir dann die praktischen Einzelheiten besprechen.«
Ich ging zur Bar und holte eine Flasche hervor. Dann füllte ich drei Gläser. »Zum Wohl!« sagte ich und kippte mein Glas hinunter.
Alex sagte ebenfalls: »Zum Wohl!«
Silk sagte nichts. Er lächelte nur und schluckte seinen Drink. Plötzlich marschierte er um den Schreibtisch herum, setzte sich in meinen Sessel und legte die Füße auf den Tisch. Mit einer Handbewegung forderte er uns auf, Platz zu nehmen.
Ich mußte heimlich lächeln. Er hatte keine Ahnung, wie heiß der Platz für ihn werden konnte, aber er würde es schnell genug merken. Ich setzte mich auf einen Stuhl vor dem Schreibtisch und blickte Silk an, der mir zulächelte.

Plötzlich öffnete sich die Tür hinter mir. Ich drehte mich nicht um. Ich wußte, wer es war.

21

Silk schnellte empor. »Was, zum Teufel, geht hier vor?« schrie er.

Ich stand auf und drehte mich langsam um. Vier Männer standen in meinem Büro. Flix war beiseite geschoben worden, und einer der Männer zielte mit einem Revolver auf seinen Bauch.

Ein anderer kam auf mich zu. »Frank Kane?« fragte er.

Ich nickte.

»Wir haben einen Haftbefehl gegen Sie. Die Anklage lautet: Verschwörung und Bestechung öffentlicher Beamter des Staates New York. Ferner haben wir eine Vollmacht, die Bücher der Firma ›Frank Kane, Unternehmungen‹ zu prüfen.«

Carson trat vor. »Haben Sie einen Haftbefehl?«

Der Mann nickte.

»Zeigen Sie ihn bitte«, verlangte Carson.

Der Mann reichte Carson einige Papiere. Carson prüfte sie sorgfältig und gab sie zurück. Er wandte sich an mich. »Es scheint alles in Ordnung zu sein, Frank. Ich fürchte, Sie müssen mitgehen.«

Ich trat schweigend vor.

Der Mann ging an mir vorüber auf Silk zu. »Giuseppe Fennelli?« fragte er.

Die Verhandlung war am letzten Tag im Juni zu Ende. An diesem Morgen erhob sich Jerry im Gerichtssaal und brachte die Bombe zum Platzen. Er ging an mir und Fennelli vorüber. Ich blickte ernst zu ihm auf. Aber er würdigte uns keines Blickes. Mit bleichem, grimmigem Gesicht wandte er sich den Geschworenen zu.

»Meine Herren Geschworenen«, begann er, »heute morgen erhielten wir von den Buchprüfern die Ergebnisse einer genauen Prüfung der Bücher der Firma ›Frank Kane, Unternehmungen‹. Die Prüfung wurde in Zusammenarbeit mit den Regierungen der Staaten New York und New Jersey und mit Hilfe des Finanzministeriums der Vereinigten Staaten durchgeführt. Ich möchte den gemeinsamen Bericht über die Prüfung als Beweismaterial vorlegen.«

Er hielt ein Bündel Papiere in die Höhe. Dann schlug er die erste Seite auf und begann zu lesen. Die ersten Zeilen enthielten die Beglaubigung der verschiedenen Prüfer. Dann las er weiter: »Wir, die Prüfer, stellen fest, daß die Firma ›Frank Kane, Unternehmungen‹, wie sie ursprünglich von dem Angeklagten aufgezogen worden ist, ein rechtmäßiges und ehrliches Geschäftsunternehmen darstellt, soweit Frank Kane betroffen ist. Wir haben festgestellt, daß die Finanzierung besagten Unternehmens von einem gewissen Giuseppe Fennelli arrangiert wurde und daß Mr. Kane zu keiner Zeit die Absicht hatte, sich an dem Hauptgeschäft seines Finanziers zu beteiligen. Sein ganzes Bestreben war darauf ausgerichtet, sich davon fernzuhalten.

Er befaßte sich mit dem Ankauf und Verkauf verschiedener Geschäftsunternehmen, wie er es für das Wohl seiner Firma für erforderlich hielt. Während Mr. Kane seine Firma ordnungsgemäß leitete, führte sein Finanzier, Mr. Fennelli, ein Geschäft innerhalb eines Geschäfts. Mit anderen Worten: Mr. Fennelli befaßte sich mit seinen Glücksspiel- und Buchmachergeschäften und benutzte die Firma ›Frank Kane, Unternehmungen‹ als Deckmantel für seine Tätigkeit.

Wir sind davon überzeugt, daß Mr. Kane bis vor kurzer Zeit niemals den Verdacht hegte, daß man seine Organisation zu solchen Zwecken benutzte. Sobald er sich von diesem Mißbrauch überzeugte, unternahm Mr. Kane sofort die notwendigen Schritte, um seine Organisation aufzulösen, und zahlte den anderen Teilhabern seiner Gesellschaft, einschließlich Mr. Fennelli, den Betrag

ihrer verschiedenen Anteile zurück mit einem die Gründe erklärenden Begleitbrief.«
Jerry entfernte sich von den Geschworenen, um die Papiere auf seinen Schreibtisch zu legen. Dann ging er zu ihnen zurück und stand eine Weile schweigend vor ihnen. Schließlich begann er von neuem zu sprechen. »Meine Herren, aufgrund des Beweismaterials, das ich soeben vorlegte, habe ich mich davon überzeugt, daß Mr. Kane eine große Ungerechtigkeit widerfahren ist. Er hat während dieser Untersuchung große Geduld an den Tag gelegt und ist uns in jeder Weise entgegengekommen.«
Er drehte sich um und sah mich an. Sein Gesicht war fahl, und seine Augen hatten einen leeren Ausdruck.
»Meine Herren Geschworenen, die Anklage bittet darum, Mr. Kane freizusprechen –«
Die Worte waren kaum aus seinem Munde, als ein Höllenspektakel im Saal ausbrach.
Silk sprang in die Höhe, packte mich am Kragen und riß mich hoch. Ich versuchte mich aus seinem Griff zu befreien. Blitzlichter flammten auf, und die Menge im Saal drängte nach vorn, um zu sehen, was da vor sich ging. Ein Gerichtsdiener riß Silk von mir los. Ich stand auf und bemühte mich, meine Kleidung wieder in Ordnung zu bringen.
Der Richter schlug mit seinem Hammer auf den Tisch. Ein Gerichtsdiener rief: »Ruhe im Gerichtssaal!« Aber der Lärm legte sich nicht, und so ließ der Richter den Saal räumen.
Eine Stunde später zogen sich die Geschworenen zur Beratung zurück und kamen um halb fünf wieder in den Gerichtssaal. Fennelli und ich wurden angewiesen, aufzustehen und die Geschworenen anzusehen.
Ich blickte zu Jerry hinüber. Er saß mit düsterer Miene an seinem Tisch und wich meinem Blick aus. Der Saal war leer bis auf die Vertreter der Presse. Plötzlich war meine Kehle wie ausgedörrt. Wenn nun irgend etwas schiefgegangen war? Wenn ich nun so weit gekommen war, nur um alles zu verlieren? Der Puls

begann in meiner Stirn zu hämmern. Ich spürte, wie mir die Farbe aus dem Gesicht wich, und ich war wütend über mich selbst. Ich wollte ruhig und beherrscht erscheinen. Aber meine Hand zitterte ein wenig.

Der Richter wandte sich an die Geschworenen. »Meine Herren Geschworenen, sind Sie zu einem Urteilsspruch gelangt?«

Der Obmann erwiderte: »Ja, Herr Vorsitzender.« Er räusperte sich, sah auf ein Blatt Papier in seiner Hand und begann vorzulesen.

»Wir, die Geschworenen, erkennen den Angeklagten Giuseppe Fennelli der ihm zur Last gelegten Vergehen für schuldig.«

Fennelli sank plötzlich mit aschfahlem Gesicht auf seinen Stuhl. Ein Gerichtsdiener eilte mit einem Glas Wasser herbei, aber Fennelli winkte ab.

Ich blieb stehen und blickte die Geschworenen an. Der Puls in meiner Stirn hämmerte jetzt wie wild.

Der Obmann der Geschworenen fuhr fort: »Wir, die Geschworenen, erkennen den Angeklagten Frank Kane« – hier machte er bewußt eine kurze Pause, um die Spannung zu steigern – »für unschuldig.«

Carson wandte sich mir zu und schüttelte mir die Hand. So leise, daß nur ich es hören konnte, sagte er: »Sie haben es geschafft, Frank, Sie haben es geschafft!«

Ich drehte mich um und blickte zu Fennelli. Fennelli starrte mich mit flammendem Blick an. Seine Hände waren zu Fäusten geballt. Langsam ging ich um den Tisch herum an ihm vorbei und spürte, wie seine Hand mein Jackett streifte. Ich achtete nicht darauf und ging weiter – zur Schranke, den Gang hinauf bis zur Tür, durch die Tür in den Korridor, den Korridor hinab auf die Straße. Und auf dem ganzen Weg spürte ich im Rücken den flammenden Haß, den ich in seinen Augen gesehen hatte. Carson rannte hinter mir her. »Wohin gehen Sie?« fragte er.

Ich blickte zur Sonne empor. Ihr weißes, blendendes Licht brannte mir in die Augen und trieb mir das Frostgefühl, das ich bis dahin gespürt hatte, aus den Gliedern. Ich legte die Hand über die Augen, um sie vor der Sonne zu schützen. »Ich will was trinken«, erwiderte ich mit zitternder Stimme. »Ich brauche einen Drink.«

Er blieb auf den Stufen stehen und sah mir nach, während ich um die Ecke ging. Dort war eine Kneipe. Ich stieß die altmodischen Schwingtüren auf und ging zur Bar.

»Einen doppelten Whisky«, sagte ich zu dem Barkeeper. Er stellte den Drink vor mich hin, und ich bestellte noch einen. Ich betrachtete das Glas eine Weile. Dann hob ich es an die Lippen. Jemand berührte mich an der Schulter.

Ich drehte mich langsam um.

Es war Flix. Mit ausdrucksloser Miene sagte er: »Sie haben also das Rennen gemacht.«

»Ja, ich habe es geschafft.«

»Und er?« Flix zeigte vage nach der Tür.

Ich wußte, wen er meinte. »Er hat es nicht geschafft«, sagte ich, schluckte meinen Drink herunter und bestellte einen neuen. »Möchten Sie auch einen, Flix?«

Er bestellte das gleiche. Die Bar war voll, und wir standen ziemlich eng aneinandergepreßt. Ich spürte, daß er einen Revolver in der Tasche trug.

Flix hob sein Glas. »Wieviel wird man ihm wohl aufbrummen?« fragte er in sachlichem Ton.

»Zehn Jahre – mit Strafverkürzung.«

Flix leerte das Glas und sagte mit leiser, ruhiger Stimme: »Er wird Sie nicht so davonkommen lassen.«

Ich verlor allmählich meine Benommenheit. »Woher wissen Sie das?«

Flix zuckte die Achseln. »Das ist doch wohl klar.«

Plötzlich war ich wieder munter. Flix hatte recht. Für Männer wie Silk waren Gefängnismauern keine unüberwindlichen Schranken. Er konnte auch aus seiner Zelle heraus noch Drähte ziehen. Ich faßte in meine Rocktasche, um Geld herauszuholen, und

stieß dabei auf ein Stück Papier. Ich zog es heraus, faltete es auseinander und las die Worte, die darauf standen:
»Dafür werde ich dich erledigen!« Weiter nichts. Keine Unterschrift – aber die war auch nicht nötig.
Ich blickte Flix an. Sein Gesicht verriet nichts. Ich bestellte zwei neue Drinks, hob mein Glas und sagte: »Auf das Andenken deiner Schwester!«
Er begriff sehr rasch. Er hob ebenfalls sein Glas, und wir tranken. Nach einer Weile trank ich ihm nochmals zu. »Auf zehntausend Dollar!«
Wir leerten unsere Gläser, und der Kellner brachte zwei neue.
»Wie steht's mit der Bezahlung?« erkundigte sich Flix.
»Die üblichen Bedingungen«, sagte ich. »Fünfzig Prozent Anzahlung und den Rest nach Erledigung.«
Wir tranken aus. Ich warf einen Fünfdollarschein auf den Tresen, und wir verließen das Lokal.
Auf der Straße sagte ich: »Carson wird Ihnen das Geld geben. Setzen Sie sich morgen mit ihm in Verbindung.« Er nickte.
Ich winkte ein vorüberfahrendes Taxi herbei, das kreischend vor mir hielt, und stieg ein. »Leben Sie wohl, Flix!«
Sein Gesicht war ruhig. »Leben Sie wohl. Sie sind ein harter Bursche!«
Ich lehnte mich in die Polster zurück, als das Taxi abfuhr. Das war eine böse Geschichte. Eines Tages würde ich mich mit dem Problem Flix befassen müssen – aber das hatte noch Zeit. Die Stimme des Taxichauffeurs riß mich aus meinen Gedanken.
»Ich kann gern den ganzen Tag herumfahren, Boß«, meinte er, »aber möchten Sie nicht irgendwohin?«

22

Ich ließ mich zu meinem Hotel fahren und zog mich um. Dann bestellte ich meinen Wagen und fuhr nach New York zurück.
Auf der New Yorker Seite der Brücke hielt ich bei einem Zeitungsstand und kaufte mir eine Abendzeitung. Eine große rote Schlagzeile quer über die ganze Seite verkündete: ›KANE AUF FREIEM FUSS – FENNELLI SCHULDIG.‹ Darunter stand in dicken schwarzen Buchstaben: ›Cowan sprengt Schwindelunternehmen!‹ Die Zeitung brachte auch ein Bild von Jerry, wie er nach der Verhandlung den Gerichtshof verließ. Die Zeile darunter lautete: ›Jerome Cowan, der Schwindler-Schreck‹. Er blickte lächelnd in die Kamera.
Ich lachte leise vor mich hin. So was mußte man nur den Zeitungen überlassen! Ehe man sich's versah, würden sie ihn als Gouverneur aufstellen. Ich warf die Zeitung aus dem Fenster und fuhr weiter.
Ich hielt erst wieder vor Ruths Wohnung, stieg aus dem Wagen und ging ins Haus. Derselbe komische Fahrstuhlführer, der mich beim allerersten Mal nach oben gebracht hatte, war wieder da. Während der ganzen Fahrt betrachtete er mich neugierig. Bei Ruths Wohnung drückte ich auf den Klingelknopf. Ich hörte, wie die Glocke hinten in der Wohnung anschlug. Ich wartete. Es schien mir wie eine Ewigkeit. Aber schließlich öffnete sich die Tür.
Ruth stand vor mir.
Wir starrten uns an, fast wie zwei Fremde – als hätten wir uns nie zuvor gesehen.
»Ruth!« sagte ich schließlich und wagte nicht, mich vom Fleck zu rühren.
Plötzlich lag sie in meinen Armen. »Frankie, Frankie!« rief sie unter Tränen.
Die Tür schloß sich hinter uns. Wir standen im trüben Licht des Korridors. Ihr Kopf lag an meiner Brust. Ich streichelte ihr sanft

übers Haar. »Ruth, Ruth, es ist alles vorbei! Wein doch nicht, Liebste.«

»Frankie, ich habe gedacht, du würdest nie zu mir zurückkommen.«

»Ich hatte es dir versprochen, Ruth, ich hatte es dir doch versprochen.«

Sie hob den Kopf. In ihren Augen lag ein seltsames, helles Leuchten. Ich küßte vorsichtig ihre zitternden Lippen. »Liebster, Liebster!«

»Ich hatte Angst, daß du es dir anders überlegen würdest, Ruth. Ich hatte solche Angst.«

Sie erstickte meine Worte mit einem Kuß.

Arm in Arm gingen wir ins Wohnzimmer. Wir setzten uns auf das große Sofa. »Es ist der letzte Tag im Juni, Frankie«, sagte sie.

»Deshalb bin ich ja hier«, flüsterte ich. »Ich habe dir doch gesagt, daß du eine Junibraut sein würdest. Pack deinen Koffer. Wir fahren nach Meriden und lassen uns da trauen.«

Sie rückte von mir ab bis zum anderen Ende des Sofas, wo die Zigaretten in einer Porzellandose auf einem Tischchen standen. Ihr Gesicht hatte einen Ausdruck erzwungener Ruhe, als sie sich eine Zigarette nahm. Ich gab ihr Feuer. Sie sah mir dabei fest in die Augen.

Ich wartete darauf, daß sie etwas sagte. Sie zog ein paarmal tief den Rauch der Zigarette ein.

»Nein, Frankie«, sagte sie schließlich ganz ruhig, »wir werden nicht heiraten.«

Jetzt war es an mir, Ruhe vorzutäuschen. Ich zündete mir eine Zigarette an. Dann sagte ich nur: »Warum nicht?«

»Weil du mich nicht liebst.« Sie hob die Hand, um mich am Sprechen zu hindern. »Du liebst mich nicht wirklich. Es ist nur ein Teil des Planes, den du dir gemacht hast – genauso wie das Abkommen, das du mit Jerry getroffen hast. Du willst mich nur heiraten, um den Schritt von einer Phase deines Lebens in eine andere zu besiegeln. Du bist bereit, dir den Mantel der Ehrbarkeit

umzuhängen, und du möchtest, daß ich diesem Gewand gewissermaßen den letzten Schliff gebe.
Du hast nichts dazugelernt. Du glaubst in Wirklichkeit gar nicht an das, was du jetzt tust. Du tust es nur, weil du genau weißt, daß du erledigt bist. Du versuchst, aus einer verfahrenen Angelegenheit das Beste zu machen. Jerry hat uns erzählt, was du mit ihm verabredet hast, und ich habe nicht lange dazu gebraucht, um mir ein Bild von der ganzen Geschichte zu machen. Du mußt endlich lernen, daß du mit Menschenleben keine Geschäfte machen kannst.«
Ich unterbrach sie. Meine Stimme war immer noch ruhig. »Liebst du mich?« fragte ich.
Sie blickte mich an. Ihr Gesicht war sehr blaß geworden. »Ob ich dich liebe?« fragte sie. »Ich habe dich, seit wir Kinder waren, so sehr geliebt, daß ich nachts vor Sehnsucht nach dir nicht schlafen konnte, daß ich damals, als wir nicht wußten, wo du warst, immer von dir geträumt habe, daß ich in all diesen letzten Monaten nur den einzigen glühenden Wunsch hatte, mich dir hinzugeben – ich wollte ein Kind von dir.« Ihre Stimme klang gequält und zitterte vor Bewegung. »Das ist es, warum ich nicht bloß ein Teil deiner Pläne sein will. Das ist es, warum ich dich nicht heiraten will.«
Ich drückte meine Zigarette aus und packte Ruth hart bei den Schultern. Ich preßte meine Finger in ihre Arme. Sie gab keinen Laut von sich, sondern blickte mir nur ins Gesicht.
»Du blöder, kleiner Dummkopf!« Ich war maßlos wütend. Ich spürte, wie der Puls in meiner Stirn wieder hämmerte.
»Vielleicht war's am Anfang so. Aber siehst du denn nicht, daß ich das, was ich getan habe, für dich getan habe – daß ich deinetwegen alles über Bord geworfen habe? Glaub bloß nicht, daß ich aus dem Schlamassel nicht herausgekommen wäre, wenn ich das gewollt hätte. Ich hatte ein Dutzend Plätze in den Vereinigten Staaten, wo ich hätte hingehen und die Organisation weiterhin hätte leiten können, ohne daß jemand mich geschnappt hätte. Ich

hatte es nicht nötig aufzuhören. Ich habe es deinetwegen getan. Wenn es mir nicht um dich gegangen wäre, hätte ich diese Schwierigkeiten leicht aus dem Wege räumen können, genauso wie ich alle anderen Hindernisse, die sich mir in den Weg stellten, auch beseitigt habe. Ich hätte Jerrys Karriere ruinieren können, wenn ich gewollt hätte.

Du bist der einzige Grund gewesen, daß ich aufgegeben habe – weil ich deine Prinzipien anerkennen mußte. Vielleicht habe ich tief im Innern stets gewußt, daß du recht hattest, aber für dich habe ich es getan.

Ich habe mit dir keinen Handel gemacht. Für dich habe ich mein ganzes Leben umgekrempelt, für dich habe ich ein Vermögen eingetauscht. Ich habe materielle Dinge für Ideale hingegeben. Und wenn du immer noch glaubst, daß ich dich nicht liebe, Baby, dann kannst du dich zum Teufel scheren!« Ich ließ sie los. Sie sank auf die Couch zurück, und ich wandte mich zum Gehen.

»Frank«, rief sie mit leiser Stimme kleinlaut hinter mir her.

Ich drehte mich um. Sie hatte sich erhoben. »Frank« sagte sie, »du weinst ja!«

Ruth und ich wurden am letzten Junitag des Jahres 1941 von Friedensrichter Smith in Meriden, Connecticut, getraut.

Als Ruth nach mir ihr ›Ja‹ vor dem Richter sprach, schimmerten ihre Augen im tiefsten Blau, das ich je gesehen hatte, und ihre Stimme klang warm und weich und voll.

Ich steckte Ruth den Ring an den Finger.

Dann hob der Richter die Hände. »Auf Grund der Macht, die mir der Staat Connecticut verliehen hat, erkläre ich Sie hiermit für Mann und Frau.« Er holte tief Atem. »Sie dürfen Ihre junge Frau jetzt küssen.«

Ich wandte mich zu Ruth. Unsere Lippen berührten sich in einem leichten Kuß.

Der Richter lächelte mich an. »Meine besten Glückwünsche, junger Mann! Zwei Dollar, bitte.«

Ich gab ihm fünf als Glücksbringer.
Gegen elf Uhr kehrten wir in mein Apartment zurück. Ich trug Ruth über die Schwelle und küßte sie.
»Hallo, Mr. Kane!«
»Hallo, Mrs. Kane!«
Ich trug sie zur Couch und ließ mich mit dem Zimmerdienst verbinden. Dann bestellte ich vier Flaschen Champagner, die sofort heraufgeschickt wurden.
Während sie sich im Schlafzimmer zum Ins-Bett-Gehen fertig machte, wartete ich im Wohnzimmer. Nervös trank ich einen Schluck aus meinem Glas. Ich trat ans Fenster und blickte auf New York. Sein Lichtermeer strahlte über den Fluß.
Ich lächelte meinem Spiegelbild in der Glasscheibe zu. Plötzlich hob ich mein Glas und trank auf New York. »Auf dein Wohl!« sagte ich.
Mein Spiegelbild im Fenster hob das Glas und trank mir zu.
»Frank.«
Ihre Stimme war so leise, daß ich sie fast nicht hörte. Ich wandte mich vom Fenster ab und ging zur Tür. »Ja Ruth.«
Es kam keine Antwort. Ich stellte das Glas hin, schaltete die Wandbeleuchtung aus und öffnete die Tür zum Schlafzimmer. Das gedämpfte Licht einer Lampe schimmerte neben dem Bett. Ruth stand am Fenster. Sie streckte mir ihre Hand entgegen. »Frank, komm einen Moment her und schau hinaus.«
Ich stand neben ihr, aber im Schein der Lampe konnte ich nichts weiter sehen als Ruth.
»Frank«, sagte sie, und ihre Stimme klang seltsam und geheimnisvoll. »Schau aus dem Fenster. Hast du jemals hinausgeschaut und die ganze Welt vor dir liegen sehen? Eine Welt, groß und herrlich, die auf dich wartet?«
Ich schwieg. Das Mondlicht fiel auf ihr Gesicht. Sie war schön.
»Frank, was meinst du, wem wird unser Sohn ähneln?«
Ich küßte sie leicht auf die Wange. Sie kuschelte sich in meine Arme.

»Ich weiß es nicht«, sagte ich sanft. »Ich habe nie an Kinder gedacht, ich wollte nie welche haben.«
Sie schmiegte sich noch enger an mich. »Glaubst du, daß er dir ähnlich wird – wild und seltsam und böse und hübsch?«
Ich preßte sie an mich. »Wenn er irgend etwas von mir hat, dann sollten wir wohl lieber auf ihn verzichten.«
Meine Lippen streiften ihre Kehle. Ihre Stimme flüsterte mir ins Ohr: »Frank, unser Sohn wird schön sein.« Meine Lippen wanderten an ihrem Hals entlang zu ihrer Schulter. »Frank, weißt du, daß du schön bist?« Ich lachte und ließ meine Lippen über ihre Brust gleiten.
»Weißt du, daß du schön bist?« flüsterte ich.
Sie streckte die Hand aus und löschte das Licht.

Es war später – viel später. Ich hatte lange Zeit ruhig dagelegen und sie betrachtet, wie sie schlief. In ihren Augenwinkeln waren kleine Tränen. Ich wischte sie mit der Hand fort. Plötzlich hatte ich Verlangen nach einer Zigarette.
Ich tastete auf dem Tischchen neben dem Bett herum. Keine Zigaretten! Vorsichtig stand ich auf. Ich wollte sie nicht wecken.
Immer noch klang mir ihre Stimme im Ohr: »Frank, bist du glücklich? War ich so, wie du mich haben wolltest?«
Ich ging ins andere Zimmer. Leise schloß ich die Tür und knipste eine der Tischlampen an.
Ja, sie war so, wie ich es mir erträumt hatte.
Ich ging zu dem Tisch, auf dem die Zigaretten lagen, schüttelte eine aus dem Päckchen und zündete sie an.
Mein Blick fiel auf einige Briefe, die auf dem Tisch lagen und wohl gekommen waren, während ich in New York war. Es waren meist Rechnungen und Reklamen.
Am Ende des Stapels fand ich die Postkarte, Ich drehte sie um und stellte fest, daß es sich um einen militärischen Stellungsbefehl handelte.
Meine Zigarette war fast aufgeraucht. Ich drückte sie in einem

Aschenbecher aus und ging auf die Schlafzimmertür zu. Erst als ich das Licht ausschalten wollte, kam mir zum Bewußtsein, daß ich die Karte immer noch in der Hand hielt.
Ich knipste das Licht aus und schleuderte die Karte in hohem Bogen durchs Zimmer. Zum Teufel damit! Ich würde Carson morgen früh anrufen. Der würde die Sache schon in Ordnung bringen.

Nachspiel

Martin Cabell stand an der Tür und lauschte auf das melodische Glockengeläut, das im Innern der Wohnung ertönte. Er nahm seine Mütze ab. Das Licht der großen Lampe über seinem Kopf ließ sein spärlicher werdendes Haar in einem matten Gold erglänzen, das zu den Eichenblättern auf den Schultern seiner Uniform paßte. Er überlegte, ob sie sich wohl verändert hätten. Vier Jahre – das war eine lange Zeit.

Janet Cowan öffnete die Tür. »Marty«, sagte sie, und er spürte den sanften Druck ihrer Lippen, einen leichten, zarten Kuß der Freundschaft, des Willkommens. Sie hakte sich bei ihm ein und zog ihn mit sich ins Wohnzimmer. Jerry kam ins Zimmer gerannt, und die beiden Männer schüttelten sich die Hand. Dabei redeten sie jenes törichte Zeug, das erwachsene Männer reden, wenn sie tief bewegt sind.

»Marty, du alter Knochenflicker!«

»Jerry, du alter Rechtsverdreher!«

Janet brachte ein Tablett mit Getränken. Sie hoben die Gläser und leerten sie.

Natürlich kam das Gespräch auch an diesem Abend auf Francis. Früher oder später kam es immer auf ihn. »Er war immer der, der ich gern sein wollte«, sagte Martin. »So war es schon, als wir noch Kinder waren.«

Janet sagte: »Frankie hatte etwas Besonderes, das andere Menschen zu ihm hinzog. Ein Hauch von Abenteuer, etwas Diabolisches, das alle Mädchen, auch mich, lockte und fesselte.« Lächelnd warf sie Jerry einen zärtlichen Blick zu. Es war schon so lange her. Jetzt konnten sie ruhig darüber sprechen.

Marty kuschelte sich tief in seinen Lieblingssessel, nahm sich eine Zigarette und betrachtete Jerry und Janet, die ihm gegenübersaßen.
Janet wandte sich an ihn. »Ich möchte wissen, was Ruth eigentlich über ihn dachte.« Sie stellte ihren Cocktail auf den Tisch und zündete sich eine Zigarette an.
»Merkwürdig«, sagte Marty, »darüber habe ich auch gerade nachgedacht.
Ruth war, glaube ich, die erste von uns, die Frank Kane so sah, wie er wirklich war. Das erste Mal, als sie ihm begegnete, am ersten Tag, als ich ihn mit nach Hause brachte, erkannte sie ihn – und mochte ihn nicht leiden. Sie fürchtete sich ein wenig vor ihm – auf eine merkwürdige Weise. An jenem Abend sagte sie zu mir: ›Er ist überhaupt nicht wie ein Junge. Eher wie ein Mann. Wenn er einen ansieht, kommt man sich alt vor.‹
Arme Ruth! In gewisser Beziehung hat er sie damals tiefer beeinflußt als irgendeinen von uns. Sie war mehrere Jahre älter als wir und viel reifer, als wir ahnten. Erst viel später hat sie mit mir über ihn gesprochen, damals als sie ihn im Krankenhaus wiedergefunden hatte und er sie nicht kennen wollte.
Erst da wurde mir vieles klar: Warum sie eigentlich nie einen Freund gehabt hatte, warum sie nie geheiratet hatte. Sie war damals fast fünfundzwanzig. Ich war mein ganzes Leben mit ihr zusammen gewesen, hatte sie fast täglich gesehen, und jetzt erst lernte ich sie wirklich kennen und erfuhr, daß sie ihr Leben lang nur einen Mann geliebt hatte: Francis Kane. Ich wollte damals mit ihr ins Krankenhaus gehen, aber sie wollte nicht. Sie wußte, er würde es uns nie verzeihen, wenn wir ihm in einer solchen Situation begegneten.
›Ich kann warten‹, sagte sie. ›Er muß diese Chance haben.‹
›Wenn er aber diesmal fortgeht, kommt er vielleicht nie wieder‹, sagte ich.
›Das muß ich riskieren, aber ich glaube, er kommt zurück. Und wenn er kommt, dann werde ich ihn heiraten und die Spuren der

Einsamkeit und Bitterkeit in seinem Gesicht löschen. Ich werde die Mauer, mit der er sich umgeben hat, niederreißen – die Mauer aus Mißtrauen.‹
Und sie hat recht behalten.«
In Janets Augen trat plötzlich ein seltsamer Blick. Sie schien weit in die Zukunft zu schauen. »Ja«, sagte sie, »Ruth hat für ihn getan, was sie schon immer tun wollte.« Sie wandte sich an Martin. »Was würdest du tun, wenn du noch einmal von vorn anfangen könntest? Was würdest du für Francis tun?«
Einen Augenblick starrte Martin Janet verblüfft an. Dann sprang er erregt auf. »Aber das ist ja blasse Theorie. Wir wissen alle, daß Francis tot ist.«
Die Flamme in Janets Augen glühte heller. »Was würdet ihr tun, wenn ich euch sagte, daß es nicht so ist?« fragte sie sanft.
Martin spürte eine plötzliche Schwäche. Er sank in einen Sessel und starrte Janet an. »Was willst du damit sagen?« fragte er mit zitternder Stimme.
Auch Jerry starrte seine Frau an. Auch er wollte wissen, was das zu bedeuten hatte. Er kannte zwar bereits einen Teil des Geheimnisses, aber jetzt sollte er den Rest hören.
»Wir wußten alle, daß Ruth ein Baby erwartete«, begann Janet und setzte sich so, daß sie den beiden Männern gegenübersaß. »Als wir das kurze Telegramm von Frank erhielten mit der Nachricht, daß Ruth bei der Geburt gestorben sei, aber ohne ein Wort über das Kind, nahmen wir an, daß das Kind mit ihr zusammen gestorben sei. Aber das war ein Irrtum.
Du, Martin, warst bereits drüben, und wir konnten dir nur schriftlich mitteilen, was sich zugetragen hatte. Einen Monat später mußte Jerry einrücken, und eine Zeitlang schien alles Leben aufzuhören.
Ein paar Wochen vor Jerrys Heimkehr erschien ein Fremder bei mir. Es war ein Militärgeistlicher – ein Hauptmann aus Franks Truppenteil, der Frank hatte sterben sehen. Wir wußten ja schon, daß Frank tot war. Das Kriegsministerium hatte mich am

16. April benachrichtigt. Aber Captain Richards brachte eine Botschaft: einen Brief, den Frank, kurz bevor er in einem Lazarett seinen Verwundungen erlag, dem Kaplan anvertraut hatte mit der Bitte, ihn persönlich zu überbringen.
Der Kaplan hielt sein Versprechen und erzählte mir von Franks letztem Wunsch, daß wir, als seine einzigen Freunde, den Inhalt des Briefes erfahren sollten, wenn wir alle zusammen seien«, sagte Janet und blickte ihren Mann an.
»Darum warst du mir gegenüber so geheimnisvoll«, sagte Jerry.
»Ja«, gab Janet zu. »Ich wollte, daß ihr beide zusammen den Brief hören solltet.« Sie ging zu einem kleinen Sekretär in einer Ecke des Raumes und holte den Brief hervor. Dann kehrte sie an ihren Platz zurück und begann ihn vorzulesen. »Der Brief ist auf den 5. Dezember 1944 datiert.

Liebe Janet,
ich schreibe einen Brief, der Dich hoffentlich nie erreichen wird. Es ist merkwürdig, etwas zu schreiben, was vielleicht gar nicht in die Hände des Empfängers gelangt. Aber noch merkwürdiger ist es, sich vorzustellen, daß dies doch einmal der Fall sein könnte. Wenn Du diesen Brief bekommst, bin ich nämlich tot. Ich schreibe dies nicht, weil ich Todesahnungen habe, sondern weil es in einem Krieg immerhin möglich ist, daß man ziemlich plötzlich stirbt.
Ich habe das Gefühl, als seien viele Jahre vergangen, seit wir am Tage D hier an der Küste gelandet sind. Dabei war es erst im letzten Juli. Seitdem ist mir manches durch den Kopf gegangen und manches klargeworden. Vieles ist geschehen, und es gibt vieles, was ich Dir mitteilen möchte, und vieles, worum ich Dich bitten muß.
Mein Leben mit Ruth und diese letzten fünf Monate in Europa haben mich gelehrt, daß man nicht leben kann ohne Rücksicht auf die Gesellschaft und den sogenannten Mann von der Straße.

Und so fing ich an, mich zu fragen, was mich eigentlich zu dem gemacht hatte, was ich wurde. Zum erstenmal wurde es mir klar: Schuld daran war, daß ich immer allein gelebt hatte. Ein Mann kann immer noch ganz allein leben, wenn er zwar seine Räume mit zwanzig anderen Menschen, aber sein Herz mit niemandem teilt. So hatte ich den größten Teil meines Lebens gelebt, bis ich Ruth heiratete.

Wie Du weißt, starb Ruth bei der Geburt unseres Kindes. Aber Du weißt, glaube ich, nicht, daß das Kind lebt, ein Sohn.

Ich hatte nie daran gedacht, Kinder zu haben. Ich wollte keine. Aber Ruth sagte: ›Ich möchte einen Sohn von dir. Dann habe ich dich noch einmal, und ich kann dich bei mir behalten, auch wenn du weit fort bist. Und ich kann ihm alle Liebe und Fürsorge und Träume geben, die du nie empfangen hast. Und damit gebe ich sie auch dir.

Schenke mir ein Kind, Liebster, damit ich dich heilen, dir ein neues Leben geben kann.‹ Das sagte sie.

Und als unser Sohn geboren war und sie wußte, daß sie nicht am Leben bleiben würde und daß sie ihm das alles nicht geben konnte, flüsterte sie mir zu: ›Laß ihn nicht im Stich, Frankie. Gib ihm eine schöne Kindheit und seine Träume. Laß ihn die Freuden seiner Jugend genießen und zu einem tüchtigen Mann heranwachsen. Gib ihm alles das, was ich ihm geben wollte.‹

Das habe ich ihr gelobt.

Aber erst einmal mußte ich aus dem Krieg nach Hause kommen. Und dann, als ich daran dachte, daß ich vielleicht nicht mehr heimkehren würde, machte ich mir Sorgen wegen meines Versprechens, das ich Ruth gegeben hatte. Deshalb bitte ich Dich, mir zu helfen.

Nimm unseren Sohn bei Dir auf und schließe ihn in Dein Herz. Gib ihm Deinen Namen und alles, was Du ihm, wie ich weiß, geben kannst.

Ich habe genug Geld. Daran wird es ihm nie fehlen. Aber es wird ihm an Dingen fehlen, die man nicht mit Geld kaufen kann. Und das ist das, was Du ihm geben kannst.
Laß ihn nicht so aufwachsen, wie ich aufgewachsen bin. Mit Obdach, Kleidung und Nahrung versorgt, aber trotzdem ärmer an menschlicher Teilnahme als das ärmste Wesen. Ein Mann braucht mehr als Nahrung und Kleidung und Geld. Er braucht Liebe und Güte und Zärtlichkeit.
Er braucht Menschen, eine Familie, die ihm einen Halt gibt, damit er Wurzeln schlägt in der Gesellschaft, eine Familie, die ihn die wahren Werte im Leben erfahren läßt. Die Werte, die ich durch Ruth kennenlernte.
Ich brachte meinen Sohn in das Waisenhaus St. Therese und gab ihn in die Obhut von Bruder Bernhard. In seinen Briefen erzählte mir der gute Bruder, daß der kleine Francis mir sehr ähnlich sei. Und ich bin stolz auf ihn. Nicht nur, weil er mir ähnlich ist, sondern weil ich seine Mutter in ihm sehe. Sie blickt aus seinen Augen, die blau sind wie die ihren. Sein Lächeln ist das Lächeln seiner Mutter, und dennoch ähnelt er mir.
Du siehst, ich habe viel von Ruth gelernt. Ich habe gelernt zu lieben, und daß Lieben Geben bedeutet, nicht Nehmen. Und ich habe auch gelernt, daß man nichts geben kann, wenn man nichts zu geben hat. Du hast hingegen viel zu geben. Das weiß ich wohl. Ich kann mich sehr gut an Dich erinnern.
Lies diesen Brief Jerry und Marty vor, wenn sie zusammen sind. Sage ihnen, daß ihre Freundschaft stets mein Leben erhellt hat, daß nichts, was geschehen ist, mein Gefühl für sie getrübt oder abgetötet hat. Sage ihnen, es sei mein Wunsch, daß auch sie meinen Sohn ins Herz schließen und daß sie ihm alles geben, was sie ihm, wie ich weiß, geben können. Von ganzem Herzen bitte ich euch alle, meinen Sohn bei euch aufzunehmen.

Helft mir, mein Versprechen, das ich Ruth gegeben habe, einzulösen.
In herzlicher Zuneigung

Frank

Janets Augen leuchteten voller Stolz, als sie die anderen anblickte. Eine Zeitlang saßen sie schweigend. Plötzlich lächelten sie, und der Raum war wie durch ein Wunder verwandelt. Er war erfüllt von einer verborgenen Wärme, einem heimlichen Zauber. Janets Augen füllten sich mit Tränen. Unwillkürlich streckte sie Jerry und Marty die Hände entgegen. Es bedurfte keiner Fragen. Sie alle wußten die Antwort.